Thomas Hardy

JUDE FAWLEY, DER UNBEKANNTE

Roman

Aus dem Englischen übersetzt
und herausgegeben
von Alexander Pechmann

Büchergilde Gutenberg

Jude The Obscure (1895)

Lizenzausgabe für die
Büchergilde Gutenberg Verlagsges. mbH,
Frankfurt am Main, Zürich, Wien
www.buechergilde.de
Mit freundlicher Genehmigung
des Carl Hanser Verlags, München

Satz: Satz für Satz, Wangen im Allgäu
Druck und Bindung: CPI books GmbH, Leck
Printed in Germany 2018
ISBN 978-3-7632-7015-6

JUDE FAWLEY,
DER UNBEKANNTE

»Der Buchstabe tötet.«

ERSTER TEIL
IN MARYGREEN

»Viele sind um der Weiber willen um ihre Sinne gekommen und um ihretwillen Sklaven geworden; viele sind zugrunde gegangen und ins Unglück geraten und Verbrecher geworden um der Weiber willen … Oh, ihr Männer, wie sollten die Weiber nicht mächtig sein, weil sie so handeln?«

ESRA

I–1

Der Schulmeister verließ das Dorf, und jeder schien es zu bedauern. Der Müller in Cresscombe lieh ihm den kleinen weißen Planwagen samt Pferd, damit er sein Hab und Gut zur Stadt seiner Wahl transportieren konnte, rund zwanzig Meilen entfernt, und das Gefährt erwies sich als groß genug, den Besitz des fortziehenden Lehrers zu fassen. Denn ein Teil des Mobiliars gehörte den Verwaltern, und das einzige sperrige Möbelstück des Schulmeisters, neben einem Kofferschrank voller Bücher, war ein Klavier, das er auf einer Auktion erstanden hatte, in dem Jahr, als er sich überlegt hatte, ein Musikinstrument zu erlernen. Doch seit die Begeisterung abgeklungen war, brachte er es nie wieder auch nur zu der geringsten Kunstfertigkeit, und der Kauf war ihm seither bei jedem Umzug ein unvermeidliches Hindernis.

Der Pfarrer war den ganzen Tag über fortgegangen, denn er scheute den Anblick von Veränderungen. Er wollte nicht vor dem Abend zurückkehren, denn bis dahin wäre der neue Lehrer bereits angekommen und eingezogen und die Wogen hätten sich wieder geglättet.

Schmied, Gutsverwalter und Schulmeister standen ratlos dreinblickend vor dem Instrument. Der Lehrer hatte eben bemerkt, selbst wenn er es in den Wagen schaffen könne, wisse er nicht, was er bei seiner Ankunft in Christminster, seinem Bestimmungsort, damit anfangen solle, denn dort habe er zunächst nur ein Behelfsquartier.

Ein kleiner elfjähriger Junge, der rücksichtsvoll beim Packen geholfen hatte, schloss sich den Männern an, und als sie sich übers Kinn strichen, rief er, beim Klang seiner eigenen Stimme errötend: »Tante hat nen großen Brennholzschuppen, und man könnt es vielleicht da unterstellen, bis Sie ein richtiges Zuhause gefunden haben.«

»Keine schlechte Idee«, sagte der Schmied.

Man beschloss, jemanden loszuschicken, zur Tante des Jungen – eine ansässige alte Jungfer – und sie zu fragen, ob sie das Klavier aufbewahren könne, bis Mr. Phillotson es abholen ließ. Der Schmied und der Verwalter brachen auf, um nachzusehen, ob der vorgeschlagene Schuppen sich eignete, und der Junge und der Schulmeister blieben allein zurück.

»Traurig, dass ich fortgehe, Jude?«, fragte der Letztgenannte freundlich.

Dem Jungen kamen die Tränen, denn er gehörte nicht zu den gewöhnlichen Tagesschülern, deren Nähe zum Alltag des Schulmeisters keine romantischen Vorstellungen zuließ, sondern hatte während der Amtszeit des derzeitigen Lehrers ausschließlich die Abendschule besucht. Ehrlich gesagt, die gewöhnlichen Schüler standen in diesem Moment von ferne wie gewisse Bekannte aus alter Zeit und waren keineswegs beseelt von freudiger Hilfsbereitschaft.

Der Junge öffnete unbeholfen das Buch, das ihm Mr. Phillotson zum Abschied geschenkt hatte, und gab zu, dass es ihm leidtat.

»Mir auch«, sagte Mr. Phillotson.

»Warum gehn Sie fort, Sir?«, fragte der Junge.

»Ach, das ist eine lange Geschichte. Du würdest meine Gründe nicht verstehen, Jude. Vielleicht wenn du älter bist.«

»Ich glaub, ich würd's jetzt schon, Sir.«

»Na gut – erzähl es nicht weiter. Du weißt, was eine Universität ist und ein Universitätsabschluss? Es ist das notwendige Gütesiegel für jeden, der als Lehrer arbeiten will. Ich plane oder träume davon, einen akademischen Titel zu erwerben, um dann Priester zu werden. Wenn ich nach Christminster oder in die Nähe ziehe, bin ich sozusagen im Zentrum, und falls mein Plan sich überhaupt verwirklichen lässt, habe ich dort bessere Chancen als irgendwo sonst.«

Der Schmied und sein Begleiter kehrten zurück. Der Brennholzschuppen der alten Miss Fawley war trocken und eignete sich vorzüglich; und sie schien gern bereit, das Musikinstrument dort unterzustellen. Man ließ es also bis zum Abend in der Schule, wenn mehr Helfer beim Tragen zur Verfügung stünden; und der Schulmeister sah ein letztes Mal in die Runde.

Der Knabe Jude half, ein paar Kleinigkeiten im Wagen zu verstauen, und um neun Uhr kletterte Mr. Phillotson neben seine Bücherkiste und anderen Krempel und verabschiedete sich von seinen Freunden.

»Ich vergess dich nicht, Jude«, sagte er lächelnd, als der Wagen losrollte. »Sei ein guter Junge, denk dran; und sei gut zu Tieren und Vögeln, und lies so viel wie möglich. Und wenn du je nach Christminster kommst, vergiss nicht, mich zu besuchen, um der alten Zeiten willen.«

Der Wagen knirschte über die Wiese und verschwand beim Pfarrhaus um die Ecke. Der Junge kehrte zurück zum Zugbrunnen am Rand der Rasenfläche, wo er seine Eimer zurückgelassen hatte, als er losgezogen war, um seinem Patron und Lehrer beim Aufladen zu helfen. Seine Lippe zitterte, und nachdem er den Brunnendeckel abgenommen hatte, um den Eimer hinunterzulassen, hielt er inne und lehnte Stirn und Arme gegen das Gemäuer, wobei sich auf seinem Gesicht die Entschlossenheit eines nachdenklichen

Kindes abzeichnete, das ein wenig vor der Zeit die Nadelstiche des Lebens zu spüren bekommt. Der Brunnen, in den er blickte, war ebenso alt wie das Dorf und sah in seinem Blickwinkel aus wie ein langer runder Schacht, der hundert Fuß tiefer endete in einer glänzenden Scheibe sich kräuselnden Wassers. In der Nähe des oberen Randes befand sich ein Saum aus Moos und noch weiter oben wuchs Hirschzungenfarn.

Er sagte sich im melodramatischen Tonfall eines wunderlichen Knaben, der Schulmeister habe an einem solchen Morgen unzählige Male aus diesem Brunnen Wasser geschöpft und werde hier nie wieder welches schöpfen. »Ich hab gesehen, wie er runtergeschaut hat, wenn er vom Aufholen müd war, genau wie ich jetzt, und wie er sich kurz ausruhte, bevor er die Eimer nach Hause trug! Aber er war zu klug, um noch länger hier wohnen zu bleiben – in nem kleinen, verschlafenen Nest wie dem hier!«

Eine Träne fiel aus seinem Auge in die Tiefe des Brunnens. Der Morgen war etwas nebelig, und der Atem des Jungen bildete eine dichtere Nebelschwade in der windstillen, drückenden Luft. Seine Gedanken wurden unterbrochen von einem plötzlichen Ruf.

»Bring das Wasser, mach schon, du fauler kleiner Lausbub!«

Er stammte von einer alten Frau, die aus ihrer Tür hinter dem Gartentor eines nicht weit entfernten Bauernhauses mit grünem Strohdach hervorgetreten war. Der Junge winkte rasch, zum Zeichen, dass er verstanden hatte, zog den Wassereimer herauf, was für jemanden seiner Statur äußerst anstrengend war, nahm ihn vom Haken und leerte den Inhalt in seine zwei kleineren Eimer, und nachdem er einen Augenblick Luft geholt hatte, trug er sie über den feuchtklammen Rasen, auf dem der Brunnen stand – fast genau in der Mitte des Dörfchens oder eher Weilers Marygreen.

Ebenso altertümlich wie klein ruhte es im Schoß eines wogenden Hochlands, das an die Hügel von North Wessex grenzte. Trotz seines Alters war der Brunnenschacht womöglich das einzige lokalgeschichtliche Relikt, das vollkommen unverändert überdauert hatte. Viele der Wohnhäuser mit ihren Strohdächern und Dachgaupen waren in den letzten Jahren abgerissen worden, und auf der Dorfwiese hatte man etliche Bäume gefällt. Dazu hatte man auch noch die ursprüngliche Kirche, bucklig, mit Holztürmchen und kuriosem Walmdach, abgerissen und das Baumaterial entweder zu Haufen Straßenschotter zerhauen oder verwendet für Mauern von Schweineställen, für Gartenbänke, Zaunpfosten und Steingärten in den Blumenbeeten der Nachbarschaft. Um sie zu ersetzen, war auf einem anderen Grundstück ein hohes neues Gebäude im neugotischen, für englische Augen ungewohnten Stil errichtet worden, von einem gewissen Zerstörer historischer Zeugnisse, der aus London angereist und noch am selben Tag wieder dorthin zurückgekehrt war. Nichts erinnerte an den früheren Standort des alten, den christlichen Lehren geweihten Tempels auf der grünen und ebenen Wiese, die seit unvordenklichen Zeiten als Friedhof gedient hatte und wo gusseiserne Kreuze aufgelöste Gräber markierten – das Stück achtzehn Pence, bei fünf Jahren Garantie.

I–2

Obwohl Jude Fawley von schmächtiger Statur war, trug er die beiden randvollen Wassereimer ohne Pause zum Häuschen. Über der Tür hing eine kleine, rechteckige, blaue Holztafel, auf der in gelben Buchstaben »Drusilla Fawley, Bäcker« geschrieben stand. Hinter den kleinen bleigefassten Fensterscheiben – es war eines der wenigen verbliebenen alten Häuser – standen fünf Gläser mit Süßigkeiten, und drei Brötchen lagen auf einem Teller mit Weidenmuster.

Als er hinter dem Haus die Eimer leerte, konnte er das lebhafte Gespräch mitanhören, das sich im Inneren zwischen seiner Großtante, der auf dem Schild genannten Drusilla, und einigen anderen Dorfbewohnern entspann. Nachdem sie den Aufbruch des Schulmeisters beobachtet hatten, zählten sie nun die Einzelheiten des Ereignisses auf und ergötzten sich, über seine Zukunftsaussichten zu spekulieren.

»Und wer ist der da?«, fragte eine vergleichsweise seltene Kundin, als der Junge eintrat.

»Gute Frage, Mrs. Williams. Mein Großneffe – kam her, nachdem Sies letzte Mal hier warn.« Die alte Dörflerin, die antwortete, war eine große, hagere Frau, die aus den gewöhnlichsten Themen ein Drama machte, und sie wandte sich dabei mit jedem Satz an eine andere Zuhörerin. »Kam vor nem guten Jahr aus Mellstock, drunten in South Wessex – das Schicksal hat ihm übel mitg'spielt, Belinda.« (Sie wandte sich nach rechts.) »Sein Vater hat dort g'lebt und wurd todkrank, hatte den Tatterich und starb nach zwei

Tagen, wie, Caroline?« (Sie wandte sich nach links.) »Ein Segen wär's, wenn der Allmächtige dich zusammen mit Vater und Mutter zu sich g'nommen hätt, armer nutzloser Junge! Aber ich hab ihn zu mir g'holt, bis ich was mit ihm anzufangen weiß, auch wenn er so viel wie's nur geht dazuverdienen muss. Grad verscheucht er die Vögel für Farmer Troutham. Hält ihn davon ab, Unfug zu treiben. Wo willst hin, Jude?«, fuhr sie fort, als der Junge, dem die Blicke wie Ohrfeigen auf den Wangen brannten, sich abwandte.

Die örtliche Waschfrau antwortete, es sei wohl ein ausgezeichneter Einfall von Miss oder Mrs. Fawley (wie sie gleichermaßen gerufen wurde), ihn aufzunehmen – »Zum Gesellschaft leisten, wenn Sie einsam sind, Wasser holen, abends die Fensterläden schließen und Ihnen aweng beim Backen helfen.«

Miss Fawley hatte ihre Zweifel … »Warum hast nich den Schulmeister überredet, dass er dich nach Christminster mitnimmt und nen Gelehrten aus dir macht?«, fuhr sie stirnrunzelnd, aber gutgelaunt fort. »Er hätt g'wiss keinen Besseren mitnehmen können. Der Bub ist verrückt nach Büchern, so viel ist amal sicher. Damit ist er nich der Einzige in unsrer Familie. Seine Cousine ist vom selben Schlag – hab ich zumindest g'hört; aber ich hab das Kind seit Jahren nich g'sehn, obwohl sie hier geboren ist, just in diesen vier Wänden. Meine Nichte und ihr Mann bekamen für ein, zwei Jahre nach ihrer Hochzeit kein eignes Haus; und dann hattens nur so lang eins, bis … na, davon will ich gar nich erst anfangen. Jude, mein Kind, heirate bloß nich. Keiner der Fawleys sollte diesen Schritt nochamal wagen. Sie, ihr einziges, war für mich wie ein eignes Kind, Belinda, bis zur Trennung! Ach, dass ein kleins Mädchen solche Veränderungen mitmachen musst!«

Jude, der merkte, dass die allgemeine Aufmerksamkeit sich erneut auf ihn konzentrierte, ging hinaus zur Backstube, wo er den Kuchen aß, der für ihn als Frühstück bereitstand. Seine freie Zeit neigte sich nun dem Ende zu, und nachdem er den Garten über die Hecke am hinteren Ende verlassen hatte, folgte er einem Pfad nach Norden, bis er eine weite und einsame Mulde in der meist flachen Ebene des Hochlandes erreichte, wo Getreide ausgesät war. Auf dieser riesigen Landsenke arbeitete er für Mr. Troutham, den Farmer, und er ging hinab bis zu ihrer Mitte.

Ringsum stieg die braune Fläche des Ackers geradewegs bis zum Himmel, verlor sich allmählich im Nebel, der den eigentlichen Rand des Feldes verdeckte und die Verlassenheit noch betonte. Die einzigen Merkmale in der gleichförmigen Landschaft waren ein Schober mit der Ernte des Vorjahres in der Mitte des Ackerlandes, die Saatkrähen, die aufflogen, als Jude sich näherte, und der Pfad über das Brachfeld, auf dem er gekommen war, den nun kaum noch eine ihm bekannte Menschenseele nutzte, obwohl einst viele seiner mittlerweile verstorbenen Familienmitglieder darauf gewandelt waren.

»Hier ist's aber hässlich!«, murmelte er.

Die frischen Ackerfurchen schienen sich hinzuziehen wie die Rillen in einem Stück neuem Kordsamt, verliehen dem Feld einen schäbig zweckmäßigen Anstrich, ebneten seine Abstufungen ein und beraubten es seiner ganzen Geschichte jenseits der letzten paar Monate, und dennoch hafteten an jedem Erdklumpen und Stein tatsächlich mehr als genug Erinnerungen – Echos von Liedern längst vergangener Erntetage, von gesprochenen Worten und kraftvollen Taten. Jeder Zollbreit Boden war früher oder später

Schauplatz von Tatkraft, Fröhlichkeit, üblen Streichen, Gezänk, Erschöpfung gewesen. Auf jedem Quadratmeter hatten Gruppen von Ährenlesern in der Sonne gehockt. Liebschaften, die das angrenzende Dörfchen bevölkern sollten, knüpften sich hier zwischen Mahd und Lese. Unter der Hecke, die das Feld von einer fernen Pflanzung trennte, hatten Mädchen sich Liebhabern hingegeben, die sie bei der nächsten Ernte keines Blickes mehr würdigten; und auf jenem uralten Getreidefeld hatte so mancher Mann Liebesschwüre geleistet, einer Frau, deren Stimme ihn zur nächsten Aussaat schaudern ließ, nachdem er seinen Schwur in der benachbarten Kirche erfüllt hatte. Doch dies kam weder Jude noch den Saatkrähen in den Sinn. Für sie war es ein einsamer Ort, der aus der einen Perspektive lediglich einen Arbeitsplatz darstellte und aus der anderen nur eine Kornkammer, in der gut fressen war.

Der Junge stand unter dem bereits erwähnten Schober und schüttelte alle paar Sekunden heftig seine Klapper oder Rassel. Bei jedem Klappern hörten die Saatkrähen auf zu picken, flogen hoch und flatterten träge davon, ihre Flügel glänzend wie die Beinschienen einer Rüstung, kehrten in hohem Bogen zurück, beäugten ihn aufmerksam und ließen sich nieder, um weiterzufressen in einer respektvolleren Entfernung.

Er schüttelte die Klapper, bis sein Arm schmerzte, und schließlich bekam er Mitleid mit den Vögeln, deren Wünsche derart hintertrieben wurden. Sie schienen ebenso wie er selbst in einer Welt zu leben, die sie nicht wollte. Warum sollte er sie verscheuchen? Er betrachtete sie allmählich wie sanfte Freunde und Gäste – die einzigen Freunde, von denen er sagen konnte, sie hätten zumindest ein klein wenig Interesse an ihm, denn seine Tante hatte ihm oft erklärt, er sei ihr gleichgültig. Er hörte auf zu klappern, und sie ließen sich erneut nieder.

»Arme kleine Schätzchen!«, sagte Jude laut. »Ihr sollt eure Mahlzeit bekommen – jawohl. Hier ist genug für uns alle. Farmer Troutham kann es sich leisten, euch was abzugeben. Fresst also, meine lieben Vögelchen, und lasst's euch schmecken!«

Sie blieben und fraßen, pechschwarze Flecken auf nussbrauner Erde, und Jude freute sich über ihren Appetit. Ein magisches Band aus Nächstenliebe verknüpfte sein Leben mit ihrem. So unscheinbar und bedauernswert diese Leben auch sein mochten, sie glichen dennoch sehr dem seinen.

Inzwischen hatte er seine Klapper weggeworfen, denn es war ein gemeines und schäbiges Instrument, das sowohl die Vögel beleidigte als auch ihn, ihren Freund. Plötzlich spürte er einen harten Schlag auf sein Hinterteil, gefolgt von einem lauten Klappern, das ihm verdutzt klarmachte, dass es die Klapper war, die ihn getroffen hatte. Die Vögel und Jude fuhren gleichzeitig hoch, und die verwirrten Augen des Letzteren erblickten den Farmer, den großen Troutham höchstpersönlich, dessen rotes Gesicht auf den sich duckenden Jude herabstarrte, während in seiner Hand die Klapper schwang.

»Jetzt heißt's also ›Fresst, meine lieben Vögelchen‹, junger Mann, hör ich richtig? ›Fresst, meine lieben Vögelchen‹, jawohl! Ich werd dirs Fell gerben, dann wolln wir mal sehn, obst so bald wieder ›Fresst, meine lieben Vögelchen‹ sagst! Und dazu hast noch beim Schulmeister rumgetrödelt, anstatt herzukommen, wie? So also verdienst deinen Sixpence am Tag, so verscheuchst die Saatkrähen von meim Getreide!«

Während er Jude seine zornige Tirade ins Ohr brüllte, packte Troutham dessen linke Hand mit der eigenen linken, schleuderte den schmächtigen Körper auf Armeslänge herum und schlug ihm erneut mit der flachen Seite der Klapper auf den Hintern, bis das Feld widerhallte von den Echos der Schläge, die bei jeder Umdrehung ein-, zweimal ihr Ziel trafen.

»Nicht, Sir … bitte aufhörn!«, schrie das herumgewirbelte Kind, so hilflos der Fliehkraft ausgesetzt wie ein Fisch am Haken, den man an Land auszappeln lässt, und es sah den Hügel, den Schober, die Pflanzung, den Pfad und die Saatkrähen mit erstaunlicher Geschwindigkeit immerzu im Kreis drehen. »Ich … ich … Sir … hab bloß gedacht … da ist eine gute Saat im Boden … ich hab gesehn, wie Sie's ausgesät ham … und die Krähen hätten ein bisschen davon zum Fressen abhaben können … und Sie hätten's gar nicht vermisst, Sir … und Mr. Phillotson hat gesagt, ich soll gut zu ihnen sein … Au, au, au!«

Diese wahrheitsgemäße Erklärung schien den Farmer sogar noch mehr zu erzürnen, als wenn Jude tapfer jedwede Antwort verweigert hätte; und immer weiter schlug er den herumwirbelnden Bengel, wobei das Klappern des Instruments über das Feld hallte und sogar von einigen weit entfernten Arbeitern vernommen wurde – die daraus schlossen, dass Jude sich dem Klappern mit großem Eifer widmete – und ein Echo am nagelneuen, direkt hinter der Nebelwand stehenden Kirchturm erzeugte, für dessen Bau der Farmer großzügig gespendet hatte, um seine Liebe zu Gott und den Menschen zu bezeugen.

Troutham wurde der Züchtigung bald überdrüssig, er stellte den Jungen auf die Füße, nahm einen Sixpence aus der Tasche und gab ihn ihm als Lohn für sein Tagwerk. Er sagte, er solle nach Hause gehen und sich nie wieder auf diesen Feldern blicken lassen.

Jude sprang außer Reichweite und ging weinend die Ackerfurche entlang – er weinte nicht wegen der Schmerzen, obwohl diese stark genug waren; nicht weil er einen Mangel im Schöpfungsplan entdeckt hatte, denn was für Gottes Vögel gut war, schadete Gottes Gärtner; sondern aufgrund des entsetzlichen Gefühls, dass er sich ganz und gar blamiert hatte, bevor sein erstes Jahr im Pfarrbezirk um war, und dass er seiner Großtante deshalb ein Leben lang zur Last fallen werde.

Mit diesem Schatten auf dem Gemüt wollte er sich im Dorf lieber nicht blicken lassen und ging auf einem Umweg hinter einer hohen Hecke und über eine Weide heimwärts. Hier sah er zahllose Paare von Regenwürmern, die zur Hälfte aus dem Boden ragten und auf der feuchten Erde lagen, so wie sie es bei solchem Wetter in dieser Jahreszeit unweigerlich taten. Man konnte keinen Schritt tun, ohne einige zu zertreten.

Obwohl Farmer Troutham ihm soeben wehgetan hatte, war es diesem Jungen unmöglich, irgendeinem Wesen Leid zuzufügen. Er hatte noch nie ein Nest voller Jungvögel nach Hause gebracht, ohne danach die halbe Nacht elendig wach zu liegen und das Nest am nächsten Morgen oft zurück an seinen ursprünglichen Platz zu bringen. Er vermochte kaum zuzusehen, wie Bäume zurechtgestutzt oder gefällt wurden, denn er stellte sich vor, dass es ihnen weh tat; und spätes Beschneiden, wenn der Saft schon in den Stamm gestiegen war und der Baum heftig blutete, hatte ihm in seiner Kindheit echten Kummer bereitet. Diese angebliche Charakterschwäche deutete bereits an, dass er als ein Mensch geboren wurde, der ein großes Maß an

Leid erdulden muss, bevor der Vorhang über sein nutzloses Leben fällt und anzeigt, dass wieder alles gut für ihn ist. Er wählte seinen Weg zwischen den Regenwürmern sorgfältig und auf Zehenspitzen, ohne einen einzigen zu töten.

Als er das Landhaus betrat, verkaufte seine Tante gerade einen Laib Brot für einen Penny an ein kleines Mädchen, und als die Kundin gegangen war, sagte sie: »Na, was kommst mitten am Vormittag wieder daher?«

»Ich bin entlassen.«

»Was?«

»Mr. Troutham hat mich fortgejagt, weil ich den Krähen ein paar Körner gelassen hab. Und hier ist mein Lohn … mein letzter.«

Er warf mit tragischer Miene den Sixpence auf den Tisch.

»Ach!«, sagte seine Tante und hielt den Atem an. Und sie begann zu schimpfen, sie werde ihn nun den ganzen Frühling am Hals haben und er nur herumlungern. »Wenn du nich amal Vögel verscheuchen kannst, was bringst überhaupt zustand? Na! Schau nich so ernst! Farmer Troutham ist ja nich so viel besser als ich. Aber wie heißt's beim Hiob: ›Jetzt aber lachen Leute über mich, die jünger sind als ich an Jahren. Ich hielt nicht würdig ihre Väter, sie meinen Herdenhunden zuzuweisen.‹ Sein Vater jedenfalls war meim Vater sein Geselle, und es war bled von mir, dass ich dich für ihn hab arbeiten lassen, was ich nur getan hab, dasst kein Ärger machst.«

Da sie Jude eher böse war, weil er sie durch sein frühzeitiges Erscheinen gedemütigt hatte, als wegen seiner Pflichtversäumnis, tadelte sie ihn vornehmlich aus dieser Sicht und weniger aus moralischen Gründen.

»Nich, dasst den Vögeln Farmer Trouthams Saat hättest überlassen solln. Das war nich recht. Jude, Jude, warum bist nich mit deim Schulmeister nach Christminster oder sonst wohin mitg'fahrn? Aber, ach nein ... armes, minderbemitteltes Kind ... in deim Zweig der Familie hat's schon immer an Mumm g'fehlt, und das wird alsamal so bleim!«

»Wo liegt denn diese schöne Stadt, Tante ... die Stadt, wo Mr. Phillotson hin ist?«, fragte der Junge, nachdem er schweigend nachgedacht hatte.

»Herrgott! Du solltest wissen, wo Christminster liegt. Rund zwanzig Meilen von hier. Ich glaub fast, die Stadt ist viel zu gut, als dasst je irgendwas damit zu tun haben kannst, armer Junge.«

»Und wird Mr. Phillotson immer dort sein?«

»Woher soll ich das wissen?«

»Könnt ich ihn nicht besuchen?«

»Herrgott, nein! Du bist hier nich aufg'wachsen, sonst würdest gar nich erst fragen. Wir hatten noch nie was mit den Leuten in Christminster zu schaffen und die nich mit uns.«

Jude ging hinaus, und da er mehr denn je spürte, dass sein Dasein ein ungewolltes war, legte er sich rücklings auf einen Haufen Streu in der Nähe des Schweinestalls. Der Nebel war inzwischen dünner geworden, und man erkannte durch den Dunst die Position der Sonne. Er zog seinen Strohhut über das Gesicht, lugte durch die Lücken im Geflecht auf die weiße Helle und überließ sich unbestimmten Gedanken. Wurde man älter, musste man Verantwortung übernehmen, stellte er fest. Ereignisse waren nicht derart im Einklang, wie er vermutet hatte. Die Logik der Natur erschreckte ihn zutiefst. Dass Güte gegenüber einer Gruppe von Lebewesen Grausamkeit gegenüber einer anderen bedeutet, verletzte seinen Sinn für Harmonie. Wenn man älter wird und glaubt, im Mittelpunkt der Zeit zu stehen und nicht, wie man in jungen Jahren spürt, an irgendeinem Punkt im Umkreis, wird man von einer Art Schauder erfasst, das war ihm nun klar. Ringsum schien etwas Glänzendes, Grelles, Ratterndes zu existieren, und der Lärm und der grelle Schein würden auf die kleine Zelle einschlagen, die man das eigene Leben nennt, sie schütteln und an ihr zerren.

Könnte er doch verhindern, erwachsen zu werden! Er wollte kein Mann werden.

Dann vergaß er seine Verzagtheit, so wie jeder naturverbundene Knabe sie vergessen hätte, und sprang auf. Während des restlichen Vormittags half er seiner Tante, und am Nachmittag, als es nichts mehr zu tun gab, ging er ins Dorf. Dort fragte er einen Mann, wo Christminster liege.

»Christminster? Ach, na ja, irgendwo da drüben; obwohl ich nie da war – ich nich. An solchenem Ort hatt ich noch nie was zu schaffen.«

Der Mann deutete nach Nordosten, in dieselbe Richtung, wo das Feld lag, auf dem Jude sich derart blamiert hatte. Die Übereinstimmung hatte einen Moment lang etwas Unerfreuliches, doch der Schrecken, der dadurch geweckt wurde, machte ihn nur noch neugieriger auf die Stadt. Der Farmer hatte gesagt, er solle sich nie wieder blicken lassen auf dem Feld, doch Christminster lag jenseits, und der Pfad war frei zugänglich. So verließ er in aller Stille das Dörfchen, stieg in dieselbe Mulde hinab, in der er morgens gezüchtigt worden war, wich keinen Zollbreit vom Pfad und erklomm auf der gegenüberliegenden Seite den langen und mühsamen Aufstieg, bis der Weg bei einem Wäldchen auf die Straße stieß. Hier endeten die gepflügten Felder, und vor ihm erstreckte sich weithin kahles, waldloses Hügelland.

I–3

Auf der heckenlosen Straße oder links und rechts von ihr sah man keine Menschenseele, und die weiße Strecke schien bergauf zu führen und sich zu verjüngen, bis sie sich mit dem Himmel vereinte. Am Gipfel des Hügels kreuzte im rechten Winkel ein Gratweg, Icknield Street, die ursprüngliche Römerstraße durch den Bezirk. Dieser uralte Weg verlief viele Meilen nach Ost und West, und man hatte ihn fast seit Menschengedenken dazu benutzt, Vieh und Geflügel zu Messen und Märkten zu treiben. Doch nun war er vernachlässigt und überwuchert.

Der Junge hatte sich noch nie so weit nördlich von dem beschaulichen Dörfchen entfernt, wo ihn vor ein paar Monaten eines dunklen Abends die Postkutsche vom südlich gelegenen Bahnhof abgesetzt hatte, und bis jetzt hatte er nicht geahnt, dass ein so weites, flaches, niedriges Land dort lag, in derart geringer Entfernung jenseits der Grenzen seiner Hügelwelt. Der ganze nördliche Halbkreis zwischen Ost und West breitete sich vierzig bis fünfzig Meilen weit vor ihm aus; die Luft war offenkundig klarer und feuchter als die, die er hier oben atmete.

Unweit der Straße stand eine verwitterte alte Scheune aus rötlich grauem Backstein und Ziegeln. Unter den Ansässigen war sie als Brown House bekannt. Er wollte gerade vorbeigehen, da sah er eine Leiter, die am Dachgesims lehnte; und als ihm einfiel, dass er weiter sehen konnte, je höher er kam, blieb Jude stehen und betrachtete sie. Auf dem Dach standen zwei Männer und ersetzten kaputte Ziegel. Er bog auf den Gratweg ab und ging zu der Scheune.

Nachdem er die Arbeiter eine Zeitlang nachdenklich beobachtet hatte, fasste er Mut und kletterte die Leiter hinauf, bis er neben ihnen stand.

»Na, Junge, was willst denn hier oben?«

»Könnten Sie mir bitte sagen, wo Christminster liegt?«

»Christminster liegt dort drüben, neben dem Wäldchen. Du kannst die Stadt sehn – zumindest an klaren Tagen. Ach, nee, heut sieht man sie nich.«

Der andere Dachdecker, froh über jede Ablenkung von seiner eintönigen Arbeit, hatte sich ebenfalls umgedreht, um in die gewiesene Richtung zu schauen. »Bei solchem Wetter kann man sie selten sehn«, sagte er. »Als ich sie gesehn hab, gab's grad nen herrlichen Sonnenuntergang, und da schaut's aus … ich weiß nich wie.«

»Das himmlische Jerusalem«, schlug der ernsthafte Bengel vor.

»Aye … wär aber selber nie drauf gekommen … Aber heut kann ich kein Christminster sehn.«

Der Junge kniff ebenfalls seine Augen zu; doch auch er konnte die weit entfernte Stadt nicht erkennen. Er stieg von der Scheune, und mit der Unbeständigkeit seiner Jugend vergaß er Christminster, spazierte den Gratweg entlang und hielt Ausschau nach interessanten Gaben der Natur, die dort irgendwo auf der Böschung liegen mochten. Als er auf dem Rückweg nach Marygreen erneut an der Scheune vorbeikam, sah er, dass die Leiter immer noch an Ort und Stelle stand, die Männer aber hatten ihr Tagwerk beendet und waren fortgegangen.

Der Abend dämmerte; es herrschte immer noch leichter Nebel, doch es hatte ein wenig aufgeklart, außer in den feuchteren Gebieten des tiefer liegenden Landes und entlang der Flussläufe. Er dachte wieder an Christminster und wünschte, dass er dieses eine Mal die verlockende Stadt hätte sehen können, von der man ihm erzählt hatte, schließlich war er deswegen vom Haus seiner Tante zwei, drei Meilen gewandert. Aber selbst wenn er hier wartete, war es recht unwahrscheinlich, dass die Luft vor Einbruch der Nacht aufklarte. Dennoch verließ er den Platz nur ungern, denn die nördliche Ebene entzog sich den Blicken, sobald man nur ein paar hundert Yards in Richtung des Dorfes marschierte.

Er stieg die Leiter hinauf, um noch einmal zu dem Punkt zu schauen, auf den der Mann gedeutet hatte, und hockte sich auf die höchste Sprosse, die über dem Ziegeldach lag. Er würde viele Tage lang nicht mehr in der Lage sein, so weit vorzudringen. Womöglich erfüllte sich sein Wunsch, Christminster zu sehen, wenn er darum betete. Man erzählte sich, dass man manchmal die Dinge bekommt, um die man betet, manchmal aber auch nicht. Er hatte in einem Traktat über einen Mann gelesen, der eine Kirche baute und kein Geld hatte, sie fertigzustellen, und als er niederkniete und betete, war das Geld mit der nächsten Post gekommen. Ein anderer hatte dasselbe versucht, doch das Geld war ausgeblieben; allerdings hatte er entdeckt, dass die Hosen, in denen er niedergekniet war, von einem schurkischen Juden genäht worden waren. Das konnte man durchaus als Ermutigung verstehen, und Jude drehte sich auf der Leiter um, kniete auf die dritte Sprosse, lehnte sich auf die darüberliegenden und betete darum, der Nebel möge sich heben.

Dann hockte er sich wieder hin und wartete. Binnen zehn bis fünfzehn Minuten löste der dünner werdende Nebel sich ganz vom nördlichen Horizont, so wie schon andernorts, und ungefähr eine Viertelstunde vor Sonnenuntergang teilten sich im Westen die Wolken, die Sonne kam teilweise hervor, und zwischen zwei schiefergrauen Wolkentürmen senkten sich sichtbare Sonnenstrahlen. Sofort schaute der Junge wieder in die altbekannte Richtung.

Ein Stück weit unterhalb der Horizontlinie der ausgedehnten Landschaft schimmerten Lichtpunkte wie Topas. Die Luft wurde in wenigen Minuten klarer, bis die Topaspunkte sich als Wetterhähne, Fenster, feuchte Dachschindeln und andere schimmernde Flecken auf den Türmen, Kuppeln, Steinbauten und verschiedenartigen Umrissen entpuppten, die undeutlich zum Vorschein kamen. Es war Christminster, zweifellos; entweder sah er die wirkliche Stadt oder ihr Spiegelbild in der sonderbaren Atmosphäre.

Der Junge starrte unentwegt, bis die Fenster und Wetterhähne ihren Glanz verloren und ihr Licht so plötzlich verschwand wie das einer gelöschten Kerze. Die undeutliche Stadt wurde umhüllt von Nebel. Als er westwärts blickte, sah er, dass die Sonne untergegangen war. Der Vordergrund der Szenerie war jetzt grabesdunkel, und nähere Gegenstände bekamen schemenhafte Farben und Formen.

Ängstlich kletterte er die Leiter hinunter, lief nach Hause und versuchte, nicht an Riesen zu denken, an Jäger Herne, Apollyon, der Christian auflauert, oder an den Kapitän mit dem blutenden Loch in der Stirn und die toten Matrosen, die jede Nacht an Bord des verhexten Schiffs aufs Neue zu meutern beginnen. Er wusste, er war zu alt, um an solche Schreckgespenster zu glauben, atmete jedoch auf, als er den Kirchturm und die Lichter in den Cottagefenstern sah, auch wenn dies nicht sein Geburtsort war und seine Großtante sich nicht allzu sehr um ihn scherte.

Hinter und rund um das Schaufenster des Ladens der alten Frau, mit seinen vierundzwanzig bleigefassten Scheiben, einige waren mit der Zeit angelaufen, sodass man kaum die ausgestellten billigen Waren erkennen konnte, die Teil eines Angebots bildeten, das ein starker Mann hätte forttragen können, fristete Jude über viele immer gleiche Wochen und Monate sein Erdenleben. Doch seine Träume waren so hochfliegend wie seine Umgebung eng.

Durch die massive Barriere des kalten, kreidehaltigen nördlichen Hochlands behielt er unentwegt die herrliche Stadt im Blick – den phantastischen Ort, den er mit dem neuen Jerusalem in Verbindung gebracht hatte, doch seine Träume hatten eher etwas von der Vorstellung eines Malers und in geringerem Maße eines Diamantenhändlers als jene des Autors der Offenbarung. Und die Stadt wurde greifbarer, beständiger und beherrschte sein Leben im Grunde nur deswegen, weil der Mann, dessen Wissen und Ziele er so sehr bewundert hatte, dort wohnte; nicht allein, sondern unter den dort weilenden besinnlicheren und heller strahlenden Geistesgrößen.

In den traurigen, nassen Jahreszeiten konnte er kaum glauben, dass der Regen, der freilich auch auf Christminster fiel, dort ebenso trübsinnig war. Wann immer er ein oder zwei Stunden dem Dörfchen entfliehen konnte, was selten der Fall war, schlich er sich fort zum Brown House auf dem Hügel und kniff hartnäckig die Augen zusammen; manchmal wurde er durch den Anblick einer Kuppel oder eines Kirchturms belohnt, ein andermal durch ein wenig Rauch, der seiner Einschätzung nach fast so mystisch war wie Weihrauch.

Dann fiel ihm eines Tages plötzlich ein, er könne, wenn er nach Einbruch der Dunkelheit den Aussichtspunkt erklomm oder vielleicht noch ein, zwei Meilen weiter ging, die Nachtlichter der Stadt sehen. Er würde sich allein auf den Heimweg machen müssen, doch nicht einmal dieser Gedanke hielt ihn davon ab, denn er hatte durchaus das Zeug, sich ein wenig von der mannhaften Seite zu zeigen.

Der Plan wurde ordnungsgemäß in die Tat umgesetzt. Es war nicht zu spät, als er den Aussichtspunkt erreichte, erst kurz nach Einbruch der Dämmerung; doch ein finsterer Nordosthimmel und dazu noch ein Wind aus derselben Richtung sorgten für ausreichend Dunkelheit. Er wurde belohnt; doch was er sah, waren keine nebeneinander leuchtenden Laternen, so wie er es fast erwartet hatte. Man sah kein einzelnes Licht, sondern nur einen Ring oder glühenden Nebel, der den Ort vor dem Hintergrund des schwarzen Himmels überwölbte, und so schienen das Licht und die Stadt nur ungefähr eine Meile entfernt.

Er begann nachzusinnen, wo genau in diesem Glühen der Schulmeister sein mochte – der nun keinerlei Kontakt mehr pflegte mit irgendjemandem aus Marygreen; für die Hiesigen war er wie tot. In dem Glühen schien er Phillotson ungeniert umherwandeln zu sehen, wie eine der Gestalten in Nebukadnezars Feuerofen.

Er hatte gehört, dass Windböen zehn Meilen die Stunde zurücklegten, und an diese Tatsache dachte er nun. Er öffnete den Mund, während er sich dem Nordosten zuwandte, und sog den Wind ein, als wäre es ein süßes Getränk.

»Du«, sagte er, zärtlich die Böe ansprechend, »du warst vor ein, zwei Stunden in Christminster, bist durch die Straßen geweht, hast die Wetterhähne gedreht, Mr. Phillotsons Gesicht berührt, wurdest von ihm geatmet; und jetzt bist hier, wirst von mir geatmet … du, genau dieselbe.«

Plötzlich trug der Wind ihm etwas zu – eine Botschaft von dem Ort – von einer dort weilenden Seele, so schien es. Gewiss war es das Glockengeläut, die Stimme der Stadt, undeutlich und melodisch, die ihm zurief: »Wir sind hier glücklich!«

Während dieses geistigen Höhenflugs hatte er ganz vergessen, wo er sich befand, und wurde dessen nur durch einen groben Rückruf gewahr. Einige Yards unter der Hügelkuppe, auf der er sich niedergelassen hatte, tauchte ein Pferdegespann auf, das eine halbe Stunde auf der kurvenreichen, aus einem tiefen Tal heraufführenden Straße unterwegs gewesen war. Das Gespann zog einen Wagen voll Kohle – Brennmaterial, das nur auf diesem Weg ins Hochland gebracht werden konnte. Es wurde begleitet von einem Fuhrmann, einem zweiten Mann und einem Knaben, der nun einen großen Stein hinter eines der Räder stieß und den keuchenden Tieren eine lange Verschnaufpause gestattete, während die Fuhrmänner eine Flasche von der Ladefläche holten und sich jeweils ein paar Züge daraus genehmigten.

Es waren ältere Männer mit freundlichen Stimmen. Jude sprach sie an und fragte, ob sie von Christminster gekommen seien.

»Gott behüte, mit dieser Last!«, sagten sie.

»Ich mein die Stadt da drüben.« Er hatte eine solche Leidenschaft für Christminster entwickelt, dass er sich, wie ein junger Verliebter, der auf seine Liebste anspielt, schämte, den Namen noch einmal auszusprechen. Er deutete auf das Licht am Himmel – das ihre älteren Augen kaum erkennen konnten.

»Ja. Da ist so'n Fleck im Nordosten, der aweng heller ausschaut als die Gegend drum rum, obwohl ich's selber nich bemerkt hätt, und es könnt sich zweifelsohne um Christminster handeln.«

In diesem Moment entglitt Jude ein kleines Märchenbuch, das er sich unter den Arm geklemmt und mitgebracht hatte, um auf dem Weg hierher zu lesen, bevor es dunkel wurde, und fiel auf die Straße. Der Fuhrmann musterte ihn, als er es aufhob und die Seiten glatt strich.

»Ach, junger Mann«, meinte er, »du müsstest dir erstmal den Kopf nach hinne drehn lassen, bevorst lesen könntst, was die dort lesen.«

»Warum?«, fragte der Junge.

»Och, die scheren sich um nix, was Leut wie wir verstehen könnten«, fuhr der Fuhrmann fort, um die Zeit zu vertreiben. »Nur um fremde Sprachen, wie mans zur Zeit des Turms von Babel kannte, als keine zwei Familien dieselbe Sprach hatten. Die lesen solche Sachen so schnell wie der Nachtfalke kreist. Dort gibt's nur Gelehrsamkeit – nix als Gelehrsamkeit, abgesehen von Religion. Und die ist auch Gelehrsamkeit, denn ich hab's nie verstanden. Ja, s'ist ein ernster Ort. Nich, dass es dort nachts keine Dirnen in den Straßen gäb … Weißt, ich glaub, die züchten dort Pfarrer wie Radieschen im Gemüsebeet. Und obwohl man – wie viele Jahre, Bob? – fünf Jahre braucht, um nen faulen Grünschnabel in nen ernsten Prediger ohne schlimme Leidenschaften zu verwandeln, tun sie's, wenn irgend möglich, schleifen ihm Ecken und Kanten ab wie auf der Hobelbank, und am End kommt er raus mit langem Gesicht, langem schwarzen Mantel und Weste, nem geistlichen Kragen und Hut, so wie man sie einst laut der Heiligen Schrift trug, sodass ihn manchmal seine eigene Mutter nich wiedererkennt … Also, das ist deren Geschäft, und es ist eins wie jedes andere.«

»Aber woher woll'n Sie wissen …«

»Jetzt red mir nicht drein, mein Junge. Unterbrich nie die Älteren. Schaff das Pferd aus dem Weg, Bobby; da kommt einer … Denk dran, dass ich übers Leben im College red. Die leben da in höhern Sphären; das lässt sich nich leugnen, obwohl ich persönlich nich viel von ihnen halt. So wie wir hier leibhaftig aufem Hügel stehn, stehn sie im Geist hoch oben – ganz vornehme Manne, g'wiss – ein paar – können Hunderte einstreichen, müssen bloß laut denken. Und ein paar sind starke junge Kerle, die dasselbe in Silber verdienen. Was Musik angeht, so gibt's überall in Christminster schöne Musik. Du kannst fromm sein oder auch nich, aber wenns singen, musst wohl oder übel mit einstimmen. Und dann gibt's da noch eine Straße – die Hauptstraße – die hat auf der ganzen Welt nich ihresgleichen. Ich glaub schon, dass ich aweng über Christminster weiß!«

Mittlerweile schnauften die Pferde nicht mehr und ließen sich wieder anschirren. Jude, der einen letzten bewundernden Blick hinüberwarf auf den fernen Lichtring, drehte sich um und ging neben seinem bemerkenswert gut informierten Freund, der nichts dagegen hatte, ihm unterwegs noch mehr von der Stadt zu erzählen – von ihren Türmen und Sälen und Kirchen. Der Wagen bog in eine Querstraße, wobei Jude dem Fuhrmann herzlich für seine Information dankte und sagte, er wünsche, er könne auch nur halb so gut über Christminster reden wie er.

»Na ja, ich weiß das alles nur vom Hörensagen«, sagte der Fuhrmann bescheiden. »Ich war nimme dort, sowenig wie du; aber ich hab hie und da was läuten hörn und geb es gern an dich weiter. Wenn man so viel rumkommt wie ich und mit so vielen Menschen aller Klassen zu tun hat, schnappt man schon was auf. Ein Freund von mir hat in seinen besten Jahren im Crozier Hotel in Christminster Schuhe geputzt, und als er schon älter war, kannte ich ihn so gut wie nen Bruder.«

Jude setzte seinen Heimweg allein fort und kam dabei so sehr ins Grübeln, dass er vergaß, sich zu fürchten. Er wurde plötzlich älter. Er hatte sich aus tiefstem Herzen gesehnt, etwas zu finden, um Wurzeln zu schlagen, etwas, an das er sich klammern konnte – einen Ort, den er bewundernswert nennen könnte. Würde er diesen Ort in der Stadt finden, wenn er je dorthin gelangte? Wäre dies ein Ort, wo er, ohne Farmer, Hindernisse und Spott fürchten zu müssen, beobachten und abwarten könnte, um sich dann an eine gewaltige Aufgabe zu machen, so wie die Männer aus alter Zeit, von denen er gehört hatte? So wie sein Blick vor einer Viertelstunde auf dem Leuchten geruht hatte, ruhte nun sein geistiges Auge auf dem Ort, während er seinem dunklen Pfad folgte.

»Es ist eine Stadt des Lichts«, sagte er sich.

»Dort wächst der Baum des Wissens«, fügte er einige Schritte weiter hinzu.

»Es ist ein Ort, von dem die Lehrmeister der Menschen stammen und zu dem sie gehen.«

»Es ist sozusagen eine Burg, bemannt von Gelehrsamkeit und Frömmigkeit.«

Nachdem er dieses Bild heraufbeschworen hatte, schwieg er lange, bis er hinzufügte: »Für mich wär's genau das Richtige.«

I–4

Etwas langsamer einherschreitend, da tief in Gedanken versunken, wurde der Junge – in einigen seiner Denkweisen geradezu weise, in einigen anderen unreifer, als es seinem Alter entsprach – von einem leichtfüßigen Wanderer überholt, an dem er trotz der Dunkelheit einen ungewöhnlichen Zylinderhut, einen Frack und eine Uhrkette ausmachte, die irrwitzig auf und ab hüpfte und Funken aus Himmelslicht versprühte, während ihr Besitzer auf dünnen Beinen und leisen Sohlen weitermarschierte.

»Nun, mein Freund! Ich hab's eilig, du musst also ziemlich schnell gehen, wennst mithalten willst. Weißt, wer ich bin?«

»Ja, ich glaub schon. Doktor Vilbert?«

»Ach … ich bin wohl überall bekannt! Das kommt davon, wenn man ein Wohltäter ist.«

Vilbert war ein umherwandernder Quacksalber, der bäuerlichen Bevölkerung wohlbekannt und allen anderen ganz und gar unbekannt, worauf er durchaus Wert legte, um unbequeme Fragen zu vermeiden. Seine einzigen Patienten waren Bauern, und nur unter ihnen hatte er in ganz Wessex einen Ruf. Sein Rang war bescheidener und sein Arbeitsfeld unbestimmter als jene der Quacksalber mit Vermögen und einem organisierten Netz von Werbeanzeigen. Tatsächlich war er ein Überlebender. Die Strecken, die er zu Fuß zurücklegte, waren gewaltig und entsprachen beinah der ganzen Länge und Breite von Wessex. Jude hatte eines Tages beobachtet, wie er einer alten Frau einen Tiegel voll gefärbtem Schweineschmalz verkaufte, das ihr schlimmes Bein heilen sollte, und sie hatte vereinbart, eine Guinea in Raten von einem Shilling alle vierzehn Tage für die kostbare Salbe zu zahlen, welche, wie der Arzt behauptete, nur von einem besonderen Tier gewonnen werden könne, das am Berg Sinai grase und nur zu fangen sei unter Einsatz von Leib und Leben. Jude, der zwar schon Zweifel an den Arzneien dieses Gentleman hegte, hielt ihn dennoch für eine sicherlich weitgereiste Person und eine, der man als Informationsquelle trauen konnte, wenn es nicht gerade um medizinische Fachfragen ging.

»Sie sind wohl schon mal in Christminster gewesen, Doktor?«

»Ja … schon oft«, erwiderte der lange dünne Mann. »Die Stadt ist eins meiner Hauptquartiere.«

»Ist es eine wundervolle Stadt der Gelehrsamkeit und Religion?«

»Das kannst laut sagen, mein Junge, als wärst schon dort gewesen. Ja, sogar die Söhne der alten Frauen, die in den Colleges die Wäsche waschen, können Latein sprechen … kein gutes Latein, das gebe ich als Experte zu: Hundelatein … Katzenlatein, so nannten wir's damals als Studenten.«

»Und Griechisch?«

»Na, das ist eher was für die Leut, die Bischof werden wolln, dass sies Neue Testament im Original lesen.«

»Ich möcht selber gern Latein und Griechisch lernen.«

»Da willst ja hoch hinaus. Du musst dir für jede Sprache ein Lehrbuch beschaffen.«

»Eines Tages werd ich nach Christminster gehn.«

»Wennst dort bist, sag, dass Doktor Vilbert der einzige Anbieter von diesen berühmten Pillen ist, die unweigerlich alle Leiden des Verdauungssystems mitsamt Asthma und

Kurzatmigkeit zu heilen vermögen. Die Schachtel zu zwei Shilling, drei Pence – amtlich zugelassen, wie der exklusive Stempel bezeugt.«

»Könnten Sie mir die Lehrbücher besorgen, wenn ich versprech, es hier herumzuerzählen?«

»Ich schick dir gern meine … die ich als Student benutzt hab.«

»Oh, danke, Sir!«, sagte Jude hocherfreut, aber außer Atem, da die erstaunlich schnellen Schritte des Arztes ihn zum Mitlaufen zwangen, wovon er Seitenstechen bekam.

»Mach lieber langsam, mein Junge. Ich sag dir jetzt, was ich mach. Ich hol dir die Lehrbücher und üb mit dir die erste Lektion, wenn du dran denkst, an jedem Haus im Dorf Doktor Vilberts Goldsalbe, Lebenstropfen und Frauenpillen zu empfehlen.«

»Wo treff ich Sie mit den Lehrbüchern?«

»Heute in vierzehn Tagen komm ich exakt um fünfundzwanzig Minuten nach sieben hier vorbei. Meine Rundgänge sind so genau im Takt wie die Umlaufbahnen der Planeten.«

»Ich werd hier auf Sie warten«, sagte Jude.

»Mit Bestellungen für meine Arzneien?«

»Ja, Doktor.«

Jude blieb stehen, wartete ein paar Minuten, um wieder zu Atem zu kommen, und ging in dem guten Glauben heim, den ersten Schritt in Richtung Christminster getan zu haben.

Während der folgenden vierzehn Tage lief er herum und lächelte sichtlich seine geheimen Gedanken an, als wären sie Menschen, die seinen Weg kreuzten und ihm zunickten – lächelte mit jenem besonders schönen Strahlen, das sich auf den Gesichtern junger, einem herrlichen Einfall nachhängender Leute ausbreitet, als leuchte eine Wunderlampe in ihrem durchsichtigen Wesen und erwecke die schmeichelhafte Vorstellung, vom Himmel umgeben zu sein.

Er erfüllte treulich sein Versprechen gegenüber dem Wunderheiler, an den er nun fest glaubte, und zog meilenweit von einem der umliegenden Dörfchen zum anderen, als wäre er der angehende Stellvertreter des Doktors.

Am verabredeten Abend stand er reglos auf dem Plateau, wo er sich von Vilbert verabschiedet hatte, und wartete auf ihn. Der Wanderdoktor erschien recht pünktlich; doch Jude, der sich ihm anschloss und versuchte, mit der nicht im Geringsten gedrosselten Geschwindigkeit des Wanderers Schritt zu halten, musste erstaunt feststellen, dass dieser den jungen Gefährten vorgeblich kaum wiedererkannte, obwohl die Abende nach den verstrichenen zwei Wochen heller geworden waren. Jude überlegte, ob sein neuer Hut ihn unkenntlich machte, und grüßte den Doktor würdevoll.

»Was gibt's, mein Junge?«, sagte Letzterer geistesabwesend.

»Da bin ich«, erwiderte Jude.

»Du? Wer bist du? Ach ja … sicher! Hast irgendwelche Bestellungen, Junge?«

»Ja.« Und Jude nannte ihm Namen und Adressen der Dörfler, die bereit waren, die Vorzüge der weltbekannten Pillen und Salben am eigenen Leib zu erproben. Der Quacksalber ließ sich kein Wort entgehen.

»Und die Lehrbücher für Latein und Griechisch?« Judes Stimme zitterte begehrlich.

»Was soll damit sein?«

»Sie wollten mir Ihre mitbringen, die Bücher, mit denen Sie für Ihre Prüfung gelernt ham.«

»Ach ja, ja! Hab ich ganz vergessen … ganz und gar! Bin für so viele Menschenleben verantwortlich, Junge, dass ich mich nicht so sehr um andre Dinge kümmern kann, wie ich's gern tun würd.«

Jude hielt sich lange genug zurück, um sicherzugehen, dass es der Wahrheit entsprach, und wiederholte dann hörbar niedergeschlagen: »Sie ham sie nicht dabei!«

»Nein. Aber du musst noch ein paar Bestellungen von Kranken auftreiben, und ich bring die Lehrbücher das nächste Mal mit.«

Jude fiel zurück. Er war ein ungebildeter Junge, doch die Gabe plötzlicher Einsicht, die Kindern zuweilen gewährt wird, zeigte ihm unvermittelt, welch ein schäbiger Halunke der Quacksalber war. Aus dieser Quelle konnte man keine geistige Erleuchtung erwarten. Die Blätter fielen von seinem eingebildeten Lorbeerkranz; er ging auf eine Zauntür zu, lehnte sich dagegen und weinte bitterlich.

Auf die Enttäuschung folgte eine Zeit der Leere. Er hätte Lehrbücher aus Alfredston bestellen können, doch dazu brauchte es Geld und man musste wissen, welche Werke geeignet wären; und obwohl für sein Wohlergehen gesorgt war, hatte er nicht die Freiheit, auch nur über einen einzigen Viertelpenny verfügen zu können.

Dann kam der Tag, da Phillotson nach seinem Pianino schickte, und das brachte Jude auf eine Idee. Warum nicht dem Schulmeister schreiben und ihn freundlich bitten, die Lehrbücher in Christminster zu besorgen? Er könnte einen Brief in die Transportkiste des Klaviers stecken, und dieser würde gewiss den gewünschten Leser erreichen. Könnte man ihn nicht bitten, irgendeine alte, antiquarische, in der Universitätsluft gereifte Ausgabe zu schicken?

Würde er seiner Tante von dem Plan erzählen, wäre dieser zum Scheitern verurteilt. Er musste auf eigene Faust handeln.

Nachdem er noch ein paar Tage nachgedacht hatte, machte er sich wirklich ans Werk, und an dem Tag, an dem das Klavier abtransportiert werden sollte, zufällig sein nächster Geburtstag, versteckte er in der Kiste heimlich den Brief an seinen vielbewunderten Freund; denn er fürchtete, seine Tante Drusilla könnte ihn zwingen, seinen Plan aufzugeben, wenn er ihr davon erzählte und sie von seinen Absichten erfuhr.

Das Klavier wurde abgeschickt, und Jude wartete Tage und Wochen, besuchte jeden Morgen, bevor seine Tante sich regte, das Posthäuschen. Schließlich kam tatsächlich ein Päckchen im Dorf an, und er erkannte an den Rändern, dass es zwei dünne Bücher enthielt. Er nahm es mit zu einem einsamen Ort, setzte sich auf eine gefällte Ulme und öffnete es.

Seit seiner ersten Begeisterung oder Vision von Christminster und seiner Möglichkeiten hatte Jude ausführlich und wissbegierig über das wahrscheinliche Verfahren nachgedacht, das man nutzt, um Begriffe einer Sprache in die einer anderen zu übertragen. Er kam zu dem Schluss, dass ein Lehrbuch der zu lernenden Sprache hauptsächlich eine Regel, Beschreibung oder einen Schlüssel zum Wesen einer Geheimschrift enthielt, welche ihm, nachdem er sie verinnerlicht hatte, durch ihre schlichte Anwendung ermöglichte, nach Belieben alle Worte seiner Sprache in jene einer fremden umzuwandeln. In seiner kindlichen Vorstellung entsprach dies tatsächlich einer bis zum Äußersten getriebenen mathematischen Präzision, die weithin als Grimm'sches Gesetz bekannt ist – eine Erweiterung grober Regeln bis zur Vollkommenheit. So vermutete er, dass die Wörter der zu lernenden Sprache stets irgendwo in den Wörtern der bereits gelernten verborgen seien und von denen entdeckt werden konnten, welche die entsprechende, in den erwähnten Büchern dargebotene Kunst beherrschten.

Nachdem er den Poststempel von Christminster auf dem Päckchen begutachtet, die Schnur durchtrennt, die Bücher aufgeschlagen und das zufällig oben liegende Lateinlehrbuch näher betrachtet hatte, wollte er daher kaum seinen Augen trauen.

Das Buch war alt – dreißig Jahre, fleckig, von einem Fremden rücksichtslos und feindselig gegenüber dem gedruckten Wort vollgekritzelt und wahllos mit zwanzig Jahre zurückliegenden Daten beschriftet. Doch Jude war nicht deswegen verblüfft. Er erfuhr zum ersten Mal, dass es keine Umwandlungsregel gab, so wie er es sich in seiner Unschuld ausgemalt hatte (es gab eine, zumindest andeutungsweise, doch der Lehrbuchautor erkannte sie nicht), sondern dass jedes Wort in Latein und Griechisch mittels jahrelanger Plackerei einzeln ins Gedächtnis geprägt werden musste.

Jude warf die Bücher auf den Boden, legte sich rücklings auf den breiten Ulmenstamm und fühlte sich eine Viertelstunde lang hundeelend. Wie so oft, zog er seinen Hut über das Gesicht und beobachtete die Sonne, die heimtückisch durch die Lücken im Stroh lugte. Das war dann also Latein und Griechisch, dieser große Schwindel! Der Zauberspruch, den er erhofft hatte, war nichts als harte Fron wie die der Israeliten in Ägypten.

Bald fragte er sich, was für Gehirne sie in Christminster und den großen Schulen haben mussten, um eins nach dem anderen zehntausende Wörter zu lernen! Das Hirn in seinem Kopf war dafür wohl zu klein; und als die dünnen Sonnenstrahlen weiter durch den Hut zu ihm durchdrangen, wünschte er, nie ein Buch gesehen zu haben, nie wieder eins zu sehen und gar nicht erst auf die Welt gekommen zu sein.

Wäre jemand vorbeigegangen und hätte ihn nach seinem Kummer gefragt, hätte er ihn womöglich mit der Bemerkung aufheitern können, seine Ideen seien fortschrittlicher als die des Lehrbuchautors. Doch niemand kam, weil dort niemals jemand vorbeikommt; und angesichts der niederschmetternden Erkenntnis seines gewaltigen Irrtums blieb Jude bei dem Wunsch, er wäre nie geboren.

I–5

In den drei, vier folgenden Jahren konnte man ein wunderliches und eigentümliches, wunderlich und eigentümlich gelenktes Gefährt auf den Wegen und Seitenwegen rund um Marygreen beobachten.

Während der ein, zwei Monate nach dem Erhalt der beiden Bücher verflog Judes Ärger über den gemeinen Streich, den ihm die toten Sprachen gespielt hatten. Tatsächlich hatte seine Enttäuschung über das Wesen der Sprachen ihn nach einer Weile dazu gebracht, die Gelehrsamkeit von Christminster noch mehr zu verherrlichen. Lebendige oder tote Sprachen trotz all der ihm nunmehr bekannten eigentümlichen Widrigkeiten zu erlernen, war eine Herkulestat, die allmählich ein größeres Interesse weckte als an dem zuvor vermuteten Patentrezept für Übersetzungen.

Das bergschwere Material, unter dem die Ideen in jenen verstaubten Bänden, Klassiker genannt, begraben lagen, reizte ihn zu dem Versuch, es wie ein Mäuschen hartnäckig und stückchenweise abzutragen.

Er hatte sich bemüht, seine Gegenwart der barschen unvermählten Tante erträglich zu machen, indem er sie so gut er konnte unterstützte, und der Umsatz der kleinen Dorfbäckerei war entsprechend gestiegen. Man hatte für acht Pfund einen alten Klepper mit hängendem Kopf erworben, dazu eine quietschende Karre mit schmutzig weißer Plane für ein paar Pfund extra, und Jude oblag es, derart gerüstet, dreimal die Woche Brotlaibe zu den Dörflern und einsamen Höfen rund um Marygreen zu kutschieren.

Die zuvor erwähnte Eigentümlichkeit manifestierte sich

zuletzt weniger in dem Gefährt als in Judes Art, es auf seiner Rundfahrt zu lenken. Das Wageninnere war der Schauplatz eines Großteils von Judes Ausbildung mittels »privater Studien«. Sobald das Pferd die Straße und die Häuser, an denen es eine Weile halten sollte, verinnerlicht hatte, streifte der vorn sitzende Junge die Zügel über den Arm, befestigte das aufgeschlagene Buch, das er gerade las, erfinderisch mit einem an der Plane hängenden Riemen, legte das Wörterbuch auf die Knie und stürzte sich in seiner kurzsichtigen, unsteten Art und mit einem Fleiß, der einem zartbesaiteten Pädagogen Tränen in die Augen getrieben hätte, aufs Geratewohl auf die einfacheren Passagen aus dem Cäsar, Vergil oder Horaz. Dabei erfasste er trotz allem irgendwie die Bedeutung des Gelesenen und erriet eher als erkannte den Geist des Originals, der sich oft stark von dem unterschied, was zu suchen man ihn gelehrt hatte.

Die einzigen für ihn erschwinglichen Ausgaben waren die alten Delphin-Editionen, denn man hatte sie ausgemustert, und ihr Preis war entsprechend gering. Doch mochten sie auch schlecht für faule Schüler sein, für seine Zwecke eigneten sie sich einigermaßen gut. Der gehemmte und einsame Wanderbursche bedeckte gewissenhaft die Randbemerkungen und nutzte sie lediglich bei Fragen zum Satzbau, als würde er sich an einen zufällig vorbeikommenden Kameraden oder Tutor wenden. Und obwohl Jude nur geringe Chancen haben mochte, mittels dieser schludrigen Lernmethode zum Gelehrten zu werden, war er auf bestem Wege, sich eine Routine anzueignen, an der er festhalten wollte.

Während er sich mit diesen uralten Seiten beschäftigte, die schon von Leuten durchgeblättert worden waren, die wohl längst in ihren Gräbern lagen, und die Gedanken jener so fernen und doch so nahen Geister ausgrub, folgte das knochige alte Ross seinem Rundweg, und Jude wurde von der Wehklage Didos abgelenkt, als sein Karren plötzlich hielt und die Stimme einer alten Frau erklang: »Heut zwei, Bäcker, und des alte geb ich Ihnen z'rück.«

Oft kreuzten Wanderer und andere Leute unbemerkt seinen Weg, und allmählich begann man in der Nachbarschaft darüber zu reden, wie er Arbeit und Spiel (sie betrachteten seine Lektüre als solches) verknüpfte, was ihm zwar wahrscheinlich ganz gut in den Kram passte, aber für andere, die auf denselben Straßen unterwegs waren, nicht ganz ungefährlich war. Man murrte. Dann gab ein Privatmann aus einem Nachbarort dem örtlichen Wachtmeister zu verstehen, man solle dem Bäckerjungen verbieten, beim Fahren zu lesen, und beharrte darauf, es sei die Pflicht des Beamten, ihn auf frischer Tat zu ertappen, in Alfredston vor Gericht zu stellen und für sein gefährliches Verhalten im Straßenverkehr zu bestrafen. Der Wachtmeister lauerte Jude also auf, stellte ihn eines Tages zur Rede und verwarnte ihn.

Da Jude morgens um drei aufstehen musste, um den Ofen zu heizen, den Teig für das später am Tag auszuliefernde Brot zu kneten und die Laibe ins Rohr zu schieben, war er gezwungen, am Vorabend sofort nach dem Mischen des Teigs zu Bett zu gehen, sodass er seine Klassiker kaum noch studieren konnte, wenn er sie nicht auf der Straße lesen durfte. Ihm blieb also nichts anderes übrig, als ein wachsames Auge auf die Straße vor ihm und die Umgebung zu haben, so gut es unter diesen Umständen eben ging, und seine Bücher verschwinden zu lassen, falls irgendjemand, insbesondere der Wachtmeister, in der Ferne aufkreuzte. Zugunsten jener Amtsperson lässt sich sagen, dass er Judes Brotkarren nicht allzu sehr in die Quere kam, da er meinte, Jude sei in diesem gottverlassenen Bezirk vor allem eine Gefahr für sich selbst, und dass er oft in die Gegenrichtung ging, wenn er die weiße Plane über den Hecken auftauchen sah.

Eines Tags, als der nun schon sechzehnjährige Fawley recht gute Fortschritte gemacht hatte und sich auf dem Heimweg mit »Carmen Saeculare« abmühte, merkte er, dass er am steilen Rand des Plateaus am Brown House vorbeifuhr. Das Licht hatte sich verändert, und dies spürend blickte er unwillkürlich hoch. Die Sonne ging unter, und der Vollmond stieg gleichzeitig in der entgegengesetzten Himmelsrichtung hinter den Wäldern auf. Das Gedicht hatte seine Gedanken derart gefesselt, dass er, erfasst von denselben spontanen Gefühlsregungen, die ihn Jahre zuvor veranlasst hatten, auf der Leiter zu knien, das Pferd zügelte, vom Karren stieg, sich umschaute, ob jemand in der Nähe war, und sich mit dem offenen Buch am Wegesrand niederkniete. Er wandte sich zunächst der glanzvollen Göttin zu, die so sanft und skeptisch auf sein Tun herabzublicken schien, dann, dem schwindenden Licht gegenüber, hob er an:

»Phoebe silvarumque potens Diana!«

Das Pferd stand still, bis die Hymne beendet war, die Jude im Schwung einer polytheistischen Vorstellung wiederholte, von dem er nie gedacht hätte, er könnte ihm am helllichten Tag freien Lauf lassen.

Zu Hause grübelte er, welch ein seltsamer, angeborener oder erlernter Aberglauben ihn inspiriert und welch merkwürdige Achtlosigkeit bei jemandem, der nicht nur Gelehrter, sondern auch Geistlicher werden wollte, zu solch einem Abirren von Vernunft und guten Sitten geführt hatte. Das alles kam daher, dass er ausschließlich heidnische Werke gelesen hatte. Je länger er nachdachte, desto überzeugter war er, auf dem Holzweg zu sein. Er begann sich zu fragen, ob er wohl die richtigen Bücher las, um sein Lebensziel zu erreichen. Man konnte wohl kaum davon ausgehen, dass diese heidnische Literatur und die mittelalterlichen Colleges von Christminster, jene steinernen Liebeserklärungen an die Kirche, in Einklang standen.

Letztlich kam er zu dem Schluss, dass er aus reiner Lust am Lesen Gefühle entwickelt hatte, die einem jungen Christen nicht zustanden. Er hatte sich oberflächlich mit Clarkes Homer beschäftigt, doch nie viel gearbeitet mit der eigens bei einem Antiquar bestellten griechischen Ausgabe des Neuen Testaments. Er gab das inzwischen vertraute Ionisch auf, um sich einem neuen Dialekt zu widmen, und noch lange danach beschränkte er seine Lektüre auf die von Griesbach herausgegebenen Evangelien und Apostelbriefe. Als er eines Tages nach Alfredston kam, stieß er in einigen Bänden, die ein verschuldeter Geistlicher aus der Nachbarschaft bei einem Buchhändler zurückgelassen hatte, zudem erstmals auf die Schriften der Kirchenväter.

Eine weitere Folge dieses Sinneswandels war, dass er jeden Sonntag einen Rundgang durch alle Kirchen machte und die lateinischen Inschriften auf Gedenktafeln und Grabsteinen des 15. Jahrhunderts entzifferte. Auf einer dieser Pilgerfahrten traf er eine hochintelligente bucklige Alte, die alles las, was ihr in die Hände fiel, und sie erzählte ihm noch mehr über die romantischen Reize der Stadt des Lichts und der Legenden. Er war nun entschlossener denn je, dorthin zu gehen.

Von was aber sollte er in dieser Stadt leben? Gegenwärtig hatte er keinerlei Einkommen. Er hatte kein Handwerk und keinen würdigen oder beständigen Beruf erlernt, der ihn ernähren könnte, während er sich einer Geistesarbeit widmete, die viele Jahre in Beschlag nehmen mochte.

Was brauchten die Bürger am dringendsten? Essen, Kleidung und Obdach. Ein Koch verdiente zu wenig; Schneider wollte er partout nicht werden; der Hausbau interessierte ihn schon eher. In einer Stadt baut man Häuser, also würde er lernen, sie zu bauen. Er dachte an seinen nie kennengelernten Onkel, den Vater seiner Cousine Susanna, der als Kunstschmied für die Kirche arbeitete, und mittelalterliches Kunsthandwerk war, unabhängig vom Material, ein Beruf, für den er sich durchaus begeistern konnte. Er würde nicht viel falsch machen, wenn er in seines Onkels Fußstapfen trat und sich ein wenig mit den Hüllen beschäftigte, welche die gelehrten Seelen beherbergten.

Zur Vorbereitung beschaffte er sich ein paar kleine Sandsteinblöcke, Metall stand nicht zur Verfügung, unterbrach seine Studien eine Weile und verbrachte seine freien halben Stunden damit, Schlusssteine und Kapitelle in seiner Pfarrkirche zu kopieren.

In Alfredston lebte ein bescheidener Steinmetz, und Jude bot ihm für ein geringes Gehalt seine Dienste an, sobald er einen Ersatzgehilfen für den kleinen Laden seiner Tante gefunden hatte. So bekam er die Möglichkeit, zumindest die Grundzüge der Sandsteinbearbeitung zu lernen. Nach einiger Zeit wandte er sich an einen Kirchenbauer im selben Ort, und unter Anleitung des Architekten wurde er geschickt darin, verfallenes Mauerwerk in verschiedenen Kirchen der Gegend zu restaurieren.

Obwohl er nicht vergaß, dass er dieses Handwerk nur

erlernte, um seinen Unterhalt zu sichern, während er hinarbeitete auf jene größeren, seiner selbstgefälligen Meinung nach besser zu ihm passenden Talente, interessierte ihn die Tätigkeit an sich. Unter der Woche wohnte er nun in der kleinen Stadt, kehrte aber jeden Samstagabend zurück nach Marygreen. Und so erreichte und verbrachte er sein neunzehntes Lebensjahr.

I–6

An diesem denkwürdigen Tag seines Lebens, einem Samstag, kehrte er um ungefähr drei Uhr nachmittags von Alfredston zurück nach Marygreen. Es war Sommer, schön, warm und mild, und er marschierte, den Korb mit dem Werkzeug geschultert, drauflos, wobei die kleinen Meißel leise gegen die größeren schlugen. Wegen des Wochenendes hatte er seine Arbeit frühzeitig beendet und die Stadt über einen Rundweg verlassen, den er nur selten nutzte, denn er hatte seiner Tante versprochen, einer Getreidemühle in der Nähe von Cresscombe eine Bestellung zu überbringen.

Er war bester Laune. In ein, zwei Jahren würde er wohl bequem in Christminster leben und an die Tore einer jener Festungen der Gelehrsamkeit klopfen, von denen er so oft geträumt hatte. Er hätte freilich schon unter dem einen oder anderen Vorwand hingehen können, doch er wollte die Stadt lieber nicht mit einem als unzureichend empfundenen Vermögen betreten und hinsichtlich seiner Mittel sichergehen. Warme Selbstzufriedenheit erfüllte ihn, wenn er an seine bisherigen Leistungen dachte. Unterwegs warf er hin und wieder einen kurzen Blick ringsum auf die Landschaft. Doch er nahm sie kaum wahr; er wiederholte unwillkürlich das, was er für gewöhnlich tat, wenn er weniger beschäftigt war; und seine Gedanken drehten sich eigentlich um die Abschätzung seiner bisherigen Fortschritte.

»Inzwischen kann ich die einfachen Klassiker der Antike so gut lesen wie ein durchschnittlicher Student. Besonders die lateinischen.« Tatsächlich: Jude beherrschte die Sprache so gut, dass er sich auf seinen einsamen Wanderungen die Zeit mit Selbstgesprächen auf Latein vertreiben konnte.

»Ich hab zwei Bücher der *Ilias* gelesen und bin dazu recht vertraut mit Passagen wie der Rede des Phönix im neunten Buch, dem Kampf zwischen Hektor und Ajax im vierzehnten, dem Auftritt des unbewaffneten Achilles und der Beschreibung seiner himmlischen Rüstung im achtzehnten und der Wettkämpfe bei der Bestattung im dreiundzwanzigsten. Dazu hab ich was von Hesiod studiert, einen kleinen Happen Thukydides und jede Menge aus dem griechischen Testament … Trotzdem wär mir lieber, es gäb nur einen Dialekt.

Ich hab ein bisschen über Mathematik gelesen, einschließlich der ersten sechs Bücher sowie das elfte und zwölfte von Euklid, und Algebra gelernt bis zu den einfachen Gleichungen.

Ich weiß ein wenig über die Kirchenväter sowie über römische und englische Geschichte.

Das alles ist nur der Anfang. Aber hier werd ich nicht viele Fortschritte machen, weil man so schwer an die Bücher rankommt. Deshalb muss ich alles dransetzen, nach Christminster überzusiedeln. Bin ich erstmal angekommen, werd ich mich mit dortiger Hilfe so verbessern, dass mir mein jetziges Wissen wie kindliche Unwissenheit vorkommen wird. Ich muss sparen und werd's tun; und eins dieser Colleges wird mir seine Türen öffnen … wird den willkommen heißen, den es heut schmähen würd, und wenn ich zwanzig Jahre drauf warten muss.

Dann bin ich im Handumdrehen Doktor der Theologie!«

Er träumte weiter und hielt es sogar für möglich, Bischof zu werden, wenn er ein sündloses, kraftvolles, weises, christliches Leben führte. Und welch ein Vorbild würde er abgeben! Verdiente er £ 5000 jährlich, würde er £ 4500 auf die eine oder andere Weise spenden, und der Rest wäre (für seine Verhältnisse) immer noch üppig genug. Nun, wenn er es sich genau überlegte, war Bischof lächerlich. Erzdiakon wäre genug. Ein Mann könnte im Rang eines Erzdiakons ebenso gut, gelehrt und nützlich sein wie in dem eines Bischofs. Dann dachte er doch bald wieder an den Bischof.

»In der Zwischenzeit les ich, sobald ich in Christminster bin, die Bücher, die ich hier nicht bekommen konnte: Livius, Tacitus, Herodot, Aischylos, Sophokles, Aristophanes …«

»Ha, ha, ha! Etepetete!«

Die Laute, von heiteren Stimmen geäußert, kamen von der anderen Seite der Hecke, doch er achtete nicht auf sie. Er zählte im Geiste weiter auf: »… Euripides, Plato, Aristoteles, Lukrez, Epiktet, Seneca, Antonius. Dann muss ich noch anderes meistern: die Kirchenväter gründlich; Beda und die Kirchengeschichte im Allgemeinen; ein paar Worte Hebräisch … bislang kenn ich nur die Schriftzeichen …«

»Etepetete!«

»… aber ich kann hart arbeiten. Gott sei Dank geht mir nicht so schnell die Puste aus, und das ist's, was zählt! … Ja, Christminster soll meine Alma Mater sein, und ich bin dann ihr geliebter Sohn, an dem sie Wohlgefallen hat.«

Indem Jude sich derart auf künftige Großtaten konzentrierte, verlangsamten sich seine Schritte, bis er stehen blieb und zu Boden blickte, als könnte er dort die Zukunft sehen wie die Projektion einer Laterna magica. Plötzlich prallte etwas gegen sein Ohr, und er merkte, dass jemand ein weiches, kaltes Ding nach ihm geworfen hatte, das nun zu seinen Füßen lag.

Ein kurzer Blick verriet ihm, was es war – ein Fleischbatzen, das Gemächt eines Borges, mit dem die Landleute ihre Stiefel einfetteten, da es zu nichts anderem nütze ist. In der Gegend gab es reichlich Schweine, die in bestimmten Regionen von North Wessex scharenweise gezüchtet und gemästet wurden.

Auf der anderen Seite der Hecke lag ein Fluss, von dem, wie Jude nun erstmals klar wurde, die heiteren Töne und Stimmen und das Gelächter erklungen waren und sich mit seinen Träumereien vermengt hatten. Er stieg auf die Böschung und sah über den Zaun. Am gegenüberliegenden Flussufer stand ein Häuschen mit Garten und anschließenden Schweineställen; davor, am Ufer, knieten drei junge Frauen neben Körben und Platten voller Schweinsgekröse, das sie im fließenden Wasser auswuschen. Ein, zwei Augenpaare blickten schelmisch hoch, und als sie merkten, dass sie seine Aufmerksamkeit endlich gewonnen hatten und er sie beobachtete, warfen sie sich zur Besichtigung in Pose, indem sie ihre Lippen sittsam aufeinanderpressten und emsig ihre Wascharbeit fortsetzten.

»Danke!«, sagte Jude ernst.

»Ich hab's *nich* geworfen!«, versicherte ein Mädchen ihrer Nachbarin, als hätte sie den jungen Mann nicht bemerkt.

»Ich anich«, erwiderte die zweite.

»Ach Anny, was fällt dir ein!«, sagte die dritte.

»Hätt ich was geworfen, dann gewiss nich *so was*!«

»Pah! Der ist mir wurscht!« Und sie lachten und setzten

ohne aufzublicken ihre Arbeit fort, wobei sie sich weiterhin lauthals gegenseitig beschuldigten.

Jude wurde sarkastisch, als er sein Gesicht abwischte und ihre Wortwechsel aufschnappte.

»*Du* hast's nicht getan … gewiss nicht!«, sagte er zu der flussaufwärts Knienden des Trios. Die Angesprochene war ein hübsches dunkeläugiges Mädchen, keine echte Schönheit, konnte aber, trotz rauer Haut und etwas grobschlächtiger Statur, auf kurze Distanz als solche durchgehen. Sie hatte pralle und große Brüste, volle Lippen, perfekte Zähne und eine Gesichtsfarbe, satt gebräunt wie ein Cochinhühnerei. Sie war ein Vollweib – nicht mehr, nicht weniger; und Jude ahnte, dass ihr die Aufgabe zugedacht war, seine Aufmerksamkeit von Träumen über höhere Bildung abzulenken und auf das zu richten, was in den Köpfen seiner Mitmenschen brodelte.

»Du wirst's nie rauskriegen«, sagte sie lebhaft.

»Wer immer es war, hat anderer Leute Besitz verschwendet.«

»Ach, wertloser Plunder.«

»Aber du möchtest mir doch was sagen?«

»Oh ja, wennst magst.«

»Soll ich rüberklettern, oder treffen wir uns bei der Planke dort?«

Vielleicht erahnte sie eine Möglichkeit; denn irgendwie verschränkten die Blicke des braunen Mädchens sich mit seinen, als er sprach, und sie durchfuhr eine blitzartige Erkenntnis, eine stumme Ankündigung künftiger Zuneigung zwischen ihnen beiden, die Jude Fawley keineswegs willentlich anstrebte. Sie begriff, dass er sie unter den dreien auserwählt hatte, so wie eine Frau unter solchen Umständen auserwählt wird, ohne dabei an ein näheres Kennenlernen zu denken, sondern nur infolge eines unabweisbaren Befehls aus höheren Sphären, von unglückseligen Männern unbewusst empfangen, wenn sie gerade etwas ganz anderes im Sinn haben, als sich mit der holden Weiblichkeit herumzuschlagen.

Sie erhob sich rasch und sagte: »Bring das Ding da gleich mit.«

Jude wurde nun klar, dass ihre Worte nichts mit dem Geschäft ihres Vaters zu tun hatten. Er stellte den Werkzeugkorb ab, nahm den Fleischbatzen, bahnte sich einen Weg mit dem Wanderstab und überquerte die Hecke. Sie gingen parallel, ein jeder an seinem Ufer, zu einer schmalen, als Brücke dienenden Planke. Als das Mädchen sich dieser näherte, saugte sie, ohne dass Jude es mitbekam, nacheinander geschickt ihre Wangen nach innen, ein kurioser und origineller Trick, mit dem sie auf der glatten, rundlichen Oberfläche wie von Zauberhand ein perfektes Grübchen erzeugte, das sie halten konnte, solange sie lächelte. Diese absichtsvolle Erzeugung von Grübchen, von vielen erprobt, doch nur von wenigen beherrscht, war keine unbekannte Methode.

Sie trafen sich in der Mitte der Planke, und Jude, der das Geschoss zurückwarf, schien von ihr eine Erklärung zu erwarten, warum sie ihn so keck mit diesem neuartigen Projektil angehalten hatte, anstatt ihn einfach zu grüßen.

Sie aber blickte durchtrieben in die andere Richtung und schaukelte, die Hand am Brückengeländer, vor und zurück, bis sie, von lüsterner Neugier getrieben, ihn doch in Augenschein nahm.

»Glaubst, ich würd dich mit Sachen bewerfen?«

»Auf keinen Fall.«

»Wir tun das für meinen Vater, der freilich nich will,

dass man irgendwas wegschmeißt. Er macht Lederfett draus.« Sie nickte in Richtung des Batzens im Gras.

»Ich frag mich, warum eine von euch das geworfen hat?«, sagte Jude, der ihre Beteuerung höflich akzeptierte, obwohl er große Zweifel hatte, ob sie der Wahrheit entsprach.

»Aus Frechheit. Sag niemand, dass ich's war!«

»Wie könnte ich? Ich weiß nicht einmal, wie du heißt.«

»Ach nee. Soll ich's dir verraten?«

»Klar!«

»Arabella Donn. Ich bin hier zu Haus.«

»Ich hätt's wissen müssen, wenn ich öfters hier entlang gehen würd. Aber ich geh meist geradewegs auf der Hauptstraße.«

»Mein Vater züchtet Schweine, und die Mädel hier helfen mir, die Innereien zu waschen, für Blutwurst und so.«

Sie unterhielten sich noch etwas länger und noch länger, als sie einander musternd und ans Geländer gelehnt auf der Brücke standen. Der unausgesprochene Ruf der Frau nach dem Mann, der überaus deutlich von Arabellas Wesen ausging, bannte Jude entgegen seiner Absicht, fast gegen seinen Willen, wie er es noch nie erlebt hatte, an Ort und Stelle. Man kann ohne Übertreibung behaupten, dass Jude bis zu diesem Moment eine Frau nie als solche betrachtet hatte, sondern als etwas Unbestimmtes, das jenseits seines Lebens und seiner Ziele existierte. Seine Blicke schweiften von ihren Augen zu ihren Lippen, von dort zu ihrem Busen und ihren überaus kräftigen nackten Armen, nass, vom eiskalten Wasser gesprenkelt und hart wie Marmor.

»Was für ein hübsches Mädchen du bist!«, murmelte er, obwohl die Worte unnötig waren, um zu erklären, wie anziehend sie auf ihn wirkte.

»Ach, wart mal, bist mich am Sonntag siehst!«, sagte sie kokett.

»Wär das denn möglich?«, erwiderte er.

»Denk drüber nach. Hab grad keinen Verehrer, aber in ein, zwei Wochen schaut's vielleicht anders aus.« Sie hatte das gesagt, ohne zu lächeln, und die Grübchen verschwanden.

Jude hatte ein merkwürdiges Gefühl, als ob er rettungslos in etwas hineinschlitterte. »Darf ich?«

»Hätt nix dagegen.«

In der Zwischenzeit war es ihr gelungen, ein Grübchen zurückzuzaubern, indem sie sich kurz abwandte und die Wange einsaugte, wie zuvor beschrieben, wobei Jude ihre äußere Erscheinung bisher nur oberflächlich zur Kenntnis genommen hatte. »Nächsten Sonntag?«, riskierte er. »Also morgen?«

»Ja.«

»Soll ich dich abholen?«

»Ja.«

Ihre Miene wurde von einem kleinen triumphalen Leuchten erhellt, sie streifte ihn beim Umdrehen fast zärtlich mit ihrem Blick und kehrte über das grasbewachsene Flussufer zurück zu ihren Gefährtinnen.

Jude schulterte seinen Werkzeugkorb und ging allein weiter, von einer Glut erfüllt, der er innerlich bass erstaunt gegenüberstand. Er hatte gerade einen einzigen Atemzug in einer neuartigen Atmosphäre getan, die ihn offenbar umgab, wohin er auch ging, denn ohne zu wissen seit wann war er irgendwie von seiner gewöhnlichen Atemluft getrennt worden, als stünde er plötzlich unter einer Glasglocke. Seine Pläne hinsichtlich Lesen, Arbeiten und Lernen, die er wenige Minuten zuvor so penibel geschmiedet hatte, verschwanden auf merkwürdige, ihm unerklärliche Weise in einer Ecke.

»Na, es ist ja nur ein bisschen Spaß«, sagte er sich, wobei ihm vage bewusst war, dass dem Naturell dieses Mädchens, das ihn an die Leine genommen hatte, etwas fehlte, während es von etwas anderem augenscheinlich zu viel besaß, was es für ihn notwendig machte, sein Rendezvous als reinen Spaß zu betrachten – es hatte etwas an sich, was ganz und gar im Widerspruch stand zu dem Teil seiner Persönlichkeit, der sich mit dem Studium von Literatur und dem Traum vom herrlichen Christminster beschäftigte. Sie, die für ihren ersten Schachzug ein *solches* Wurfgeschoss gewählt hatte, war gewiss keine Vestalin. Er sah dies ganz kurz und flüchtig vor seinem geistigen Auge, als erhellte das Licht einer herunterfallenden Lampe einen Augenblick lang die Inschrift an einer Mauer, die sonst in Dunkelheit gehüllt war. Und dann wurde ihm dieser Anflug von Scharfsinn genommen, und Jude verlor jede Urteilskraft beim Heranbrausen eines frischen und wilden Frohlockens, dass er ein neues, bislang unvermutetes, doch seit jeher greifbar nahes Ventil für Gefühlsregungen gefunden hatte. Am kommenden Sonntag sollte er erfahren, wie ein Geschlecht das andere entflammt.

Mittlerweile war das Mädchen wieder bei seinen Gefährtinnen angelangt und widmete sich erneut dem Dreschen und Einweichen des Gekröses im klaren Fluss.

»Einen geangelt, Herzchen?«, fragte das Mädchen Anny lakonisch.

»Keine Ahnung. Hätt ich bloß was andres als das Ding da g'worfen!«, murmelte Arabella reumütig.

»Jessas! Er ist ein Niemand, auch wennst ihn für was B'sonderes hältst. Er ist drüben in Marygreen mit der Brotkarre der alten Drusilla rumkutschiert, bis er als Lehrling nach Alfredston ging. Seither bildet er sich weiß Gott was ein und liest ständig. Wie's scheint, will er Student werden.«

»Och, mir ist wurscht, was er ist, und ich will nix über ihn wissen. Glaub das bloß nich, Kindchen.«

»Geh hörst! Du kannst uns nich reinlegen! Warum hast elend lang mit ihm g'redet, wennst ihn nich willst. Obst ihn willst oder nich, er ist einfältig wie'n Kind. Hab's gleich g'sehn, alst ihm auf der Brücke schöne Augen g'macht hast und er dich angeguckt hat, als hätt er seinen Lebtag keine Frau nich g'sehn. Na, jede Frau kann ihn dazu bringen, sie aweng ins Herz zu schließen, wenn sie's sich innen Kopf g'setzt hat, ihn richtig an Land zu ziehen.«

I–7

Tags darauf ruhte Fawley in seinem Schlafzimmer mit der schrägen Decke, blickte auf die am Tisch liegenden Bücher und dann auf den Verputz mit dem in den letzten Monaten vom Rauch seiner Lampe entstandenen schwarzen Fleck.

Es war Sonntagnachmittag, vierundzwanzig Stunden nach seiner Begegnung mit Arabella Donn. In der vergangenen Woche hatte er sich immer wieder vorgenommen, diesen Nachmittag für etwas Besonderes freizuhalten – die abermalige Lektüre seines griechischen Neuen Testaments – seiner neuen Ausgabe, besser gedruckt als die alte, auf Griesbachs Text basierend, verbessert von zahlreichen Korrektoren und mit Anmerkungen verschiedener Kommentatoren. Er war stolz auf das Buch, das er mit einem kühnen Brief erstmals direkt beim Londoner Verlag bestellt hatte.

Er hatte sich sehr gefreut auf diese nachmittägliche Lektüre wie in alten Zeiten unter dem stillen Dach des Hauses seiner Großtante, wo er nur noch zweimal die Woche übernachtete. Doch etwas Neuartiges, ein gewaltiger Ruck, war gestern durch den sanft und geräuschlos dahingleitenden Strom seines Lebens gefahren, und er fühlte sich wie eine Schlange sich fühlen mag, die ihre Winterhaut abgestreift hat und der die Helligkeit und Empfindlichkeit ihrer neuen Haut unbegreiflich ist.

Er wollte doch nicht ausgehen, um Arabella zu treffen. Er setzte sich, klappte das Buch auf und begann mit fest auf den Tisch gestützten Ellbogen und den Händen an den Schläfen am Anfang:

Hatte er versprochen, sie abzuholen? Gewiss! Sie wartete wohl im Haus, die Arme, und vergeudete wegen ihm den ganzen Nachmittag. Sie hatte neben all den Versprechungen auch etwas überaus Anziehendes an sich. Er sollte sie nicht enttäuschen. Selbst wenn er nur sonntags und unter der Woche abends Zeit zum Lesen hatte, konnte er sich einen Nachmittag leisten, denn gönnten sich andere junge Männer nicht weit mehr? Wahrscheinlich würde er sie nach dem heutigen Treffen nie wiedersehen. Das wäre in Anbetracht seiner Pläne auch gar nicht möglich.

Kurzum, ihm war, als nehme ihn ein außergewöhnlich kräftiger Arm beim Schlafittchen – ein körperlicher Zwang, der sich von den spirituellen Einflüssen und Inspirationen, die ihn bislang angetrieben hatten, gänzlich unterschied. Dieser schien sich kaum um seine Vernunft und seinen Willen zu scheren, gab nichts auf seine sogenannten erhabenen Ziele und schleifte ihn mit wie ein brutaler Schulmeister, der einen Schüler am Kragen packt, hin zur Umarmung mit einer Frau, die er nicht respektierte und deren Leben nichts mit dem seinen gemein hatte außer den Wohnort.

Η ΚΑΙΝΗ ΔΙΑΘΗΚΗ fand keine Beachtung mehr, und der schicksalsgetriebene Jude fuhr auf und eilte durchs Zimmer. In weiser Voraussicht trug er schon sein bestes Gewand. Drei Minuten später war er draußen und ging den Pfad über die große leere Mulde des Ackers hinunter, der zwischen dem Dorf und dem separaten, in der Senke jenseits des Hochlands stehenden Häuschen Arabellas lag.

Unterwegs sah er auf die Uhr. Er konnte mühelos in zwei

Stunden wieder zurück sein, und nach dem Tee bliebe immer noch genug Zeit zum Lesen.

Er eilte vorbei an den wenigen verkümmerten Fichten und dem Häuschen an der Kreuzung, wo der Pfad auf die Landstraße stieß, und ging nach links, das steile Gefälle westlich des Brown House hinab. Hier, am Fuß der Kreidefelsen, näherte er sich dem dort entspringenden Bach und folgte ihm bis zu Arabellas Heim. Den dahinterliegenden Schweineställen entströmte Gestank, und seine Verursacher grunzten. Er betrat den Garten und klopfte mit dem Knauf seines Wanderstabs an die Tür.

Jemand hatte ihn durch das Fenster erblickt, denn eine Männerstimme im Inneren sagte: »Arabella! Da kommt dein junger Freier. Hurtig, Mädel!«

Jude zuckte bei diesen Worten zusammen. Er wäre nie auf den Gedanken gekommen, derart geschäftsmäßig um eine Frau anzuhalten, wie es dem Sprecher offenbar vorschwebte. Er wollte mit ihr spazieren gehen, sie vielleicht küssen; doch »freien« war zu kühl berechnend, um ihm anders als abstoßend zu erscheinen. Die Tür wurde geöffnet, und er trat ein, gerade als Arabella in einem leuchtenden Ausgehkleid die Treppe herunterkam.

»Setzens sich, Mr. wie war doch gleich der Name?«, sagte der Vater, ein energischer Mann mit schwarzem Backenbart, in demselben geschäftsmäßigen Ton, den Jude von draußen vernommen hatte.

»Ich würd lieber gleich gehn, du nich?«, flüsterte sie Jude zu.

»Ja«, sagte er. »Wir gehn rauf zum Brown House und zurück. Das schaffen wir in einer halben Stunde.«

Arabella wirkte inmitten ihres unordentlichen Zuhauses so hübsch, dass er froh war, gekommen zu sein, und all die Zweifel, die ihn bislang verfolgt hatten, zerstreuten sich.

Zunächst erklommen sie den Gipfel des großen Hügels, und beim Abstieg musste er ihr gelegentlich helfend die Hand reichen. Dann bogen sie ab nach links, gingen den Kamm entlang zu dem Gratweg, dem sie folgten, bis er am bereits erwähnten Brown House auf die Landstraße stieß, von wo Jude Jahre zuvor sehnsüchtig nach Christminster Ausschau gehalten hatte. Nun verschwendete er daran keinen Gedanken. Er widmete sich dem banalsten Dorftratsch mit größerem Eifer, als er bei einer Diskussion all der philosophischen Lehren mit den Professoren der eben noch so angehimmelten Universität an den Tag gelegt hätte, und als sie an der Stelle vorbeikamen, wo er einst vor Diana und Phoebus auf die Knie gesunken war, hatte er vergessen, dass es solche Personen in der Mythologie gab und dass die Sonne anderen Zwecken diente, als Arabellas Gesicht vorteilhaft zu beleuchten. Er spürte, wie eine unbeschreibliche Leichtfüßigkeit ihn dahinschweben ließ; und Jude, der angehende Student, baldige Doktor der Theologie, Professor, Bischof und was sonst noch alles, fühlte sich geehrt und wie im siebten Himmel, weil diese hübsche Landpomeranze sich gnädig dazu herabgelassen hatte, im Sonntagskleid und mit Schleifchen im Haar mit ihm spazieren zu gehen.

Sie erreichten die Brown-House-Scheune, die Stelle, von der aus er eigentlich hatte umkehren wollen. Als sie von dort die weite nördliche Landschaft betrachteten, staunten sie über dicke Rauchschwaden, die aus der Umgebung der kleinen Stadt aufstiegen, die einige Meilen entfernt unter ihnen lag.

»Ein Feuer«, sagte Arabella. »Laufen wir hin und schaun es uns an – Ja! Ist nicht weit!«

Die Zärtlichkeit, die in Judes Herz herangewachsen war, machte es ihm unmöglich, die Bitte abzuschlagen – was ihm ganz gut gefiel, da es ihm als Entschuldigung diente, länger bei ihr bleiben zu können. Anfangs rannten sie fast bergab, doch als sie die Ebene am Fuß des Hügels erreicht und eine Meile zurückgelegt hatten, merkten sie, dass das Feuer weiter entfernt war als gedacht.

Da sie sich aber schon auf dem Weg befanden, marschierten sie weiter. Den Schauplatz erreichten sie jedoch erst gegen fünf Uhr – er lag ein gutes halbes Dutzend Meilen von Marygreen und drei Meilen von Arabellas Zuhause entfernt. Als sie ankamen, war der Brand bereits gelöscht, und nach kurzer Besichtigung der traurigen Ruine machten sie sich über Alfredston auf den Heimweg.

Arabella bat um Tee, und sie betraten ein eher schlichtes Gasthaus und bestellten ihre Getränke. Da sie kein Bier wollten, mussten sie lange warten. Das Serviermädchen erkannte Jude und flüsterte der abseits stehenden Wirtin zu, wie erstaunlich es doch sei, dass er, der Student, »der sich sonst so eigenbrötlerisch gab«, plötzlich so tief gesunken sein konnte, sich mit jemandem wie Arabella abzugeben. Letztere erriet, worüber getuschelt wurde, und lachte, als sie den zärtlichen Blick ihres Verehrers erwiderte – ihr leises und triumphierendes Lachen war das einer unbekümmerten Frau, die weiß, dass sie die Oberhand gewinnt.

Sie setzten sich und sahen sich um und betrachteten ein an der Wand hängendes Bild von Samson und Delila und die runden Bierflecken auf dem Tisch und den zu Füßen stehenden, mit Sägemehl gefüllten Spucknapf. Die ganze Szenerie wirkte so deprimierend auf Jude wie nur ein Schankraum am Sonntagabend wirken kann, wenn die Strahlen der untergehenden Sonne schräg einfallen und kein Schnaps ausgeschenkt wird und der unglückselige Wandersmann weder Rast noch Ruhe findet.

Es begann zu dämmern. Sie konnten wirklich nicht länger auf den Tee warten, sagten sie. »Aber was sollen wir sonst tun?«, fragte Jude. »Bis zu dir nach Haus sind es drei Meilen.«

»Wir könnten ja Bier trinken«, sagte Arabella.

»Bier, ach ja. Hatte ich ganz vergessen. Kommt mir irgendwie merkwürdig vor, an einem Sonntagabend auf ein Bier ins Gasthaus zu gehen.«

»Sind wir doch nich.«

»Nein, wirklich nicht.« Jude sehnte sich inzwischen, einer so unfreundlichen Atmosphäre entfliehen zu können; doch er bestellte das Bier, das sofort serviert wurde.

Arabella kostete. »Bäh!«, sagte sie.

Jude kostete. »Was soll damit sein?«, fragte er. »Eigentlich versteh ich nicht viel von Bier. Es schmeckt mir ganz gut, doch beim Lesen bekommt's mir nicht, da mag ich Kaffee lieber. Aber das hier ist wohl in Ordnung.«

»Es ist nich rein … ich bring's nich runter!« Jude staunte nicht schlecht, als sie drei, vier Zutaten des Getränks aufzählte, die sie neben Hopfen und Malz herausgeschmeckt hatte.

»Du weißt ganz schön viel!«, sagte er gutmütig.

Sie widmete sich trotzdem wieder ihrem Bier und leerte ihr Glas, wonach sie sich auf den Weg machten. Nun war es fast dunkel, und sobald sie die Lichter der Stadt hinter sich gelassen hatten, gingen sie enger beieinander, bis sie sich berührten. Sie fragte sich, warum er ihr nicht den Arm um die Taille legte, doch er ließ es bleiben; es kam ihm schon äußerst kühn vor, dies zu äußern: »Häng dich bei mir ein.«

Sie hängte sich bei ihm ein, gründlich, und berührte seine Schulter. Er spürte die Wärme ihres Körpers an seinem, klemmte seinen Wanderstab unter den anderen Arm und ergriff dann mit seiner rechten Hand ihre rechte.

»Jetzt sind wir ein richtiges Paar, Schatz, nicht wahr?«, bemerkte er.

»Ja«, sagte sie und fügte in Gedanken hinzu: »Ganz schön schüchtern!«

»Was bin ich leichtlebig geworden!«, dachte er.

So gingen sie weiter, bis sie den Fuß des Hochlands erreichten, von wo sie vor sich in der Dämmerung die weiße Landstraße ansteigen sehen konnten. Um von dieser Stelle aus zu Arabellas Haus zu gelangen, musste man den Hang hinauf- und dann wieder rechts ins Tal hinuntergehen. Als sie noch nicht weit hinaufgestiegen waren, wären sie beinah mit zwei über die Wiese spazierenden, leicht übersehbaren Männern zusammengestoßen.

»Diese Verliebten … die sind bei jedem Wetter, in jeder Jahreszeit draußen … nur Verliebte und streunende Hunde«, sagte einer der Männer, als sie auf dem Weg nach unten verschwanden.

Arabella kicherte unbeschwert.

»Sind wir ein Liebespaar?«, fragte Jude.

»Du müsstest's wissen.«

»Kannst du's mir nicht sagen?«

Als Antwort legte sie ihm ihren Kopf auf die Schulter. Jude verstand die Geste, umschlang ihre Taille, zog sie zu sich und küsste sie.

Sie gingen nun nicht mehr Arm in Arm, sondern engumschlungen, wie sie es ersehnt hatte. Schließlich war nichts dabei, da es dunkel war, sagte sich Jude. Auf halber Strecke zum langen Kamm des Hügels hielten sie wie verabredet an, und er küsste sie noch einmal. Sie erreichten den Gipfel, wo er sie wieder küsste.

»Kannst deinen Arm da lassen, wennst magst«, sagte sie sanft.

Er tat wie geheißen und hielt sie für äußerst vertrauensvoll.

So gingen sie langsam zu ihrem Haus. Er hatte sein Häuschen um halb vier in der Absicht verlassen, um halb sechs wieder über dem Neuen Testament zu brüten. Es war neun, als er sie nach einer weiteren Umarmung an der Tür ihres Vaters ablieferte.

Sie bat ihn herein, nur für eine Minute, da es sonst überaus seltsam aussähe, so als wäre sie allein draußen im Dunkeln gewesen. Er gab nach und folgte ihr nach drinnen. Gleich als die Tür aufging, erblickte er neben ihren Eltern etliche herumsitzende Nachbarn. Alle machten ihm Komplimente und hielten ihn ernstlich für Arabellas Verlobten.

Er war mit keinem von ihnen bekannt oder befreundet und fühlte sich fehl am Platz und peinlich berührt. Er hatte das nicht gewollt: Er hatte nichts anderes im Sinn gehabt als einen netten Nachmittag, einen vergnüglichen Spaziergang mit Arabella. Er blieb nur so lange, um ein paar Worte mit ihrer Stiefmutter zu wechseln, einer schlichten, stillen Frau ohne Vorzüge oder Eigenschaften; und nachdem er allen eine gute Nacht gewünscht hatte, eilte er erleichtert zu dem über den Hügel führenden Pfad.

Doch das Gefühl war nur kurz. Bald hatte Arabella erneut seine Seele in der Gewalt. Er trieb sich herum, als hätte er das Gefühl, mit dem gestrigen Jude nichts mehr gemein zu haben. Was bedeuteten ihm schon seine Bücher? Was bedeuteten seine bislang so streng befolgten Absichten, tagtäglich keine einzige Minute zu verschwenden?

»Verschwenden!« Was das bedeutete, hing davon ab, aus welchem Blickwinkel man es betrachtete: Er war zum ersten Mal wirklich lebendig: Er verschwendete sein Leben nicht. Eine Frau zu lieben war besser als zu studieren, Pfarrer zu werden oder gar Papst!

Als er heimkehrte, war seine Tante bereits zu Bett gegangen, und das ganze Haus schien ihm seine Nachlässigkeit zum Vorwurf zu machen. Er stieg ohne Kerze die Treppe hinauf, und sein dämmriges Zimmer erkundigte sich traurig, wo er gewesen sei. Da lag sein offenes Buch, wo er es zurückgelassen hatte, und die Großbuchstaben auf der Titelseite musterten ihn im grauen Sternenlicht mit unverwandtem Tadel wie die geschlossenen Augen eines Toten:

Η ΚΑΙΝΗ ΔΙΑΘΗΚΗ

Früh am nächsten Morgen musste Jude seine Kammer verlassen, um wie üblich die Woche über fernzubleiben; und als er die mitgebrachten ungelesenen Bücher auf die Werkzeuge und andere unentbehrliche Dinge in seinen Korb warf, tat er es mit dem Gefühl, alles sei vergeblich.

Er gestand niemandem, nicht einmal sich selbst, seine leidenschaftlichen Machenschaften. Arabella hingegen posaunte sie aus bei all ihren Freunden und Bekannten.

Als er in der Morgendämmerung der Straße folgte, auf der er einige Stunden zuvor im Schutz der Dunkelheit in Gesellschaft seiner Liebsten gewandelt war, erreichte er den Fuß des Hügels, ging langsamer und blieb stehen. Er stand an der Stelle, wo er sie zum ersten Mal geküsst hatte. Da die Sonne eben erst aufgegangen war, mochte in der Zwischenzeit niemand hier vorbeigegangen sein. Jude sah zu Boden und seufzte. Er sah genauer hin und konnte gerade noch ihre Fußabdrücke in der feuchten Erde erkennen, wo sie engumschlungen gestanden hatten. Jetzt war sie fort, und »der von Phantasie bestickte Stoff der Natur« machte ihre vorige Anwesenheit so gegenwärtig, dass sich in seinem Herzen eine unausfüllbare Leere auftat. In der Nähe stand eine gekappte Weide, und diese unterschied sich von allen anderen Weiden auf Erden. Sein sehnlichster Wunsch, selbst wenn er nur noch eine Woche zu leben gehabt hätte, war die vollkommene Auslöschung der sechs Tage, die verstreichen mussten, ehe er sie wiedersehen durfte.

Eineinhalb Stunden später kam Arabella mit ihren beiden Gefährtinnen vom Samstag an derselben Stelle vorbei. Sie ging achtlos am Ort des Kusses und der ihn markierenden Weide vorüber, plapperte aber freimütig mit den anderen über das Ereignis.

»Und was hatter dir dann g'sagt?«

»Dann hat er g'sagt …« Und sie wiederholte fast Wort für Wort eine seiner zärtlichsten Reden. Hätte Jude hinter dem Zaun gelauscht, er wäre wohl äußerst verwundert gewesen, in welch geringem Maß seine Worte und Taten des gestrigen Abends vertraulich behandelt wurden.

»Hast ihm aweng den Kopf verdreht, verdammt will ich sein, wenn's nich so wär!«, murmelte Anny hellsichtig. »Du hast's gut!«

Kurz darauf antwortete Arabella mit leiser, hungriger, nach keimender Sinnlichkeit klingender Stimme: »Ich hab ihm den Kopf verdreht: ja! Aber ich will mehr; ich will, dasser mich nimmt – dasser mich heiratet! Ich muss ihn haben. Ohne ihn will ich nich sein. Er ist die Art Mann, nach der ich mich sehn. Ich werd verrückt, wenn ich nich mit Haut und Haar ihm gehör! Das hab ich g'spürt, als ich ihn's erste Mal g'sehn hab!«

»Weil er ein schwärmerischer, gradliniger, ehrlicher Kerl ist, kannst ihn zum Mann haben, wennst es nur richtig anpackst.«

Arabella ließ sich das eine Weile durch den Kopf gehen. »Wie könnt ich's richtig anpacken?«, fragte sie.

»Ach, du weißt's nich … du weißt's nich!«, sagte Sarah, das dritte Mädchen.

»Ich hab wirklich kei' Ahnung! – Ich mein, ich weiß nur, wie man ihm schöne Augen macht und aufpasst, dasser nich z'weit geht!«

Das dritte Mädchen sah das zweite an. »Sie hat *keine* Ahnung!«

»So viel ist mal sicher!«, sagte Anny.

»Und dabei hats ja sozusagen in einer Stadt gelebt! Na, wir können dir ebenso was beibringen wie du uns.«

»Ja. Und was ist das für ein feiner Trick, dass man nen Mann bekommt? Halt mich meinetwegen für'n Unschuldslamm und spuck's aus!«

»Als Ehemann.«

»Als Ehemann.«

»Einen vom Land, ein ehrbarer und aufrichtiger wie er; Gott sei Dank geht's hier nich um nen Soldaten oder Matrosen oder Kaufmann aus der Stadt oder einen von denen, die arme Frauen aufs Glatteis führn! Das würd ich keiner Freundin antun!«

»Ja, sicher, einen wie ihn!«

Arabellas Gefährtinnen sahen einander an, verdrehten belustigt die Augen und begannen zu grinsen. Dann rückte eine ganz nah an Arabella heran und teilte ihr, obwohl niemand in Hörweite war, im Flüsterton etwas mit, während die andere neugierig auf Arabellas Reaktionen achtete.

»Ah!«, sagte diese schleppend. »Ich geb zu, dass mir das

nie eing'fallen wär! … Was aber, wenn er *nich* ehrbar ist? Dann hätt die Frau lieber die Finger davon lassen solln!«

»Wer wagt gewinnt! Außerdem musst sichergehen, dasser ehrbar ist, bevorst loslegst. Bei deinem kannst dir ja wohl sicher sein. Ich wünscht nur, ich hätt die Chance! Viele Mädchen machen's so; oder was glaubst, wie die sonst unter die Haube kämen?«

Arabella ging in Gedanken versunken weiter. »Ich versuch's!«, flüsterte sie, ganz für sich.

I–8

An einem Wochenende ging Jude wie gewöhnlich von seiner Unterkunft in Alfredston zum Haus seiner Tante in Marygreen, ein Fußmarsch, der für ihn nun ganz andere, weit größere Reize bereithielt als den Wunsch, seine betagte und mürrische Verwandte zu sehen. Er bog nach rechts ab, bevor er den Hügel hinaufstieg, nur um auf seinem Weg, unabhängig von den eigentlichen Verabredungen, einen Blick auf Arabella erhaschen zu können. Noch bevor er das Häuschen erreicht hatte, erspähte sein wachsames Auge ihren hinter der Gartenhecke flink hin und her huschenden Scheitel. Als er durchs Gartentor trat, merkte er, dass drei kleine, ungemästete Schweine glatt über die Stallmauer gesprungen und ausgebüxt waren und dass Arabella versuchte, sie ohne Hilfe durch die geöffnete Stalltür zu treiben. Ihre von der Arbeit verhärteten Züge entspannten sich zu einer verliebten Miene, als sie Jude erblickte und schmachtend anstarrte. Die Tiere nutzten die Unterbrechung und machten sich Haken schlagend aus dem Staub.

»Die sind erst heut Morgen reingekommen!«, rief sie, drauf und dran, ungeachtet des Besuchs ihres Verehrers hinterherzulaufen. »Gestern erst hat man sie von der Spaddleholt Farm hergetrieben, wo mein Vater nen ordentlichen Batzen für sie hingelegt hat. Sie wolln wieder nach Haus, die dummen Kröten! Machst bitte das Gartentor zu, Schatz, und hilfst mir sie reinzutreiben? Die Männer sind alle weg, nur Mutter ist da, und wenn wir nich aufpassen, hauen sie ganz ab.«

Er eilte ihr zu Hilfe und sprang hin und her über Kartoffelreihen und Kohl. Immer wenn Arabella und er zusammenstießen, hielt er sie kurz fest und küsste sie. Das erste Schwein wurde rasch eingefangen; das zweite mit einiger Mühe; das dritte, ein langbeiniges Tier, war hartnäckiger und flinker. Es flitzte durch ein Loch in der Hecke auf die Straße.

»Es geht verloren, wenn ich ihm nich nachlauf!«, sagte sie. »Komm!«

Sie rannte in wilder Jagd aus dem Garten, Jude, dem es kaum gelang, den Flüchtling im Auge zu behalten, neben ihr. Hin und wieder riefen sie einem Jungen zu, das Tier aufzuhalten, doch es zappelte sich jedes Mal frei und rannte weiter.

»Lass mich deine Hand nehmen, Schatz«, sagte Jude. »Du gerätst ganz außer Atem.« Sie reichte ihm ganz bereitwillig ihre inzwischen warme Hand, und sie liefen nun als Paar.

»Das kommt davon, wenn mans hertreibt«, bemerkte sie. »Sie kennen dann immer den Rückweg. Man hätt sie mit dem Karren herbringen solln.«

Inzwischen hatte das Schwein ein unverriegeltes Tor zum freien Hügelland erreicht, das es so schnell überquerte, wie es seine Beinchen erlaubten. Sobald die Verfolger das Tor hinter sich gelassen und den Gipfel der Anhöhe erreicht hatten, wurde ihnen klar, dass sie den ganzen Weg bis zum Farmer würden laufen müssen, wenn sie es fangen wollten. Vom Gipfel konnte man es als winzigen Fleck erkennen, der unbeirrbar dem Weg zu seinem alten Zuhause folgte.

»Das ist für die Katz!«, rief Arabella. »Es ist schon lang vor uns dort. Egal, wir wissen ja jetzt, dass es sich nich verlaufen hat oder auf'm Weg g'stohlen wurd. Die merken, dass es unsriges ist und schicken's zurück. Oh Schatz, mir ist so heiß!«

Ohne Judes Hand loszulassen, bog sie seitwärts ab und warf sich unter einem verkümmerten Stechapfelbaum ins Gras, sodass sie Jude zugleich jäh auf die Knie zwang.

»Oh, verzeih … ich hätt dich fast umg'schmissen! Aber ich bin so müd!«

Sie lag pfeilgerade am grasbewachsenen Hang des Hügelkamms auf dem Rücken, starrte hinauf in die blauen Meilen des Himmels und hielt Judes Hand immer noch warm umklammert. Er legte sich, auf den Ellbogen gestützt, neben sie.

»Wir sind den ganzen Weg umsonst gelaufen«, fuhr sie fort, ihre Brust hob und senkte sich mit jedem keuchenden Atemzug, ihr Gesicht war gerötet, ihre roten Lippen offen und zarter Tau aus Schweißtröpfchen bedeckte ihre Haut. »Na … was bist so still, Liebling?«

»Ich bin auch außer Atem. Den ganzen Weg bergauf.«

Sie waren vollkommen allein – so allein wie sonst nirgendwo, inmitten einer menschenleeren Gegend. Niemand hätte sich ihnen bis auf eine Meile nähern können, ohne dass sie es bemerkt hätten. Tatsächlich befanden sie sich auf einem der höchsten Punkte des Landes, und man konnte von der Stelle, wo sie lagen, die ferne Landschaft rund um Christminster erkennen. Doch Jude scherte sich gerade nicht darum.

»Oh, ich kann was Wunderschönes oben im Baum sehn«, sagte Arabella. »Eine Art … Raupe, das schönste Grün und Gelb, das du je g'sehn hast!«

»Wo?«, sagte Jude und setzte sich auf.

»Von dort kannst es nich sehn … du musst herkommen«, sagte sie.

Er beugte sich näher und brachte seinen Kopf über ihren. »Nein … ich seh nichts«, sagte er.

»Na dort, auf dem Ast, wo er sich gabelt … direkt bei dem schaukelnden Blatt … da!« Sie zog ihn sanft neben sich.

»Ich seh's nicht«, wiederholte er, den Hinterkopf gegen ihre Wange gedrückt. »Vielleicht, wenn ich aufsteh.« Er stand auf und versperrte ihr die Sicht.

»Du bist so dumm!«, sagte sie gekränkt und drehte den Kopf zur Seite.

»Ich scher mich nicht drum, ob ich sie seh, Schatz, warum auch?«, erwiderte er, auf sie herunterblickend. »Steh auf, Abby.«

»Warum?«

»Ich will einen Kuss von dir. Ich hab schon so lang drauf gewartet.«

Sie wandte ihr Gesicht ab, warf ihm kokett einen schrägen Blick zu; dann sprang sie mit leicht gekräuselten Lippen auf und rief unvermittelt: »Ich hab's eilig!«, und machte sich rasch auf den Heimweg.

»Nur einen!«, quengelte er.

»Nee!«, sagte sie.

Er, überrascht: »Was ist los?«

Sie presste ihre Lippen gereizt aufeinander, und Jude tappte ihr nach wie ein zahmes Lamm, bis sie ihre Schritte verlangsamte und neben ihm ging, ruhig über Alltägliches sprach und ihn immer fortstieß, wenn er ihre Hand ergreifen oder sie umarmen wollte. So stiegen sie bis zur Grenze des Grundstücks ihres Vaters hinunter, und Arabella ging ins Haus, nachdem sie ihm zum Abschied hochmütig und beleidigt zugenickt hatte.

»Ich hab mir wohl zu viele Freiheiten bei ihr herausgenommen«, sagte sich Jude, als er sich seufzend zurückzog und weiter nach Marygreen ging.

Am Sonntag war Arabellas Haus wie jede Woche Schauplatz emsiger Küchenarbeit, das Sonntagsessen wurde zubereitet. Ihr Vater rasierte sich vor einem kleinen, am Fensterkreuz befestigten Spiegel, und ihre Mutter und Arabella enthülsten nahebei Bohnen. Eine Nachbarin kam auf dem Heimweg von der Messe in der nächstgelegenen Kirche vorbei, und als sie Donn am Fenster mit dem Rasiermesser hantieren sah, nickte sie und trat ein.

Sogleich wandte sie sich scherzend an Arabella: »Hab dich mit ihm laufen g'sehn – hä-hä! Ich hoff, da wird noch was draus?«

Arabella warf ihr lediglich einen wissenden Blick zu, ohne den Kopf zu heben.

»Er will nach Christminster, hab ich g'hört, sobald er hier wegkann.«

»Ham Sie's vor kurzem g'hört … in letzter Zeit?«, fragte Arabella, eifersüchtig und kratzbürstig Luft holend.

»Oh nein! Aber sein Plan ist schon lang bekannt. Er wartet hier nur auf ne Gelegenheit. Na ja, mit irgendwem muss er ja spazieren gehn, schätz ich. Die jungen Männer denken sich heutzutag nich viel dabei. Die flattern von einem Blümchen zum andern. Zu meiner Zeit war's noch anders.«

Nachdem die Klatschbase gegangen war, sagte Arabella plötzlich zu ihrer Mutter: »Ich möcht, dass du und Vater heut Abend nach dem Tee die Edlins besuchen geht. Oder nein … in Fensworth ist Abendmesse … da könnt ihr hin.«

»Oh? Was ist denn los heut Abend?«

»Nix. Ich hätt nur gern das Haus für mich. Er ist schüchtern; und wenn ihr hier seid, kann ich ihn nich überreden reinzukommen. Wenn ich nich aufpass, geht er mir noch durch die Lappen, und wenn ich ihn noch so lieb hab!«

»Wenn's dir so lieber ist, gehn wir halt.«

Am Nachmittag traf Arabella Jude und ging mit ihm spazieren, der nun schon seit Wochen kein griechisches, lateinisches oder irgendein anderes Buch mehr in der Hand gehabt hatte. Sie gingen die Hügel hinauf, bis sie den grünen Gratweg erreichten, dem sie bis zu dem runden britischen Erdwall folgten. Jude dachte daran, wie alt dieser Fuhrweg sein mochte, der wahrscheinlich schon benutzt wurde, bevor die Römer das Land entdeckten. Aus der Ebene unter ihnen schallte das Geläut der Kirchenglocken herauf. Bald verklang es zu einem einzigen, kräftiger werdenden Ton und verstummte.

»Lass uns zurückgehn«, sagte Arabella, die dem Glockengeläut gelauscht hatte.

Jude nickte. Es kümmerte ihn kaum, wo er sich befand, solange er nur in ihrer Nähe bleiben durfte. Als sie ihr Haus erreichten, sagte er zögerlich: »Ich komm nicht mit rein. Warum hast du's heut Abend so eilig heimzukommen? Es dämmert noch nicht einmal.«

»Wart mal kurz«, sagte sie. Sie versuchte, die Tür zu öffnen, und merkte, dass sie verriegelt war.

»Ah … sie sind in die Kirche gegangen«, fügte sie hinzu. Sie tastete hinter der Fußmatte nach dem Schlüssel, fand ihn und schloss auf. »Willst jetzt kurz mit reinkommen?«, fragte sie heiter. »Wir sind ganz allein.«

»Gern«, sagte Jude eifrig, denn die Sache hatte sich grundlegend geändert.

Sie gingen hinein. Ob er Tee wolle? Nein, dafür sei es zu spät: Er wollte lieber bei ihr sitzen und mit ihr reden. Sie zog ihre Jacke aus, nahm ihre Haube ab, und sie setzten sich – natürlich eng beieinander.

»Bitte rühr mich nich an«, sagte sie sanft. »Bin recht zerbrechlich. Oder vielleicht soll ich's lieber in Sicherheit bringen.« Sie begann den Kragen ihres Kleids aufzuknöpfen.

»Was ist das?«, fragte ihr Verehrer.

»Ein Ei … ein Cochinei. Ich brüte ne sehr seltene Sorte aus. Hab's überall dabei, und in weniger als drei Wochen schlüpft's aus.«

»Wo trägst du's denn?«

»Genau hier.« Sie legte eine Hand auf den Busen und zog das in Wolle gewickelte und sicherheitshalber noch von einem Stück Schweinsblase umhüllte Ei heraus. Nachdem sie es ihm gezeigt hatte, steckte sie es wieder zurück an seinen Platz. »Pass auf, dasst mir nich zu nah kommst. Ich will nich, dasses bricht, sodass ich ein neues beginnen muss.«

»Warum machst du so etwas Merkwürdiges?«

»Ist ein alter Brauch. Für ne Frau ist's wohl natürlich, Leben auf die Welt bringen zu wolln.«

»Mir kommt's grad ziemlich komisch vor«, sagte er lachend.

»Geschieht dir ganz recht. Da … mehr kriegst nich von mir.«

Sie hatte sich auf ihrem Sessel umgedreht, den Arm über die Lehne gestreckt und hielt ihm zimperlich ihre Wange hin.

»Du bist ganz schön geizig!«

»Du hätt'st mich fangen soll'n, als ich's Ei weggetan hab! Da!«, sagte sie herausfordernd. »Jetzt ist's fort!« Sie hatte das Ei rasch ein zweites Mal herausgeholt; doch bevor er sie richtig zu fassen bekam, hatte sie es auch schon wieder hineingesteckt und lachte erregt wegen ihres Manövers. Es folgte ein kurzes Gerangel, Jude stürzte sich auf das Ei und schnappte es triumphierend. Sie errötete; und als er sich plötzlich seines Tuns bewusst wurde, errötete auch er.

Sie musterten einander, schwer atmend; bis er aufstand und sagte: »Einmal küssen, jetzt da ich's tun kann, ohne irgendetwas kaputt zu machen; dann geh ich!«

Doch sie war ebenfalls aufgesprungen. »Erst musst mich finden!«, rief sie.

Ihr Verehrer lief ihr nach, als sie sich zurückzog. Im Zimmer war es nun dunkel, und wegen des kleinen Fensters konnte er lange nicht erkennen, wo sie sich versteckte, bis ein Lachen offenbarte, dass sie die Treppe hinaufgerannt war, wohin Jude ihr schnurstracks folgte.

I–9

Es war rund zwei Monate später, und das Paar hatte sich in der Zwischenzeit regelmäßig getroffen. Arabella wirkte unzufrieden; sie grübelte immerzu, wartete und wunderte sich.

Eines Tags traf sie den umherziehenden Vilbert. Wie alle Dörfler der Gegend kannte sie den Quacksalber gut und begann, ihm von ihren Erlebnissen zu erzählen. Arabella war übellaunig, doch bevor er sie verließ, hatte sich ihre Miene aufgeheitert. An jenem Abend ging sie zu einer Verabredung mit Jude, der traurig dreinschaute.

»Ich geh fort«, sagte er zu ihr. »Ich glaub, es ist besser so. Es ist wohl besser so für dich und mich. Ich wünschte, wir hätten nie damit angefangen! Ich weiß, dass es meine Schuld ist. Doch es ist nie zu spät, es wiedergutzumachen.«

Arabella fing an zu weinen. »Woher willst wissen, dass es nich zu spät ist?«, sagte sie. »Das sagt sich so leicht! Ich hab's dir noch nich g'sagt!« Und sie blickte ihn mit tränenüberströmtem Gesicht an.

»Was?«, fragte er und erbleichte. »Nicht …?«

»Doch! Und was soll ich tun, wennst mich sitzenlässt?«

»Oh Arabella … wie kannst du nur so etwas sagen, mein Schatz! Du *weißt*, dass ich dich nicht im Stich lass!«

»Also dann …«

»Ich bekomm noch so gut wie gar keinen Lohn, nicht wahr; sonst hätt ich vielleicht schon früher dran gedacht … Aber wenn das so ist, müssen wir natürlich heiraten! Glaubst du, mir würde einfallen, irgendwas anderes zu tun?«

»Ich dachte … ich dachte, Liebling, du würdest erst recht fortgehn und mich alles allein ausbaden lassen!«

»Du kennst mich doch! Freilich hätt ich vor sechs oder auch nur vor drei Monaten nicht im Traum daran gedacht zu heiraten. Das wirft all meine Pläne über den Haufen … ich meine die Pläne, die ich hatte, bevor ich dich kennengelernt hab, mein Schatz. Aber was bedeuten die schon! Träume von Büchern und akademischen Titeln und unmöglichen Würdigungen und dergleichen. Natürlich heiraten wir: wir müssen!«

In jener Nacht ging er allein aus und wanderte, gedankenversunken, im Dunkeln umher. Im geheimen Winkel seines Verstandes wusste er wohl, wusste er nur zu gut, dass Arabella verglichen mit anderen Vertreterinnen ihres Geschlechts nicht sonderlich viel wert war. Doch der ländliche Brauch unter ehrenhaften jungen Männern, die sich gegenüber einer Frau solche Freiheiten herausgenommen hatten, wie er es unglückseligerweise getan hatte, machte, dass er bereitwillig zu seinem Wort stand und die Konsequenzen trug. Um sich selbst zu beruhigen, gaukelte er sich vor, ihr zu vertrauen. Das Wichtigste, sagte er sich manchmal lakonisch, war nicht Arabella, sondern seine Vorstellung von ihr.

Das Aufgebot wurde schon am nächsten Sonntag bestellt. Alle Gemeindemitglieder des Pfarrbezirks hielten den jungen Fawley für einen ausgemachten Tölpel. Das ständige Lesen hatte letztlich nur dazu geführt, dass er seine Bücher würde verscherbeln müssen, um Kochtöpfe zu kaufen. Wer ahnte, was die Stunde vermutlich geschlagen hatte, darunter Arabellas Eltern, hielt es für das Verhalten, das sie von einem ehrlichen jungen Mann wie Jude erwartet hätten, um wiedergutzumachen, was er seiner unschuldigen Liebsten angetan hatte. Der Pfarrer, der sie vermählte, schien es auch als angemessen anzusehen.

Und so schworen die beiden vor dem erwähnten Gottesdiener, dasselbe zu glauben, zu fühlen und zu wünschen, was sie während der wenigen vergangenen Wochen geglaubt, gefühlt und gewünscht hatten, bis dass der Tod sie scheide. So bemerkenswert wie die Trauung an sich war die Tatsache, dass niemand sich zu wundern schien, was sie da geschworen hatten.

Fawleys Tante, die schließlich Bäckerin war, backte ihm einen Hochzeitskuchen und sagte bitter, dies sei das Letzte, was sie für den armen dummen Kerl tun könne und dass er lieber schon vor Jahren mit Vater und Mutter ins Grab gesunken wäre, statt ihr als Überlebender nichts als Scherereien zu machen. Von diesem Kuchen nahm Arabella ein paar Stück, wickelte sie in weißes Briefpapier, schickte sie an ihre Gefährtinnen, die Schweinsdarmwäscherinnen Anny und Sarah, und schrieb auf jedes Päckchen: *»Zum Andenken an gute Ratschläge.«*

Die Aussichten des frisch verheirateten Paares wollten auch dem sonnigsten Gemüt nicht rosig erscheinen. Er, ein neunzehnjähriger Steinmetzlehrling, arbeitete bis zum Ende seiner Lehrzeit für halben Lohn. Seine Frau war in einer Stadtwohnung, die zu beziehen er anfangs für unbedingt nötig gehalten hatte, zu nichts zu gebrauchen. Da es jedoch dringend erforderlich war, einen noch so geringen Beitrag zu seinem Einkommen dazuzuverdienen, mietete er ein allein stehendes Häuschen am Straßenrand zwischen Brown House und Marygreen, wo er gewinnbringend Gemüse anbauen und Arabellas Erfahrungen nutzen konnte, indem er sie ein Schwein halten ließ. Es war jedoch nicht das Leben, mit dem er gerechnet hatte, und dazu musste er jeden Tag den langen Weg nach Alfredston zurücklegen. Arabella spürte jedoch, dass all diese Behelfe nur vorübergehend nötig waren; sie hatte einen Mann geangelt; das war das Wichtigste – einen Mann, der bald genug verdienen würde, um ihr Kleider und Hüte zu kaufen, wenn man ihn ein wenig einschüchterte und er bei seinem Beruf blieb, wenn er diese dummen Bücher wegwarf und sich stattdessen mit praktischen Dingen beschäftigte.

So führte er sie am Hochzeitsabend zu dem Häuschen und gab sein altes Zimmer bei der Tante auf – wo er so emsig Griechisch und Latein gebüffelt hatte.

Ein leichter Schauder befiel ihn, als sie sich das erste Mal entkleidete. Ein langer Zopf, den Arabella zu einem gewaltigen Knoten gedreht am Hinterkopf trug, wurde vorsichtig gelöst, ausgebürstet und über den Spiegel gehängt, den er ihr gekauft hatte.

»Wie … es war nicht dein eigenes?«, sagte er, eine plötzliche Abneigung gegen sie empfindend.

»Oh nein … bei bessren Leuten ist es heutzutag nie echt.«

»Unsinn! In den Städten vielleicht. Aber am Land sollte es anders sein: Außerdem hast du ja genug eigenes Haar, oder?«

»Ja, was den Geschmack auf'm Land angeht. Aber inner Stadt erwarten die Mannsbilder mehr, und als ich Kellnerin in Aldbrickham war …«

»Kellnerin in Aldbrickham?«

»Na, nich wirklich Kellnerin … ich hab dort innem Gasthaus Getränke ausg'schenkt … nur für kurze Zeit; das war alles. Jemand hat's mir angeboten, und ich hab's einfach so aus Spaß gekauft. Je mehr man hat, desto besser in Aldbrickham, ne schönere Stadt als all deine Christminsters. Jede Dame von Rang trägt falsches Haar … hat mir der Barbiersgehilfe g'sagt.«

Jude dachte mit einem Anflug von Übelkeit, dass dies zwar bis zu einem gewissen Grad der Wahrheit entsprechen mochte, seines Wissens aber viele ungebildete Mädchen in die Stadt gingen und jahrelang dort blieben, ohne die Schlichtheit ihres Lebensstils und Schmucks aufzugeben. Andere hatten leider einen angeborenen Hang zum Künstlichen und wurden, sobald sie etwas Unechtes sahen, im Handumdrehen dazu bekehrt. Andererseits war es vielleicht gar nicht so sündig, wenn eine Frau ein Haarteil trug, und er beschloss, sich nicht länger darüber den Kopf zu zerbrechen.

Für gewöhnlich vermag eine frisch angetraute Frau einige Wochen lang Aufmerksamkeit zu erregen, auch wenn die Aussichten hinsichtlich der Umstände und Mittel des Haushalts eher trüb sind. Ihr Rang und ihr entsprechendes Verhalten gegenüber ihren Bekannten haben etwas Pikantes an sich, was die düsteren Tatsachen ausblendet und selbst die bescheidenste Braut eine Zeitlang unabhängig von der Wirklichkeit macht. Mrs. Jude Fawley, deren Haltung von dieser Eigenschaft geprägt wurde, flanierte an einem Markttag durch die Straßen von Alfredston, wo sie ihre alte Freundin Anny traf, die sie seit der Hochzeit nicht mehr gesehen hatte.

Wie üblich lachten sie, bevor sie sprachen; die Welt kam ihnen witzig vor, und sie mussten kein Wort darüber verlieren.

»Es war also doch ein guter Plan!«, sagte das Mädchen zur Frau. »Ich hab g'wusst, dasses hinhaut, bei einem wie ihm. Er ist ein lieber und guter Kerl, und du solltest stolz auf ihn sein.«

»Bin ich«, sagte Mrs. Fawley leise.

»Und wann erwartest ...?«

»Psst! Gar nich.«

»Wie!«

»Hab mich geirrt.«

»Oh Arabella, Arabella; du hast's faustdick hinter den Ohren! Geirrt! Na, das nenn ich schlau ... ein genialer Einfall! Auf die Idee wär ich nie gekommen, bei all meiner Erfahrung! Hab nie an was andres gedacht als die richtige Sache ... nich dass man's vortäuschen könnt!«

»Sag nich glei' täuschen! Es war keine Täuschung nich. Ich hab's einfach nich g'wusst.«

»Jessas ... und er muss es ausbaden! Er wird's dir samstagabends heimzahln! Was immer es war, er wird's für nen Trick halten – nen doppelten, Herrgott!«

»Den ersten geb ich zu, aber nich den zweiten ... Pah – ihm wird's egal sein! Er wird froh sein, dass ich mich g'irrt hab. Er wird's verwinden, der Gute ... wie alle Männer. Was bleibt ihnen auch übrig? Vermählt ist vermählt.«

Trotzdem fühlte Arabella sich ein wenig beunruhigt, als die Zeit nahte, da sie gemäß des natürlichen Verlaufs der Dinge zugeben musste, dass der von ihr geschlagene Alarm ein blinder gewesen war. Die Gelegenheit ergab sich eines Abends beim Schlafengehen, und sie befanden sich in ihrem Zimmer in dem einsamen Häuschen am Wegesrand, zu dem Jude täglich nach der Arbeit heimkehrte. Er hatte ganze zwölf Stunden hart gearbeitet und war vor seiner Frau zu Bett gegangen. Als sie das Zimmer betrat, war er schon fast eingeschlafen und merkte kaum, wie sie sich vor dem kleinen Spiegel auszog.

Doch sie tat etwas, was ihn wieder hellwach machte. Da er ihr Gesicht im Spiegel erkennen konnte, vor dem sie saß, sah er wie sie sich damit amüsierte, auf beiden Seiten ein Grübchen mit der bereits beschriebenen, von ihr meisterhaft beherrschten kuriosen Methode zu erzeugen, indem sie die Wangen nach innen saugte. Zum ersten Mal kam es ihm so vor, als wären die Grübchen im Vergleich zu den ersten Wochen ihrer Bekanntschaft in jüngster Zeit seltener auf ihrem Gesicht zu sehen, wenn er bei ihr war.

»Hör auf damit, Arabella!«, sagte er unvermittelt. »Es ist nicht schlimm, aber … es gefällt mir nicht.«

Sie drehte sich um und lachte. »Jessas, ich dachte, du schläfst!«, sagte sie. »Du bist vielleicht bäurisch! Ist doch nix dabei!«

»Wo hast du's gelernt?«

»Weiß nich wo. Als ich im Gasthaus war, sind's einfach so geblieben, aber jetzt nimmer. Damals hatt ich Pausbacken.«

»Grübchen sind mir egal. Ich glaub nicht, dass sie Frauen besser aussehn lassen … erst recht nicht verheiratete und gut gebaute wie du.«

»Die meisten Männer denken anders drüber.«

»Was die meisten denken, schert mich nicht, und wennschon. Woher weißt du das?«

»Man hat's mir g'sagt, als ich im Schankraum gearbeitet hab.«

»Ah … wegen deiner Erfahrungen im Gasthaus hast du damals, als wir am Sonntagabend Ale getrunken haben, gewusst, dass es gepanscht war. Als ich dich geheiratet hab, dachte ich, du hättest seit jeher bei deinem Vater gelebt.«

»Du hättest's besser wissen und merken müssen, dass ich aweng vornehmer war als eine, die von Geburt an dort g'lebt hat. Zu Haus gab's nich viel zu tun, und mir fiel's Dach auf'n Kopf, also bin ich drei Monate fort.«

»Bald wirst du genug zu tun haben, Schatz, oder?«

»Was meinst?«

»Na, kleine Sachen herrichten, natürlich.«

»Oh.«

»Wann ist's so weit? Kannst du's nicht genauer sagen als nur so ungefähr wie bisher?«

»Dir sagen?«

»Ja … den Termin.«

»Da gibt's nix zu sagen. Hab mich geirrt.«

»Wie?«

»Ich hab mich geirrt.«

Er setzte sich kerzengerade im Bett auf und starrte sie an. »Wie kann das sein?«

»Frauen irren sich manchmal.«

»Aber …! Also, so wenig wie ich drauf gefasst war, ganz ohne Hausrat, fast ohne einen Shilling in der Tasche, hätt ich mich freilich nicht so beeilt mit unserer Sache und hätt dich nicht Hals über Kopf in einer halb eingerichteten Hütte untergebracht, wenn du mir nicht etwas mitgeteilt hättest, was mich gezwungen hat, dich zu retten, ob bereit oder nicht … Grundgütiger!«

»Mach bloß kein Gewese, Liebling. Es ist nun mal, wie's ist.«

»Ich habe nichts mehr zu sagen!«

Seine Antwort war schlicht, und er legte sich nieder; sie schwiegen beide.

Als Jude am nächsten Morgen erwachte, schien er die Welt mit anderen Augen zu sehen. Was den fraglichen Punkt anging, musste er ihre Mitteilung akzeptieren; unter diesen Umständen konnte er nicht anders, solange die landläufigen Meinungen maßgeblich waren. Wie aber wurden sie maßgeblich?

Er hatte den vagen und undeutlichen Eindruck, als wäre etwas falsch an einem gesellschaftlichen Ritual, das es notwendig machte, sorgfältig geschmiedete Pläne, in die man jahrelang Arbeit und Überlegungen investiert hatte, aufzugeben, und das dadurch die einzige Gelegenheit eines Mannes, sich den niederen Tieren überlegen zu zeigen und sein Werk in den Dienst des allgemeinen Fortschritts seiner Generation zu stellen, hintertrieb, und zwar nur wegen eines vorübergehenden Staunens über einen neuen und flüchtigen Instinkt, der von Natur aus keineswegs lasterhaft war und den man bestenfalls als Schwäche bezeichnen konnte. Er wollte wissen, was er getan oder ihr genommen hatte, um jetzt in einer Falle sitzen zu müssen, die ihn und vermutlich auch sie für den Rest des Lebens verkrüppeln würde? Vielleicht war es ganz gut, dass der unmittelbare Grund für diese Vermählung sich als nichtig erwiesen hatte. Doch der Bund blieb geschlossen.

I–10

Es kam die Zeit, da das Schwein, das Jude und seine Frau während der Herbstmonate in ihrem Stall gemästet hatten, geschlachtet werden musste, und dies sollte bei Tagesanbruch geschehen, damit Jude noch nach Alfredston gehen konnte, ohne mehr als einen Vierteltag zu verlieren.

Nachts war es merkwürdig still gewesen. Jude blickte lang vor der Dämmerung aus dem Fenster und sah die Erde schneebedeckt – der Schnee lag offenbar ziemlich hoch für die Jahreszeit, und es schneite immer noch ein wenig.

»Ich fürchte, der Schweinestecher kann nicht kommen«, sagte er zu Arabella.

»Oh, der kommt schon. Du musst aufstehen und Wasser kochen, wenn du willst, dass Challow es abbrüht. Ich find Absengen besser.«

»Ich steh auf«, sagte Jude. »Ich mag es so, wie man's in meiner Heimat macht.«

Er ging nach unten, machte Feuer unter dem Kessel und begann es mit Bohnenstangen zu unterhalten, alles ohne Kerzenlicht, während die Flammen den Raum in heiter flackerndes Licht tauchten; doch für ihn wurde das heitere Gefühl gemindert, als er an den Grund für das Feuer dachte – Wasser zu kochen, um die Borsten vom Leib eines Tiers abzubrühen, das noch lebte und dessen Grunzen er ständig aus einer Ecke des Gartens vernahm. Um halb sechs, die mit dem Schlachter vereinbarte Zeit, brodelte das Wasser, und Judes Frau kam die Treppe herunter.

»Ist Challow da?«, fragte sie.

»Nein.«

Sie warteten, und das triste Licht eines verschneiten Morgens wurde heller. Sie ging hinaus, warf einen Blick auf die Straße und sagte bei ihrer Rückkehr: »Er kommt nich. Hat sich wohl letzte Nacht betrunken. Der Schnee liegt g'wiss nich so hoch, dass er nich kommen könnt!«

»Dann blasen wir's ab. So haben wir nur das Wasser umsonst gekocht. Vielleicht liegt im Tal mehr Schnee.«

»Wir können's nich abblasen. Das Schwein hat nix zum Fressen mehr. Es hat gestern in der Früh die letzte Portion Gerstenmischung g'fressen.«

»Gestern früh? Was hat's denn seither bekommen?«

»Nix.«

»Was ... es musste hungern?«

»Ja. Wir lassen's immer die letzten ein, zwei Tage hungern, damitmer uns nich so mit den Innereien plagen müssen. Du hast wirklich kei' Ahnung nich!«

»Deshalb hat's so geschrien. Armes Tier!«

»Na ... du musst es abstechen ... anders geht's nich. Ich zeig's dir. Oder ich mach's selber ... ich glaub, ich schaff das. Obwohl mir lieber wär, wenn's Challow g'macht hätt, weil's so ein großes Schwein ist. Der Korb mit seinen Messern und Sachen wurd ja schon gestern gebracht, und wir können's verwenden.«

»Du sollst es natürlich nicht tun«, sagte Jude. »Ich tu's, wenn's denn sein muss.«

Er ging hinaus zum Stall, schaufelte auf einigen Yards den Schnee weg, stellte die Schlachtbank davor, die Messer und Seile in Reichweite. Vom nächsten Baum beobachtete ein Rotkehlchen die Vorbereitungen, und da ihm das düstere Schauspiel nicht gefiel, flog es fort, obwohl es hungrig war. Inzwischen hatte Arabella sich ihrem Mann angeschlossen, und Jude ging mit dem Seil in der Hand in den Stall und warf eine Schlinge um den Hals des verängstigten Tiers, das zunächst nur überrascht quiekte, dann aber immerzu wütende Schreie ausstieß. Arabella öffnete die Stalltür, und zusammen wuchteten sie es rücklings auf die Schlachtbank, und während Jude es festhielt, band Arabella es fest, wobei sie Schlingen um die Beine legte, damit es nicht zappelte.

Die Schreie des Tiers klangen nun anders. Nicht mehr wütend, sondern verzweifelt; langgezogen, schleppend und hoffnungslos.

»Ich schwör, ich hätt lieber ganz auf das Schwein verzichtet, als das hier tun zu müssen!«, sagte Jude. »Ein Lebewesen, das ich mit eigenen Händen gefüttert hab.«

»Sei kein weichherziger Tölpel! Hier ist das Stechmesser … das spitze. Pass bloß auf, dasst nich zu tief stichst.«

»Ich stech es gründlich ab, damit's rasch vorbei ist. Das ist das Wichtigste.«

»Bloß nich!«, rief sie. »Das Fleisch muss gut ausbluten, dafür musses langsam sterben. Wenn's Fleisch rot und blutig ist, verliern wir nen Shilling pro zwanzig Pfund! Nur ein Stich in die Ader. Ich bin damit aufg'wachsen und weiß wie's geht. Jeder gute Schlachter lässt's langsam ausbluten. Es muss mindestens acht bis zehn Minuten sterben.«

»Wenn's geht, soll's nicht länger als ne halbe Minute dauern, ganz gleich wie das Fleisch aussieht«, sagte Jude entschlossen. Nachdem er die Borsten von der nach oben gedrehten Kehle des Schweins geschabt hatte, so wie er es bei den Schlachtern beobachtet hatte, schlitzte er das Fett auf; dann stieß er mit aller Kraft das Messer hinein.

»Oh verdammt!«, rief sie, »du hast mir nich zug'hört! Hast zu fest zug'stoßen! Und ich sag dir doch ständig …«

»Still jetzt, Arabella, und hab ein bisschen Mitleid mit dem Tier!«

»Halt den Kübel hoch, um das Blut aufzufangen, und hör auf zu reden!«

Auch wenn die Arbeit nicht fachmännisch durchgeführt wurde, sie war glücklicherweise getan. Das Blut floss strömend anstatt tröpfelnd, wie sie es bevorzugt hätte. Das Schreien des sterbenden Tiers änderte zum dritten und letzten Mal seinen Ton, wurde zum Todesschrei; seine glasigen Augen starrten auf Arabella mit dem vielsagenden scharfen Tadel eines Lebewesens, das letztendlich den Verrat jener erkennt, die es für seine einzigen Freunde gehalten hat.

»Mach, dasses aufhört!«, sagte Arabella. »Der Lärm wird den einen oder andren herlocken, und ich will nich, dass die Leut wissen, dass wir's selber g'macht ham.« Sie hob das Messer auf, das Jude zu Boden geworfen hatte, schob es in die Wunde und schlitzte die Luftröhre auf. Das Schwein verstummte sofort, sein letzter Atem kam durch das Loch.

»Schon besser«, sagte sie.

»Das ist eine abscheuliche Arbeit!«, sagte er.

»Schweine muss man schlachten.«

Das Tier bäumte sich auf in einer letzten Zuckung und schlug trotz des Seils mit aller Kraft aus. Ein Klümpchen schwarzen Blutgerinnsels trat hervor, nachdem das rote Blut einige Sekunden lang versiegt war.

»Das war's; jetzt hat er's«, sagte sie. »Listige Viecher ... halten immer so lang sie können so nen Tropfen zurück.«

Der letzte Schwall kam so unerwartet, dass Jude taumelte und den Eimer mit dem aufgefangenen Blut umkippte, als er wieder Tritt fasste.

»Da!«, schrie sie, gründlich erbost. »Jetzt kann ich keine Blutwurst machen. Alles vergeudet, wegen dir!«

Jude stellte den Eimer gerade, doch darin war nur noch ein gutes Drittel der dampfenden Flüssigkeit, während der Großteil über den Schnee gespritzt war, ein trauriger, schäbiger, hässlicher Anblick – für jene, die hier etwas anderes sahen als gewöhnliche Fleischgewinnung. Die Lippen und Nüstern des Tiers wurden graublau, dann weiß, und die Muskeln seiner Glieder entspannten sich.

»Gott sei Dank!«, sagte Jude. »Es ist tot.«

»Was hat Gott mit ner schmutzigen Arbeit wie Schweinestechen zu tun, würd ich gern wissen!«, sagte sie verächtlich. »Arme Leut müssen leben.«

»Ich weiß, ich weiß«, sagte er. »Ich bin dir nicht bös.«

Plötzlich hörten sie nahebei eine Stimme.

»Gut g'macht, junges Paar! Verflucht will ich sein, wenn ich's besser hingekriegt hätt!« Die raue Stimme kam vom Gartentor, und als sie vom Schlachtplatz aufblickten, sahen sie den stämmigen Mr. Challow am Tor lehnen und ihr Werk kritisch begutachten.

»Sie machen's richtig: dastehn und grinsen!«, sagte Arabella. »Weils zu spät kommen, ist's Fleisch blutig und halb verdorben! Bringt nich amal nen Shilling für zwanzig Pfund!«

Challow gab sich reumütig. »Sie hätten aweng warten solln«, sagte er kopfschüttelnd, »und das hier bleim lassen … noch dazu, wo Sie grad in andren Umständen sind, Ma'am. Setzens nich zu viel aufs Spiel.«

»Darüber müssens sich nich den Kopf zerbrechen«, sagte Arabella lachend. Jude lachte ebenfalls, doch bei ihm klang es reichlich bitter.

Challow machte sein Versäumnis beim Schlachten wieder gut, indem er eifrig ans Abbrühen und Abschaben ging. Jude meinte, sich bei der Arbeit unmenschlich verhalten zu haben, obwohl ihm sein Mangel an gesundem Menschenverstand bewusst war und das Ergebnis dasselbe gewesen wäre, hätte ein anderer die Aufgabe übernommen. Der Anblick des weißen, mit dem Blut seines Mitgeschöpfs befleckten Schnees wirkte auf ihn, den Freund von Gerechtigkeit, den Christen vor allem, wie ein Verstoß gegen Grundsätzliches; doch wusste er nicht, wie man die Angelegenheit wieder hinbiegen könnte. Zweifellos war er das, was seine Frau ihn geschimpft hatte, ein weichherziger Tölpel.

Die Straße nach Alfredston gefiel ihm nicht mehr. Sie starrte ihm zynisch ins Gesicht. Die Dinge am Wegesrand erinnerten ihn so sehr an die Zeit, als er seiner Frau den Hof gemacht hatte, weswegen er, um sie nicht sehen zu müssen, wann immer möglich auf dem Weg zu und von seiner Arbeit las. Doch er spürte irgendwie, dass er durch seine Liebe zu Büchern weder den abgedroschenen Vorstellungen entkam, noch ungewöhnliche Ideen aufschnappte, da inzwischen jeder Arbeiter dieselbe Neigung entwickelte. Als er an der Stelle am Fluss vorbeiging, wo er Arabella kennengelernt hatte, hörte er eines Tages Stimmen, genau wie damals. Eine ihrer früheren Gefährtinnen redete in einem Schuppen mit einer Freundin, und zwar über ihn, wahrscheinlich weil sie ihn in der Ferne gesehen hatten. Sie ahnten nicht, dass die Wände des Schuppens so dünn waren, dass er im Vorübergehen jedes ihrer Worte verstand.

»Wie auch immer, ich hab's auf die Idee gebracht! ›Wer wagt, gewinnt‹, hab ich g'sagt. Hätt ich's nich g'sagt, wärs heut ebenso wenig seine Misses wie ich.«

»Ich glaub, sie hat g'wusst, 's war falscher Alarm, als sie ihm g'sagt hat, dass sie …«

Wozu hatte diese Frau Arabella angestiftet, damit er sie zu seiner »Misses« oder Gattin machte? Die Anspielung war furchtbar und wurmte ihn so sehr, dass er heimkommend nicht sein Häuschen betrat, sondern seinen Korb in den Garten warf und weiterging, entschlossen, seine alte Tante zu besuchen und bei ihr zu essen.

So kam er ziemlich spät nach Hause. Arabella war jedoch damit beschäftigt, Schmalz vom Fett des toten Schweins auszulassen, denn sie hatte den ganzen Tag draußen verbummelt und ihre Arbeit aufgeschoben. Da er wegen dem, was er aufgeschnappt hatte, fürchtete, etwas zu sagen, das er später bereuen würde, blieb er wortkarg. Arabella indes war sehr gesprächig und sagte unter anderem, sie brauche Geld. Mit Blick auf das aus seiner Tasche lugende Buch fügte sie hinzu, er solle mehr verdienen.

»Der Lohn eines Lehrlings ist im Allgemeinen nicht dazu gedacht, für eine Frau zu sorgen, mein Schatz.«

»Dann hättest dir keine anschaffen solln.«

»Geh, Arabella! Das ist gemein; du weißt doch, wie's dazu kam.«

»Ich schwör bei Gott, dass ich damals wirklich glaubte, was ich dir g'sagt hab. Doktor Vilbert hat's auch geglaubt. Du hattest Glück, dass es falscher Alarm war.«

»Das mein ich nicht«, sagte er hastig. »Sondern das vorher. Ich weiß, es war nicht deine Schuld; aber deine Freundinnen haben dir nen Floh ins Ohr gesetzt. Hätten sie's nicht getan oder hättest du nicht auf sie gehört, wären wir in diesem Moment frei von einem Bund, der uns ehrlich gesagt beide bis aufs Blut quält. Das mag traurig sein, aber es ist die Wahrheit.«

»Wer hat dir von meinen Freundinnen erzählt? Was sollen die mir eingeredet haben? Raus damit!«

»Pah … lieber nicht.«

»Du musst … du sollst. Es wär gemein, wennst es nich sagst!«

»Na schön.« Und er deutete sanft an, was ihm offenbart worden war. »Ich will aber nicht drauf rumhacken. Lass uns kein Wort mehr drüber verlieren.«

Ihre Abwehrhaltung brach zusammen. »Das war nix«, sagte sie, kalt lachend. »Jede Frau hats Recht, das zu tun. Für sie steht alles auf dem Spiel.«

»Das ist grundfalsch, Bella. Sie hätte das Recht, wenn sich daraus keine lebenslange Haft für den Mann ergäbe, oder für sie, wenn's dem Mann an Pflichtgefühl mangelt; wenn die Schwäche des Augenblicks mit dem Augenblick oder auch mit dem Jahr enden würde. Doch bei so weitreichenden Folgen sollte sie den Mann, wenn er ehrlich ist, oder sich selbst, wenn er's nicht ist, nicht in die Falle locken.«

»Was hätt ich denn tun solln?«

»Mir Zeit geben … Was mühst du dich nachts mit dem Schweineschmalz ab? Stell es bitte weg!«

»Dann muss ich's morgen früh machen. Es wird sich nich länger halten.«

»Na gut … dann so.«

I–11

Am nächsten Morgen, einem Sonntag, setzte sie gegen zehn ihre Arbeit fort, erinnerte sich dabei an das Gespräch vom Vorabend und fiel zurück in dieselbe widerborstige Laune.

»Das also tratschens über mich in Marygreen, nich wahr … dass ich dich in ne Falle g'lockt hab? Du warst ja auch ein feiner Fang, ein Geschenk des Himmels!« Als sie in Schwung kam, sah sie ein paar von Judes geliebten Klassikern der Antike auf einem Tisch, wo sie nichts zu suchen hatten. »Ich will nich, dass die Bücher hier im Weg sind!«, rief sie gereizt; und sie schnappte eines nach dem anderen und warf sie zu Boden.

»Fass meine Bücher nicht an!«, sagte er. »Du hättest sie wegräumen können, aber sie so in den Dreck zu werfen, ist abscheulich!« Beim Schmalzauslassen hatte Arabella sich die Hände mit heißem Fett beschmiert, und ihre Finger hinterließen entsprechend deutliche Abdrücke auf den Buchumschlägen. Nun warf sie die Bücher erst recht auf den Boden, bis Jude, über die Maßen erzürnt, sie am Arm packte, damit sie aufhörte. Dabei zerzauste er irgendwie ihre Frisur, sodass ihr das Haar über die Ohren fiel.

»Lass mich!«, sagte sie.

»Versprich, dass du meine Bücher nicht anrührst.«

Sie zögerte. »Lass mich!«, wiederholte sie.

»Versprich es!«

Nach kurzem Schweigen: »Ja doch.«

Jude lockerte seinen Griff, und sie lief durch das Zimmer zur Tür, trat mit versteinerter Miene hinaus auf die Landstraße. Dort begann sie auf und ab zu gehen, zerraufte übellaunig ihr Haar noch schlimmer, als er es getan hatte, und öffnete mehrere Knöpfe an ihrem Kleid. Es war ein schöner Sonntagmorgen, trocken, heiter und frostig, und der Nordwind trug das Glockengeläut der Kirche von Alfredston herüber. Die Leute auf der Straße trugen ihre Festtagskleider; die meisten waren Liebespaare – wie Jude und Arabella, als sie einige Monate zuvor denselben Weg entlanggetollt waren. Die Spaziergänger drehten sich um nach dem außergewöhnlichen Anblick, den sie nun bot: ohne Häubchen, ihr gelöstes Haar im Wind wehend, ihr Mieder aufgeknöpft, die Ärmel der Arbeit wegen über die Ellbogen hochgekrempelt und die Hände dampfend vom geschmolzenen Fett. Einer der Vorbeigehenden sagte in gespieltem Entsetzen: »Der Herr sei uns gnädig!«

»Schaut, wie er mit mir umspringt!«, rief sie. »Lässt mich sonntagmorgens schuften, wenn ich in die Kirche gehen sollt, reißt mir's Haar vom Kopf und s'Kleid vom Leib!«

Jude war außer sich, ging hinaus und zerrte sie gewaltsam zurück ins Haus. Dann beruhigte er sich plötzlich. Im Licht der Erkenntnis, dass zwischen ihnen alles vorbei war und dass alles, was er oder sie tun mochte, bedeutungslos wäre, blieb ihr Mann stehen und musterte sie. Ihre Leben waren ruiniert, dachte er; ruiniert durch den grundlegenden Fehler ihrer Vermählung: da sie einen dauerhaften Vertrag auf der Grundlage eines flüchtigen Gefühls geschlossen hatten, das nicht mit jener notwendigen Zuneigung verbunden war, die allein eine lebenslange Kameradschaft erträglich macht.

»Wirst mich ebenso misshandeln wie dein Vater deine Mutter misshandelt hat und die Schwester deines Vaters ihren Mann?«, fragte sie. »Als Ehemänner und Ehefrauen seid ihr alle Nieten!«

Jude starrte sie zurückhaltend und verblüfft an. Doch sie verlor kein weiteres Wort und lief weiter auf und ab, bis sie müde wurde. Er ging fort, und nachdem er eine Weile ziellos marschiert war, machte er sich auf den Weg nach Marygreen. Er besuchte seine täglich gebrechlicher werdende Großtante.

»Tante … hat mein Vater meine Mutter misshandelt und meine Tante ihren Mann?«, sagte Jude unvermittelt und setzte sich an den Kamin.

Sie blickte mit uralten Augen unter dem Rand ihrer verschlissenen Lieblingshaube hervor. »Wer hat dir das erzählt?«, fragte sie.

»Ich hab's irgendwo aufgeschnappt und will alles darüber wissen.«

»Hast jedes Recht dazu, schätz ich; obwohl deine Frau – sie steckt ja wohl dahinter – dumm g'wesen sein muss, davon anz'fangen! Letztlich gibt's nich viel z'wissen. Dein Vater und deine Mutter kamen nich miteinander aus und haben sich getrennt. Auf'm Heimweg vom Markt in Alfredston war's, du warst noch 'n Baby … am Hügel, bei der Brown-House-Scheune … alse sichs letzte Mal g'stritten ham und sichs letzte Mal Lebwohl g'sagt. Deine Mutter starb nich lang danach … hat sich kurzum ertränkt, und dein Vater ist mit dir nach South Wessex und kam nie z'rück.«

Jude erinnerte sich an das Schweigen seines Vaters, wenn es um North Wessex und die Mutter ging; bis zu seinem Todestag hatte er nicht über Heimat und Frau gesprochen.

»Bei der Schwester deines Vaters war's dasselbe. Ihr

Mann hat sich an ihr versündigt, und danach war ihrs Leben mit ihm so z'wider, dass sie mit ihrem kleinen Mädel nach London gangen ist. Die Fawleys sind nich für die Ehe g'schaffen: bei uns hat's nie recht passt. Wir ham was im Blut, was uns widerborstig macht, wenn wir zu was zwungen wern, was wir ohne Zwang gern tun würden. Deswegen hättst auf mich hörn solln und nich heiraten.«

»Wo haben Vater und Mutter sich getrennt ... beim Brown House?«

»Weng weiter ... wo d'Straße nach Fenworth abzweigt und der Pfosten steht. Da stand mal 'n Galgen, der auch aweng mit deiner G'schicht zu tun hat. Aber lass gut sein.«

In der Abenddämmerung verließ Jude seine Tante, als wollte er nach Hause gehen. Doch sobald er das freie Hügelland erreicht hatte, ging er querfeldein, bis er einen großen runden Weiher erreichte. Noch herrschte Frost, wenn auch kein besonders strenger, und die größeren Sterne am Firmament traten langsam und flackernd hervor. Jude setzte einen Fuß auf den Rand des Eises, dann den anderen: Es knirschte unter seinem Gewicht, doch er ließ sich nicht abhalten. Er bahnte sich seinen Weg bis zur Mitte, wobei das Eis bei jedem Schritt laute Geräusche von sich gab. Als er ungefähr die Mitte erreicht hatte, sah er sich um und machte einen Sprung. Es knirschte erneut, gab aber nicht nach. Er sprang noch einmal, doch nun war kein Laut mehr zu hören. Jude kehrte zurück an den Rand und trat ans Ufer.

Wie seltsam, dachte er. Weshalb wurde sein Leben geschont? Vermutlich war er einfach nicht würdig für den Selbstmord. Der friedvolle Tod wies seine Unterwerfung angewidert zurück und wollte ihn nicht haben.

Konnte er nicht etwas Bescheideneres versuchen, als

sich selbst auszulöschen; etwas weniger Edelmütiges, das eher seinem gegenwärtigen unwürdigen Rang entsprach? Er konnte sich besaufen. Ja, das war's; er hatte es ganz vergessen. Sich betrinken war die gängige, typische Methode der verzweifelnden Wertlosen. Allmählich begriff er, warum manche Männer in Gasthäusern soffen. Er ging den Hügel hinunter nach Norden und stieß auf eine düstere Spelunke. Als er eintrat und sich setzte, erkannte er beim Anblick des Bilds von Samson und Delila an der Wand die Stube als jene, die er mit Arabella am ersten Sonntag ihrer Liebschaft besucht hatte. Er rief nach Schnaps und leerte ein, zwei Stunden lang zügig so manches Glas.

Spät in derselben Nacht heimwärts torkelnd, all seine finsteren Gedanken verflogen und sein Kopf immer noch einigermaßen klar, begann er ungestüm zu lachen und fragte sich, wie Arabella ihn in seiner neuen Rolle begrüßen würde. Im Haus war es dunkel, als er eintrat, und da er nicht fest auf den Beinen stand, brauchte es einige Zeit, ehe er Licht machen konnte. Dann stellte er fest, dass zwar die Spuren des Wurstmachens, des Schmalzes und der Schwarten noch sichtbar, die Lebensmittel aber weggeräumt waren. Ein alter Umschlag, auf dessen Rückseite seine Frau ein paar Worte geschrieben hatte, war mit einer Nadel am Kaminvorhang befestigt.

»Bin zu meinen Freundinnen. Komm nicht zurück.«

Er blieb den ganzen nächsten Tag zu Hause und ließ den Schweinskadaver nach Alfredston bringen. Dann räumte er auf, verriegelte die Tür, legte den Schlüssel an einen Platz, wo sie ihn bei ihrer möglichen Rückkehr finden würde, und kehrte zurück zu seiner Maurerwerkstatt in Alfredston.

Als er am Abend wieder heimwärts stapfte, sah er, dass sie nicht im Haus gewesen war. Am nächsten Tag war es dasselbe und auch am übernächsten. Dann kam ein Brief von ihr.

Sie gab freimütig zu, dass sie seiner überdrüssig war. Er sei so eine alte Schlafmütze, und seine Art zu leben habe ihr nichts zu bieten. Es sei aussichtslos, dass er oder sie sich je zum Besseren ändern werde. Des weiteren schrieb sie, ihre Eltern hätten, wie er wohl wusste, seit längerem überlegt, nach Australien auszuwandern, da man mit Schweinezucht heutzutage nicht viel verdienen könne. Die beiden hätten sich schließlich dazu entschlossen, und sie habe vorgeschlagen, sie zu begleiten, falls er nichts dagegen habe. Eine Frau wie sie habe drüben mehr Möglichkeiten als in diesem dummen Land.

Jude antwortete, er habe keinerlei Einwände. Er hielt ihren Plan für klug, da er ihren Wünschen entsprach, und er könnte sich für sie beide als vorteilhaft erweisen. In den Briefumschlag legte er das durch den Verkauf des Schweins verdiente Geld und dazu alles, was er hatte, und das war nicht viel.

Von diesem Tag an hörte er nur noch auf Umwegen von ihr, obwohl ihr Vater und sein Haushalt nicht sofort abreisten, sondern warteten, bis Hab und Gut verkauft war. Als Jude erfuhr, dass das Haus der Donns versteigert werden sollte, packte er seinen eigenen Hausrat in einen Wagen und schickte ihn Arabella, damit sie ihn oder alles, was sie nicht selbst brauchte, zusammen mit dem Rest verkaufte.

Dann mietete er ein Zimmer in Alfredston, wo er in einem Schaufenster einen kleinen Handzettel sah, der den Verkauf des Mobiliars seines Schwiegervaters ankündigte. Jude prägte sich den Termin ein, der verstrich, ohne dass er in die Nähe des Hauses ging, und er konnte auch nicht erkennen, dass der Verkehr auf der südlichen Ausfahrtstraße von Alfredston wegen der Auktion merklich zugenommen hätte. Einige Tage später betrat er einen schäbigen Trödler an der Hauptstraße, und inmitten einer bunten Sammlung aus Töpfen, einem Wäscheständer, einem Nudelholz, einem Kerzenständer aus Messing, einem drehbaren Spiegel und anderen offensichtlich gerade bei einer Versteigerung erworbenen Dingen im hinteren Teil des Ladens entdeckte er eine gerahmte Fotografie mit seinem eigenen Konterfei.

Er hatte sie eigens als Geschenk für Arabella machen und von einem Handwerker in der Stadt mit Adonisröschenholz rahmen lassen und sie ihr treulich an ihrem Hochzeitstag überreicht. Auf der Rückseite konnte man immer noch »Jude für Arabella« und das Datum lesen. Sie musste es bei der Auktion zu ihren anderen Sachen geworfen haben.

»Oh«, sagte der Trödler, der sah, dass er sich dafür und andere aufgehäufte Gegenstände interessierte, und nicht merkte, dass es sein Porträt war. »Das ist ein Haufen Krimskrams, den ich bei ner Hausratversteigerung an der Straße nach Marygreen eingeheimst hab. Der Rahmen ist sehr nützlich, wenn mans Bild rausnimmt. Sie können's für nen Shilling haben.«

Durch diesen stummen und ungeplanten Beweis, den Verkauf seines Porträts und Geschenks, wurde ihm das endgültige Absterben jedes zärtlichen Gefühls seiner Frau offenbart, und es bedurfte dieses kleinen Schlags, um ihm die letzte Zuneigung auszutreiben. Er zahlte den Shilling, nahm die Fotografie mit und verbrannte sie in seinem Zimmer mitsamt dem Rahmen.

Zwei oder drei Tage später hörte er, dass Arabella und ihre Eltern abgereist waren. Er hatte ihr eine Nachricht geschickt und angeboten, förmlich Abschied zu nehmen, doch sie wollte lieber nicht darauf eingehen, da sie entschlossen sei, ihn zu verlassen, was vermutlich der Wahrheit entsprach. Am Abend nach ihrer Abreise, als er sein Tagwerk hinter sich hatte, ging er nach dem Essen hinaus und schlenderte unter den Sternen die allzu vertraute Straße zum Hochland entlang, wo er die wichtigsten Empfindungen seines Lebens erfahren hatte. Es schien nun wieder ihm zu gehören.

Er konnte nicht klar erkennen, wer er war. Auf dem alten Pfad schien er immer noch ein Knabe zu sein, kaum einen Tag älter als damals, als er träumend auf der Kuppe des Hügels stand und erstmals im Herzen die brennende Sehnsucht nach Christminster und Gelehrsamkeit spürte. »Und doch bin ich ein Mann«, sagte er. »Ich habe eine Frau. Mehr noch: Ich habe eine höhere Stufe des Erwachsenseins erreicht, indem ich mit ihr gestritten habe, meine Liebe zu ihr verlor, mich mit ihr zankte und von ihr trennte.«

Ihm wurde bewusst, dass er nicht weit entfernt stand von der Stelle, an der sein Vater und seine Mutter sich angeblich getrennt hatten.

Ein Stück weiter lag der Gipfel, von wo aus Christminster, oder das, was er für die Stadt gehalten hatte, sichtbar gewesen war. Seit jeher stand ganz in der Nähe ein Meilenstein am Straßenrand. Jude näherte sich und ertastete die Zahl der Meilen bis zur Stadt eher als sie zu lesen. Er erinnerte sich, dass er eines Tages auf dem Heimweg mit seinem scharfen neuen Meißel auf der Rückseite des Meilensteins stolz eine Inschrift geschlagen hatte, die seinem Streben Ausdruck verlieh. Er hatte es in seiner ersten Woche als Lehrling getan, bevor er von einer unpassenden Frau von seinen Zielen abgebracht wurde. Da er sich fragte, ob die Inschrift immer noch lesbar war, ging er zur Rückseite des Meilensteins und fegte die Nesseln beiseite. Im Licht eines Streichholzes konnte er immer noch erkennen, was er vor so langer Zeit begeistert gemeißelt hatte:

DORTHIN ☞
J. F.

Der Anblick der unbeschädigten Buchstaben hinter einem Schirm aus Gras und Nesseln entfachte einen Funken des alten Feuers in seiner Seele. Sollte er nicht danach streben, durch dick und dünn vorwärtszuschreiten – krankhaften Kummer zu meiden, auch wenn er Hässliches in der Welt erblickte? *Bene agere et laetari* – Gutes tun und froh sein –, die angebliche Maxime eines gewissen Spinoza könnte jetzt sogar auch für ihn gelten.

Er könnte seinem bösen Stern Widerstand leisten und seinen ursprünglichen Absichten folgen.

Indem er auf einen nicht weit entfernten Punkt zuging, breitete sich der nordöstliche Horizont vor ihm aus. Tatsächlich erhob sich dort ein schwacher Schein, eine kleine, matte Nebelschwade, kaum erkennbar, wenn man nicht gottergeben hinschaute. Ihm genügte es. Er würde nach Christminster gehen, sobald seine Lehrzeit beendet war.

Er kehrte mit besserer Laune zurück in sein Zimmer und sprach seine Gebete.

ZWEITER TEIL
IN CHRISTMINSTER

»Seine Seele war sein einziger Stern.«

SWINBURNE

»Notitiam primosque gradus vicinia fecit;
Tempore crevit amor.« OVID

II–1

Der nächste nennenswerte Schritt in Judes Dasein ließ ihn sichtbar ruhig durch eine dunkle Landschaft wandern, in der das Laub der Bäume um drei Jahre frischer war als jenes, das sein Werben um Arabella und die Zerrüttung seines schlichten Ehelebens mit ihr geziert hatte. Er befand sich ein, zwei Meilen südwestlich von Christminster, seinem Ziel.

Endlich hatte er sich von Marygreen und Alfredston verabschiedet: Seine Lehrzeit war vorbei, er hatte sein Werkzeug geschultert und schien auf bestem Weg zu einem Neuanfang – einem Anfang, auf den er sich seit bald zehn Jahren, unterbrochen von seiner Liebe und Ehe mit Arabella, gefreut hatte.

Man konnte Jude nunmehr als jungen Mann mit einer eher kraftvollen, nachdenklichen und ernsten als einnehmenden Miene beschreiben. Er hatte einen dunklen Teint und dunkle versöhnliche Augen und trug einen kurzgestutzten, üppiger als seinem Alter entsprechend gewachsenen Bart; dieser sowie sein dichter Schopf schwarzer Locken widersetzten sich Kamm und Bürste, und der sich bei der Arbeit darin absetzende Steinstaub ließ sich kaum herauswaschen. Seine auf dem Land erworbenen handwerklichen Fähigkeiten waren vielseitig, er konnte Grabsteine schleifen, Sandsteinmauern in gotischen Kirchen restaurieren und gewöhnliche Steinmetzarbeiten durchführen. In London hätte er sich vermutlich spezialisiert und Hohlkehlen oder Blattverzierungen, vielleicht sogar Statuen bearbeitet.

An jenem Nachmittag war er in einem Karren von Alfredston zum letzten Dorf vor der Stadt gefahren und ging nun die verbliebenen vier Meilen zu Fuß, eher aus freien Stücken denn aus Notwendigkeit, denn er hatte sich seine Ankunft stets so vorgestellt.

Der entscheidende Anstoß zur Reise hatte einen seltsamen Ursprung – einen, der eher mit seinem Gefühl verknüpft war als mit seinem Verstand, wie es oft bei jungen Männern der Fall ist. Eines Tages, als er noch in Alfredston wohnte, war er nach Marygreen gegangen, um seine alte Tante zu besuchen, und hatte zwischen den Kerzenständern aus Messing auf dem Kaminsims die Fotografie eines hübschen mädchenhaften Gesichts unter einer breitkrempigen Haube gesehen, deren strahlige Falten unter der Krempe den Strahlen eines Heiligenscheins glichen. Er hatte gefragt, wer das sei. Seine Großtante hatte barsch geantwortet, es sei seine Cousine Sue Bridehead vom verfeindeten Zweig der Familie; und da er mehr über sie wissen wollte, hatte sie ihm erzählt, das Mädchen lebe in Christminster, obwohl sie nicht sagen konnte, wo genau und was sie dort mache.

Seine Tante wollte ihm das Foto nicht überlassen. Doch es ging ihm nicht aus dem Sinn und bestärkte ihn in dem heimlichen Wunsch, seinem Freund, dem Schulmeister, dorthin zu folgen.

Er blieb nun auf einem gekrümmten und sanften Abhang stehen und sah die Stadt zum ersten Mal aus der Nähe. Erbaut aus grauem Stein und schwärzlichen Dachziegeln, stand sie in greifbarer Nähe zu Wessex' Grenze, übertrat sie fast mit der Spitze des kleinen Zehs, am nördlichsten Punkt der gekrümmten Linie, an der entlang die gemütliche Themse die Felder jenes alten Königreichs streift. Die Häuser ragten nun friedlich in den Sonnenuntergang, während auf einigen ihrer zahlreichen Kirchtürme und Kuppeln ein Wetterhahn dem Bild aus nüchternen Sekundär- und Tertiärfarben sein Funkeln hinzufügte.

Als er den Fuß des Abhangs erreicht hatte, folgte er der ebenen Straße zwischen undeutlich in der Dämmerung wachsenden gekappten Weiden und traf bald auf die äußersten Laternen der Stadt – einige jener Laternen hatten den Schimmer und Glanz gen Himmel geschickt, den seine zusammengekniffenen Augen vor so vielen Jahren in seinen verträumten Tagen aufgefangen hatten. Sie zwinkerten ihm mit ihren gelben Augen zweideutig zu, als käme er gerade etwas ungelegen, obwohl sie all die Jahre, enttäuscht über sein Zaudern, auf ihn gewartet hätten.

Er war vom Schlag eines Dick Whittington, dem der Sinn nach Höherem stand als nach rein materiellem Gewinn. Achtsam wie ein Entdecker ging er durch die Straßen der Außenbezirke. In den Vororten auf dieser Seite sah er nichts von der eigentlichen Stadt. Da er zunächst einmal eine Unterkunft brauchte, hielt er sorgfältig Ausschau nach Gegenden, die ihm für wenig Geld ein schlichtes Quartier bieten mochten, und nachdem er sich erkundigt hatte, mietete er ein Zimmer in einem Vorort, der im Volksmund »Beersheba« gerufen wurde, was er jedoch erst später erfuhr. Hier richtete er sich ein und bestellte Tee.

Es war eine windige, mondlose Nacht voller Geflüster. Um sich zurechtzufinden, breitete er im Schein einer Lampe die mitgebrachte Karte aus. Der Luftzug ließ das Licht flackern, doch er sah genug, um den richtigen Weg zur Innenstadt bestimmen zu können.

Etliche Straßenecken weiter stieß er zum ersten Mal überhaupt auf ein mittelalterliches Gebäude. Am Tor erkannte er, dass es sich um ein College handelte. Er trat ein, machte einen Rundgang und drang vor in dunkle, vom Licht der Laternen gemiedene Winkel. Neben diesem College stand ein weiteres, und etwas entfernt noch eines, und dann wurde er allmählich sozusagen eingekreist von Atem und Atmosphäre der altehrwürdigen Stadt. Sah er etwas, was nicht mit der allgemeinen Stimmung im Einklang stand, ließ er seinen Blick achtlos darüber hinwegschweifen.

Eine Glocke begann zu läuten, und er lauschte, bis sie hunderteinmal geschlagen hatte. Das musste ein Irrtum sein, dachte er; sie hätte nur hundertmal schlagen sollen.

Als die Tore geschlossen waren und er nicht mehr in die Höfe vordringen konnte, schlenderte er an Mauern und Durchgängen vorbei und ertastete mit den Fingern ihre Hohlkehlen und Verzierungen. Minuten verstrichen, immer weniger Leute waren zu sehen, und er schlängelte sich weiterhin zwischen den Schatten, denn hatte er in den letzten zehn Jahren nicht ständig an diese Sehenswürdigkeiten gedacht, und was bedeutete schon eine einzige schlaflose Nacht? Hoch oben vor dem schwarzen Himmel zeigte das Licht einer Laterne gotisch verzierte Türmchen und gezackte Brustwehre. In dunklen Gassen, die zu dieser Stunde offensichtlich von niemandem betreten wurden und deren Existenz man anscheinend vergessen hatte, ragten Säulengänge, Erker und Pforten im reichverzierten, blumigen Stil des Mittelalters hervor, dessen vorsintflutliche Ausstrahlung durch die bröckelnden Steine betont wurde. Es schien unvorstellbar, dass modernes Denken sich in derart baufälligen und veralteten Kammern ansiedeln konnte.

Da er hier keine Menschenseele kannte, begann Jude

sich in seiner Einsamkeit für eine Art Geist zu halten, der umherstreift, ohne sich sichtbar machen oder mitteilen zu können. In Gedanken versunken atmete er tief, und als er an die in den Ecken hausenden Spukgestalten dachte, fühlte er sich ihnen fast zugehörig.

Nachdem Hausfrau und Hausrat sich unwiederbringlich in Luft aufgelöst hatten, hatte er zur Vorbereitung auf sein Wagnis fast alles, was einer seines Ranges über die bedeutenden Männer, die hinter diesen ehrwürdigen Mauern ihre Jugend verbrachten und deren Seelen dort in reiferen Jahren umgingen, lesen und lernen konnte, gelesen und in Erfahrung gebracht. Einige von ihnen ragten in seiner durch zufällige Lektüre geprägten Phantasie im Vergleich zu anderen unverhältnismäßig groß hervor. Der an Ecken, Strebepfeilern und Türpfosten vorbeirauschende Wind wirkte wie das Vorübergehen jener anderen Bewohner, und wann immer ein Efeublatt ein anderes anstupste, erzeugte dies ein Murmeln wie von ihren traurigen Seelen, während die Schatten ihrer dünnen, sich unruhig regenden Gestalten ihm in seiner Einsamkeit zu Gefährten wurden. In der Dunkelheit meinte er mit ihnen zusammenzustoßen, ohne dass er ihre Körper spürte.

Die Straßen waren nun verlassen, doch diese Empfindungen machten es ihm unmöglich, in sein Zimmer zurückzukehren. Hier gingen Dichter um, aus alter und jüngster Zeit, vom Freund und Lobredner Shakespeares bis zu dem kürzlich Verstummten und dem Wohlklingenden, der noch unter uns weilt. Grüblerische Philosophen schritten einher, nicht immer mit gerunzelter Stirn und grauem Haar wie auf den gerahmten Porträts, sondern rotwangig, schlank und jugendlich leichtfüßig; moderne Theologen, in ihre Chorhemden gehüllt, unter denen die Gründer der religiösen Schule der Traktarianer Jude Fawley am wirklichsten vorkamen; die wohlbekannten drei, der Enthusiast, der Poet und der Dogmatiker, ihre Lehren waren als Echo sogar bis zu ihm in seiner entlegenen Heimat vorgedrungen. Eine plötzliche Abneigung in seiner Phantasie schien sie beim Anblick jener anderen Söhne der Stadt zu vertreiben: der Gestalt mit der Allongeperücke, dem Staatsmann, Lebemann, Logiker und Skeptiker; dem glattrasierten Historiker, dessen Höflichkeit dem Christentum gegenüber so ironisch war, mit anderen ebenso ungläubigen, die jedes College so gut kannten wie die Frommen und sich ebenso frei in ihren Säulengängen bewegten.

Er betrachtete Staatsmänner unterschiedlicher Wesensart, Männer, die entschlossener auftraten und weniger verträumt wirkten; den Gelehrten, den Redner, das Arbeitstier; den Mann, dessen Verstand mit den Jahren größer wurde, und den, dessen Verstand entsprechend schrumpfte.

Die Wissenschaftler und Philologen folgten vor seinem geistigen Auge in einer merkwürdigen, unmöglichen Zusammenschau: Männer mit nachdenklichen Gesichtern, gespannten Mienen und Augen, die nach unablässigen Forschungen kurzsichtig wie die von Fledermäusen waren; dann kamen Staatsdiener – Generalgouverneure und Vizekönige, die ihn kaum interessierten; Oberste Richter und Lordkanzler, stille schmallippige Gestalten, deren Namen ihm meist nichts sagten. Aufgrund seiner früheren Hoffnungen widmete er den Prälaten größere Aufmerksamkeit. Von ihnen gab es mehr als genug – einige waren empfindsam, andere intellektuell; der lateinisch schreibende Apologet, der fromme Komponist der *Evening Hymn*; und in ihrer Nähe der große Wanderprediger, Kirchenliedkomponist und Zelot, dessen Leben wie Judes von einer gescheiterten Liebe überschattet wurde.

Unversehens begann Jude laut zu sprechen, hielt sozusagen Zwiesprache mit ihnen wie der Schauspieler in einem Melodram, der sich ans Publikum jenseits der Rampenlichter wendet; bis er plötzlich über seine Torheit erschrak und verstummte. Womöglich wurden die unverständlichen Worte des Wanderers von einem Studenten oder Denker auf der anderen Seite der Mauer aufgeschnappt; vielleicht blickte er hoch und fragte sich, wessen Stimme es war und was sie sagen wollte. Jude erkannte nun, dass er, hinsichtlich der Wesen aus Fleisch und Blut, ungeachtet des einen oder anderen Nachtwandlers, die ganze betagte Stadt für sich allein hatte und dass er sich offenbar erkältete.

Aus dem Schatten drang eine Stimme zu ihm; eine echte, lokalisierbare Stimme:

»Sie sitzen ja schon recht lang auf der Plinthe, junger Mann. Was wolln Sie?«

Sie kam von einem Wachtmeister, der Jude unbemerkt beobachtet hatte.

Jude ging heim und zu Bett, nachdem er in ein, zwei mitgebrachten Büchern über die Absolventen der Universität einiges von den Männern und ihren Botschaften an die Welt gelesen hatte. Beim Einschlafen meinte er, sie einige jener denkwürdigen, eben eingeprägten Sätze murmeln zu hören; mal hörbar, dann wieder unverständlich. Einer der Geister (der später Christminster als »die Heimat hoffnungsloser Fälle« beklagte, auch wenn Jude sich nicht daran erinnerte), sprach die Stadt mit folgenden Worten an:

»Wunderbare Stadt! So ehrwürdig, so lieblich, so unversehrt vom ungestümen Geistesleben unseres Jahrhunderts, so heiter! … Ihr unbeschreiblicher Zauber erinnert uns immerzu an das einzig wahre Ziel eines jeden von uns, an das Ideal, an die Vollkommenheit.«

Eine andere Stimme gehörte dem Corn-Law-Konvertiten, dessen Phantom er eben erst mit einer großen Glocke im Collegehof gesehen hatte. Jude dachte, seine Seele hätte am historischen Wortlaut seiner Meisterrede geschliffen:

»Sir, vielleicht habe ich unrecht, aber mir scheint, meine Pflicht gegenüber einem von Hunger geplagten Land erfordert es, dass das unter allen ähnlichen Bedingungen angewandte Gegenmittel jetzt eingesetzt wird, nämlich der freie Zugang zu Lebensmitteln, wo immer diese herkommen mögen … Ihr könnt mich morgen aus dem Amt werfen, aber Ihr könnt mir nicht die Gewissheit nehmen, dass ich die mir anvertraute Macht nicht aus Geldgier oder Eigennutz, nicht aus Ehrgeiz oder persönlichem Interesse anwende.«

Dann der durchtriebene Autor des unsterblichen Kapitels über das Christentum: »Wie sollen wir die träge Gleichgültigkeit der heidnischen und philosophischen Welt gegenüber den Wundern des Allmächtigen hinnehmen? … Die Weisen Griechenlands und Roms wandten sich ab von dem ehrfurchtgebietenden Schauspiel und schienen sich keiner Veränderung in der moralischen oder körperlichen Herrschaft der Welt bewusst zu sein.«

Dann der Schatten des Dichters, des letzten Optimisten:

»Wie wurde doch die Welt gemacht für einen jeden!

* * * * *

Und jeder unter diesen hilft dabei,
Das Leben aller nach dem Plan zu formen.«

Dann einer der der drei eben gesehenen Enthusiasten, der Autor der *Apologia*:

»Ich wollte darlegen … dass die absolute Gewissheit hinsichtlich der Wahrhaftigkeit der natürlichen Theologie einem Zusammenspiel übereinstimmender und konvergierender Wahrscheinlichkeiten entsprang … dass Wahrscheinlichkeiten, die keine logische Gewissheit erreichten, eine seelische Gewissheit erzeugen konnten.«

Der zweite von ihnen, kein Polemiker, schlug murmelnd einen leiseren Ton an:

»Woher die bange Furcht vor Einsamkeit,
Wo wir, so Gott es will, doch einsam sterben?«

Ebenso hörte er einige Sätze aus dem Mund des Phantoms mit dem barschen Gesicht, dem genialen Mr. Spectator:

»Betrachte ich die Gräber der Großen, stirbt in mir jede Spur von Neid; lese ich die Nachrufe auf die Schönen, erlischt jede übertriebene Sehnsucht; begegne ich trauernden Eltern vor einem Grabstein, schmilzt mein Herz vor Mitgefühl; sehe ich die Gräber der Eltern, kommt mir in den Sinn, wie eitel es ist, um jene zu trauern, denen wir bald nachfolgen müssen.«

Zu guter Letzt ergriff ein Prälat mit sanfter Stimme das Wort, und während er seine frommen, vertrauten, seit Kindertagen liebgewonnenen Verse vortrug, schlief Jude ein:

»Lehr mich zu leben, dass mir das Grab
Nicht schrecklicher als ein Bett scheinen mag.
Lehr mich zu sterben …«

Er erwachte nicht vor Morgengrauen. Die gespenstische Vergangenheit schien vergangen und alles sprach von der Gegenwart. Er schreckte im Bett auf, glaubte verschlafen zu haben und sagte dann:

»Jessas – beinah hätt ich meine hübsche Cousine vergessen und dass sie die ganze Zeit hier war! … und dazu meinen alten Schulmeister!« Die Erwähnung des Schulmeisters klang vielleicht nicht ganz so begeistert wie die seiner Cousine.

II–2

Notwendige Überlegungen über das Hier und Jetzt, mitsamt der leidigen Frage nach dem täglichen Brot, zerstreuten eine Zeitlang die Trugbilder und zwangen Jude, hochfliegende Gedanken unter dringenden Bedürfnissen zu begraben. Er musste aufstehen und Arbeit suchen, körperliche Arbeit; die einzige, die seinen Lehrmeistern als richtige Arbeit galt.

Als er in dieser Absicht durch die Straßen ging, stellte er fest, dass die Colleges ihre freundlichen Fassaden auf verräterische Weise verändert hatten: einige waren protzig, andere wirkten wie oberirdische Familiengrüfte; im Mauerwerk eines jeden zeichnete sich etwas Barbarisches ab. Die Geister der bedeutenden Männer waren verschwunden.

Die zahllosen Seiten Architektur ringsum las er naturgemäß weniger wie ein über den Baustil urteilender Kunstkritiker, sondern wie ein Handwerker und Kamerad der verstorbenen Arbeiter, deren Muskeln die Bauten tatsächlich errichtet hatten. Er untersuchte die Hohlkehlen, streichelte sie wie jemand, der über ihren Ursprung Bescheid weiß, sagte, sie seien schwierig oder einfach zu fertigen, hätten wenig oder viel Zeit gekostet, hätten nur mühsam bearbeitet werden können oder seien mit dem Werkzeug gut erreichbar.

Was nachts vollkommen und ideal gewesen war, erwies sich bei Tag als mehr oder minder mangelhafte Wirklichkeit. Er sah, dass man den betagten Bauwerken Grausames angetan, sie beleidigt hatte. Der Zustand von einigen rührte ihn, wie ihn ein verkrüppeltes Lebewesen gerührt hätte. Sie waren verwundet, gebrochen, schälten im tödlichen Kampf gegen Jahre, Witterung und Mensch ihre Hülle ab.

Der Verfall dieser historischen Zeugnisse erinnerte ihn daran, dass er den Morgen letztlich doch nicht so rasch und tatkräftig wie geplant begonnen hatte. Er war gekommen, um zu arbeiten und von seiner Arbeit zu leben, und der Vormittag war schon fast vorbei. In einer Hinsicht war der Gedanke ermutigend, dass es an einem Ort mit zerfallendem Mauerwerk für einen Mann seines Berufs reichlich Aufträge für Renovierungen geben müsste. Er fragte nach dem Weg zur Werkstatt des ihm in Alfredston empfohlenen Steinmetzes; und bald hörte er den vertrauten Klang der Polierer und Meißel.

Der Werkstatthof war ein kleines Zentrum der Erneuerung. Hier waren die Ebenbilder jener abgewetzten und verwitterten Steine, die er an den Mauern gesehen hatte, mit scharfen Kanten und glatten Kurven. Dies waren in moderner Prosa die Ideen, welche die flechtenbewachsenen Colleges als alte Poesie zeigten. Einige dieser Altertümer hätte man im Urzustand ebenfalls als prosaisch bezeichnen können. Sie hatten nichts getan als zu warten und waren darüber poetisch geworden. Wie leicht fällt dies dem unscheinbarsten Gebäude, wie unmöglich ist es den meisten Menschen.

Er fragte nach dem Vorarbeiter und betrachtete die neuen, halbfertig auf den Steinpodesten stehenden oder auf den Abtransport wartenden Maßwerke, Mittelpfosten, Querbalken, Säulen, Zinnen und Brustwehre. Ihre Präzision, mathematische Ebenmäßigkeit, Glätte und genaue Passform war augenscheinlich: In den alten Mauern hingegen fand man die unterbrochenen Linien der ursprünglichen Idee; gezackte Kurven, Ungenauigkeit, Unregelmäßigkeit, Unordnung.

Einen Augenblick lang hatte Jude eine echte Erleuchtung: Hier im Steinmetzhof lag ein Zentrum von Bemühungen, die ebenso ehrwürdig waren wie jene, durch die sich das vornehmste College im Namen der Gelehrsamkeit auszeichnete. Doch er vergaß dies unter dem Druck seiner alten Vorstellung. Er wollte jede Stelle annehmen, die man ihm auf die Empfehlung seines alten Arbeitgebers hin geben mochte; doch für ihn wäre sie nur provisorisch. Dies war seine Variante der modernen Untugend namens Rastlosigkeit.

Dazu erkannte er, dass man hier bestenfalls kopierte, ausbesserte und nachahmte; seiner Vorstellung nach hatte dies eine zeitlich und räumlich begrenzte Ursache. Damals begriff er noch nicht, dass mittelalterliche Architektur so tot war wie ein Farnblatt in einem Klumpen Kohle; dass andere Entwicklungen die Welt um ihn herum prägten, in der die Gotik und alles was dazugehörte keinen Platz mehr hatte. Die tödliche Feindschaft der gegenwärtigen Logik und Vorstellung gegenüber so vielem, was ihm heilig war, hatte sich ihm noch nicht offenbart.

Da er hier vorläufig keine Arbeit bekommen konnte, machte er sich auf den Weg und dachte erneut an seine Cousine, deren irgendwie greifbare Gegenwart er mehr oder minder interessiert oder sogar erregt zu spüren schien. Hätte er doch nur dieses hübsche Porträt von ihr! Schließlich bat er seine Tante in einem Brief, es ihm zu schicken. Sie entsprach seiner Bitte, ersuchte ihn jedoch, den Familienfrieden nicht zu stören, indem er das Mädchen oder ihre Verwandten besuchte. Jude, ein lächerlich zärtlicher

Bursche, versprach nichts, stellte die Fotografie auf den Kaminsims, küsste sie – ohne zu wissen warum – und fühlte sich eher zu Hause. Sie schien über ihn zu wachen und ihm beim Tee Gesellschaft zu leisten. Sie heiterte ihn auf – sie war das Einzige, was ihn mit den Gefühlen der lebendigen Stadt verband.

Dann war da noch der Schulmeister – inzwischen wahrscheinlich ein hochwürdiger Pfarrer. Eine solche Respektsperson konnte er schwerlich aus heiterem Himmel besuchen; seine Manieren waren zu ungeschliffen, zu unkultiviert, sein Vermögen war allzu bescheiden. Er blieb also weiter allein. Obgleich von Menschen umgeben, sah er buchstäblich niemanden. Da er sich noch nicht unter das emsige Stadtvolk gemischt hatte, existierte es für ihn größtenteils nicht. Doch die Heiligen und Propheten auf den gotischen Kirchenfenstern, die Gemälde in den Galerien, die Statuen, die Büsten, die Wasserspeier, die mit Gesichtern verzierten Kragsteine – diese schienen seine Luft zu atmen. Wie alle Neuankömmlinge an einem von der Vergangenheit tief geprägten Ort hörte er den Ruf der Geschichte so deutlich, dass es den alteingesessenen Bewohnern erstaunlich oder sogar unglaublich vorgekommen wäre.

Viele Tage lang durchwanderte er zu ungewöhnlichen Zeiten die Kreuzgänge und Höfe und staunte über die koboldartigen, laut wie Hammerschläge klingenden Echos seiner eigenen Schritte. Das sogenannte »Gefühl« von Christminster drang immer tiefer in ihn ein; bis er wahrscheinlich mehr über Material, Baustil und Geschichte dieser Gebäude wusste als jeder ihrer Bewohner.

Erst jetzt, da er seinen Sehnsuchtsort tatsächlich erreicht hatte, erkannte Jude, wie weit er wirklich entfernt war von seinem ersehnten Ziel. Nur eine Mauer trennte ihn von seinen glücklichen jungen Zeitgenossen, deren Geistesleben er teilte; Männern, die von früh bis spät nichts anderes zu tun hatten als lesen, Notizen machen, lernen und geistig verdauen. Nur eine Mauer – aber was für eine!

Täglich, stündlich, wenn er auf Arbeitssuche ging, sah er sie ebenfalls kommen und gehen, mischte sich unter sie, hörte ihre Stimmen, achtete auf ihre Bewegungen. Die Gespräche von einigen der Nachdenklicheren erinnerten ihn, weil er sich lang und hartnäckig auf diesen Ort vorbereitet hatte, eigentümlich an seine eigenen Überlegungen. Dennoch war er ihnen so fern, als lebte er auf der anderen Seite der Erde. Im Grunde traf das auch zu. Er war ein junger Arbeiter in weißem Hemd und mit Steinstaub in den Falten seiner Kleidung; und als sie an ihm vorbeigingen, sahen sie ihn nicht einmal, hörten ihn nicht, blickten eher durch ihn hindurch, wie durch eine Glasscheibe, auf ihre Vertrauten dahinter. Was immer sie ihm bedeuteten, für sie war er gar nicht da; und doch hatte er sich eingebildet, an ihrem Leben teilhaben zu können, indem er sich zu ihnen gesellte.

Doch die Zukunft lag schließlich noch vor ihm; und wenn er nur das Glück hatte, eine gute Stelle zu finden, würde er das Unvermeidliche hinnehmen. So dankte er Gott für seine Gesundheit und Kraft und fasste Mut. Noch waren ihm alle Türen verschlossen, auch die der Colleges: Vielleicht würde er eines Tages eintreten. Jene Paläste der Erleuchtung und Führung; eines Tages mochte er durch ihre Fenster auf die Welt hinabschauen.

Endlich erhielt er eine Nachricht von der Maurerwerkstatt – eine Stelle war für ihn frei geworden. Es war seine erste Ermutigung, und er nahm das Angebot unverzüglich an.

Er war jung und stark, sonst hätte er nie mit solchem Eifer die Arbeiten erledigen können, die er sich nun aufbürdete, indem er einen Großteil der Nacht las und den ganzen Tag schuftete. Zunächst besorgte er sich eine Lampe mit Schirm für viereinhalb Shilling, die für gutes Licht sorgte. Dann kaufte er Schreibfedern, Papier und jene unverzichtbaren Bücher, die er anderswo nicht hatte auftreiben können. Danach verrückte er zur Bestürzung seiner Vermieterin alle Möbel in seinem Zimmer – seinem Schlaf- und Wohnzimmer –, hängte in der Mitte einen Vorhang an einem Seil auf, um ein Doppelzimmer daraus zu machen, verdunkelte sorgfältig das Fenster, damit niemand merkte, dass er die Schlafstunden kürzte, breitete seine Bücher aus und setzte sich.

Da er sich durch die Heirat, das Mieten des Häuschens, den Kauf der im Kielwasser seiner Frau verschwundenen Möbel hoch verschuldet hatte, war er seit jenen katastrophalen Wagnissen nicht in der Lage gewesen, ein paar Groschen zu sparen, und bis er seinen ersten Lohn bekam, musste er äußerst spartanisch leben. Nachdem er ein, zwei Bücher gekauft hatte, konnte er sich nicht einmal ein Kaminfeuer leisten; und wenn die Nächte nach der nasskalten Luft der Meadows rochen, saß er im Mantel, mit Hut und Wollhandschuhen vor seiner Lampe.

Von seinem Fenster aus konnte er den Kirchturm der Kathedrale und die s-förmige Kuppel sehen, unter der die große Stadtglocke läutete. Auf den hohen Turm, die hohen Glockenturmfenster und hohen Zinnen des Colleges an der Brücke konnte er vom Treppenhaus aus ebenfalls einen Blick werfen. Diese Dinge spornten ihn an, wenn sein Vertrauen in die Zukunft ermattete.

Wie alle Schwärmer kümmerte er sich nicht groß darum, wie er im Einzelnen vorgehen sollte. Er pickte allgemeine, zufällig gefundene Ideen auf, ohne sich lang mit ihnen auseinanderzusetzen. Fürs Erste, sagte er sich, war es am wichtigsten, sich vorzubereiten, indem man Geld sparte und Wissen ansammelte und darauf wartete, dass sich für jemanden wie ihn die Möglichkeit auftat, ein Sohn der Universität zu werden. »Denn die Weisheit beschirmt, so beschirmt Geld auch; aber die Weisheit gibt das Leben dem, der sie hat.« Er wurde von seiner Sehnsucht gebannt, sodass er keinen Gedanken an ihre Erfüllbarkeit verschwendete.

Zu dieser Zeit erhielt er einen nervös besorgten Brief von seiner armen alten Tante, zu dem Thema, das sie zuvor schon beunruhigt hatte – sie befürchtete, dass Jude nicht entschlossen genug war, um seiner Cousine und deren Verwandten fernzubleiben. Seine Tante glaubte, Sues Vater sei nach London zurückgekehrt, während das Mädchen immer noch in Christminster wohnte. Was sie noch anstößiger erscheinen ließ, sei ihre Tätigkeit als eine Art Künstlerin oder Musterzeichnerin in einem sogenannten Devotionalienladen, einer regelrechten Brutstätte für Götzenanbetung, und zweifellos sei sie an derlei Mummenschanz beteiligt – wenn nicht sogar Papistin. (Miss Drusilla Fawley war seit jeher evangelisch.)

Da Jude eher philosophisch als theologisch interessiert war, ließen ihn die Neuigkeiten über Sues wahrscheinliche Meinungen völlig kalt, während er den Hinweis auf ihren Aufenthaltsort durchaus interessant fand. Mit einer ganz und gar einzigartigen Vorfreude besuchte er in seiner ersten freien Minute die Läden, die der Beschreibung seiner Tante entsprachen; und in einem erblickte er hinter einem Schreibtisch ein junges, dem Porträt verdächtig ähnlich sehendes Mädchen. Er wagte den Laden unter einem banalen Vorwand zu betreten und verweilte noch ein bisschen, nachdem er seinen Einkauf getätigt hatte. Das Geschäft schien ausschließlich von Frauen geführt zu werden. Es gab anglikanische Bücher, Schreibwaren, Traktate und Geschenkartikel: kleine Gipsengel zum Aufhängen, Heiligenbilder mit gotischen Rahmen, Ebenholzkreuze, die man fast für katholische Kruzifixe halten konnte, Gebetbücher, die denen der Katholiken ähnelten. Er hatte starke Hemmungen, das Mädchen am Schreibtisch anzusehen; sie war so hübsch, dass es ihm schier unmöglich schien, mit ihr verwandt zu sein. Dann sprach sie mit einer der beiden älteren Frauen hinter der Theke; und er erkannte in ihren Betonungen gewisse Merkmale seiner eigenen Stimme; sanfter und lieblicher, aber seiner ähnlich. Was machte sie? Er sah sich verstohlen um. Vor ihr lag ein Stück Zinkblech, zu einer drei bis vier Fuß langen Rolle geschnitten und auf einer Seite matt lackiert. Auf dieser malte oder illuminierte sie in Frakturschrift das Wort

Halleluja

»Eine hübsche, fromme, christliche Arbeit hat sie da!«, dachte er.

Nun wusste er halbwegs, was sie hier tat; ihr Talent für diese Art Handwerk stammte zweifellos von ihrem Vater, der als Kunstschmied für die Kirche gearbeitet hatte. Die Beschriftung, mit der sie sich beschäftigte, würde wohl in irgendeinem Altarraum der Andacht dienen.

Er ging hinaus. Es wäre einfach gewesen, sie an Ort und Stelle anzusprechen, doch schien es ihm wenig ehrenhaft gegenüber seiner Tante, ihre Bitte so rücksichtslos in den

Wind zu schlagen. Sie war grob mit ihm umgesprungen, aber sie hatte ihn großgezogen, und die Tatsache, dass sie keine Macht über ihn hatte, ließ ihn einem Wunsch, der als Argument wirkungslos gewesen wäre, aus Mitleid entsprechen.

So hielt Jude sich zurück. Er wollte sich Sue noch nicht vorstellen. Es gab noch andere Gründe für seinen Rückzug. Neben ihm, in seiner groben Arbeitsjacke und den staubigen Hosen, wirkte sie so zart, dass er sich ebenso wenig bereit fühlte, sie zu treffen wie Mr. Phillotson. Und es war durchaus möglich, dass sie die Abneigungen ihrer Familie geerbt hatte und ihn so sehr verachtete, wie sie es mit ihrem christlichen Glauben vereinbaren konnte, insbesondere wenn er ihr den unerfreulichen Teil seiner Geschichte erzählte, gipfelnd in seiner Vermählung mit einer Frau, für die sie gewiss keine Bewunderung aufbrächte.

Er behielt sie also im Auge und mochte das Gefühl, sie in der Nähe zu wissen. Sich ihrer lebendigen Gegenwart bewusst zu sein, spornte ihn an. Doch sie blieb mehr oder weniger ein Wunschbild, um dessen Gestalt er eigenartige und phantastische Tagträume zu weben begann.

Zwei, drei Wochen später schleppten Jude und einige Helfer einen bearbeiteten Sandsteinblock vom Wagen über den Bürgersteig vor dem Crozier College in der Old-time Street und hoben ihn auf die Brustwehr, die sie gerade ausbesserten. Als der Vorarbeiter bereit war, sagte er: »Hoch damit, wenn ich ruf! He-ho!« Und sie hoben den Stein.

Plötzlich, beim Anheben, stand seine Cousine neben seinem Ellbogen, verharrte einen Moment auf dem Sprung, bis das Hindernis aus dem Weg war. Sie sah ihm direkt ins Gesicht, mit schimmernden, unwägbaren Augen, die, zumindest für ihn, Schärfe mit Zärtlichkeit und beides mit

Rätselhaftigkeit verknüpften, wobei ihr Ausdruck zusammen mit dem ihrer Lippen, den gerade an seinen Kameraden gerichteten Worten jede Lebendigkeit aussaugten, sodass er den Satz weitgehend unbewusst beendete. Sie beachtete seine Gegenwart nicht mehr als die der im Sonnenlicht funkelnden Staubkörnchen, die sein Hantieren aufgewirbelt hatte.

Ihre Nähe weckte so viele Gefühle in ihm, dass er zitterte und sein Gesicht instinktiv schüchtern abwandte, damit sie ihn nicht erkannte, obwohl dies recht unwahrscheinlich war, da sie ihn nie zuvor gesehen hatte; und womöglich hatte sie auch seinen Namen noch nie gehört. Er konnte erkennen, dass sie zwar im Grunde ein Mädchen vom Land war, ihr aber einige Jahre in London als Jugendliche und hier als Erwachsene alles Grobe ausgetrieben hatten.

Nachdem sie verschwunden war, machte er sich wieder an die Arbeit und dachte dabei an sie. Sie hatte ihn so sehr in ihren Bann gezogen, dass er auf ihre allgemeine Figur und Gestalt nicht geachtet hatte. Nun erinnerte er sich, dass sie nicht besonders groß war, leichtfüßig und schlank, von der Art, die man heutzutage elegant nannte. Viel mehr hatte er nicht gesehen. Sie hatte nichts Statuenhaftes an sich; bot ein Bild fahriger Bewegung. Sie war unstet, lebhaft, doch ein Maler hätte sie nicht als hübsch oder schön bezeichnet. Jude fühlte sich dennoch von ihrem Maß an Schönheit überrascht. Mit seiner bäuerlichen Art hatte sie nichts mehr gemein. Wie konnte jemand aus seiner eigensinnigen, unglückseligen, fast fluchbeladenen Sippe sich zu diesem Gipfel der Niedlichkeit aufschwingen? Es musste an London liegen, mutmaßte er.

Von diesem Augenblick an begann das in seinem Herzen aufgestaute, durch Einsamkeit und seinen vielbesungenen Wohnort verstärkte Gefühl sich unmerklich an diese halb erträumte Gestalt zu heften; und er erkannte, dass er seiner Sehnsucht, sie kennenzulernen, ungeachtet seines gehorsamen Sträubens, bald nicht mehr würde widerstehen können.

Er dachte lieber an sie als ein Familienmitglied, denn es gab niederschmetternde Gründe, nicht anderweitig an sie zu denken.

Erstens war er verheiratet, was es falsch machte. Zweitens waren sie Cousin und Cousine. Cousins und Cousinen sollten sich lieber nicht ineinander verlieben, auch wenn die Umstände für ihre Leidenschaft sprechen. Drittens: Selbst wenn er ungebunden wäre, könnte in einer Familie wie der seinen, in der eine Vermählung für gewöhnlich tragische Trauer nach sich zog, die Heirat mit einer Blutsverwandten die ungünstigen Bedingungen verdoppeln und die tragische Trauer steigern zu tragischem Grauen.

Deswegen durfte sein Interesse an Sue nicht über ein gegenseitiges verwandtschaftliches hinausgehen; er musste sie sachlich betrachten, als jemanden, auf den man stolz ist, mit dem man sich unterhält und dem man zunickt; von dem man später einmal zum Tee eingeladen wird, wobei die Gefühle für sie strikt auf die eines wohlmeinenden Verwandten beschränkt wären. So wäre sie ihm ein freundlicher Stern, eine erbauliche Kraft, eine Begleitung zur anglikanischen Messe, eine zartfühlende Freundin.

II–3

Ungeachtet der verschiedenen abschreckenden Aspekte fühlte Jude den Drang, ihr zaghaft näherzukommen, und am nächsten Sonntag besuchte er die Frühmesse in der Kathedrale des Cardinal College, um einen weiteren Blick auf sie werfen zu können, denn er hatte herausgefunden, dass sie sich oft dort einfand.

Sie kam nicht, und er wartete am Nachmittag bei besserem Wetter auf sie. Er wusste, falls sie überhaupt käme, würde sie an der östlichen Seite des großen grünen Hofes entlang zum dortigen Eingang gehen, und er wartete in einer Ecke, während die Glocken läuteten. Einige Minuten vor Beginn der Messe erschien sie mit anderen Kirchgängern, der Mauer des Colleges folgend, und als er sie erblickte, ging er auf der gegenüberliegenden Seite weiter und betrat hinter ihr das Gebäude, mehr denn je erleichtert, sich bislang noch nicht zu erkennen gegeben zu haben. Sie zu sehen und dabei selbst ungesehen und unbekannt zu bleiben, genügte ihm vorläufig.

Er verweilte einige Zeit im Vestibül, und die Messe hatte längst begonnen, als man ihn zu einem Sitzplatz lotste. Es war ein finsterer, trister, ruhiger Nachmittag, an dem irgendeine Art von Religion gewöhnlichen Werktätigen notwendig und nicht nur als Luxus der empfindsamen, untätigen Klassen erscheint. Im matten Licht und trügerischen Glanz der Altarraumfenster konnte er die gegenübersitzenden Kirchenbesucher nur undeutlich erkennen, doch er sah, dass Sue sich unter ihnen befand. Kaum hatte er ihren Platz entdeckt, als das vom Chor begleitete Singen des

119. Psalms den zweiten Teil erreichte, *In quo corriget*, die Orgel zu einer schwermütigen gregorianischen Melodie wechselte und die Sänger die Worte vortrugen:

»Wie hält der Jüngling rein seinen Pfad?«

Jude beschäftigte gerade dieselbe Frage. Was war er für ein gemeiner, wertloser Kerl, dem triebhaften Verlangen nach einer Frau derart nachzugeben und zuzulassen, dass es zu solch einem Unheil führte; dann kam ihm der Gedanke, sich aus der Welt zu schaffen; dann wieder wollte er dreist hinausgehen und sich besaufen. Die großen Wellen der Orgelmusik umwogten den Chor, und da er im Glauben an das Übernatürliche erzogen worden war, ist es nicht verwunderlich, dass er die Wahl des Psalms kaum als Zufall betrachten konnte und meinte, eine rücksichtsvolle Himmelsmacht hätte diesen eigens ausgesucht für seinen ersten Besuch des erhabenen Gebäudes. Und doch war es nur der übliche Psalm für den vierundzwanzigsten Abend des Monats.

Das Mädchen, für das er eine außergewöhnliche Zärtlichkeit zu empfinden begann, wurde in diesem Moment von denselben Melodien umschmeichelt, die sein Ohr verwöhnten, und der Gedanke entzückte ihn. Wahrscheinlich besuchte sie diesen Ort regelmäßig, denn ihres Berufes wegen und aus Gewohnheit musste sie mit Leib und Seele der Frömmigkeit verschrieben sein, und zweifellos hatte sie viel mit ihm gemeinsam. Für einen leicht zu beeindruckenden und einsamen jungen Mann war das Bewusstsein, endlich einen Hafen für seine Gedanken gefunden zu haben, wodurch sich ihm neue gesellschaftliche und spirituelle Möglichkeiten eröffneten, wie Tau auf dem Hermon, und er schwebte während der ganzen Messe im siebten Himmel.

Obwohl er es nicht wahrhaben wollte, gehörten diese himmlischen Gefilde ebenso zu Zypern wie zu Galiläa.

Jude regte sich nicht, ehe sie aufgestanden und unter dem Lettner durchgegangen war. Sie blickte nicht in seine Richtung, und als er die Tür erreicht hatte, war sie schon bis zur Hälfte des breiten Pfades gegangen. Da er seinen Sonntagsanzug trug, wäre er ihr gern gefolgt, um sich vorzustellen. Doch er war noch nicht ganz bereit; und sollte er es wirklich tun, nun, da dieses Gefühl in seinem Herzen erweckt worden war?

Denn obwohl es während der Messe den Anschein frommen Ursprungs besaß und er sich ebendies eingeredet hatte, konnte er die tatsächliche Natur der Anziehungskraft nicht gänzlich verleugnen. Sie war ihm so fremd, dass sie nicht wirklich verwandt sein konnten, und er sagte: »Es darf nicht sein! Ich, ein verheirateter Mann, darf sie nicht kennenlernen!« Trotzdem war Sue von seinem Blut, und die Tatsache, dass er eine Frau hatte, auch wenn sie in dieser Hemisphäre nicht in Erscheinung trat, mochte in einer Hinsicht von Vorteil sein. Es würde verhindern, dass Sue ihm zärtliche Sehnsüchte ihr gegenüber unterstellte, und sie im Umgang mit ihm frei und furchtlos machen. Es brach ihm das Herz, als er begriff, wie wenig ihm ihre diesem Wissen entspringende Freiheit und Furchtlosigkeit gefiel.

Nicht lange vor dem Tag der Messe in der Kathedrale hatte Sue Bridehead, die leichtfüßige junge Frau mit den schimmernden Augen, einen Nachmittag freigenommen, den Devotionalienladen verlassen, wo sie nicht nur arbeitete, sondern auch wohnte, und, ein Buch in der Hand, einen Spaziergang hinaus aufs Land gemacht. Es war einer jener wolkenlosen Tage, die zuweilen in Wessex und anderswo zwischen Kälte und Feuchtigkeit auftreten, als hätte der Wettergott sie aus einer Laune heraus eingeschoben. Sie wanderte ein, zwei Meilen, bis sie eine Stelle weit über der hinter ihr liegenden Stadt erreichte. Grüne Felder säumten die Straße, und Sue blieb an einem Zauntritt stehen, um eine Seite in ihrem Buch zu Ende zu lesen, und blickte dann zurück auf die neuen und alten Türme, Kuppeln und Zinnen.

Auf der anderen Seite des Zauntritts, auf dem Trampelpfad, sah sie einen schwarzhaarigen Fremden mit fahlem Gesicht auf dem Gras neben einem großen viereckigen Brett mit etlichen kleinen, teils bronzierten, engstmöglich aufgestellten Gipsstatuen sitzen, die er vor dem Weitergehen neu ordnete. Es handelte sich überwiegend um Miniaturkopien antiker Marmorstatuen, darunter auch Gottheiten, die sich stark von denen unterschieden, an die das Mädchen gewöhnt war: eine musterhafte Venus, eine Diana und, vom anderen Geschlecht, Apollo, Bacchus und Mars. Obwohl die Figuren viele Meter weit von ihr entfernt waren, brachte die im Südwesten stehende Sonne sie auf dem grünen Gras so herrlich zur Geltung, dass sie ihre erleuchteten Umrisse deutlich erkennen konnte; und da sie fast auf einer Linie zwischen ihr und den Kirchtürmen der Stadt standen, wurde ihr bewusst, welch fremde und gegensätzliche Vorstellungen sie im Vergleich repräsentierten. Der Mann erhob sich, als er sie sah, nahm höflich die Mütze ab und rief: »Staaaatuen!«, in einem zu seinem Erscheinungsbild passenden Akzent. Im Nu hob er das große Brett mit seinen versammelten göttlichen und menschlichen Berühmtheiten geschickt auf sein Knie und von dort auf seinen Kopf, brachte es zu ihr und stellte es auf dem Zauntritt ab. Zunächst bot er ihr die kleineren Artikel an – die Büsten der Könige und Königinnen, dann einen Minnesänger, dann einen geflügelten Amor. Sie schüttelte den Kopf.

»Wie viel für diese beiden?«, fragte sie, mit ihrem Finger die Venus und den Apollo berührend – die größten Figuren auf dem Tablett.

Er wollte zehn Shilling dafür.

»Das kann ich mir nicht leisten«, sagte Sue. Sie bot einen wesentlich geringeren Betrag, und der Statuenverkäufer zog zu ihrer Überraschung die Figuren aus ihrem Drahtgestell und reichte sie ihr über den Zauntritt. Sie umklammerte sie wie Kostbarkeiten.

Als sie gezahlt hatte und der Mann gegangen war, begann sie besorgt darüber nachzudenken, was sie mit ihnen anfangen sollte. Nun, da sie ihr gehörten, wirkten sie so übermäßig groß und übertrieben nackt. Da sie von Natur aus ängstlich war, zitterte sie angesichts ihres unüberlegten Kaufs. Als sie die Figuren in die Hand nahm, beschmutzte sie Handschuhe und Jacke mit weißem Pfeifenton. Nachdem sie sie ein paar Schritte unverhüllt getragen hatte, kam ihr eine Idee, sie pflückte ein paar große Blätter von Klette und wilder Petersilie und anderen üppigen Gewächsen aus der Hecke, wickelte ihre Last so gut wie möglich ein, sodass es aussah wie ein gewaltiger Haufen Grünzeug, gesammelt von einem eifrigen Naturliebhaber.

»Na, alles ist besser als dieser immer gleiche Kirchenfirlefanz!«, sagte sie. Doch sie zitterte immer noch und wünschte fast, sie hätte die Figuren nicht gekauft.

Gelegentlich einen Blick hinter die Blätter werfend, um

sicherzugehen, dass der Arm der Venus nicht abgebrochen war, betrat sie mit ihrer heidnischen Fracht die christlichste Stadt im Land, über eine dunkle, parallel zur Hauptstraße verlaufende Gasse, bog um eine Ecke und gelangte zum Seiteneingang des Hauses, wo sie wohnte und arbeitete. Sie trug den Kauf sogleich auf ihr Zimmer und wollte ihn rasch in einer ihr allein gehörenden Truhe verschwinden lassen; doch da die Figuren zu sperrig waren, hüllte sie sie in braunes Packpapier und stellte sie in einer Ecke auf den Boden.

Die Hausherrin, Miss Fontover, war eine ältere Dame mit Augengläsern und kleidete sich fast wie eine Äbtissin; sie wusste alles über christliche Zeremonien, wie es sich für jemanden ihres Berufs geziemte, und ging in St. Silas im zuvor erwähnten Vorort Beersheba zur Messe, wie auch Jude es sich angewöhnt hatte. Sie war die Tochter eines verarmten Geistlichen, und als er vor einigen Jahren gestorben war, hatte sie wacker der Not getrotzt und einen kleinen Laden für Kirchenutensilien übernommen, um ihn zu seinem gegenwärtigen rühmlichen Erfolg zu führen. Ihr einziger Schmuck war ein Rosenkranz um den Hals, und sie kannte *The Christian Year* auswendig.

Nun kam sie, um Sue zum Tee zu rufen, und als diese nicht sofort antwortete, betrat sie das Zimmer in dem Moment, als die junge Frau ihre Päckchen verschnürte.

»Sie haben sich etwas gekauft, Miss Bridehead?«, fragte sie mit Blick auf die eingewickelten Gegenstände.

»Ja … nur etwas, um mein Zimmer zu schmücken«, sagte Sue.

»Hm, als hätt ich es nicht schon genug ausgeschmückt«, sagte Miss Fontover und musterte die gotisch gerahmten Heiligenbilder ringsum, die Blätter mit Bibelsprüchen und anderen veralteten, unverkäuflichen Kram, der die dunkle Kammer zierte. »Was ist das? Ganz schön klobig!« Sie riss ein hostiengroßes Loch in das Packpapier und versuchte hineinzuspähen. »Was, Statuen? Zwei Figuren? Woher haben Sie die?«

»Oh … ich hab sie von einem Hausierer, der Kopien verkauft …«

»Zwei Heilige?«

»Ja.«

»Welche?«

»Petrus und die … Maria Magdalena.«

»Na … kommen Sie runter zum Tee, und machen Sie nachher den Orgeltext fertig, wenn's noch hell genug ist.«

Durch derlei Kleinigkeiten gehindert, sich an dem zu ergötzen, was nichts als eine flüchtige Laune gewesen war, sehnte sich Sue umso mehr, ihre Figuren auszupacken und anzusehen; und beim Schlafengehen, als sie sicher war, nicht gestört zu werden, entblätterte sie die Gottheiten in aller Ruhe. Sie stellte die beiden Statuen auf die Kommode, dazu links und rechts eine Kerze, ging rückwärts zum Bett, warf sich darauf und begann ein ihrer Truhe entnommenes Buch zu lesen, von dem Miss Fontover nichts wusste. Es war ein Band von Gibbon, und sie las das Kapitel über den Renegaten Julianus. Gelegentlich sah sie zu den kleinen Figuren hoch, die seltsam fehl am Platze wirkten, da zwischen ihnen zufällig ein Bild des Kalvarienbergs hing, und als hätte der Anblick die Tat angeregt, sprang sie schließlich auf und holte ein anderes Buch aus ihrer Truhe – einen Gedichtband – und blätterte zu dem vertrauten Gedicht, das sie vollständig las.

»Du hast obsiegt, o bleicher Galiläer:
Dein Atem hat die Welt grau gefärbt!«

Bald löschte sie die Kerzen, entkleidete sich und blies zum Schluss ihre Nachtlampe aus.

Sie war in einem Alter, in dem man für gewöhnlich gut schläft, doch in dieser Nacht erwachte sie immer wieder, und jedes Mal, wenn sie die Augen öffnete, reichte das diffuse Licht von der Straße, ihr die weißen Gipsfiguren auf der Kommode zu zeigen, in merkwürdigem Kontrast zu ihrer Umgebung aus Bibelsprüchen und Märtyrern und der gotisch gerahmten Kreuzigung, auf der man nun ein lateinisches Kreuz erkennen konnte, während der Gekreuzigte von Schatten verdunkelt war.

Einmal, als sie die Augen öffnete, schlugen die Kirchturmuhren eine späte Stunde. Jemand, der gerade nicht weit entfernt in derselben Stadt über seinen Büchern brütete, hörte sie ebenfalls. Am Samstagabend hatte Jude seinen Wecker nicht gestellt, der ihn sonst früh am nächsten Morgen weckte, sondern war wie gewohnt zwei, drei Stunden länger aufgeblieben, als er es sich an einem anderen Wochentag leisten konnte. In diesem Moment las er in seiner Griesbach-Ausgabe. Zur selben Zeit, da Sue sich herumwälzte und die Figuren anstarrte, hätten der Wachtmeister und unter seinem Fenster vorbeigehende Nachtschwärmer, wären sie stehen geblieben, dahinter jemanden inbrünstig seltsame Silben murmeln gehört – Worte, die für Jude einen unbeschreiblichen Zauber besaßen: unerklärliche Laute wie diese:

»All hemin heis Theos ho Pater, ex hou ta panta,
kai hemeis eis auton.«

Bis die Töne zu einem ehrfurchtsvollen Crescendo anschwollen und man hörte, dass jemand ein Buch zuklappte:

»Kai heis Kurios Iesous Christos,
di hou ta panta kai hemeis di autou!«

II–4

Er war vielseitig in seinem Beruf, ein Alleskönner, wie die meisten Handwerker in Provinzstädten. In London weigert sich der Mann, der den Knopf oder Knauf des Laubwerks meißelt, die kleine, im Laubwerk mündende Hohlkehle zu meißeln, als wäre es erniedrigend, den zweiten Teil des Ganzen fertigzustellen. Wenn Jude kaum noch gotische Muster oder Maßwerke auf den Steinpodesten bearbeiten musste, beschriftete er Denkmäler oder Grabsteine und freute sich über die Abwechslung.

Als er sie das nächste Mal sah, stand er auf einer Leiter in einer der Kirchen und erledigte einen solchen Auftrag. Es gab eine kurze Morgenandacht, und wie der Pfarrer eintrat, stieg Jude von seiner Leiter und setzte sich zu dem halben Dutzend Besuchern der Messe, bis die Gebete beendet waren und er mit seinem Hämmern fortfahren konnte. Erst gegen Ende des Gottesdienstes entdeckte er unter den Frauen Sue, die gezwungenermaßen die ältliche Miss Fontover begleitet hatte.

Jude beobachtete ihre hübschen Schultern, ihr unbeschwertes, eigenartig unbekümmertes Aufstehen und Setzen und ihr gleichgültiges Niederknien und dachte, welch eine Hilfe ihm eine solche Anglikanerin unter glücklicheren Bedingungen gewesen wäre. Es war kein Arbeitseifer, was ihn sofort zurückjagte auf die Leiter, als die Besucher die Kirche verließen; er wagte an diesem heiligen Ort nicht, einer Frau gegenüberzutreten, die ihn auf so unbeschreibliche Weise zu beeinflussen begann. Die drei machtvollen Gründe, weshalb er nicht versuchen durfte, sich mit Sue

Bridehead anzufreunden, drohten ihm unbeugsamer als je zuvor, nun da er nicht mehr verhehlen konnte, dass er sie begehrte. Doch es war ebenso offensichtlich, dass ein Mann sein Leben nicht ausschließlich mit Arbeit füllen kann; dass zumindest dieser besondere Mann Jude etwas zum Lieben brauchte. So mancher wäre ungehemmt zu ihr geeilt, hätte das Vergnügen leicht gewonnener Freundschaft ergriffen, das sie kaum verwehren konnte, und hätte den Rest dem Zufall überlassen. Jude nicht – noch nicht.

Doch als die Tage und insbesondere die einsamen Abende sich dahinzogen, musste er zu seiner moralischen Bestürzung feststellen, dass er nicht seltener, sondern öfter an sie dachte und ein erschreckendes Glücksgefühl empfand, wann immer er etwas Abwegiges, Unkonventionelles und Unerwartetes tat. Den ganzen Tag unter ihrem Einfluss stehend, an von ihr besuchten Orten vorbeigehend, dachte er immerzu an sie und musste sich eingestehen, dass er diesen moralischen Kampf wahrscheinlich verlieren würde.

Natürlich war sie für ihn noch immer weitgehend ein Wunschbild. Vielleicht könnte er sich von dieser unerwarteten und verbotenen Leidenschaft heilen, indem er sie kennenlernte. Eine Stimme flüsterte, er wolle sie zwar gern kennenlernen, aber nicht geheilt werden.

Aus seiner eigenen strenggläubigen Perspektive gab es nicht den geringsten Zweifel, dass die Situation ins Unmoralische abglitt. Für Sue wäre es ein ziemlich schlechter zweiter Anlauf, von einem Mann geliebt zu werden, der nach Recht und Gesetz verpflichtet war, bis an sein Lebensende keine andere als Arabella zu lieben, wenn dieser Mann dieselben Absichten hatte wie Jude. Es war ihm so ernst damit, dass er eines Tages, als er wie so oft in der

Kirche eines Nachbardorfes arbeitete, es als seine Pflicht betrachtete, um Erlösung von seiner Schwäche zu beten. Doch sosehr er sich auch bemühte, in dieser Hinsicht beispielhaft zu handeln, er musste aufgeben. Er sah ein, dass es völlig unmöglich war, die Erlösung von einer Versuchung zu erbitten, die das Herz tausendfach herbeisehnte. So entschuldigte er sich. »Letztlich leide ich doch nicht unter *Erotolepsie*, wie beim ersten Mal«, sagte er. »Ich weiß, dass sie außergewöhnlich klug ist; und es ist zum Teil ein Wunsch nach geistiger Nähe und eine Sehnsucht nach Herzensgüte in meiner Einsamkeit.« So verehrte er sie weiterhin und fürchtete die Erkenntnis, dass es sich um menschliche Verderbtheit handelte. Denn ganz gleich wie tugendhaft, talentiert oder durch und durch fromm Sue auch sein mochte, diese Eigenschaften waren gewiss nicht der Grund, warum er sie liebte.

Zu jener Zeit betrat eines Nachmittags ein junges Mädchen etwas zögerlich den Hof des Steinmetzes, raffte ihre Röcke, um sie nicht durch den weißen Staub zu ziehen, und ging hindurch zum Büro.

»Das ist'n hübsches Mädel«, sagte einer der Männer, Uncle Joe genannt.

»Wer ist sie?«, fragte ein anderer.

»Weiß nich – hab sie hier und da schon gesehn. Ach ja, sie ist die Tochter dieses schlauen Burschen Bridehead, der vor zehn Jahren die Schmiedearbeiten in St. Silas g'macht hat und der dann nach London abgehaun ist. Keine Ahnung, was er jetzt macht – nich viel, schätz ich – sonst wär sie nich hierher zurückgekommen.«

Inzwischen hatte die junge Frau an der Bürotür geklopft und gefragt, ob ein Mr. Jude Fawley im Hof arbeite. Zufällig war Jude an jenem Nachmittag anderswo beschäftigt, eine Tatsache, die sie mit einem enttäuschten Blick quittierte, um gleich wieder fortzugehen. Als Jude zurückkehrte, erzählten sie ihm davon und beschrieben sie, woraufhin er ausrief: »Aber das ist ja meine Cousine Sue!«

Er hielt auf der Straße Ausschau nach ihr, doch sie war nicht mehr zu sehen. Er dachte nicht länger daran, sie bewusst zu meiden, und beschloss, sie am selben Abend zu besuchen. Und als er seine Unterkunft erreichte, fand er eine Nachricht von ihr – eine erste Nachricht –, eines jener Dokumente, die an sich zwar schlicht und gewöhnlich sind, rückblickend aber als folgenschwere Vorboten künftiger Leidenschaft betrachtet werden. Gerade die Ahnungslosigkeit hinsichtlich drohender Tragödien in solchen unschuldigen ersten Briefen von Frauen an Männer oder umgekehrt macht sie, sobald die Tragödie ihren Lauf nimmt und man sie im grellen oder fahlen Licht der folgenden Ereignisse liest, umso eindrucksvoller, ernst und in manchen Fällen entsetzlich.

Sues Brief war vollkommen ungekünstelt und natürlich. Sie nannte ihn ihren lieben Cousin Jude; schrieb, sie habe gerade zufällig erfahren, dass er in Christminster wohne, und tadelte ihn, da er sich nicht gemeldet hatte. Sie hätten zusammen so schöne Stunden verbringen können, schrieb sie, denn sie sei meist allein und habe kaum geistesverwandte Freunde. Nun werde sie aller Wahrscheinlichkeit nach bald fortziehen, sodass die Möglichkeit einer Freundschaft vielleicht für immer verspielt sei.

Bei der Nachricht, dass sie umziehen wollte, lief es Jude kalt über den Rücken. Das war ein Fall, den er nicht vorhergesehen hatte, und es spornte ihn an, ihr umso rascher zu antworten. Er wolle sie noch am selben Abend in einer Stunde am Märtyrerkreuz treffen, schrieb er.

Nachdem er die Nachricht einem Laufburschen übergeben hatte, bedauerte er, ihr in der Eile ein Treffen im Freien vorgeschlagen zu haben, wo er sie doch hätte zu Hause besuchen können. Tatsächlich war es auf dem Land Brauch, sich so zu verabreden, und ihm war nichts anderes in den Sinn gekommen. Unglücklicherweise hatte er sich mit Arabella ebenso verabredet, und einem braven Mädchen wie Sue mochte es unanständig erscheinen. Er konnte es jedoch nicht mehr rückgängig machen und ging ein paar Minuten vor der genannten Stunde im Schein der eben angezündeten Straßenlaternen zum Treffpunkt.

Auf der Broad Street herrschte Ruhe, sie war am frühen Abend schon fast menschenleer. Er sah eine Gestalt auf der anderen Seite, erkannte Sue, und beide näherten sich gleichzeitig dem Kreuzzeichen im Straßenpflaster. Bevor einer von ihnen das Kreuz erreicht hatte, rief sie: »Ich will dir nicht ausgerechnet an dieser Stelle zum ersten Mal im Leben begegnen. Gehen wir ein Stück weiter.«

Ihre Stimme, klar und silberhell, klang dennoch ängstlich. Sie gingen parallel weiter, Jude behielt sie im Auge, wartete auf ihr Zeichen, und als sie auf dem leeren Platz, wo tagsüber allerdings die Fuhrwagen standen, merklich näher kam, tat er es ihr gleich.

»Entschuldige, dass ich dich um ein Treffen gebeten hab, anstatt dich zu besuchen«, begann Jude, schüchtern wie ein Verliebter. »Ich dachte, wir sparen Zeit, wenn wir spazieren gehn.«

»Oh … das macht nichts«, sagte sie freimütig wie eine Freundin. »Ich hab nichts, wo ich Besucher empfangen könnte. Die Stelle, die du ausgesucht hast, ist freilich so grässlich – ich sollte sie wohl nicht grässlich nennen –, ich meine, sie erinnert an Düsteres und Unheilvolles … Aber ist es nicht albern, so zu beginnen, wo ich dich doch noch gar nicht kenne?« Sie musterte ihn neugierig von Kopf bis Fuß, während Jude sie kaum ansah.

»Du scheinst mich besser zu kennen als ich dich«, fügte sie hinzu.

»Ja … Ich hab dich hin und wieder gesehen.«

»Und hast gewusst, wer ich bin, und mich nicht angesprochen? Und jetzt geh ich fort!«

»Ja. Das ist bedauerlich. Ich hab kaum Freunde. Tatsächlich hab ich hier irgendwo nur einen alten Freund, aber ich möchte ihn noch nicht aufsuchen. Vielleicht hast du von ihm gehört … Mr. Phillotson? Ich glaub, er ist Pfarrer irgendwo auf dem Land.«

»Nein … Ich kenne nur einen Mr. Phillotson. Er wohnt ein Stück weit draußen auf dem Land, in Lumsdon. Er ist Dorfschulmeister.«

»Ah! Ich frag mich, ob er das sein könnte. Das ist doch gewiss unmöglich! Noch immer Schulmeister! Kennst du seinen Vornamen … Richard?«

»Ja … richtig; ich hab mal Bücher an ihn geschickt, habe ihn aber nie gesehen.«

»Dann hat er es nicht geschafft!«

Jude machte ein langes Gesicht, denn wie konnte er bei einem Unternehmen Erfolg haben, bei dem der große Phillotson gescheitert war? Die Nachricht hätte ihn einen Tag lang verzagen lassen, wäre sie nicht in Gegenwart seiner lieblichen Sue eingetroffen, doch sogar in diesem Moment stellte er sich vor, wie Phillotsons Scheitern am großartigen Universitätsplan ihm Kummer bescheren würde, sobald sie fort wäre.

»Da wir einen Spaziergang machen wollen, könnten wir ebenso gut zu ihm gehen?«, meinte Jude. »Es ist nicht spät.«

Sie willigte ein, und sie spazierten einen Hügel hinauf und durchquerten schönes Waldland. Bald ragten der zinnenbewehrte Turm und das viereckige Türmchen der Kirche in den Himmel, und dahinter stand das Schulhaus. Sie erkundigten sich bei einem Passanten, ob Mr. Phillotson eventuell zu Hause sei, und erfuhren, dass er immer da war. Auf ein Klopfen hin erschien er an der Schultür, in der Hand eine Kerze und mit fragendem Blick in einem Gesicht, das schmal und vergrämt geworden war, seit Jude es das letzte Mal gesehen hatte.

Dass Mr. Phillotson nach all den Jahren ein derart biederes Bild abgab, zerstörte mit einem Schlag den Heiligenschein, der die Gestalt des Schulmeisters seit ihrer Trennung in Judes Phantasie umstrahlt hatte. Gleichzeitig weckte es in ihm Mitgefühl mit dem offenbar schwer geprüften und enttäuschten Mann. Jude nannte seinen Namen und sagte, er besuche ihn als alten Freund, der in Kindertagen nett zu ihm gewesen sei.

»Ich kann mich gar nicht an Sie erinnern«, sagte der Schulmeister nachdenklich. »Sie waren einer meiner Schüler, sagen Sie? Ja, zweifellos; aber inzwischen haben sich in meinem Leben Tausende angesammelt und naturgemäß so sehr verändert, dass ich mich, abgesehen von den jüngsten, nur an sehr wenige erinnere.«

»Es war drüben in Marygreen«, sagte Jude und wünschte, er wäre ferngeblieben.

»Ja, ich war kurze Zeit dort. Und sie ist auch eine Schülerin gewesen?«

»Nein … das ist meine Cousine. Ich habe Ihnen wegen einigen Lehrbüchern geschrieben, und Sie haben sie mir geschickt, wissen Sie noch?«

»Ah! … Ja! … Ich kann mich dunkel erinnern.«

»Das war sehr nett von Ihnen. Und Sie haben mich dazu gebracht, diesen Weg einzuschlagen. An dem Morgen, als Sie Marygreen verließen und Ihre Sachen auf dem Wagen waren, sagten Sie mir Lebewohl und dass Sie planten, an der Universität zu studieren und in den Kirchendienst zu treten … dass ein Universitätsabschluss das notwendige Gütesiegel für jeden ist, der Lehrer oder Geistlicher werden will.«

»Ich weiß noch, dass ich das alles insgeheim glaubte; nun frag ich mich, warum ich meinen eigenen Rat nicht beherzigt habe. Den Plan hab ich vor Jahren aufgegeben.«

»Ich habe es nie vergessen. Deshalb bin ich in diese Gegend gezogen und besuche Sie heute hier.«

»Kommen Sie herein«, sagte Phillotson. »Mitsamt Ihrer Cousine.«

Sie betraten das Wohnzimmer des Schulhauses, wo eine Lampe mit Papierschirm drei, vier Bücher beleuchtete. Phillotson nahm den Schirm ab, damit sie einander besser sehen konnten, und die Strahlen fielen auf Sues nervöses kleines Gesicht, die lebhaften dunklen Augen und ihr Haar, auf die ernsten Züge ihres Cousins und auf das reifere Gesicht und die ältere Gestalt des Schulmeisters, eines dürren, nachdenklichen Mannes von fünfundvierzig, mit schmalen Lippen, einem recht feinsinnigen Mund, leicht gebückter Haltung und einem schwarzen, an den Ellbogen und am Rückgrat etwas abgewetzten Gehrock.

Die alte Freundschaft wurde unmerklich erneuert, der Schulmeister sprach von seinen Erlebnissen, Jude und Sue von den ihren. Er erzählte ihnen, er denke immer noch gelegentlich an die Kirche und hege die Absicht, ihr nicht so zu dienen, wie in früheren Jahren geplant, sondern als Lizentiat. Vorläufig sei er mit seiner gegenwärtigen Situation recht zufrieden, sagte er, auch wenn er noch einen Junglehrer suche.

Sie blieben nicht zum Abendessen, da Sue zu später Stunde nicht ausgehen durfte, und sie machten sich auf den Weg zurück nach Christminster. Obwohl sie nur über Allgemeines gesprochen hatten, staunte Jude, welch eine weibliche Offenbarung seine Cousine für ihn darstellte. Sie sprühte derart vor Lebenskraft, dass alles, was sie tat, Gefühlen zu entspringen schien. Ein aufregender Gedanke ließ sie so schnell voraneilen, dass er kaum mit ihr Schritt halten konnte; und ihre Empfindsamkeit hätte man zuweilen als Eitelkeit missverstehen können. Es brach ihm das Herz, als er begriff, dass er sie mehr liebte, denn bevor er sie kennengelernt hatte, während ihre Empfindungen ihm gegenüber nicht über freimütigste Freundschaftlichkeit hinausgingen; und die Düsternis, die ihren Heimweg überschattete, hatte nichts mit der anbrechenden Nacht zu tun, sondern mit der Vorstellung, dass sie fortging.

»Warum musst du Christminster verlassen?«, fragte er bekümmert. »Wie kannst du etwas anderes tun, als dich an die Stadt zu klammern, aus deren Geschichte so große Männer wie Newman, Pusey, Ward, Keble herausragen!«

»Ja … das tun sie wohl. Aber welchen Rang haben sie in der Weltgeschichte? … Was für ein ulkiger Grund, hierzubleiben! Das wär mir nie eingefallen!« Sie lachte.

»Nun … ich muss gehen«, fuhr sie fort. »Ich hab Miss Fontover beleidigt, eine der Geschäftsleute, für die ich arbeite, und sie mich; und es ist am besten, wenn ich gehe.«

»Wie kam es dazu?«

»Sie hat meine Statuen zerbrochen.«

»Oh? Absichtlich?«

»Ja. Sie entdeckte sie in meinem Zimmer, und obwohl

sie mir gehörten, warf sie sie auf den Boden und zertrat sie, weil sie nicht ihrem Geschmack entsprachen, und zermalmte Arme und Kopf einer Figur unter ihrem Absatz … abscheulich, nicht?«

»War ihr wohl zu katholisch-apostolisch? Sie nannte sie zweifellos papistische Götzen und sprach über die Anrufung der Heiligen.«

»Nein … Nein, das nicht. Sie hat die Sache in einem ganz anderen Licht gesehen.«

»Ah! Erstaunlich!«

»Ja. Sie mochte meine Schutzheiligen aus einem anderen Grund nicht. Das hat mich zu einer scharfen Erwiderung verleitet; und letztlich beschloss ich, nicht zu bleiben, sondern mir eine Anstellung zu suchen, in der ich unabhängiger bin.«

»Warum versuchst du es nicht nochmal mit Unterrichten? Ich hab gehört, dass du das schon gemacht hast.«

»Ich hab nie daran gedacht, das wieder aufzugreifen; denn als Graphikerin hatte ich Erfolg.«

»Lass mich doch Mr. Phillotson fragen, ob du ihm in seiner Schule aushelfen kannst. Wenn du willst, kannst du ein Seminar besuchen und eine erstklassige geprüfte Lehrerin werden, dann verdienst du doppelt so viel wie jeder Graphiker oder Sakralkünstler und hast doppelt so viel Freiheit.«

»Gut … frag ihn. Ich muss jetzt reingehen. Wiedersehen, lieber Jude! Ich bin so glücklich, dass wir uns endlich getroffen haben. Wir müssen uns nicht streiten, nur weil unsere Eltern gestritten haben, nicht wahr?«

Jude wollte ihr nicht offenbaren, wie sehr er ihre Meinung teilte, und machte sich auf den Weg zu der entlegenen Straße, in der er wohnte.

Er scherte sich nun nicht mehr um die Konsequenzen seiner Sehnsucht nach Sue Brideheads Nähe und brach am nächsten Morgen erneut nach Lumsdon auf, da er fürchtete, eine bloße Nachricht wäre nicht überzeugend genug. Der Schulmeister war auf solch einen Vorschlag nicht vorbereitet.

»Ich dachte eher an eine sogenannte Versetzung im zweiten Jahr«, sagte er. »Persönlich wäre Ihre Cousine natürlich geeignet; aber sie hat keine Erfahrung. Oh … hat sie doch, tatsächlich? Möchte sie wirklich Lehrerin werden?«

Jude meinte, dies sei ihre Absicht, und er plädierte so geistreich für ihre natürliche Eignung, Mr. Phillotson zu assistieren, von der er eigentlich gar nichts wusste, dass der Schulmeister sich schließlich bereit erklärte, sie einzustellen, und er versicherte Jude in aller Freundschaft, dass seine Cousine ihre Zeit verschwendete, wenn sie nicht ernsthaft bei der Sache blieb und diesen Schritt nicht als erste Stufe einer Ausbildung betrachte, auf die als zweite Stufe die Lehrzeit an einem Lehrerseminar folgte, denn der Lohn sei nur sehr gering.

Am Tag nach dem Besuch erhielt Mr. Phillotson einen Brief von Jude, in dem er kundtat, noch einmal mit seiner Cousine gesprochen zu haben, die sich immer mehr für die Idee erwärme, zu unterrichten; und sie habe zugestimmt, ihn aufzusuchen. Der Schulmeister und Einsiedler hegte nicht den geringsten Verdacht, dass Judes Vermittlungseifer anderen Gefühlen Sue gegenüber entsprang als einer naturgemäßen Hilfsbereitschaft im Familienkreis.

II–5

Der Schulmeister saß in seinem gemütlichen Häuschen neben der Schule, beides Neubauten, und blickte auf das alte Haus gegenüber, wo Sue wohnte. Es war recht schnell zu einer Vereinbarung gekommen. Ein Junglehrer, der an Mr. Phillotsons Schule versetzt werden sollte, hatte abgesagt, und Sue wurde als Notbehelf eingestellt. Solche behelfsmäßigen Vereinbarungen konnten nur bis zum nächsten jährlichen Besuch des königlichen Schulinspektors gelten, dessen Zustimmung notwendig war, um einen dauerhaften Vertrag abzuschließen. Da Miss Bridehead einige Jahre in London unterrichtet hatte, war sie nicht wirklich neu in dem Beruf, auch wenn sie ihn kürzlich aufgegeben hatte, und Phillotson glaubte nicht, dass es schwierig wäre, ihre Dienste zu sichern, was bereits seinen Wünschen entsprach, obwohl sie erst drei, vier Wochen für ihn arbeitete. Er hatte sie als ebenso klug kennengelernt wie von Jude beschrieben; und welcher Meister wünscht sich keinen Lehrling, der ihm die halbe Arbeit abnimmt?

Es war kurz nach halb neun Uhr morgens, und er wartete, bis sie die Straße zur Schule überquerte, um ihr zu folgen. Sie erschien zwanzig vor neun, eine leichte Haube lose auf dem Kopf; und er beobachtete sie wie eine Sehenswürdigkeit. Eine neue Aura, die nichts mit ihren Talenten als Lehrerin zu tun hatte, schien sie an diesem Morgen zu umgeben. Er ging ebenfalls in die Schule, und Sue regierte den ganzen Tag ihre Klasse auf der anderen Seite des Zimmers unter seinen Augen. Sie war zweifellos eine vorzügliche Lehrerin.

Es gehörte zu seinen Pflichten, ihr abends Privatstunden zu geben, und irgendein Paragraph im Gesetzbuch machte die Gegenwart einer anständigen älteren Dame bei diesen Lektionen erforderlich, falls Lehrer und Schüler unterschiedlichen Geschlechts waren. Richard Phillotson hielt die Regel in diesem Fall für absurd, da er alt genug war, um der Vater des Mädchens zu sein; doch er folgte ihr treulich und setzte sich mit ihr in ein Zimmer, wo Mrs. Hawes, die Witwe, in deren Haus Sue logierte, sich mit Näharbeiten beschäftigte. Tatsächlich konnte man die Regel nicht so leicht umgehen, denn es gab in dem Haus kein zweites Wohnzimmer.

Wenn sie rechnete – denn sie behandelten gerade Mathematik –, blickte sie manchmal unwillkürlich mit einem kleinen fragenden Lächeln zu ihm auf, als gehe sie davon aus, dass er, der Meister, alles erkennen müsse, was ihr durch den Kopf ging, sei es nun richtig oder falsch. Phillotson dachte eigentlich gar nicht an Mathematik, sondern an sie, in einer neuartigen, ihm als Lehrer seltsam erscheinenden Weise. Vielleicht wusste sie, dass er so an sie dachte.

Einige Wochen lang hatte sich ihre Zusammenarbeit eintönig gestaltet, wobei ihn das tägliche Einerlei durchaus entzückte. Dann sollten die Kinder eine Wanderausstellung in Christminster besuchen, wo den Schulklassen zum Zweck der Bildung und für einen Penny Eintritt pro Kopf ein Modell von Jerusalem gezeigt wurde. Sie gingen in Zweierreihen die Straße entlang, sie neben ihrer Klasse mit ihrem schlichten Baumwollsonnenschirm, ihren kleinen Daumen gegen den Griff gedrückt; und Phillotson hinterdrein, in seinem langen, schlenkernden Gehrock, den Spazierstock elegant schwingend, in der nachdenklichen Stimmung, die ihn seit ihrer Ankunft befallen hatte.

Der Nachmittag war sonnig und trocken, und als sie den Ausstellungsraum betraten, weilten dort nur wenige andere Besucher.

Das Modell der antiken Stadt stand in der Mitte des Saals, und der Eigentümer, dessen Gesichtszüge von frommer Nächstenliebe kündeten, schritt mit dem Zeigestock in der Hand ringsherum und präsentierte den jungen Leuten die verschiedenen Stadtviertel und Orte, deren Namen sie aus der Bibel kannten: den Berg Moria, das Tal Jehosaphat, die Stadt Zion, die Mauern und Tore, und vor einem von diesen einen großen Hügel, einem Grabhügel ähnlich, auf dessen Gipfel ein kleines weißes Kreuz stand. Dies, sagte er, sei der Kalvarienberg.

»Ich halte das Modell, so kunstvoll es auch gefertigt sein mag, weitgehend für ein Phantasieprodukt«, sagte Sue zum Schulmeister, mit dem sie ein Stück weit im Hintergrund stand. »Woher soll irgendjemand wissen, wie Jerusalem zur Zeit Christi ausgesehen hat? Dieser Mann weiß es gewiss nicht.«

»Es wurde nach den besten spekulativen Karten gemacht und basiert auf tatsächlichen Besuchen in der heutigen Stadt.«

»Ich glaube, wir haben langsam genug von Jerusalem«, sagte sie, »insbesondere, da wir nicht von den Juden abstammen. Letztlich hatte der Ort oder das Volk nichts Erstklassiges an sich … wie etwa Athen, Rom, Alexandria und andere alte Städte.«

»Aber mein liebes Mädchen, bedenken Sie, was er für uns bedeutet!«

Sie schwieg, denn sie ließ sich leicht einschüchtern; und dann sah sie hinter den sich um das Modell scharenden Kindern einen jungen Mann in weißer Flanelljacke, der sich bei seiner Betrachtung des Tals Jehosaphat so tief hinunterbeugte, dass sein Gesicht fast hinter dem Ölberg verschwand. »Schauen Sie sich Ihren Cousin Jude an«, fuhr der Schulmeister fort. »Er glaubt keineswegs, dass wir genug von Jerusalem haben!«

»Ah! … Ich hab ihn gar nicht gesehen!«, rief sie in ihrer lebhaften, heiteren Stimme. »Jude … du nimmst die Sache aber wirklich ernst!«

Jude erwachte aus seinem Tagtraum und sah sie. »Oh … Sue!«, sagte er freudig und errötete verlegen. »Das sind deine Schulkinder, natürlich! Ich hab gesehn, dass am Nachmittag Schulklassen reingelassen werden, und dachte schon, dass du vielleicht kommst; aber ich habe mich so sehr damit beschäftigt, dass ich gar nicht mehr wusste, wo ich bin. Wie es einen in die Vergangenheit entführt! Ich könnt es mir stundenlang anschauen, darf aber leider nur ein paar Minuten bleiben, denn ich muss hier gerade etwas erledigen.«

»Ihre Cousine ist so furchtbar gescheit, dass sie das Modell gnadenlos aburteilt«, sagte Phillotson gutmütig und spöttisch. »Sie ist recht skeptisch, was seine Korrektheit angeht.«

»Nein, Mr. Phillotson, das stimmt nicht … ganz und gar nicht! Ich will kein sogenanntes gescheites Mädchen sein … von der Sorte gibt es heutzutage schon zu viele!«, erwiderte Sue empfindsam. »Ich wollte nur sagen … ich weiß nicht mehr, was … aber Sie haben nicht verstanden, was ich sagen wollte!«

»Ich schon«, sagte Jude eifrig (obwohl er keine Ahnung hatte). »Und meiner Meinung nach hast du recht.«

»Wunderbar, Jude … ich weiß, dass *du* an mich glaubst!« Sie ergriff spontan seine Hand, wandte sich mit einem tadelnden Blick vom Schulmeister ab und Jude zu, wobei ihre Stimme ein Zittern offenbarte, das sie selbst als lächerlich unangemessen bei einem so sanften Sarkasmus empfand. Sie hatte nicht die geringste Vorstellung, wie die Herzen der beiden ihr bei dieser kurzen Gefühlsoffenbarung zuflogen und welch ein Wirrwarr sie hierdurch in beider Zukunft heraufbeschwor.

Den Kindern war das Modell zu belehrend, um sie nicht bald zu langweilen, und etwas später am Nachmittag wurden sie alle zurück nach Lumsdon gescheucht, während Jude sich wieder an die Arbeit machte. Er beobachtete die Kinderschar in ihren sauberen Kitteln und Schürzen, wie sie neben Phillotson und Sue im Gänsemarsch die Straße entlanggingen, und ihn erfasste Traurigkeit und Unzufriedenheit, da er am Leben der beiden Letztgenannten keinen Anteil mehr hatte. Phillotson hatte ihn eingeladen, sie am Freitagabend, wenn Sue keinen Unterricht bekam, zu besuchen, und Jude hatte eifrig zugesagt, die Gelegenheit zu nutzen.

Die Schüler und Lehrer befanden sich derweil auf dem Heimweg, und am nächsten Tag staunte Phillotson, als er bei einem Blick auf die Tafel in Sues Klasse eine sorgfältige perspektivische Zeichnung von Jerusalem sah, mit jedem Gebäude an seinem richtigen Platz.

»Ich dachte, das Modell hätte Sie nicht interessiert und Sie hätten es kaum angesehen?«, sagte er.

»Kaum«, sagte sie, »aber an so viel kann ich mich erinnern.«

»Das ist mehr, als ich mir eingeprägt habe.«

In jener Zeit machte der Schulinspektor Ihrer Majestät in der Gegend »Überraschungsbesuche«, um den Unterricht ohne Vorankündigung zu prüfen; und zwei Tage später, mitten in den Vormittagsstunden, wurde der Türriegel sachte geöffnet, und ein Gentleman, Schreckgespenst aller Junglehrer, trat ein.

Mr. Phillotson war nicht sonderlich überrascht; man hatte ihm, wie der Dame in der Geschichte, den Streich so oft gespielt, dass er stets damit rechnete. Doch Sues Klasse befand sich am hinteren Ende des Zimmers, und sie stand mit dem Rücken zum Eingang; so kam der Inspektor herein, blieb hinter ihr stehen und beobachtete ihren Unterricht eine gute halbe Minute, bevor sie seine Anwesenheit bemerkte. Sie wandte sich um und wusste sogleich, dass ein oft gefürchteter Moment nun gekommen war. Vor Schreck stieß sie einen Schrei aus. Phillotson, der ein seltsames, gänzlich unkontrollierbares Gespür für ihre Sorgen hatte, sprang gerade rechtzeitig an ihre Seite, um zu verhindern, dass sie in Ohnmacht fiel. Sie erholte sich rasch und lachte; doch als der Inspektor gegangen war, erlitt sie einen Rückfall und wurde so blass, dass Phillotson sie in sein Zimmer führte und ihr einen herzstärkenden Schluck Brandy gab. Als sie wieder zu sich kam, hielt er ihre Hand.

»Sie hätten mich warnen sollen«, keuchte sie gereizt, »dass einer der Überraschungsbesuche des Inspektors ansteht! Oh, was soll ich tun! Jetzt wird er der Behörde schreiben, dass ich nichts tauge, und ich hab mich für alle Zeit blamiert!«

»Das macht er nicht, mein liebes kleines Mädchen. Sie sind die beste Lehrerin, die ich je hatte.«

Er sah sie so sanft an, dass sie gerührt war und bedauerte, ihm Vorwürfe gemacht zu haben. Sobald sie sich besser fühlte, ging sie nach Haus.

Jude hatte derweil ungeduldig auf Freitag gewartet. Mittwoch und Donnerstag hatte ihn die Sehnsucht nach ihr so sehr gepackt, dass er bei Einbruch der Dunkelheit ein Stück weit die Straße zum Dorf entlangging, und als er in sein Zimmer zurückkehrte, um zu lesen, konnte er sich beim besten Willen nicht auf den Text konzentrieren. Freitags, nachdem er sich so angezogen hatte, wie es Sue seiner Meinung nach gefallen würde, und nach einer schnellen Tasse Tee, brach er auf, obwohl der Abend regnerisch war. Die Baumwipfel über ihm verstärkten die Düsternis der Stunde und tropften traurig auf ihn herab, was er als böses Vorzeichen deutete – ein unlogisches Vorzeichen, denn obwohl er wusste, dass er sie liebte, wusste er auch, dass er nicht mehr für sie sein konnte, als er eben war.

Beim Abbiegen und Betreten des Dorfes fiel sein Blick als Erstes auf zwei aus dem Tor des Pfarrhauses tretende Gestalten unter einem Regenschirm. Er war zu weit entfernt, um von ihnen erkannt zu werden, wusste aber sofort, dass es sich um Sue und Phillotson handelte. Letztgenannter hielt einen Schirm über ihren Kopf, und sie hatten offenkundig dem Vikar einen Besuch abgestattet – wahrscheinlich, um über Schulangelegenheiten zu sprechen. Und als sie den nassen und menschenleeren Weg entlangschritten, sah Jude, wie Phillotson dem Mädchen einen Arm um die Taille legte, woraufhin sie ihn sachte abstreifte, er aber die Geste wiederholte und sie es duldete, wobei sie sich unbehaglich umblickte. Sie sah nicht direkt hinter sich, erkannte also Jude nicht, der seitwärts in die Hecke sank, als hätte ihn ein Fluch getroffen. Dort versteckte er sich, bis sie Sues Häuschen erreicht hatten und sie eintrat, während Phillotson weiter zur nahegelegenen Schule spazierte.

»Oh, er ist zu alt für sie … zu alt!«, rief Jude, überwältigt von der furchtbaren Krankheit hoffnungsloser, unerwiderter Liebe.

Er konnte nicht einschreiten. War er nicht Arabellas Mann? Es war ihm unmöglich, weiterzugehen, so machte er sich auf den Heimweg nach Christminster. Jeder Schritt klang wie ein Befehl, er dürfe keinesfalls dem Werben des Schulmeisters um Sue in die Quere kommen. Phillotson mochte wohl zwanzig Jahre älter sein als sie, doch wurden viele glückliche Ehen mit solchen Altersunterschieden geschlossen. Sein Kummer über die Vertrautheit zwischen seiner Cousine und dem Schulmeister hatte eine ironische Pointe: Sie war ausschließlich durch seine Vermittlung zustande gekommen.

II–6

Judes alte und verbitterte Tante in Marygreen lag krank danieder, und er besuchte sie am nächsten Sonntag – der Besuch war das Ergebnis eines siegreichen Kampfes gegen seinen Wunsch, nach Lumsdon abzubiegen und seiner Cousine ein elendes Gespräch abzutrotzen, in dem das ihm auf dem Herzen liegende Wort nicht ausgesprochen werden durfte, und so musste das Gesehene, das ihn gepeinigt hatte, ein Rätsel bleiben.

Seine Tante konnte ihr Bett nicht mehr verlassen, und Jude widmete den Großteil seines kurzen Tages der Absicht, es ihr so bequem wie möglich zu machen. Die kleine Bäckerei war an einen Nachbarn verkauft worden, und mit dem Erlös und ihren Ersparnissen war sie mehr als gut versorgt, zudem wohnte eine Witwe aus demselben Dorf bei ihr und kümmerte sich um ihre Bedürfnisse. Erst kurz bevor er sie wieder verlassen musste, konnte er mit ihr ein paar leise Worte wechseln und kam unmerklich auf seine Cousine zu sprechen.

»Wurde Sue hier geboren?«

»Ja … in diesem Zimmer. Sie ham damals hier g'lebt. Was fragst?«

»Oh … ich wollt es nur wissen.«

»Jetzt hast's doch getroffen!«, sagte die barsche Alte. »Und was hab ich dir g'sagt?«

»Na ja … dass ich sie nicht aufsuchen soll.«

»Hast mit ihr getratscht?«

»Ja.«

»Dann lass es fortan bleiben. Sie wurd von ihrem Vater

zum Hass auf d'Familie ihrer Mutter erzogen; und sie hat für Arbeiterjungs wie dich nix übrig … s'ist zu nem Stadtmädel verkommen. Hab mich nie viel um sie g'schert. War viel z'oft ein keckes kleins Ding, ein rechtes Nervenbündel. Er hat sie oft wegen ner Frechheit g'schlagen. Na, eines Tags, wie sie ohne Schuh und Strümpf in den Teich stapft und ihre Unterröck über d'Knie rafft, bevor ich pfui rufen konnt, sagt sie: ›Geh weiter, Tantchen! Das ist kein Anblick für sittsame Augen!‹«

»Sie war damals ein kleines Kind.«

»Auf den Tag genau zwölf wars.«

»Ja … freilich. Aber jetzt ist sie älter und hat ein nachdenkliches, ängstliches, zartes Gemüt und ist so empfindlich wie …«

»Jude!«, rief seine Tante und sprang in ihrem Bett auf. »Werd bloß nich närrisch wegen ihr!«

»Nein, nein, gewiss nicht.«

»Deine Heirat mit Arabella ist so ungefähr das Schlimmste g'wesen, was ein Mann sich selber antun kann, wenn er's drauf anlegt. Aber sie ist fort, auf der andren Seite der Welt, und kann dir wohl kein' Ärger mehr machen. Und es käm noch schlimmer, wenn ein Gebundener und Vermählter wie du sich in Sue verguckt. Ist deine Cousine höflich zu dir, nimm's als Höflichkeit. Aber alles, was deinerseits über die guten Wünsch eines Verwandten hinausgeht, wär völliger Irrsinn. Wenns städtisch und liederlich ist, wird sie dich ins Unglück stürzen.«

»Sag nichts Schlechtes über sie, Tante! Bitte nicht!«

Er wurde von der Gefährtin und Pflegerin seiner Tante erlöst, die dem Gespräch gelauscht haben musste, da sie über alte Zeiten und ihre Erinnerungen an eine ganz eigentümliche Sue Bridehead zu schwatzen begann. Sie schilderte Sue als seltsames kleines Mädchen, das die Dorfschule auf der anderen Seite der Wiese besuchte, bevor ihr Vater nach London zog – erzählte, wie sie, als der Vikar Lesungen und Rezitationen veranstaltete, als kleinste von allen ans Podium trat, »in ihrem kleinen weißen Kittel und Schuhen und rosa Halstuch«; wie sie »Excelsior« zitierte, »Es scholl ein Klang des Jubels durch die Nacht«, und »Der Rabe«, wie sie während des Vortrags die Stirn runzelte und tragisch in die Runde blickte und an die leere Luft gewandt sprach, als stünde dort wirklich jemand:

»Niemand hat dich herbeschworen
aus dem Land der Nacht hervor.
Tu mir kund, wie heißt du, Stolzer
aus Plutonischem Land hervor?«

»Sie hat den garstigen Leichenvogel derart raufbeschworn«, bestätigte die kranke Frau zögernd, »als sie mit ihrem klein' Halstuch und all dem dastand, dass man ihn fast mit eigenen Augen sehn konnt. Du hast als Kind dieselbe Gabe g'habt, Sachen in der Luft zu sehen, Jude.«

Die Nachbarin erzählte auch von Sues anderen Talenten.

»Sie ist nich wirklich ein Wildfang g'wesen; aber sie konnt Dinge tun, die sonst nur Jungen tun können. Ich hab g'sehn, wie sie am langen Steilhang drüben am See runterg'rannt ist, ihre kurzen Locken ham im Wind g'weht, sie war eine von zwanzig, im Gänsemarsch vorm Firmament wie auf Glas g'malte Figuren, und sie sind ohne stehn zu bleiben auf der andren Seite wieder rauf. Alle andren waren Jungs, und sie jubelten ihr zu, und dann sagte sie: ›Werdet bloß nicht frech, Jungs‹, und lief plötzlich ins

Haus. Sie wollten sie wieder rauslocken, aber sie kam nich.«

Diese Erinnerungen an Sue ließen Jude noch mehr bedauern, dass er nicht um sie werben durfte, und er verließ niedergeschlagen das Häuschen seiner Tante. Allzu gern hätte er einen Blick in die Schule geworfen, um das Zimmer zu sehen, in dem die kleine Sue sich derart hervorgetan hatte; doch er unterdrückte den Wunsch und ging weiter.

Da es Sonntag war, standen einige Dörfler, die ihn gekannt hatten, als er dort wohnte, in ihren besten Anzügen beisammen, und Jude schreckte auf, als einer von ihnen ihn grüßte:

»Bist also doch noch dorthin gekommen!«

Jude gab sich begriffsstutzig.

»Na, zum Sitz der Gelehrsamkeit … hast uns immer von der ›Stadt des Lichts‹ erzählt, alst noch ein kleiner Junge warst! Ist's so, wie du's erwartet hast?«

»Ja; besser!«, rief Jude.

»Als ich mal ne Stunde lang dort g'wesen bin, hab ich nix g'sehn, was so besonders wär; alte zerfallne Häuser, halb Kirche, halb Armenhaus, und auch sonst nich viel los.«

»Du irrst dich, John; da ist mehr los als man mitkriegt, wenn man einfach durch die Straßen geht. Es ist ein einmaliges Zentrum der Philosophie und Religion … die intellektuelle und spirituelle Kornkammer dieses Landes. All die Stille und fehlende Geschäftigkeit ist die Reglosigkeit immerwährender Bewegung … der Schlaf des Kreisels, um den Vergleich eines berühmten Autors zu bemühen.«

»Oh, na gut, kann sein oder auch nich. Wie ich schon sagte, ich hab nix gesehn, in den ein, zwei Stunden, die ich dort g'wesen bin; bin also eingekehrt, hatte nen Krug Bier und ne Semmel und ne halbe Portion Käs und wartete, bis es Zeit war, heimzugehn. Bist inzwischen in nem College, oder?«

»Ah, nein«, sagte Jude. »Davon bin ich fast ebenso weit entfernt wie seit jeher.«

»Warum denn?«

Jude klopfte auf seine Tasche.

»Hab ich mir gleich gedacht! Solche Orte sind nix für Leut wie dich … nur für die mit reichlich Penunzen.«

»Da liegst du falsch«, sagte Jude, einigermaßen verbittert. »Die sind für Leute wie mich!«

Dennoch genügte die Bemerkung, um Judes Aufmerksamkeit von der Traumwelt abzulenken, die er jüngst bewohnt hatte, in der eine abstrakte Gestalt, mehr oder weniger er selbst, seinen Geist in ein Sublimat aus Künsten und Wissenschaften tauchte und sich berufen und willens sah, einen Platz im Paradies der Gelehrten zu ergattern. Nun begann er seine Aussichten im kalten Licht des Nordens zu betrachten. Kürzlich hatte er festgestellt, dass er mit seinem Griechisch nicht gut vorankam – insbesondere mit dem Griechisch der Dramatiker. Nach seinem Tagwerk war er manchmal so müde, dass er die für gründliche Lektüre notwendige Aufmerksamkeit nicht mehr aufbringen konnte. Er ahnte, dass er Nachhilfe brauchte – einen Freund an seiner Seite, der ihm im Nu erklären konnte, was er zuweilen einen ermüdenden Monat lang unzugänglichen, sperrigen Büchern zu entlocken suchte.

Es war zweifellos notwendig, die Fakten etwas näher zu betrachten, als er es letzthin getan hatte. Was nutzte es ihm am Ende, all seine freien Stunden mit einer unbestimmten Arbeit namens »private Studien« zu vergeuden, ohne dass er sich fragte, ob seine Ziele erreichbar waren?

»Ich hätte früher dran denken sollen«, sagte er auf dem Rückweg. »Es wäre besser gewesen, gar nicht erst mit der Durchführung meines Plans zu beginnen, als es zu tun, ohne zu wissen, wohin die Reise geht oder was ich überhaupt erreichen will … Dieses Herumlungern vor den Mauern der Colleges, als ob ich drauf warten würde, dass jemand den Arm ausstreckt und mich hineinzieht, ist sinnlos! Ich muss mich genau erkundigen.«

Dies tat er dann auch in der nächsten Woche. Anfangs kam es ihm wie eine günstige Gelegenheit vor, als er einem älteren, als Direktor von einem der Colleges ausgewiesenen Gentleman begegnete, der auf einem öffentlichen Weg in einer parkähnlichen Anlage an der Stelle vorbeiging, wo Jude zufällig saß. Der Gentleman näherte sich, und Jude musterte gespannt sein Gesicht. Es machte einen gütigen, aufmerksamen, aber ziemlich zurückhaltenden Eindruck. Nach reiflicher Überlegung fühlte Jude, dass er nicht einfach zu ihm gehen und ihn ansprechen konnte; doch der Zwischenfall brachte ihn alsbald auf die äußerst scharfsinnige Idee, den besten und verständnisvollsten dieser alten Meister Briefe zu schreiben, seine Schwierigkeiten zu schildern und um ihren Rat zu bitten.

Dementsprechend suchte er in den nächsten ein, zwei Wochen jene Orte in der Stadt auf, von denen er Blicke auf die berühmtesten unter den Vorstehern, Rektoren und anderen Collegeleitern erhaschen konnte; und von diesen wählte er schließlich fünf, deren Gesichtszüge sie seiner Meinung nach als verständnisvolle und weitblickende Männer auswiesen. An diese fünf richtete er Briefe, in denen er sein Problem skizzierte und fragte, wie er aus seiner Sackgasse herauskommen könne.

Kaum waren die Briefe abgeschickt, begann Jude im

Geiste daran herumzukritteln; er wünschte, er hätte sie gar nicht abgeschickt. »Es ist nur eine jener lästigen, vulgären, aufdringlichen Anfragen, wie sie heutzutage so alltäglich sind«, dachte er. »Wie kam ich nur darauf, vollkommen Fremden derartige Briefe zu schreiben? Ich könnte ein Betrüger sein, ein fauler Halunke, ein Mann mit schlechtem Charakter, auch wenn sie vom Gegenteil überzeugt sind … Vielleicht bin ich's wirklich!«

Nichtsdestotrotz merkte er, wie sehr er sich an die Hoffnung klammerte, doch noch eine Antwort hinsichtlich seiner allerletzten Chance auf Erlösung zu erhalten. Er wartete Tag für Tag, hielt es für vollkommen lächerlich, auf etwas zu hoffen, und hoffte dennoch. Während er wartete, wurde er plötzlich von Neuigkeiten über Phillotson aufgerüttelt. Phillotson gab seine Schule in der Nähe von Christminster auf und wechselte in eine größere weiter im Süden, in Mid-Wessex. Was das bedeuten mochte, inwieweit seine Cousine betroffen war, ob es sich – und das schien durchaus möglich – um eine praktische Maßnahme des Schulmeisters handelte, ein höheres Einkommen zu erzielen, um für zwei und nicht nur einen sorgen zu können, all das weigerte er sich, einzugestehen. Und die zärtliche Beziehung zwischen Phillotson und dem jungen Mädchen, in das Jude leidenschaftlich verliebt war, ließ Jude davor zurückschrecken, Phillotson um einen Rat hinsichtlich seiner eigenen Absichten zu bitten.

Derweil würdigten die Professoren, denen Jude geschrieben hatte, ihn keiner Antwort, und so war der junge Mann wie zuvor ganz auf sich allein gestellt, wobei die schwindende Hoffnung ihn zusätzlich grämte. Auf Umwegen erfuhr er bald unmissverständlich, was er seit langem bang vermutet hatte, dass der einzige ruhmreiche Weg über eine

Bewerbung um gewisse Stipendien führte. Hierfür war jedoch einiges an Nachhilfe und noch mehr natürliche Begabung nötig. Es galt als schier unmöglich, dass jemand, der auf eigene Faust lernte, auch wenn er dies umfassend und gründlich über einen Zeitraum von ganzen zehn Jahren tat, sich mit jenen messen konnte, die ein Leben lang mit ausgebildeten Lehrern und anhand fester Lehrpläne gearbeitet hatten.

Der andere Weg, sich sozusagen einzukaufen, schien der einzige, der Männern seines Schlages offenstand, wobei das Problem ein rein finanzielles war. Mithilfe seiner Informationsquelle begann er die Höhe dieser finanziellen Hürde auszuforschen und stellte zu seinem Kummer fest, dass er unter den bestmöglichen Einkommensbedingungen fünfzehn Jahre lang würde sparen müssen, bevor er dem Vorsteher eines Colleges seine Zeugnisse vorlegen dürfte und zur Immatrikulationsprüfung zugelassen werden konnte. Es war hoffnungslos.

Er begriff, welch einen eigenartigen und listigen Zauber die Umgebung des Ortes auf ihn ausgeübt hatte. Dorthin zu gelangen und dort zu leben, zwischen Kirchen und Prunksälen zu wandeln und sich vom *genius loci* durchdringen zu lassen, war ihm in seiner verträumten Jugend, unter dem Einfluss der mit ihrem Lichtring am Horizont lockenden Stadt, als das einzig Richtige und Beste erschienen. »Wenn ich erst dort bin«, hatte er sich, dumm wie Crusoe beim Bau seines großen Bootes, gesagt, »ist alles Übrige nur eine Frage der Zeit und der Ausdauer.« Für ihn wäre es in jedem Fall weitaus besser gewesen, nie in Sicht- und Hörweite dieses trügerischen Bezirks zu kommen und stattdessen irgendeine geschäftige Handelsstadt aufzusuchen, wo er zunächst mithilfe seines Verstands ein Vermögen machen und dann seinen Plan aus der richtigen Perspektive ins Auge fassen konnte. Alles, was er nun wusste, lief darauf hinaus, dass der ganze Plan bei eingehender Betrachtung wie eine schillernde Seifenblase zerplatzte. Er blickte zurück auf seine vergangenen Jahre, und seine Gedanken ähnelten den Versen Heines:

»Auf dem begeistert stolzen Jünglingshaupt
Seh ich die lachend bunte Schellenkappe!«

Zum Glück war es ihm nicht gestattet gewesen, seine Enttäuschung ins Leben der lieben Sue zu tragen, indem er sie in diese Katastrophe hineinzog. Und nun wollte er ihr so weit wie möglich die Schilderung ersparen, wie ihm seine Unzulänglichkeiten nach und nach schmerzlich bewusst geworden waren. Letztlich hatte sie nur über einen Teil seines elenden Kampfes Bescheid gewusst, auf den er sich so unvorbereitet, mittel- und ahnungslos eingelassen hatte.

Die Stimmung des Nachmittags, an dem er aus seinem Traum erwachte, prägte sich ihm für immer ins Gedächtnis. Da er nicht recht wusste, was er mit sich anfangen sollte, stieg er hinauf zu einer achteckigen Dachkammer in der Laterne eines einzigartig gebauten Theaters, das mitten in dieser malerischen und einzigartigen Stadt stand. Auf allen Seiten gab es Fenster, von denen man einen Rundblick auf die ganze Stadt und ihre Gebäude hatte. Judes Blick streifte nachdenklich, bekümmert, aber standhaft nacheinander all die Sehenswürdigkeiten. Diese Gebäude, ihre Gesellschaften und Privilegien blieben ihm verschlossen. Vom aufragenden Dach der großen Bibliothek, die zu betreten er kaum je Zeit gefunden hatte, wanderte sein Blick zu den verschiedenen Kirchtürmen, Sälen, Giebeln, Straßen, Kapellen, Gärten, Höfen, aus denen das *ensemble* dieses unvergleichlichen Panoramas zusammengesetzt war. Er begriff, dass ihn sein Schicksal nicht dorthin führte, sondern zu den Handwerkern des schäbigen, auch ihm Unterschlupf bietenden Randbezirks, der von allen Besuchern und Lobrednern nicht als Teil der Stadt erkannt wurde, ohne dessen Bewohner die fleißigen Leser aber nicht lesen und die abgehobenen Philosophen nicht leben konnten.

Er sah über die Stadt zum dahinterliegenden Land, zu den Bäumen, welche diejenige abschirmten, deren Gegenwart ihm anfangs Mut gemacht hatte und deren Verlust nun eine in den Wahnsinn treibende Folter bedeutete. Ohne diesen Schlag hätte er sich abgefunden mit seinem Los. Mit Sue an seiner Seite hätte er seine ehrgeizigen Ziele mit einem Lächeln aufgeben können. Ohne sie war es unvermeidlich, dass die lange Anspannung, der er sich ausgesetzt hatte, ein schlimmes Ende fand. Phillotson hatte zweifellos eine ähnliche geistige Enttäuschung erleben müssen. Doch der Schulmeister war seitdem mit dem Trost der lieblichen Sue gesegnet worden, während ihn niemand tröstete.

Nachdem er zu den Straßen hinuntergestiegen war, trottete er teilnahmslos vor sich hin, bis er einen Gasthof fand und einkehrte. Hier trank er rasch hintereinander mehrere Glas Bier, und als er fortging, war es Nacht. Im flackernden Licht der Straßenlaternen strolchte er nach Hause zum Abendessen und hatte sich gerade erst zu Tisch gesetzt, als seine Wirtin ihm einen eben für ihn eingetroffenen Brief überreichte. Sie legte ihn hin, als erahnte sie seine mögliche Wichtigkeit, und Jude sah bei näherer Betrachtung, dass er den Prägestempel von einem der Colleges trug, deren Vorsteher er angeschrieben hatte. »*Einer* … endlich!«, rief Jude.

Die Nachricht war kurz und entsprach nicht wirklich seinen Erwartungen, obwohl sie vom Rektor persönlich stammte. Sie bestand aus folgenden Zeilen:

»BIBLIOLL COLLEGE

Sir, ich habe Ihren Brief mit Interesse gelesen; und da Sie sich selbst als Arbeiter beschreiben, wage ich anzunehmen, dass Sie viel bessere Aussichten auf Erfolg im Leben haben, wenn Sie in Ihrem Milieu bleiben und an Ihrem Beruf festhalten, anstatt einen anderen Weg einzuschlagen. Mit freundlichen Grüßen,

T. TETUPHENAY

An MR. JUDE FAWLEY, Steinmetz.«

Dieser furchtbar vernünftige Rat erzürnte Jude. Er hatte das alles schon vorher gewusst. Er wusste, dass es stimmte. Doch schien es ein harter Schlag nach zehn Jahren Arbeit, und in diesem Moment ließ es ihn rücksichtslos vom Abendbrot aufstehen, und anstatt sich wie sonst der Lektüre zu widmen, lief er die Treppe hinunter auf die Straße. Er stand an einer Bar, kippte zwei, drei Gläser, schlurfte dann gedankenlos weiter, bis er eine Kreuzung in der Stadtmitte namens The Fourways erreichte und wie unter Trance die versammelten Leute geistesabwesend anstarrte, bis er wieder zu sich kam und begann, auf einen dort stationierten Wachmann einzureden.

Der Beamte gähnte, streckte seine Ellbogen, machte sich eineinhalb Zoll größer, indem er sich auf die Fußballen stellte, lächelte und sagte mit einem gutgelaunten Blick auf Jude: »Sie ham sich ein paar zu viel genehmigt, junger Mann.«

»Nein, hab grad erst angefangen«, erwiderte er zynisch.

Wie viel er auch getrunken haben mochte, sein Gehirn war ziemlich trocken geblieben. Die weiteren Bemerkungen des Wachmanns bekam er nur bruchstückhaft mit, da er überlegte, wie viele hart arbeitende Leute, an die niemand mehr einen Gedanken verschwendete, an dieser Kreuzung gestanden hatten wie er. Sie war geschichtsträchtiger als das älteste College der Stadt. In ihren Epochen wimmelte es buchstäblich von Schatten zusammentreffender Menschen, die hier ihre Tragödien, Komödien und Farcen aufgeführt hatten; echte Schauspiele der eindringlichsten Sorte. Am Fourways hatte man über Napoleon diskutiert, über den Verlust Amerikas, die Hinrichtung von König Charles, den Flammentod der Märtyrer, die Kreuzzüge, die normannische Invasion, wahrscheinlich auch über die Ankunft Cäsars. Beiderlei Geschlecht traf sich hier zum Lieben, Hassen, Paaren und Trennen; hatten aufeinander gewartet, umeinander gelitten, übereinander triumphiert, einander eifersüchtig verflucht und beglückend vergeben.

Allmählich begriff er, dass das Stadtleben ein unendlich erregenderes, vielfältigeres und umfassenderes Buch der Menschheit abgab als das Studentenleben. Diese ihm vorangegangenen, ums Überleben kämpfenden Männer und Frauen bildeten das wahre Christminster, obwohl sie kaum etwas über Christus oder Münster wussten. Das war unter anderem der Witz an der Sache. Die wechselnde Bevölkerung aus Studenten und Lehrern, die über beides einigermaßen Bescheid wussten, repräsentierten nicht das wirkliche Christminster.

Er warf einen Blick auf seine Uhr und ging, seinen Gedanken nachhängend, weiter, bis er einen Saal erreichte, in dem ein frei zugängliches Konzert gegeben wurde. Jude trat ein und fand den Raum voll junger Ladenburschen und Ladenmädchen, Soldaten, Lehrlingen, elfjährigen, Zigaretten rauchenden Knaben und Dirnen der anständigeren und amateurhaften Sorte. Er war auf das echte Leben in Christminster gestoßen. Eine Musikkapelle spielte, die Leute spazierten umher und rempelten einander an, und hin und wieder erklomm ein Mann die Bühne und sang ein lustiges Lied.

Sues Geist schien ihn zu umschweben und davon abzuhalten, mit den ausgelassenen Mädchen zu flirten und zu trinken, die sich auf der Suche nach dem kurzen Glück an ihn heranmachten. Um zehn Uhr riss er sich los und machte heimwärts strebend einen Umweg, um an den Toren des Colleges vorbeizugehen, dessen Rektor ihm soeben die Nachricht geschickt hatte.

Die Tore waren geschlossen, und er nahm spontan ein Stück Kreide aus der Tasche, das er dort üblicherweise für seine Arbeit mit sich führte, und schrieb auf die Mauer:

Ich habe auch Verstand wie ihr. Nicht steh ich hinter euch zurück. Wer wüsste wohl dergleichen nicht? – Hiob XII,3.

II–7

Der Anflug von Verachtung befreite seinen Geist, und am nächsten Morgen lachte er über seine Selbsttäuschung. Doch es war kein gesundes Lachen. Er las noch einmal den Brief des Professors, und die Weisheit in den Zeilen, die ihn anfangs erzürnt hatte, ließ ihn nun frösteln und betrübte ihn. Er hielt sich nun wirklich für töricht.

Gleichzeitig der Ziele von Herz und Verstand beraubt, konnte er nicht mehr weiterarbeiten. Kaum hatte er sich mit seinem Los als Student versöhnt, wurde sein Seelenfrieden durch die hoffnungslose Beziehung zu Sue zerrüttet. Mit grausamer Beharrlichkeit wurde ihm immer wieder aufs Neue bewusst, dass die einzige verwandte Seele, die er je getroffen hatte, ihm wegen seiner Heirat verwehrt bleiben musste, bis er, unfähig, es länger zu ertragen, erneut Zerstreuung im echten Leben von Christminster suchte. Nunmehr suchte er es in einer dunklen Taverne mit niedriger Decke, in einem Hinterhof, der gewissen lokalen Berühmtheiten wohlbekannt war und ihn in glücklicheren Zeiten schlicht und einfach wegen seiner Altertümlichkeit interessiert hätte. Hier saß er fast den ganzen Tag, überzeugt, er sei im Grunde ein übler Geselle, von dem man nicht das Geringste erwarten konnte.

Abends fanden sich nach und nach die Stammgäste ein, während Jude auf seinem Platz in der Ecke die Stellung hielt, obwohl sein Geldbeutel leer war und er den ganzen Tag außer einem Keks nichts gegessen hatte. Er musterte seine hereinkommenden Zechkumpane so gleichmütig und gelassen wie jemand, der schon lang und gemächlich getrunken hat, und freundete sich mit einigen an: mit Tinker Taylor, einem zugrunde gerichteten Kircheneisenwarenhändler, der anscheinend vor Jahren fromm gewesen war, nun aber ein wenig zur Blasphemie neigte; einem rotnasigen Auktionator; zwei ebenfalls auf Gotik spezialisierte Steinmetze namens Uncle Jim und Uncle Joe. Außerdem gab es da einige Büroangestellte und den Gehilfen eines Schneiders von Talaren und Chorhemden; zwei Damen, deren Moral je nach Begleitperson unterschiedliche Schattierungen annahm und die bei ihren Spitznamen »Bower o'Bliss« (»Lustlaube«) und »Freckles« (»Sommersprossen«) gerufen wurden; ein Pferdenarr und Kenner geheimer Wettbüros; ein Wanderschauspieler vom Theater und zwei junge Draufgänger, die sich als robenlose Studenten herausstellten; sie hatten sich still und leise hereingeschummelt, um jemandem Bulldoggenwelpen abzukaufen, und blieben, um mit den zuvor erwähnten Vermittlern von Rennwetten zu trinken und kurze Pfeifen zu rauchen, wobei sie hin und wieder einen Blick auf ihre Taschenuhren warfen.

Man sprach über dies und jenes. Die Gesellschaft von Christminster wurde bekrittelt, Tutoren, Richter und andere Autoritäten wurden ob ihrer Unzulänglichkeiten aufrichtig bemitleidet, während man aufgeschlossen und unvoreingenommen darüber disputierte, wie sie sich verhalten und ihre Angelegenheit regeln sollten, um angemessen respektiert zu werden.

Jude Fawley warf seine Bemerkungen mit der Selbstüberschätzung, Unverschämtheit und dem Aplomb eines mit Schnaps gefüllten Geistesriesen etwas gebieterisch in die Runde; und da er so viele Jahre seine persönlichen Ziele verfolgt hatte, lenkte er wie ein steckengebliebener Automat jedes durch einen anderen angesprochene Thema in Richtung Gelehrsamkeit und Studium, wobei er sich mit einer Beharrlichkeit über das Ausmaß seines eigenen Wissens verbreitete, die ihm bei klarem Verstand bedauernswert erschienen wäre.

»All die Vorsteher, Rektoren, Direktoren, Fellows oder verfluchten Magister der Universität sind mir so was von schnurz!«, sagte er. »Ich weiß nur, dass ich sie auf ihrem eignen Feld schlag, wenn sie mir ne Chance geben, und ich zeig ihnen was, wovon sie nix wissen!«

»Hört, hört!«, sagten die Studenten in ihrer Ecke, wo sie vertraulich über die Welpen verhandelten.

»Ich hab gehört, dasst schon immer ein Büchernarr g'wesen bist«, sagte Tinker Taylor, »und ich will gar nich bezweifeln, was du da behauptest: Bei mir war's anders: Ich hab immer g'wusst, dass es außerhalb von nem Buch mehr zu lernen gibt als innerhalb; und ich hab mich dran gehalten, sonst wär ich wohl nich der, der ich bin.«

»Du willst in den Kirchendienst, oder?«, sagte Uncle Joe. »Wennst schon so gelehrt bist, dasst deine Hoffnungen so hoch steckst, warum gibst uns nich amal ein Beispiel für deine Gelehrtheit? Kannst das Glaubensbekenntnis auf Latein aufsagen, Mann? So hamses amal nem Burschen aus meiner Heimat aufg'sagt.«

»Kann ich mir vorstellen«, sagte Jude hochmütig.

»Er nich! Der bildet sichs bloß ein!«, schrie eine der Damen.

»Halt mal die Klappe, Bower o'Bliss!«, sagte einer der Studenten. »Ruhe!« Er trank seinen Bierkrug aus, klopfte damit auf die Theke und rief: »Der Gentleman in der Ecke wird nun zur Erbauung der versammelten Runde sein Glaubensbekenntnis auf Latein aufsagen.«

»Nein!«, sagte Jude.

»Ja … versuch's doch!«, sagte der Chorhemdschneider.

»Du kannst es nicht!«, sagte Uncle Joe.

»Er kann's!«, sagte Tinker Taylor.

»Ich schwör, dass ich's kann!«, sagte Jude. »Spendiert mir nen kleinen Scotch auf Eis, und ich mach's auf der Stelle.«

»Faires Angebot«, sagte der Student und warf das Geld für den Whiskey auf den Tisch.

Die duldsame Miene des Barmädchens beim Mischen des Gebräus erinnerte an jemanden, der gezwungen war, unter Tieren einer niederen Gattung zu leben, und das Glas wurde an Jude weitergereicht, der es leerte, aufstand und ohne zu zögern mit dem Vortrag begann:

»Credo in unum Deum, Patrem omnipotentem, factorem coeli et terrae, visibilium omnium et invisibilium.«

»Gut! Ausgezeichnetes Latein!«, rief einer der Studenten, der allerdings kein einziges Wort verstanden hatte.

Unter den anderen Gästen herrschte Schweigen, das Mädchen regte sich nicht, während das klangvolle Echo von Judes Stimme bis in das hintere Wohnzimmer vordrang, wo der Wirt döste, und dieser raffte sich auf, um nachzusehen, was los war. Jude hatte seine Rede selbstsicher fortgesetzt und deklamierte nun:

»Crucifixus etiam pro nobis: sub Pontio Pilato passus, et sepultus est. Et resurrexit tertia die, secundum Scripturas.«

»Das ist das Nizäische Glaubensbekenntnis«, höhnte der zweite Student. »Und wir wollten das Apostolische!«

»Das habt ihr nicht gesagt! Und jeder Depp außer euch weiß doch, dass das Nizäische das historisch bedeutsamere ist!«

»Lasst'n weitermachen, lasst'n weitermachen!«, sagte der Auktionator.

Doch Judes Verstand schien bald auf Abwege zu geraten, und er konnte nicht fortfahren. Er legte die Hand auf die Stirn, und sein Gesicht verzerrte sich vor Schmerz.

»Gebt ihm noch'n Glas … dann reißt er sich am Riemen und zieht's durch«, sagte Tinker Taylor.

Jemand warf einen Viertelshilling hin, das Glas wurde gereicht, Jude streckte ohne hinzusehen den Arm aus, kippte den Schnaps hinunter und fuhr kurz darauf mit erfrischter Stimme fort, wobei er wie ein Priester bei der Messe aufs Ende zu immer lauter sprach:

»Et in Spiritum Sanctum, Dominum et vivificantem, qui ex Patre Filioque procedit. Qui cum Patre et Filio simul adoratur et conglorificatur. Qui locutus est per prophetas.

Et unam Catholicam et Apostolicam Ecclesiam. Confiteor unum Baptisma in remissionem peccatorum. Et exspecto Resurrectionem mortuorum. Et vitam venturi saeculi. Amen.«

»Gut gemacht!«, sagten einige aus Freude über das letzte Wort, dem ersten und einzigen, das sie erkannten.

Dann schien Jude durch ein Kopfschütteln die Dunstschwaden aus seinem Gehirn zu vertreiben, als er sie der Reihe nach anstarrte.

»Ihr Narren!«, rief er. »Wer von euch weiß, ob ich's aufgesagt hab oder nicht? Für euch Saufköppe hätt es ebensogut ›The Ratcatcher's Daughter‹ in Kauderwelsch sein können! Schaut, auf was ich mich eingelassen hab … mit welchen Leuten ich mich abgebe!«

Der Wirt, dessen Schanklizenz bereits mit einem Strafvermerk belastet war, da er zweifelhaften Gestalten Unterschlupf bot, befürchtete einen Aufruhr und trat hinter der Theke hervor; doch Jude hatte sich nach seiner blitzartigen Ernüchterung angewidert abgewandt und das Lokal verlassen, wonach die Tür mit einem dumpfen Laut hinter ihm zuschlug.

Er lief die Gasse entlang, um die Ecke auf die gerade, breite Straße, der er folgte, bis sie auf die Landstraße stieß und er all das Gelärme seiner ehemaligen Kumpane hinter sich gelassen hatte. Immer noch eilte er weiter, unter dem Einfluss einer kindlichen Sehnsucht nach dem einen Wesen auf Erden, zu dem er glaubte fliehen zu können – ein unvernünftiges Sehnen, von dem er in diesem Moment nicht ahnte, wie unklug es war. Nach einer Stunde, zwischen zehn und elf Uhr, betrat er das Dorf Lumsdon, und als er das Häuschen erreichte, sah er, dass in dem Zimmer im Erdgeschoss, das er für ihres hielt, womit er zufällig recht hatte, noch Licht brannte.

Jude trat nah an die Hauswand, klopfte mit dem Finger ans Fensterglas und drängte: »Sue, Sue!«

Sie musste seine Stimme erkannt haben, denn das Licht verschwand aus dem Zimmer, und ein, zwei Sekunden später wurde die Tür aufgeschlossen und geöffnet, und Sue erschien, eine Kerze in der Hand.

»Ist es Jude? Ja, tatsächlich! Mein lieber, lieber Cousin, was ist los?«

»Oh, ich … ich musste einfach kommen, Sue!«, sagte er und sank auf der Schwelle nieder. »Ich bin so schlecht, Sue … mein Herz ist fast gebrochen, und ich konnte das Leben, wie es ist, nicht mehr ertragen! Also hab ich getrunken und geflucht oder so gut wie und hab Heiliges an verrufenen Orten gesagt … hab in nichtsnutziger Prahlerei Worte ausgesprochen, die man nur ehrfürchtig äußern darf! Oh, mach was du willst mit mir, Sue … töte mich … mir ist es gleich! Aber bitte hasse und verachte mich nicht so wie alle anderen!«

»Du bist krank, armer Schatz! Nein, ich verachte dich nicht; natürlich nicht. Komm rein und ruh dich aus, und sag mir, was ich für dich tun kann. Jetzt stütz dich auf mich und mach dir nichts draus.« Die Kerze in einer Hand, mit der anderen Jude stützend, führte sie ihn hinein und setzte ihn auf den einzigen Lehnstuhl in dem spärlich möblierten Haus, legte seine Füße auf einen anderen Stuhl und zog ihm die Stiefel aus. Jude, der allmählich nüchtern wurde, konnte nur »Liebe, liebe Sue« sagen, mit vor Kummer und Reue gebrochener Stimme.

Sie fragte ihn, ob er etwas essen wolle, doch er schüttelte den Kopf. Bevor sie ihm eine gute Nacht wünschte und nach oben ging, sagte sie, er solle schlafen, sie werde früh am nächsten Morgen nach ihm sehen und Frühstück machen.

Er fiel fast sofort in tiefen Schlaf und erwachte nicht vor Morgengrauen. Zunächst wusste er nicht, wo er sich befand, doch nach und nach erinnerte er sich an alles und betrachtete es im grässlichen Licht eines klaren Verstandes. Nun kannte sie seine schlimmsten Seiten – die allerschlimmsten. Wie konnte er ihr noch ins Gesicht sehen? Bald würde sie herunterkommen und sich wie versprochen ums Frühstück kümmern, und er müsste ihr in all seiner Schande unter die Augen treten. Er konnte die Vorstellung nicht ertragen, zog leise seine Schuhe an, nahm seinen Hut vom Haken, an den sie ihn gehängt hatte, und schlüpfte mucksmäuschenstill aus dem Haus.

Er war fest entschlossen, sich zu einem unbekannten Ort zu begeben, um sich zu verkriechen und vielleicht zu beten; und der einzige passende Ort, der ihm einfiel, war Marygreen. Er schaute in seinem Zimmer in Christminster vorbei, wo er ein Entlassungsschreiben seines Vorgesetzten fand; und nachdem er gepackt hatte, kehrte er der Stadt, die ihm so viel Kummer bereitet hatte, den Rücken und marschierte nach Süden, nach Wessex hinein. Seine Geldbörse war leer, seine kleinen Ersparnisse bei einer der Banken in Christminster hatte er glücklicherweise noch nicht abgehoben. Um nach Marygreen zu gelangen, blieb ihm also nichts anderes übrig, als zu Fuß zu gehen; und da das Dorf fast zwanzig Meilen entfernt lag, hatte er reichlich Zeit, die begonnene Ausnüchterung abzuschließen.

Irgendwann am Abend erreichte er Alfredston. Hier verpfändete er seine Weste, und nachdem die Stadt ein, zwei Meilen hinter ihm lag, übernachtete er unter einem Heuschober. In der Morgendämmerung stand er auf, schüttelte die Grassamen und Strohhalme aus seinem Gewand und machte sich wieder auf den Weg, kämpfte sich die lange, weiße Straße bergauf zum schon von weitem sichtbaren Hügelland und ging auf dem Gipfel an dem Meilenstein vorbei, in den er vor Jahren seine Hoffnungen gemeißelt hatte.

Er erreichte das uralte Dorf, als die Leute beim Frühstück saßen. Müde und schlammbespritzt, aber wieder ganz bei seinem wie üblich klaren Verstand, setzte er sich am Brunnen nieder und dachte dabei, welch einen armseligen Christus er doch abgab. Als er in der Nähe einen Trog voll Wasser entdeckte, wusch er sich das Gesicht und ging zum Häuschen seiner Großtante, die er im Bett frühstückend und in Gesellschaft der bei ihr wohnenden Pflegerin vorfand.

»Was … gefeuert?«, fragte seine Verwandte, die ihn mit tief eingesunkenen, unter topfdeckelschweren Lidern verborgenen Augen musterte, denn sie, die ihr ganzes Leben lang gegen die Not hatte ankämpfen müssen, konnte sich sein zerzaustes Aussehen nicht anders erklären.

»Ja«, sagte Jude mit schwerer Stimme. »Ich glaub, ich muss mich ein wenig ausruhn.«

Gestärkt von einem kleinen Frühstück, ging er hinauf in sein altes Zimmer und legte sich wie ein Handwerker in Hemdsärmeln nieder. Er schlief kurz ein, und als er erwachte, schien er seine Augen in der Hölle zu öffnen. Es war die Hölle – die Hölle bewussten Scheiterns, sowohl an seinen ehrgeizigen Zielen wie an der Liebe. Er dachte an jenen früheren Abgrund, in den er gefallen war, ehe er diesen Teil des Landes verlassen hatte; damals hatte er es für die tiefste Tiefe gehalten, aber so tief wie diese war sie nicht gewesen. Jene hatte die äußeren Verteidigungslinien seiner Hoffnung durchbrochen, diese hatte seine zweite Reihe gestürmt.

Wäre er eine Frau gewesen, hätte er wohl geschrien unter der nervlichen Anspannung, die er gerade durchmachte. Doch da es ihm als Mann verwehrt war, sich auf diese Weise Luft zu verschaffen, biss er in seinem Elend die Zähne zusammen, sodass sich um seinen Mund Linien wie bei Laokoon und zwischen seinen Brauen Furchen bildeten.

Ein klagender Wind wehte zwischen den Bäumen und heulte im Kamin wie die Pedaltöne einer Orgel. Jedes Efeublatt an der Mauer des nahegelegenen, mittlerweile aufgegebenen kirchenlosen Friedhofs schlug heftig auf sein Nebenblatt ein, und der Wetterhahn der an anderer Stelle erbauten neugotischen, viktorianischen Kirche hatte bereits zu quietschen begonnen. Offenbar war es jedoch nicht immer der Wind vor der Tür, der das tiefe Murmeln erzeugte; es war eine Stimme. Er erriet ihren Ursprung in ein, zwei Augenblicken; der Vikar betete mit seiner Tante im Nebenzimmer. Er erinnerte sich, dass sie ihn erwähnt hatte. Das Geräusch verstummte bald, und jemand schien auf den Treppenabsatz zu treten. Jude setzte sich auf und rief: »He!«

Die Schritte näherten sich seiner offenen Tür, und ein Mann lugte herein. Es war ein junger Geistlicher.

»Sie sind doch Mr. Highbridge«, sagte Jude. »Meine Tante hat mehr als einmal von Ihnen gesprochen. Na, da bin ich, grad heimgekommen; ein auf die schiefe Bahn geratener Kerl; obwohl ich früher einmal die besten Absichten der Welt hatte. Jetzt bin ich vor lauter Schwermut irre, wegen der Trinkerei und diesem und jenem.«

Langsam enthüllte Jude dem Vikar seine früheren Pläne und Unternehmungen, wobei er aufgrund eines unbewussten Vorurteils weniger den intellektuellen und ehrgeizigen Aspekt seines Traums in den Vordergrund rückte, als vielmehr den theologischen, obwohl dieser bislang nur einen Teil seiner allgemeinen Karriereplanung gebildet hatte.

»Ich weiß jetzt, dass ich ein Narr gewesen bin und töricht gehandelt hab«, fügte Jude abschließend hinzu. »Und ich bedaure das Scheitern meiner Hoffnung, studieren zu können, nicht im Geringsten. Ich würde nicht von vorne beginnen, wenn ich mir sicher wär, es schaffen zu können. Gesellschaftlicher Erfolg ist mir inzwischen völlig egal. Aber ich fühle, dass ich gern etwas Gutes tun würde; und es schmerzt mich bitter, wegen der Kirche und weil ich die Chance vertan hab, geweihter Pfarrer zu werden.«

Der Vikar, ein Neuling in dieser Gegend, zeigte großes Interesse und sagte schließlich: »Wenn Sie wirklich eine Berufung zum Pfarramt fühlen, und von dem her, was Sie, ein gebildeter und nachdenklicher Mensch, mir erzählt haben, scheint mir das durchaus gewiss, könnten Sie der

Kirche als Lizentiat dienen. Sie müssen nur daran denken, auf Alkohol zu verzichten.«

»Das würde mir wirklich nicht schwerfallen, wenn ich mich nur auf irgendeine Hoffnung stützen könnte!«

DRITTER TEIL
IN MELCHESTER

»Denn wirklich:
Kein Mädchen sonst, Bräutigam, ist wie die!«

SAPPHO

III–1

Es war eine neue Idee – das geistliche und selbstlose Leben im Unterschied zum intellektuellen Wetteifer. Ein Mann könnte predigen und seinen Mitmenschen Gutes tun, ohne die Schulen Christminsters *cum laude* abzuschließen oder mehr als bloßes Allgemeinwissen zu besitzen. Der alte, in der Vision von einem Bistum gipfelnde Traum war keineswegs moralischer oder theologischer Begeisterung entsprungen, sondern einem durch ein Chorhemd kaschierten weltlichen Ehrgeiz. Jude hegte den Verdacht, dass er seinen ganzen, ursprünglich durchaus auf edelmütigen Motiven geschmiedeten Plan mittlerweile nur noch wegen einer sozialen Unzufriedenheit verfolgte und dass diese Unzufriedenheit ihm von der Gesellschaft aufgedrängt worden war. Tausende junge Männer strebten wie er nach Selbstverwirklichung. Der wollüstige Ackermann, der aß, trank und all die Tage seines nichtigen Lebens sorglos mit seiner Frau genoss, war liebenswerter.

Doch dem Kirchendienst ohne jeden Schulabschluss beizutreten, sodass er in seiner Karriere höchstwahrscheinlich nicht hinauskäme über den Rang eines bescheidenen Vikars, der sich sein Leben lang in irgendeinem unbekannten Dorf oder Elendsviertel abrackerte – das hätte vielleicht einen Hauch von Güte und Größe; das wäre womöglich echte Frömmigkeit und ein würdiges Fegefeuer für einen reumütigen Sünder.

Das günstige Licht, in dem sich diese neue Überlegung im Unterschied zu seinen vorherigen Absichten zeigte, ermunterte Jude, als er abgerissen und einsam dasaß; und man könnte sagen, dass sie seiner intellektuellen, fast zwölf Jahre währenden Laufbahn in den nächsten Tagen den *coup de grâce* versetzte. Allerdings unternahm er viele träge dahinfließende Wochen nichts, seinen neuen Wunsch zu verwirklichen, sondern beschäftigte sich mit kleinen örtlichen Gelegenheitsarbeiten, wie dem Aufstellen und Beschriften von Grabsteinen in den umliegenden Dörfern, und fand sich damit ab, von dem guten halben Dutzend Bauern und anderen Landbewohnern, die sich dazu herabließen, ihm zuzunicken, als gesellschaftlicher Versager und Remittende betrachtet zu werden.

Für den persönlichen Reiz des neuen Plans – und sogar für die Frömmsten und Selbstlosesten ist ein solches Lockmittel unverzichtbar – sorgte ein frisch gestempelter Brief von Sue. Sie schrieb offensichtlich aus Sorge und erwähnte wenig mehr von ihren eigenen Erlebnissen, als dass sie eine Art Prüfung für ein Queen's Scholarship bestanden habe und ein Seminar in Melchester besuchen werde, um die Ausbildung zu ihrem teilweise dank seiner Vermittlung gewählten Beruf abzuschließen. In Melchester gab es ein Theologisches Seminar; Melchester war ein stiller und geruhsamer Ort, fast gänzlich vom Einfluss der Kirche geprägt; ein Fleck, wo weltliches Lernen und intellektueller Scharfsinn keinen Platz hatten; wo die ihm eigene Nächstenliebe vielleicht höher geschätzt wurde als die ihm fehlende Klugheit.

Da er eine Zeitlang weiter seinen Beruf ausüben und sich gleichzeitig in die Theologie einlesen musste, die er über dem Büffeln der Grundlagen von Griechisch und Latein vernachlässigt hatte, wäre es nicht das Beste für ihn, sich in der weiter entfernten Stadt eine Stelle zu suchen und dort seine Lektüreliste abzuarbeiten? Dass ihm dieser neue Ort nur wegen Sue so ungemein reizvoll erschien, während er Sue gleichzeitig noch weniger als zuvor als angemessene Ursache dieser Vorliebe betrachten durfte, war ein moralischer Widerspruch, den er nicht übersehen konnte. Doch wollte er der menschlichen Schwäche so weit nachgeben und hoffte zu lernen, das Mädchen nur als Freundin und Verwandte zu lieben.

Er wollte seine folgenden Jahre so planen, dass er mit dreißig ein geistliches Amt übernehmen könnte – ein Alter, das ihm überaus vielversprechend schien, da sein Vorbild in diesem Lebensjahr erstmals in Galiläa als Lehrer hervorgetreten war. So hätte er reichlich Zeit für bedächtige Studien und für sein Handwerk, um das für die späteren Semester am Theologischen Seminar nötige Geld zu verdienen.

Nach Weihnachten hatte Sue sich am Lehrerseminar in Melchester eingeschrieben. Für Jude war die Zeit äußerst ungünstig, eine neue Stelle zu finden, und er hatte in einem Brief angedeutet, seine Ankunft um einen guten Monat zu verschieben, bis die Tage länger würden. Sie hatte so bereitwillig zugestimmt, dass er wünschte, es nie vorgeschlagen zu haben – sie hatte ihn nie für sein seltsames Verhalten in jener Nacht getadelt, als er sie aufgesucht und sich klammheimlich aus dem Staub gemacht hatte. Auch über ihre Beziehung zu Mr. Phillotson hatte sie nie ein Wort verloren.

Doch plötzlich traf ein ziemlich leidenschaftlicher Brief von Sue ein. Sie sei ganz einsam und bekümmert, schrieb sie ihm. Sie hasse ihre neue Unterkunft; die sei schlimmer als die alte im Devotionalienladen, schlimmer als jede andere. Sie fühle sich vollkommen allein; ob er nicht sofort kommen könne? – Wenn er käme, könne sie ihn allerdings nur zu bestimmten Zeiten treffen, da die Regeln des Internats, in dem sie lebe, äußerst streng seien. Mr. Phillotson habe ihr die Schule empfohlen, und sie wünsche, sie hätte nie auf ihn gehört.

Phillotsons Liebeswerben war anscheinend nicht gerade von Erfolg gekrönt, und Jude war unvernünftig froh darüber. Er packte seine Siebensachen, leichter ums Herz als seit Monaten, und zog nach Melchester.

Da nun ein neues Kapitel aufgeschlagen werden sollte, suchte er pflichtschuldig nach einem Temperenzlerhotel und fand eine entsprechende kleine Pension an der Straße zum Bahnhof. Nachdem er etwas gegessen hatte, spazierte er hinaus in das trübe Winterlicht, über die Stadtbrücke und bog um die Ecke zum Kathedralenbezirk. Es war ein nebliger Tag, und als er an den Mauern des würdevollsten Bauwerks von England stand, hielt er inne und blickte hinauf. Das hochaufragende Gebäude war bis zur Dachkante erkennbar; darüber erhob sich der nach und nach im Nebel verschwindende Kirchturm, dessen Spitze ganz von den vorbeitreibenden Schwaden verdeckt blieb.

Die Straßenlaternen wurden nun angezündet, und er machte einen Rundgang, indem er sich zunächst nach Westen wandte. Er betrachtete es als gutes Omen, dass viele Steinblöcke herumlagen, woran man erkennen konnte, dass man an der Kathedrale gerade umfangreiche Restaurationsarbeiten durchführte. Abergläubisch, wie er war, hielt er dies für eine Vorkehrung himmlischer Mächte, die dafür sorgten, dass er in seinem Beruf reichlich Aufträge bekam, während er wartete, zu höheren Werken gerufen zu werden.

Dann durchlief ihn ein warmes Gefühl beim Gedanken, wie nah er nun bei dem lebhaften Mädchen mit den leuchtenden Augen, der breiten Stirn und dem dunklen Haarschopf stand; dem Mädchen mit dem aufflackernden Blick, der manchmal wagemutig sanft sein konnte, dann wieder jenem der jungen Damen glich, die er auf Stichen nach Gemälden der Spanischen Schule gesehen hatte. Sie war hier – tatsächlich in diesem Bezirk – in einem der Häuser direkt gegenüber der Westfassade.

Er ging den breiten Schotterweg entlang zum Gebäude. Es war ein altes Haus aus dem 15. Jahrhundert, einst ein Palast, nun eine Bildungsanstalt mit Kreuzstockfenstern und einem durch eine Mauer von der Straße abgegrenzten Vorhof. Jude öffnete das Tor und ging zur Eingangstür, durch die er, nachdem er nach seiner Cousine gefragt hatte, zimperlich ins Wartezimmer hereingelassen wurde, und sie erschien nach ein paar Minuten.

Obwohl sie erst seit kurzem hier wohnte, hatte sie sich seit ihrer letzten Begegnung verändert. Ihre Lebhaftigkeit war ganz verschwunden, ihre weit ausholenden Gesten wurden zu zaghaften Bewegungen gebändigt. Von den hintersinnigen Feinheiten ihrer Umgangsformen fehlte ebenfalls jede Spur. Allerdings hatte sie auch nichts mit der Frau gemein, die ihn mit ihrem Brief herbeizitiert hatte. Diesen hatte sie offenkundig spontan zu Papier gebracht, was sie bei näherer Überlegung ein wenig bedauerte; und dabei hatte sie vermutlich an seine kürzliche Selbsterniedrigung gedacht. Jude wurde von seinen Gefühlen völlig überwältigt.

»Du … du hältst mich doch nicht für einen verdorbenen Schurken … weil ich damals in diesem Zustand bei dir angeklopft hab … und weil ich so schändlich fortgeschlichen bin, Sue?«

»Oh, wirklich nicht! Du hast genug gesagt, um die Ursache zu erklären. Ich hoffe, ich werde nie an deiner Rechtschaffenheit zweifeln, mein armer Jude! Und ich freu mich, dass du gekommen bist!«

Sie trug eine purpurrote Robe mit kleinem Spitzenkragen. Das Gewand war recht schlicht und umschmeichelte anmutig ihre schlanke Figur. Ihr Haar, das sie früher nach der neuesten Mode getragen hatte, war nun streng geflochten, und sie erweckte den allgemeinen Eindruck einer durch harte Disziplin zurechtgestutzten Frau, wobei aus den von dieser Disziplin noch nicht erreichten Tiefen ein verborgener Glanz hervorstrahlte.

Sie war hübsch geworden; doch Jude ahnte, dass sie von ihm gewiss keinen Kuss erwartete, obwohl er darauf brannte, sie unter einem anderen Vorwand als ihrer Verwandtschaft zu küssen. Er konnte nicht das geringste Anzeichen erkennen, dass sie ihn als Liebhaber betrachtete oder dies je in Erwägung ziehen würde, nun da sie seine schlimmste Seite kennengelernt hatte, selbst wenn er sich wie ein solcher benehmen durfte; und dies stützte seinen aufkeimenden Entschluss, ihr von seinen ehelichen Verstrickungen zu erzählen, was er immer wieder aufgeschoben hatte, um bloß nicht das Glück ihrer Gesellschaft zu verlieren.

Sue begleitete ihn in die Stadt, und sie gingen spazieren und plauderten ausschließlich über Vergängliches, Augenblickliches. Jude wollte ihr gern irgendein kleines Geschenk kaufen, und sie gestand etwas beschämt, sie sei schrecklich hungrig. Am Seminar sei Schmalhans Küchenmeister, und das einzige Geschenk, das sie sich vor allen anderen auf der Welt wünsche, sei Mittagessen, Tee und Abendessen in einem. Jude führte sie also in ein Gasthaus und bestellte, was immer die Speisekammer hergab, und das war nicht viel. Da sie in dem Lokal die einzigen Gäste waren, bekamen sie allerdings eine entzückende Gelegenheit für ein *tête-à-tête* und konnten sich frei unterhalten.

Sie erzählte ihm mit all der Bitterkeit einer jungen Frau, die bislang noch nie Einschränkungen zu spüren bekommen hatte, von der Schule, wie sie sich zu jener Zeit darbot, vom spartanischen Leben und den unterschiedlichen Wesenszügen ihrer aus allen Teilen der Diözese stammenden Kommilitonen, und wie sie in aller Frühe aufstehen und im Licht der Gaslampe lernen musste. Er lauschte jedem Wort; doch das war's nicht, worüber er dringend Bescheid wissen wollte – ihre Beziehung zu Phillotson. Genau dieses Thema mied sie. Nach dem Essen legte Jude leidenschaftlich seine Hand auf die ihre; sie blickte hoch und lächelte und umfing sie ganz unbedarft mit ihrer zarten, bog seine Finger auseinander und betrachtete sie kühl, als begutachte sie die Finger eines Handschuhs im Kaufhaus.

»Du hast ziemlich raue Hände, Jude, stimmt's?«, sagte sie.

»Ja. So wie deine, wenn du den ganzen Tag mit Hammer und Meißel arbeiten müsstest.«

»Es stört mich keineswegs, weißt du? Ich halte es für edel, zu sehen wie die Hand eines Mannes von seinem Handwerk entweiht wird … Na ja, letztlich bin ich doch froh, dass ich dieses Lehrerseminar besuche. Denk nur, wie unabhängig ich nach zwei Jahren Ausbildung sein werde! Ich schaff wohl einen ziemlich guten Abschluss, und Mr. Phillotson nutzt seinen Einfluss, um mich in einer großen Schule unterzubringen.«

Nun kam sie doch endlich auf das Thema zu sprechen. »Ich hatte Zweifel, befürchtete, dass er … ein bisschen für dich schwärmt und dich womöglich heiraten will.«

»Sei nicht so albern!«

»Ich vermute, er hat etwas darüber gesagt.«

»Und wennschon, was soll's? Ein alter Mann wie er!«

»Ach geh, Sue; so alt ist er nicht. Und ich weiß, dass ich gesehn hab, wie er …«

»Doch nicht, wie er mich geküsst hat … das nicht!«

»Nein. Aber er hat den Arm um deine Taille gelegt.«

»Ah … ich erinnere mich. Aber ich wusste nicht, was er vorhat.«

»Du redest um den heißen Brei herum, Sue, und das ist nicht nett!«

Ihre stets empfindsame Lippe begann zu zittern, und sie blinzelte, weil sein Tadel sie zu einer bestimmten Antwort zwang.

»Ich weiß, dass du wütend wirst, wenn ich dir alles erzähle, und deswegen will ich's nicht.«

»Na schön, Liebes«, sagte er beschwichtigend. »Ich hab eigentlich kein Recht, dich zu fragen, und will es nicht wissen.«

»Ich erzähl's dir!«, sagte sie, launisch wie immer. »Ich hab Folgendes getan: Ich hab versprochen … ich hab versprochen … ihn zu heiraten, wenn ich in zwei Jahren mit der Ausbildung fertig bin und mein Zeugnis bekomme; er plant, dass wir dann eine große Schule für Jungen und Mädchen in einer großen Stadt übernehmen – er unterrichtet die Jungs, ich die Mädchen – so wie es verheiratete Lehrer oft tun, und teilen uns ein schönes Gehalt.«

»Oh, Sue! … Natürlich ist das in Ordnung … du hättest es nicht besser regeln können!«

Er sah sie an, und ihre Blicke trafen sich, und der Vorwurf in seinen Augen strafte seine Worte Lügen. Dann entzog er ihr seine Hand ganz, wandte sich befremdet von ihr ab und sah zum Fenster. Sue musterte ihn still und bewegte sich nicht.

»Ich hab gewusst, dass du wütend wirst!«, sagte sie, ohne irgendeine Regung zu zeigen. »Schön … dann hab ich mich wohl geirrt! Ich hätte dich nicht bitten sollen, mich hier zu treffen! Wir sollten uns lieber nie wiedersehen; und wir schreiben uns nur in langen Abständen, ausschließlich über Geschäftliches!«

Das genau war das Einzige, was er nicht hätte ertragen können, wie sie wahrscheinlich wusste, und es stimmte ihn sofort um. »Doch, das werden wir«, sagte er hastig. »Dass du verlobt bist, macht für mich keinerlei Unterschied. Ich habe schlicht und einfach das Recht, dich zu treffen, wann immer ich will; und ich tu's!«

»Dann reden wir nicht mehr davon. Das verdirbt uns noch unseren ganzen Abend. Was einer von uns in zwei Jahren tun wird, ist doch egal!«

Sie war ihm wirklich ein Rätsel, und er ließ das Thema fallen. »Sollen wir in die Kathedrale gehen und uns dort hinsetzen?«, fragte er nach der Mahlzeit.

»Kathedrale? Ja. Obwohl ich lieber im Bahnhof sitzen würde«, erwiderte sie und klang dabei immer noch leicht verärgert. »Das ist heutzutage das Stadtzentrum. Die Kathedrale hat ihre besten Tage hinter sich!«

»Du bist ganz schön modern!«

»Wärst du auch, wenn du in den letzten Jahren so oft wie ich im Mittelalter gelebt hättest! Die Kathedrale war vor vier oder fünf Jahrhunderten ein herrlicher Ort; aber jetzt ist es aus mit ihr … Ich bin auch nicht modern. Ich bin noch altertümlicher als mittelalterlich, wenn du nur wüsstest.«

Jude wirkte bekümmert.

»Schon gut … ich werde kein Wort mehr darüber verlieren!«, rief sie. »Aber du hast einfach keine Ahnung, wie schlecht ich im Vergleich zu dir bin, sonst würdest du nicht so viel von mir halten oder dich drum scheren, ob ich verlobt bin oder nicht. Jetzt haben wir gerade noch genug Zeit für einen Rundgang um das Viertel, dann muss ich zurück ins Haus, sonst werde ich die Nacht über ausgesperrt.«

Er begleitete sie bis zum Tor, und sie verabschiedeten sich. Jude war überzeugt, dass sein unglückseliger Besuch bei ihr an jenem tristen Abend direkt vor ihrer Verlobung stattgefunden hatte, und das machte ihn um keinen Deut fröhlicher. Ihr unausgesprochener Tadel hatte also diese Form angenommen. Trotzdem zog er tags darauf los, sich eine Stelle zu suchen, was nicht so einfach war wie in Christminster, denn hier, in dieser ruhigen Stadt, wurden grundsätzlich weniger Steinmetzarbeiten durchgeführt und die Handwerker meist auf Dauer eingestellt. Doch er drängte sich nach und nach hinein. Sein erster Gravurauftrag führte ihn zum Friedhof auf dem Hügel; und letztendlich bekam er eine Anstellung in seiner bevorzugten Arbeit – der Restauration der Kathedrale, ein äußerst umfangreiches Projekt, da das gesamte innere Mauerwerk ausgebessert und weitgehend ersetzt werden sollte.

Bis alles fertig war, mochten Jahre vergehen, und er hatte genug Vertrauen in sein Geschick mit Hammer und Meißel, dass er glaubte, es sich aussuchen zu können, wie lang er blieb.

Seine in der Nähe des Tors zum Kathedralenbezirk gemietete Unterkunft hätte einem Vikar keine Schande bereitet, und er zahlte einen höheren Anteil an seinem Einkommen, als jeder andere Handwerker auf den Tisch gelegt hätte. In seinem Schlaf- und Wohnzimmer hingen gerahmte Fotografien der Pfarrhäuser und Dekanate, in denen seine Wirtin anno dazumal als vertrauenswürdige Dienerin gelebt hatte, und auf dem Kaminsims im Salon im Erdgeschoss stand eine Uhr mit einer Widmung, die sie als Hochzeitsgeschenk der anderen Diener an ebendiese ernste Frau kennzeichnete. Jude ergänzte die Einrichtung seines Zimmers, indem er Fotografien der von ihm eigenhändig ausgeführten Steinmetzarbeiten an Kirchen und Denkmälern auspackte; und man hielt den neuen Bewohner des freien Apartments für eine zufriedenstellende Bereicherung.

In den Buchläden der Stadt entdeckte er eine reiche Auswahl theologischer Werke, und mit deren Hilfe wurden seine Studien wieder aufgenommen, wenn auch unter anderen Vorzeichen und mit neuem Ziel. Zur Erholung von den Kirchenvätern und solch sperrigen Büchern wie denen von Paley und Butler las er Newman, Pusey und viele andere moderne Geistesriesen. Er lieh sich ein Harmonium und übte darauf Kirchenlieder, mit einfacher und doppelter Registrierung.

III–2

»Morgen ist ja unser großer Tag. Wo fahren wir hin?«

»Ich bin von drei bis neun beurlaubt. Wo auch immer wir innerhalb dieser Zeit hin und zurück kommen können. Keine Ruinen, Jude … die interessieren mich nicht.«

»Gut … Wardour Castle. Und dann können wir nach Fonthill, wenn's uns passt … alles an einem Nachmittag.«

»Wardour heißt gotische Ruinen … und ich hasse Gotik!«

»Nein. Keineswegs. Es ist ein klassizistisches Gebäude … Korinthisch, glaub ich; mit vielen Gemälden.«

»Ah … das wär was. Korinthisch hört sich gut an. Da gehen wir hin.«

Im selben Ton hatten sie sich schon seit einigen Wochen unterhalten, und am nächsten Morgen machten sie sich zum Aufbruch bereit. Jedes Detail des Ausflugs war für Jude eine Facette, die einen Funken spiegelte, und er wagte nicht, über sein widersprüchliches Leben nachzudenken. Wie seine Sue sich verhielt, war ihm ein liebliches Rätsel; mehr konnte er dazu nicht sagen.

Zur rechten Zeit stellte sich der Zauber ein, an der Tür des Seminars nach ihr zu fragen; ihr Erscheinen in einem eher pflicht- als wunschgemäß getragenen Gewand von klösterlicher Schlichtheit; das Schlendern zum Bahnhof, das »Mit Verlaub!« des Dienstmanns, das Kreischen der Züge – all das bildete den Sockel eines wunderschönen Kristalls.

Niemand begaffte Sue wegen ihrer schlichten Kleidung, sodass Jude sich an dem Gedanken erfreuen konnte, ganz allein um das von diesen Gewändern verhüllte Wunder zu wissen. Man müsste nur zehn Pfund in einem Modegeschäft ausgeben, das mit ihrem wahren Leben oder wahrem Selbst nichts gemein hatte, und ganz Melchester käme nicht heraus aus dem Staunen. Der Schaffner hielt sie für ein Liebespaar und wies ihnen ein eigenes Abteil zu.

»Gut gemeint, aber zwecklos!«, sagte sie.

Jude antwortete nicht. Er hielt ihre Bemerkung für unnötig grausam und teilweise falsch.

Sie erreichten Park und Schloss und schlenderten durch die Gemäldegalerien, wobei Jude am liebsten vor den frommen Motiven von Del Sarto, Guido Reni, Spagnoletto, Sassoferato, Carlo Dolci und anderen stehen blieb. Sue harrte geduldig neben ihm aus und studierte insgeheim sein Gesicht, das bei der Betrachtung von Jungfrauen, Krippenbildern und Heiligen ehrfürchtige und andächtige Züge annahm. Sobald sie ihn gründlich gemustert hatte, ging sie weiter und erwartete ihn vor einem Lely oder Reynolds. Ihr Cousin hatte offenkundig großes Interesse an ihr, so wie jemand Interesse an jemandem hat, der durch ein Labyrinth irrt, dem er selber gerade entkommen ist.

Als sie hinausgingen, war noch viel Zeit übrig, und Jude schlug vor, nach einem Imbiss über das Hochland nach Norden zu wandern und von einem einige Meilen entfernten Bahnhof auf einer anderen Strecke zurück nach Melchester zu fahren. Sue, zu jedem Abenteuer bereit, das ihr Gefühl von Freiheit an jenem Tag zu verstärken versprach, willigte allzu gern ein; und sie zogen los und ließen die angrenzende Bahnstation hinter sich.

Es war tatsächlich freies Land, weit und hoch gelegen. Sie plauderten und gingen hurtig weiter, nachdem Jude aus einem kleinen Dickicht einen langen, bis zum Scheitel reichenden Spazierstock mit einem großen Haken für Sue geschnitten hatte, der sie wie eine Schäferin aussehen ließ. Ungefähr auf halber Strecke kreuzten sie eine genau von Ost nach West führende Landstraße – die alte Straße von London nach Land's End. Sie blieben stehen, blickten einen Moment nach links und rechts und sprachen über die Verlassenheit dieser einst so belebten Hauptverkehrsader, während eine Windbö herabstieß und Strohhalme und Heu vom Boden wirbelte.

Sie überquerten die Straße und marschierten weiter, doch auf der nächsten halben Meile schien Sue müde zu werden, und Jude begann sich Sorgen zu machen. Sie hatten schon eine ziemlich große Strecke zurückgelegt und wären in einer recht peinlichen Lage, wenn sie den anderen Bahnhof nicht erreichen konnten. Lange sah man kein einziges Häuschen auf der weiten Fläche aus Hügelland und Rübenackern; doch bald erreichten sie eine Schafhürde und trafen dann auch den Schäfer, der Pfosten für die Hürde einschlug. Er sagte ihnen, das einzige Haus in der Nähe sei das von seiner Mutter und ihm, deutete auf eine kleine Senke vor ihnen, von wo eine dünne blaue Rauchschwade aufstieg, und empfahl ihnen, dort eine Rast einzulegen.

Sie nahmen die Einladung an und betraten das Haus, hereingebeten von einer alten Frau mit einem einzigen Zahn, zu der sie so höflich waren wie es Fremden gebührt, deren einzige Hoffnung auf Rast und Obdach vom Wohlwollen des Hausbesitzers abhängt.

»Ein hübsches Häuschen«, sagte Jude.

»Oh, hübsch, na, ich weiß nich. Ich müsst bald des Strohdach ausbessern, weiß aber nich, wo ichs Stroh hernehmen soll, denn des ist letzthin so teuer g'worden, dasses wohl billiger wär, des Dach mit Porzullan zu decken.«

Sie ruhten sich aus, als der Schäfer eintrat. »Kümmerts euch nich um mich«, sagte er mit einem abwehrenden Winken. »Bleibts solang ihr wollt. Glaubts, ihr könnt den Abendzug nach Melchester erwischen? Ihr würdets nie im Lem schaffen, weil ihr euch nich auskennt hierzuland. Ich könnt euch ein Stück weit begleiten, aber der Zug wär wohl trotzdem abg'fahrn.«

Sie sprangen auf.

»Also weißt, bleibts doch einfach hier über Nacht … na, Mutter? Ihr seids hier willkommen. Man liegt halt recht hart, könnt aber weit schlimmer sein.« Er wandte sich unter vier Augen an Jude und fragte: »Seids vermählt?«

»Äh … nein!«, sagte Jude.

»Oh … ich hab nix dagegen … ich nich! Also, dann schläft sie halt in Mutters Zimmer, und wir zwei haun uns im Vorzimmer aufs Ohr, wenn die beiden reingegangen sind. Ich kann Sie rechtzeitig wecken, damit Sie den ersten Zug nach Haus erwischen. Den jetzigen hams grad verpasst.«

Nach reiflicher Überlegung beschlossen sie, das Angebot anzunehmen, blieben und teilten mit dem Schäfer und seiner Mutter ein Abendessen aus gekochtem Speck und Gemüse.

»So gefällt's mir«, sagte Sue, während ihre Gastgeber das Geschirr abräumten. »Hier gelten keine anderen Gesetze als Schwerkraft und Zellteilung.«

»Du glaubst nur, dass es dir gefällt; das ist aber nicht der Fall; du bist von Kopf bis Fuß ein Produkt der Zivilisation«, sagte Jude, dessen Unmut ein wenig aufflackerte, als er sich an ihre Verlobung erinnerte.

»Bin ich wirklich nicht, Jude. Ich lese gern und so, aber ich sehne mich zurück in meine Kindheit und danach, wieder frei zu sein.«

»Du erinnerst dich so gut daran? Es kam mir immer so vor, als hättest du überhaupt nichts Unkonventionelles an dir.«

»Nichts! Du hast keine Ahnung, was in mir vorgeht!«

»Was denn?«

»Ich bin Ismaelitin.«

»Ein Stadtfräulein bist du.«

Sie warf ihm einen überaus streitlustigen Blick zu und wandte sich ab.

Der Schäfer weckte sie wie versprochen am nächsten Morgen. Es war sonnig und heiter, und sie legten die vier Meilen bis zur Bahnstation gutgelaunt zurück. Als sie Melchester erreichten und zum Kathedralsbezirk gingen und Sue die Giebel des alten Gebäudes, ihrem Kerker, erneut vor sich aufragen sah, blickte sie ein wenig verängstigt. »Jetzt krieg ich wohl ne Standpauke!«, murmelte sie.

Sie läuteten an der Tür und warteten.

»Oh, ich hab dir etwas gekauft und hätte es fast vergessen«, sagte sie rasch und kramte in ihrer Tasche. »Eine kleine Fotografie von mir. Willst du sie haben?«

»Ob ich sie *haben* will!« Er nahm sie freudestrahlend entgegen, und der Portier erschien. Als er die Tür öffnete, schien ein unheilvoller Ausdruck über sein Gesicht zu huschen. Sie trat ein, schaute zurück zu Jude und winkte.

III–3

Die siebzig jungen Frauen im Alter zwischen neunzehn und einundzwanzig, einige älter, die zu jener Zeit in dem als Lehrerseminar von Melchester bekannten Nonnenkloster lebten, bildeten eine sehr buntgemischte Gemeinde aus Töchtern von Handwerkern, Vikaren, Ärzten, Ladenbesitzern, Farmern, Milchbauern, Soldaten, Seemännern und Dörflern. Sie saßen an dem zuvor geschilderten Abend in dem großen Unterrichtszimmer des Hauses beisammen, und man munkelte, Sue Bridehead sei nicht rechtzeitig zur Sperrstunde zurückgekehrt.

»Sie ist mit ihrem Verehrer ausgegangen«, sagte eine Studentin im zweiten Jahr, die über Verehrer Bescheid wusste. »Und Miss Traceley hat sie mit ihm am Bahnhof gesehn. Wenn sie kommt, macht man ihr die Hölle heiß.«

»Sie sagt, er ist ihr Cousin«, bemerkte ein Mädchen im ersten Semester.

»Die Ausrede wurde an dieser Schule ein wenig zu oft vorgebracht, um zu unsrem Seelenheil beizutragen«, sagte die Schulsprecherin des Jahrgangs trocken.

Tatsächlich war erst zwölf Monate zuvor eine der Schülerinnen, die dasselbe behauptet hatte, um sich mit ihrem Liebhaber treffen zu können, mit beklagenswerten Folgen verführt worden. Die Affäre hatte einen Skandal ausgelöst, und die Schulleitung gab sich seither in puncto Cousins entsprechend unbarmherzig.

Um neun Uhr wurden die Namen aufgerufen, wobei Miss Traceley Sue dreimal klangvoll rief, ohne eine Antwort zu erhalten.

Viertel nach neun erhoben sich die siebzig, um die »Evening Hymn« zu singen, und sanken dann zum Beten auf die Knie. Nach dem Beten gingen sie hinaus zum Abendessen, und jedes Mädchen dachte nur das eine: Wo ist Sue Bridehead? Einige Studentinnen, die Jude vom Fenster aus gesehen hatten, wären für das Vergnügen, von einem so freundlich aussehenden jungen Mann geküsst zu werden, durchaus das Risiko eingegangen, ebenfalls bestraft zu werden. Kaum eine von ihnen glaubte, dass er wirklich ihr Cousin war.

Eine halbe Stunde später lagen sie alle in den Betten, ihre zarten weiblichen Gesichter den flackernden Gaslichtern zugewandt, die in regelmäßigen Abständen jedes Gesicht in den langen Schlafsälen mit dem Etikett »Das Schwächere« versahen, als Strafe für ihr angeborenes Geschlecht, das auch unter äußerster Anstrengung von Willenskraft und Talent nicht in ein starkes verwandelt werden konnte, solange die unerbittlichen Naturgesetze unveränderlich blieben. Sie boten einen hübschen, vieldeutigen, mitleiderregenden Anblick, ohne es zu wissen, und sie würden dessen auch nicht gewahr werden, bis sie sich, inmitten der Stürme und Strapazen der Lebensjahre mit all ihren Ungerechtigkeiten, der Einsamkeit, den Geburten, den Trauerfällen, an diese Erfahrung erinnerten und als etwas ansahen, das ihnen aus Unachtsamkeit durch die Finger geschlüpft war.

Eine der Lehrerinnen kam, um die Lampen zu löschen, nicht ohne zuvor einen letzten Blick auf Sues immer noch leere Pritsche und auf den kleinen Frisiertisch am Fußende geworfen zu haben, der wie all die anderen mit mädchenhaftem Tand verziert war, wobei gerahmte Fotografien nicht selten am auffälligsten waren. Sues Tisch bot ein bescheidenes Bild, die Porträts zweier Männer in Filigran- und Samtrahmen standen neben ihrem Spiegel.

»Wer sind diese Männer … hat sie je von ihnen erzählt?«, fragte die Lehrerin. »Ihr wisst, dass strenggenommen nur Porträts von Verwandten auf diesen Tischen aufgestellt werden dürfen.«

»Einer … der Mann in mittleren Jahren«, sagte eine Studentin im Nachbarbett, »ist der Schulmeister, für den sie gearbeitet hat … Mr. Phillotson.«

»Und der äußere … dieser Student mit Kappe und Robe … wer ist der?«

»Er ist oder war ein Freund. Sie hat seinen Namen nie erwähnt.«

»Hat einer von diesen beiden sie abgeholt?«

»Nein.«

»Sind Sie sicher, dass es nicht der Student war?«

»Ziemlich. Es war ein junger Mann mit schwarzem Bart.«

Die Lampen wurden unverzüglich gelöscht, und die Mädchen ergötzten sich bis zum Einschlafen an Mutmaßungen über Sue und fragten sich, wie toll sie es in London und Christminster getrieben habe, bevor sie hierhergekommen war, und einige der ruheloseren stiegen aus dem Bett und sahen aus den Kreuzstockfenstern auf die riesige Westfassade der Kathedrale gegenüber und den dahinter aufragenden Kirchturm.

Als sie am nächsten Morgen erwachten, warfen sie einen Blick auf Sues immer noch verlassene Nische. Nach den frühen, im Morgenmantel absolvierten Lektionen unter Gaslampen, als sie hinaufgingen, um sich fürs Frühstück anzukleiden, hörte man ein lautes Schellen von der Glocke am Eingangstor. Die Aufseherin des Schlafsaals eilte von dannen und kehrte kurz darauf mit der Anordnung der

Rektorin zurück, niemand dürfe ohne Erlaubnis mit Bridehead sprechen.

Als Sue, rotwangig und müde wirkend, den Schlafsaal betrat, um sich rasch zurechtzumachen, und still ihre Nische aufsuchte, kam ihr also niemand entgegen, um sie zu begrüßen oder Fragen zu stellen. Beim Hinuntergehen merkten sie, dass sie ihnen nicht in den Speisesaal zum Frühstück folgte, und dann erfuhren sie, dass man ihr einen strengen Verweis erteilt und ein Einzelzimmer zugewiesen hatte, in dem sie eine Woche eingesperrt sei und wo sie allein essen und die ganze Lektüre nachholen müsse.

Die siebzig ließen darüber ein Murren vernehmen, denn sie hielten das Urteil für zu streng. Sie schrieben eine gemeinsame Petition, in der sie um Erlass von Sues Strafe baten, und schickten sie an die Rektorin. Man schenkte dem keine Beachtung. Gegen Abend, als die Erdkundelehrerin zum Diktat ansetzte, saßen die Mädchen mit verschränkten Armen im Klassenzimmer.

»Ihr wollt also nicht arbeiten?«, sagte die Lehrerin schließlich. »Dann kann ich euch ebenso gut erzählen, dass man festgestellt hat, dass der junge Mann, mit dem Sue ausgegangen war, nicht ihr Cousin ist, weil sie nämlich gar keinen solchen Verwandten hat. Wir haben Christminster um eine Bestätigung gebeten.«

»Wir sind bereit, ihr zu glauben«, sagte die Schulsprecherin.

»Dieser junge Mann verlor seinen Arbeitsplatz in Christminster wegen Trunkenheit und blasphemischer Reden in Gasthäusern, und er ist nur hierhergezogen, um in ihrer Nähe zu sein.«

Sie blieben jedoch unerschütterlich und reglos, und die

Lehrerin verließ das Zimmer, um ihre Vorgesetzten zu fragen, was sie tun solle.

Kurz darauf, bei Einbruch der Abenddämmerung, hörten die stillsitzenden Schülerinnen die Mädchen des ersten Jahres aus dem Klassenzimmer nebenan rufen, und eines kam herein, um ihnen mitzuteilen, Sue Bridehead sei aus dem rückwärtigen Fenster des Zimmers, in dem man sie eingesperrt hatte, geklettert, im Schutz der Dunkelheit über den Rasen geflüchtet und verschwunden. Wie es ihr gelungen sein mochte, aus dem Garten zu entkommen, blieb rätselhaft, denn er wurde am unteren Ende vom Fluss begrenzt, und die Seitentür war verschlossen.

Sie zogen los, um das leere Zimmer anzusehen, in dem ein Fensterflügel offen stand. Der Garten wurde noch einmal mit einer Laterne durchsucht, jeder Busch und jeder Strauch überprüft, doch sie versteckte sich nirgends. Dann verhörte man den Portier des vorderen Eingangstors, und er sagte nach einigem Nachdenken, er erinnere sich, eine Art Platschen am Fluss hinter dem Haus gehört zu haben, habe es aber nicht weiter beachtet, da er glaubte, ein paar flussabwärts ziehende Enten seien dafür verantwortlich gewesen.

»Sie muss durch den Fluss gewatet sein!«, sagte eine Lehrerin.

»Oder sie hat sich ertränkt«, sagte der Portier.

Die Hausmutter bekam einen Schreck – nicht so sehr ob der Vorstellung, Sue könnte tot sein, sondern eher wegen dem womöglich in allen Tageszeitungen erscheinenden Artikel über den Vorfall, der zusammen mit dem letztjährigen Skandal unweigerlich dafür sorgen würde, dass der Schule noch monatelang ein schlechter Ruf anhaftete.

Man holte weitere Laternen und suchte am Fluss; und

dann entdeckte man endlich im Schlamm des gegenüberliegenden Ufers kleine Stiefelabdrücke, die unanzweifelbar bewiesen, dass das allzu leicht erregbare Mädchen durch das Wasser gewatet war, das ihr fast bis zu den Schultern gereicht haben musste – denn dies war der bedeutendste Fluss der Gegend, der in allen Erdkundebüchern respektvoll erwähnt wurde. Da Sue der Schule keine Schande bereitet hatte, indem sie sich ertränkte, begann die Hausmutter herablassend von ihr zu sprechen und meinte, sie sei froh, dass sie sich aus dem Staub gemacht habe.

Am selben Abend saß Jude in seiner Wohnung in der Nähe des Tors zum Kathedralenbezirk. Zu dieser Stunde, nach Einbruch der Dunkelheit, betrat er oft den Bezirk und stand gegenüber von dem Haus, in dem Sue sich befand, und beobachtete, wie die Schatten der Mädchenköpfe an den Fensterläden hin und her wanderten, während er sich wünschte, nichts anderes zu tun zu haben, als den ganzen Tag lang zu lesen und zu lernen, was viele der gedankenlosen Insassinnen abscheulich fanden. Doch an diesem Abend hatte er seinen Tee getrunken, sich frisch gemacht und dann in die Lektüre des neunundzwanzigsten Bands von Puseys Geschichte der Kirchenväter vertieft, eine mehrbändige Ausgabe, die er bei einem Antiquar zu einem Preis erworben hatte, der ihm erstaunlich billig für ein so unschätzbares Werk vorkam. Er meinte, etwas leicht gegen sein Fensterglas prasseln zu hören; dann hörte er es wieder. Gewiss hatte jemand Kieselsteine geworfen. Er stand auf und schob sachte das Fenster nach oben.

»Jude!« (von unten).

»Sue!«

»Ja … ich bin's! Kann ich hochkommen, ohne gesehen zu werden?«

»Oh ja!«

»Dann komm nicht runter. Mach das Fenster zu.«

Jude wartete in dem Wissen, dass sie mühelos hereinkommen konnte, da die Tür wie in den meisten alten Provinzstädten unverriegelt war. Sein Herz klopfte beim Gedanken, sie wäre aus Kummer zu ihm geflohen, so wie er damals zu ihr geeilt war. Sie ergänzten sich fabelhaft! Er schloss die Tür seines Zimmers auf, hörte ein heimliches Rascheln auf der dunklen Treppe, und im nächsten Moment trat sie ins Licht seiner Lampe. Er ging auf sie zu, ihre Hand zu ergreifen, und merkte, dass sie klamm war wie die einer Meeresgöttin und dass ihr Gewand an ihr haftete wie die Roben an den Figuren des Parthenonfrieses.

»Mir ist so kalt!«, sagte sie mit klappernden Zähnen. »Darf ich zu dir ans Feuer, Jude?«

Sie ging hinüber zu seinem kleinen Kamin mit dem winzigen Feuer, doch da sie bei jeder Bewegung tropfte, war die Vorstellung, dass sie sich abtrocknen konnte, absurd. »Was hast du denn angestellt, Liebes?«, fragte er erschrocken, das zärtliche Beiwort rutschte ihm unbewusst über die Lippen.

»Bin durch den größten Fluss im ganzen Land gewatet … das hab ich angestellt! Die haben mich eingesperrt, weil ich mit dir ausgegangen bin; und das schien mir so ungerecht, dass ich es nicht ertragen konnte, also bin ich aus dem Fenster geklettert und über den Fluss geflohen!« Sie hatte ihre Erklärung in dem für sie typischen, etwas trotzigen Tonfall begonnen, doch ehe sie zu Ende gesprochen hatte, zitterten die schmalen rosa Lippen, und sie konnte kaum die Tränen zurückhalten.

»Liebe Sue!«, sagte er. »Du musst all deine Sachen ausziehen! Und lass mich nachdenken … du musst dir Kleidung von meiner Wirtin borgen. Ich frag sie.«

»Nein, nein! Sag ihr nichts, um Himmels willen! Wir sind so nah an der Schule, dass sie mich hier suchen werden!«

»Dann musst du etwas von mir anziehn. Was dagegen?«

»Oh nein.«

»Meinen Sonntagsanzug. Da ist er schon.« Tatsächlich befand sich alles in Judes Einzelzimmer in Reichweite, da ansonsten kein Platz dafür war. Er öffnete einen Schrank, holte seinen besten dunklen Anzug heraus, schüttelte die Kleidungsstücke und sagte: »Also, wie lange brauchst du?«

»Zehn Minuten.«

Jude ging aus dem Zimmer hinaus auf die Straße, wo er auf und ab lief. Eine Uhr schlug halb acht, und er kehrte zurück. In seinem einzigen Lehnstuhl erblickte er ein schlankes und zerbrechliches Wesen, das sich als sein Ebenbild im Sonntagsstaat verkleidet hatte und in seiner Wehrlosigkeit so jämmerlich aussah, dass ihm vor Mitleid das Herz zerspringen wollte. Über zwei andere Stühle vor dem Feuer hingen ihre nassen Kleidungsstücke. Sie errötete, als er sich neben sie setzte, jedoch nur einen Moment lang.

»Dir kommt's wohl seltsam vor, Jude, mich so zu sehen, während all meine Sachen dort hängen? Aber was soll der Unfug! Das sind ja nur Frauenklamotten … geschlechtsloses Tuch und Wäsche … Wenn ich mich nur nicht so übel und krank fühlen würde! Trocknest du jetzt meine Kleidung? Bitte, Jude, und ich such mir bald eine Unterkunft. Es ist noch nicht spät.«

»Nein, das darfst du nicht, wenn du krank bist. Du musst hierbleiben. Liebe, liebe Sue, was kann ich für dich tun?«

»Keine Ahnung! Ich muss ständig zittern. Wenn mir nur

warm werden würde.« Jude hüllte sie zusätzlich in seinen Mantel und lief dann hinaus zum nächsten Gasthaus, von wo er mit einer kleinen Flasche in der Hand zurückkehrte. »Ich hab für nen halben Shilling den besten Brandy geholt«, sagte er. »Trink ihn sofort, Liebes; den ganzen.«

»Ich kann doch nicht aus der Flasche trinken, oder?« Jude nahm das Glas von der Frisierkommode und verabreichte den Schnaps mit Wasser verdünnt. Sie keuchte ein wenig, schluckte aber alles hinunter und legte sich im Lehnstuhl zurück.

Dann begann sie ihm ausführlich ihre Erlebnisse seit ihrem Abschied zu erzählen; doch mitten in ihrer Geschichte stockte ihre Stimme, ihr Kinn sank auf die Brust und sie schwieg. Sie war fest eingeschlafen. Jude, sterbenselend vor Sorge, dass sie sich eine Erkältung mit womöglich fatalen Folgen zugezogen hatte, lauschte erleichtert ihren regelmäßigen Atemzügen. Er kam vorsichtig näher und stellte fest, dass eine warme Röte ihre bislang bläulichen Wangen überzog, und spürte, dass ihr herabhängender Kopf nicht mehr kalt war. Dann stand er mit dem Rücken zum Kamin da und betrachtete sie, und in seinen Augen glich sie einer Göttin.

III–4

Judes Träumerei wurde von knirschenden, die Treppe heraufkommenden Schritten unterbrochen.

Er ließ Sues Kleidungsstücke vom Stuhl verschwinden, auf dem sie zum Trocknen aufgehängt waren, stopfte sie unters Bett und setzte sich zu seinem Buch. Jemand klopfte und öffnete sogleich die Tür. Es war die Hauswirtin.

»Oh, ich hab nich g'wusst, ob Sie da sind oder nich, Mr. Fawley. Ich wollt nur fragen, ob Sie gern Abendbrot hätten. Wie ich seh, ham Sie einen jungen Gentleman …«

»Ja, Ma'am. Aber ich möchte heut lieber nicht unten essen. Könnten Sie mir bitte etwas auf einem Tablett heraufbringen, und dazu Tee.«

Jude ging für gewöhnlich nach unten in die Küche und aß seine Mahlzeiten im Kreis der Familie, um keine Umstände zu machen. Seine Hauswirtin brachte ihm jedoch ausnahmsweise das Essen, und er nahm ihr das Tablett an der Tür ab.

Nachdem sie hinuntergegangen war, stellte er den Teekessel auf den Kamineinsatz und holte Sues Anziehsachen wieder hervor, doch sie waren alles andere als trocken. Er stellte fest, dass eine dicke Wollrobe ziemlich viel Wasser aufgesogen hatte. Er hängte also alles wieder auf, fachte das Feuer an und versank in Gedanken, während der Dampf von den Gewändern durch den Schornstein abzog.

Plötzlich sagte sie: »Jude!«

»Ja. Alles in Ordnung, Wie geht's dir jetzt?«

»Besser. Recht gut. Ich bin also eingeschlafen, nicht wahr? Wie viel Uhr? Doch nicht spät, oder?«

»Nach zehn.«

»Wirklich? Was *soll* ich tun!«, sagte sie aufgeschreckt.

»Bleib wo du bist.«

»Ja, das möchte ich schon. Aber ich weiß nicht, was *die* dazu sagen! Und was machst du?«

»Ich bleib die ganze Nacht hier am Kamin sitzen und lese. Morgen ist Sonntag, und ich muss nirgendwohin. Wenn du dich nicht hier ausruhst, wirst du vielleicht ernstlich krank. Hab keine Angst. Schau, was ich für dich habe. Abendessen.«

Nachdem sie sich aufgesetzt hatte, seufzte sie kläglich und sagte: »Ich fühl mich immer noch schwach. Ich dachte, es geht mir gut; und ich sollte nicht hier sein, oder?« Doch die Mahlzeit kräftigte sie ein wenig, und nach einer Tasse Tee und als sie sich zurückgelehnt hatte, wirkte sie wieder heiter und fröhlich.

Es musste grüner Tee gewesen sein, oder man hatte ihn zu lange ziehen lassen, denn sie wirkte danach unnatürlich schlaflos, obwohl Jude, der keinen Tropfen getrunken hatte, allmählich die Augen zufielen; bis sie etwas äußerte, was ihn die Ohren spitzen ließ.

»Du hast mich ein Kind der Zivilisation genannt oder so ähnlich, nicht?«, sagte sie in die Stille. »Das war ziemlich merkwürdig.«

»Warum?«

»Na, weil das unerträglich falsch ist. Ich bin geradezu die Negation.«

»Du bist ja eine richtige Philosophin. ›Eine Negation‹ ist ein tiefschürfender Begriff.«

»Im Ernst? Hältst du mich für eine Gelehrte?«, fragte sie mit einem Anflug gutmütigen Spotts.

»Nein, das nicht. Nur sprichst du überhaupt nicht wie

ein Mädchen ... na ja, ein Mädchen, das keine Gelegenheiten hatte.«

»Ich hatte Gelegenheiten. Ich kann kein Latein und Griechisch, obwohl ich die entsprechenden Lehrbücher kenne. Aber ich hab die meisten griechischen und lateinischen Klassiker in Übersetzung gelesen und dazu noch andere Bücher: Lemprière, Catull, Martial, Juvenal, Lucian, Beaumont und Fletcher, Boccaccio, Scarron, De Brantôme, Sterne, Defoe, Smollett, Fielding, Shakespeare, die Bibel und dergleichen; und ich hab festgestellt, dass die anzüglichen Stellen in diesen Büchern uninteressant werden, sobald ihr Geheimnis gelüftet ist.«

»Du hast mehr gelesen als ich«, sagte er seufzend. »Wie bist du auf die eher kuriosen Werke gekommen?«

»Ach«, sagte sie nachdenklich, »durch Zufall. Mein ganzes Leben wurde durch etwas geprägt, was angeblich eine besondere Eigenschaft von mir ist. Ich fürchte mich weder vor Männern als solchen noch vor ihren Büchern. Ich hab mit ihnen – einen oder zwei ganz besonders – Umgang gepflegt, als wäre ich selbst ein Mann. Ich meine, ich hab nicht das empfunden, was man den meisten Frauen beibringt ... dass sie ständig auf der Hut sein müssen vor Angriffen auf ihre Tugendhaftigkeit; denn kein normaler Mann – zumindest keiner, der nicht vollkommen verroht ist – belästigt eine Frau bei Tag oder Nacht, zu Hause oder im Freien, wenn sie ihn nicht dazu ermutigt. Bis sie ihm mit einem Blick ›Komm‹ sagt, fürchtet er sich immer davor, und wenn man es nie mit Worten oder Blicken ausspricht, kommt er nie. Was ich aber sagen wollte, ist, dass ich mit achtzehn eng mit einem Studenten in Christminster befreundet war, und er hat mir eine Menge beigebracht und mir Bücher geliehen, die ich ansonsten nie in die Hand bekommen hätte.«

»Ist deine Freundschaft zerbrochen?«

»Oh ja. Er starb, der arme Kerl, zwei, drei Jahre nachdem er seinen Abschluss gemacht und Christminster verlassen hatte.«

»Du hast ihn wohl oft getroffen?«

»Ja, wir sind zusammen herumgezogen … sind spazieren gegangen, haben uns gegenseitig vorgelesen und so … fast wie zwei Männer. Er bat mich, mit ihm zusammenzuleben, und ich schrieb ihm, dass ich es tun wolle. Doch als ich ihn in London traf, begriff ich, dass er etwas anderes im Sinn hatte als ich. Tatsächlich wollte er mich zu seiner Mätresse machen, aber ich liebte ihn nicht … und als ich ihm sagte, dass ich fortgehen würde, wenn er *meinen* Plan ablehnte, gab er nach. Fünfzehn Monate teilten wir uns einen Salon; und er begann Leitartikel für eine der großen Londoner Tageszeitungen zu schreiben; bis er krank wurde und ins Ausland reisen musste. Er sagte, ich hätte sein Herz gebrochen, da ich mich trotz unserer engen Beziehung so lange gegen ihn sträubte; das hätte er bei einer Frau nie für möglich gehalten. Irgendwann würde ich das Spiel zu weit treiben, sagte er. Er kam nur nach Hause, um zu sterben. Nach seinem Tod empfand ich schreckliche Reue, weil ich so grausam gewesen war … Allerdings hoff ich, er ist an Schwindsucht und nicht nur meinetwegen gestorben. Ich bin nach Sandbourne zu seinem Begräbnis gefahren und war die Einzige, die um ihn trauerte. Er hat mir etwas Geld hinterlassen … wohl weil ich ihm das Herz gebrochen hab. So sind die Männer … viel besser als Frauen!«

»Du meine Güte! … Was hast du dann gemacht?«

»Ah … jetzt bist du mir böse!«, sagte sie, und eine tragische Altnote mischte sich in ihre silberhelle Stimme. »Ich hätt's dir nicht erzählt, wenn ich das geahnt hätte!«

»Nein, bin ich nicht. Erzähl mir alles.«

»Na ja, ich investierte das Geld des armen Kerls in ein Schwindelgeschäft und verlor es. Eine Zeitlang lebte ich allein in London, und dann kehrte ich zurück nach Christminster, als mein Vater – der auch in London wohnte und in der Nähe von Long-Acre eine Kunstschmiede aufgebaut hatte – sich weigerte, mich aufzunehmen; und ich fand eine Stelle in dem Kunsthandwerkladen, wo du mich gefunden hast … Ich sagte ja, du hast keine Ahnung, wie schlecht ich gewesen bin!«

Jude drehte sich um zu dem Lehnstuhl und dem darin sitzenden Mädchen, als wollte er das Geschöpf, dem er Unterschlupf gewährte, genauer unter die Lupe nehmen. Seine Stimme zitterte, als er sprach: »Welches Leben du auch immer geführt haben magst, Sue, ich halte dich für ebenso unschuldig wie unkonventionell.«

»Ich bin gar nicht so unschuldig, wie du siehst, nun, da ich

›den Umhang, gewebt von deiner Phantasie,
von jener nackten Gliederpuppe riss‹«,

sagte sie scheinbar spöttelnd, obwohl er hören konnte, dass sie den Tränen nah war. »Aber ich hab mich niemals einem Liebhaber hingegeben, falls du darauf anspielst! Ich bin so, wie ich von Anfang an war.«

»Ich glaube dir ganz und gar. Aber einige Frauen wären nicht so geblieben wie am Anfang.«

»Wahrscheinlich nicht. Bessere Frauen wären's nicht. Man hält mich deswegen für kaltherzig … geschlechtslos. Ich will es aber nicht! Einige der leidenschaftlichsten erotischen Dichter waren in ihrem alltäglichen Leben äußerst zurückhaltend.«

»Hast du Mr. Phillotson von diesem Studentenfreund erzählt?«

»Ja … vor langer Zeit. Ich hab es nie vor irgendjemand geheim gehalten.«

»Was hat er gesagt?«

»Er hat es nicht kritisiert … sagte nur, ich sei alles für ihn, was immer ich getan habe, und dergleichen.«

Jude fühlte sich sehr niedergeschlagen; sie schien sich immer weiter von ihm zu entfernen, weil sie so eigentümlich war und weil ihr auf so merkwürdige Weise jeder Sinn für Geschlechtliches fehlte.

»Bist du mir wirklich nicht böse, lieber Jude?«, fragte sie plötzlich mit einer so außergewöhnlich zärtlichen Stimme, dass sie kaum von derselben Frau zu kommen schien, die ihre Geschichte eben so unbefangen erzählt hatte. »Ich glaub, ich würde jedem auf der Welt wehtun, nur dir nicht!«

»Ich weiß nicht, ob ich verärgert bin oder nicht. Ich weiß, dass ich dich sehr gern hab!«

»Ich mag dich so sehr wie jeden meiner Bekannten.«

»Du magst mich nicht *mehr*! Schon gut, das hätte ich nicht sagen sollen. Antworte nicht darauf!«

Wieder herrschte lange Zeit Schweigen. Er ahnte, dass sie ihn grausam behandelte, konnte aber nicht wirklich sagen, auf welche Weise. Sogar ihre Hilflosigkeit schien sie so viel stärker zu machen als ihn.

»Ich weiß furchtbar wenig über Alltägliches, obwohl ich so eifrig studiert hab«, sagte er, um das Thema zu wechseln. »Ich hab mich in Theologie vertieft, weißt du. Und was glaubst du würde ich jetzt tun, wenn du nicht hier wärst? Ich würde meine Abendgebete aufsagen. Du möchtest wohl nicht …«

»Oh nein, nein«, erwiderte sie. »Lieber nicht, wenn's dir

nichts ausmacht. Ich würde dabei so … so heuchlerisch wirken.«

»Ich hab mir schon gedacht, dass du dich nicht anschließen möchtest, deswegen hab ich's nicht vorgeschlagen. Vergiss nicht, dass ich hoffe, eines Tages einen brauchbaren Pfarrer abzugeben.«

»Sagtest du nicht, du möchtest ordiniert werden?«

»Ja.«

»Dann hast du den Plan nicht aufgegeben? – Ich dachte, das hättest du inzwischen.«

»Natürlich nicht. Anfangs war ich so töricht zu glauben, dass du darüber ebenso empfindest wie ich, da du so viel Umgang mit den Anglikanern in Christminster hattest. Und Mr. Phillotson …«

»Ich hab keinerlei Respekt vor Christminster, außer bis zu einem gewissen Grad für das dortige Geistesleben«, sagte Sue Bridehead ernst. »Mein Freund, von dem ich erzählt hab, hat ihn mir ausgetrieben. Er war der am wenigsten religiöse Mann, den ich je kennenlernte, und der moralischste. Ein kluger Kopf in Christminster ist neuer Wein in alten Schläuchen. Das Mittelalterliche in Christminster muss verschwinden, muss sich abhäuten, sonst ist es aus mit Christminster. Freilich überkommt einen manchmal ein heimliches Vergnügen an den Traditionen des alten Glaubens, wie er von einem Teil der dortigen Denker mit rührender und einfältiger Aufrichtigkeit bewahrt wird; doch immer, wenn ich in all meiner Rechtschaffenheit und Melancholie darüber nachdachte, fühlte ich dasselbe:

›O gräulicher Glanz der Heil'gen,
der gemarterten Götter Leib!‹« …

»Sue, wenn du so sprichst, kannst du nicht meine liebe Freundin sein!«

»Dann eben nicht, lieber Jude!« Der empfindsame Kehllaut war zurückgekehrt, und sie wandte ihr Gesicht ab.

»Ich glaube immer noch, dass es in Christminster viel Verehrungswürdiges gibt; obwohl ich es übelgenommen hab, dass ich dort nicht Fuß fassen konnte.« Er sprach sanft und widerstand der Versuchung, sie zum Weinen zu bringen.

»Es ist ein Ort der Unwissenden, abgesehen von den Stadtleuten, Handwerkern, Trunkenbolden und Armen«, sagte sie, immer noch verstockt, da er ihre Meinung nicht teilte. »*Die* sehen das Leben natürlich, wie es wirklich ist; doch in den Colleges vermögen das nur wenige. Du selbst bist der Beweis. Du bist einer von denen, für die Christminster gedacht war, als man die Colleges gründete; ein Mann mit der Leidenschaft fürs Lernen, aber nicht für Geld oder Gelegenheiten oder Freunde. Doch die Söhne der Millionäre haben dich vom Bürgersteig gerempelt.«

»Na, ich kann auf akademische Titel verzichten. Ich strebe nach Höherem.«

»Und nach etwas Größerem, Wahrhaftigerem«, verlangte sie. »Derzeit drängt der Verstand in Christminster in die eine Richtung und die Religion in die andere; und so bleiben sie stocksteif stehen, wie zwei aufeinandergeprallte Rammböcke.«

»Was würde Phillotson …«

»Es ist ein Ort voller Fetischisten und Geisterseher!«

Er bemerkte, dass sie, wann immer er den Schulmeister erwähnte, das Gespräch auf Gemeinplätze über die leidige Universität lenkte. Jude war überaus, ja geradezu krankhaft neugierig, was ihr Leben als Phillotsons Protegé und

Verlobte anging; doch sie wollte kein Licht in die Sache bringen.

»Na ja, ich bin auch nicht viel anders«, sagte er. »Ich hab Angst vor dem Leben, seh überall Gespenster.«

»Aber du bist gütig und lieb!«, murmelte sie.

Sein Herz machte einen Sprung, und er antwortete nicht.

»Du bist gerade in deiner Traktarianerphase, stimmt's?«, fügte sie hinzu und gab sich vorlaut, um ihre wahren Gefühle zu verbergen, ein Trick, den sie häufig anwandte. »Warte mal … wann bin ich dort gewesen? … im Jahr achtzehnhundert…«

»In deinen Worten liegt ein Sarkasmus, der mir ganz und gar nicht gefällt, Sue. Machst du jetzt, worum ich dich bitte? Zu dieser Stunde lese ich ein Kapitel und spreche dann die Gebete, so wie ich es dir erzählt hab. Würdest du dich bitte mit einem dieser Bücher beschäftigen und mir den Rücken zukehren, damit ich meiner Gewohnheit nachgehen kann? Willst du mir wirklich nicht Gesellschaft leisten?«

»Ich seh zu.«

»Nein. Quäl mich nicht, Sue!«

»Also gut … ich tu, worum du mich bittest, und werde dich nicht peinigen, Jude«, erwiderte sie im Ton eines Kindes, das verspricht, für immer und ewig brav zu sein, und drehte sich folgsam um. Neben ihr lag eine kleine Bibel, eine andere Ausgabe als die von ihm benutzte, und während er sich zurückzog, griff sie nach dem Buch und blätterte darin.

»Jude«, sagte sie fröhlich, als er seine Gebete abgeschlossen hatte und zu ihr zurückgekehrt war, »darf ich für dich ein *neues* Neues Testament machen, wie das, das ich in Christminster für mich gemacht hab?«

»Oh ja. Wie denn?«

»Ich hab meine alte Ausgabe geändert, indem ich all die Apostelbriefe und Evangelien herausschnitt, zu einzelnen Broschüren verband und diese dann nach dem Zeitpunkt ihres Entstehens ordnete, sodass im Buch der Thessalonicherbrief an erster Stelle stand, danach kamen die anderen Briefe und weiter hinten die Evangelien. Dann ließ ich das Ganze neu binden. Mein Freund von der Universität, Mr. … – der arme Junge, sein Name tut nichts zur Sache – hielt es für eine vorzügliche Idee. Ich weiß, dass die Lektüre danach doppelt so interessant war und um ein Vielfaches verständlicher.«

»Hm!«, sagte Jude, der ein Sakrileg witterte.

»Und das ist nun wirklich ein literarischer Frevel«, sagte sie, auf die Seiten mit dem Hohelied blickend. »Ich meine die Zusammenfassung am Anfang eines jeden Kapitels, die die wahre Natur jener Rhapsodie geradezu verschleiert. Keine Angst: Niemand erwartet Inspiration von Kapitelüberschriften. Die meisten Theologen verachten sie. Ist es nicht ulkig, sich vorzustellen, wie vierundzwanzig Kirchenväter oder Bischöfe oder wie viele auch immer mit langen Gesichtern beisammensitzen und solches Zeug schreiben?«

Jude blickte gequält drein. »Du redest ganz wie Voltaire!«, murmelte er.

»Im Ernst? Dann sag ich kein einziges Wort mehr, außer dass niemand das Recht hat, die Bibel zu verhunzen! Ich hasse diesen Quatsch, der versucht, solch ekstatische, natürliche, menschliche Liebe, wie man sie in diesem großartigen und leidenschaftlichen Lied findet, mit abstraktem kirchlichem Gewäsch zu übertünchen!« Ihre Rede hatte nach seinem Tadel einen feurigen, fast gereizten Ton angenommen, und in ihren Augen sammelten sich jetzt Tränen. »Wenn ich doch nur einen Freund hätte, der mich unterstützt; aber niemand ist je auf meiner Seite!«

»Aber meine liebe Sue, meine allerliebste Sue, ich bin doch nicht gegen dich!«, sagte er und ergriff ihre Hand, überrascht, dass sie persönliche Gefühle mit rein sachlichen Argumenten vermischte.

»Doch, das bist du, doch, das bist du!«, rief sie und wandte sich ab, damit er ihre Tränen nicht sah. »Du bist auf der Seite der Leute vom Lehrerseminar … zumindest kommt es mir fast so vor! Ich bestehe darauf, dass es absolut lächerlich ist, Verse wie diesen: ›Wohin ist dein Geliebter gegangen, du Schönste der Frauen?‹, mit solch einer Anmerkung zu versehen: ›*Die Kirche bekennt sich zu ihrem Glauben*‹!«

»Dann lass es doch einfach! Du machst aus allem eine persönliche Angelegenheit! Ich bin … nur allzu gern bereit, die Worte weltlich zu deuten. Du weißt, wenn's darum geht, bist du für mich die Schönste der Frauen!«

»Aber du darfst das jetzt nicht sagen!«, erwiderte Sue, und ihre Strenge klang nun so sanft wie möglich. Dann trafen sich ihre Blicke, und sie gaben sich die Hand wie Saufkumpane in einer Schenke, und Jude begriff, wie absurd es war, sich über ein derart hypothetisches Thema zu streiten, und wie dumm, über etwas aus einem alten Buch wie der Bibel zu weinen.

»Ich will deine Überzeugungen nicht durcheinanderbringen … wirklich nicht!«, fuhr sie beschwichtigend fort, denn er war nun viel vergrämter als sie. »Was ich allerdings will, ist, einen Mann zu höheren Zielen ermutigen; und als ich dich sah und wusste, dass du mein Freund sein willst, dachte ich – soll ich's zugeben? –, dass du dieser Mann sein könntest. Doch du nimmst so viel Althergebrachtes fraglos hin, dass ich nicht weiß, was ich sagen soll.«

»Na ja, Liebes; vermutlich muss man manchmal dies und jenes fraglos hinnehmen. Das Leben ist zu kurz, um alles mit euklidischer Geometrie durchzurechnen, bevor man es glaubt. Ich vertraue aufs Christentum.«

»Du hättest dir wahrscheinlich auch was Schlimmeres aussuchen können.«

»Das hätte ich wirklich. Vielleicht hab ich's!« Er dachte an Arabella.

»Ich frage nicht was, denn wir werden *sehr* nett zueinander sein, nicht wahr, und einander nie, niemals wieder ärgern?« Sie blickte vertrauensselig auf, und ihre Stimme schien sich an seine Brust schmiegen zu wollen.

»Ich werde dich immer lieb haben!«, sagte Jude.

»Und ich dich. Weil du aufrichtig bist und deiner schlechten, lästigen kleinen Sue vergibst!«

Er wandte seinen Blick ab, denn ihre schwesterliche Zärtlichkeit quälte ihn zu sehr. War es das, was dem armen Journalisten das Herz gebrochen hatte; und würde er der Nächste sein? … Doch Sue war so lieb! … Wenn es ihm nur gelänge, sie nicht als Frau zu betrachten, so wie es ihr offenbar leichtfiel, ihn nicht bloß als Mann zu sehen, welch eine Freundin würde sie abgeben; denn ihre unterschiedlichen Ansichten zu theoretischen Fragen ließen sie hinsichtlich alltäglicher menschlicher Erfahrungen umso vertrauter werden. Sie stand ihm näher als jede Frau, die er je getroffen hatte, und er konnte kaum glauben, dass Zeit, Religion oder Abwesenheit sie und ihn jemals zu trennen vermochte.

Doch sein Kummer um ihren Mangel an Frömmigkeit kehrte zurück. Sie saßen beisammen, bis sie erneut einschlief und er in seinem Stuhl ebenfalls einnickte. Wann immer er sich aufrappeln konnte, drehte er ihre Wäsche um und entfachte das Feuer neu. Gegen sechs Uhr erwachte er schließlich ganz, zündete eine Kerze an und stellte fest, dass ihre Kleidung trocken war. Da ihr Stuhl viel bequemer war als seiner, schlief sie unter seinem Mantel weiter und sah dabei warm aus wie ein frisch gebackenes Brötchen und knabenhaft wie ein Ganymed. Nachdem er ihr Gewand neben ihr abgelegt und sie an der Schulter berührt hatte, ging er hinunter und wusch sich im Hof beim Licht der Sterne.

III–5

Als er zurückkehrte, trug sie ihre übliche Kleidung.

»Kann ich hinaus, ohne dass mich jemand sieht?«, fragte sie. »Die Stadt schläft noch.«

»Aber du hattest noch kein Frühstück.«

»Oh, ich mag keines! Ich fürchte, ich hätte nicht von dieser Schule fortlaufen sollen! Im kalten Morgenlicht sieht alles so anders aus, nicht? Ich weiß nicht, was Mr. Phillotson dazu sagt! Ich bin dorthin nur gegangen, weil es sein Wunsch war. Er ist der einzige Mann auf der Welt, den ich respektiere oder fürchte. Hoffentlich vergibt er mir; ich rechne allerdings damit, dass er mich fürchterlich ausschimpft!«

»Ich besuche ihn und erkläre …«

»Oh nein, mach das nicht. Er ist mir egal! Soll er doch denken, was er will … ich tu, was mir gefällt!«

»Gerade eben hast du aber noch gesagt …«

»Und wennschon; ich tu, was ich will, ganz gleich, was er sagt! Ich habe mir überlegt, was ich tun werde … Ich besuche die Schwester einer Kommilitonin vom Lehrerseminar, die mich eingeladen hat. Sie hat eine Schule in der Nähe von Shaston, rund zwanzig Meilen von hier … Dort bleib ich, bis Gras über die Sache gewachsen ist und ich ins Lehrerseminar zurückkehren kann.«

Im letzten Moment überredete er sie, sich eine Tasse Kaffee bereiten zu lassen, in einem kleinen Kocher, den er im Zimmer aufbewahrte, da er immer frühmorgens, bevor der Haushalt sich regte, zur Arbeit musste.

»Jetzt noch einen kleinen Bissen dazu«, sagte er, »dann

brechen wir auf. Du kannst richtig frühstücken, wenn du dort ankommst.«

Sie verließen das Haus in aller Stille, und Jude begleitete sie zum Bahnhof. Als sie sich auf den Weg machten, streckte jemand den Kopf aus einem der oberen Fenster seiner Pension und zog sich rasch wieder zurück. Sue schien immer noch ihre Widerspenstigkeit zu bedauern und sich zu wünschen, sie hätte nie rebelliert; beim Abschied sagte sie ihm, sie werde ihn benachrichtigen, sobald man sie wieder am Lehrerseminar aufnahm. Sie standen ziemlich betrübt am Bahnsteig; und es war offensichtlich, dass ihm noch etwas auf der Zunge lag.

»Ich möchte dir etwas sagen … zweierlei«, sagte er hastig, als der Zug einfuhr. »Eines ist warm, das andere kalt!«

»Jude«, sagte sie. »Über das eine weiß ich Bescheid. Und lass es sein!«

»Was?«

»Du darfst mich nicht lieben. Du bist mir zu ähnlich … das ist alles!«

Judes Gesicht zeigte so viele Schattierungen von Kummer, dass in ihrem Mitgefühl aufleuchtete, als sie ihm durch das Zugfenster adieu sagte. Dann fuhr der Zug ab, sie winkte ihm mit ihrer hübschen Hand zu und verschwand.

An jenem Sonntag ihrer Abreise war Melchester für Jude ein ziemlich trister Ort, und der Bezirk kam ihm so abscheulich vor, dass er nicht einmal die Messe in der Kathedrale besuchte. Am nächsten Morgen erreichte ihn ein Brief, den sie mit der für sie typischen Schnelligkeit gleich nach der Ankunft im Haus ihrer Freundin geschrieben hatte. Sie berichtete, sie sei gut angekommen und habe ein gemütliches Quartier, und sie fügte hinzu:

»Eigentlich schreibe ich Dir, lieber Jude, wegen dem, was ich Dir zum Abschied sagte. Du warst so gütig und freundlich zu mir, dass ich, als ich Dich aus den Augen verlor, fühlte, wie grausam und undankbar meine Worte waren, und es hat mir seitdem keine Ruhe gelassen. *Wenn Du mich lieben möchtest, Jude, kannst Du's*: Ich habe wirklich nichts dagegen; und ich werde es Dir nie wieder verbieten – Von Herzen,

SUE.«

Man muss nicht erzählen, wie seine Antwort ausfiel und wie er daran dachte, was er tun würde, wenn er ungebunden wäre, wodurch Sue keinerlei Grund für einen langen Aufenthalt bei ihrer Freundin gehabt hätte. Er fühlte sich ziemlich siegessicher, falls Phillotson und er beim Werben um ihre Hand zu Rivalen würden.

Dennoch lief Jude in Gefahr, Sues spontaner Botschaft eine größere Bedeutung zuzuschreiben, als sie tatsächlich beabsichtigt hatte.

Nachdem einige Tage ins Land gezogen waren, hoffte er auf einen neuen Brief. Doch er erhielt keine weitere Nachricht; und da er sich große Sorgen machte, schrieb er ihr noch einmal und schlug vor, sie an einem Sonntag zu besuchen, denn sie wohnte weniger als achtzehn Meilen entfernt.

Er erwartete eine Antwort am zweiten Morgen nach dem Abschicken seines Briefs, aber es kam keine. Der dritte Morgen brach an; der Postbote blieb nicht stehen. Es war Samstag, und er, regelrecht krank vor Sorge, schickte ihr drei kurze Zeilen, in denen er seinen Besuch für den folgenden Tag ankündigte, denn er war sich sicher, dass ihr etwas zugestoßen sein musste.

Sein erster und naheliegender Gedanke war, sie sei nach ihrer Flucht durch das Wasser krank geworden; doch ihm wurde bald klar, dass ihn in einem solchen Fall jemand benachrichtigt hätte. Den Mutmaßungen wurde ein Ende gesetzt, als er am strahlenden Sonntagmorgen zwischen elf und zwölf die Dorfschule in der Nähe von Shaston erreichte, während die Gemeinde so menschenleer dalag wie die Wüste, denn alle Einwohner hatten sich in der Kirche versammelt, von wo ihre Stimmen gelegentlich im Chor zu hören waren.

Ein kleines Mädchen öffnete die Tür. »Miss Bridehead ist oben«, sagte sie. »Möchten Sie bitte zu ihr hinaufgehn?«

»Ist sie krank?«, fragte Jude hastig.

»Nur ein wenig … nich arg.«

Jude trat ein und stieg die Treppe hinauf. Als er die oberste Stufe erreichte, wies ihm eine Stimme den Weg – es war Sue, die seinen Namen rief. Er ging durch eine Tür und fand sie in einem kleinen Bett in einem rund vier Quadratmeter großen Zimmer.

»Oh, Sue!«, rief er, setzte sich neben sie und ergriff ihre Hand. »Wie geht's? Du konntest nicht schreiben?«

»Nein … daran lag es nicht!«, erwiderte sie. »Ich hatte eine schlimme Erkältung … aber ich hätte schreiben können. Ich wollte einfach nicht!«

»Wieso das denn? … Du hast mir ganz schön Angst eingejagt!«

»Ja … ich hatte das schon befürchtet! Doch ich hab entschieden, dir nicht mehr zu schreiben. Die lassen mich nicht zurück ans Seminar … deswegen konnte ich nicht schreiben. Das ist noch nicht alles!«

»Und?«

»Sie wollten mich nicht wieder aufnehmen und haben mir dazu noch einen guten Rat mit auf den Weg gegeben …«

»Welchen?«

Sie antwortete ausweichend. »Ich hab geschworen, es dir niemals zu sagen, Jude … es ist so gemein und niederschmetternd.«

»Geht's um uns?«

»Ja.«

»Sag's doch!«

»Nun ja, irgendjemand hat ihnen unbegründete Berichte über uns geschickt, und sie sagten, dass du und ich um meines guten Rufes willen so bald wie möglich heiraten sollen! … Da! … Jetzt hab ich's dir doch erzählt, und ich wollte, ich hätt's nicht getan!«

»Oh, arme Sue!«

»So empfinde ich nicht für dich! Mir war gerade erst *bewusst* geworden, dass ich dich auf die von denen angenommene Weise betrachten *könnte*, aber das war noch nicht der Fall. Mir ist klar, dass wir nur dem Namen nach verwandt sind, da wir uns wie vollkommen Fremde kennengelernt haben. Aber dich zu heiraten, lieber Jude … Hätte ich mit dem Gedanken gespielt, dich zu heiraten, wäre ich freilich nicht so oft zu dir gekommen! Und ich hätte nie vermutet, dass du an etwas wie Heiraten denken würdest, bis zu jenem Abend, als ich mir einzubilden begann, dass du ein wenig verliebt in mich bist. Vielleicht hätte ich nicht so vertraulich mit dir umgehen sollen. Es ist allein meine Schuld. Ich bin immer an allem schuld!«

Die Rede wirkte etwas gezwungen und unwirklich, und sie musterten einander betrübt.

»Ich bin anfangs so blind gewesen!«, fuhr sie fort. »Ich

hab gar nicht gemerkt, was du empfindest. Oh, das war nicht nett von dir … dass du … dass du mich als eine Liebste angesehen hast, ohne mir ein Wort davon zu sagen, sodass ich es selbst herausfinden musste! Es hat sich herumgesprochen, wie du zu mir stehst; und natürlich haben sie gleich gedacht, dass wir gesündigt haben! Ich kann dir nie wieder vertrauen!«

»Ja, Sue«, sagte er schlicht, »es ist meine Schuld … mehr als du denkst. Ich war mir sehr wohl bewusst, dass du vor unserem letzten oder vorletzten Treffen nicht geahnt hast, was ich für dich empfinde. Zugegeben, da wir uns anfangs wie Fremde begegneten, konnten wir keine verwandtschaftlichen Gefühle entwickeln, und für mich war das eine Art Ausrede, die ich mir zunutze machte. Aber glaubst du nicht, dass ich ein klein wenig Rücksicht verdiene, weil ich meine falschen, vollkommen falschen und doch so unvermeidlichen Gefühle verborgen habe?«

Sie warf ihm einen zweifelnden Blick zu und wandte sich dann ab, als fürchte sie sich davor, dass sie ihm vergeben könnte.

Nach jedem Gesetz der Natur und des Geschlechts war die einzige zu Stimmung und Augenblick passende Erwiderung ein Kuss, unter dessen Einfluss Sues zurückhaltende Achtung vor ihm durchaus ihre Temperatur hätte ändern können. Manche Männer hätten ihre Skrupel über Bord geworfen und wären das Wagnis eingegangen, ohne groß an Sues Erklärung, keine weitergehenden Gefühle für ihn zu hegen, und an die zwei Unterschriften im Kirchenbuch von Arabellas Pfarrbezirk zu denken. Jude nicht. Tatsächlich war er zum Teil hergekommen, um seine fatale Geschichte loszuwerden. Sie lag ihm auf der Zunge; doch in dieser kummervollen Stunde brachte er sie nicht über die Lippen. Lieber kam er erneut auf die anerkannten Barrieren zwischen ihnen zu sprechen.

»Natürlich … weiß ich, dass du … mir gegenüber keine besondere Zuneigung empfindest«, klagte er. »Du solltest auch nicht, und du hast recht. Du gehörst zu … Mr. Phillotson. Er hat dich wohl bereits besucht?«

»Ja«, sagte sie knapp, und ihre Miene änderte sich ein wenig. »Obwohl ich ihn nicht darum gebeten hab. Du freust dich natürlich, dass er da war! Mir aber wär's egal, wenn ich ihn nie wiedersehen würde!«

Für den Mann, der sie liebte, war es sehr verwirrend, dass sie auf seine Nachgiebigkeit gegenüber seinem Rivalen derart gereizt reagierte, wo sie doch seine Gefühle anscheinend zurückgewiesen hatte. Er wechselte das Thema.

»Bald wird Gras über die Sache wachsen, liebe Sue«, sagte er. »Die Direktoren des Lehrerseminars sind nicht die Einzigen auf der Welt. Zweifellos kannst du auch anderswo studieren.«

»Ich frag Mr. Phillotson«, sagte sie entschlossen.

Sues freundliche Gastgeberin kehrte vom Kirchgang zurück, und sie konnten sich nicht mehr unter vier Augen unterhalten. Jude, hoffnungslos unglücklich, ging am Nachmittag fort. Doch er hatte sie gesehen, hatte bei ihr gesessen. Mit solchen Begegnungen musste er sich für den Rest seines Lebens zufriedengeben. Für ihn, den angehenden Gemeindepfarrer, war es nur angemessen, die Lektion der Entsagung zu lernen.

Als er am nächsten Morgen erwachte, ärgerte er sich jedoch sehr über sie und kam zu dem Schluss, dass sie ziemlich unvernünftig war, wenn nicht sogar kapriziös. Dann erreichte ihn eine Nachricht, die sie fast unmittelbar nach seinem Aufbruch geschrieben haben musste und die ein bildhaftes Beispiel dafür lieferte, was er allmählich für ihre versöhnlichen Eigenschaften hielt:

> »Verzeih, dass ich gestern so gereizt gewesen bin! Ich war schrecklich gemein zu Dir; ich weiß das und fühl mich deswegen ungeheuer elend. Es war so lieb von Dir, dass Du mir nicht böse warst! Jude, bitte halte mich weiterhin für Deine Freundin und Verbündete, trotz all meiner Fehler. Ich will versuchen, mich nie wieder so zu benehmen.
> Ich komm am Samstag nach Melchester, um meine Sachen am L. S. abzuholen &c. Wenn Du magst, können wir eine halbe Stunde spazieren gehen? – Deine reumütige SUE.«

Jude vergab ihr sofort und bat sie, ihn an den Kathedralenwerkstätten abzuholen, sobald sie in die Stadt kam.

III–6

Ein Mann in mittleren Jahren hatte derweil einen wunderschönen Traum über die Verfasserin des oben zitierten Briefs. Es war Richard Phillotson, der kürzlich die Schule für Jungen und Mädchen in Lumsdon nahe Christminster verlassen hatte, um eine große Knabenschule in seiner Heimatstadt Shaston zu übernehmen, die sechzig Meilen Luftlinie südwestlich auf einem Hügel lag.

Ein flüchtiger Blick auf den Ort und seine Institutionen genügte vollauf, um zu offenbaren, dass die so lange gehegten Pläne und Träume des Schulmeisters einer neuen Vision, in der weder Religion noch Literatur eine große Rolle spielten, Platz gemacht hatten. Er war zwar im Grunde kein praktisch gesinnter Mann, zeigte sich aber dennoch entschlossen, Geld für einen praktischen Zweck zu verdienen und anzusparen – er wollte für eine Frau sorgen, die, wenn es ihr gefiel, eine Mädchenschule gleich neben der seinen leiten konnte; deshalb hatte er ihr geraten, das Seminar zu besuchen, denn einfach so, ohne weiteres, hätte sie ihn nie geheiratet.

Ungefähr zu derselben Zeit, als Jude von Marygreen nach Melchester zog, um dort seine Abenteuer mit Sue zu erleben, richtete der Schulmeister die neue Schule in Shaston ein. Nachdem die Möbel aufgestellt, die Bücher in ihre Regale gewandert und alle Nägel eingeschlagen waren, ließ er sich nun in dunklen Winternächten in seinem Wohnzimmer nieder und widmete sich erneut seinen alten Studien – eines seiner Fachgebiete behandelte unter anderem die römischen Relikte aus dem alten Britannien –, ein nicht wirklich lohnendes Thema für einen Lehrer der National Society, aber eines, das ihn, nachdem er seine akademischen Ambitionen aufgegeben hatte, als weitgehend unbeackertes Feld interessierte; es passte zu jemandem wie ihm, der an einsamen Orten lebte, wo es solche Relikte, die Rückschlüsse über erstaunliche Widersprüche zu althergebrachten Ansichten hinsichtlich der antiken Zivilisation zuließen, im Überfluss gab.

Die Wiederaufnahme dieser Forschungen war derzeit das sichtbare und augenscheinliche Hobby von Phillotson – seine Ausrede, um allein über die Felder zu streifen, wo man reichlich Dämme, Wälle und Grabhügel fand, oder sich daheim mit ein paar von ihm gesammelten Urnen, Ziegeln und Mosaiken einzuschließen, anstatt seinen neuen Nachbarn Höflichkeitsbesuche abzustatten, die sich ihrerseits keineswegs abgeneigt zeigten, ihm freundlich zu begegnen. Doch gab es letztlich einen wahren oder anderen Grund für sein Verhalten. So studierte er nicht wirklich, als eines Abends im selben Monat, zu später Stunde – tatsächlich kurz vor Mitternacht –, das Licht seiner Lampe, von seinem Fenster meilenweit von dem hochliegenden Winkel der Stadt hinausschimmernd, einen Ort der Gelehrsamkeit und einen Studenten zu verraten schien.

Das Innere des Zimmers – die Bücher, die Möbel, des Schulmeisters abgelegter Gehrock, seine Haltung am Tisch, sogar das Flackern des Kaminfeuers – erzählte dieselbe erbauliche Geschichte aufmerksamen Studierens, und sie musste jemandem, der keine anderen Vorteile als die eigenmächtig errungenen kannte, mehr als glaubwürdig erscheinen. Und doch war die Geschichte, obwohl sie bis vor kurzem der Wahrheit entsprochen hatte, nur noch Fassade. Er las keine historischen Schriften. Es handelte sich vielmehr um ein paar monatealte Notizen nach seinem Diktat geschichtlichen Inhalts in kühner weiblicher Handschrift, und er hatte sich in eine gründliche Rechtschreibprüfung vertieft.

Bald holte er aus einer Kommode ein sorgfältig verschnürtes Bündel Briefe; wenige, sehr wenige im Vergleich zu heutigen Korrespondenzen. Ein jeder befand sich in seinem Kuvert, wie bei seinem Eintreffen, und die Handschrift stammte von derselben Frau wie die geschichtlichen Notizen. Er entfaltete einen nach dem anderen und las nachdenklich. Auf den ersten Blick schienen diese kleinen Dokumente nichts Denkwürdiges zu enthalten. Es handelte sich um einfache, freimütige Briefe, unterzeichnet von »Sue B---«; genau solche, wie man sie während kurzer Abwesenheiten schreibt, ohne damit zu rechnen, dass sie lange aufbewahrt werden, und sie kündeten meist von gelesenen Büchern oder Erfahrungen am Lehrerseminar, welche die Autorin zweifellos schon am Tag nach dem Verfassen vergessen hatte. In einem – kürzlich erst eingetroffen – schrieb die junge Frau, sie habe seinen rücksichtsvollen Brief erhalten und es sei ehrenwert und großzügig von ihm, zu versprechen, er werde sie nicht öfter besuchen, als sie es wünsche (die Schule sei ein so ungünstiger Ort für Besuche und sie wolle unbedingt vermeiden, dass ihre Verlobung mit ihm bekannt werde, was unweigerlich geschehen würde, wenn er zu oft erschien). Über diesen Sätzen brütete der Schulmeister. Was genau wollte eine Frau zu verstehen geben, wenn sie ihrem Liebhaber dafür dankte, dass er sie nicht öfter besuchte? Dieses Problem beschäftigte und beunruhigte ihn.

Er öffnete eine andere Schublade und fand darin einen Umschlag, aus dem er eine Fotografie zog, die Sue im Kindesalter zeigte, lange bevor er sie kennengelernt hatte, mit einem kleinen Korb in der Hand unter einem Gitter stehend. Eine zweite Aufnahme zeigte sie als junge Frau, ihre dunklen Augen und ihr Haar ließen sie unverwechselbar und attraktiv aussehen, und das Bild offenbarte auch eine unter ihrer heiteren Miene verborgene Nachdenklichkeit. Es war der Abzug einer Fotografie, die sie Jude geschenkt hatte und eigentlich jedem gegeben hätte. Phillotson führte sie nah an seine Lippen, nahm sie wieder fort, als ihm angesichts ihrer verwirrenden Sätze Zweifel kamen: Dann küsste er doch den leblosen Karton, leidenschaftlich und noch hingebungsvoller als ein junger Mann von achtzehn Jahren.

Des Schulmeisters Antlitz wirkte ungesund, altmodisch, ein Eindruck, der durch seine Art sich zu rasieren noch verstärkt wurde. Die Natur hatte ihm eine gewisse Vornehmheit verliehen, die Andeutung eines angeborenen Wunsches, es allen recht zu machen. Er sprach ein wenig schleppend, doch sein Tonfall war ernst genug, um sein Zögern nicht als Mangel erscheinen zu lassen. Sein ergrauendes Harr war lockig und in der Mitte gescheitelt. Über seine Stirn zogen sich vier Furchen, und er trug Augengläser nur, wenn er nachts las. Mit einiger Gewissheit hatte eine durch seine akademischen Lebensziele aufgezwungene Entsagung ihn bislang abgehalten, um Liebe und Hand einer Frau zu werben.

Solch stille Beschäftigungen wie an jenem Abend wurden bei jeder Gelegenheit wiederholt, wenn ihn nicht gerade die Knaben beobachteten, deren rasche und durchdringende Auffassungsgabe dem befangenen Lehrer in seiner momentan bangen Sorge um Sue oft schier unerträglich vorkam und ihn in den grauen Morgenstunden nur ungern unter die bohrenden Blicke treten ließ, aus Angst, sie könnten den in ihm schlummernden Traum entlarven.

Ehrenhalber war er Sues Wunsch nachgekommen, sie nicht häufig im Lehrerseminar zu besuchen; doch schließlich, seine Geduld wurde auf eine harte Probe gestellt, brach er an einem Samstagnachmittag auf, um ihr einen Überraschungsbesuch abzustatten. Bei seiner Ankunft trafen ihn die Neuigkeiten über ihren Fortgang – Ausschließung wäre wohl der passendere Begriff – wie ein Blitz, ohne Vorwarnung und mit voller Wucht, als er an der Tür stand und damit rechnete, in wenigen Minuten ihr Gesicht zu sehen; und wie er sich abwandte, konnte er kaum die Straße zu seinen Füßen erkennen.

Tatsächlich hatte Sue ihrem Verehrer keine Zeile zu dieser Geschichte geschrieben, obwohl seither schon vierzehn Tage verstrichen waren. Kurz nachdenkend kam er zu dem Schluss, dass dies nichts zu bedeuten habe, da eine natürliche Feinfühligkeit wohl einen ebenso guten Grund für ihr Schweigen abgab wie irgendein Maß an Schuld.

An der Schule hatte man ihm mitgeteilt, wo sie wohnte, und da er sich keine unmittelbaren Sorgen um ihr Wohlergehen machte, empörte er sich wutentbrannt über das Komitee des Lehrerseminars. In seiner Verwirrung betrat Phillotson die nahegelegene Kathedrale, die wegen der laufenden Renovierung gerade bedauernswert ausgeräumt war. Er setzte sich auf einen Sandsteinblock, ohne darauf zu achten, dass sein Hosenboden verschmutzte; und als seine teilnahmslosen Blicke den Bewegungen der Handwerker folgten, bemerkte er unter ihnen bald den angeblichen Übeltäter, Sues Verehrer Jude.

Jude hatte seit ihrer Begegnung beim Modell von Jerusalem nicht mehr mit seinem einstigen Helden gesprochen.

Nachdem er unabsichtlich Phillotsons behutsames Werben um Sue beobachtet hatte, wuchs in dem jungen Mann eine seltsame Abneigung, sich über den Älteren Gedanken zu machen, ihn zu treffen, auf irgendeine Art mit ihm in Verbindung zu treten; und seit Jude erfahren hatte, dass Phillotsons Versuch, ihr ein Versprechen abzuringen, von Erfolg gekrönt war, konnte er sich offen eingestehen, dass er keinerlei Wunsch mehr verspürte, seinen Lehrer zu sehen, von ihm zu hören, etwas von seinen Unternehmungen zu erfahren oder sich auch nur vorzustellen, welch vortreffliche Charakterzüge er haben mochte. Am Tag, als der Schulmeister zu Besuch kam, wartete Jude, dass Sue wie versprochen eintraf; und als er den Schulmeister im Kirchenschiff erblickte und noch dazu sah, dass er auf ihn zuging, um mit ihm zu sprechen, fühlte er keine geringe Verlegenheit; Phillotson merkte davon nichts, denn er war selbst verlegen.

Jude trat ihm entgegen, und sie entfernten sich gemeinsam von den anderen Arbeitern zu der Stelle, wo Phillotson gesessen hatte. Jude bot ihm ein Stück Sackleinen als Unterlage an und erklärte, es sei gefährlich, auf dem blanken Steinblock zu sitzen.

»Ja, ja«, sagte Phillotson geistesabwesend und ließ sich erneut nieder, zu Boden blickend, als ob er versuchte, sich daran zu erinnern, wo er sich befand. »Ich werde Sie nicht lange aufhalten. Ich habe nur gehört, dass Sie kürzlich meine kleine Freundin Sue getroffen haben. Mir schien es sinnvoll, mit Ihnen darüber zu sprechen. Ich möchte lediglich … etwas über sie wissen.«

»Ich glaube, ich weiß schon was!«, sagte Jude hastig. »Über ihre Flucht aus dem Lehrerseminar und ihren Besuch bei mir.«

»Ja.«

»Tja«, – Jude verspürte plötzlich den haltlosen und teuflischen Wunsch, seinen Rivalen um jeden Preis zu vernichten. Durch jenen Verrat, den in jeder anderen Hinsicht höchst ehrenwerte Männer aus Liebe begehen können, konnte er Phillotson gebrochenen Herzens und besiegt fortschicken, indem er einfach sagte, der Skandal entspreche der Wahrheit und Sue habe sich ihm unwiderruflich anvertraut. Doch sein ureigenstes Wesen war keinen Moment lang für eine solche Tat empfänglich; und er sagte: »Ich freu mich, dass Sie so freundlich sind, mich aufzusuchen und offen mit mir darüber zu sprechen. Wissen Sie, was die sagen? … Dass ich sie heiraten sollte.«

»Was!«

»Und ich wünsche mir aus ganzem Herzen, dass dies möglich wäre!«

Phillotson zitterte, und sein von Natur aus blasses Gesicht nahm leichenhaft scharfe Züge an. »Ich hatte keine Ahnung, dass es so weit gekommen ist! Gott behüte!«

»Nein, nein!«, sagte Jude entgeistert. »Ich dachte, Sie hätten verstanden? Ich meine, dass ich glücklich wäre, wenn ich sie oder jemand anderes heiraten und sesshaft werden könnte, anstatt hier und da in Pensionen zu leben!«

Eigentlich hatte er einfach sagen wollen, dass er sie liebte.

»Aber … da wir diese schmerzliche Angelegenheit schon angesprochen haben … was ist denn wirklich passiert?«, sagte Phillotson mit der Entschlossenheit eines Mannes, der einen sofortigen heftigen Schlag gegenüber einem langen quälenden Warten auf Gewissheit bevorzugt. »Es gibt Fälle, und dies ist so einer, da müssen auch kleinliche Fragen gestellt werden, um falsche Vermutungen auszuschließen und den Skandal im Keim zu ersticken.«

Jude erklärte bereitwillig alles, erzählte von all ihren Abenteuern, einschließlich ihrer Nacht im Haus des Schäfers, ihrer durchnässten Ankunft in seiner Wohnung, ihrer Unpässlichkeit nach dem kalten Bad, ihrem Gespräch zu nachtschlafender Stunde und dem Abschied am nächsten Morgen.

»Also«, sagte Phillotson zum Schluss, »darf ich es als Ihr letztes Wort in der Sache verstehen – und ich weiß, dass ich Ihnen glauben kann –, dass der zu ihrem Rückzug aufs Land führende Verdacht jeder Grundlage entbehrt?«

»So ist es«, sagte Jude feierlich, »ganz genau. So wahr mir Gott helfe!«

Der Schulmeister stand auf. Beide spürten, dass ihr Gespräch sich nicht so einfach in ein freundliches Plaudern über ihre jüngsten Erfahrungen verwandeln ließ, in ein Gespräch zwischen Kameraden; und als Jude ihn herumgeführt und ihm einige Details der Renovierungsarbeiten in der alten Kathedrale gezeigt hatte, sagte Phillotson dem jungen Mann auf Wiedersehen und ging seines Wegs.

Der Besuch fand ungefähr um elf Uhr vormittags statt; doch Sue ließ sich nicht blicken. Als Jude um eins mittagessen ging, sah er seine Liebste vor sich auf der Straße zum Nordtor, und sie machte keineswegs den Eindruck, nach ihm Ausschau zu halten. Er überholte sie eilenden Schrittes und bemerkte, er habe sie doch gebeten, ihn in der Kathedrale zu besuchen, und sie hätte es versprochen.

»Ich hab meine Sachen am Seminar abgeholt«, sagte sie – eine Äußerung, die ihm als Antwort genügen sollte, auch wenn sie nichts klärte. Da sie derart ausweichend reagierte, hielt er es für angemessen, ihr endlich das mitzuteilen, was er so lange verschwiegen hatte.

»Du hast heute nicht zufällig Mr. Phillotson getroffen?«, wagte er zu fragen.

»Nein. Aber ich lasse mich nicht zu diesem Thema ins Kreuzverhör nehmen; und solltest du mir noch eine Frage über ihn stellen, werde ich nicht antworten!«

»Es ist doch sehr merkwürdig, dass …« Er hielt inne und sah sie an.

»Was?«

»Dass du bei unseren Begegnungen oft nicht so nett bist wie in deinen Briefen!«

»Kommt dir das wirklich so vor?«, sagte sie mit einem lebhaft neugierigen Lächeln. »Na, wenn das nicht seltsam ist; aber bei dir geht's mir genauso. Wenn du fort bist, komme ich mir dermaßen hartherzig vor …«

Da sie wusste, was er für sie empfand, erkannte Jude, dass sie sich auf dünnes Eis begaben. Er glaubte, nun sei es an der Zeit, als Ehrenmann zu sprechen.

Doch er schwieg, und sie fuhr fort: »Deswegen hab ich dir geschrieben, dass du mich lieben kannst, wenn du möchtest … ich hab wirklich nichts dagegen.«

Die Freude, die er angesichts dessen, was Sue andeutete oder anzudeuten schien, hätte empfinden können, wurde durch seine Absicht zunichtegemacht, und er blieb hart, bis er das Wort ergriff: »Ich hab dir noch nie erzählt …«

»Doch, hast du«, murmelte sie.

»Ich meine, ich habe dir nie meine Geschichte erzählt … nicht die ganze.«

»Aber ich kann's mir denken. Ich weiß fast alles.«

Jude blickte auf. Wusste sie womöglich Bescheid über jenes morgendliche Ritual mit Arabella; das nach wenigen Monaten Ehe unwiederbringlicher zunichtegemacht wurde als durch den Tod? Er begriff, dass sie ahnungslos war.

»Hier auf offener Straße kann ich es dir wirklich nicht erzählen«, fuhr er schwermütig fort. »Und du hättest mich lieber nicht in meiner Wohnung besuchen sollen. Gehen wir da hinein.«

Das Gebäude, vor dem sie standen, war die Markthalle; es war der einzige verfügbare Ort; und sie traten ein, da der Markt vorbei und die Verkaufsstände und -buden leer waren. Er hätte einen passenderen Hintergrund bevorzugt, doch wie so oft im Leben durfte die Geschichte sich nicht auf einer romantischen Wiese oder im feierlichen Seitenschiff einer Kirche abspielen, sondern während sie auf einem mit welken Kohlblättern übersäten Boden auf und ab schritten und mitten in all dem unvermeidlichen Schmutz aus verfaulten Gemüseresten und unverkäuflichem Abfall. Er begann und beendete seinen kurzen Bericht, der schlicht darüber informierte, dass er vor einigen Jahren geheiratet hatte und dass die Frau noch lebte. Ihr Gesicht hatte kaum Zeit, die Farbe zu wechseln, da platzte sie schon heraus:

»Warum hast du mir das nicht schon früher gesagt?«

»Ich konnte nicht. Ich hielt es für grausam, es zuzugeben.«

»Für dich, Jude. So warst du also lieber grausam zu mir!«

»Nein, lieber Schatz!«, rief Jude leidenschaftlich. Er versuchte, ihre Hand zu ergreifen, doch sie zog sie zurück. Ihre alte vertrauensvolle Beziehung schien plötzlich zu Ende, und der Gegensätzlichkeit von Mann und Frau wurde jegliche ausgleichende Gefühlsbindung entzogen. Sie war nicht länger seine Gefährtin, Freundin, unwissentliche Geliebte; und ihre Augen musterten ihn mit entfremdetem Schweigen.

»Ich hab mich der Episode in meinem Leben geschämt,

die zu der Heirat geführt hat«, fuhr er fort. »Ich kann es jetzt nicht genau beschreiben. Vielleicht wenn du es anders aufgenommen hättest!«

»Aber wie denn?«, rief sie unvermittelt. »Da hab ich gesagt oder geschrieben … dass du mich lieben kannst, wenn du möchtest, oder dergleichen! … Aus reiner Gutmütigkeit … und die ganze Zeit … Oh, wie vollkommen abscheulich ist das alles!«, sagte sie und stampfte nervös zitternd mit dem Fuß.

»Du irrst dich in mir, Sue! Ich habe bis vor kurzem nie gedacht, dass du mich lieb haben könntest; so glaubte ich also, dass es keinen Unterschied macht! Liebst du mich, Sue? – weißt du, was ich damit meine? – ›Gutmütigkeit‹ kann mir gestohlen bleiben!«

Sue wollte unter diesen Umständen nicht auf die Frage antworten.

»Vermutlich ist sie … deine Frau … sehr schön, auch wenn sie gemein ist?«, fragte sie hastig.

»Sie ist recht hübsch, im Großen und Ganzen.«

»Zweifellos hübscher als ich!«

»Du siehst ihr nicht im Geringsten ähnlich. Und ich hab sie seit Jahren nicht gesehen … Aber sie kommt bestimmt zurück … das machen sie immer!«

»Wie seltsam, dass du so von ihr getrennt lebst!«, sagte Sue, deren bebende Lippe und belegte Stimme dem ironischen Unterton widersprachen. »Du bist doch so fromm. Wie können die Halbgötter in deinem Pantheon – ich meine jene sagenhaften Gestalten, die du Heilige nennst – nach alledem noch Fürsprache für dich einlegen? Hätte ich so was angestellt, wäre das etwas anderes und nicht der Rede wert, denn ich halte die Ehe nicht für ein Sakrament. Deine Theorien sind nicht so fortschrittlich wie deine Taten!«

»Sue, du kannst schrecklich bissig sein, wenn dir danach ist … ein echter Voltaire! Aber du musst so mit mir umspringen, wie du es für richtig hältst!«

Als sie bemerkte, wie zerknirscht er war, wurde sie sanfter, versuchte die Tränen des Mitgefühls fortzublinzeln und sagte so einnehmend vorwurfsvoll, wie es nur eine Frau mit Liebeskummer vermag: »Ah … du hättest es mir sagen sollen, ehe du mir zu verstehen gabst, dass ich dir erlauben soll, mich zu lieben! Vor jenem Augenblick im Bahnhof empfand ich nichts anderes als …« Diesmal war Sue ebenso bekümmert wie er, bei ihrem Versuch, Gefühlen aus dem Weg zu gehen und ihrem mehr als zweifelhaften Erfolg dabei.

»Nicht weinen, Liebes!«, flehte er.

»Ich … weine nicht … weil ich dich … lieben wollte, sondern weil es dir … an Vertrauen mangelt.«

Sie waren vom Marktplatz draußen gut abgeschirmt, und er konnte nicht umhin, seinen Arm in Richtung ihrer Taille auszustrecken. Sein unvermittelt aufflackerndes Begehren weckte ihren Unmut. »Nein, nein!«, sagte sie, zog sich streng zurück und wischte sich die Tränen ab. »Natürlich nicht! Es wäre heuchlerisch, so zu tun, als käme es von meinem Cousin, und auf andere Art darf es nicht sein!«

Sie gingen ein Dutzend Schritte weiter, und sie schien sich wieder gefasst zu haben. Jude machte es rasend, und sein Herz hätte weniger Qualen erduldet, wenn sie sich irgendwie anders gezeigt hätte, als sie es nun tat; im Wesentlichen aufgeschlossen und großzügig nach reiflicher Überlegung, trotz des vorherigen Aufblitzens jener engstirnigen weiblichen Launen, die man ihrem Geschlecht zugestehen musste.

»Ich gebe dir nicht die Schuld an etwas, das du nicht ändern konntest«, sagte sie lächelnd. »Das wäre doch überaus dumm von mir! Ich tadle dich ein klein wenig dafür, dass du es mir nicht früher gesagt hast. Aber letztlich ist es einerlei. Wir hätten uns voneinander fernhalten sollen, nicht wahr, selbst wenn in deinem Leben nichts dergleichen vorgefallen wäre.«

»Nein, keinesfalls, Sue! Das ist das einzige Hindernis!«

»Du vergisst, dass ich dich hätte lieben und einwilligen müssen, deine Frau zu werden, auch wenn sonst nichts dagegen gesprochen hätte«, sagte Sue mit einer sanften Ernsthaftigkeit, die ihre eigentlichen Gedanken nicht offenlegte. »Und außerdem sind wir Cousins, und für die ist heiraten schlecht. Und … ich bin mit einem anderen verlobt. Was unser Weitermachen wie bisher angeht, als Freunde sozusagen: Unsere Mitmenschen würden es nicht dulden. Sie haben begrenzte Vorstellungen von Beziehungen zwischen Mann und Frau, wie meine Ausschließung aus dem Seminar beweist. In ihrer Philosophie darf es nur Beziehungen auf der Grundlage animalischen Begehrens geben. Sie ignorieren das weite Feld starker Zuneigung, auf dem Begehren zumindest nur eine Nebenrolle spielt … die Rolle der … wie nennt man sie? … Venus Urania.«

Da sie ihre Bildung ins Spiel bringen konnte, musste sie ihre Selbstbeherrschung zurückgewonnen haben; und bevor sie auseinandergingen, waren ihr lebhafter Blick, ihr sprunghafter Tonfall, ihr fröhliches Naturell und ihre skeptische Großzügigkeit im Urteil über andere ihres Alters und ihres Geschlechts schon wieder fast wie zuvor.

Er konnte nun offener sprechen. »Ich hatte mehrere Gründe, es dir nicht vorschnell mitzuteilen. Einen hab ich schon genannt; der zweite ist, dass man mir immer eingeredet hat, dass ich nicht heiraten sollte … dass ich einer seltsamen und besonderen Familie angehöre … den falschen Stammbaum habe, um zu heiraten.«

»Ah … wer hat dir das denn erzählt?«

»Meine Großtante. Sie sagte, dass es mit uns Fawleys immer bös endet.«

»Merkwürdig. Mein Vater hat mir dasselbe gesagt.«

Ihnen ging derselbe Gedanke durch den Kopf, ein ziemlich schlimmer, auch wenn es nur eine Vermutung war: Ihre Vermählung, wenn sie denn möglich gewesen wäre, hätte die Eheuntauglichkeit auf entsetzliche Weise vervielfacht – die Suppe wäre doppelt versalzen.

»Aber da ist doch gewiss nichts dran!«, sagte sie mit nervöser Heiterkeit. »Unsere Familie hatte in den letzten Jahren Pech bei der Wahl ihrer Partner … das ist alles.«

Und dann gaben sie vor, sich einzureden, dass nichts, was geschehen war, irgendeine Bedeutung habe und dass sie immer noch Cousins und Freunde und herzliche Korrespondenten sein und einander fröhlich Gesellschaft leisten konnten, auch wenn sie sich nicht so oft treffen würden wie bisher. Sie trennten sich in aller Freundschaft, und doch war Judes letzter Blick in ihre Augen voller Fragezeichen, denn er ahnte, dass er immer noch nicht genau wusste, was in ihr vorging.

III–7

Ein, zwei Tage später trafen Nachrichten von Sue Jude mit niederschmetternder Härte.

Bevor er den Brief las und zunächst nur die Unterschrift sah, hegte er schon den Verdacht, dass der Inhalt ziemlich ernst ausfallen würde – sie hatte ihren ganzen Namen geschrieben, was sie seit ihrer ersten Botschaft an ihn nicht mehr getan hatte:

»Mein lieber Jude – ich muss Dir etwas mitteilen, was Dich vielleicht gar nicht überrascht, obwohl es Dir sicherlich überpünktlich (so wie die von den Eisenbahngesellschaften beworbenen Züge) vorkommen wird. Mr. Phillotson und ich werden bald heiraten – in drei, vier Wochen. Wie Du weißt, wollten wir eigentlich warten, bis ich das Studium abgeschlossen und mein Zeugnis bekommen habe, damit ich, falls nötig, beim Unterrichten helfen könnte. Doch er meint großzügigerweise, dass es keinen Sinn habe, länger zu warten, nun da ich nicht mehr am Lehrerseminar bin. Er ist so gütig in dieser Sache, denn ich bin ja nur aus eigener Schuld in diese peinliche Lage geraten und ausgeschlossen worden.

Wünsch mir Glück. Vergiss nicht, dass Du das musst, und Du darfst es nicht verweigern! – Herzlich grüßt Deine Cousine,

SUSANNA FLORENCE MARY BRIDEHEAD.«

Die Neuigkeiten erschütterten Jude bis ins Mark; er brachte zum Frühstück keinen Bissen hinunter und trank unaufhörlich Tee, da sein Mund so trocken war. Dann ging er rasch zurück zu seiner Arbeit und lachte dabei so bitter wie jeder, der mit solch einer Nachricht konfrontiert wird. Alles schien sich in eine Satire zu verwandeln. »Aber was hätte das arme Mädchen denn tun können?«, fragte er sich und fühlte sich schlechter, als wenn er in Tränen ausgebrochen wäre.

»Oh Susanna Florence Mary!«, sagte er bei der Arbeit. »Du hast keine Ahnung, was Ehe bedeutet!«

Hatte womöglich sein Geständnis, verheiratet zu sein, sie dazu angestiftet, so wie sein Besuch im Zustand der Trunkenheit sie zu ihrer Verlobung bewegt haben mochte? Freilich schien es diese und andere hinreichende, praktische und gesellschaftliche Gründe für ihre Entscheidung zu geben; doch Sue war kein praktischer oder berechnender Mensch; und er war gezwungen zu glauben, ein Groll aufgrund der unvermittelten Offenbarung seines Geheimnisses habe sie dazu gebracht, auf Phillotsons mutmaßliche Argumente zu hören, dass eine sofortige Vermählung mit ihm, als Erfüllung eines normalen Eheversprechens, der beste Weg sei, zu beweisen, wie unbegründet die Verdächtigungen der Schuldirektoren waren. Tatsächlich hatte man sie in eine üble Zwickmühle gedrängt. Arme Sue!

Er beschloss, den Spartaner zu spielen; das Beste daraus zu machen und sie zu unterstützen; doch ein, zwei Tage lang brachte er es nicht fertig, die verlangten Glückwünsche zu Papier zu bringen. Derweil erreichte ihn eine weitere Nachricht von seinem ungeduldigen Liebchen:

»Jude, würdest Du mein Brautvater sein? Ich kenne niemanden, der so gut geeignet ist wie Du, mein einziger verheirateter Verwandter weit und breit, nicht einmal, wenn mein Vater freundlich genug wäre, einzuwilligen, denn das ist er nicht. Ich hoffe, es macht Dir keine Umstände? Ich habe mir die Hochzeitsmesse im Gebetbuch angeschaut, und es kommt mir sehr demütigend vor, dass man überhaupt einen Brautvater benötigt. Gemäß dem gedruckten Wortlaut der Zeremonie nimmt mich der Bräutigam aus freien Stücken und weil es ihm so passt; ich hingegen habe nichts zu sagen. Jemand übergibt mich an ihn wie eine Eselin oder Ziege oder irgendein anderes Haustier. Da lob ich mir Deine schwärmerischen Ansichten über die Frau, o Kirchenmann! Ganz vergessen: Es steht mir nicht länger zu, Dich zu necken. – Deine

SUSANNA FLORENCE MARY BRIDEHEAD.«

Jude fasste geradezu heldenhaft Mut und antwortete:

»Meine liebe Sue – natürlich wünsche ich Dir Glück! Und ich werde natürlich auch für Dich den Part des Brautvaters übernehmen. Da Du kein eigenes Haus hast, schlage ich allerdings vor, dass Du nicht vom Haus Deines Lehrerfreundes aus zum Altar geführt wirst, sondern von meinem. Ich halte das für angemessener, da ich, wie Du sagst, Dein nächster Verwandter in diesem Teil der Welt bin.

Ich verstehe nicht, warum Du Deinen Brief auf eine so neue und grässlich formelle Weise unterschreibst? Du hast mich doch sicher noch ein kleines bisschen gern! – Mit vielen lieben Grüßen,

DEIN JUDE.«

Was ihn sogar noch mehr erschütterte als die Unterschrift, war die kleine Spitze, die er nicht kommentiert hatte – der Begriff »verheirateter Verwandter«. Das ließ ihn, den Mann, der sie liebte, wie einen Idioten dastehen! Falls Sue es satirisch gemeint hatte, konnte er ihr kaum vergeben; hatte sie es hingegen aus Kummer geschrieben … ach, das wäre etwas ganz anderes!

Dass er seine Unterkunft angeboten hatte, passte offenbar sowieso zu Phillotsons Plänen, denn der Schulmeister dankte ihm mit ein paar herzlichen Zeilen und akzeptierte das vorteilhafte Angebot. Sie schickte ebenfalls Dankesworte. Jude zog sofort in eine geräumigere Unterkunft, um einerseits den neugierigen Blicken der misstrauischen Wirtin zu entkommen, die eine der Ursachen für Sues unschöne Erfahrung gewesen war, und andererseits mehr Platz zu haben.

Dann informierte Sue ihn über das für die Hochzeit festgelegte Datum; und Jude beschloss, nachdem er Rücksprache gehalten hatte, am folgenden Samstag in die neuen Zimmer einzuziehen, sodass es für Sue möglich war, zehn Tage vor der Trauung in der Stadt zu wohnen, was vollauf genügte, um den vorgeschriebenen fünfzehn Tagen zu entsprechen.

Sie kam am verabredeten Tag mit dem Zehn-Uhr-Zug an, wobei Jude sie auf ihre besondere Bitte hin nicht am Bahnhof abholte, damit er, so sagte sie, am Vormittag arbeiten könne und nicht um seinen Lohn gebracht werde (vielleicht hatte sie andere Gründe). Doch kannte er Sue inzwischen so gut, dass er glaubte, ihre Rücksicht auf seine wie auch ihre empfindsame Reaktion bei Gefühlskrisen, hätte zu ihrer Entscheidung beigetragen. Als er zum Mittagessen nach Hause kam, hatte sie ihr Zimmer bereits bezogen.

Sie wohnte im selben Haus wie er, aber in einem anderen Stockwerk, und sie trafen einander nur selten, aßen meist getrennt und hatten nur gelegentlich ein gemeinsames Abendessen, wobei Sue sich ein wenig wie ein verängstigtes Kind benahm. Er wusste nicht, was sie empfand; ihre Gespräche verliefen mechanisch, obwohl sie weder blass noch kränklich aussah. Phillotson schaute oft vorbei, allerdings meistens dann, wenn Jude nicht da war. Am Morgen der Hochzeit, Jude hatte sich den Tag freigenommen, frühstückten Sue und ihr Cousin zum ersten und letzten Mal während dieser eigenartigen Zeit zusammen; in seinem Zimmer – dem Wohnzimmer –, das er für die Dauer von Sues Aufenthalt gemietet hatte. Da sie in typisch weiblicher Manier erkannte, wie unfähig er war, den Raum bequem einzurichten, kramte sie geschäftig herum.

»Was ist los, Jude?«, fragte sie plötzlich.

Er saß da, die Ellbogen auf dem Tisch und das Kinn auf die Hände gestützt, und schien einen Blick in eine auf dem Tischtuch skizzierte Zukunft zu werfen.

»Oh … nichts!«

»Du bist also ›Vater‹. Deinen Part nennt man Brautvater.«

Jude hätte sagen können: »Phillotson hat schon eher das passende Alter dafür!« Doch er wollte sie nicht mit solch einer billigen Parade verärgern.

Sie redete ununterbrochen, als fürchtete sie, dass er sich seinen Grübeleien hingab, und ehe die Mahlzeit beendet war, wünschten beide, sie hätten nicht so sehr darauf vertraut, mit der neuen Situation zurechtzukommen, und jeder für sich gefrühstückt. Jude peinigte der Gedanke, dass er, nachdem er selbst einen Fehler auf diesem Gebiet gemacht hatte, nun die Frau, die er liebte, dabei unterstützte und dazu anstiftete, den gleichen Irrtum zu begehen, anstatt sie davon abzubringen und sie davor zu warnen. Es lag ihm auf der Zunge zu sagen: »Hast du es dir wirklich gut überlegt?«

Nach dem Frühstück zogen sie gemeinsam los, eine Besorgung zu machen, und beide rührte der Gedanke, dass sie nun zum letzten Mal ihre Freundschaft zwanglos genießen konnten. Die Ironie des Schicksals und Sues Hang, in heiklen Situationen die Himmelsmächte herauszufordern, wollten es so, dass sie sich auf der schlammigen Straße bei ihm einhängte – etwas, was sie noch nie im Leben getan hatte –, und als sie um die Ecke bogen, kamen sie in die Nähe einer spätgotischen Kirche mit tiefgeneigtem Dach – St. Thomas.

»Das ist die Kirche«, sagte Jude.

»Wo ich heirate?«

»Ja.«

»Tatsächlich!«, rief sie neugierig. »Ich würde allzu gern hineingehen und mir ansehen, wo ich bald knie und es tue.«

Erneut sagte er sich im Geiste: »Sie begreift nicht, was Heirat bedeutet!«

Er gab ihrem Wunsch widerstandslos nach, und sie traten durch die Westtür. Die einzige Anwesende in dem düsteren Gebäude war eine Putzfrau bei der Arbeit. Sue hielt immer noch Judes Arm, fast so, als liebte sie ihn. Tatsächlich hatte sie sich an jenem Morgen ihm gegenüber grausam liebenswürdig verhalten; doch als er an eine auf sie wartende Buße dachte, überkam ihn ein Schmerz:

»... ich weiß noch nicht, ob
Man dich schlagen könnte, als wärst du ein Mann,
Oder dich allzu sehr schonen müsste als Frau!«

Sie schlenderten schüchtern das Kirchenschiff hinauf bis zum Altargeländer, standen schweigend davor, kehrten dann um und gingen wieder zurück, ihre Hand steif an seinem Arm, genau wie ein frisch verheiratetes Paar. Der viel zu zweideutige Moment, den sie allein herbeigeführt hatte, war Jude schier unerträglich.

»Ich mag es, solche Dinge zu tun«, sagte sie im zarten Ton eines erregten Genießers, der keinerlei Zweifel aufkommen ließ, dass sie die Wahrheit sagte.

»Ich weiß!«, sagte Jude.

»Sie sind interessant, weil sie wahrscheinlich nie zuvor getan wurden. In gut zwei Stunden gehe ich wohl mit meinem Gatten durch die Kirche, so wie jetzt!«

»Zweifellos!«

»War es auch so, als du geheiratet hast?«

»Grundgütiger, Sue ... sei nicht so furchtbar unbarmherzig! ... Schon gut, Liebes, ich hab's nicht so gemeint!«

»Ah ... du bist verärgert!«, sagte sie bekümmert und blinzelte überschüssige Feuchtigkeit aus den Augen. »Und ich hab versprochen, dich nie zu ärgern! ... Ich hätte dich wohl nicht darum bitten dürfen, mich hierher zu begleiten. Oh, das war falsch! Das begreife ich jetzt. Meine Neugier auf der Jagd nach neuartigen Empfindungen bringt mich immer in Schwierigkeiten. Vergib mir! ... Du verzeihst mir doch, nicht wahr, Jude?«

Die Bitte klang derart reumütig, dass Judes Augen sogar noch feuchter waren als ihre, während er ihre Hand zustimmend drückte.

»Machen wir, dass wir fortkommen, und ich werde es nie wieder tun!«, fuhr sie demütig fort, und sie verließen das Gebäude. Sue wollte zum Bahnhof, um Phillotson abzuholen. Doch die erste Person, der sie auf der Straße begegneten, war genau der Schulmeister, dessen Zug früher eingetroffen war, als Sue angenommen hatte. Dass Sue Judes Arm umklammerte, hatte wahrhaftig nichts Anrüchiges an sich; doch sie zog ihre Hand zurück; und Jude glaubte in Phillotsons Zügen einen überraschten Ausdruck gesehen zu haben.

»Wir haben etwas wirklich Lustiges angestellt!«, sagte sie freimütig lächelnd. »Wir waren in der Kirche und haben sozusagen geprobt. Stimmt's, Jude?«

»Wie?«, sagte Phillotson neugierig.

Jude missbilligte im Geiste, was er für unnötige Offenheit hielt; doch sie hatte sich zu weit vorgewagt, um keine Erläuterung folgen zu lassen, und sie erzählte dementsprechend, wie sie zusammen vor den Altar getreten waren.

Da er merkte, wie entgeistert Phillotson dreinschaute, sagte Jude so unbeschwert wie möglich: »Ich kaufe ihr noch ein kleines Geschenk. Wollt ihr mich zum Laden begleiten?«

»Nein«, sagte Sue, »ich geh mit ihm zum Haus.« Und nachdem sie ihren Verehrer gebeten hatte, nicht zu lange fortzubleiben, zog sie mit dem Schulmeister von dannen.

Jude traf sie wenig später in seiner Wohnung, und kurz darauf bereiteten sie sich auf die Trauung vor. Phillotsons Haar wurde bis an die Schmerzgrenze gebürstet, und sein Hemdkragen sah steifer aus als während der letzten zwanzig Jahre. Darüber hinaus wirkte er würdevoll und nachdenklich und weitgehend wie ein Mann, in dem man bereits unschwer den freundlichen und rücksichtsvollen

Gatten erkennen konnte. Dass er Sue anbetete, war nicht zu übersehen; und ihr merkte man fast an, dass sie meinte, seine Bewunderung nicht zu verdienen.

Obwohl die Strecke so kurz war, hatte er einen Einspänner vom Red Lion gemietet, und sechs, sieben Frauen und Kinder hatten sich an der Tür versammelt, als sie heraustraten. Der Schulmeister und Sue waren unbekannt, während Jude allmählich schon als Ansässiger galt; man hielt das Paar für entfernte Verwandte, und niemand kam auf die Idee, Sue wäre vor kurzem Studentin am Lehrerseminar gewesen.

In der Kutsche zog Jude sein besonderes kleines Hochzeitsgeschenk hervor, und es stellte sich als zwei, drei Yard weißen Tülls heraus, den er als Schleier über ihre Haube und das Kleid warf.

»Über einer Haube sieht es so komisch aus«, sagte sie. »Ich nehm die Haube ab.«

»Oh nein … lass sie auf«, sagte Phillotson, und sie gehorchte.

Als sie durch die Kirche gegangen waren und auf ihren Plätzen standen, meinte Jude, dass die Feier dank des früheren Besuch gewiss weniger schmerzlich sein würde, doch nach der halben Messe wünschte er aus tiefstem Herzen, er hätte sich nie als Brautvater einspannen lassen. Woher hatte Sue die Kühnheit genommen, ihn darum zu bitten – wo es doch ihr ebenso grausam wie ihm erscheinen musste? Frauen waren in solchen Angelegenheiten anders als Männer. Waren sie denn nicht empfindsamer, wie vermutet, sondern dickhäutiger und weniger romantisch; oder heldenhafter? Oder war Sue dermaßen verdreht, dass sie sich selbst und ihm absichtlich wehtat, weil sie seit langem auf merkwürdige und traurige Weise ihr Leiden genoss und ein zartes Mitgefühl für ihn hegte, da sie ihn dazu gebracht hatte, wie sie zu empfinden? Er konnte den nervös angespannten Ausdruck in ihrem Gesicht erkennen, und als die Feuerprobe anstand und Jude sie Phillotson anvertrauen musste, konnte sie sich kaum noch beherrschen; anscheinend aber eher ob ihres Wissens um die Gefühle ihres Cousins, den sie überhaupt nicht hätte dabeihaben müssen, als aus Selbstmitleid. Wahrscheinlich würde sie aufgrund ihres ungeheuren Wankelmuts immer wieder solche Schmerzen verursachen und immer wieder den Leidenden bedauern.

Phillotson bemerkte offenbar nichts, er schien von einem Nebel umhüllt, der ihn die Gefühle anderer nicht erkennen ließ. Sobald sie die Urkunde unterzeichnet hatten und hinausgegangen waren und die Anspannung sich löste, fühlte Jude sich erleichtert.

Das Festessen in seiner Wohnung war äußerst schlicht, und um zwei Uhr brachen sie auf. Als sie über den Bürgersteig zum Einspänner ging, blickte sie zurück; und in ihren Augen schimmerte Furcht. Ob Sue so außergewöhnlich töricht gewesen war, sich nur deshalb ins Ungewisse zu stürzen, um sich von ihm unabhängig zu erklären, ihm seine Verschwiegenheit heimzuzahlen? Vielleicht ging Sue nur deshalb solche Wagnisse mit Männern ein, weil sie ahnungslos war wie ein Kind, was deren Neigung betraf, die Herzen und Leben der Frauen zu verschleißen.

Mit dem Fuß auf dem Trittbrett wandte sie sich um und sagte, sie habe etwas vergessen. Jude und die Wirtin boten an, es zu holen.

»Nein«, sagte sie und lief zurück. »Es ist mein Taschentuch. Ich weiß, wo ich es hab liegen lassen.«

Jude begleitete sie hinein. Sie fand es und kam damit zurück. Sie sah ihm mit tränenfeuchtem Blick in die Augen, und ihre Lippen öffneten sich plötzlich, als wolle sie etwas gestehen. Doch sie eilte weiter; und was immer sie hatte sagen wollen, es blieb unausgesprochen.

III–8

Jude fragte sich, ob sie wirklich ihr Taschentuch vergessen hatte; oder ob sie ihm unglückselig eine Liebe hatte gestehen wollen und im letzten Moment davor zurückgeschreckt war.

Er konnte nicht in der stillen Wohnung bleiben, nachdem sie gegangen waren, und da er befürchtete, er würde seinen Kummer in Alkohol ertränken, stieg er die Treppe hinauf, tauschte seinen dunklen Anzug gegen einen weißen Kittel, seine dünnen Stiefel gegen dicke und ging am Nachmittag wie gewohnt zur Arbeit.

Doch in der Kathedrale schien er hinter sich eine Stimme zu hören und von der fixen Idee verfolgt zu werden, sie würde zurückkommen. Er dachte, sie könne doch unmöglich mit Phillotson nach Hause gehen. Das Gefühl wurde stärker und ließ ihm keine Ruhe. Im selben Moment, da die Uhr zum Ende seiner Arbeitszeit schlug, warf er sein Werkzeug hin und eilte heimwärts. »Hat jemand nach mir verlangt?«, fragte er.

Niemand war da gewesen.

Da er an jenem Abend das untere Wohnzimmer bis zwölf Uhr nachts nutzen durfte, saß er dort den ganzen Abend; und sogar als die Uhr elf schlug und die Familie sich zurückgezogen hatte, konnte er das Gefühl nicht abschütteln, sie würde zurückkommen und in dem kleinen Zimmer neben seinem schlafen, wo sie so viele der vergangenen Nächte verbracht hatte. Sie verhielt sich stets unvorhersehbar: Warum sollte sie also nicht kommen? Nachdem sie ihm als Geliebte und Gattin verwehrt war, hätte er sich allzu gern damit abgefunden, sie als Mitbewohnerin und Freundin zu behalten, selbst wenn sie dabei nur die oberflächlichsten Beziehungen pflegten. Seine Mahlzeit stand immer noch auf dem Tisch; und nachdem er zur Vordertür gegangen war und sie leise geöffnet hatte, kehrte er zurück in das Zimmer und saß da wie die Wächter, die zur Johannisnacht auf den Geist der Geliebten warten. Doch sie kam nicht.

Nachdem er in dieser irrwitzigen Hoffnung geschwelgt hatte, ging er nach oben, blickte aus dem Fenster und stellte sich vor, wie sie und Phillotson in den Abendstunden nach London fuhren, wo sie die Flitterwochen verbringen wollten; wie ihre Kutsche durch die dunstige Nacht bis zum Hotel ratterte, unter demselben, auch von ihm betrachteten Himmel voll Wolkenstreifen, durch die der Mond eher seine Position als seine Form verriet und ein, zwei der größeren Sterne nur als blasse Nebelflecken sichtbar wurden. In Sues Leben war es ein Neubeginn. Er wagte einen Blick in die Zukunft und sah sie, umgeben von ihren Kindern, die ihr mehr oder weniger ähnelten. Doch der tröstende Gedanke, sie als Fortführung ihres Daseins zu betrachten, wurde ihm ebenso wie anderen Träumern verwehrt, da die Laune der Natur es so verfügt hatte, dass zur Fortpflanzung mehr als ein Elternteil nötig ist. Jede ersehnte Erneuerung einer Existenz wird dadurch verdorben, dass eine Hälfte aus anderer Quelle stammt. »Sollte ich nach dem Verschwinden oder Tod meiner verlorenen Liebe ihr Kind treffen – ihres allein –, wäre das tröstlich!«, sagte Jude. Und dann überkam ihn erneut die beunruhigende Erkenntnis, die ihm in letzter Zeit immer öfter offenbart worden war, dass die Natur die feineren Gefühle der Menschen verhöhnt und sich nicht schert um sein Sehnen.

Das bedrückende Ausmaß seiner Liebe zu Sue zeigte sich am nächsten und den folgenden Tagen noch deutlicher. Das Licht der Straßenlaternen von Melchester wurde ihm immer unerträglicher; der Sonnenschein kam ihm glanzlos vor und der blaue Himmel erschien ihm grau. Dann erfuhr er, dass seine alte Tante in Marygreen schwer erkrankt war, und erhielt fast gleichzeitig einen Brief von seinem früheren Arbeitgeber in Christminster, der ihm eine feste Anstellung unter guten Bedingungen anbot, falls er zurückkomme. Die Nachrichten hatten für ihn etwas Befreiendes. Er brach auf, um Tante Drusilla zu besuchen, und beschloss, weiter nach Christminster zu wandern, um nachzuforschen, was es mit dem Angebot des Baumeisters auf sich hatte.

Judes Tante ging es noch schlechter, als er aufgrund des Briefs der Witwe Edlin vermutet hätte. Es war durchaus möglich, wenn auch nicht sehr wahrscheinlich, dass sie noch viele Wochen oder Monate bettlägrig bleiben würde. Er schrieb Sue über den Zustand ihrer Tante und fragte an, ob sie ihre betagte Verwandte nicht besuchen wolle. Er könne sie am folgenden Montagabend auf seinem Rückweg von Christminster an der Station Alfredston Road treffen, falls sie mit dem Zug aus London komme, der jenen Bahnhof gleichzeitig mit seinem, in Richtung London fahrenden Zug erreiche. Entsprechend machte er sich am nächsten Morgen auf den Weg nach Christminster, in der Absicht, frühzeitig nach Alfredston zurückzukehren, um die vorgeschlagene Verabredung mit Sue einhalten zu können.

Die Stadt der Gelehrsamkeit wirkte fremd, und er hatte jedes Gefühl für ihre Assoziationen verloren. Doch als die Sonne ein lebhaftes Spiel aus Licht und Schatten auf der gekuppelten Architektur der Fassaden erzeugte und Silhouetten der gekrümmten Balustraden auf den frischen Rasen der Collegehöfe warf, meinte Jude, den Ort nie schöner gesehen zu haben. Er kam zu der Straße, wo er Sue zum ersten Mal gesehen hatte. Der Stuhl, auf dem sie gesessen hatte, als sie sich, den Pinsel aus Schweinsborsten in der Hand, über ihre kalligraphischen Sinnsprüche beugte und sein neugieriger Blick von ihrer mädchenhaften Figur gebannt wurde, stand immer noch am selben Platz, leer. Es war als ob sie gestorben wäre und man niemanden gefunden hätte, ihre kunstvolle Tätigkeit zu übernehmen. Nun ging sie als Geist in der Stadt um, während die Gespenster all der intellektuellen und frommen Würdenträger, die ihn einst so gerührt hatten, ihren Platz dort nicht länger behaupten konnten.

Und trotzdem war er hier; und um zu tun, was er sich vorgenommen hatte, besuchte er seine frühere Pension in »Beersheba«, in der Nähe der ritualistischen Kirche St. Silas. Die alte Wirtin, die ihm öffnete, freute sich anscheinend, ihn wiederzusehen, brachte ihm etwas zu essen und erzählte ihm, der Baumeister, für den er gearbeitet habe, hätte sich bei ihr nach seiner neuen Adresse erkundigt.

Jude ging weiter zu seiner ehemaligen Werkstatt. Doch die alten Schuppen und Podeste stießen ihn ab; er konnte sich unmöglich überwinden, zurückzukehren und an diesem Ort verblasster Träume zu bleiben. Er sehnte die Abfahrtszeit des Zugs nach Alfredston herbei, wo er vielleicht Sue treffen würde.

Dann, im Laufe einer grässlichen halben Stunde, niedergeschlagen vom Anblick der altbekannten Schauplätze, überkam ihn erneut das Gefühl, das ihn schon mehr als einmal ins Unglück gestürzt hatte – er glaubte, er sei nicht würdig, dass er selbst oder irgendjemand sich darum scherte, was aus ihm wurde; und in dieser halben Stunde traf er am Fourways den bankrotten, auf Kirchen spezialisierten Eisenwarenhändler Tinker Taylor, der ihm vorschlug, gemeinsam eine Bar aufzusuchen und sich ein Gläschen zu genehmigen. Sie gingen die Straße entlang, bis sie vor einem der großen pulsierenden Zentren des Lebens in Christminster standen, dem Gasthof, wo er damals die Herausforderung angenommen hatte, das Glaubensbekenntnis auf Latein aufzusagen – das Lokal hatte sich mittlerweile zu einer beliebten Schenke mit weit offenem Eingang gemausert, der zu einer seit Judes letztem Besuch vollständig renovierten und neumodisch ausgestatteten Bar führte.

Tinker Taylor leerte sein Glas und verabschiedete sich mit den Worten, das Pub sei ihm nun zu ausstaffiert, als dass er sich heimisch fühlte; dazu müsse er schon betrunkener sein, als er es sich leisten könne. Jude nahm sich mehr Zeit zum Austrinken und stand geistesabwesend in dem vorübergehend fast leeren Lokal. Man hatte die Bar ausgeräumt und komplett erneuert, ein Inventar aus Mahagoni ersetzte das alte lackierte Mobiliar, während hinter den Stehplätzen gepolsterte Sofabänke standen. Der Raum war nach bewährter Methode durch Mattglasscheiben in Mahagonirahmen unterteilt, damit die Säufer in einem Abteil nicht die Peinlichkeit befürchten mussten, von denen auf den benachbarten Plätzen erkannt zu werden. Hinter der Theke beugten sich zwei Barmädchen über die Zapfanlagen mit den weißen Griffen und der Reihe kleiner versilberter Zapfhähne, die in eine Zinnwanne tropften.

Da Jude sich ermattet fühlte und bis zur Abfahrt des

Zugs nichts zu tun hatte, setzte er sich auf eines der Sofas. Hinter den Barmädchen hingen Spiegel mit abgeschrägten Kanten, vor denen Glasregale angebracht waren, auf denen kostbare Schnäpse, deren Namen Jude noch nie gehört hatte, in Flaschen aus Topas, Saphir, Rubin und Amethyst standen. Gerade kam etwas Leben in die Bude, als ein paar Gäste sich im Abteil nebenan niederließen und Geld in die Registrierkasse eingezahlt wurde, welche beim Einwurf einer jeden Münze ein Klingeln vernehmen ließ.

Jude konnte nicht direkt erkennen, welches Barmädchen dieses Abteil bediente, sah aber gelegentlich ihren Rücken im Spiegel. Er hatte dies nur teilnahmslos wahrgenommen, da drehte sie einen Moment ihr Gesicht dem Spiegel zu, um ihre Frisur in Ordnung zu bringen. Verblüfft stellte er fest, dass es Arabellas Gesicht war.

Wäre sie zu seinem Abteil weitergegangen, hätte sie ihn gesehen. Doch sie ließ es bleiben, da das Mädchen auf der anderen Seite dort bediente. Abby trug ein schwarzes Kleid mit weißen Leinenmanschetten und einem breiten weißen Kragen, und ihre Figur, üppiger als ehedem, wurde durch ein Sträußchen Narzissen betont, das sie an der linken Brust befestigt hatte. In dem von ihr bedienten Abteil stand ein metallüberzogener Wasserbehälter über einem Spirituskocher, dessen blaue Flamme Dampf aufsteigen ließ, was er alles nur im Spiegel hinter ihr erkennen konnte, der ebenfalls die Gesichter der Männer reflektierte, deren Bestellungen sie annahm – einer von ihnen, ein gutaussehender, zügelloser junger Kerl, wahrscheinlich Student, der ihr von irgendeinem komischen Erlebnis erzählt hatte.

»Oh, Mr. Cockman, was soll das! Wie könnens mir Unschuldslamm solch eine Geschichte auftischen!«, rief sie fröhlich. »Mr. Cockman, was benutzens denn, damit sich

Ihr Schnurrbart so fesch kräuselt?« Da der junge Mann glatt rasiert war, lachte man über ihre Antwort auf seine Kosten.

»Komm!«, sagte er, »ich hätt gern einen Curaçao und Feuer, bitte.«

Sie schenkte den Likör aus einer der hübschen Flaschen ein, zündete ein Streichholz an und hielt es mit dienstbarer Schalkhaftigkeit an seine Zigarette, während er paffte.

»Na, hast in letzter Zeit von deinem Mann gehört, meine Liebe?«, fragte er.

»Nich einen Mucks«, sagte sie.

»Wo ist er?«

»Ich hab ihn in Australien zurückg'lassen; und dort ist er wohl immer noch.«

Jude machte große Augen.

»Warum hast ihn denn verlassen?«

»Wennst keine Fragen stellst, kriegst auch keine Lügen aufgetischt.«

»Komm schon, gib mir mein Wechselgeld, das du seit einer Viertelstunde nicht rausrücken willst; und ich verschwind wie ein echter Don Juan in den Straßen dieser malerischen Stadt.«

Sie reichte ihm das Wechselgeld über die Theke, und als er es annahm, packte er ihre Finger und hielt sie fest. Ein leichtes Gezerre und Gekicher, dann sagte er auf Wiedersehen und zog von dannen.

Jude hatte alles mit dem Blick eines benommenen Philosophen verfolgt. Es war außergewöhnlich, wie weit Arabella sich offenbar von seinem Leben entfernt hatte. Er konnte keine Spur ihrer formellen Verbundenheit erkennen. Und deswegen hatte es für ihn in seiner momentanen

Stimmung keinerlei Bedeutung, dass Arabella tatsächlich seine Frau war.

Die Gäste in dem von ihr betreuten Abteil brachen auf, und nach kurzer Überlegung ging er dorthin und trat an die Theke. Arabella erkannte ihn nicht auf den ersten Blick. Dann sahen sie einander ins Gesicht. Sie zuckte zusammen; dann funkelte eine launische Unverschämtheit in ihren Augen und sie sprach:

»Na, so was! Ich dachte, du guckst schon seit Jahren die Radieschen von unten an!«

»Oh!«

»Ich hab nie wieder was von dir g'hört, sonst wär ich wohl nich hierhergezogen. Aber was soll's! Was darf ich dir heut Nachmittag kredenzen? Scotch mit Soda? Komm schon, alles, was das Haus zu bieten hat, um der alten Bekanntschaft willen!«

»Danke, Arabella«, sagte Jude, ohne zu lächeln. »Aber ich hab schon genug.« Tatsächlich hatte das unverhoffte Wiedersehen mit ihr blitzartig seinen momentanen Geschmack an Hochprozentigem dermaßen verdorben, als hätte es ihn zurück in die Milchfläschchenkindheit katapultiert.

»Schade drum, grad jetzt, wo's umsonst wär.«

»Seit wann bist du hier?«

»Gute sechs Wochen. Ich kam vor drei Monaten aus Sydney z'rück. Ich hab ja schon immer so Läden wie diesen hier gemocht.«

»Aber warum gerade dieses Lokal?«

»Na, wie ich schon sagte, ich dachte, du wärst längst übern Jordan, und als ich in London war, sah ich ne Anzeige für diese Stelle. Hier würd mich wohl niemand wiedererkennen, auch dann nich, wenn ich's drauf anleg, weil ich in meinen jungen Jahren nie in Christminster g'wesen bin.«

»Warum bist du zurück aus Australien?«

»Oh, ich hatt meine Gründe ... Bist also immer noch kein Professor?«

»Nein.«

»Nich amal Geistlicher?«

»Nein.«

»Oder wenigstens Prediger bei den Freikirchlern?«

»Ich bin derselbe wie damals.«

»Klar ... siehst auch so aus.« Sie ließ ihre Finger müßig am Hebel der Zapfanlage ruhen, während sie ihn kritisch musterte. Er bemerkte, dass ihre Hände kleiner und weißer waren als während ihres Zusammenlebens und dass sie an der Hand am Hebel einen Zierring trug, bestückt mit anscheinend echten Saphiren – sie waren tatsächlich echt und wurden von den jungen Gästen der Bar gebührend bewundert.

»Man glaubt also, dein Gatte wär noch am Leben«, fuhr er fort.

»Ja. Ich dachte, es käm nich so gut an, wenn ich mich Witwe nennen würd', obwohls mir so lieber g'wesen wär.«

»Stimmt. Ich bin hier einigermaßen bekannt.«

»Deswegen nich ... ich hab ja nich mit dir g'rechnet. Ich hatt andre Gründe.«

»Welche denn?«

»Ich mag jetzt nich drüber reden«, erwiderte sie ausweichend. »Ich verdien ganz ordentlich, und glaub nich, dass ich gern mit dir zusammen sein würd.«

In diesem Moment trat ein kinnloses Bürschchen mit einem Schnurrbart wie die Augenbrauen einer Dame an die Theke und bestellte einen seltsam gemischten Drink, und Arabella musste ihn bedienen. »Hier können wir nich reden«, sagte sie, kurz zu ihm zurückkehrend. »Kannst nich bis neun warten? Sag ja und sei kein Dämel. Wenn ich drum bitte, kann ich zwei Stunden früher als üblich freibekommen. Ich wohn grad nich in dem Laden.«

Er ließ sich das durch den Kopf gehen und antwortete düster: »Ich komme wieder. Wir sollten lieber irgendeine Übereinkunft treffen.«

»Ich pfeif auf Übereinkünfte! Den Teufel werd ich tun!«

»Aber ich muss über ein, zwei Dinge Bescheid wissen, und wie du schon sagtest, können wir hier nicht reden. Also gut; ich hol dich ab.«

Er stellte sein nicht geleertes Glas hin, ging hinaus und tigerte die Straße auf und ab. Es war ein grober Klecks auf der klaren Rührseligkeit seiner traurigen Liebe zu Sue. Obwohl man Arabella keinesfalls vertrauen konnte, glaubte er weitgehend ihrer Beteuerung, sie habe ihn nicht stören wollen und für tot gehalten. Allerdings konnte man nur noch eines tun: mit offenen Karten spielen, denn Gesetz blieb Gesetz, und die Frau, mit der er nicht enger verbunden war als Ost und West, blieb in den Augen der Kirche mit ihm vereint.

Wegen seines Treffens mit Arabella konnte er die Verabredung mit Sue in Alfredston unmöglich einhalten. Immer, wenn er daran dachte, versetzte es ihm einen heftigen Stich; doch gab es keinen Ausweg. Vielleicht war hier die Vorsehung am Werk und Arabella die Strafe für seine verbotene Liebe. Nachdem er also den Abend verbracht hatte, indem er ziellos in der Stadt umherwanderte und dabei Säulengänge und Säle absichtlich mied, da ihm ihr Anblick unerträglich geworden war, machte er sich wieder auf den Weg zu der Bar, während die einhundertein Schläge der

Großen Glocke vom Cardinal College ertönten, ein zufälliges Zusammentreffen, das ihm unverdient ironisch vorkam. Der Gasthof war nun hell erleuchtet, und der Anblick wirkte insgesamt lebhafter und fröhlicher. Die Gesichter der Barmädchen hatten mehr Farbe, alle hatten gerötete Wangen; sie benahmen sich noch herausfordernder als zuvor – freizügiger, erregter, sinnlicher –, und sie sprachen nun unverhohlen über Gefühle und Wünsche, wobei sie gleichgültig und ungehemmt lachten.

In den letzten Stunden hatte sich die Bar mit Männern jeder Couleur gefüllt, und ihr lautstarkes Stimmengewirr drang zu ihm nach draußen; doch letztlich kamen weniger Gäste. Er nickte Arabella zu und sagte, er werde vor der Tür auf sie warten.

»Aber erst musst mit mir anstoßen«, sagte sie überaus gut gelaunt. »Nur nen frühen Schlummertrank: Ich nehm immer einen. Dann kannst rausgehen und ne Minute auf mich warten, denn es ist besser, wenn man uns nich zusammen aufbrechen sieht.« Sie füllte zwei Schnapsgläser mit Brandy; und obwohl sie, wie man ihr deutlich ansah, schon genug Alkohol im Blut hatte, entweder durch Trinken oder eher wegen der Luft, die sie so viele Stunden geatmet hatte, leerte sie ihr Gläschen zügig. Er trank ebenfalls aus und ging nach draußen.

Sie erschien wenige Minuten später in einer dicken Jacke und mit einem Hut, den eine schwarze Feder zierte. »Ich wohn ganz in der Nähe«, sagte sie und hängte sich bei ihm ein. »Hab nen eigenen Hausschlüssel, sodass ich jederzeit rein kann. Was willst denn für ne Übereinkunft treffen?«

»Oh … keine besondere«, erwiderte er, verdrossen und müde bis auf die Knochen, während seine Gedanken erneut nach Alfredston und zu dem verpassten Zug abschweiften; er dachte daran, wie enttäuscht Sue gewesen sein musste, weil er bei ihrer Ankunft nicht da war, und dass er um das Vergnügen gebracht worden war, mit ihr im Sternenlicht den langen und einsamen Weg über die Hügel nach Marygreen hinaufzusteigen. »Ich hätte eigentlich zurückfahren sollen! Ich fürchte, meine Tante liegt im Sterben.«

»Ich fahr morgen früh mit dir hin. Ich glaub, ich kann mir nen Tag freinehmen.«

Die Vorstellung, dass Arabella, die für ihre Verwandtschaft oder ihn nicht mehr Mitgefühl übrig hatte als eine Tigerin, ihn ans Bett seiner sterbenden Tante begleitete und Sue traf, hatte etwas ganz und gar Unerfreuliches an sich. Trotzdem sagte er: »Sicher, komm mit, wenn du magst.«

»Gut, mal sehn … Aber bis wir ne Übereinkunft getroffen ham, ist's nich gut, dass wir uns hier zusammen zeigen – wo man dich kennt und wo ich allmählich bekannt werd, auch wenn niemand nen Verdacht hat, dass ich irgendwas mit dir zu schaffen hätt. Da wir schon zum Bahnhof gehen, nehmen wir doch gleich den Neun-Uhr-vierzig-Zug nach Aldbrickham? Wir sind in wenig mehr als ner halben Stunde dort, und für eine Nacht weiß niemand, wer wir sind, und wir können einfach tun und lassen, was wir wollen, bis wir uns überlegt ham, ob wir irgendwas bekanntgeben.«

»Wie du willst.«

»Dann wart, bis ich ein, zwei Sachen geholt hab. Ich hab hier ein Zimmer. Manchmal, wenn's spät wird, schlaf ich in dem Hotel, wo ich arbeite, also wird's niemanden kümmern, wenn ich ne Weile weg bin.«

Sie kehrte bald zurück, und die beiden nahmen den Zug

und erreichten nach einer halben Stunde Fahrt Aldbrickham, wo sie rechtzeitig für ein spätes Abendessen in einem drittklassigen Gasthaus in der Nähe des Bahnhofs einkehrten.

III–9

Am nächsten Morgen zwischen neun und halb zehn fuhren sie als einzige Reisende in einem Abteil eines Wagens dritter Klasse zurück nach Christminster. Arabella sah ein wenig ungepflegt aus, da sie wie Jude nur Katzenwäsche gemacht hatte, um den Zug zu erwischen, und ihr Gesicht wirkte weit weniger lebhaft als am Abend zuvor in der Bar. Als sie den Bahnhof verließen, stellte sie fest, dass sie noch eine halbe Stunde Zeit hatte, bevor sie wieder zur Arbeit musste. Sie spazierten schweigend ein Stück weit aus der Stadt hinaus in Richtung Alfredston. Auf der Landstraße ließ Jude seinen Blick in die Ferne schweifen.

»Ach … ich armseliger Schwächling!«, murmelte er schließlich.

»Was?«, sagte sie.

»Auf dieser Straße bin ich vor Jahren mit großen Plänen nach Christminster gewandert!«

»Na, ganz gleich welche Straße, ich glaub, meine Zeit ist fast um, weil ich um elf in der Bar sein muss. Und wie ich schon sagte, werd' ich nich drum bitten, einen Tag freizubekommen, um mit dir deine Tante zu besuchen. Wir sollten also vielleicht besser hier auseinandergehn. Ich mag mich lieber nich mit dir auf der Chief Street blicken lassen, da wir uns auf gar nix ham einigen können.«

»Na gut. Aber du hast heute Morgen beim Aufstehen gesagt, dass du mir noch was sagen möchtest, bevor ich gehe?«

»Stimmt … zweierlei … eines ganz besonders. Aber du wolltest nich versprechen, es geheim zu halten. Ich erzähl's dir, wenn du's versprichst? Weil ich ne ehrliche Frau bin, will ich's dir sagen … Es ging um das, was ich dir am Abend noch erzählen wollt … über den Gentleman, der das Hotel in Sydney leitete.« Arabella sprach für ihre Verhältnisse ein wenig hastig. »Du behältst es für dich?«

»Ja … ja … ich versprech's!«, sagte Jude ungeduldig. »Ich will doch nicht deine Geheimnisse ausplaudern.«

»Immer, wenn ich mit ihm spazieren ging, sagte er, wie schön ich doch ausseh, und er drängte mich ständig, ihn zu heiraten. Ich dachte nie daran, nach England zurückzukehren; und da ich in Australien war, meinen Vater verlassen und kein Zuhause mehr hatte, sagte ich schließlich ja und hab's getan.«

»Was … ihn geheiratet?«

»Ja.«

»Amtlich … gesetzmäßig … kirchlich?«

»Ja. Und lebte mit ihm zusammen, bis kurz vor meiner Abreise. Ich weiß, dass es dumm war; aber ich hab's getan! So, jetzt weißt du's. Geh mir jetzt nich an die Gurgel! Er spricht davon, nach England zurückzukommen, der arme alte Kerl. Aber wenn er kommt, wird er mich kaum finden.«

Jude wurde bleich und erstarrte.

»Warum zum Teufel hast du mir das nicht letzte Nacht erzählt?«

»Na ja … einfach so … Du willst dich also nich mit mir vertragen?«

»Als du zu den Leuten an der Bar von ›deinem Mann‹ gesprochen hast, meintest du natürlich ihn … nicht mich!«

»Freilich … jetzt mach deswegen bloß kein Theater.«

»Ich habe nichts mehr zu sagen!«, erwiderte Jude. »Zu diesem … diesem Verbrechen, das du eben zugegeben hast, sage ich gar nichts mehr!«

»Verbrechen! Pah! Drüben machen sie deswegen kein großes Gewese! Viele machen's so ... Also, wenn du so drauf reagierst, geh ich lieber wieder zu ihm! Er hatte mich wirklich lieb, und wir lebten recht ehrenhaft und ebenso anständig wie jedes Ehepaar in der Kolonie! Woher sollte ich denn wissen, was aus dir g'worden ist?«

»Ich mach dir keine Vorwürfe. Ich könnte dazu so einiges sagen, aber das wäre vielleicht unangebracht. Was willst du von mir?«

»Nix. Da war noch was, was ich dir sagen wollt; aber ich find, wir ham fürs Erste genug voneinander! Ich lass mir durch den Kopf gehen, was du von deinen Umständen erzählt hast, und meld mich dann.«

So gingen sie auseinander. Jude sah sie in Richtung Hotel verschwinden und betrat den nahegelegenen Bahnhof. Nachdem er erfahren hatte, dass der nächste Zug nach Alfredston noch eine Dreiviertelstunde auf sich warten ließ, schlenderte er mechanisch in die Innenstadt bis zum Fourways, wo er wie so viele Male zuvor stand und die Chief Street hinunterblickte, auf der sich, so malerisch wie sonst nur europäische Sehenswürdigkeiten gleich der Straße der Paläste in Genua, ein College ans andere reihte; die Umrisse der Gebäude waren in der Morgenluft so deutlich zu erkennen wie auf einer Bauzeichnung. Doch Jude war weit davon entfernt, diese Aspekte zu sehen oder zu würdigen; sie wurden überblendet von einem unbeschreiblichen Nachempfinden der mitternächtlichen Berührung Arabellas, einem Gefühl der Erniedrigung angesichts seiner neubelebten Erfahrungen mit ihr, einem Bild von ihr, wie sie in der Morgendämmerung schlafend dalag, mit einem Ausdruck in ihrem reglosen Gesicht, der an den einer Verdammten erinnerte. Wenn er ihr gegenüber einen Groll hätte hegen können, hätte er sich weniger unglücklich gefühlt; doch er bedauerte sie und verachtete sie zugleich.

Jude kehrte auf demselben Weg zurück. Als er sich abermals dem Bahnhof näherte, zuckte er zusammen, da jemand seinen Namen rief – weniger des Namens als der Stimme wegen. Zu seiner großen Überraschung stand niemand anderes als Sue wie ein Trugbild vor ihm – ihr Blick anklagend und beunruhigt wie in einem Traum, ihr kleiner Mund nervös, und ihre zusammengekniffenen Augen sahen ihn vorwurfsvoll fragend an.

»Oh Jude … ich bin so froh … dich hier zu treffen!«, sagte sie hastig, mit schwankender Stimme, die fast wie ein Schluchzen klang. Dann errötete sie, da sie seinen Gedanken erriet, dass sie sich seit ihrer Hochzeit nicht mehr gesehen hatten.

Sie mieden es, einander in die Augen zu schauen, um ihre Gefühle zu verbergen, nahmen sich ohne ein weiteres Wort an der Hand und gingen ein Stück weit, bis sie ihm verstohlen einen besorgten Blick zuwarf. »Ich kam gestern Abend am Bahnhof von Alfredston an, so wie du mich gebeten hast, und dort war niemand, um mich abzuholen! Aber ich bin allein weiter nach Marygreen, und man sagte mir, dass es meiner Tante ein bisschen besser geht. Ich blieb bei ihr, und da du die ganze Nacht nicht aufgetaucht bist, hatte ich Angst um dich … Ich dachte, dass du, als du wieder in der alten Stadt warst, dich darüber aufgeregt hast, dass … dass ich verheiratet bin und nicht so wie früher; und dass du niemanden zum Reden hattest; sodass du schließlich deinen Kummer ertränkt hast! … So wie damals, als du enttäuscht warst, weil du Student werden wolltest, und dass du dein Versprechen vergessen hast, dich nie wieder derart zu betrinken. Und deshalb, dachte ich, bist du nicht zu unserem verabredeten Treffpunkt gekommen!«

»Und du wolltest mich aufstöbern und erlösen wie ein Schutzengel!«

»Ich dachte, ich komm mit dem Morgenzug und versuch, dich zu finden … falls … falls …«

»Ich hab unablässig an mein Versprechen gedacht, Liebes! Ich werde gewiss nie wieder so über die Stränge schlagen wie damals. Ich hab wohl nichts Besseres getan, aber das nicht … ich hasse es, daran zu denken.«

»Ich bin erleichtert, dass dein Fernbleiben nichts damit zu tun hatte. Aber«, sagte sie, und man konnte ein fast unmerkliches Schmollen heraushören, »du bist gestern Abend nicht gekommen, um mich wie verabredet abzuholen!«

»Bin ich nicht … es tut mir leid. Ich hatte eine Verabredung um neun … zu spät, um den Zug zu erwischen, der gleichzeitig mit deinem eingetroffen wär, oder um überhaupt nach Hause zu kommen.«

Während er seine Geliebte ansah, so wie sie ihm nun in seinen zärtlichen Gedanken erschien, als die lieblichste und selbstloseste Gefährtin, die er je gehabt hatte, hauptsächlich in lichten Träumen lebend, ein so ätherisches Wesen, dass man ihre Seele unter der Haut zittern sehen konnte, empfand er tiefe Scham über sein weltliches Begehren und die Stunden, die er mit Arabella verbracht hatte. Es kam ihm roh und unmoralisch vor, die jüngsten Ereignisse seines Lebens jemanden wie ihr vorzusetzen, die ihm so frei von jeder Fleischeslust schien, dass er sie sich manchmal unmöglich als menschliche Ehefrau eines Durchschnittsmannes vorstellen konnte. Und doch war sie Phillotsons Gattin. Wie sie dies geworden war, wie sie als solche lebte, schien ihm unbegreiflich und mit dem Bild, das er heute von ihr hatte, unvereinbar.

»Fährst du mit mir zurück?«, fragte er. »Gleich kommt ein Zug. Ich frag mich, wie es meiner Tante inzwischen geht … Also bist du wirklich wegen mir den ganzen weiten Weg gekommen, Sue! Du musst ja ziemlich früh aufgebrochen sein, du Arme!«

»Ja. Ich hab mir solche Sorgen um dich gemacht, während ich allein aufgeblieben bin, und als es hell wurde, bin ich los. Du wirst mich doch nicht noch einmal grundlos um dein Seelenheil fürchten lassen?«

Er war keineswegs sicher, ob ihre Sorge um sein Seelenheil so grundlos gewesen sein mochte. Er ließ ihre Hand los, bis sie in den Zug gestiegen waren – anscheinend in denselben Wagen, den er erst kürzlich mit einer anderen verlassen hatte –, wo sie sich nebeneinandersetzten, Sue zwischen ihn und das Fenster. Er betrachtete die zarten Linien ihres Profils und die kleinen, festen, apfelartigen Wölbungen ihres Mieders, so verschieden von Arabellas Überfülle. Obwohl sie wusste, dass er sie ansah, drehte sie sich nicht zu ihm um, sondern starrte geradeaus, als fürchte sie, ein Blickwechsel könnte zu einem unerfreulichen Streitgespräch führen.

»Sue … jetzt bist du also verheiratet, so wie ich; und dabei hatten wir es so eilig, dass wir nicht einmal darüber gesprochen haben!«

»Ist auch nicht nötig!«, erwiderte sie rasch.

»Na gut … vielleicht nicht … Aber ich möchte …«

»Jude … sprich nicht *über* mich … bitte, lass es sein!«, flehte sie. »Für mich ist das ziemlich schmerzlich. Entschuldige, dass ich das sage! … Wo hast du gestern übernachtet?«

Sie hatte die Frage in aller Unschuld gestellt, um das Thema zu wechseln. Er wusste das und sagte nur: »In einem Gasthaus«, obwohl es für ihn eine Erleichterung gewesen wäre, ihr von einem Treffen mit einer Unerwarteten zu erzählen. Doch das Geständnis der Letztgenannten, in Australien geheiratet zu haben, ließ ihn befürchten, ein unbedachtes Wort könnte seiner unwissenden Gattin schaden.

Ihr Gespräch verlief recht unbeholfen, bis sie Alfredston erreichten. Dass Sue nicht mehr sie selbst war, sondern den Stempel »Phillotson« trug, lähmte Jude, wann immer er sich mit ihr als Individuum unterhalten wollte. Trotzdem wirkte sie unverändert – er konnte nicht sagen warum. Es blieb noch eine überwiegend bergauf führende Strecke von weiteren fünf Meilen aufs Land, die man ebenso gut gehen wie fahren konnte. Jude war noch nie zuvor in seinem Leben mit Sue auf dieser Straße gewandert, wohl aber mit einer anderen. Nun kam es ihm so vor, als trage er ein helles Licht, das die schattenhaften Assoziationen aus vergangenen Tagen vorübergehend verjagte.

Sue redete; doch Jude fiel auf, dass sie immer noch Persönliches aus dem Gespräch ausklammerte. Schließlich erkundigte er sich, ob es ihrem Mann gutgehe.

»Oh ja«, sagte sie. »Er muss den ganzen Tag in der Schule sein, sonst wäre er mitgekommen. Er ist so gütig und freundlich, dass er die Schule sofort links liegen gelassen hätte, um mich zu begleiten, auch wenn es nicht seinen Prinzipien entspricht – denn er ist strikt dagegen, sich einfach mal einen Tag freizunehmen –, aber ich wollte es nicht. Ich hielt es für besser, allein zu kommen. Ich weiß, dass Tante Drusilla ziemlich exzentrisch ist; und da er für sie fast ein Fremder ist, wäre es beiden lästig gewesen. Da es sich herausgestellt hat, dass sie kaum zu Bewusstsein kommt, bin ich froh, ihn nicht drum gebeten zu haben.«

Während Phillotson derart gelobt wurde, tappte Jude übellaunig weiter. »Mr. Phillotson tut alles für dich, und das sollte er auch«, sagte er.

»Natürlich.«

»Du solltest eine glückliche Frau sein.«

»Und das bin ich wirklich.«

»Ich hätte auch immer noch ›Braut‹ sagen können. Es ist ja erst wenige Wochen her, dass ich dich ihm anvertraut hab und …«

»Ja, ich weiß! Ich weiß!« In ihrem Gesicht war etwas, das ihre letzten beschwichtigenden Worte Lügen strafte, die sie so vollkommen sittsam und leblos ausgesprochen hatte, als hätte sie sich einer Liste mit beispielhaften Reden aus *Die gute Hausfrau* bedient. Jude kannte jede Spielart des Zitterns in Sues Stimme, konnte jedes Symptom ihres Geisteszustands herauslesen; und er kam zu dem Schluss, dass sie schon nach weniger als einem Monat im Ehestand unglücklich war. Doch dass sie so rasch von zu Hause fortgeeilt war, um das Sterbebett einer Verwandten zu besuchen, die sie in ihrem Leben kaum gekannt hatte, bewies gar nichts; denn für Sue waren solche Unternehmungen ganz natürlich.

»Na, ich wünsch dir wie immer alles Gute, Mrs. Phillotson.«

Sie tadelte ihn mit einem Seitenblick.

»Nein, du bist nicht Mrs. Phillotson«, murmelte Jude. »Du bist die liebe, freie Sue Bridehead, nur weißt du nichts davon! Der Hausfrauenstand hat dich noch nicht in seinem großen Maul zu einem Atom ohne eigene Persönlichkeit zermatscht und verdaut.«

Sue zog eine Schnute, bevor sie antwortete: »Dasselbe gilt für dich als Ehemann, soweit ich das sehe!«

»Im Gegenteil!«, sagte er, traurig den Kopf schüttelnd.

Als sie das einsame Häuschen unter den Fichten, zwischen Brown House und Marygreen, erreichten, in dem Jude und Arabella gewohnt und gestritten hatten, drehte er sich um und warf einen Blick darauf. Nunmehr lebte eine verwahrloste Familie darin. Er konnte nicht umhin, Sue davon zu erzählen: »Das ist das Haus, in dem ich mit meiner Frau wohnte, solang wir zusammen waren. Ich hab sie vom Altar zu diesem Haus geführt.«

Sie sah es sich an. »Es war für dich dasselbe wie das Schulhaus in Shaston für mich.«

»Ja; aber ich war hier nicht besonders glücklich, nicht so wie du in deinem.«

Sie presste die Lippen in vielsagendem Schweigen aufeinander, und sie gingen ein Stück weiter, bis sie ihn musterte, um zu sehen, wie er es aufnahm. »Vielleicht hab ich dein Glück auch überschätzt … man kann nie wissen«, fuhr er gehässig fort.

»Glaub das nicht, Jude, keinen Moment lang, auch wenn du es wohl nur gesagt hast, um mich zu ärgern! Er ist so gut zu mir, wie ein Mann nur sein kann, und lässt mir jede Freiheit – was bei älteren Ehegatten nicht häufig der Fall ist … Wenn du glaubst, dass ich unglücklich bin, weil er zu alt für mich ist, irrst du dich.«

»Ich werde nichts Schlechtes mehr von ihm denken – dir zuliebe.«

»Und du sagst nichts mehr, um mich zu peinigen, einverstanden?«

»Nichts.«

Er verlor kein weiteres Wort, wusste aber, dass Sue, als

sie Phillotson heiratete, aus dem einen oder anderen Grund geahnt hatte, wie falsch es war, ihm das Jawort zu geben.

Sie überquerten ein Feld in einer Mulde, hinter der das Dorf lag – dasselbe Feld, wo Jude viele Jahre zuvor von dem Bauern eine Tracht Prügel bekommen hatte. Als sie zum Dorf hinaufstiegen und sich dem Haus näherten, trafen sie vor der Tür Mrs. Edlin, die bei ihrem Anblick abwehrend winkte. »Sie ist unten, ob ihr's glaubt oder nich!«, rief die Witwe. »Sie ist raus aus dem Bett, und nix konnt sie davon abhalten. Ich weiß nich, wie's enden wird!«

Beim Eintreten saß da tatsächlich die alte Frau in Decken gehüllt am Kamin und drehte ihnen ein Gesicht zu, das an Sebastianos Lazarus erinnerte. Die Verblüffung war ihnen wohl anzusehen, denn sie sagte mit dumpfer Stimme:

»Ah … hab euch nen Schreck eingejagt, wie! Ich wollt nich länger da oben rumliegen, um andren ne Freude z'machen. Das ist mehr, als Leib und Seel ertragen könn', so rumkommandiert z'werden von einer, die einen nur halb so gut kennt wie man sich selber! … Ah, du bereust die Vermählung ebenso wie er!«, fügte sie an Sue gewandt hinzu. »In unsrer Familie ist's immer dasselbe … und fast bei allen anderen auch. Du hättest es wie ich machen solln, Dummchen! Und ausgerechnet Phillotson, den Schulmeister! Warum hast ihn g'heiratet?«

»Warum heiraten die meisten Frauen, Tante?«

»Ah! Du meinst, dasst den Mann g'liebt hast!«

»Darüber will ich nicht sprechen.«

»Liebst ihn?«

»Frag nicht, Tante!«

»Ich mag den Mann recht gut leiden. Ein sehr höflicher, ehrbarer Mensch; aber Jessas! … ich will ja nich deine

G'fühle verletzen, aber … es gibt da so Mannsbilder, die keine noch so nette Frau vertragen kann. Ich hätt g'sagt, dass er so einer ist. Ich sag's nich *jetzt*, weil du's ja besser g'wusst haben musst als ich … aber das ist's, was ich *hätt* sagen sollen!«

Sue sprang auf und ging hinaus. Jude folgte ihr und entdeckte sie im Schuppen, weinend.

»Nicht weinen, Liebes!«, sagte Jude bekümmert. »Sie meint es gut, ist aber nun einmal recht barsch und eigenwillig.«

»Oh nein … daran liegt's nicht!«, sagte Sue und versuchte ihre Tränen zu trocknen. »Ihr grobes Benehmen macht mir gar nichts aus.«

»Woran liegt's dann?«

»Das, was sie sagt, ist … wahr!«

»Herrgott … was … du liebst ihn nicht?«, fragte Jude.

»Das hab ich nicht gemeint!«, sagte sie hastig. »Dass ich vielleicht … vielleicht nicht hätte heiraten sollen!«

Er fragte sich, ob es wirklich das war, was sie ursprünglich hatte sagen wollen. Sie gingen zurück, man glättete die Wogen, ihre Tante behandelte Sue recht freundlich und sagte, nicht viele junge, frisch vermählte Frauen wären so weit gereist, um eine kranke alte Hexe wie sie zu besuchen. Nachmittags traf Sue Vorkehrungen für die Rückreise, und Jude heuerte einen Nachbarn an, sie nach Alfredston zu fahren.

»Ich begleite dich zum Bahnhof, wenn du möchtest«, sagte er.

Sie war dagegen. Der Mann fuhr mit seinem Einspänner vor, und Jude half Sue beim Einsteigen, wobei er möglicherweise ein wenig zu hilfsbereit auftrat, denn sie warf ihm einen ablehnenden Blick zu.

»Dürfte ich vielleicht … darf ich dich eines Tages besuchen, wenn ich wieder in Melchester bin?«, meinte er ein wenig gekränkt.

Sie beugte sich hinunter und sagte sanft: »Nein, Lieber … du darfst noch nicht kommen. Ich glaube nicht, dass du gut aufgelegt bist.«

»Meinetwegen«, sagte Jude. »Leb wohl!«

»Leb wohl!« Sie winkte und war verschwunden.

»Sie hat recht! Ich geh nicht!«, murmelte er.

Den Abend und die folgenden Tage verbrachte er damit, seine Sehnsucht nach ihr mit allen nur denkbaren Mitteln abzuwürgen, und hungerte sich im Bestreben, seine leidenschaftliche Liebe zu ihr durch Fasten auszumerzen, fast zu Tode. Er las Predigten über Disziplin und suchte in der Kirchengeschichte nach Passagen über die Asketen des zweiten Jahrhunderts. Bevor er von Marygreen nach Melchester zurückkehrte, erreichte ihn ein Brief von Arabella. Sein Anblick brachte ihn dazu, sich wieder eher dafür zu geißeln, dass er sich vorübergehend mit ihr zusammengetan hatte, als wegen seiner Liebe zu Sue. Arabella teilte ihm mit, dass sie ein paar Tage nach ihrem Abschied an jenem Morgen in Christminster von einem liebenswürdigen Schreiben ihres australischen Gatten, dem ehemaligen Hoteldirektor in Sydney, überrascht worden sei. Er sei nach England gereist, um sie zu suchen, und habe einen freien Gasthof mit Schanklizenz in Lambeth übernommen, wohin sie ihm folgen wolle, um ihm beim Betreiben des Ladens zu helfen, der wahrscheinlich äußerst erfolgreich sein werde, da das Haus in einer vorzüglichen, dichtbesiedelten, Gin trinkenden Nachbarschaft stand und bereits £ 200 im Monat einbringe, was man leicht verdoppeln könne.

Da er beteuert habe, sie immer noch sehr zu lieben, und sie gedrängt habe, ihm ihre Adresse mitzuteilen, und da sie sich nur wegen einer kleinen Kabbelei getrennt hätten und ihre Stelle in Christminster befristet sei, sei sie gerade aufgebrochen, um sich ihm seinen Wünschen gemäß anzuschließen. Sie könne das Gefühl nicht abschütteln, eher zu ihm als zu Jude zu gehören, da sie ihn ordnungsgemäß geheiratet und länger mit ihm zusammengelebt habe als mit ihrem ersten Mann. Indem sie Jude derart Lebewohl sage, trage sie ihm nichts nach und vertraue darauf, dass er sich nicht gegen sie, eine schwache Frau, wenden und sie bloßstellen werde, um sie in die Gosse zu stoßen, wo sie doch jetzt die Gelegenheit habe, ihre Umstände zu verbessern und ein anständiges Leben zu führen.

III–10

Jude kehrte zurück nach Melchester, das den fragwürdigen Vorzug besaß, nur zwölfeinhalb Meilen entfernt zu sein von Sues mittlerweile festem Wohnsitz. Anfangs kam es ihm so vor, als sei diese Nähe für ihn ein Hauptgrund, gar nicht erst nach Süden zu ziehen; doch Christminster wirkte unerträglich traurig, während die geringe Entfernung zwischen Shaston und Melchester ihm den Ruhm sichern mochte, den Teufel im Nahkampf zu besiegen, so wie dies von den Priestern und Jungfrauen des frühen Christentums angestrebt wurde, die eine schändliche Flucht vor der Versuchung schmähten und sogar unbeschadet ein Zimmer teilten. Jude zögerte nicht, sich an die lakonischen Worte des Historikers zu erinnern, nach denen unter solchen Umständen »die gekränkte Natur zuweilen ihre Rechte einfordert«.

Nun kehrte er in fiebriger Verzweiflung zurück zu seinen Studien für das Priesteramt – in dem Wissen, dass die Aufrichtigkeit seiner Bestrebungen und seine Treue zur Sache letzthin mehr als zweifelhaft gewesen waren. Dass er Sue begehrte, bedrückte seine Seele; doch seine rechtmäßige, zwölfstündige Hingabe an Arabellas Gesellschaft schien ihm instinktiv ein schlimmeres Vergehen – auch wenn sie ihm erst hinterher von ihrem Mann in Sydney erzählt hatte. Er glaubte wirklich, die Neigung, sich in die Trunkenheit zu flüchten, überwunden zu haben – er hatte dies tatsächlich nie getan, weil es ihm gefiel, sondern nur weil sein Kummer unerträglich geworden war. Dennoch begriff er verzagt, dass er im Großen und Ganzen zu viele

Leidenschaften hegte, um ein guter Geistlicher zu werden; das Beste, was er sich erhoffen konnte, war, dass in einem vom ewigen inneren Krieg zwischen Fleisch und Geist geprägten Leben das Erstgenannte nicht immer die Oberhand gewann.

Als Steckenpferd und Abwechslung von seiner theologischen Lektüre entwickelte er ein bescheidenes Talent für Kirchenmusik und Generalbass, bis er den Noten recht gut folgen und in mehrstimmigen Gesang einstimmen konnte. Ein, zwei Meilen entfernt von Melchester stand eine restaurierte Dorfkirche, die Jude ursprünglich aufgesucht hatte, um die neuen Säulen und Kapitelle einzupassen. So hatte er den Organisten kennengelernt und war schließlich dem Chor als Bass beigetreten.

Zweimal an jedem Sonntag und manchmal unter der Woche machte er sich auf den Weg zu dieser Gemeinde. Eines Abends vor Ostern traf der Chor sich zum Proben, und es galt ein neues Lied für die nächste Woche einzulernen und zu üben, das, wie Jude erfahren hatte, von einem Komponisten aus Wessex stammte. Es erwies sich als seltsam gefühlvolles Werk. Als sie es immer wieder sangen, wuchsen seine Melodien Jude ans Herz und rührten ihn zutiefst.

Nach dem Ende der Probe trat er an den Organisten heran und erkundigte sich. Das Notenblatt war handgeschrieben, der Name des Komponisten stand zusammen mit dem Titel des Stücks – »Der Fuß des Kreuzes« – am oberen Rand.

»Ja«, sagte der Organist. »Er ist aus der Gegend. Ein Berufsmusiker aus Kennetbridge – zwischen hier und Christminster. Der Vikar kennt ihn. Er wurde gemäß der Traditionen von Christminster erzogen und ausgebildet, daher ist das Stück so gut. Ich glaube, er spielt dort in einer großen Kirche und leitet einen nach alter Sitte gekleideten Chor. Er ist gelegentlich in Melchester auf Besuch, und einmal, als die Stelle frei war, versuchte er an die Kathedralenorgel zu kommen. Das Lied wird diese Ostern überall gesungen.«

Während er die Melodie summend heimwärts ging, begann Jude sich über den Komponisten Gedanken zu machen und warum er das Lied wohl geschrieben hatte. Er musste ein überaus mitfühlender Mann sein! Da ihn sein Verhältnis zu Sue und Arabella dermaßen verwirrte und zermürbte und da seine schwierige Lage an seinem Gewissen nagte, wollte er diesen Mann unbedingt kennenlernen! »Er allein würde meine Probleme verstehen«, sagte Jude begeistert. Hätte er sich irgendjemanden auf der Welt als Vertrauten aussuchen können, dann diesen Komponisten, denn er musste Leid, Erregung und Sehnsucht verspürt haben.

Dieser Kindskopf Fawley beschloss also kurzum, schon am nächsten Sonntag nach Kennetbridge zu fahren, obwohl er kaum die Zeit und das Geld für die Reise zusammenbringen konnte. Entsprechend brach er früh am Morgen auf, denn die Stadt war nur auf Umwegen und nach mehrfachem Umsteigen mit dem Zug zu erreichen. Gegen Mittag kam er an, und als er die malerische alte Gemeinde über die Brücke betrat, fragte er nach dem Haus des Komponisten.

Man sagte ihm, es sei ein rotes Backsteingebäude, nicht weit entfernt. Zudem sei der gesuchte Herr vor nicht einmal fünf Minuten hier vorbeigegangen.

»Welche Richtung?«, fragte Jude eifrig.

»Von der Kirche geradewegs nach Hause.«

Jude eilte weiter und hatte bald das Vergnügen, in geringer Entfernung einen Mann im schwarzen Mantel und mit schwarzem Filzschlapphut zu erspähen. Zu noch größeren Schritten ausholend, jagte er ihm nach. »Eine hungernde Seele auf der Jagd nach einer erfüllten Seele!«, sagte er. »Ich muss diesen Mann sprechen!«

Es gelang ihm jedoch nicht, den Musiker einzuholen, ehe dieser sein Haus betreten hatte, und dann stellte sich die Frage, ob der Zeitpunkt für einen Besuch angemessen sein mochte. Dennoch beschloss er, unverzüglich anzuklopfen, da er schon einmal bis hierher vorgedrungen war und die Rückfahrt zu lange dauerte, um bis zum Nachmittag zu warten. Diese gute Seele würde es verstehen, wenn man keine Umstände machte, und könnte sich als perfekter Ratgeber in einem Fall erweisen, in welchem eine weltliche und unzulässige Leidenschaft sich listig durch eine der Religion zugedachte Öffnung in sein Herz geschlichen hatte.

Jude klingelte also und wurde hereingebeten.

Der Musiker kam kurz darauf zu ihm, und da Jude ordentliche Kleidung trug und gut aussah und einen aufrichtigen Eindruck machte, wurde er freundlich begrüßt. Er war sich freilich bewusst, dass der Grund seines Besuchs durchaus ein wenig albern klingen mochte.

»Ich singe im Chor einer kleinen Kirche in der Nähe von Melchester«, sagte er. »Und diese Woche haben wir ›Der Fuß des Kreuzes‹ geprobt, das Sie, Sir, anscheinend komponiert haben?«

»Ja … vor ungefähr einem Jahr.«

»Ich … mag es. Ich halte es für außerordentlich schön.«

»Ach, na ja … das hab ich schon von anderen gehört. Ja, man könnte damit gutes Geld verdienen, wenn ich nur einen Verleger dafür fände. Ich habe dazu noch andere Stücke komponiert; ich wünschte, ich könnte sie veröffentlichen; denn ich hab bislang noch nicht einmal fünf Pfund mit einem davon verdient. Diese Verlagsleute … die bieten für das Copyright des Werks eines unbekannten Komponisten, wie ich es bin, fast weniger, als ich jemandem für die Reinschrift der Notenblätter zahlen müsste. Das eine, das Sie erwähnten, habe ich verschiedenen Freunden hier in der Gegend und in Melchester geliehen, und so wird es gelegentlich gesungen. Aber von Musik zu leben ist ein hartes Brot – ich gebe es ganz auf. Um heutzutage Geld zu verdienen, muss man Handel treiben. Ich überlege mir, ins Weingeschäft einzusteigen. Hier meine in Kürze herauskommende Liste – sie ist noch nicht verteilt –, aber Sie können eine mitnehmen.«

Er überreichte Jude eine mehrseitige, am Rand mit einer roten Linie verzierte Werbebroschüre, in der die verschiedenen Rotweine, Champagnersorten, Portweine, Sherrys und andere Weine vorgestellt wurden, mit denen er sein neues Unternehmen an den Start bringen wollte. Jude war bass erstaunt, dass die gute Seele sich auf diese Weise offenbarte; und er spürte, er würde keine seiner vertraulichen Fragen über die Lippen bringen.

Sie unterhielten sich noch etwas länger, doch in gezwungenem Ton, denn als der Musiker herausfand, dass Jude arm war, änderte er sein vorheriges Verhalten ihm gegenüber, da Erscheinung und Auftreten ihn verleitet hatten, seinen Rang und seine Absichten falsch einzuschätzen. Jude stammelte etwas über seine Gefühle und dass er den Wunsch gehabt habe, dem Urheber einer so großartigen Komposition zu gratulieren, und zog peinlich berührt von dannen.

Während der ganzen Heimfahrt im langsamen Sonntagszug, an diesem kalten Frühlingstag in den unermüdlichen Wartezimmern sitzend, beklagte er zutiefst seine Torheit, eine solche Reise unternommen zu haben. Doch kaum hatte er seine Unterkunft in Melchester erreicht, fand er einen Brief vor, der am selben Morgen, wenige Minuten nach seinem Aufbruch, angekommen war. Es war eine reuevolle kleine Nachricht von Sue, in der sie ihm mit lieblicher Demut mitteilte, sie habe sich ihm gegenüber wohl grässlich benommen, indem sie ihm verboten habe, sie zu besuchen; sie verachte sich selbst dafür, so förmlich gewesen zu sein; und er könne gern an ebendiesem Sonntag mit dem Elf-Uhr-vierzig-Zug kommen und um halb zwei mit ihnen mittagessen.

Jude raufte sich die Haare, weil er diesen Brief verpasst hatte und es jetzt zu spät war, der Einladung zu folgen; doch er hatte sich in letzter Zeit hinreichend kasteit, und sein verblendeter Ausflug nach Kennetbridge schien letztlich ein weiterer besonderer Eingriff der Vorsehung, um ihn von der Versuchung fernzuhalten. Doch eine zunehmende Ungeduld in Glaubensfragen, die er in den letzten Tagen des Öfteren an sich bemerkt hatte, ließ ihn die Vorstellung, Gott halte Menschen mit sinnlosen Aufträgen zum Narren, als lächerlich verwerfen. Er sehnte sich, sie zu sehen; er ärgerte sich, sie verpasst zu haben: und er schrieb ihr unverzüglich, erzählte ihr, was geschehen war, und meinte, er könne unmöglich bis zum nächsten Sonntag warten, sondern werde an jedem ihr genehmen Wochentag kommen.

Da er ein wenig übereifrig geschrieben hatte, schob Sue naturgemäß ihre Antwort bis Gründonnerstag auf und sagte, er möge doch nachmittags kommen, dies sei der frühstmögliche Termin, an dem sie ihn empfangen könne, denn sie arbeite nun als Hilfslehrerin an der Schule ihres Mannes. Jude nahm also Urlaub von der Kathedralenbaustelle, was ihn lediglich das Gehalt für die verlorene Arbeitszeit kostete, und machte sich auf den Weg.

VIERTER TEIL
IN SHASTON

»Wer immer den Ehestand oder einen anderen Brauch vor das Wohlergehen des Menschen und die einfache Pflicht der Nächstenliebe stellt, sei er nun Papist oder Protestant oder anderen Glaubens, der ist nicht besser als ein Pharisäer.«

J. MILTON

IV–1

Shaston, das alte britische Palladour,

> »von dessen Grundfesten man erstmals solch
> seltsame Kunde gab«

(wie Drayton sang), war und ist an sich die Stadt aus einem Traum. Undeutliche Bilder seiner Burg, seiner drei Münzstätten, seiner herrlichen halbrunden Abtei, dem bedeutendsten Glanzstück von South Wessex, seiner zwölf Kirchen, seiner Schreine, Votivkapellen, Hospitäler, gegiebelten Sandsteinhäuser – alles mittlerweile rücksichtslos hinfortgefegt – lässt den Besucher, auch gegen seinen Willen, in einer nachdenklichen Melancholie versinken, welche die anregende Atmosphäre und grenzenlose Landschaft ringsum kaum zu zerstreuen vermag. Der Flecken diente einem König und einer Königin, Äbten und Äbtissinnen, Heiligen und Bischöfen, Rittern und Landjunkern als letzte Ruhestätte. Die Knochen von König Edward »dem Märtyrer«, sorgsam hierher umgebettet zur gottgefälligen Aufbahrung, verschafften Shaston eine Berühmtheit, die es zum Treffpunkt von Pilgern aus ganz Europa machte, und ließen es einen weit über die Küsten Englands hinausreichenden Ruf wahren. Die Auflösung der Klöster läutete, so erzählt der Historiker, für diese prachtvolle Schöpfung des Mittelalters die Totenglocke. Mit der Zerstörung der gewaltigen Abtei begann der allgemeine Niedergang der Ortschaft: Die Knochen des Märtyrers fielen demselben Schicksal anheim wie das heilige Gebäude, in dem sie gehütet wurden, und heute kündet nicht einmal ein Stein von der Stelle, wo sie ruhen.

Die Stadt hat ihre natürliche Schönheit und Einzigartigkeit bewahrt; doch seltsamerweise werden diese Eigenschaften, die von vielen Autoren in Zeitaltern festgestellt wurden, in denen man angeblich kein Auge für das Malerische hatte, in unserer Epoche übersehen, und eine der wunderlichsten und kuriosesten Städte Englands wird heutzutage so gut wie gar nicht besucht.

Sie hat eine unvergleichliche Lage auf dem Gipfel einer steilen und eindrucksvollen Böschung, die sich am nördlichen, südlichen und westlichen Rand der Stadt aus dem tiefen alluvialen Tal von Blackmoor erhebt, wobei die Aussicht vom Schlosspark über drei Grafschaften mit üppigen Weiden – South, Mid und Nether Wessex – dem nichtsahnenden Reisenden einen Anblick bietet, so unerwartet wie die gesunde Luft, die seinen Lungen wohltut. Da das Gelände für die Eisenbahn völlig ungeeignet ist, erreicht man den Ort am besten zu Fuß oder nicht ganz so gut in einer leichten Kutsche; denn für diese ist er kaum zugänglich, außer über eine Art Landenge im Nordosten, die ihn mit dem hohen kalkhaltigen Tafelland in jener Richtung verbindet.

Das ist und war das nunmehr weltvergessene Shaston oder Palladour. Die Lage machte die Wasserversorgung zum größten Problem der Stadt; und die Älteren erinnern sich noch gut an den Anblick von Pferden, Eseln und Männern, beladen mit Bottichen und Fässern voll Wasser aus den Quellen am Fuß des Berges, die auf gewundenen Pfaden mühsam den Gipfel der Anhöhe erklommen, und an Straßenhändler, die das Nass für einen halben Penny pro Eimer verkauften.

Diese Schwierigkeit mit der Wasserversorgung, zusammen mit zwei anderen kuriosen Tatsachen, nämlich dass der größte Friedhof so steil angelegt ist wie ein Dach hinter der Kirche und dass die Stadt in alter Zeit eine eigenartige Periode des klösterlichen wie auch familiären Verfalls durchmachte, gab zu der Redensart Anlass, Shaston sei wegen dreierlei, nirgendwo sonst verfügbaren Tröstungen der Menschheit bemerkenswert. Es sei ein Ort, wo der Friedhof näher am Himmel liege als der Kirchturm, wo das Bier reichlicher fließe als Wasser und wo mehr Dirnen lebten als ehrliche Hausfrauen und Mädchen. Außerdem erzählt man sich, dass die Einwohner im Mittelalter zu arm gewesen seien, um ihre Priester zu bezahlen, und sich deshalb gezwungen sahen, ihre Kirchen abzureißen und auf öffentliche Gottesdienste zu verzichten; eine notwendige Maßnahme, die sie an Sonntagnachmittagen über ihren Bierkrügen auf den Bänken ihrer Gasthäuser beklagten. In jenen Tagen mangelte es den Shastoniern offenkundig nicht an Humor.

Es gab da noch eine weitere Besonderheit – eine moderne –, die Shaston anscheinend seiner speziellen Lage verdankte. Es war der Rastplatz und das Hauptquartier der Besitzer von Zigeunerwagen, Zirkusattraktionen, Schießbuden und anderem Wandergewerbe, die ihr Geld hauptsächlich auf Jahrmärkten und Volksfesten verdienten. So wie seltsame wilde Vögel sich auf hohen Vorgebirgen sammeln, sich nachsinnend auf längere Flüge vorbereiten oder auf ihrem Rückflug pausieren, standen hier in dieser Felsenstadt wirkungslos schweigend die gelben und grünen Wohnwagen, beschriftet mit ortsfremden Namen, als hätte sie eine so heftige Veränderung der Landschaft überrascht, dass sie nicht weiterfahren konnten; und hier blieben sie üblicherweise den ganzen Winter, bis sie im darauf folgenden Frühling erneut nach ihren alten Wegen Ausschau hielten und loszogen.

Diesen windigen und wunderlichen Flecken erklomm Jude eines Nachmittags gegen vier Uhr zum ersten Mal in seinem Leben vom nächstgelegenen Bahnhof, erreichte den Gipfel nach mühseliger Kletterei, ging an den ersten Häusern der luftigen Stadt vorüber und näherte sich dem Schulhaus. Es war noch zu früh; die Schüler saßen noch in ihren Klassenzimmern und ließen, gleich einem Mückenschwarm, ein leises Summen vernehmen; und so kehrte er mit ein paar Schritten zurück zum Abbey Walk, von wo aus er den Ort betrachtete, den das Schicksal zur Heimstatt all dessen ausersehen hatte, was er auf Erden am meisten liebte. Vor den großen, aus Stein gebauten Schulgebäuden wuchsen zwei gewaltige Buchen mit glatten, mausgrauen Stämmen, so wie diese Bäume nur im Kalkboden des Hochlands gedeihen. Hinter den Kreuzstockfenstern konnte er die schwarzen, braunen und blonden Scheitel der Schüler über den Fensterbänken erkennen, und er spazierte, um sich die Zeit zu vertreiben, zur ebenen Terrasse hinunter, wo einst die Gärten der Abtei gelegen hatten, während sein Herz unwillkürlich klopfte.

Da er nicht eintreten wollte, ehe die Kinder entlassen waren, verweilte er, bis man junge Stimmen im Freien vernahm und Mädchen in weißen Schürzen über roten und blauen Kitteln auf den Pfaden umherhüpften, auf denen dreihundert Jahre zuvor die Äbtissin, Priorin, Unterpriorin und fünfzig Nonnen sittsam geschritten waren. Zurückkehrend musste er feststellen, dass er zu lange gewartet hatte und dass Sue dem letzten Schüler in die Innenstadt gefolgt war, während Mr. Phillotson den ganzen

Nachmittag auf einer Lehrerkonferenz in Shottsford verbrachte.

Jude betrat das leere Klassenzimmer und setzte sich, nachdem das Mädchen, das den Fußboden kehrte, ihn informiert hatte, dass Mrs. Phillotson in wenigen Minuten zurück sein werde. Ein Klavier stand nahebei – tatsächlich dasselbe alte Pianino, das Phillotson in Marygreen besessen hatte –, und obwohl der dunkle Nachmittag es beinah unmöglich machte, die Noten zu lesen, berührte Jude sie auf seine bescheidene Art und kam nicht umhin, zu dem Kirchenlied zu modulieren, das ihn in der vorigen Woche derart gerührt hatte.

Hinter ihm regte sich jemand, und weil Jude glaubte, das Mädchen mit dem Besen sei immer noch da, achtete er nicht weiter darauf, bis die Person sich näherte und ihre Finger sanft auf seine Basshand legte. Die aufgelegte Hand war eine kleine, die er zu kennen schien, und er drehte sich um.

»Hör nicht auf«, sagte Sue. »Es gefällt mir. Ich hab es gelernt, bevor ich Melchester verließ. Sie haben es am Lehrerseminar gespielt.«

»Ich kann nicht herumklimpern, wenn du da bist! Spiel du es für mich.«

»Na gut … meinetwegen.«

Sue setzte sich, und ihre Interpretation des Stückes war zwar nicht überragend, wirkte aber im Vergleich zu seiner himmlisch. Sie war – und das verblüffte sie selbst – offenkundig gerührt von der aus dem Gedächtnis gespielten Melodie, und als sie fertig war, bewegte er seine Hand auf ihre zu, und ihre kam ihm entgegen. Jude ergriff sie – ebenso wie er es vor ihrer Hochzeit getan hatte.

»Es ist seltsam«, sagte sie in einem ganz anderen Ton, »dass mir die Melodie etwas bedeutet; weil …«

»Weswegen?«

»Das sieht mir nicht ähnlich … ganz und gar nicht.«

»Es ist nicht leicht, deine Gefühle zu wecken?«

»Das hab ich nicht gemeint.«

»Oh, aber es *sieht* dir ähnlich, weil du im Herzen genau wie ich bist!«

»Doch mein Verstand arbeitet anders.«

Sie spielte weiter und drehte sich plötzlich um; und sie umklammerten unüberlegt und unwillkürlich erneut die Hand des anderen.

Sie stieß ein gezwungenes kleines Lachen aus, als sie seine rasch wieder freigab.

»Wie komisch!«, sagte sie. »Ich frag mich, warum wir das getan haben?«

»Wahrscheinlich weil wir uns ähnlich sind, wie ich schon sagte.«

»Nicht in unserem Denken! Vielleicht ein wenig in unseren Gefühlen.«

»Und diese beherrschen das Denken … Wenn man bedenkt, dass der Komponist jenes Chorals der biederste Kerl ist, den ich je kennengelernt habe, möchte man am liebsten laut losfluchen!«

»Wie … du kennst ihn?«

»Ich hab ihn besucht.«

»Du Esel … du hast getan, was ich hätte tun sollen! Warum eigentlich?«

»Weil wir uns nicht ähnlich sind«, sagte er trocken.

»Jetzt einen Tee«, sagte Sue. »Sollen wir ihn hier trinken, anstatt bei mir zu Hause? Es macht keine Umstände, den Kessel und das Geschirr herzuholen. Wir wohnen nicht in der Schule, weißt du, sondern in dem uralten Gebäude gegenüber, Old-Grove Place genannt. Es ist so uralt und trist, dass es mich schrecklich deprimiert. Solche Häuser sind ganz nett für einen Besuch, aber nicht um drin zu wohnen … Ich fühl mich regelrecht zermalmt vom Gewicht so vieler darin verbrachter Leben. In einem Haus, das neu ist wie diese Schulen, muss man sich nur um das eigene Leben kümmern. Setz dich, und ich sag Ada, sie soll das Teegeschirr bringen.«

Er wartete im Licht des Ofens, dessen Tür sie vor dem Hinausgehen aufgerissen hatte, und als sie, gefolgt von dem Dienstmädchen mit dem Tee, zurückkehrte, setzten sie sich in den Schein desselben Lichts, unterstützt von den bläulichen Strahlen des Spirituskochers unter dem Kupferkessel auf dem Gestell.

»Das ist eines deiner Hochzeitsgeschenke an mich«, sagte sie, auf letztgenanntes deutend.

»Ja«, sagte Jude.

Ihm kam es so vor, als ob der von ihm gespendete Kessel mit ironischem Unterton pfeife; und um das Thema zu wechseln, sagte er: »Kennst du eine gut lesbare Ausgabe der nicht kanonischen Bücher des Neuen Testaments? Du liest sie doch nicht in der Schule, oder?«

»Du liebe Güte, nein … das würde die Nachbarn aufschrecken … Ja, da gibt es eine. Ich kenne mich jetzt nicht mehr so gut aus, habe mich aber dafür interessiert, als mein früherer Freund noch lebte. Cowpers *Apocryphal Gospels.*«

»Klingt wie das, was ich suche.« Seine Gedanken kehrten jedoch mit einem Stich zurück zu dem »früheren Freund« – er wusste, sie meinte damit ihren Kameraden von der Universität in ihren jungen Jahren. Er fragte sich, ob sie ihn gegenüber Phillotson erwähnte.

»Das Evangelium des Nikodemus ist sehr schön«, fuhr sie fort, um ihn von seinen eifersüchtigen Grübeleien abzulenken, die sie wie immer deutlich wahrnahm. Wenn sie, so wie jetzt, über irgendein belangloses Thema sprachen, gab es tatsächlich immer eine zweite, stille Konversation zwischen ihren Gefühlen, so vollkommen war ihre Wechselbeziehung. »Es ist genauso wie der authentische Text. Zudem ganz in Versen, sodass man meint, eines der anderen Evangelien im Traum zu lesen, wenn alles dasselbe und doch nicht dasselbe ist. Jude, interessierst du dich immer noch für diese Fragen? Studierst du die *Apologetica*?«

»Ja. Ich beschäftige mich eifriger mit der Theologie denn je.«

Sie musterte ihn neugierig.

»Warum schaust du mich so an?«

»Oh … warum willst du das wissen?«

»Ich bin sicher, dass du mir viel zu diesem Thema erzählen könntest, wovon ich wohl keine Ahnung habe. Du musst viel von deinem lieben toten Freund gelernt haben!«

»Lass uns jetzt nicht wieder damit anfangen!«, beschwichtigte sie ihn. »Arbeitest du nächste Woche wieder in dieser Kirche, wo du das schöne Lied gelernt hast?«

»Ja, vielleicht.«

»Das wär großartig. Soll ich dich dort besuchen? Es liegt in dieser Richtung, und ich könnte an irgendeinem Nachmittag für eine halbe Stunde vorbeikommen?«

»Nein. Komm nicht!«

»Wie … wollen wir denn nicht mehr Freunde sein, so wie früher?«

»Nein.«

»Das wusste ich nicht. Ich dachte, du würdest immer freundlich zu mir sein!«

»Nein, werd ich nicht.«

»Was hab ich denn getan? Ich war mir sicher, dass wir

beide …« Das *tremolo* in ihrer Stimme ließ sie verstummen.

»Sue, manchmal halte ich dich für kokett«, sagte er unvermittelt.

Vorübergehend herrschte Schweigen, dann sprang sie plötzlich auf; und zu seinem Erstaunen sah er im Licht der Kesselflamme, dass sie errötet war.

»Ich kann nicht länger mit dir reden, Jude!«, sagte sie, ihre tragische Altstimme klang wieder wie früher. »Es wird zu dunkel, um so zusammenzubleiben, nachdem man morbide Karfreitagslieder gespielt hat, die einen fühlen lassen, was man nicht fühlen sollte! … Wir dürfen nie wieder so zusammensitzen und reden. Ja … du musst gehen, weil du dich in mir täuschst! Ich bin genau das Gegenteil von dem, was du mir so grausam vorwirfst … Oh Jude, es war *grausam*, das zu sagen! Trotzdem kann ich nicht erzählen, wie es wirklich ist … Ich sollte dir einen Schreck einjagen, indem ich dir erkläre, wie ich meinen Trieben nachgebe, und wie fest ich daran glaube, dass man mir keine Reize geschenkt hätte, wenn ich sie mir nicht nutzbar machen dürfte! Die Liebe einiger Frauen zum Geliebtwerden ist unersättlich; und ebenso oft ist dies ihre Liebe zum Lieben; und in letztgenanntem Fall entdecken sie womöglich zuweilen, dass sie nicht unablässig den Kammerherrn lieben können, der ihnen laut bischöflicher Urkunde zugewiesen wurde. Aber du bist so ehrlich, Jude, dass du mich nicht verstehen kannst! … Jetzt musst du gehen. Es tut mir leid, dass mein Mann nicht zu Hause ist.«

»Wirklich?«

»Ich weiß, ich hab das nur gesagt, weil es sich so gehört! Eigentlich glaube ich nicht, dass es mir leidtut. Leider kommt beides aufs selbe raus!«

Da sie es schon vorher mit dem Händchenhalten übertrieben hatten, berührte sie seine Finger nur leicht, als er sich nun auf den Weg machte. Kaum war er aus der Tür, da sprang sie mit einem unzufriedenen Blick auf eine Schulbank und öffnete den eisernen Flügel des Fensters, unter dem er draußen vorbeiging. »Wann verlässt du die Stadt, um den Zug zu erwischen, Jude?«, fragte sie.

Er sah überrascht nach oben. »Die Kutsche zum Bahnhof fährt in ungefähr einer Dreiviertelstunde.«

»Was machst du so lange?«

»Oh … herumspazieren, glaub ich. Vielleicht besuch ich die alte Kirche.«

»Es kommt mir grausam vor, dich einfach so fortzujagen! Du hast schon genug Kirchen im Kopf, weiß der Himmel, da musst du nicht noch eine im Dunkeln besuchen. Bleib hier.«

»Wo?«

»Wo du bist. Ich kann so besser mit dir reden, als wenn du drinnen wärst … Es war so nett und lieb von dir, auf einen halben Arbeitstag zu verzichten, nur um mich zu sehen! … Du bist Joseph, der Träumer von Träumen, lieber Jude. Und ein tragischer Don Quijote. Und manchmal bist du der heilige Stephanus, der die Himmel offen sah, als man ihn steinigte. Oh mein armer Freund und Kamerad, du wirst noch zu leiden haben!«

Nun, da sie durch das Fensterbrett getrennt wurden, sodass er sie nicht berühren konnte, schien es ihr nichts auszumachen, eine Offenheit an den Tag zu legen, die sie in seiner Nähe gescheut hatte. »Ich habe mir überlegt«, fuhr sie in einem immer noch überempfindsamen Ton fort, »dass die gesellschaftlichen Schablonen, in die uns die Zivilisation zwängt, nicht mehr mit unserem eigentlichen

Naturell zu tun haben als die allgemein bekannten Sternbilder mit der tatsächlichen Streuung der Sterne. Man nennt mich Mrs. Richard Phillotson und meint, ich verbringe ein ruhiges Eheleben mit meinem gleichnamigen Gegenstück. Doch eigentlich bin ich nicht Mrs. Richard Phillotson, sondern eine herumgestoßene, völlig einsame Frau mit abwegigen Leidenschaften und unerklärlichen Abneigungen … Du darfst jetzt nicht länger warten, sonst verpasst du deine Kutsche. Komm und besuch mich wieder einmal. Dann musst du dir das Haus ansehn.«

»Ja!«, sagte Jude. »Wann denn?«

»Morgen in einer Woche. Wiedersehen … Wiedersehen!« Sie streckte ihre Hand aus und strich ihm mitfühlend über die Stirn – nur einmal. Jude sagte Lebwohl und verschwand in der Dunkelheit.

Auf der Bimport Street glaubte er die Räder der abfahrenden Kutsche zu hören, und tatsächlich, als er Duke's Arms am Marktplatz erreichte, war sie schon fort. Da er den Bahnhof unmöglich rechtzeitig zu Fuß erreichen konnte, um seinen Zug zu erwischen, blieb er notgedrungen in der Stadt und wartete auf die nächste Kutsche – zum letzten Zug nach Melchester in dieser Nacht.

Er wanderte ein wenig umher, besorgte sich etwas zu essen, und dann, er hatte noch eine weitere halbe Stunde Zeit, führten ihn seine Schritte unwillkürlich durch den altehrwürdigen Friedhof der Trinity Church mit seinen Lindenalleen und zurück in Richtung der Schulen. Sie lagen vollkommen im Dunkeln. Sie hatte gesagt, sie wohne gegenüber in Old-Grove Place, ein Haus, das er bald entdeckte, da sie es als uralt beschrieben hatte.

Eine Kerze schimmerte in einem der vorderen Fenster, die Fensterläden standen noch offen. Er konnte das Innere deutlich erkennen – der Fußboden lag ein paar Stufen tiefer als die Straße, die in den Jahrhunderten nach der Errichtung des Hauses erhöht worden war. Sue, offenbar gerade hereingekommen, stand mit Hut in diesem vorderen Salon oder Wohnzimmer, dessen Wände mit Eichenholz vom Boden bis zur Decke getäfelt waren, Letztere wurde von mächtigen profilierten Balken knapp über ihrem Kopf gestützt. Die Kamineinfassung war ebenso klobig, mit jakobinischen Pilastern und Schneckenverzierungen. Die Jahrhunderte hingen tatsächlich zentnerschwer über dem Haupt einer jungen Frau, die hier ihre Zeit verbrachte.

Sie hatte ein Handarbeitskistchen aus Rosenholz geöffnet und blickte auf eine Fotografie. Nachdem sie das Bild eine Weile nachdenklich betrachtet hatte, drückte sie es an ihren Busen und legte es wieder zurück.

Dann fiel ihr auf, dass sie die Fenster noch nicht verdunkelt hatte, und sie trat vor, die Kerze in der Hand, um dies zu tun. Draußen war es zu finster, als dass sie Jude hätte erkennen können, er aber konnte ihr Gesicht deutlich sehen, und um ihre dunklen, langwimprigen Augen waren unverkennbare Spuren von Tränen.

Sie schloss die Fensterläden, und Jude wandte sich ab, um seine einsame Heimreise zu beginnen. »Wessen Fotografie hat sie angesehen?«, sagte er. Er hatte ihr einst seine geschenkt; er wusste jedoch, dass sie noch andere besaß. Trotzdem war es doch gewiss seine gewesen?

Ihm war klar, dass er ihrer Einladung nachkommen und sie nochmals besuchen würde. Jene ernsten Männer, von denen er las, die Heiligen, die sie mit sanfter Respektlosigkeit seine Halbgötter genannt hatte, hätten solche Begegnungen gemieden, wenn sie an ihrer eigenen Kraft zweifelten. Er aber konnte das nicht. Er mochte die ganze Zeit bis zu ihrem Wiedersehen fasten und beten, doch das Menschliche war stärker in ihm als das Göttliche.

IV–2

Lenkt aber Gott nicht, lenkt die Frau. Schon am nächsten Morgen erreichte ihn folgende Nachricht von ihr:

»Komm nächste Woche nicht. Um Deinetwillen! Wir waren zu frei, unter dem Einfluss jener morbiden Hymne und des Dämmerlichts. Denk nicht öfter als Du es vermeiden kannst an

SUSANNA FLORENCE MARY.«

Es war eine heftige Enttäuschung. Er kannte ihre Stimmung, ihr Gesicht, wenn sie mit all ihren Vornamen unterschrieb. Doch in welcher Stimmung sie auch sein mochte, ihre Meinung konnte er nicht als falsch verwerfen. Er antwortete:

»Einverstanden. Du hast recht. Es ist eine Lektion in Entsagung, die ich wohl beizeiten lernen sollte.

JUDE.«

Er schickte die Nachricht am Abend vor Ostern ab, und sie schienen zu einer endgültigen Entscheidung gekommen zu sein. Doch da waren noch andere Mächte und Gesetze am Werk. Am Ostermontag erhielt er eine Botschaft von der Witwe Edlin, die er angewiesen hatte, im Ernstfall zu telegrafieren.

»Ihre Tante ringt mit dem Tod. Kommen Sie sofort.«

Er warf sein Werkzeug hin und machte sich auf den Weg. Dreieinhalb Stunden später überquerte er die Hügel um Marygreen, und bald kam er zu dem Feld in der Mulde, das ihm eine Abkürzung zum Dorf bot. Als er auf der gegenüberliegenden Seite bergauf stieg, trat ein Arbeiter, der sein Nahen von einem den Pfad versperrenden Tor beobachtet hatte, nervös von einem Fuß auf den anderen und suchte nach Worten. »Ich kann an seiner Miene erkennen, dass sie gestorben ist«, sagte Jude. »Arme Tante Drusilla.«

Es war so, wie er vermutet hatte, und Mrs. Edlin hatte den Mann losgeschickt, um ihm die Nachricht zu überbringen.

»Sie hättse nimmer erkannt. Sie lag da wie ne Puppe mit Glasaugen, es macht also kein Unterschied, dasse nich da g'wesen sind«, sagte er.

Jude ging weiter zum Haus, und am Nachmittag, nachdem alles fertig war und die Aufbahrer ihr Bier ausgetrunken hatten und verschwunden waren, saß er allein in dem stillen Zimmer. Es war absolut notwendig, Sue zu benachrichtigen, obwohl sie erst zwei, drei Tage zuvor vereinbart hatten, einander aufzugeben. Er schrieb so kurz wie möglich:

> »Tante Drusilla ist gestorben, wurde fast unversehens von uns genommen. Die Beerdigung ist am Freitagnachmittag.«

Er blieb bis zum anberaumten Tag in Marygreen und Umgebung, überprüfte am Freitagvormittag, ob man das Grab vorbereitet hatte, und fragte sich, ob Sue kommen würde. Sie hatte nicht geschrieben, und dies schien eher auf ihr Erscheinen hinzudeuten als auf ihr Fernbleiben. Nachdem er die Ankunftszeit des einzigen Zuges herausgefunden hatte, den sie hätte nehmen können, verriegelte er gegen Mittag die Tür, überquerte das Feld in der Mulde bis zum Rand des Hochlands beim Brown House, und hier stand er und blickte über die weite Landschaft nach Norden und auf die nähere Umgebung, wo Alfredston lag. Zwei Meilen dahinter wanderte eine weiße Dampfwolke von links nach rechts.

Sogar jetzt noch würde es lange ungewiss bleiben, ob sie angekommen war. Er wartete dennoch, und schließlich zuckelte eine kleine Mietkutsche bis zum Fuß des Berges, eine Person stieg aus, das Gefährt wendete und der Passagier machte sich auf den Weg bergauf. Sie war es; und sie wirkte heute so dünn, als müsse sie von einer allzu leidenschaftlichen Umarmung zerdrückt werden – einer Umarmung, die ihm nicht zustand. Nachdem sie zwei Drittel des Wegs hinter sich gebracht hatte, legte sie plötzlich besorgt den Kopf in den Nacken, und er wusste im selben Augenblick, dass sie ihn erkannt hatte. Bald breitete sich über ihr Gesicht ein nachdenkliches Lächeln, das verweilte, bis er, der er ihr ein paar Schritte entgegengeeilt war, vor ihr stand.

»Ich dachte«, begann sie nervös und übereilt, »dass es so traurig wäre, wenn du die Beerdigung allein durchstehen müsstest. Also bin ich – im letzten Moment – doch hergefahren.«

»Liebe treue Sue!«, murmelte Jude.

Der Unbestimmbarkeit ihrer seltsamen Doppelnatur entsprechend, blieb Sue jedoch nicht für eine ausführliche Begrüßung stehen, obwohl bis zum Begräbnis noch Zeit genug war. Ein so ungewöhnliches Gefühlsgemenge wie zu dieser Stunde dürfte sich in den nächsten Jahren nicht, vielleicht sogar niemals wiederholen, und Jude hätte innegehalten, darüber nachgesonnen und gesprochen. Doch Sue, die es entweder gar nicht bemerkte oder deutlicher wahrnahm als er, gestattete sich nicht, es nachzuempfinden.

Die traurige und schlichte Feier war bald vorüber, den Weg zur Kirche legten sie fast im Trab zurück, da der geschäftstüchtige Bestatter eine Stunde später und drei Meilen entfernt noch eine wichtigere Beerdigung hatte. Drusilla wurde im neuen Friedhof, weitab von ihren Vorfahren, zur Ruhe gebettet. Sue und Jude waren nebeneinander zum Grab gegangen und tranken nun Tee in dem altvertrauten Haus; ihre Leben trafen sich endlich bei dieser letzten Würdigung der Verstorbenen.

»Sie war von der Wiege bis zur Bahre gegen das Heiraten, sagst du?«, murmelte Sue.

»Ja. Besonders in unserer Familie.«

Sie sah ihm in die Augen und musterte ihn eine Weile.

»Wir sind eine ziemlich traurige Familie, stimmt's, Jude?«

»Sie sagte, wir taugen nicht als Ehemänner und Ehefrauen. Gewiss machen wir in diesen Rollen eine unglückliche Figur. Für mich gilt das jedenfalls ganz und gar!«

Sue schwieg. »Ist es denn falsch, Jude«, sagte sie mit einem zaghaften Zittern, »wenn ein Ehemann oder eine Ehefrau einer dritten Person erzählt, dass sie in ihrer Ehe unglücklich ist? Ist die Vermählung eine ausschließlich religiöse Angelegenheit, wäre es wohl falsch; ist es aber lediglich ein schäbiger Vertrag – und das scheint ja auch der Fall zu sein – zum Zwecke materieller Vorteile hinsichtlich Haushaltsführung, Steuern und Abgaben sowie bei der Vererbung von Grundstücken und Geld an Kinder, wobei es notwendig ist, die Vaterschaft zu belegen, warum könnten sie dann nicht einfach sagen oder es sogar von den Dächern rufen, dass es ihr oder ihn schmerzt und Kummer bereitet?«

»Ich hab's dir doch gesagt.«

Sie sprach sofort weiter: »Glaubst du, dass es viele Paare gibt, bei denen einer den anderen nicht ausstehen kann, obwohl dieser im Grunde nichts falsch gemacht hat?«

»Ja, das kann gut sein. Zum Beispiel, wenn einer der beiden jemand anderen liebt.«

»Aber davon einmal abgesehen? Hätte die Frau beispielsweise einen üblen Charakter, weil sie nicht gern mit ihrem Mann zusammenlebt; nur …« Ihre Stimme schwankte, und er konnte sich vorstellen, worum es ihr ging. »… nur weil es ihr persönlich gegen den Strich geht … weil sie eine körperliche Abneigung empfindet … weil sie sozusagen einfach zu wählerisch ist oder so … obwohl sie ihm gegenüber Respekt hat und ihm dankbar ist? Rein theoretisch. Sollte sie versuchen, ihre Prüderie zu überwinden?«

Jude warf ihr einen bekümmerten Blick zu. Wegschauend sagte er: »Das wäre nur einer jener Fälle, bei denen meine Erfahrungen mit meinen Grundsätzen unvereinbar sind. Als ordnungsliebender Mensch – der ich hoffe zu sein, aber wahrscheinlich nicht bin – sollte ich ja sagen. Aus Erfahrung und unvoreingenommen sollte ich nein sagen … Sue, ich glaube, du bist nicht glücklich!«

»Bin ich doch!«, widersprach sie. »Wie könnte eine Frau unglücklich sein, die erst seit acht Wochen mit einem Mann verheiratet ist, den sie aus freien Stücken gewählt hat?«

»Aus freien Stücken?«

»Warum wiederholst du das? ... Aber ich muss mit dem Sechs-Uhr-Zug zurückfahren. Du bleibst wohl noch hier?«

»Ein paar Tage, um die Angelegenheiten meiner Tante zu regeln. Dieses Haus ist jetzt Geschichte. Soll ich dich zum Bahnhof bringen?«

Sue ließ ein kleines ablehnendes Lachen vernehmen. »Lieber nicht. Begleite mich ein Stück, wenn du möchtest.«

»Moment mal ... du kannst heute Abend nicht fort! Der Zug fährt nicht bis Shaston. Du musst bleiben und morgen zurückfahren. Mrs. Edlin hat reichlich Platz, falls du nicht hier übernachten willst?«

»Na gut«, sagte sie zweifelnd. »Ich habe ihm nicht gesagt, dass ich ganz bestimmt zurückfahre.«

Jude ging zum Nachbarhaus, um der Witwe Bescheid zu sagen; und als er nach wenigen Minuten zurückkehrte, setzte er sich wieder.

»Wir sind in einer entsetzlichen Lage, Sue ... entsetzlich!«, sagte er unvermittelt, den Blick zu Boden gerichtet.

»Nein! Warum?«

»Ich kann dir nicht alles sagen, was mir auf dem Herzen liegt. Bei dir ist es so, dass du ihn nicht hättest heiraten sollen. Ich habe das erkannt, bevor du es getan hast, dachte aber, dass ich nicht dreinreden dürfte. Ich hatte unrecht, ich hätte es tun sollen!«

»Aber wie kommst du zu dieser Vermutung, Lieber?«

»Weil ... ich unter dein Federkleid sehen kann, armes Vögelchen!«

Ihre Hand lag auf dem Tisch, und Jude legte seine darauf. Sue zog ihre fort.

»Das ist absurd, Sue«, rief er, »nach all unseren Gesprächen! Ich bin in solchen Dingen strenger und formeller als du; und dass du dich gegen eine so unschuldige Berührung sträubst, beweist deine lächerliche Unbeständigkeit!«

»Vielleicht war es zu prüde«, sagte sie reumütig. »Ich dachte nur, dass das so ein Trick von uns ist … möglicherweise zu oft. Da, halt sie, solange du willst. Ist das nicht lieb von mir?«

»Ja; sehr sogar.«

»Aber ich muss es ihm sagen.«

»Wem?«

»Richard.«

»Oh … freilich, wenn du es für notwendig hältst. Doch da es nichts zu bedeuten hat, würde es ihn vielleicht nur grundlos belästigen.«

»Also … du bist dir sicher, dass du es nur als mein Cousin meinst?«

»Absolut sicher. Mir wurde jedes liebevolle Gefühl ausgetrieben.«

»Das ist neu. Wie kam es dazu?«

»Ich habe Arabella getroffen.«

Der Schlag ließ sie zurückzucken; dann sagte sie neugierig: »Wann hast du sie getroffen?«

»Als ich in Christminster war.«

»Sie ist also wieder da; und du hast mir nie davon erzählt! Du wirst jetzt wohl mit ihr zusammenleben?«

»Freilich … so wie du mit deinem Mann.«

Sie sah auf die Blumentöpfe am Fenster mit Geranien und Kakteen, vertrocknet, weil niemand sich um sie gekümmert hatte, und durch sie hindurch in die Ferne, bis ihre Augen feucht wurden. »Was hast du?«, sagte Jude in sanfterem Ton.

»Warum freust du dich so, zu ihr zurückzukehren, wenn … wenn das, was du mir einst gesagt hast, immer noch zutrifft … ich meine, wenn es damals zutraf! Jetzt natürlich nicht mehr! Wie konnte dein Herz so rasch zu Arabella zurückfinden?«

»Ich vermute mal, dass die göttliche Vorsehung nachgeholfen hat.«

»Ah … das kann nicht sein!«, sagte sie mit sanftem Tadel. »Du nimmst mich auf den Arm … das ist alles … weil du glaubst, dass ich unglücklich bin.«

»Ich weiß es nicht. Ich will es nicht wissen.«

»Wenn ich unglücklich wäre, wäre es allein mir und meiner Bösartigkeit zuzuschreiben; nicht dass ich ein Recht hätte, ihn nicht zu mögen! Er ist in jeder Hinsicht rücksichtsvoll mir gegenüber, und er ist interessant, wegen der umfangreichen Allgemeinbildung, die er sich angeeignet hat, indem er alles liest, was ihm in die Finger kommt … Glaubst du, Jude, dass ein Mann eine Frau seines Alters heiraten sollte oder eine viel jüngere – achtzehn Jahre jünger – wie ich?«

»Das hängt davon ab, was sie füreinander empfinden.«

Er gab ihr keine Gelegenheit, selbstzufrieden zu sein, und sie musste ohne Hilfestellung weiterreden, was sie in einem gezwungenen Ton, fast weinerlich, tat:

»Ich … ich glaube, ich muss ebenso ehrlich mit dir sein wie du mit mir. Vielleicht hast du schon begriffen, was ich sagen möchte? … dass ich Mr. Phillotson nicht leiden kann, obwohl ich ihn als Freund schätze … Für mich ist es eine Tortur, mit … ihm als Gatten zu leben! … Da, jetzt hab ich die Katze aus dem Sack gelassen … Ich konnte nicht anders, obwohl ich … so getan habe, als wäre ich glücklich … Jetzt wirst du mich wohl auf immer und ewig verachten!« Sie beugte ihr Gesicht zu den auf dem Tischtuch liegenden Händen herab und brach schweigend in kleine Schluchzer aus, die den wackligen dreibeinigen Tisch erbeben ließen.

»Ich bin erst seit ein, zwei Monaten verheiratet!«, fuhr sie, immer noch über den Tisch gebeugt und in ihre Hände schluchzend, fort. »Und man sagt, dass das, wovor eine Frau in den ersten Tagen ihrer Ehe zurückschreckt, sie nach gut sechs Jahren schulterzuckend in Kauf nimmt. Allerdings klingt das genauso wie die Behauptung, dass ein amputiertes Glied keine Behinderung darstellt, weil man sich im Lauf der Zeit gut an ein Holzbein oder eine Armprothese gewöhnen kann.«

Jude konnte kaum sprechen, doch er sagte: »Ich hab mir schon gedacht, dass da etwas nicht stimmt, Sue! Oh, ich hab's mir gedacht!«

»Aber es ist anders, als du denkst! … Da ist nichts verkehrt außer meiner eigenen Bösartigkeit, wie man es wohl nennen mag … ein Widerwille meinerseits, dessen Ursprung ich nicht preisgeben kann … den keine Menschenseele als Grund für meine Probleme anerkennen würde! … Was mich am meisten quält, ist die Notwendigkeit, mich diesem Mann, wann immer er es wünscht, zu fügen, auch wenn er moralisch tadellos ist! … Die abscheuliche Pflicht, auf eine bestimmte Art zu empfinden, in einer Sache, die ohne Freiwilligkeit undenkbar ist! … Ich wünschte, er würde mich schlagen oder mir untreu sein oder unverhohlen etwas tun, das ich als Rechtfertigung für meine Gefühle vorbringen könnte! Er aber tut nichts, ist nur etwas kühl geworden, seit er herausgefunden hat, wie ich empfinde. Deswegen ist er nicht zur Beerdigung gekommen … Oh, mir ist so elend zumute … Ich weiß nicht, was ich tun soll … Komm mir nicht zu nahe, Jude, du darfst nicht. Nicht … nicht!«

Er aber war aufgesprungen und drückte sein Gesicht an ihres – oder vielmehr an ihr Ohr, da sie ihr Gesicht verbarg.

»Ich hab nein gesagt, Jude!«

»Ich weiß … ich wollte dich … nur trösten! Das alles konnte nur deshalb geschehen, weil ich bei unserer ersten Begegnung schon verheiratet war, oder? Du wärst meine Frau geworden, Sue, wenn es anders gewesen wäre, nicht wahr?«

Statt zu antworten, stand sie rasch auf, sagte, sie mache einen Spaziergang zum Grab ihrer Tante auf dem Friedhof, um sich zu fassen, und verließ das Haus. Jude folgte ihr nicht. Zwanzig Minuten später sah er sie über die Dorfwiese zu Mrs. Edlins Anwesen gehen, und kurz darauf schickte sie ein kleines Mädchen, ihre Tasche zu holen und ihm auszurichten, sie sei zu müde, um ihn am Abend noch einmal zu treffen.

Jude saß im leeren Zimmer seiner Tante und sah zu, wie das Häuschen der Witwe Edlin von den nächtlichen Schatten verschluckt wurde. Er wusste, dass Sue ebenso einsam und entmutigt hinter den Mauern saß, und stellte abermals seine fromme Maxime infrage, so sei alles zum Besten.

Er ging früh zu Bett, fand aber wegen des Gefühls, dass Sue ihm so nah war, keine Ruhe. Irgendwann gegen zwei Uhr, als er allmählich fester zu schlafen begann, wurde er von einem schrillen Quieken geweckt, das er noch ziemlich gut aus der Zeit kannte, da er ständig in Marygreen gewohnt hatte. Es war der Schrei eines Kaninchens, das in eine Falle geraten war. So wie es diese kleinen Tiere immer taten, wiederholte es seinen Schrei nicht und mochte wahrscheinlich kaum mehr als ein- oder zweimal quieken, sondern seine Qual bis zum Morgen erdulden, wenn der

Fallensteller kommen und ihm den Schädel einschlagen würde.

Er, der in seiner Kindheit Regenwürmern das Leben gerettet hatte, begann sich nun die Todesqualen des Kaninchens mit dem zerfleischten Lauf vorzustellen. War es ein »schlechter Fang« am Hinterlauf, würde das Tier während der folgenden sechs Stunden an der Falle zerren, bis die Eisenzähne ihm das Fleisch vom Beinknochen geschält hätten, und wenn das Gerät eine schwache Feder hatte, sodass das Kaninchen schließlich entkommen konnte, würde es auf dem Feld an der Verstümmelung verenden. Bei einem »guten Fang« am Vorderlauf wäre der Knochen gebrochen und das Bein beim Versuch, doch noch zu entkommen, fast entzweigerissen.

Eine gute halbe Stunde verstrich, und das Kaninchen schrie erneut. Jude konnte keinen Frieden mehr finden, ehe er es von seinen Schmerzen erlöst hatte, also zog er sich an, ging nach unten und im Mondlicht über die Wiese in die Richtung, aus der das Geräusch kam. Er erreichte die Hecke am Rand des Gartens der Witwe und blieb stehen. Nun wurde er von dem leisen Klappern der Falle geleitet, die das sich windende Tier hinter sich herzog, und als er es eingeholt hatte, schlug er ihm mit der Handkante in den Nacken, wonach es tot dalag.

Er wandte sich gerade ab, da sah er eine Frau aus einem geöffneten Fenster im Erdgeschoss des benachbarten Häuschens schauen. »Jude!«, sagte jemand zaghaft – es war Sues Stimme. »Bist du das … oder?«

»Ja, Liebes!«

»Ich konnte überhaupt nicht schlafen, und dann hörte ich das Kaninchen und musste ständig daran denken, wie es litt, bis mir klar wurde, dass ich herunterkommen und es töten muss! Aber ich bin so froh, dass du vor mir da warst … Diese Stahlfallen sollten wirklich verboten werden!«

Jude war vor das ziemlich tief liegende Fenster getreten, dessen unterer Rand Sue nur bis zur Taille reichte. Sie ließ den Griff des Fensterflügels los und legte ihre Hand auf seine, während ihr vom Mond beschienenes Gesicht ihn versonnen musterte.

»Hat es dich wach gehalten?«, sagte er.

»Nein … ich war schon wach.«

»Weshalb?«

»Oh, du weißt schon … also gut! Ich weiß, dass du mit deinen frommen Lehren glaubst, dass eine Frau mit einem Kummer wie meinem eine Todsünde begeht, wenn sie alles einem anderen Mann anvertraut, so wie ich dir. Inzwischen bereue ich es!«

»Du solltest das nicht bereuen, Liebes«, sagte er. »Vielleicht *war* das mal meine Ansicht, aber meine Lehren und ich gehen so langsam getrennter Wege.«

»Ich hab's geahnt … ich hab's geahnt! Und deswegen habe ich geschworen, dich nicht in deinem Glauben zu stören. Aber … ich bin so froh, dich zu sehen! … und, oh, dabei wollte ich dich nie wiedersehn, nun, da durch Tante Drusillas Tod das letzte Band zwischen uns zerrissen ist!«

Jude ergriff ihre Hand und küsste sie. »Da gibt es noch ein stärkeres Band!«, sagte er. »Meine Lehren und meine Religion sind mir inzwischen egal! Weg damit! Lass mich dir helfen, auch wenn ich dich tatsächlich liebe und auch wenn du …«

»Sprich es nicht aus! … ich weiß, was du sagen willst; aber so viel kann ich nicht zulassen. Da! Denk, was du willst, aber zwing mich nicht dazu, Fragen zu beantworten!«

»Ich wünschte, du wärst glücklich, ganz gleich, was mit mir geschieht!«

»Es darf nicht sein! So wenige können nachempfinden, was ich fühle … sie würden sagen, dass es an meinem launischen und anspruchsvollen Wesen liegt oder dergleichen, und mich verdammen … Die übliche Tragödie der Liebe im zivilisierten Leben hat nichts mit den natürlichen Tragödien der Liebe gemein, sie ist nur eine künstlich gefertigte Tragödie für jene, die im Naturzustand erleichtert wären über eine Trennung! … Es wäre vielleicht falsch gewesen, dir von meinem Kummer zu erzählen, wenn es jemand anderen gäbe, dem ich es erzählen könnte. Aber ich habe niemanden. Und ich *muss* jemandem davon erzählen! Jude, bevor ich heiratete, habe ich nie gründlich darüber nachgedacht, was Ehe bedeutet, obwohl ich es wusste. Es war idiotisch von mir … unentschuldbar. Ich war alt genug und dachte, ich hätte ausreichend Erfahrungen gesammelt. Also stürzte ich mich mit all meiner verblödeten Selbstsicherheit Hals über Kopf ins Unglück, als ich wegen der Sache am Lehrerseminar in der Klemme steckte! … Meiner Meinung nach sollte man den Knoten lösen dürfen, den man aus Unwissenheit geknüpft hat! So etwas widerfährt wohl sehr vielen Frauen; nur dass sie sich unterwerfen, während ich mich aufbäume … *Was* werden wohl die Menschen eines kommenden Zeitalters sagen, wenn sie zurückblicken auf die barbarischen Bräuche und den Aberglauben der Epoche, in der wir zu unserem Unglück leben müssen!«

»Du bist sehr verbittert, liebste Sue! Ich wünschte nur … ich wünschte …«

»Du musst jetzt hineingehen!«

Einer spontanen Eingebung folgend, beugte sie sich über

das Fensterbrett, legte ihr Gesicht auf sein Haar, weinte und drückte dann einen kaum spürbaren kleinen Kuss auf seinen Scheitel, wonach sie sich rasch zurückzog, sodass er sie nicht umarmen konnte, wie er es ansonsten unweigerlich getan hätte. Sie schloss das Fenster, und er kehrte zurück in sein Häuschen.

IV–3

Jude musste die ganze Nacht an Sues bedrückende, von echtem Kummer sprechende Beichte denken.

Am nächsten Morgen, als es für sie Zeit war aufzubrechen, sahen die Nachbarn sie und ihren Gefährten zu Fuß auf dem Hügelweg bergab in Richtung der verlassenen Straße nach Alfredston verschwinden. Eine Stunde später kehrte er auf demselben Pfad zurück, und in seinem Gesicht zeichnete sich ein durchaus mit einer Spur Verwegenheit vermischtes Frohlocken ab. Irgendetwas war vorgefallen.

Sie waren an der stillen Landstraße stehen geblieben, um sich Lebewohl zu sagen, und in ihrer angespannten und leidenschaftlichen Stimmung hatten sie einander verwirrt gefragt, wie weit ihre Vertraulichkeit denn nun gehen solle; dabei war es fast zum Streit gekommen, und sie hatte mit Tränen in den Augen gesagt, für ihn als angehenden Pfarrer sei es kaum angemessen, die Absicht zu hegen, sie zum Abschied zu küssen, so wie er es nun tun wolle. Dann hatte sie eingeräumt, dass der Kuss an sich gar nichts bedeute: Alles hänge von der Gesinnung ab. Küsse er sie in der Gesinnung eines Cousins und Freundes, habe sie keine Einwände; in der Gesinnung eines Liebhabers konnte sie es hingegen nicht zulassen. »Schwörst du, dass du mich nicht in diesem Sinne küsst?«, hatte sie gefragt.

Nein: er wollte nicht. Und dann hatten sie sich befremdet voneinander abgewandt und waren getrennter Wege gegangen, bis beide, nach zwanzig bis dreißig Yards, sich gleichzeitig umdrehten. Der Blick, den sie jetzt wechselten, erwies sich als fatal für die Zurückhaltung, die sie bislang mehr oder weniger aufrechterhalten hatten. Sie waren rasch aufeinander zugelaufen, hatten sich vollkommen unüberlegt umarmt sowie innig und lang geküsst. Als sie sich schließlich doch getrennt hatten, waren ihre Wangen gerötet, und sein Herz pochte heftig.

Der Kuss war ein Wendepunkt in Judes Lebenslauf. Zurück im Häuschen und seinen eigenen Gedanken überlassen, begriff er eines: Obwohl sein Küssen dieses ätherischen Wesens ihm als der reinste Moment seines sündhaften Lebens erschienen war, stand es ihm, solange er seiner ungebührlichen Zärtlichkeit frönte, in keiner Weise zu, weiter den Plan zu verfolgen, ein Soldat und Diener der Kirche zu werden, welche die sinnliche Liebe bestenfalls als Schwäche und schlimmstenfalls als Fluch betrachtete. Was Sue in herzlichem Ton gesagt hatte, war in Wirklichkeit die kalte Wahrheit. Konnte er nur noch daran denken, seine Zuneigung mit Klauen und Zähnen zu verteidigen, blindlings und gewaltsam darauf zu beharren, dass er sie leidenschaftlich liebte, dann war er *ipso facto* als Bekenner der gängigen Morallehre verdammt. Offenkundig war er von Natur aus ebenso untauglich, die Rolle eines Fürsprechers des anerkannten Dogmas zu übernehmen, wie schon aufgrund seines gesellschaftlichen Ranges.

Seltsam, dass sein erstes Bestreben – der Erwerb eines akademischen Titels – von einer Frau hintertrieben worden war und sein zweites – das Evangelium zu verkünden – ebenfalls von einer Frau zunichtegemacht wurde. »Sind also die Frauen schuld daran«, sagte er, »oder liegt es an dem künstlichen Moralsystem, das die normalen Geschlechtstriebe in teuflische bürgerliche Fallstricke und

Schlingen verwandelt, um jene, die vorankommen möchten, zu fesseln und zu hemmen?«

Seit jeher war es sein Wunschtraum gewesen, in aller Bescheidenheit ein Prophet seiner ums Dasein kämpfenden Mitmenschen zu werden, ohne dabei an persönlichen Profit zu denken. Doch da seine Ehefrau von ihm getrennt mit einem anderen Mann zusammenlebte und er selbst auf abwegigen Liebespfaden wandelte, wobei er wahrscheinlich auch am Aufbegehren seiner Geliebten gegen ihren Ehestand schuld war, konnte man ihn im Rahmen vorschriftsgemäßer Ansichten kaum noch als anständig bezeichnen.

Es stand ihm nicht zu, sich darüber weiter Gedanken zu machen: Er musste sich lediglich der offensichtlichen Tatsache stellen, dass er als gesetzestreuer Religionslehrer nicht besser wäre als ein Hochstapler.

Im Dämmerlicht desselben Abends ging er hinaus in den Garten und grub ein nicht sonderlich tiefes Loch, in das er all die Werke über Theologie und Ethik warf, die er besaß und im Haus aufbewahrt hatte. Er wusste, dass die meisten Bände in diesem Land der wahrhaft Gläubigen nicht mehr Geld einbringen würden als Altpapier, und wollte sie lieber auf diese Weise loswerden, obwohl er der Laune, sie derart zu zerstören, ein paar Groschen opferte. Nachdem er einige ungebundene Pamphlete angezündet hatte, zerschnitt er die Bücher so gut es ging und schüttelte sie mit einer dreizackigen Heugabel in die Flammen. Sie fingen Feuer und erhellten die Rückwand des Hauses, den Schweinestall und sein eigenes Gesicht, bis sie mehr oder weniger verbrannt waren.

Obwohl er hier mittlerweile fast als Fremder galt, sprachen ihn vorbeigehende Dörfler über die Gartenhecke an.

»Verbrennst wohl den Mist deiner alten Tante? Aye, in den Ecken und Winkeln sammelt sich ganz schön was an, wennst acht Jahr lang im selben Haus wohnst.«

Es war fast ein Uhr morgens, ehe die Seiten, Deckblätter und Umschläge von Jeremy Taylor, Butler, Doddridge, Paley, Pusey, Newman und den anderen sich in Asche verwandelt hatten; doch die Nacht war ruhig, und als er die Papierfetzen mit der Mistgabel immer wieder wendete, verschaffte ihm das Gefühl, nicht länger ein Heuchler zu sein, eine Erleichterung und Frieden. Er mochte glauben wie ehedem, bekannte sich aber zu nichts und besaß nicht länger die Fabriken der Frömmigkeit, noch stellte er sie zur Schau, die er, da sie ihm gehörten, naturgemäß zuförderst zu seinem eigenen Heil hätte einsetzen müssen. Mitsamt seiner Leidenschaft für Sue konnte er nun als gewöhnlicher Sünder dastehen und nicht als getünchtes Grab.

Inzwischen war Sue, nachdem sie sich früher am Tag von ihm getrennt hatte, weitergegangen zum Bahnhof und hatte Tränen in den Augen, weil sie zurückgelaufen war und ihm erlaubt hatte, sie zu küssen. Jude hätte nicht so tun dürfen, als empfinde er keine Liebe, um sie so zu verleiten, spontan und unangemessen, wenn nicht sogar ungehörig zu handeln. Sie neigte dazu, den letztgenannten Begriff zu verwenden; denn Sues Logik war eine außergewöhnliche Mischung und schien zu besagen, etwas könnte richtig sein, bevor man es tut, aber falsch, nachdem man es getan hat; oder anders ausgedrückt, etwas theoretisch Richtiges kann in der praktischen Umsetzung falsch sein.

»Ich bin wohl zu schwach gewesen!«, stieß sie aus, als sie weiterstolzierte und hin und wieder Tränen abschüttelte. »Er brannte wie der eines Liebhabers … und wie! Und ich werd ihm nicht mehr schreiben, zumindest eine

Weile nicht, damit ihm klar wird, dass ich Würde besitze! Und ich hoffe, es wird ihm ordentlich wehtun … einen Brief am nächsten Morgen zu erwarten und am übernächsten und überübernächsten, doch der Brief bleibt aus. Er wird dann unter der Ungewissheit leiden … nicht wahr, das wär's dann! … und ich bin so was von froh darüber!« – Tränen des Mitleids für Jude und das Leid, das sie ihm antun wollte, mischten sich mit jenen, die ihr Selbstmitleid hervorgebracht hatte.

Dann marschierte die schlanke kleine Frau eines Mannes, den sie unausstehlich fand, das ätherische, empfindsame, sensible Mädchen, das vom Temperament und Instinkt her vollkommen ungeeignet war, die ehelichen Pflichten gegenüber Phillotson zu erfüllen, sprunghaft weiter und schnaufte und überanstrengte ihre Augen, indem sie vor sich hin starrte und sich in heillosen Kummer verstrickte.

Phillotson holte sie am Bahnhof ab, und als er ihre Verzagtheit bemerkte, schrieb er es den deprimierenden Nachwirkungen des Todes ihrer Tante und der Beerdigung zu. Er begann ihr von seinen alltäglichen Verrichtungen zu erzählen und wie ihn sein Freund Gillingham, ein benachbarter Schulmeister, zum ersten Mal seit Jahren wieder besucht hatte. Während sie mit dem Omnibus in die Stadt hinauffuhren und sie neben ihm auf dem Verdeck saß, sagte sie plötzlich, den Blick auf die weiße Straße und die Haselnusssträucher am Wegesrand gerichtet, im Ton der Selbstbezichtigung:

»Richard … ich hab zugelassen, dass Mr. Fawley lange Zeit meine Hand gehalten hat. Ich weiß nicht, ob du das für falsch hältst?«

Er, der offensichtlich aus ganz andersgearteten Gedanken gerissen wurde, sagte unbestimmt: »Ach ja? Warum denn?«

»Keine Ahnung. Er wollte es, und ich hab's zugelassen.«

»Hoffentlich hatte er Freude daran. Es war wohl kaum das erste Mal.«

Sie verfielen in Schweigen. Wäre dies ein Fall im Gericht eines allwissenden Richters gewesen, hätte er wohl den eigenartigen Umstand notiert, dass Sue die geringere gegen die bedeutsamere Taktlosigkeit getauscht und den Kuss mit keinem Wort erwähnt hatte.

Abends nach dem Tee prüfte Phillotson die Klassenbücher der Schule. Sie blieb in einer ungewöhnlich schweigsamen, angespannten und ruhelosen Stimmung und ging schließlich, Müdigkeit vorschützend, früh zu Bett. Als Phillotson, ermattet von der Schinderei mit den Anwesenheitslisten, oben erschien, war es Viertel nach zwölf. Er betrat das Zimmer, das tagsüber einen Blick über dreißig bis vierzig Meilen des Blackmoortals und sogar bis nach Outer Wessex gewährte, ging zum Fenster, presste sein Gesicht an die Scheibe und starrte schwer atmend und reglos in die geheimnisvolle Dunkelheit, die nun die weite Landschaft bedeckte. Er grübelte. »Ich glaube«, sagte er schließlich, ohne sich umzudrehen, »dass ich das Komitee überreden muss, den Schreibwarenhändler zu wechseln. Diesmal haben sie die falschen Schreibhefte geschickt.«

Keine Antwort. In dem Glauben, dass Sue schlief, fuhr er fort:

»Und der Ventilator im Klassenzimmer muss neu eingestellt werden. Das Ding bläst mir gnadenlos auf den Kopf und macht mir Ohrenschmerzen.«

Da ihm die Stille noch vollkommener als gewöhnlich erschien, drehte er sich um. Die schwere, düstere Wandtäfelung aus Eiche im oberen und unteren Stock des baufälligen Old-Grove Place sowie der massige, bis zur Decke reichende Kaminsims bildeten einen eigenartigen Kontrast zu dem neuen und glänzenden Messingbett und der neuen Möbelgarnitur aus Birkenholz, die er für sie gekauft hatte; beide Einrichtungsstile schienen einander über drei Jahrhunderte auf dem schwankenden Fußboden zuzunicken.

»Suu!«, sagte er (denn so sprach er ihren Namen aus).

Sie lag nicht im Bett, obwohl sie offensichtlich hier gewesen war, denn die Decke auf ihrer Seite war zurückgeschlagen. Da er dachte, sie hätte eine Kleinigkeit in der Küche vergessen und sei kurz hinuntergegangen, um danach zu sehen, zog er seine Jacke aus und trödelte einige Minuten einigermaßen lautlos und vergeblich auf sie wartend herum, wonach er mit der Kerze in der Hand hinaus zum Treppengeländer ging und noch einmal nach ihr rief: »Suu!«

»Ja!«, antwortete ihre Stimme aus der Richtung, wo die Küche lag.

»Was machst du dort unten um Mitternacht … Du übermüdest dich grundlos!«

»Ich bin nicht müde; ich lese; und hier ist ein größeres Feuer.«

Er ging zu Bett. Irgendwann nachts erwachte er. Sie war nicht da, immer noch nicht. Er zündete eine Kerze an, trat hastig hinaus ans Geländer und rief abermals ihren Namen.

Sie antwortete »Ja!« wie zuvor; doch ihre Stimme klang leise und gedämpft, und er begriff zunächst nicht, woher sie kam. Unter der Treppe befand sich eine große, fensterlose Kleiderkammer; von dort schien sie zu kommen. Die

Tür war geschlossen, hatte jedoch keinen Riegel oder einen anderen Verschluss. Aufgeschreckt ging Phillotson darauf zu und fragte sich, ob sie womöglich geisteskrank geworden sei.

»Was machst du dadrin?«

»Weil es schon so spät war, bin ich hier herein, um dich nicht zu stören.«

»Aber da ist doch kein Bett, oder? Und keine Lüftung! Du erstickst noch, wenn du die ganze Nacht dadrin bleibst!«

»Oh nein, ich glaube nicht. Mach dir wegen mir keine Gedanken.«

»Aber …« Phillotson packte den Knauf und zog an der Tür. Sie hatte sie innen mit einem Stück Schnur befestigt, das beim Öffnen riss. Da es kein Bett gab, hatte sie ein paar Wolldecken aufgehäuft und sich in dem sehr engen Wandschrank ein kleines Nest gebaut.

Als er zu ihr hineinschaute, sprang sie mit weit aufgerissenen Augen und zitternd aus ihrem Versteck.

»Du hättest die Tür nicht aufreißen dürfen!«, rief sie ganz außer sich. »Das steht dir nicht zu! Oh, geh doch fort, bitte geh!«

Sie sah in ihrem weißen Nachthemd vor der schattigen Schrankhöhle dermaßen bedauernswert und mitleiderregend aus, dass er sich große Sorgen machte. Sie flehte ihn weiter an, sie nicht zu behelligen.

Er sagte: »Ich bin freundlich zu dir gewesen und habe dir jede Freiheit gelassen; und es ist ungeheuerlich, dass du so empfindest!«

»Ja«, sagte sie weinend. »Ich weiß! Es ist wohl falsch und bösartig von mir! Es tut mir sehr leid. Aber ich bin nicht als Einzige schuld daran!«

»Wer denn sonst? Ich etwa?«

»Nein … keine Ahnung! Das Universum, vermutlich … die Dinge im Allgemeinen, weil sie so grässlich und grausam sind!«

»Nun, solch ein Gerede ist sinnlos. Das Haus eines Mannes zu so später Stunde unziemlich zu machen! Eliza wird alles hören, wenn wir nicht aufpassen.« (Er meinte die Dienerin.) »Was, wenn einer der beiden Pfarrer dieser Stadt uns jetzt sehen könnte! Ich hasse solche Überspanntheiten, Sue. In deinem Gefühlsleben gibt's weder Ordnung noch Logik! … Aber ich bedränge dich nicht länger; ich möchte dir nur raten, die Tür nicht zu fest zu schließen, sonst finde ich morgens deine Leiche.«

Als er am nächsten Morgen aufstand, sah er sofort in den Wandschrank, aber Sue war schon nach unten gegangen. Ein kleines Nest lag dort, wo sie geschlafen hatte, und darüber hingen Spinnennetze. »Wie groß muss die Abneigung einer Frau sein, dass sie deswegen ihre Furcht vor Spinnen überwindet!«, sagte er bitter.

Er fand sie am Frühstückstisch sitzend, und die Mahlzeit begann in fast vollkommener Stille. Die Städter gingen draußen auf dem Bürgersteig vorbei – oder eher am Straßenrand, denn Bürgersteige gab es hier kaum –, der zwei, drei Fuß über dem Boden des Salons lag. Im Vorübergehen nickten sie dem glücklichen Paar ihre Morgengrüße zu.

»Richard«, sagte sie unvermittelt, »hättest du etwas dagegen, wenn ich getrennt von dir lebte?«

»Getrennt von mir? Na, das hast du doch, als ich dich zur Frau genommen habe. Weshalb haben wir dann geheiratet?«

»Du würdest mich nicht lieber mögen, wenn ich's dir sage.«

»Ich habe nichts dagegen, es zu erfahren.«

»Weil ich dachte, ich könnte nichts anderes tun. Du erinnerst dich, dass ich dir schon lange vorher mein Versprechen gegeben habe. Im Lauf der Zeit habe ich dann bereut, es gegeben zu haben, und suchte nach einem ehrenhaften Weg, die Verlobung zu lösen. Da ich keinen fand, begann ich leichtsinnigerweise die Anstandsregeln zu missachten. Du weißt ja, welche Skandale dann kursierten und wie ich aus dem Lehrerseminar geworfen wurde, nachdem du dir doch solche Mühe gemacht und dir so viel Zeit genommen hast, mich dort unterzubringen; und das flößte mir Angst ein, und damals schien mir, das Einzige, was ich tun könnte, wäre, die Verlobung bestehen zu lassen. Natürlich hätte ausgerechnet ich mich nicht um das Gerede scheren sollen, denn ich glaube, dass es mich immer schon kaltließ. Doch ich war feige – wie so viele Frauen –, und meine theoretische Zwanglosigkeit brach in sich zusammen. Wäre es nicht dazu gekommen, wäre es besser gewesen, einmal deine Gefühle zu verletzen und der Sache ein Ende zu bereiten, als dich zu heiraten und ein Leben lang leiden zu lassen … Und du warst so großzügig, dem Gerücht keinen Moment lang Glauben zu schenken.«

»Um ehrlich zu sein, habe ich es durchaus in Erwägung gezogen und deinen Cousin danach gefragt.«

»Ah!«, sagte sie schmerzlich überrascht.

»Ich habe nicht an dir gezweifelt.«

»Aber nachgefragt hast du!«

»Ich habe ihm geglaubt.«

Ihre Augen füllten sich mit Tränen. »*Er* hätte nicht gefragt!«, sagte sie. »Aber du hast mir nicht geantwortet. Lässt du mich gehen? Ich weiß, wie ungehörig meine Frage ist …«

»Sie ist ungehörig.«

»Ich frage trotzdem! Ehegesetze sollten sich nach den Veranlagungen richten, die man klassifizieren müsste. Sind Menschen überhaupt verschieden in ihren Charakterzügen, dann müssen die einen unter denselben Regeln leiden, die den anderen recht und billig sind! … Lässt du mich gehen?«

»Aber wir haben geheiratet …«

»Welchen Sinn haben Gesetze und Verfügungen«, platzte sie heraus, »wenn sie dir Kummer bereiten, obwohl du weißt, dass du keine Sünde begangen hast?«

»Du begehst aber eine Sünde, indem du mich nicht gernhast.«

»Ich hab dich doch gern! Allerdings habe ich mir keine Gedanken darüber gemacht, dass es … so viel mehr als das bedeuten würde … Leben ein Mann und eine Frau auf vertrautem Fuß zusammen und einer von beiden fühlt, was ich fühle, ist das auf jeden Fall Ehebruch, selbst wenn es nicht ungesetzlich ist. Da … jetzt hab ich's gesagt! … Lässt du mich gehen, Richard?«

»Du machst mir Kummer, Susanna, mit dieser Hartnäckigkeit!«

»Warum können wir nicht übereinkommen, einander freizugeben? Wir haben einen Vertrag geschlossen, und wir können ihn gewiss wieder lösen – freilich nicht rechtlich, aber moralisch, insbesondere, da keine neuen Interessen, in Gestalt von Kindern, berücksichtigt werden müssen. Dann könnten wir Freunde sein und uns begegnen, ohne einander wehzutun. Oh Richard, sei mein Freund und hab Mitleid! In wenigen Jahren sind wir tot, und was wird es dann irgendjemandem ausmachen, dass du mich für kurze Zeit von einem Zwang befreit hast? Du hältst mich wohl für verschroben oder überempfindlich oder schreibst mir irgendeine andere absurde Eigenschaft zu. Also gut … weswegen sollte ich wegen etwas leiden, das mir angeboren ist, wenn es niemanden sonst verletzt?«

»Das tut es aber … es verletzt mich! Und du hast geschworen, mich zu lieben.«

»Ja … genau! Ich habe unrecht. Immer! Es ist ebenso sträflich, sich auf ewig an eine Liebe zu binden, wie immer demselben Glauben anzuhängen, und ebenso dumm, wie zu schwören, für immer dasselbe Gericht oder Getränk zu mögen!«

»Und wenn du getrennt von mir lebst, möchtest du allein leben?«

»Wenn du darauf bestehst, ja. Aber eigentlich will ich mit Jude zusammen sein.«

»Als seine Frau?«

»So wie es mir gefällt.«

Phillotson wand sich.

Sue fuhr fort: »›Wer es der Welt oder seiner Umgebung überlässt, ihm den Lebensplan vorzuzeichnen, der braucht keine andere Fähigkeit als die der äffischen Nachahmung.‹ So schreibt J. S. Mill. Ich hab's nachgelesen. Warum kannst du nicht entsprechend handeln? Ich möchte es, immerzu.«

»Was schert mich J. S. Mill!«, stöhnte er. »Ich will nur ein friedliches Leben führen! Entschuldige, aber ich habe schon geahnt, was mir vor unserer Vermählung nie in den Sinn gekommen ist …, dass du in Jude Fawley verliebt warst und bist!«

»Du kannst das ruhig weiter ahnen, da du schon einmal damit angefangen hast. Aber glaubst du, dass ich dich gefragt hätte, ob ich fortgehen und mit ihm zusammenleben darf, wenn ich verliebt wäre?«

Das Läuten der Schulglocke bewahrte Phillotson vor der Notwendigkeit, sofort auf etwas zu antworten, was ihm nicht wie ein überzeugendes *argumentum ad verecundiam* vorkam, so wie sie, die im letzten Moment den Mut verlor, es beabsichtigt hatte. Sie begann so rätselhaft und unbeherrschbar zu werden, dass er gewillt war, die ungeheuerlichste Frage, die eine Ehefrau stellen kann, zu ihren anderen Schrullen zu rechnen.

Sie gingen an jenem Morgen wie gewöhnlich in die Schulen. Sue betrat das Klassenzimmer, wo er ihren Hinterkopf durch die gläserne Trennwand sehen konnte, wann immer er in diese Richtung schaute. Als er mit dem Unterricht fortfuhr und Hausaufgaben abfragte, spürte er Stiche hinter den Augenbrauen und der Stirn, da ihm so viel gleichzeitig durch den Kopf ging; bis er schließlich ein Stück Notizpapier abriss und schrieb:

»Wegen Deiner Bitte kann ich mich gar nicht mehr auf die Arbeit konzentrieren. Hast Du sie ernst gemeint?«

Er faltete das Papier sehr klein und gab es einem Knaben, damit er es Sue brachte. Das Kind watschelte los in das andere Klassenzimmer. Phillotson sah, wie seine Frau die Nachricht annahm, ihren hübschen Kopf darüberbeugte und sie mit leicht gekräuselten Lippen las, um unter den brennenden Blicken so vieler Kinderaugen bloß keinen ungebührlichen Ausdruck zu zeigen. Er konnte ihre Hände nicht sehen, doch sie veränderte ihre Position, und kurz darauf kehrte der Junge ohne Antwort zurück. Einige Minuten später kam jedoch eine Schülerin aus Sues Klasse mit einer kleinen Nachricht, ähnlich der seinen. Darin waren nur folgende, mit Bleistift gekritzelte Worte zu lesen:

»Es tut mir aufrichtig leid, dass ich es ernst gemeint habe.«

Phillotson blickte noch beunruhigter drein als zuvor und spürte erneut einen Stich zwischen seinen Brauen. Nach zehn Minuten rief er das Kind, das er eben zu ihr geschickt hatte, und ließ es eine neue Nachricht überbringen:

»Weiß Gott, ich will Dir keineswegs in die Quere kommen. Ich denke nur daran, wie ich es Dir angenehm und Dich glücklich machen kann. Aber Deiner grotesken Idee, fortzugehen, um mit Deinem Liebhaber zusammenzuleben, kann ich nicht zustimmen. Du würdest die Hochachtung und das Ansehen aller verlieren und ich ebenso!«

Nach einer Weile spielte sich im Klassenzimmer eine ähnliche Szene ab, und eine Antwort traf ein:

»Ich weiß, Du meinst es gut. Aber Hochachtung schert mich nicht! ›Die Ausbildung des Menschen in der höchsten Mannigfaltigkeit‹ hervorzubringen (um Humboldt zu zitieren), ist meiner Meinung nach viel wichtiger als Hochachtung. Zweifellos sind meine Vorlieben primitiv – aus Deiner Sicht – hoffnungslos primitiv! Wenn Du mich nicht zu ihm gehen lässt, erfülle mir zumindest diesen einen Wunsch – erlaubst Du mir, in Deinem Haus von Dir getrennt zu leben?«

Darauf antwortete er nicht.

Sie schrieb erneut:

»Ich weiß, was Du denkst. Aber kannst Du kein Mitleid mit mir haben? Ich flehe Dich an; ich beschwöre Dich, barmherzig zu sein! Ich würde nicht darum bitten, wenn ich nicht durch das, was mir unerträglich ist, dazu gezwungen wäre! Keine arme Frau hat sich je mehr als ich gewünscht, dass Eva sich nie versündigt hätte, sodass (wie die Urchristen glaubten) das Paradies mittels einer harmlosen pflanzenartigen Vermehrung bevölkert worden wäre. Doch ich scherze nicht! Sei freundlich zu mir – auch wenn ich nicht freundlich zu Dir gewesen bin! Ich werde fortgehen, ins Ausland, irgendwohin, und Dir nie Schwierigkeiten machen.«

Fast eine Stunde verstrich, und dann schickte er eine Antwort:

»Ich will Dir nicht wehtun. Du weißt sehr wohl, dass ich das nicht will! Lass mir etwas Zeit. Deiner letzten Bitte könnte ich vielleicht entsprechen.«

Eine Zeile von ihr:

»Ich danke Dir von ganzem Herzen. Deine Freundlichkeit habe ich nicht verdient.«

Phillotson musterte sie den ganzen Tag benommen durch den verglasten Raumteiler; und er fühlte sich so einsam, als hätte er sie nie kennengelernt.

Doch er stand zu seinem Wort und gestattete ihr, von ihm getrennt im Haus zu wohnen. Anfangs, wann immer sie sich zu den Mahlzeiten trafen, wirkte sie unter den neuen Bedingungen ruhiger; doch die verdrießliche Lage schlug ihr aufs Gemüt, und ihre Nerven schienen so angespannt wie Harfensaiten. Sie redete willkürlich über Belangloses, damit er nicht von gewichtigen Dingen anfing.

IV–4

Phillotson war, wie so oft, spätabends noch wach und versuchte, das Material zu seinem lang vernachlässigten Hobby, den Relikten der Römer, zu ordnen. Zum ersten Mal seit er sich von neuem an das Thema herangewagt hatte, spürte er sein früheres Interesse wieder aufflammen. Er vergaß Zeit und Raum, und als er wieder zu sich kam und zum Schlafengehen nach oben ging, war es fast zwei Uhr.

Er hatte sich dermaßen in die Arbeit vertieft, dass er, obwohl er inzwischen auf der anderen Seite des Hauses übernachtete, automatisch zu dem Zimmer ging, das er beim Umzug nach Old-Grove Place zusammen mit seiner Frau bezogen hatte und in dem Sue seit ihren Meinungsverschiedenheiten allein schlief. Er trat ein und knöpfte geistesabwesend sein Hemd auf.

Vom Bett ertönte ein Schrei und man sah eine rasche Bewegung. Bevor dem Schulmeister bewusst wurde, wo er sich befand, schreckte Sue im Halbschlaf auf, starrte ihn panisch an und sprang an der von ihm abgewandten Seite auf den Boden, sodass sie neben dem Fenster stand. Dies war teils verdeckt von dem Baldachin des Bettgestells, und gleich darauf hörte er, wie sie es aufstieß. Ehe er auf die Idee kommen konnte, dass sie etwas anderes im Sinn hatte, als frische Luft hereinzulassen, war sie auch schon auf das Fensterbrett geklettert und hinausgesprungen. Sie verschwand in der Dunkelheit, und er hörte sie unten aufschlagen.

Phillotson lief verängstigt die Treppe hinunter und

prallte in seiner Hast gegen den Geländerpfosten. Nachdem er die schwere Haustür geöffnet hatte, stieg er die zwei, drei Stufen bis zum Straßenniveau, und dort, vor ihm auf dem Schotter, lag ein weißes Bündel. Phillotson nahm es in die Arme und trug Sue ins Vestibül, wo er sie auf einen Sessel setzte und sie im Licht der im Luftzug flackernden, auf der untersten Treppenstufe abgestellten Kerze betrachtete.

Sie hatte sich gewiss nicht das Genick gebrochen. Sie sah ihn an, offenbar ohne ihn wahrzunehmen; und obwohl ihre Augen ansonsten nicht ungewöhnlich groß waren, wirkten sie nun so. Sie presste ihre Hand auf die Seite und rieb sich den Arm, als ob sie Schmerzen hätte; dann stand sie auf, ihr Gesicht abwendend, da ihr seine Blicke offensichtlich unangenehm waren.

»Gott sei Dank … du lebst! Obwohl du's geradezu darauf angelegt hast, dich umzubringen … Hoffentlich bist du nicht schwer verletzt?«

Ihr Sturz war tatsächlich nicht besonders gefährlich gewesen, wahrscheinlich weil die alten Zimmer recht tief lagen und die Fallhöhe bis zur Straße gering war. Außer einer Schramme am Ellbogen und einer Prellung an der Seite hatte sie anscheinend kaum Schaden genommen.

»Ich glaube, ich hab noch geschlafen!«, begann sie, ihr bleiches Gesicht immer noch von ihm abgewandt. »Und etwas hat mich erschreckt … ein entsetzlicher Traum … ich meinte, dich gesehen zu haben …« Die tatsächlichen Umstände schienen ihr wieder klar zu werden, und sie verstummte.

Ihr Mantel hing innen an der Tür, und der unglückliche Phillotson legte ihn ihr um die Schultern. »Soll ich dir nach oben helfen?«, fragte er trübselig; denn eingedenk dessen, was das alles bedeuten mochte, ekelte er sich vor sich selbst und der ganzen Welt.

»Nein, danke, Richard. Ich hab mir kaum wehgetan. Ich kann gehen.«

»Schließ lieber die Tür ab«, sagte er automatisch, als belehre er seine Schüler. »Dann kann niemand herein, auch nicht aus Versehen.«

»Ich hab's versucht … der Riegel ist kaputt. Alle Türriegel sind kaputt.«

Ihr Eingeständnis ließ die Angelegenheit nicht gerade in besserem Licht erscheinen. Im Schein der flackernden Kerze stieg sie langsam die Treppe hinauf. Phillotson kam ihr nicht zu nahe und versuchte auch nicht, nach oben zu gehen, ehe er gehört hatte, wie sie ihr Zimmer betrat. Dann verriegelte er die Eingangstür, setzte sich auf die unteren Stufen, umklammerte mit einer Hand den Geländerpfosten und barg sein Gesicht in der anderen. So blieb er lange Zeit – für jemanden, der ihn zufällig gesehen hätte, hätte er ein ziemlich trauriges Bild abgegeben –, bis er schließlich den Kopf hob, einen Seufzer vernehmen ließ, der zu besagen schien, er müsse sein Leben weiter bewältigen, ob mit Frau oder ohne, nach der Kerze griff und nach oben ging, in sein einsames Zimmer auf der anderen Seite des Geländers.

Es kam zu keinen weiteren ihre Beziehung betreffenden Vorkommnissen, bis zum darauffolgenden Abend, als Phillotson unmittelbar nach Schulschluss die übliche Tasse Tee ablehnte und Shaston verließ, ohne Sue mitzuteilen, wohin er ging. Er stieg auf einer steilen, nach Nordwesten führenden Straße von der hochgelegenen Stadt bergab, dann weiter ins Tal, bis der Boden seine weiße Trockenheit verlor und zu zähem braunem Lehm wurde. Er stand nun auf dem flachen Schwemmland,

»Wo Duncliff dem Wandersmann zeigt den Weg
Und die klumpige Stour dunkel sich wälzt«.

Mehr als einmal hatte er in der einsetzenden Abenddämmerung einen Blick über die Schulter geworfen. Vor dem Firmament war Shaston nur noch undeutlich zu erkennen.

»Auf dem grauen Gipfel des Hügels
Von Paladore, als der aschfahle Tag
Verblasste ...«

Die eben angezündeten Lichter hinter den Fenstern, von denen eines zu seinem Haus gehörte, leuchteten gleichmäßig, als ob sie ihn beobachteten. Darüber konnte er gerade noch den Spitzturm der Trinity Church erkennen. Die Luft hier unten, gemildert vom dicken, feuchten Flussbett aus klebrigem Lehm, war anders als weiter oben, aber schwül und schweißtreibend, sodass er sich das Gesicht mit seinem Taschentuch abwischen musste, nachdem er ein, zwei Meilen gewandert war.

Nachdem er Duncliff Hill zur Linken hinter sich gelassen hatte, marschierte er ohne zu zögern durch den Schatten, wie ein Mann, der bei Tag oder Nacht die Gegend durchquert, in der er als Knabe gespielt hat. Insgesamt war er rund viereinhalb Meilen gewandert,

»Wo die Stour erlangt ihre Kraft
Aus sechs klaren Zauberquellen«,

als er einen Nebenfluss der Stour überquerte und Leddenton erreichte – eine Kleinstadt mit drei- bis viertausend Einwohnern –, wo er die Knabenschule aufsuchte und an die Tür der Lehrerwohnung klopfte.

Ein Hilfslehrer öffnete, bejahte Phillotsons Frage, ob Mr. Gillingham zu Hause sei, und machte sich sofort auf zu seiner eigenen Wohnung, sodass Phillotson nach bestem Vermögen allein seinen Weg hinein finden musste. Er entdeckte seinen Freund, der gerade einige Bücher einordnete, die er für den Abendunterricht verwendet hatte. Das Licht der Paraffinlampe fiel auf Phillotsons Gesicht – bleich und vergrämt im Unterschied zu dem seines Freundes, das kühl und sachlich wirkte. Sie waren als Kinder zusammen zur Schule gegangen und vor vielen Jahren Kommilitonen am Wintoncester Lehrerseminar gewesen.

»Schön, dich zu sehen, Dick! Aber du siehst nicht gut aus? Hast du Sorgen?«

Phillotson trat ohne zu antworten vor, und Gillingham schloss den Wandschrank und wandte sich seinem Besucher zu.

»Du bist ja schon lange nicht mehr hier gewesen … Lass mich nachdenken … seit deiner Hochzeit nicht? Ich hab dich besucht, weißt du, aber du bist nicht da gewesen; und nach Einbruch der Dunkelheit ist es ja wirklich eine solche Klettertour, dass ich warten wollte, bis die Tage länger werden, bevor ich wieder hinaufkraxle. Ich freue mich allerdings, dass du nicht gewartet hast.«

Obwohl sie gut ausgebildete und sogar erfahrene Lehrer waren, benutzten sie unter vier Augen gelegentlich das ein oder andere Dialektwort aus ihrer Kindheit.

»George, ich bin gekommen, um dir die Gründe für eine Maßnahme zu erklären, die ich ergreifen werde, sodass zumindest du meine Motive verstehen wirst, wenn andere sie irgendwann infrage stellen … was sie vielleicht, eigentlich sogar sicher tun werden … Doch alles ist besser als die derzeitige Situation. Möge Gott verhüten, dass du je eine solche Erfahrung machst wie ich gerade!«

»Setz dich. Du meinst doch nicht, dass … irgendetwas zwischen dir und Mrs. Phillotson falsch läuft?«

»Doch … Ich bin in der entsetzlichen Lage, dass die Frau, die ich liebe, mich nicht liebt und darüber hinaus auch noch … noch … Nein, ich will es nicht aussprechen. Ich kenne ihre Gefühle! Mir wär lieber, sie hasste mich!«

»Psch!«

»Und das Traurige daran ist, dass sie weniger Schuld daran hat als ich. Wie du weißt, war sie meine Hilfslehrerin, und ich nutzte ihre Unerfahrenheit aus, lud sie zu Spaziergängen ein und überredete sie zu einer langen Verlobung, ehe sie noch wusste, was sie selbst wollte. Später traf sie jemand anderen, aber sie erfüllte ihr Eheversprechen blindlings.«

»Liebte aber den anderen?«

»Ja; anscheinend mit einer seltsamen zärtlichen Fürsorge; obwohl ihre genauen Gefühle für ihn mir ein Rätsel sind … ihm wohl ebenso … wahrscheinlich auch ihr selber. Sie ist eines der eigenartigsten Geschöpfe, die ich je kennengelernt habe. Von diesen beiden Tatsachen wurde ich jedoch völlig überrascht; die außergewöhnliche Zuneigung zwischen ihnen, ihre Ähnlichkeit. Er ist ihr Cousin, das erklärt vielleicht einiges. Sie wirken wie eine Person in zwei Hälften geteilt. Und dazu ist mir ihre unüberwindbare Abneigung mir gegenüber als ihrem Mann, obwohl sie mich als Freund schätzen könnte, unerträglich geworden. Sie hat gewissenhaft dagegen angekämpft, doch vergeblich. Ich kann es nicht ertragen … ich kann's nicht! Ich kann ihren Argumenten nicht Paroli bieten … sie hat zehnmal so viel gelesen wie ich. Ihr Geist funkelt wie ein Diamant, während meiner schwelt wie Packpapier … Gegen sie komm ich nicht an!«

»Sie wird sich damit abfinden, schätz ich?«

»Niemals! Es ist … aber ich will nicht über Einzelheiten sprechen … es gibt Gründe, weshalb das nie geschehen wird. Letzthin hat sie mich seelenruhig gefragt, ob sie mich verlassen und zu ihm gehen dürfe. Letzte Nacht kam es zum Äußersten, als ich versehentlich ihr Zimmer betrat und sie aus dem Fenster sprang – so sehr fürchtet sie sich vor mir! Sie gab vor, einen Albtraum gehabt zu haben, doch damit wollte sie mich bloß beruhigen. Also, wenn eine Frau aus dem Fenster springt, ohne darauf zu achten, ob sie sich dabei das Genick brechen könnte, dann ist das unmissverständlich; und da dem so ist, bin ich zu einem Entschluss gekommen: dass es falsch ist, ein Kind Gottes noch länger zu peinigen; und ich will nicht der Unmensch sein, der so etwas tut, koste es, was es wolle!«

»Wie … du lässt sie gehen? Mit ihrem Liebhaber?«

»Mit wem, ist ihre Angelegenheit. Ich lass sie gehen; natürlich auch mit ihm, wenn sie das möchte. Ich weiß, dass ich vielleicht einen Fehler mache – ich weiß, dass ich meine Zustimmung zu einem solchen Wunsch nicht logisch oder religiös begründen kann; oder ihn mit den Lehren in Einklang bringen, nach denen ich erzogen wurde. Ich weiß nur das eine: Etwas in mir sagt mir, dass es falsch wäre, sie zurückzuweisen. Ich bekenne mich wie jeder andere zu der Ansicht, dass der einzige anständige und ehrenhafte Weg, den ein Mann in Betracht ziehen kann, wenn seine Frau ihn um etwas dermaßen Absurdes bittet, darin besteht, es ihr zu verweigern und sie regelrecht hinter Schloss und Riegel zu stecken und womöglich ihren Liebhaber umzubringen. Aber ist das wahrhaftig richtig und anständig und ehrenhaft oder verachtenswert böse und selbstsüchtig? Ich will mir nicht anmaßen, darüber zu richten. Ich folge einfach meinem Instinkt und pfeife auf die Prinzipien. Marschiert jemand blindlings in einen Morast und ruft um Hilfe, würde ich wohl alles tun, um zu helfen.«

»Aber … da ist ja auch noch das Problem der Nachbarn und der Gesellschaft … was passiert, wenn jeder …«

»Oh, ich verzichte von nun an aufs Philosophieren! Ich sehe nur das, was sich direkt vor meinen Augen abspielt.«

»Nun ja … meiner Meinung nach führt dein Instinkt in die Irre, Dick!«, sagte Gillingham ernst. »Um die Wahrheit zu sagen, ich bin ziemlich erstaunt, dass ein so gesetzter, tüchtiger Bursche wie du auch nur einen Moment lang auf eine derart verrückte Idee kommen kann. Als ich dich besuchte, sagtest du, sie sei verwirrend und eigenartig: Ich glaube, dass du das bist!«

»Bist du je einer Frau gegenübergestanden, die du als herzensgut kennst, während sie um Freiheit bettelt … warst du der Mann, vor dem sie kniete und den sie um Nachsicht anflehte?«

»Zum Glück war das noch nie der Fall.«

»Dann glaube ich nicht, dass du das Recht hast, Ratschläge zu erteilen. Ich war dieser Mann, und es macht einen grundlegenden Unterschied, wenn man nur ein Quentchen Männlichkeit oder Ritterlichkeit besitzt. Ich, der so viele Jahre lang keine Beziehung zu Frauen hatte, hätte mir nie und nimmer vorstellen können, dass es zu so einer tagtäglichen, fortwährenden Tragödie führen kann, wie sie und ich sie derzeit durchmachen, wenn man eine

Frau doch nur zum Altar führt und ihr einen Ring an den Finger steckt!«

»Ich könnte es vielleicht für entschuldbar halten, ihr die Freiheit zu schenken, vorausgesetzt, sie lebt nachher allein. Aber sie an der Hand ihres Verehrers ziehen zu lassen … das macht den Unterschied.«

»Nicht im Geringsten. Nehmen wir einmal an, und davon gehe ich aus, dass sie lieber ihr gegenwärtiges Unglück erträgt als dass sie verspricht, sich von ihm loszusagen? Solche Entscheidungen muss sie treffen. Es ist nicht dasselbe wie der Betrug, mit einem Mann weiter zusammenzuleben und ihn zu hintergehen … Sie hat jedoch nicht eindeutig die Absicht verkündet, mit ihm wie eine Ehefrau leben zu wollen, obwohl ich glaube, dass sie das möchte … Und soviel ich weiß, ist ihre Beziehung nicht unedler oder bloß animalischer Natur; das ist das Schlimmste; weil es mir klarmacht, dass ihre Zuneigung von Dauer sein wird. Ich wollte dir eigentlich nicht beichten, dass ich mich in der ersten eifersüchtigen Woche nach der Hochzeit, bevor ich zur Vernunft kam, eines Abends in der Schule versteckte, als sie dort zusammensaßen, und sie belauschte. Heute schäme ich mich deswegen, obwohl ich vermutlich das Recht dazu hatte. Ihr Verhalten bewies mir, dass in ihrer Zuneigung eine außergewöhnliche Bindung oder Verbundenheit zum Tragen kam, die irgendwie jeden schlechten Beigeschmack austrieb. Ihr innigster Wunsch ist, beisammen zu sein – die Gefühle, Vorstellungen und Träume des anderen zu teilen.«

»Platonisch!«

»Eher nicht. Shelley kommt der Sache näher. Sie erinnern mich an – wie heißen die doch gleich – Laon und Cythna. Auch ein wenig an Paul und Virginie. Je länger ich darüber nachdenke, desto *mehr* bin ich auf ihrer Seite!«

»Aber wenn alle deinem Beispiel folgen, werden sich bald überall Haushalte auflösen. Die Familie hätte als Kern der Gesellschaft ausgedient.«

»Ja … ich liege wohl völlig falsch!«, sagte Phillotson traurig. »Du weißt ja, dass ich nie sonderlich scharfsinnig war … Und dennoch sehe ich nicht ein, warum Frau und Kinder nicht ohne Mann diesen Kern bilden können.«

»Da soll mich doch der Teufel holen! … Matriarchat! … Sind das alles auch *ihre* Worte?«

»Oh nein. Sue ahnt kaum, dass ich sie auf ihrem eigenen Feld geschlagen habe … und das alles in den letzten zwölf Stunden.«

»Es wird all die hierzulande etablierten Überzeugungen über den Haufen werfen. Grundgütiger … was wird Shaston sagen!«

»Ich sage nicht, dass das unmöglich ist. Ich weiß nicht … ich weiß nicht! Wie gesagt, bin ich nur ein Gefühlsmensch, kein Denker.«

»Lass uns die Sache in Ruhe durchkauen«, sagte Gillingham, »und genehmigen wir uns erst einmal ein Gläschen.« Er verschwand unter der Treppe und holte eine Flasche Apfelwein hervor, von dem jeder einen Römer leerte. »Ich glaube, du bist durcheinander und nicht ganz bei dir«, fuhr er fort. »Geh heim und überleg dir, ob du dich nicht mit ein paar Schrullen abfinden willst. Aber lass sie nicht gehen. Ich höre überall, dass sie ein bezauberndes junges Ding ist.«

»Ah ja! Das ist das Bittere an der Sache! Nun gut, ich kann nicht bleiben. Ich habe einen langen Marsch vor mir.«

Gillingham begleitete seinen Freund eine Meile auf seinem Weg, und als sie auseinandergingen, verlieh er der Hoffnung Ausdruck, sein Trost möge ihre alte Kameradschaft erneuern, so unvergleichlich die Angelegenheit auch sei. »Halt sie fest!«, waren seine letzten Worte, die er Phillotson in die Dunkelheit hinterherrief; »Aye, aye!«, antwortete sein Freund aus derselben.

Doch als Phillotson allein unter den nächtlichen Wolken wanderte und man außer dem Rauschen der Zuflüsse der Stour keinen Laut mehr hörte, sagte er: »Also, Gillingham, mein Freund, du hattest also keine besseren Gegenargumente als diese!«

»Meiner Meinung nach braucht sie eine Tracht Prügel, damit sie wieder zu Verstand kommt – so ist das!«, murmelte Gillingham, während er alleine heimwärts ging.

Der nächste Morgen brach an, und Phillotson teilte Sue beim Frühstück mit: »Du darfst gehen … mit wem du willst. Du hast mein uneingeschränktes und bedingungsloses Einverständnis.«

Nachdem er sich einmal zu diesem Entschluss durchgerungen hatte, zweifelte Phillotson immer weniger daran, dass es der richtige war. Seine sanfte Heiterkeit bei dem Gedanken, er erfülle seine Pflicht gegenüber einer ihm ausgelieferten Frau, stellte seinen Kummer, sie aufzugeben, fast in den Schatten.

Einige Tage zogen ins Land, und der Abend ihrer letzten gemeinsamen Mahlzeit war gekommen – ein bewölkter Abend mit Wind –, welchen man an diesem hochgelegenen Ort eigentlich selten vermisste. Wie unvergänglich prägte sich ihm dieses Bild ein; ihr Blick, als sie zum Tee in den Salon schwebte; eine schlanke, geschmeidige Gestalt; ein Gesicht, durch die Anspannung ausgezehrt, erblasst von ruhelosen Tagen und Nächten, mit einem Ausdruck, der an lauernde Tragödien denken ließ, ganz im Gegensatz zu ihrer früheren Beschwingtheit; wie sie ein Häppchen von diesem und jenem nahm und nichts davon zu essen vermochte. Ihre Nervosität, die aus der Furcht entstand, ihn durch ihre Absichten zu kränken, hätte von einem Fremden als Missvergnügen aufgefasst werden können, dass Phillotson ihr in den letzten verbleibenden Minuten seine Gesellschaft aufdrängte.

»Möchtest du nicht ein Stück Schinken oder ein Ei oder sonst irgendetwas zu deinem Tee? Du kannst doch nicht mit nichts als einem Bissen Butterbrot verreisen.«

Sie nahm das Stück, das er ihr anbot; und sie besprachen Belanglosigkeiten der Haushaltsführung, etwa ob er den Schlüssel zu diesem und jenem Schrank finden würde, welche kleinen Rechnungen schon beglichen waren und welche noch nicht.

»Wie du weißt, bin ich der geborene Junggeselle, Sue«, sagte er, heroisch bemüht, ihre Sorgen zu zerstreuen. »Ohne Frau auskommen zu müssen, wird mir also nicht sonderlich lästig sein, so wie vielleicht anderen, kurze Zeit verheirateten Männern. Außerdem möchte ich mich diesem großen Steckenpferd widmen und ein Buch über die römischen Altertümer in Wessex schreiben, was mich in meiner Freizeit beschäftigen wird.«

»Wenn du mir irgendwann ein paar Manuskriptseiten zum Abschreiben schicken willst, so wie früher, würde ich das sehr gern tun!«, sagte sie liebenswert sanftmütig. »Ich wäre dir gern auch weiterhin eine Hilfe … als eine … Freundin.«

Phillotson grübelte und sagte: »Nein, ich glaube, dass wir uns wenn schon dann richtig trennen sollten. Und deshalb möchte ich dir keine Fragen stellen und bestehe insbesondere darauf, dass du mir nicht mitteilst, was du vorhast oder auch nur wo du wohnst … Also, wie viel Geld brauchst du? Du brauchst doch etwas, nicht wahr.«

»Oh Richard, natürlich würde mir nicht einmal im Traum einfallen, Geld von *dir* anzunehmen, um dich damit zu verlassen! Ich will auch keins haben. Ich hab genug Erspartes, um lange Zeit auszukommen, und Jude wird für mich …«

»Ich möchte lieber nichts über ihn erfahren, wenn du nichts dagegen hast. Du bist frei, vollkommen frei; und du gehst deinen eigenen Weg.«

»Na schön. Aber ich will noch sagen, dass ich nur ein, zwei Kleider und ein, zwei meiner ganz persönlichen Kleinigkeiten eingepackt habe. Könntest du noch einen Blick in meinen Koffer werfen, bevor ich ihn zumache? Ansonsten hab ich nur ein kleines Päckchen, das in Judes Mantelsack passt.«

»Ich werde doch nicht dein Gepäck durchsuchen! Am liebsten wär mir, du würdest drei Viertel der Einrichtung mitnehmen. Ich will damit nicht belästigt werden. Ich hänge an ein paar Dingen, die meiner armen Mutter und meinem Vater gehörten. Doch alles Übrige kannst du dir gern nachschicken lassen, wann immer du willst.«

»Das werde ich niemals tun.«

»Du nimmst doch den Zug um halb sieben? Es ist jetzt Viertel vor sechs.«

»Du … du bist anscheinend nicht sonderlich traurig, mich los zu sein, Richard!«

»Oh nein … bin ich wohl nicht.«

»Dass du dich so verhältst, weiß ich sehr zu schätzen. Schon eigenartig, dass ich dich gleich mochte, nachdem ich dich nicht mehr als Ehemann, sondern als meinen alten Lehrer ansah. Ich will dir nichts vormachen und dir sagen, dass ich dich liebe, weil du weißt, dass es nicht wahr ist und ich dich nur als Freund betrachte. Doch als solcher bedeutest du mir viel!«

Diese Überlegungen machten Sue vorübergehend etwas sentimental, und dann fuhr der Bahnhofsomnibus vor, sie abzuholen. Phillotson sorgte dafür, dass man ihren Koffer auf dem Verdeck verstaute, half ihr beim Einsteigen und sah sich gezwungen, sie der Form halber zum Abschied zu küssen, was sie verständnisvoll nachahmte. Da sie sich auf so heitere Weise verabschiedeten, kam der Omnibusfahrer gar nicht erst auf die Idee, dass sie etwas anderes vorhatte als einen kurzen Besuch.

Zurück im Haus, ging Phillotson nach oben und öffnete das Fenster in die Richtung, die der Omnibus eingeschlagen hatte. Bald war das Rattern seiner Räder verklungen. Daraufhin stieg er mit vergrämter Miene die Treppe hinunter, als hätte er Schmerzen; er setzte sich den Hut auf, ging hinaus und folgte fast eine Meile derselben Strecke. Plötzlich machte er kehrt und kam nach Hause.

Kaum eingetreten, grüßte ihn auch schon die Stimme seines Freundes Gillingham aus dem Vorzimmer.

»Niemand hat auf mein Klopfen geantwortet; da die Tür offen war, bin ich also einfach hineingegangen und hab's mir bequem gemacht. Ich sagte doch, dass ich vorbeischaue, nicht wahr.«

»Ja. Ich bin dir sehr dankbar, Gillingham, besonders dafür, dass du heute Abend gekommen bist.«

»Wie geht's Mrs. …«

»Recht gut. Sie ist fort … einfach fort. Da steht die Teetasse, aus der sie erst vor einer halben Stunde getrunken hat. Und das ist der Teller, von dem sie ...« Phillotson spürte einen Kloß im Hals und konnte nicht fortfahren. Er wandte sich um und trug das Teegeschirr ab.

»Hattest du übrigens schon Tee?«, fragte er kurz darauf mit frischer Stimme.

»Nein ... ja ... keine Umstände«, sagte Gillingham gedankenverloren. »Sie ist fort, sagst du!«

»Ja ... ich hätte mein Leben für sie gegeben; aber ich wollte ihr gegenüber nicht grausam sein, nur weil ich das Recht auf meiner Seite habe. Soviel ich weiß, ist sie zu ihrem Liebhaber gefahren. Keine Ahnung, was sie vorhaben. Was immer es ist, sie hat meine uneingeschränkte Zustimmung.«

Phillotsons Äußerung hatte etwas Unerschütterliches, Entschlossenes, das seinen Freund davon abhielt, ihn zu kritisieren. »Soll ich ... dich allein lassen?«, fragte er.

»Nein, nein. Für mich ist es ein Segen, dass du gekommen bist. Ich muss ein paar Sachen ordnen und wegräumen. Hilfst du mir?«

Gillingham willigte ein; und nachdem sie zu den oberen Zimmern gegangen waren, öffnete der Schulmeister Kommoden und begann alle Habseligkeiten Sues herauszunehmen und in eine große Truhe zu legen. »Sie wollte nicht alles mitnehmen, was ich ihr gern mitgegeben hätte«, fuhr er fort. »Aber als ich mich entschlossen hatte, sie ihren Wünschen gemäß leben zu lassen, gab's kein Zurück.«

»Mancher wäre vor einer einvernehmlichen Scheidung zurückgeschreckt.«

»Ich bin das alles durchgegangen und will nicht darüber diskutieren. Ich war und bin, wenn's ums Heiraten geht, der altmodischste Mann auf Erden ... tatsächlich habe ich die entsprechenden moralischen Grundsätze nie infrage gestellt. Ich wurde aber mit gewissen Fakten konfrontiert, und ich kam nicht gegen sie an.«

Sie fuhren schweigend fort, die Truhe zu packen. Als sie fertig waren, klappte Phillotson den Deckel zu und drehte den Schlüssel um.

»So«, sagte er. »Sie wird sich damit für andere schön machen; für mich nie wieder!«

IV–5

Vierundzwanzig Stunden zuvor hatte Sue folgende Nachricht an Jude geschrieben:

»Es ist, wie ich Dir gesagt habe; und ich reise morgen Abend ab. Richard und ich dachten, man könnte es nach Einbruch der Dunkelheit unauffälliger über die Bühne bringen. Ich fürchte mich sehr und bitte Dich, mich unbedingt am Bahnsteig in Melchester abzuholen. Ich komme kurz vor sieben an. Ich weiß natürlich, dass Du da sein wirst, lieber Jude; aber ich bin so ängstlich, dass ich Dich einfach anflehen muss, pünktlich zu sein. Er war die ganze Zeit *sehr* nett zu mir!

Auf bald! S.«

Während der Omnibus sie – den einzigen Passagier an jenem Abend – immer weiter von der Bergstadt fortbrachte, betrachtete sie die entschwindende Straße mit traurigem Blick. Ihre Miene wirkte jedoch keinesfalls unentschlossen.

Der Zug in Richtung London, den sie nehmen wollte, hielt nur auf Signal. Sue kam es seltsam vor, dass eine so mächtige Maschine wie eine Eisenbahn eigens für sie – die ihrem gesetzmäßigen Haushalt entfloh – zum Halten gebracht werden konnte.

Die zwanzigminütige Fahrt näherte sich ihrem Ende, und Sue begann ihre Sachen zusammenzusuchen, um auszusteigen. In dem Moment, da der Zug am Bahnsteig von Melchester hielt, griff eine Hand nach dem Türknauf, und sie erblickte Jude. Er betrat sofort das Abteil. In der Hand hielt er einen schwarzen Beutel, und er trug den dunklen Anzug, in dem er sich sonntags und nach der Arbeit zeigte. Im Großen und Ganzen wirkte er wie ein äußerst gutaussehender junger Bursche, dem man die feurige Zuneigung zu ihr von den Augen ablesen konnte.

»Oh Jude!« Sie umklammerte seine Hand mit ihren beiden, und ihre Anspannung entlud sich in einem Schwall kleiner trockener Schluchzer. »Ich … ich bin so froh! Soll ich hier aussteigen?«

»Nein. Ich steig ein, Liebste! Ich habe gepackt. Außer diesem Beutel hab ich nur eine große Truhe im Gepäckwagen.«

»Aber aussteigen soll ich nicht? Wir bleiben nicht hier?«

»Das wäre so gut wie unmöglich, verstehst du? Man kennt uns hier … zumindest mich kennt man gut. Ich habe Fahrkarten nach Aldbrickham; und hier ist deine Karte für denselben Platz, da deine nur bis hierher gilt.«

»Ich dachte, wir würden bleiben«, wiederholte sie.

»Das wäre nie und nimmer gutgegangen.«

»Ah! … vielleicht nicht.«

»Ich hatte keine Zeit zu schreiben und mitzuteilen, für welchen Ort ich mich entschieden habe. Aldbrickham ist eine viel größere Stadt – sechzig- bis siebzigtausend Einwohner – und dort weiß niemand irgendetwas über uns.«

»Und du hast deine Arbeit an der hiesigen Kathedrale aufgegeben?«

»Ja. Von einem Moment auf den anderen … Deine Nachricht kam unerwartet. Genau genommen hätte ich bis zum Wochenende bleiben sollen. Ich sagte aber, dass es dringend sei, und wurde entlassen. Auf dein Kommando wäre ich an jedem beliebigen Tag abgehauen, liebe Sue. Ich habe mehr als das für dich aufgegeben!«

»Ich fürchte, dass ich dir jede Menge Scherereien einbrocke: deine Aussichten im Kirchendienst ruiniere; deine Berufskarriere zerstöre; alles kaputtmache!«

»Die Kirche bedeutet mir nichts mehr. Sie ruhe in Frieden! Aus mir wird nie einer von den

›Soldatenchristen, die Seit an Seit
Himmelwärts brennen zum Seelenheil‹,

falls es solche Leute überhaupt gibt! Mein Seelenheil liegt nicht himmelwärts, sondern hier.«

»Oh wie schlecht ich mir vorkomme … Die Lebenswege meiner Mitmenschen so auf den Kopf zu stellen!«, sagte sie, in ihrer Stimme die in seiner Tonlage angedeutete Gefühlsregung aufgreifend. Doch nach zwölf Meilen Fahrt hatte sie ihren Gleichmut wiedergefunden.

»Es war so gütig von ihm, mich gehen zu lassen«, fuhr sie fort. »Und hier ist eine an dich adressierte Nachricht, die ich auf meinem Frisiertisch entdeckt habe.«

»Ja. Er ist kein übler Kerl«, sagte Jude und warf einen Blick auf den Brief. »Und ich schäme mich, dass ich ihn hasse, weil er dich geheiratet hat.«

»Gemäß dem verbrieften Wankelmut der Frauen sollte ich ihn wohl plötzlich lieben, weil er mich so großzügig und unerwartet hat gehen lassen«, erwiderte sie lächelnd. »Aber ich bin so gefühllos oder undankbar oder sonst was, dass nicht einmal diese Großzügigkeit mich dazu gebracht hat, ihn zu lieben oder Reue zu empfinden oder als seine Frau bei ihm bleiben zu wollen; allerdings bin ich mir sicher, dass ich seine Aufgeschlossenheit mag und ihn mehr denn je respektiere.«

»Für uns wäre es wohl nicht so gut gegangen, wenn er

weniger freundlich gewesen wäre und du gegen seinen Willen fortgelaufen wärst«, murmelte Jude.

»Das hätte ich *niemals* getan.«

Judes Blicke musterten nachdenklich ihr Gesicht. Dann küsste er sie unvermittelt und wollte sie noch einmal küssen. »Nein … nur einen jetzt … bitte, Jude!«

»Das ist ziemlich grausam«, antwortete er, fügte sich jedoch. »Mir ist etwas ganz Merkwürdiges passiert«, fuhr Jude nach einer Weile fort. »Arabella hat mir doch tatsächlich geschrieben und mich um die Scheidung gebeten … aus Freundlichkeit ihr gegenüber, sagt sie. Sie möchte nach Recht und Gesetz jenen Mann heiraten, den sie eigentlich schon geheiratet hat, und bittet mich, ihr das zu ermöglichen.«

»Was hast du gemacht?«

»Eingewilligt. Anfangs hielt ich das für ausgeschlossen, ohne sie wegen dieser zweiten Heirat in Schwierigkeiten zu bringen, und ich will ihr auf keinen Fall schaden. Vielleicht ist sie letztendlich nicht schlimmer als ich! Doch hier bei uns weiß niemand etwas davon, und ich habe festgestellt, dass das Verfahren gar nicht so kompliziert ist. Wenn sie neu anfangen möchte, dann habe ich ein paar offenkundige Gründe, sie nicht daran zu hindern.«

»Du bist dann frei?«

»Ja, ich werde frei sein.«

»Wo steigen wir aus?«, fragte sie so zusammenhanglos, wie es an diesem Abend für sie typisch war.

»Aldbrickham, wie ich schon sagte.«

»Aber wir kommen sehr spät an?«

»Ja. Ich hab dran gedacht und telegrafisch ein Zimmer für uns im dortigen Temperenzlerhotel reserviert.«

»Eines?«

»Ja … eines.«

Sie sah ihn an. »Oh Jude!« Sue drückte ihre Stirn in die Ecke des Abteils. »Ich hab geahnt, dass es darauf hinausläuft; und dass ich deine Hoffnungen enttäusche. Aber so hab ich das nicht gemeint!«

In der darauffolgenden Pause heftete sich Judes Blick mit einem entgeisterten Ausdruck auf den Sitz gegenüber. »Na schön!«, sagte er … »Na schön!«

Er sprach kein weiteres Wort; und als sie merkte, wie verwirrt er war, schmiegte sie ihr Gesicht an seine Wange und murmelte: »Ärgere dich nicht, Liebster!«

»Oh … ist schon gut«, sagte er. »Aber … ich hab's so verstanden … Ein plötzlicher Sinneswandel?«

»Du hast kein Recht, mich so etwas zu fragen; und ich antworte nicht darauf!«, sagte sie lächelnd.

»Meine Liebe, dein Glück ist mir wichtiger als alles andere – obwohl es bei uns anscheinend oft in einem Streit mündet! –, und dein Wunsch ist mir Befehl. Ich bin nicht bloß ein … ein selbstsüchtiger Kerl, hoffe ich. Ganz wie du willst!« Als er darüber nachdachte, runzelte er verwirrt die Stirn. »Aber womöglich liebst du mich nicht … Du wirst doch nicht sittsam geworden sein? Schließlich hast du mir doch beigebracht, alles Biedere zu hassen. Mir wäre aber lieber, dass es *das* ist und nicht die andere entsetzliche Alternative!«

Sogar bei dieser offensichtlichen Gelegenheit für eine ehrliche Aussprache, konnte Sue hinsichtlich jenes Mysteriums, ihres Herzens, nicht vollkommen aufrichtig sein. »Schreibe es meiner Schüchternheit zu«, sagte sie hastig ausweichend, »der natürlichen Schüchternheit einer Frau im entscheidenden Augenblick. Ich *könnte* ebenso wie du empfinden, dass ich das unveräußerliche Recht habe, so mit dir zusammenzuleben, wie du es dir vorgestellt hast … von diesem Moment an. Ich *könnte* der Auffassung sein, dass in einer gerechten Gesellschaft der Vater des Kindes einer Frau ebenso ihre persönliche Angelegenheit ist wie der Schnitt ihrer Unterwäsche, der niemanden etwas angeht. Aber vielleicht unter anderem deswegen, weil ich nur dank seiner Großzügigkeit frei bin, möchte ich lieber ein wenig streng sein. Wäre ich über eine Strickleiter geflohen und hätte er uns mit gezückten Pistolen verfolgt, läge die Sache vielleicht anders und ich hätte möglicherweise anders gehandelt. Aber bedränge und kritisiere mich nicht, Jude! Geh davon aus, dass es mir an Mut mangelt, meine Ideen in die Tat umzusetzen. Ich weiß, dass ich ein armes, elendes Geschöpf bin. Ich bin nicht so leidenschaftlich wie du!«

Er antwortete schlicht: »Ich dachte … was ich denken musste. Doch wenn wir kein Liebespaar sind, dann ist das nun mal so. Ich bin sicher, dass Phillotson das geglaubt hat. Hör zu, was er mir schreibt.« Er öffnete den Brief, den sie mitgebracht hatte, und las:

»Ich stelle nur eine Bedingung – dass Sie zärtlich und freundlich zu ihr sind. Ich weiß, Sie lieben sie. Doch manchmal kann sogar Liebe grausam sein. Ihr seid füreinander geschaffen: es ist offensichtlich, augenscheinlich für jede unvoreingenommene ältere Person. Während meines kurzen Zusammenlebens mit ihr waren Sie stets der ›schattenhafte Dritte‹. Noch einmal: Kümmern Sie sich um Sue.«

»Er ist so ein guter Kerl!«, sagte sie, den Tränen nahe. Nach reiflicher Überlegung fügte sie hinzu: »Er war so nachgiebig, als er mich gehen ließ … beinah zu nachgiebig! Ich war noch nie so nah daran, mich in ihn zu verlieben, wie in dem Moment, als er sich so rücksichtsvoll darum kümmerte, mir meine Reise so bequem wie möglich zu machen, und mir Geld anbot. Trotzdem liebte ich ihn nicht. Hätte ich ihn auch nur ein klein wenig als Frau geliebt, würde ich sogar jetzt noch zu ihm zurückkehren.«

»Aber das wirst du nicht, oder?«

»Das ist wahr … schrecklich, aber wahr! … ich tu es nicht.«

»Ich würd's auch nicht, leider!«, sagte er gereizt. »Noch irgendwer sonst, schätze ich! … Sue, manchmal, wenn ich dir böse bin, glaube ich, dass du keine wahre Liebe empfinden kannst.«

»Das ist nicht nett und redlich von dir!«, sagte sie, rückte so weit wie möglich fort von ihm und blickte ernst in die Finsternis. In gekränktem Ton, ohne sich umzudrehen, fügte sie hinzu: »Meine Zuneigung zu dir mag anders sein als die einiger anderer Frauen. Doch mit dir zusammen zu sein birgt für mich eine erhabene, zerbrechliche Art von Glück, und ich möchte nicht weitergehen und es riskieren, nur um … zu versuchen, es zu vergrößern! Mir war schon klar, dass es für mich als verheiratete Frau ein Risiko darstellte, zu kommen. Aber was *dich* und *mich* angeht, habe ich mich entschlossen, darauf zu vertrauen, dass dir meine Wünsche wichtiger sind als deine Befriedigung. Sprich nicht mehr davon, lieber Jude!«

»Freilich, wenn du dir deswegen Vorwürfe machen würdest … aber du magst mich doch sehr, Sue? Sag es! Sag, du empfindest ein Viertel, ein Zehntel meiner Liebe, und ich bin zufrieden!«

»Ich hab zugelassen, dass du mich küsst, und das reicht als Antwort.«

»Nur ein-, zweimal!«

»Na … sei nicht so unersättlich.«

Er lehnte sich zurück und würdigte sie lange Zeit keines Blickes. Jene Geschichte aus ihrer Vergangenheit, die sie ihm erzählt hatte – über den armen Studenten aus Christminster, den sie ebenso abgefertigt hatte –, fiel Jude wieder ein; und er sah sich als möglicher Nachfolger in einem so qualvollen Schicksal.

»Das ist eine komische Art durchzubrennen!«, murmelte er. »Vielleicht hast du mich die ganze Zeit nur benutzt, um von Phillotson wegzukommen. Ich schwör dir, dass es mir fast so vorkommt … wenn ich mir anseh, wie stocksteif du dasitzt!«

»Du darfst mir nicht böse sein … ich lass es nicht zu!«, gurrte sie, drehte sich um und rückte näher. »Du hast mich doch gerade geküsst, oder; und ich geb zu, ich hab's nicht bloß über mich ergehen lassen, Jude. Ich möchte nur jetzt gerade keine Wiederholung … in Anbetracht unserer Umstände, siehst du das nicht ein?«

Er konnte ihr nie eine Bitte abschlagen (was ihr sehr wohl bewusst war). Und sie saßen Händchen haltend nebeneinander, bis ihr plötzlich etwas einfiel.

»Ich kann unmöglich in dieses Temperenzlerhotel, nach dem, was du telegrafiert hast!«

»Warum nicht?«

»Das weißt du sehr wohl!«

»Na schön; zweifellos findet sich ein anderes, das geöffnet hat. Da du wegen eines dummen Skandals Phillotson geheiratet hast, habe ich manchmal gedacht, dass du ebenso wie jede andere Frau, die ich kenne, eine Sklavin der gesellschaftlichen Regeln bist, obwohl du vorgeblich rebellische Ansichten vertrittst.«

»Nicht im Geiste. Aber wie ich schon sagte, ich bin nicht so mutig wie meine Ansichten. Ich habe ihn nicht nur wegen des Skandals geheiratet. Doch manchmal ist *die Liebe einer Frau zum Geliebtwerden* stärker als ihr Gewissen, und so sehr die Vorstellung sie schmerzt, einen Mann grausam zu behandeln, ermutigt sie ihn, sie zu lieben, obwohl sie ihn nicht im Geringsten liebt. Sieht sie ihn dann leiden, beginnt sie zu bereuen und tut was sie kann, um den Fehler wiedergutzumachen.«

»Du meinst einfach, dass du dem armen alten Kerl furchtbar den Kopf verdreht hast, um es dann zu bereuen und ihn als Wiedergutmachung zu heiraten, was dir allerdings Todesqualen bereitete.«

»Na ja … grob gesagt! … es kommt der Sache schon nahe … das und dazu der Skandal … und dass du mir verheimlicht hast, was du mir viel früher hättest sagen sollen!«

Er konnte sehen, dass seine Kritik ihr Kummer bereitete und sie zum Weinen brachte, also beschwichtigte er sie: »Komm, Liebes, mach dir nichts draus! Schlag mich ans Kreuz, wenn du möchtest! Du weißt, du bedeutest mir alles, ganz gleich was du tust!«

»Ich bin sehr schlecht und prinzipienlos … Ich weiß, dass du das von mir denkst!«, sagte sie und versuchte die Tränen fortzublinzeln.

»Ich denke und bin gewiss, dass du meine liebe Sue bist, von der mich weder Höhe noch Tiefe, nichts Gegenwärtiges und nichts Zukünftiges trennen kann!«

Sie war zwar in vielen Dingen klug, aber in vielen anderen so kindisch, dass dies sie zufriedenstellte, und sie erreichten das Ziel ihrer Reise in bestem Einvernehmen. Sie kamen gegen zehn Uhr in Aldbrickham an, der Provinzhauptstadt von North Wessex. Da sie wegen der Worte seines Telegramms nicht im Temperenzlerhotel übernachten wollte, erkundigte Jude sich nach einem anderen; und ein Jüngling, der angeboten hatte, ihnen behilflich zu sein, karrte ihr Gepäck ein Stück weiter zum George, ebenjenem Gasthof, in dem Jude mit Arabella, anlässlich ihres Wiedersehens nach jahrelanger Trennung, einmal übernachtet hatte.

Da sie diesmal jedoch durch eine andere Tür eintraten und Jude in Gedanken versunken war, erkannte er das Haus zunächst nicht wieder. Nachdem sie ihre Zimmer belegt hatten, gingen sie hinunter zu einem späten Abendessen. Während Jude vorübergehend abwesend war, wandte das Zimmermädchen sich an Sue.

»Ma'am, ich glaub, ich kenn Ihren Verwandten oder Freund oder was auch immer, er war schon mal hier … spät, so wie jetzt, mit seiner Frau … einer Dame jedenfalls, die nie und nimmer sie g'wesen ist … genauso wie jetzt mit Ihnen.«

»Oh, tatsächlich?«, sagte Sue mit einem gewissen Stich im Herzen. »Obwohl ich vermute, dass Sie sich irren! Wie lang ist es her?«

»Ungefähr ein oder zwei Monate. Eine hübsche, vollbusige Frau. Sie hatten dieses Zimmer.«

Als Jude zurückkehrte und sich zu Tisch begab, wirkte Sue niedergeschlagen und trübselig. »Jude«, sprach sie ihn traurig an, bevor sie nachts am Treppenabsatz auseinandergingen, »mit uns beiden ist es nicht mehr so nett und angenehm wie früher! Mir gefällt's hier nicht … das Haus ist mir zuwider! Und ich hab dich nicht mehr so lieb wie vorher!«

»Du kommst mir ziemlich nervös vor, Liebes! Warum bist du so wankelmütig?«

»Weil es grausam war, mich hierherzubringen!«

»Weshalb?«

»Du warst kürzlich mit Arabella hier. Da, jetzt hab ich's gesagt!«

»Ach herrje, wie …«, sagte Jude und sah sich um. »Ja … dasselbe Hotel! Ich hab's wirklich nicht gewusst, Sue. Nun ja … grausam ist es nicht, da wir in dieser Manier hergekommen sind … als zwei zusammen reisende Verwandte.«

»Wie lang bist du damals hier gewesen? Sag schon, sag schon!«

»Am Tag bevor ich dich in Christminster traf, als wir zusammen zurück nach Marygreen gegangen sind. Ich hab dir von unserem Treffen erzählt.«

»Ja, von dem Treffen schon, aber du hast mir nicht alles erzählt. Nach deiner Geschichte habt ihr euch wie Fremde getroffen, keineswegs als Mann und Frau vor dem Angesicht des Herrn … von Versöhnung war nicht die Rede.«

»Wir haben uns nicht versöhnt«, sagte er traurig. »Ich kann es nicht erklären, Sue.«

»Du hast mich belogen; du, meine letzte Hoffnung! Und ich werde dir das niemals vergeben!«

»Aber du hast es doch so gewollt, liebe Sue, dass wir nur Freunde sein sollen, kein Liebespaar! Du bist unglaublich unbeständig, wenn du …«

»Freunde können eifersüchtig sein!«

»Da bin ich anderer Meinung. Du vertraust mir nichts an, und ich soll dir alles anvertrauen. Außerdem lief damals zwischen dir und deinem Mann alles bestens.«

»Ganz und gar nicht, Jude. Wie kannst du so etwas denken? Und du hast mich zur Komplizin gemacht, auch wenn es nicht deine Absicht war.« Sie war dermaßen aufgewühlt, dass er sich gezwungen sah, sie in ihr Zimmer zu führen und die Tür zu schließen, damit niemand sie belauschte. »War es dieses Zimmer? Ja … ich kann es dir von der Nase ablesen! Ich will hier nicht bleiben! Du hast mich verraten, indem du wieder mit ihr geschlafen hast! Ich bin aus dem Fenster gesprungen!«

»Aber Sue, sie war doch schließlich meine angetraute Ehefrau, auch wenn …«

Sue kniete nieder, begrub ihr Gesicht im Bettzeug und weinte.

»Ich hab noch nie eine solche Unvernunft erlebt … solch einen belämmerten Neid«, sagte Jude. »Ich soll dir nicht zu nahe kommen, aber auch niemandem sonst!«

»Du *verstehst* meine Gefühle nicht! Warum nur! Warum bist du so grob? *Ich* bin aus dem Fenster gesprungen!«

»Aus dem Fenster?«

»Ich kann es nicht erklären!«

Er verstand ihre Gefühle tatsächlich nicht besonders gut. Aber ein wenig schon; und begann sie nichtsdestoweniger zu liebkosen.

»Ich … ich dachte, dass dir alle anderen egal sind … dass du damals niemand auf der Welt außer mir begehrtest … damals und immerzu!«, fuhr Sue fort.

»Das stimmt doch. Damals ebenso wie heute!«, sagte Jude, bekümmert wie sie.

»Aber du musst oft an sie gedacht haben! Oder …«

»Nein … warum auch … du verstehst mich ebenso wenig … Frauen verstehen einen nie! Warum regst du dich so grundlos auf?«

Von der Bettdecke aufblickend, schmollte sie herausfordernd: »Trotz alledem wäre ich schließlich doch mit dir in das Temperenzlerhotel gegangen. So wie du es vorgeschlagen hast; denn ich begann mir einzubilden, dass ich dir gehöre!«

»Oh, das ist bedeutungslos!«, sagte Jude kühl.

»Ich dachte natürlich, dass sie nie wirklich deine Frau gewesen ist, nachdem sie dich aus freien Stücken vor so vielen Jahren verlassen hat! Ich hatte das Gefühl, dass eine solche Trennung wie deine von ihr und meine von ihm eine Ehe beendet.«

»Ich kann nicht mehr dazu sagen, ohne sie schlechtzumachen, und das will ich nicht«, sagte er. »Trotzdem muss ich dir etwas erzählen, was die Sache auf jeden Fall klären wird. Sie hat einen anderen geheiratet … richtig geheiratet! Ich wusste nichts davon, bis nach unserem Besuch hier.«

»Einen anderen geheiratet? … Es ist ein Verbrechen – in den Augen der Öffentlichkeit, die es wohl für undenkbar hält.«

»So … jetzt bist du wieder ganz die Alte. Ja, es ist ein Verbrechen … obwohl du das anders siehst und gleichzeitig furchtsam einräumst. Doch ich werde nie gegen sie aussagen! Und sie drängt mich nur deshalb, die Scheidung einzureichen, weil sie ein schlechtes Gewissen hat und den Mann rechtsgültig heiraten will. Du siehst also, ich werde sie wahrscheinlich nicht wiedersehen.«

»Und du hast wirklich nichts davon gewusst, als ihr euch getroffen habt?«, sagte Sue sanfter, während sie aufstand.

»Wirklich nicht. Alles in allem glaube ich nicht, dass du mir böse sein solltest, Liebste!«

»Bin ich nicht. Aber ins Temperenzlerhotel geh ich nicht!«

Er lachte. »Schon gut!«, sagte er. »Solange ich in deiner Nähe bin, bin ich vergleichsweise glücklich. Das ist mehr, als dieser profane Schuft namens Jude verdient … dich Seelchen, dich körperloses Wesen, dich liebes, süßes, peinigendes Phantom … kaum fleischlich; sodass ich, wenn ich dich umarme, fast damit rechne, durch dich hindurchzugreifen als wärst du aus Luft! Verzeih mir, dass ich – wie du schon sagtest – grob bin! Bedenke, es war eine Falle, als wir uns wie Fremde begegneten und uns Cousin und Cousine nannten. Die Feindschaft unserer Eltern verlieh dir in meinen Augen einen Reiz, der noch anziehender wirkte als bei jeder anderen neuen Bekanntschaft.«

»Sprich also diese hübschen Zeilen aus Shelleys ›Epipsychidion‹, als wären sie für mich geschrieben!«, forderte sie und beugte sich näher zu ihm, als sie sich gegenüberstanden. »Kennst du sie nicht?«

»Ich kenne nur wenige Gedichte«, erwiderte er traurig.

»Nicht? Hier ein Beispiel:

›Ein Wesen gab's, dem oft in seinen Träumen
Mein Geist begegnete in Ätherräumen.
* * * * *
Seraph des Himmels, überirdisch mild,
Ach, unter deiner Frauenschönheit Bild …‹

Oh, es ist zu schmeichelhaft, ich hör lieber auf! Aber sag, dass ich es bin … sag's mir!«

»Das *bist* du, Liebste; genau wie du!«

»Jetzt verzeih ich dir! Und du darfst mich nur einmal hier küssen … nur kurz.« Sie berührte mit ihrer Fingerspitze zimperlich ihre Wange; und er tat wie befohlen. »Du liebst mich doch sehr, oder, auch wenn ich nicht … du weißt schon?«

»Ja, Liebste!«, sagte er mit einem Seufzer und wünschte ihr eine gute Nacht.

IV–6

Indem Phillotson als Schulmeister in seine Heimatstadt Shaston zurückgekehrt war, hatte er Interesse und Erinnerungen der Einwohner geweckt, die ihn zwar nicht ob seiner unterschiedlichen Verdienste rühmten, wie man ihn andernorts gerühmt hätte, aber aufrichtig schätzten. Als er kurz nach seiner Ankunft eine hübsche Frau heimführte – etwas zu hübsch für ihn, wenn er nicht gut auf sie aufpasste, sagten sie –, empfingen sie sie freudig in ihrer Gemeinde.

Sues Abwesenheit sorgte nach ihrer Flucht aus demselben Heim eine Zeitlang nicht für Gerede. Ihr Platz als Hilfslehrerin an der Schule wurde wenige Tage nach ihrem Fortgang von einer anderen jungen Frau besetzt, und der Wechsel wurde ebenfalls kritiklos hingenommen. Sue hatte schließlich nur als Aushilfe gearbeitet. Nachdem jedoch ein Monat verstrichen war und Phillotson nebenbei einem Bekannten gestanden hatte, er kenne den Aufenthaltsort seiner Frau nicht, begann man neugierig zu werden; dann zog man voreilige Schlüsse und nahm wagemutig an, Sue habe ihn betrogen und sei durchgebrannt. Die Trägheit und Lustlosigkeit des Schulmeisters beim Unterricht ließ die Vermutung glaubwürdig erscheinen.

Obwohl Phillotson so lange wie möglich seine Zunge im Zaum hielt und nur mit seinem Freund Gillingham darüber sprach, konnte er aufgrund seiner Ehrlichkeit und Offenheit nicht länger schweigen, als falsche Gerüchte über Sues Verhalten die Runde machten. An einem Montagmorgen schaute der Vorsitzende des Schulkomitees vorbei, und nachdem er den Unterricht verfolgt hatte, führte er Phillotson beiseite, außerhalb der Hörweite der Kinder.

»Entschuldigen Sie die Frage, Phillotson, da jeder darüber spricht: Trifft es zu, was man von Ihren Familienverhältnissen hört ..., dass Ihre Frau nicht wegen eines Besuchs verreist, sondern insgeheim mit einem Liebhaber durchgebrannt ist? Wenn das stimmt, möchte ich Ihnen mein Beileid bezeigen.«

»Nicht nötig«, sagte Phillotson. »Das war kein Geheimnis.«

»Sie besucht also Freunde?«

»Nein.«

»Was ist dann passiert?«

»Sie ist unter Umständen fortgegangen, die normalerweise nach Beileidsbekundungen an den Ehemann verlangen. Aber ich habe es ihr gestattet.«

Der Vorsitzende machte ein Gesicht, als hätte er sich verhört.

»Was ich sage, ist die reine Wahrheit«, fuhr Phillotson gereizt fort. »Sie hat mich darum gebeten, sie mit ihrem Liebhaber fortgehen zu lassen, und ich habe es ihr erlaubt. Warum auch nicht? Eine volljährige Frau: sie ist es, die sich vor ihrem Gewissen verantworten muss – nicht ich. Ich war nicht ihr Kerkermeister. Ich kann es nicht weiter erklären. Ich will nicht darüber ausgefragt werden.«

Die Kinder bemerkten die ernsten Gesichter der beiden Männer und gingen nach Hause, wo sie ihren Eltern erzählten, es gebe Neuigkeiten über Mrs. Phillotson. Dann verkündete Phillotsons kleines Hausmädchen, eine Schülerin, die eben erst ihren Abschluss gemacht hatte, Mr. Phillotson habe seiner Frau beim Packen geholfen, ihr Geld angeboten, so sie welches benötige, und einen freundlichen

Brief an ihren Verehrer geschrieben, um ihn zu bitten, gut auf sie aufzupassen. Der Vorsitzende des Komitees dachte über die Sache nach und sprach mit den anderen Schulverwaltern, wonach man ein Gesuch an Phillotson schickte, sich persönlich zu treffen. Das Treffen dauerte sehr lange, und am Ende ging der Schulmeister, blass und ermattet wie immer, wieder nach Hause. In seiner Wohnung erwartete ihn Gillingham.

»Tja, es ist so, wie du gesagt hast«, bemerkte Phillotson und ließ sich müde in einen Sessel fallen. »Sie haben mich gebeten, meine Kündigung einzureichen, aufgrund meines skandalösen Verhaltens, dass ich meiner gepeinigten Frau die Freiheit geschenkt habe … oder, wie sie es bezeichnen, ihren Ehebruch gebilligt. Aber ich kündige nicht!«

»Ich würd's wohl tun.«

»Ich nicht. Es geht sie nichts an. Es beeinträchtigt mich keineswegs in der Ausübung meines Berufs. Sollen sie mich doch feuern, wenn sie wollen.«

»Wenn du einen Wirbel machst, kommt es in die Zeitung, und keine andere Schule stellt dich je wieder ein. Schau, sie müssen bei der Beurteilung deines Tuns bedenken, dass du die Jugend unterrichtest … und welche Auswirkungen dies auf die Moral der Stadt hätte; und aus landläufiger Sicht ist deine Haltung nicht zu rechtfertigen. Ich muss dir das deutlich sagen.«

Auf diesen guten Rat wollte Phillotson jedoch nicht hören.

»Ist mir gleich«, sagte er. »Ich gehe nicht, es sei denn, sie werfen mich raus. Und zwar deswegen: Indem ich kündige, räume ich ein, dass ich mich ihr gegenüber falsch verhalten habe; obwohl ich mit jedem neuen Tag immer fester überzeugt bin, dass ich vor dem Angesicht Gottes und im Rahmen jeglicher natürlichen, redlichen Menschlichkeit richtig gehandelt habe.«

Gillingham begriff, dass sein ziemlich dickköpfiger Freund nicht in der Lage sein würde, eine solche Haltung zu verteidigen, doch er äußerte sich nicht mehr dazu, und zur gegebenen Zeit – tatsächlich nur eine Viertelstunde später – traf ein Brief mit dem förmlichen Entlassungsschreiben ein, welches die zurückgebliebenen Verwalter nach Phillotsons Fortgang verfasst hatten. Letzterer antwortete, er akzeptiere die Entlassung nicht; und er berief eine öffentliche Sitzung ein, der er beiwohnte, obwohl er so schwach und krank aussah, dass sein Freund ihn drängte, zu Hause zu bleiben. Als er sich erhob, um die Gründe für seine Anfechtung der Entscheidung der Verwalter zu benennen, sprach er sie entschlossen an, so wie er es seinem Freund gegenüber getan hatte, und behauptete zudem, es handle sich um eine reine Familienangelegenheit, die sie nichts angehe. Dies wiesen sie zurück und beharrten darauf, dass die privaten Eigentümlichkeiten eines Lehrers sehr wohl in ihren Zuständigkeitsbereich fielen, da sie die Moral seiner Schüler beeinflussten. Phillotson erwiderte, er verstehe nicht, wie Handeln aus natürlicher Nächstenliebe gegen die Moral verstoßen könne.

Alle ehrbaren Bürger und wohlhabenden Mitbewohner der Stadt waren einstimmig gegen Phillotson. Doch stellte er einigermaßen erstaunt fest, dass unverhofft ein gutes Dutzend wackerer Fürsprecher vortraten, um ihn zu verteidigen.

Wie schon gesagt, Shaston war der Ankerplatz eines eigenartigen und interessanten Völkchens von Wandervögeln, welche im Sommer und Herbst die überall in Wessex stattfindenden Märkte und Messen besuchten. Obwohl

Phillotson noch nie mit einem von diesen Herren gesprochen hatte, führten sie nun edelmütig seine hoffnungslose Verteidigung an. Die Gruppe umfasste zwei Ramschverkäufer, einen Schießbudenbesitzer mit den Damen, die die Gewehre luden, ein Paar Boxmeister, den Betreiber eines Dampfkarussells, zwei umherreisende Bürstenbinderinnen, die sich als Witwen bezeichneten, einen Lebkuchenstandverkäufer, einen Bootsschaukelinhaber und einen Hau-den-Lukas-Mann.

Diese großmütige Phalanx aus Fürsprechern nebst einigen wenigen Bürgern mit unabhängigem Urteilsvermögen, deren Erfahrungen mit dem Ehestand nicht ganz so reibungslos verlaufen waren, traten vor und schüttelten Phillotson herzlich die Hand; worauf sie ihre Meinung der zur Verhandlung des Problems angetretenen Versammlung so gründlich unter die Nase rieben, dass sich daraus ein Handgemenge entwickelte, in dessen Verlauf eine Wandtafel zerbrach, drei Fensterscheiben der Schule zu Bruch gingen, ein Tintenfass sich über der Hemdbrust des Ratsherrn entleerte, die Karte von Palästina einem Kirchenvorsteher derart übergezogen wurde, dass sein Kopf geradewegs durch Samaria ging, und so mancher sich ein blaues Auge und eine blutige Nase holte, zum allgemeinen Entsetzen auch der ehrwürdige Amtsinhaber, aufgrund des Eifers eines mündigen Schornsteinfegers, der sich auf der Seite der Fürsprecher Phillotsons schlug. Als Phillotson das Blut am Gesicht des Rektors herabrinnen sah, beklagte er beinah stöhnend die widrigen und entwürdigenden Umstände, bedauerte nicht gekündigt zu haben, als man ihn darum ersucht hatte, und ging so krank nach Hause, dass er am nächsten Morgen im Bett bleiben musste.

Der possenhafte und doch traurige Zwischenfall markierte für ihn den Beginn einer ernsten Erkrankung; und er lag in seinem einsamen Bett, im kläglichen Zustand eines Mannes mittleren Alters, der letztendlich erkennt, dass sein Geistes- und Familienleben auf Scheitern und Trübsinn hinausläuft. Gillingham besuchte ihn an den Abenden, und einmal kam er auf Sue zu sprechen.

»Sie schert sich kein bisschen um mich!«, sagte Phillotson. »Warum auch?«

»Sie weiß nicht, dass du krank bist.«

»Umso besser für uns beide.«

»Wo wohnen sie und ihr Liebhaber?«

»In Melchester … glaube ich; zumindest lebte er dort vor einiger Zeit.«

Als Gillingham heimkam, setzte er sich und überlegte und schrieb schließlich eine anonyme Zeile an Sue, ungeachtet der geringen Chance, dass sie den Brief in einem an Jude in der Hauptstadt der Diözese adressierten Umschlag erhielt. Das dort angekommene Schreiben wurde nach Marygreen in North Wessex weitergeleitet und von dort von der einzigen Person, die seine jetzige Adresse kannte, der Witwe, die seine Tante gepflegt hatte, nach Aldbrickham geschickt.

Drei Tage später, am Abend, als die Sonne prachtvoll über den Ebenen von Blackmoor unterging und die Fenster von Shaston vor den Augen der Bauern im Tal wie Feuerzungen aufflackern ließ, meinte der Kranke jemanden auf das Haus zugehen zu hören, und einige Minuten später vernahm er ein Klopfen an der Schlafzimmertür. Phillotson antwortete nicht; die Tür wurde zaghaft geöffnet und herein kam – Sue.

Sie trug ein leichtes Frühlingskleid, und ihr Erscheinen wirkte gespenstisch – als ob eine Motte hereinflatterte. Er sah sie an und errötete, schien aber seine erste Eingebung, etwas zu sagen, zu unterdrücken.

»Ich habe hier nichts zu schaffen«, sagte sie und näherte sich ihm mit besorgter Miene. »Aber ich hörte, dass du krank bist … sehr krank, und … und da ich weiß, dass es für dich auch andere Gefühle zwischen Mann und Frau geben kann als Begierde, bin ich gekommen.«

»Ich bin nicht sonderlich krank, meine liebe Freundin. Nur nicht ganz gesund.«

»Das hab ich nicht gewusst; und ich fürchte, dass nur eine ernste Erkrankung meinen Besuch hätte rechtfertigen können!«

»Ja … ja. Und ich wünschte fast, du wärst nicht gekommen! Es ist noch ein bisschen zu früh … das wollte ich nur damit sagen. Lass uns trotzdem das Beste daraus machen. Du hast nichts über die Schule gehört, oder?«

»Nein … was ist damit?«

»Nur, dass ich von hier fortgehe und mich anderswo niederlasse. Die Verwalter und ich haben eine Meinungsverschiedenheit, und deshalb trennen wir uns … das ist alles.«

Sue ahnte keinen Moment lang, weder in diesem Augenblick noch später, welche Schwierigkeiten er sich eingebrockt hatte, indem er sie gehen ließ; es war ihr kein einziges Mal in den Sinn gekommen, und sie hatte keinerlei Nachrichten aus Shaston erhalten. Sie sprachen über alltägliche und unbedeutende Themen, und als sein Tee heraufgebracht wurde, bat er das erstaunte kleine Dienstmädchen um eine zweite Tasse für Sue. Die junge Frau hatte größeres Interesse an ihrer Geschichte als die beiden ahnten, und treppab gehend hob sie den Blick und die Hände, um ihrer Verblüffung auf groteske Weise Ausdruck zu verleihen. An ihrem Tee nippend, ging Sue zum Fenster und sagte nachdenklich: »Der Sonnenuntergang ist wunderschön, Richard.«

»Von hier aus sind sie am schönsten, weil die Strahlen durch den Nebel des Tals fallen. Aber ich verpasse sie alle, weil sie von dieser düsteren Ecke, in der ich liege, nicht zu sehen sind.«

»Möchtest du dir nicht diesen hier anschauen? Als ob sich der Himmel öffne.«

»Ah ja! Aber ich kann nicht.«

»Ich helfe dir.«

»Nein … das Bettgestell lässt sich nicht verschieben.«

»Schau her, wie ich es meine.«

Sie ging zu einer Kommode, auf der ein Drehspiegel stand, nahm ihn in die Hand und trug ihn zu einer Stelle, wo er das Sonnenlicht einfangen konnte, und richtete ihn aus, bis die Strahlen auf Phillotsons Gesicht reflektiert wurden.

»So … jetzt kannst du die große rote Sonne sehen!«, sagte sie. »Und ich bin sicher, dass sie dich aufheitert … das hoffe ich sehr!« Sie sprach mit einer kindlichen, reumütigen Güte, als könnte sie nicht viel für ihn tun.

Phillotson lächelte traurig. »Du bist ein merkwürdiges Geschöpf!«, murmelte er, während die Sonne in seinen Augen glühte. »Dass du auf die Idee kommst, mich zu besuchen, nach allem, was geschehen ist!«

»Denk nicht mehr daran!«, sagte sie rasch. »Ich muss den Omnibus zum Bahnhof erwischen, weil Jude nicht weiß, dass ich dich besuche; er war unterwegs, als ich aufgebrochen bin; also muss ich möglichst bald nach Hause. Richard, ich freu mich so, dass es dir besser geht. Du hasst mich doch nicht, oder? Du warst mir ein so lieber Freund!«

»Schön zu wissen, dass du so denkst«, sagte Phillotson mit rauer Stimme. »Nein, ich hasse dich nicht!«

Während sie plauderten, wurde es in dem düsteren Zimmer rasch dunkel, und als man Kerzen brachte und es für sie Zeit war zu gehen, legte sie ihre Hand in die seine – oder ließ es vielmehr geschehen, dass sie durch seine hindurchhuschte; denn ihre Berührung war unvergleichlich zart. Sie hatte schon fast die Tür geschlossen, da sagte er: »Sue!« Er hatte, als sie sich von ihm abwandte, Tränen auf ihren Wangen und ein Zittern an ihrer Lippe bemerkt.

Es war unklug, sie zurückzurufen – er wusste es im selben Moment. Aber er konnte nicht anders. Sie kehrte um.

»Sue«, murmelte er, »möchtest du dich mit mir versöhnen und bleiben? Ich vergebe dir und verzeihe alles!«

»Oh, das kannst du nicht, das kannst du nicht!«, sagte sie hastig. »Du kannst es jetzt nicht verzeihen!«

»Du willst damit wohl sagen, dass *er* jetzt tatsächlich dein Mann ist?«

»Davon kannst du ausgehen. Er lässt sich von seiner Frau Arabella scheiden.«

»Seine Frau! Ich wusste gar nicht, dass er eine Frau hat!«

»Es war eine schlechte Ehe.«

»Wie unsere.«

»Wie meine. Er macht es eher um ihretwillen als um seinetwillen. Sie hat ihm geschrieben und gesagt, er tue ihr damit einen Gefallen, da sie dann heiraten und ein anständiges Leben führen könne. Und Jude hat eingewilligt.«

»Eine Frau … Er tut ihr einen Gefallen. Ah ja; er tut ihr einen Gefallen, indem er sie von allen Fesseln befreit … Aber mir gefällt nicht, wie sich das anhört. *Ich* kann vergeben, Sue!«

»Nein, nein! Du kannst mich nicht zurücknehmen,

nachdem ich so gemein war ... nach allem, was ich getan habe!«

In Sues Zügen begann sich eine Furcht abzuzeichnen, die deutlich hervortrat, wann immer er von Freund zu Ehemann wechselte, und ihr war jedes Mittel recht, sich gegen seine ehelichen Gefühle zu wehren. »Ich muss jetzt gehen. Ich komme wieder ... Darf ich?«

»Ich bitte dich nicht, zu gehen, nicht einmal jetzt. Ich bitte dich, zu bleiben.«

»Danke, Richard; aber es muss sein. Da du nicht so krank bist wie ich dachte. Ich *kann nicht* bleiben!«

»Sie gehört ihm ... ihm, von den Lippen bis zur Sohle!«, sagte Phillotson, aber so leise, dass sie es beim Schließen der Tür überhörte. Die Angst vor einer radikalen Veränderung der Gefühle des Schulmeisters, womöglich verknüpft mit einer gelinden Schamhaftigkeit darüber, sogar ihn wissen zu lassen, dass ihre auf den Rivalen übertragene Hingabe – aus männlicher Sicht – überaus mangelhaft war, hinderte sie daran, ihm von ihrer bislang unvollständigen Beziehung zu Jude zu berichten; und Phillotson lag da und wand sich wie ein Mann im Höllenfeuer, während er sich vorstellte, wie diese hübsch gekleidete, irremachende Mischung aus Mitgefühl und Abneigung, die seinen Namen trug, voll Ungeduld heimkehrte zu ihrem Liebhaber.

Gillingham nahm an Phillotsons Angelegenheiten so großen Anteil und machte sich so ernste Sorgen um ihn, dass er zwei-, dreimal die Woche den Berghang nach Shaston hinaufmarschierte, auch wenn Hin- und Rückweg ganze neun Meilen umfassten, die nach einem harten Arbeitstag in der Schule zwischen Tee und Abendessen zurückgelegt werden mussten. Als er nach Sues Besuch zum ersten Mal wieder bei seinem Freund vorbeischaute, befand er sich unten im Haus, und Gillingham stellte fest, dass seine Rastlosigkeit einer entschlosseneren und gelasseneren Stimmung gewichen war.

»Sie ist seit deinem letzten Besuch hier gewesen.«

»Doch nicht Mrs. Phillotson?«

»Ja.«

»Ah! Du hast dich mit ihr versöhnt?«

»Nein … Sie tauchte einfach auf, klopfte mein Kissen mit ihrer kleinen weißen Hand, spielte eine halbe Stunde die rücksichtsvolle Krankenschwester und verschwand.«

»Na … da soll mich doch der Teufel holen! Ein kleines Flittchen!«

»Wie bitte?«

»Äh … nichts.«

»Was willst du damit sagen?«

»Ich meine, was für ein kapriziöser kleiner Quälgeist! Wäre sie nicht deine Frau …«

»Ist sie nicht; sie ist die eines anderen, nur nicht dem Namen nach und laut Gesetz. Und ich habe mir überlegt – mein Gespräch mit ihr brachte mich auf die Idee –, ihr zuliebe den gesetzmäßigen Bund vollständig zu lösen, dazu habe ich nun wohl das Recht, da sie zurückkehrte und meine Bitte zu bleiben zurückwies, nachdem ich gesagt hatte, dass ich ihr vergebe. Ich glaube, dass dieser Umstand mir die Möglichkeit gibt, das zu tun, obwohl mir es damals nicht klar war. Weshalb sollte ich sie noch an mich binden, wenn sie nicht mehr mir gehört? Ich weiß – ich bin mir absolut sicher –, dass sie es als das größte Geschenk begrüßen würde, wenn ich das in die Wege leitete. Denn obwohl sie mich als Mitmensch bedauert und wohlwollend betrachtet und sogar um mich weint, bin ich ihr als Mann unerträglich … sie verabscheut mich … es hat keinen Zweck, die

Sache schönzureden … sie verabscheut mich, und der einzige mannhafte, würdevolle und barmherzige Weg ist, was ich angefangen habe, zu Ende zu bringen … Und es ist auch aus profanen Gründen besser für sie, frei zu sein. Indem ich entschieden habe, was für uns beide am besten ist, habe ich meine Zukunftsaussichten ruiniert, auch wenn sie davon nichts ahnt; die letzten Schritte bis zum Grab werden geprägt sein von trister Armut; denn als Lehrer bin ich inzwischen unhaltbar. Wahrscheinlich werde ich für den Rest meines Lebens genug damit zu tun haben, über die Runden zu kommen, nun da mein Tagwerk getan ist, und ich werde es besser allein bewältigen. Ich kann dir auch gleich erzählen, dass eine von ihr mitgebrachte Neuigkeit mich auf die Idee brachte, mich scheiden zu lassen – die Nachricht, dass Fawley genau dasselbe vorhat.«

»Oh … er war also auch verheiratet? Ein seltsames Liebespaar!«

»Also … deine Meinung dazu interessiert mich nicht. Ich wollte sagen, dass ich ihr keinesfalls schaden kann, indem ich sie freigebe, und ihr eine Möglichkeit eröffne, das Glück zu finden, von der sie bislang nicht einmal zu träumen wagte. Denn dann könnten die beiden heiraten, wie sie es schon von vornherein hätten tun sollen.«

Gillingham hatte es nicht eilig, zu antworten. »Vielleicht bin ich mit deinem Motiv nicht einverstanden«, sagte er gütig, denn er respektierte Ansichten, die er nicht teilen konnte. »Aber ich glaube, deine Entscheidung ist richtig – wenn du sie in die Tat umsetzen kannst. Ich bezweifle jedoch, dass dir's gelingt.«

FÜNFTER TEIL
IN ALDBRICKHAM UND ANDERNORTS

»Alles Luftige und Feurige, was diesem Wesen beigemischt ist, obwohl es von Natur nach oben strebt, gehorcht doch der Anordnung des Alls und bleibt hier ruhig in der gesamten Masse.«

MARCUS AURELIUS

V–1

Wie Gillinghams Zweifel zerstreut wurden, wird sich bald zeigen, denn wir überspringen einige triste Monate und Ereignisse, die den Schilderungen des letzten Kapitels nachfolgten, und kommen auf einen Sonntag im Februar des nächsten Jahres zu sprechen.

Sue und Jude lebten in Aldbrickham in genau derselben Beziehung, die sie im Jahr zuvor, als sie Shaston verlassen hatte, um sich ihm anzuschließen, eingegangen waren. Die Gerichtsverfahren hatten sie nur als fernes Tosen mit gelegentlich eintreffenden, ihnen kaum verständlichen Nachrichten mitbekommen.

Sie hatten sich wie üblich zum gemeinsamen Frühstück in dem kleinen Haus mit Judes Namensschild eingefunden, das er für fünfzehn Pfund jährlich plus drei Pfund zehn für Steuern und Abgaben gemietet und mit dem uralten und klobigen Mobiliar seiner Tante eingerichtet hatte; der Transport aus Marygreen hatte ihn fast so viel gekostet, wie die Möbel wert waren. Sue machte den Haushalt und kümmerte sich um alles.

Als er an jenem Morgen das Zimmer betrat, hielt Sue einen eben eingetroffenen Brief hoch.

»Nun, was steht drin?«, sagte er, nachdem er sie geküsst hatte.

»Dass das vor sechs Monaten verkündete vorläufige Scheidungsurteil im Fall Phillotson *versus* Phillotson und Fawley nun endgültig anerkannt wurde.«

»Ah«, sagte Jude und setzte sich.

Ein, zwei Monate zuvor hatte Judes Verfahren gegen

Arabella denselben Abschluss gefunden. Beide Fälle waren zu unbedeutend, um in den Zeitungen ausführlicher erwähnt zu werden als durch eine Namensnennung in einer langen Liste unwidersprochener Fälle.

»Also, Sue, jedenfalls kannst du jetzt tun, was du willst!« Er musterte seine Geliebte neugierig.

»Sind wir – du und ich – jetzt genauso frei, als ob wir nie geheiratet hätten?«

»Genauso frei ... Allerdings glaube ich, dass ein Geistlicher persönliche Einwände haben mag, dich neu zu vermählen, und die Aufgabe an jemand anderen weiterreicht.«

»Aber ich frage mich ... Glaubst du wirklich, dass das auf uns beide zutrifft? Ich weiß ja, dass es im Großen und Ganzen so ist. Allerdings hab ich das ungute Gefühl, dass meine Freiheit unter Vorspiegelung falscher Tatsachen errungen wurde.«

»Wie?«

»Na ja ... wüsste man die Wahrheit über uns, hätte man die Scheidung nicht anerkannt. Sie haben es nur deshalb getan, weil wir auf Verteidigung verzichtet und so ein falsches Bild vermittelt haben, nicht wahr? Ist also meine Freiheit gerecht, auch wenn sie rechtmäßig sein mag?«

»Nun ... warum hast du die Vorspiegelung falscher Tatsachen zugelassen? Du hast es dir selber eingebrockt«, sagte er boshaft.

»Jude ... lass das! Du solltest endlich aufhören, dich deswegen zu ärgern. Du musst mich nehmen, wie ich bin.«

»Schon gut, Schatz: das will ich tun. Vielleicht hattest du recht. Was deine Frage betrifft: Wir waren nicht verpflichtet, irgendetwas zu beweisen. Das war deren Angelegenheit. Immerhin leben wir zusammen.«

»Ja. Jedoch nicht nach deren Auffassung.«

»Eines ist gewiss, eine Ehe ist geschieden, wenn sie geschieden ist, ganz gleich, wie das Urteil zustande kam. Es hat seine Vorteile, so arm und unbekannt zu sein wie wir …, dass solche Angelegenheiten für uns grob, aber zuverlässig geregelt werden. Mit mir und Arabella war es dasselbe. Ich befürchtete, dass man ihre kriminelle zweite Heirat entdecken und sie bestrafen würde; aber niemand hat sich für sie interessiert – niemand fragte nach, niemand hegte einen Verdacht. Wären wir waschechte Aristokraten, hätten wir unendlich viel Ärger gehabt und man hätte tage- und wochenlang nachgeforscht.«

Allmählich übernahm Sue die Freude ihres Geliebten über das Gefühl, frei zu sein, und schlug vor, zusammen auf den Feldern spazieren zu gehen, auch wenn sie sich dann mit einem kalten Mittagessen begnügen müssten. Jude stimmte zu, und Sue ging nach oben und bereitete sich auf den Ausflug vor, indem sie ein farbenfrohes Kleid anzog, um ihre Freiheit zu feiern; als Jude sie so sah, wählte er ein weniger strenges Halstuch.

»Nun schreiten wir Arm in Arm«, sagte er, »wie jedes andere verlobte Paar. Dazu haben wir jetzt das amtlich verbriefte Recht.«

Sie bummelten aus der Stadt hinaus und entlang einem Pfad über das umliegende Flachland, obwohl dort noch Frost herrschte und die weiten Äcker farblos und kahl waren. Das Paar war jedoch so sehr mit sich selbst beschäftigt, dass es seine Umgebung kaum wahrnahm.

»Nun, meine Liebste, was bei der ganzen Geschichte herausspringt, ist, dass wir nach angemessener Zeit heiraten können.«

»Ja; das können wir wohl«, sagte Sue, nicht sonderlich begeistert.

»Etwa nicht?«

»Ich will nicht nein sagen, lieber Jude; aber ich habe dabei dieselben Gefühle wie seit je. Ich befürchte immer noch, dass ein eisernes Band deine Zuneigung zu mir und meine zu dir ersticken könnte, so wie zwischen unseren unglückseligen Eltern.«

»Was sollen wir denn sonst tun? Du weißt, dass ich dich liebe, Sue.«

»Das weiß ich nur zu gut. Ich glaube allerdings, ich würde lieber auf ewig mit dir als Liebespaar zusammenleben, so wie jetzt, und nur tagsüber mit dir zusammen sein. Das ist viel, viel schöner – zumindest für die Frau, wenn sie sich des Mannes sicher ist. Und von nun an müssen wir auch nicht mehr so viel Wert auf das äußere Erscheinungsbild legen wie bisher.«

»Unsere Erfahrungen mit der Ehe waren nicht gerade ermutigend, das gebe ich zu«, sagte er mit leicht verdüsterter Miene. »Entweder wegen unserer unzufriedenen, unpraktischen Gemütsart oder weil wir Pech hatten. Aber wir beide …«

»Vermählen sich zwei Unzufriedene, wird alles doppelt so schlimm wie vorher … Ich glaube, Jude, ich würde anfangen, mich vor dir zu fürchten, sobald du aufgrund eines Amtsstempels vertragsgemäß verpflichtet wärst, für mich zu sorgen, und du mich mit amtlicher Genehmigung lieben dürftest … Bäh, wie entsetzlich und schäbig! Während ich dir, da du frei bist, mehr vertraue als jedem anderen Mann auf Erden!«

»Nein, nein … sag nicht, dass ich mich ändern soll!«, protestierte er; doch auch aus seinem Tonfall konnte man Zweifel heraushören.

»Abgesehen von uns und unseren unglückseligen Eigenarten, ist es gegen die Natur des Menschen, eine Person weiterhin zu lieben, wenn man ihm diese Liebe befiehlt und aufzwingt. Er würde sie wahrscheinlich viel eher lieben, wenn es ihm verboten wäre. Bestünde die Hochzeitszeremonie aus einem Eid und unterschriebenen Vertrag zwischen zwei Parteien, des Inhalts, dass sie sich von jenem Tage an nicht mehr lieben dürften, aus Rücksicht auf die jeweilige Privatsphäre, und die Gesellschaft des anderen in der Öffentlichkeit so gut wie möglich meiden müssten, dann würde es mehr liebende Ehepaare geben als heute. Stell dir vor, wie die meineidigen Ehemänner und Ehefrauen sich heimlich treffen, wie sie leugnen, einander getroffen zu haben, wie sie durch Schlafzimmerfenster klettern und sich in Wandschränken verstecken! So würde die Leidenschaft kaum je abkühlen.«

»Ja; aber auch, wenn man zugibt, dass dies oder etwas Ähnliches der Wahrheit entspricht, bist du nicht die Einzige auf der Welt, die es durchschaut, liebe kleine Sue. Die Leute heiraten weiterhin, weil sie den Naturmächten nicht widerstehen können, obwohl vielen von ihnen absolut klar ist, dass sie womöglich einen Monat des Glücks mit lebenslangem Verdruss bezahlen müssen. Zweifellos haben mein Vater und meine Mutter und dein Vater und deine Mutter das durchschaut, falls ihre Sichtweisen den unseren auch nur ähnlich waren. Doch sie sind trotzdem darauf eingegangen und haben geheiratet, denn sie hatten gewöhnliche Leidenschaften. Du aber, Sue, bist ein so unwirkliches, körperloses Wesen, eines das – wenn du mir die Bemerkung gestattest – so wenig animalische Leidenschaft besitzt, dass du in dieser Angelegenheit logisch handeln kannst, wo wir armen unglücklichen, aus gröberem Holz geschnitzten Tölpel dies nicht vermögen.«

»Na«, seufzte sie, »du hast zugegeben, dass es wahrscheinlich böse für uns enden wird. Und ich bin keine so außergewöhnliche Frau, wie du glaubst. Weniger Frauen, als du denkst, heiraten gern, sie tun es oft nur, da es angeblich eine gewisse Würde verleiht und manchmal gesellschaftliche Vorteile mit sich bringt – eine Würde und Vorteile, auf die ich liebend gern verzichte.«

Jude griff zurück auf seine alte Klage – dass er von ihr, trotz ihres vertrauten Umgangs, noch nie eine ehrliche, aufrichtige Erklärung gehört habe, dass sie ihn liebe oder lieben könne. »Zuweilen fürchte ich wirklich, dass du es nicht kannst«, sagte er mit einer an Wut grenzenden Ungewissheit. »Und du bist so zurückhaltend. Ich weiß, Frauen bringen anderen Frauen bei, dass man einem Mann nie die ganze Wahrheit sagen soll. Doch die höchste Form von Zuneigung beruht auf vollkommener gegenseitiger Aufrichtigkeit. Da sie keine Männer sind, wissen diese Frauen nicht, dass das Herz eines Mannes, wenn er an jene zurückdenkt, zu denen er innige Beziehungen pflegte, am ehesten zu jener zurückkehrt, deren Verhalten von umfassender Ehrlichkeit kündete. Die Männer besserer Sorte können sie mit munterem Geplänkel einfangen, aber nicht an sich binden. Eine Nemesis begleitet die Frau, die zu oft die Unnahbare spielt, in Gestalt der vollkommenen Verachtung, die ihre alten Verehrer früher oder später für sie empfinden, sodass sie unbeweint zu Grabe getragen wird.«

Sue, deren Blick in die Ferne schweifte, hatte einen schuldbewussten Ausdruck angenommen; und sie antwortete plötzlich in tragischem Ton: »Ich glaube, ich hab dich heute nicht so lieb wie früher, Jude!«

»Nicht? Weshalb?«

»Oh, na ja … du bist nicht nett … zu alttestamentarisch.

Obwohl ich wahrscheinlich so schlecht und wertlos bin, dass ich die strengstmögliche Strafpredigt verdiene!«

»Nein, schlecht bist du nicht. Du bist lieb. Allerdings schlüpfrig wie ein Aal, wenn ich ein Geständnis von dir hören möchte.«

»Doch, ich bin schlecht und starrsinnig und noch viel mehr! Es hat keinen Zweck, dass du es leugnest! Gute Menschen brauchen keine Schelte wie ich … Aber jetzt, da ich niemanden habe außer dir und niemanden, der mich verteidigt, ist es *sehr* hart, dass ich nicht nach meinem eigenen Willen entscheiden darf, wie ich mit dir leben möchte, mit Trauschein oder ohne.«

»Sue, meine liebe Gefährtin, mein Schatz, ich will dich nicht zwingen, zu heiraten oder diese andere Sache zu tun – natürlich nicht! Es ist wirklich schlimm, dass du so reizbar bist! Lass uns jetzt kein weiteres Wort verlieren und einfach weitergehen wie zuvor; und während unseres restlichen Spaziergangs reden wir nur über die Wiesen und die Überschwemmungen und die Aussichten der Bauern fürs kommende Jahr.«

Daraufhin wurde mehrere Tage lang das Thema Heirat nicht wieder aufgegriffen, obwohl sie, die nun einmal Tür an Tür lebten, unablässig daran denken mussten. Sue ging Jude inzwischen tatkräftig zur Hand: Er hatte sich vor kurzem selbständig gemacht und fertigte und beschriftete Grabsteine, die er in einem kleinen Hof hinter dem Häuschen aufbewahrte, wo Sue, war ihre Arbeit im Haushalt getan, die Buchstaben für ihn in voller Größe vorzeichnete und schwärzte, nachdem er sie ausgemeißelt hatte. Dieses Handwerk war weniger angesehen als seine frühere Tätigkeit als Steinmetz in den Kathedralen, und seine einzigen Kunden waren arme Leute aus der Nachbarschaft, die wussten, dass dieser »Jude Fawley Grabsteinmetz« (so bezeichnete er sich auf dem Schild vor der Haustür) die schlichten Grabsteine für ihre Verstorbenen zu günstigen Preisen lieferte. Doch er schien unabhängiger zu sein als früher, und es war die einzige Regelung, die es Sue, die ihm keinesfalls zur Last fallen wollte, ermöglichte, ihn auf irgendeine Weise zu unterstützen.

V–2

Es war ein Abend am Monatsende, und Jude war gerade von einem Vortrag über antike Geschichte in der nahegelegenen Stadthalle heimgekehrt. Als er eintrat, kochte Sue, die während seiner Abwesenheit im Haus geblieben war, ihm das Abendessen. Im Gegensatz zu ihren Gewohnheiten sprach sie kein Wort. Jude hatte eine Illustrierte in die Hand genommen, blätterte sie durch, blickte schließlich auf und bemerkte, dass Sue immer noch niedergeschlagen dreinschaute.

»Hast du Kummer, Sue?«, fragte er.

Sie schwieg einen Moment. »Ich habe eine Nachricht für dich«, antwortete sie.

»Hattest du Besuch?«

»Ja. Eine Frau.« Sues Stimme zitterte beim Sprechen, und sie ließ plötzlich ab von der Küchenarbeit, setzte sich, legte die Hände in den Schoß und starrte ins Feuer. »Ich weiß nicht, ob ich richtig gehandelt hab oder nicht«, fuhr sie fort. »Ich sagte, du bist nicht zu Hause, und als sie warten wollte, meinte ich, du könntest sie vielleicht nicht treffen.«

»Warum hast du das gesagt, Liebes? Wahrscheinlich brauchte sie einen Grabstein. Trug sie Trauer?«

»Nein. Sie trug kein Trauerkleid, und sie brauchte keinen Grabstein; und ich dachte, es wäre dir nicht möglich, sie zu treffen.« Sue bedachte ihn mit prüfenden und flehenden Blicken.

»Aber wer war sie? Sagte sie es nicht?«

»Nein. Sie wollte ihren Namen nicht nennen. Aber ich

weiß, wer sie war … ich glaube, ich weiß es! Es war Arabella!«

»Himmel hilf! Weswegen sollte Arabella hier aufkreuzen? Wieso dachtest du, dass sie es war?«

»Oh, das ist mir nicht ganz klar. Aber ich weiß es! Ich bin mir vollkommen sicher … weil ihre Augen so leuchteten, als sie mich ansah. Sie war eine füllige, grobe Frau.«

»Na ja … ich würde Arabella eigentlich nicht als grob bezeichnen, nur ihre Sprechweise, obwohl sie es vielleicht durch die Arbeit im Pub geworden ist. Als ich sie kennenlernte, war sie recht hübsch.«

»Hübsch! Aber ja … das ist sie!«

»Ich glaub, ich hörte ein Zittern in deinem Stimmchen. Davon einmal abgesehen, bedeutet sie mir nichts, und warum sollte sie herkommen und uns belästigen, da sie doch mit einem anderen verheiratet ist?«

»Bist du sicher, dass sie geheiratet hat? Hast du einen eindeutigen Beweis?«

»Nein … keinen eindeutigen Beweis. Aber deswegen wollte sie, dass ich sie freigebe. So wie ich es verstanden habe, hatten sie und ihr Mann vor, ein anständiges Leben zu führen.«

»Oh Jude … es war, es *war* Arabella!«, rief Sue und bedeckte ihre Augen mit der Hand. »Und ich bin so unglücklich! Es scheint solch ein böses Omen zu sein, aus welchem Grund sie auch immer gekommen sein mag. Du kannst sie doch unmöglich treffen, oder?«

»Ich glaube wirklich nicht, dass ich das könnte. Es wäre so schmerzlich, jetzt mit ihr zu sprechen – für sie ebenso wie für mich. Wie dem auch sei, sie ist fort. Sagte sie, dass sie noch einmal vorbeischaut?«

»Nein. Aber sie ging sehr widerwillig.«

Sue, die wegen jeder Kleinigkeit die Fassung verlor, brachte keinen Bissen hinunter, und nachdem Jude sein Abendbrot beendet hatte, machte er sich bereit, schlafen zu gehen. Kaum hatte er das Feuer im Kamin gelöscht, die Tür verschlossen und war die Treppe hinaufgegangen, da ertönte ein Klopfen. Sue kam sofort aus ihrem Zimmer geeilt, das sie eben betreten hatte.

»Da ist sie schon wieder!«, flüsterte Sue angewidert.

»Woher weißt du das?«

»Das letzte Mal hat sie auch so geklopft.«

Sie lauschten, und es klopfte erneut. Sie hatten keine Diener im Haus, und wenn einer von ihnen auf den Ruf reagieren wollte, musste er es persönlich tun. »Ich mach das Fenster auf«, sagte Jude. »Wer immer es ist, kann nicht erwarten, um diese Stunde hereingebeten zu werden.«

Er ging also in sein Schlafzimmer und schob das Fenster hoch. Die einsame Straße, in der zeitig zu Bett gehende Arbeiter wohnten, war von einem Ende zum anderen leer, bis auf eine Gestalt – die einer Frau, die an der wenige Yards entfernten Straßenlaterne auf und ab lief.

»Wer da?«, fragte er.

»Ist da Mr. Fawley?«, rief die Frau nach oben, in einer eindeutig Arabella gehörenden Stimme.

Jude bestätigte dies.

»Ist sie es?«, fragte Sue von der Tür, den Mund offen.

»Ja, Liebes«, sagte Jude. »Was willst du, Arabella?«, fragte er.

»Entschuldige, Jude, dass ich dich stör«, sagte Arabella bescheiden. »Aber ich war schon früher mal da … Ich wollt dich heut Abend dringend treffen, wenn's geht. Ich hab Schwierigkeiten und niemanden, der mir hilft!«

»Du hast Schwierigkeiten?«

»Ja.«

Er schwieg. Die Bitte schien in Judes Herz ein lästiges Mitgefühl wachzurufen. »Bist du denn nicht verheiratet?«, sagte er.

Arabella zögerte. »Nein, Jude, bin ich nich«, erwiderte sie. »Er wollte letztlich doch nich. Und ich hab große Sorgen. Ich hoff, bald ne neue Stelle als Barmädchen zu bekommen. Aber das braucht Zeit, und ich bin echt in großen Schwierigkeiten, wegen ner Verantwortung aus Australien, die man mir aufgehalst hat; sonst würd ich dich nich behelligen … bestimmt nich. Ich will dir alles erzählen.«

Sue spitzte schmerzlich angespannt die Ohren, hörte jedes Wort, sagte aber nichts.

»Du brauchst doch nicht etwa Geld, Arabella?«, fragte er in einem merklich sanfteren Ton.

»Ich hab genug, um meine Übernachtung zu bezahlen, aber kaum genug, um wieder heimzufahren.«

»Wo wohnst du?«

»Immer noch in London.« Sie war drauf und dran, ihre Adresse zu nennen, sagte jedoch: »Ich fürchte, dass jemand mithört, deswegen mag ich Persönliches nich so ausposaunen. Wennst runterkommst und mich ein Stück bis zum Prince Inn begleitest, wo ich übernachte, erklär ich dir alles. Tu's doch wenigstens um der alten Zeiten willen!«

»Die Arme! … Ich muss ihr wohl den Gefallen tun und mir anhören, was los ist«, sagte Jude äußerst verwirrt. »Da sie morgen heimfährt, macht's gewiss keinen großen Unterschied.«

»Aber du kannst sie doch morgen besuchen, Jude! Geh jetzt nicht, Jude!«, tönte es weinerlich von der Tür. »Oh, sie will dich doch bloß einwickeln, so wie schon einmal, ich weiß es! Nicht, geh nicht, Liebster! Sie ist eine so niederträchtige Frau … Ich kann das an ihrer Gestalt erkennen und aus ihrer Stimme heraushören!«

»Ich geh trotzdem«, sagte Jude. »Versuch nicht, mich aufzuhalten, Sue. Gott weiß, dass ich kaum noch etwas für sie empfinde, aber ich möchte nicht grausam zu ihr sein.« Er ging auf die Treppe zu.

»Aber sie ist nicht deine Frau!«, rief Sue ganz außer sich. »Und ich …«

»Du auch nicht, Liebes, noch nicht«, sagte Jude.

»Oh, gehst du jetzt zu ihr? Tu's nicht! Bleib zu Hause! Bitte, bitte, bleib zu Hause, Jude, und geh nicht zu ihr, wo sie doch jetzt noch weniger deine Frau ist als ich!«

»Sie ist es, viel mehr als du, wenn man's genau nimmt«, sagte er und nahm entschlossen seinen Hut. »Ich wollte, dass du es bist, und ich hab wie Hiob geduldig gewartet, und ich glaube nicht, dass mir meine Selbstlosigkeit irgendetwas eingebracht hat. Ich werde ihr gewiss ein wenig Geld geben und mir anhören, was sie mir so dringend mitteilen will; das ist doch das Mindeste!«

Sein Verhalten ließ sie erkennen, dass es zwecklos wäre, ihm zu widersprechen. Sie sagte kein weiteres Wort; als sie jedoch sanftmütig wie ein Märtyrer in ihr Zimmer zurückkehrte, hörte sie ihn hinuntergehen, die Tür entriegeln und hinter sich schließen. Ihre Würde missachtend, wie eine Frau, die weiß, dass sie ganz allein ist, trottete sie ebenfalls treppab und schluchzte dabei ungehemmt. Sie lauschte. Sie wusste genau, wie weit der Gasthof entfernt war, den Arabella als ihre Unterkunft genannt hatte. Ging man mit gewöhnlicher Geschwindigkeit, war man in sieben Minuten dort; in sieben wieder zu Hause. Kehrte er nicht binnen vierzehn Minuten zurück, bummelte er. Sie warf einen Blick auf die Uhr. Es war fünfundzwanzig Minuten vor elf.

Womöglich betrat er den Gasthof zusammen mit Arabella, denn sie würden dort vor der Sperrstunde ankommen; vielleicht überredete sie ihn, ein Gläschen mit ihr zu trinken; und nur der Himmel wusste, welch ein Unheil dann auf ihn lauerte.

Sie wartete mucksmäuschenstill und gespannt. Es schien, als wäre die Zeit fast abgelaufen, da öffnete die Tür sich erneut und Jude trat ein.

Sue stieß einen kleinen Freudenschrei aus. »Oh, ich wusste, dass ich dir vertrauen kann! … Du bist so gut!«, begann sie.

»Ich konnte sie nirgendwo auf dieser Straße finden, und bin nur in meinen Hausschuhen losgezogen. Sie ist weitergegangen, in dem Glauben, ich wäre so hartherzig, ihre Bitten ganz und gar abzuweisen, die Arme. Ich komme, um meine Stiefel zu holen, denn es fängt an zu regnen.«

»Oh, aber warum machst du dir solch eine Mühe wegen einer Frau, die dir so übel mitgespielt hat!«, sagte Sue in einem Anfall eifersüchtiger Enttäuschung.

»Sie ist doch eine Frau, Sue, und ich habe sie einst geliebt; unter solchen Umständen kann man kein Rohling sein.«

»Sie ist nicht mehr deine Frau!«, rief Sue aufbrausend. »Du *darfst* nicht gehen, um sie zu suchen! Das ist nicht richtig! Du kannst nicht mit ihr zusammen sein, jetzt wo sie für dich eine Fremde ist. Wie kannst du so etwas vergessen, mein Liebster, Allerliebster!«

»Anscheinend ist sie immer noch ganz die Alte – ein fehlgeleitetes, leichtsinniges, gedankenloses Geschöpf«, sagte er, während er sich die Stiefel anzog. »Was diese Rechtsverdreher in London gedeichselt haben, ändert nichts an meiner echten Beziehung zu ihr. Falls sie meine

Frau war, als sie in Australien mit einem anderen Mann lebte, dann ist sie auch jetzt meine Frau!«

»Das war sie eben nicht! Genau das meine ich! Das ist das Absurde! … Gut … du kommst nach ein paar Minuten direkt nach Hause, ja, Liebster? Sie ist zu gemein, zu grob, als dass du allzu lang mit ihr reden könntest, Jude, und das war sie seit jeher!«

»Vielleicht bin ich ebenso grob, unglücklicherweise. Ich glaube wirklich, dass ich die Keimzellen jeder menschlichen Schwäche in mir habe – deshalb begriff ich, dass mein Plan, Vikar zu werden, so absurd war. Meine Trunksucht hab ich wohl überwunden; aber ich weiß nie, wie und wann ich einem unterdrückten Laster erneut verfalle! Ich liebe dich, Sue, obwohl ich so lange und weitgehend erfolglos um dich herumscharwenzelt bin! All das, was in mir am besten und edelsten ist, liebt dich, und dass du rein gar nichts Rohes an dir hast, hat mich emporgehoben und in die Lage versetzt, etwas zu tun, was ich wie jeder andere vor ein, zwei Jahren nicht einmal im Traum für möglich gehalten hätte. Man kann leicht über Selbstbeherrschung predigen oder wie böse es ist, eine Frau zu etwas zu zwingen. Aber ich würde allzu gern sehen, wie ein paar von den tugendhaften Leuten, die mich früher wegen Arabella und anderer Dinge verdammten, in meiner qualvollen Situation der letzten Wochen unseres Zusammenlebens zurechtgekommen wären! … Sie hätten wohl den Eindruck, dass ich mich kaum einschränken musste, um immer deinen Wünschen nachzugeben … während wir hier im selben Haus wohnen und keine Seele sich zwischen uns drängt.«

»Ja, du warst gut zu mir, Jude; das weiß ich, mein lieber Beschützer.«

»Also … Arabella hat mich um Hilfe gebeten. Ich muss gehen und zumindest mit ihr reden, Sue!«

»Ich kann dazu nichts mehr sagen! … Oh, wenn du musst, dann musst du!«, klagte sie und brach dabei in Schluchzer aus, die ihr das Herz zu zerreißen schienen. »Ich habe niemanden außer dir, und du lässt mich im Stich! Ich ahnte nicht, dass du so bist … ich kann es nicht ertragen, ich kann's nicht! Wenn sie dein wär, wäre es anders!«

»Oder wenn du mein wärst.«

»Also schön … wenn ich muss, muss ich. Da du es so willst, stimme ich zu! Es soll sein. Nur hatte ich das nie beabsichtigt! Und ich wollte auch nie wieder heiraten! … Aber ja – ich stimme zu, ich stimme zu! Ich liebe dich. Ich hätte wissen müssen, dass du letztendlich deinen Willen bekommst, wenn wir so leben!«

Sie lief ihm entgegen und legte ihre Arme um seinen Hals. »Ich bin doch kein gefühlskaltes, geschlechtsloses Wesen, nur weil ich dich so auf Abstand halte? Das glaubst du doch selber nicht! Wart ab! Ich gehöre zu dir, nicht wahr? Ich gebe nach!«

»Und ich leite morgen oder wann immer du willst unsere Hochzeit in die Wege.«

»Ja, Jude.«

»Dann lass ich sie gehen«, sagte er und umarmte Sue sanft. »Ich spüre, dass es dir gegenüber unfair wäre, sie zu treffen, und vielleicht auch ihr gegenüber. Sie ist nicht wie du, mein Schatz, und war es nie: Es ist nur gerecht, das zu sagen. Hör auf zu weinen. Da und da und da!« Er küsste sie auf eine Wange, dann auf die andere und in die Mitte und verriegelte die Haustür.

Am nächsten Morgen war es feucht.

»Also, Liebes«, sagte Jude fröhlich zum Frühstück, »da heut Samstag ist, möchte ich gleich das Aufgebot bestellen, sodass es morgen schon kirchlich aufgeboten wird, sonst verlieren wir eine Woche. Kirchlich genügt? So sparen wir ein, zwei Pfund.«

Sue stimmte dem Aufgebot zu. Doch ihr ging gerade etwas anderes durch den Kopf. Sie hatte etwas von ihrem Glanz verloren, und auf ihren Zügen zeichnete sich Niedergeschlagenheit ab.

»Mir ist, als wäre ich gestern Abend schrecklich selbstsüchtig gewesen!«, murmelte sie. »Es war ganz und gar unfreundlich – oder schlimmer – von mir, so mit Arabella umzuspringen. Ich scherte mich nicht darum, dass sie Schwierigkeiten hat und was sie dir sagen wollte! Vielleicht war es ihr gutes Recht, es dir mitzuteilen. Da kommt wohl wieder meine Bosheit ins Spiel! Die Liebe hat ihre eigene dunkle Moral, wenn eine Rivalin aufkreuzt – zumindest bei mir, auch wenn's bei anderen nicht zutrifft … Ich frage mich, wie es ihr ergangen ist? Ich hoffe, die Arme hat ihren Gasthof ohne Umstände erreicht.«

»Oh ja: Sie ist sicher gut angekommen«, sagte Jude gelassen.

»Ich hoffe, man hat sie nicht ausgesperrt und sie musste nicht im Regen durch die Straßen irren. Hast du etwas dagegen, wenn ich meinen Regenmantel anziehe und nachsehe, ob sie hingefunden hat? Ich habe den ganzen Morgen an sie gedacht.«

»Na ja … ist das nötig? Du hast nicht die geringste Vorstellung, wie gut Arabella allein zurechtkommt. Aber wenn du trotzdem hingehen und nachfragen willst, Schatz, geh nur.«

Den seltsamen und unnötigen Bußgängen, die Sue sich sanftmütig aufbürdete, wenn sie zerknirscht war, waren keine Grenzen gesetzt; und loszuziehen, um alle möglichen und unmöglichen Leute zu treffen, die sich ihr gegenüber genau so verhielten, dass andere einen großen Bogen um sie gemacht hätten, war seit je ihr innigstes Bedürfnis, sodass ihre Bitte ihn nicht überraschte.

»Und wenn du zurück bist«, fügte er hinzu, »bin ich bereit, mich um das Aufgebot zu kümmern. Kommst du mit?«

Sue willigte ein und zog mit Mantel und Regenschirm los, nachdem sie Jude erlaubt hatte, sie ungehemmt zu küssen, und seine Küsse erwiderte wie nie zuvor. Die Zeiten hatten sich eindeutig geändert. »Das Vögelchen ist schließlich doch ins Netz gegangen!«, sagte sie mit einem traurigen Lächeln.

»Nein … nur ins Nest«, versicherte er ihr.

Sie ging die schlammige Straße entlang, bis sie das von Arabella erwähnte, nicht weit entfernte Gasthaus erreicht hatte. Man teilte ihr mit, Arabella sei noch nicht abgereist, und da sie nicht recht wusste, wie sie sich ankündigen sollte, damit Judes alte Liebe sie erkannte, ließ sie ausrichten, eine Freundin aus der Spring Street wolle sie besuchen, und nannte Judes Adresse. Sie wurde nach oben gebeten, und als man sie in ein Zimmer führte, erkannte sie, dass es Arabellas Schlafzimmer war und die Dame noch im Bett lag. Sie wollte gerade auf Zehenspitzen kehrtmachen, da rief Arabella vom Bett aus: »Kommens rein und schließens die Tür«, was Sue dann auch tat.

Arabella lag mit dem Gesicht zum Fenster und drehte sich nicht sofort um, und Sue war trotz ihrer Reue gehässig genug, sich einen Moment lang zu wünschen, Jude könnte ihre Vorgängerin jetzt, am helllichten Tag, sehen. Im Licht der Laterne mochte sie im Profil recht hübsch ausgesehen haben, doch an diesem Morgen offenbarte sich eine gewisse Ungepflegtheit; und der Anblick ihrer eigenen frischen Reize im Spiegel heiterte ihre Stimmung auf, bis ihr bewusst wurde, welch ein schäbiges, brünstiges Gefühl sie da hegte, und sie selbst sich deswegen hasste.

»Ich schau nur kurz vorbei, um zu sehen, ob Sie gestern Abend auch gut zurückgefunden haben«, sagte sie freundlich. »Ich hatte nachher die Befürchtung, dass Ihnen vielleicht etwas zustoßen könnte?«

»Oh ... wie dumm! Ich hab gedacht, mein Besuch wär ... Ihr Freund ... Ihr Mann ... Mrs. Fawley, so nennen Sie sich jetzt wohl?«, sagte Arabella, warf sich enttäuscht zurück in die Kissen und ließ das kurz zuvor sorgsam gebildete Grübchen wieder verschwinden.

»Eigentlich nicht«, sagte Sue.

»Oh, ich dachte, Sie würden, auch wenn er nich wirklich Ihr Mann ist. Anstand bleibt Anstand, jede Stunde eines jeden Tags.«

»Ich weiß nicht, auf was Sie hinauswollen«, sagte Sue steif. »Er gehört mir, wenn Sie das meinen!«

»Gestern noch nich.«

Sue errötete und sagte: »Woher wissen Sie das?«

»Wegen der Art, wie Sie mit mir an der Tür gesprochen ham. Na, meine Liebe, Sie hatten's recht eilig damit, und ich schätze, mein Besuch gestern Abend hat Ihnen auf die Sprünge g'holfen ... haha! Ich will ihn Ihnen aber nich wegschnappen.«

Sue sah hinaus in den Regen und auf die schmutzige Frisiertischdecke und auf Arabellas abgenommenes, genau wie zu Judes Zeiten über den Spiegel gehängtes Haarteil, und wünschte, sie wäre nicht gekommen. Während sie schwiegen, klopfte es an der Tür, und das Zimmermädchen brachte ein Telegramm für »Mrs. Cartlett«.

Arabella öffnete es, und ihre Stirn glättete sich plötzlich.

»Ich bin Ihnen sehr dankbar, weilse sich Sorgen um mich g'macht ham«, sagte sie kühl, nachdem das Mädchen gegangen war. »Aber das wär nich nötig g'wesen. Mein Mann glaubt, dass er letztlich doch nich ohne mich auskommt, und will sein Versprechen, mich hier drüben nochmal zu heiraten, das er mir die ganze Zeit gegeben hat, wahr machen. Schauns her! Das ist ne Antwort auf ein Schreiben von mir.« Sie reichte das Telegramm Sue zum Lesen, doch Sue nahm es nicht an. »Er bittet mich, zurückzukommen. Seine kleine Eckkneipe in Lambeth würd ohne mich in die Binsen gehen, sagt er. Doch er wird mich nich noch mehr schikanieren, nachdem er sich einen hinter die Binde gegossen hat, wenn wir nach englischem Recht getraut worden sind, als vorher! … Was Sie angeht, ich an Ihrer Stelle würd Jude beschwatzen, mich auf der Stelle zum Altar zu schleifen, und damit basta. Ich sag's in aller Freundschaft, meine Liebe.«

»Er wartet schon darauf, ganz gleich wann«, erwiderte Sue mit kühlem Stolz.

»Dann lassen Sie ihn, um Himmels willen. Danach ist das Leben mit einem Mann eher geschäftsmäßig, und mit dem Geld klappt's auch besser. Und außerdem können Sie, wenn's mal Streit gibt und er Sie rauswirft, Rechtsschutz bekommen, was ansonsten nich der Fall wär, es sei denn, er sticht sie fast mit nem Messer ab oder schlägt Ihnen mit nem Schürhaken die Birne ein. Und wenn er sich aus dem Staub macht – ich sag's in aller Freundschaft, von Frau zu Frau, denn man weiß nie, was so nem Mann alles einfällt –, dann ham Sie das Recht aufs Mobiliar und werden nich als Diebin angesehn. Ich heirat meinen Mann nochmal, nun da er's möchte, weil's beim ersten Mal nen kleinen Makel gab. In meinem Telegramm von gestern Abend, auf das er mit dem hier antwortet, hab ich ihm erzählt, dass ich mich fast mit Jude versöhnt hätt; und das hat ihm wohl Angst eing'jagt! Vielleicht hätt ich's sogar getan, wenn Sie nich g'wesen wärn«, sagte sie lachend. »Und wie grundverschieden würden unsere G'schichten dann von heut an verlaufen! Es gibt keinen lieberen Dummkopf als Jude, wenn eine Frau angeblich in Schwierigkeiten ist und ihm ein wenig schmeichelt! Genauso war er auch zu Vögeln und anderen Viechern. Aber zufällig läuft's auf dasselbe hinaus, wie wenn ich mich versöhnt hätt, und ich verzeih Ihnen. Und wie gesagt rat ich Ihnen, die Sache so rasch wie möglich vorm Gesetz zu regeln. Und wenn Sie's nich tun, werden Sie später mächtig Ärger bekommen.«

»Ich sagte Ihnen schon, dass er mich bittet, ihn zu heiraten – um unsere natürliche Ehe zu einer gesetzmäßigen zu machen«, sagte Sue noch würdevoller. »Es entsprach voll und ganz meinem Wunsch, dass er es nicht gleich tat, sobald ich frei war.«

»Ach ja … Sie sind auch so ein Eigenbrötler wie ich«, sagte Arabella und beäugte ihre Besucherin mit einem humorig prüfenden Blick. »Sie sind Ihrem Ersten ausgebüxt, genau wie ich, wie?«

»Guten Morgen … ich muss gehen«, sagte Sue hastig.

»Und ich muss auch aufstehen und abhauen!«, erwiderte ihr Gegenüber und hüpfte so rasch aus dem Bett, dass ihr Körperfett wabbelte. Sue sprang bestürzt zur Seite. »Jessas, ich bin nur eine Frau … kein sechs Fuß großer Soldat! … Einen Moment, meine Liebe«, fuhr sie fort und legte eine

Hand auf Sues Arm. »Ich wollte wirklich was Geschäftliches mit Jude besprechen, wie ich ihm schon sagte. Ich bin vor allem deswegen hergekommen. Könnte er rüberlaufen zum Bahnhof und mit mir reden, bevor ich abfahr? Sie glauben nich. Na, dann schreib ich ihm halt deswegen. Eigentlich wollt ich nich schreiben, aber was soll's – ich tu's.«

V–3

Als Sue heimkam, erwartete Jude sie an der Tür, um den ersten Schritt zu ihrer Hochzeit zu unternehmen. Sie hängte sich bei ihm ein, und sie gingen schweigend nebeneinander, wie echte Kameraden dies häufig tun. Er sah, dass sie gedankenverloren war, und unterließ es, sie auszufragen.

»Oh Jude … ich hab mit ihr gesprochen«, sagte sie schließlich. »Hätte ich's bloß nicht getan! Und dennoch ist es das Beste, an gewisse Dinge erinnert zu werden.«

»Hoffentlich war sie höflich.«

»Ja. Ich … ich kann nicht umhin, sie zu mögen … nur ein klein wenig! Sie ist nicht kleinlich; und ich bin so froh, dass sich ihre Schwierigkeiten plötzlich erledigt haben.« Sie erklärte, Arabella sei zurückgerufen worden und jetzt in der Lage, ihren früheren Rang zurückzugewinnen. »Ich hab unser altes Problem angesprochen. Was Arabella mir erzählt hat, gibt mir mehr denn je das Gefühl, dass die Einrichtung gesetzmäßiger Ehe eine hoffnungslos vulgäre ist … eine Art Falle, um einen Mann einzufangen … Daran zu denken, ist mir unerträglich. Ich wünschte, ich hätte dir nicht versprochen, dass du heute Morgen das Aufgebot bestellen kannst!«

»Oh, auf mich musst du keine Rücksicht nehmen. Mir ist jeder Termin recht. Ich dachte, du wolltest es jetzt so schnell wie möglich hinter dich bringen.«

»Eigentlich mache ich mir jetzt keine größeren Sorgen als vorher. Vielleicht wäre mir bei jedem anderen Mann ein bisschen bange; doch zu den wenigen Tugenden, die deine und meine Familie besitzen, Liebster, kann man wohl Zuverlässigkeit zählen. So hab ich nicht die geringste Angst, dich zu verlieren, nun da ich wirklich dir gehöre und du mir. Tatsächlich bin ich jetzt gelassener als früher, denn ich habe wegen Richard ein reines Gewissen, der nun ein Recht auf seine Freiheit hat. Vorher hatte ich das Gefühl, dass wir ihn betrügen.«

»Sue, wenn du so redest, kommst du mir eher vor wie eine Frau irgendeiner alten Hochkultur, über die ich in meinen vergangenen, vergeudeten, klassischen Tagen gelesen habe, als wie die Bürgerin eines ausschließlich christlichen Landes. Ich rechne dann immer fast damit, dass du mir erzählst, du hättest eben eine Freundin auf der Via Sacra getroffen, oder dass du mir das Allerneuste über Octavia oder Livia berichtest; oder dass du Aspasias weisen Worten gelauscht oder Praxiteles beim Meißeln seiner neusten Venus zugeschaut hättest, während Phryne sich beschwerte, sie sei des Modellstehens überdrüssig.«

Sie hatten nun das Haus des Küsters erreicht. Sue blieb zurück, während ihr Geliebter zur Tür ging. Er hob die Hand, um zu klopfen, da sagte sie: »Jude!«

Er drehte sich um.

»Könntest du einen Moment warten?«

Er kehrte zu ihr zurück.

»Lass uns das nur nochmal überlegen«, sagte sie zaghaft. »Ich hatte eines Nachts solch einen entsetzlichen Traum! … Und Arabella …«

»Was hat Arabella dir gesagt?«, fragte er.

»Oh, sie sagte, wenn man vermählt ist, ist man rechtlich besser geschützt, falls der Mann einen verprügelt … und was ist, wenn Paare streiten … Jude, glaubst du, dass wir glücklicher sein werden als jetzt, wenn du rechtlich *ge-*

zwungen bist, mit mir zusammenzuleben? Die Männer und Frauen unserer Familie sind sehr großzügig, wenn alles von ihrer Gutmütigkeit abhängt, aber sie wehren sich mit Händen und Füßen gegen jede Art von Zwang. Fürchtest du nicht die Haltung, die unmerklich einer gesetzlichen Verpflichtung entspringt? Glaubst du nicht, dass sie eine Leidenschaft zerstört, die grundsätzlich auf Freiwilligkeit beruht?«

»Ich schwör dir, Liebste, langsam jagst du mir ebenfalls Angst ein mit all diesen Vorahnungen! Gehen wir also zurück und denken noch einmal drüber nach.«

Ihre Miene hellte sich auf. »Ja … das machen wir!«, sagte sie. Als sie sich von der Tür des Küsters abwandten, nahm Sue seinen Arm und murmelte auf dem Heimweg:

»Kann man die Bien am Summen hindern
Oder der Tauben Gurren mindern?
Nein! Auch erzwungne Liebe nicht …«

Sie dachten darüber nach, oder vertagten das auf später. Natürlich verschoben sie die Unternehmung und schienen in einem verträumten Paradies zu leben. Nach zwei, drei Wochen waren sie zu keinem Schluss gekommen, und kein Aufgebot wurde vor irgendeiner Gemeinde in Aldbrickham verkündet.

Während sie alles immer weiter aufschoben, kamen eines Morgens vor dem Frühstück ein Brief und eine Zeitung von Arabella. Als Jude die Handschrift erkannte, ging er hinauf in Sues Zimmer und erzählte ihr davon, und sobald sie angekleidet war, eilte sie nach unten. Sue schlug die Zeitung auf; Jude öffnete den Brief. Nach einem Blick auf die Zeitung reichte sie ihm das Titelblatt und deutete auf einen Absatz; doch er war so in seinen Brief vertieft, das er sich eine Zeitlang nicht davon abwandte.

»Schau!«, sagte sie.

Er sah hin und las. Die Zeitung wurde nur in Südlondon vertrieben, und die markierte Anzeige war lediglich die Ankündigung einer Hochzeit in der St. John's Church, Waterloo Road, unter den Namen »Cartlett – Donn«; das Brautpaar waren Arabella und der Kneipenbesitzer.

»Nun, das ist zufriedenstellend«, sagte Sue selbstgefällig. »Obwohl es nach dem hier ziemlich vulgär wäre, ihrem Beispiel zu folgen, und ich bin froh … Jedenfalls ist sie jetzt wohl irgendwie versorgt, trotz ihrer Fehler, die Arme. Es ist schöner, wenn wir so darüber denken können und uns keine Sorgen wegen ihr machen müssen. Vielleicht sollte ich Richard schreiben und ihn fragen, wie er zurechtkommt?«

Doch Jude war immer noch wie gebannt. Nachdem er nur einen flüchtigen Blick auf die Anzeige geworfen hatte, sagte er aufgewühlt: »Hör dir an, was in diesem Brief steht. Was soll ich antworten oder tun?

›THE THREE HORNS, LAMBETH.

Lieber Jude (ich will nicht so unpersönlich sein und dich Mr. Fawley nennen), – Ich schick Dir heut eine Zeitung, aus deren nützlichen Anzeigen Du erfahren wirst, dass ich mich letzten Dienstag noch einmal mit Cartlett vermählt habe. Diese Geschichte ist also endlich voll und ganz geregelt. Aber eigentlich möchte ich wegen der privaten Sache schreiben, über die ich mit Dir reden wollte, als ich nach Aldbrickham kam. Ich konnte es unmöglich Deiner Freundin sagen und hätte es Dir lieber mündlich mitgeteilt, weil ichs dann besser hätte erklären können als mit dem Brief. Ich hab's Dir nie erzählt, Jude, aber ich habe tatsächlich ein Kind von Dir, einen Jungen, der acht Monate nachdem ich Dich verlassen hatte, in Sydney geboren wurde, wo ich bei meinem Vater und meiner Mutter wohnte. Das alles lässt sich leicht beweisen. Da ich mich von Dir getrennt hatte, bevor ich ahnte, dass so etwas passiert, und ich drüben war und wir uns so heftig gestritten hatten, hielt ich es nicht für angemessen, Dir von der Geburt zu berichten. Ich habe mich damals nach einer guten Stelle umgeschaut, also nahmen meine Eltern das Kind, und es hat seither bei ihnen gelebt. Deshalb hab ich es nicht erwähnt, als ich Dich in Christminster traf, und auch nicht während der Scheidung. Der Junge ist jetzt freilich in einem vernünftigen Alter, und mein Vater und meine Mutter haben mir kürzlich geschrieben, dass sie nicht einsehen, warum sie sich länger mit dem Kind abplagen müssen, jetzt da es ihnen drüben eher schlechtgeht und ich es mir hier bequem eingerichtet habe, und wo doch beide Eltern noch leben. Ich hätte ihn heute bei mir, aber er ist noch nicht alt genug, um sich an der Bar nützlich zu machen, und das wird noch viele, viele Jahre so sein, und natürlich könnte Cartlett meinen, dass er im Weg ist. Sie haben ihn jedoch in der Obhut einiger Freunde, die zufällig nach Hause fahren, zu mir geschickt, und ich muss Dich bitten, ihn aufzunehmen, wenn er ankommt, denn ich weiß nicht, was ich mit ihm machen soll. Vor dem Gesetz ist er Dein Kind, das schwör ich feierlich. Wenn jemand sagt, dass er es nicht ist, dann nenn ihn mir zuliebe einen verdammten Lügner. Was immer ich vorher oder nachher getan hab, von unserer Hochzeit bis zu dem Tag, an dem ich fortlief, bin ich ehrlich zu Dir gewesen, und ich schick Dir viele Grüße &c.

ARABELLA CARTLETT.‹«

Sue schaute bekümmert drein. »Was wirst du tun, Liebster?«, fragte sie leise.

Jude antwortete nicht, und Sue betrachtete ihn voll Sorge und holte tief Luft.

»Das trifft mich hart«, sagte er mit gedämpfter Stimme. »Es *könnte* wahr sein! Ich werde nicht schlau daraus. Wenn die Geburt genau zu der Zeit stattfand, die sie angibt, dann ist er natürlich mein Sohn. Ich kann mir nicht vorstellen, warum sie es mir nicht erzählt hat, als sie mir in Christminster über den Weg lief und ich mit ihr am Abend hierherfuhr! … Ah … jetzt erinnere ich mich, dass sie damals sagte, ihr gehe da etwas durch den Kopf, das sie mir gern mitteilen würde, falls wir wieder zusammenlebten.«

»Anscheinend will niemand das arme Kind haben!«, erwiderte Sue mit Tränen in den Augen.

Inzwischen hatte Jude seine Fassung wiedergewonnen. »Welch einen Eindruck vom Leben er haben muss, ob er nun mein ist oder nicht!«, sagte er. »Ehrlich gesagt, ich würde keinen Gedanken daran verschwenden, wessen Kind er ist, wenn ich wohlhabender wäre. Ich würde ihn aufnehmen und großziehen. Diese jämmerliche Frage der Elternschaft – was zählt die denn schon? Wenn man es sich genau überlegt, was macht es für einen Unterschied, ob ein Kind von dir abstammt oder nicht? All die Kleinen unserer Zeit sind die Kinder von uns Erwachsenen dieser Zeit und haben das Recht auf unsere uneingeschränkte Fürsorge. Jene übermäßige Rücksicht der Eltern auf ihre eigenen Kinder und ihre Abneigung gegenüber denen anderer Leute ist wie das Klassenbewusstsein, der Patriotismus, die Jeder-für-sich-Haltung, und dergleichen Tugenden sind letztendlich nichts als gemeine Ausgrenzung.«

Sue sprang auf und küsste Jude mit leidenschaftlicher Hingabe. »Ja … genau, Liebster! Und wir nehmen ihn bei uns auf! Und wenn er nicht deiner ist, umso besser. Ich hoffe, er ist's nicht … obwohl es mir vielleicht gar nicht zusteht, so zu empfinden! Ist er's nicht, würd ich ihn am liebsten mit dir adoptieren!«

»Nun, du musst ihn dir so vorstellen, wie's dir am besten gefällt, meine seltsame kleine Gefährtin!«, sagte er. »Ich habe jedenfalls das Gefühl, dass ich das unglückliche Kerlchen nur ungern sich selbst überlasse. Stell dir nur vor, wie er in einer Spelunke in Lambeth wohnt, mitsamt all den schlechten Einflüssen, mit einer Mutter, die ihn nicht will und eigentlich kaum für ihn da war, und einem Stiefvater, der ihn nicht kennt. ›Vergehen soll der Tag, der mich geboren, die Nacht, die sprach: Ein Knabe ist empfangen.‹ Das ist es, was mein Junge … *mein* Junge vielleicht allzu bald sagen wird!«

»Bloß nicht!«

»Da das Gesuch an mich ging, habe ich wohl wirklich das Sorgerecht.«

»Wie auch immer, wir müssen ihn aufnehmen. Das ist mir klar. Ich gebe mir die größte Mühe, ihm eine Mutter zu sein, und wir kommen mit ihm schon irgendwie über die Runden. Wann soll er denn eintreffen?«

»In ein paar Wochen vermutlich.«

»Ich wünschte … Wann werden wir den Mut zum Heiraten aufbringen, Jude?«

»Wann immer du bereit bist, bin ich's wohl auch. Es hängt allein von dir ab, Liebes. Sag nur ein Wort, und es ist getan.«

»Bevor der Junge kommt?«

»Gewiss.«

»Für ihn wäre es womöglich ein natürlicheres Zuhause«, murmelte sie.

Jude schrieb daraufhin einen rein förmlichen Brief mit der Bitte, den Jungen, sobald er einträfe, zu ihnen zu schicken, wobei er nicht erwähnte, ob Arabellas Nachricht ihn überrascht hatte, die Frage nach der Elternschaft des Knaben mit keinem Wort würdigte und ebenso wenig darauf einging, ob er sich ihr gegenüber anders verhalten hätte, wäre ihm das alles bekannt gewesen.

Im Zug aus London, der um ungefähr zehn Uhr am nächsten Abend am Bahnhof von Aldbrickham ankommen sollte, konnte man im Dämmerlicht des Dritte-Klasse-Wagens das schmale, blasse Gesicht eines Kindes sehen. Der Junge hatte große, ängstliche Augen und trug einen weißen Wollschal, und darüber hing an einer gewöhnlichen Schnur um seinen Hals ein Schlüssel: Der Schlüssel erregte Aufmerksamkeit, da er gelegentlich im Lampenlicht schimmerte. In seinem Hutband steckte die ermäßigte Fahrkarte. Sein Blick heftete sich meist an die Lehne der Sitzbank gegenüber und wandte sich nie zum Fenster, nicht einmal, wenn ein Bahnhof erreicht und ausgerufen wurde. Auf der anderen Bank saßen zwei, drei Passagiere, darunter eine Arbeiterin, auf dem Schoß ein Korb und darin ein Tigerkätzchen. Die Frau öffnete hin und wieder den Deckel, woraufhin das Kätzchen den Kopf herausstreckte und verspielt herumalberte. Die anderen Fahrgäste lachten darüber, nur nicht der einsame Junge mit dem Schlüssel und der Fahrkarte, der, wann immer seine Kulleraugen das Kätzchen musterten, stumm zu sagen schien: »Jedes Lachen entspringt einem Missverständnis. Nüchtern betrachtet, gibt es nichts unter der Sonne, worüber man lachen kann.«

Bei einem Halt warf der Schaffner gelegentlich einen Blick in das Abteil und sagte zu dem Jungen: »Schon gut, Chef. Deine Truhe ist sicher im Gepäckwagen.« Der Junge antwortete stets mit einem matten »Ja«, versuchte zu lächeln und scheiterte.

Er war das Alter, das sich als Jugend maskiert, und dies so schlecht, dass seine wahre Natur durch die Ritzen zum Vorschein kam. Ein Wellengang aus unvordenklichen finsteren Jahren schien das Kind an diesem, seinem Lebensmorgen immer wieder emporzuheben, während sein Gesicht zurückblickte über einen großen Atlantik aus Zeit und sich offenbar nicht darum scherte, was es dort sah.

Als die anderen Reisenden nacheinander ihre Augen schlossen – sogar das Kätzchen, der allzu eng begrenzten Spiele müde, ringelte sich zusammen in seinem Korb –, verharrte der Junge genau wie zuvor. Nun schien er doppelt wach, wie eine versklavte und geschrumpfte Gottheit, die teilnahmslos dasitzt und ihre Begleiter betrachtet, als ob sie nicht nur deren anwesenden Leiber, sondern deren ganzen Lebenszyklus überblickt.

Dies war Arabellas Sohn. Schlampig, wie sie nun einmal war, hatte sie das Schreiben an Jude bis zum Vorabend der Ankunft hinausgezögert, da sie es wirklich nicht länger hinauszögern konnte, und dies obwohl sie über das baldige Eintreffen des Jungen schon seit Wochen Bescheid wusste und nur nach Aldbrickham gefahren war, um – wie sie wahrheitsgemäß gesagt hatte – Jude die Existenz seines Sprösslings und dessen bevorstehende Heimkehr zu enthüllen. Am selben Tag, als sie irgendwann am Nachmittag die Nachricht ihres früheren Gatten erhalten hatte, war das Kind an den Docks von London angekommen, und die Familie, in deren Obhut es gereist war, hatte es in eine Droschke nach Lambeth gesetzt, dem Kutscher die Adresse der Mutter gegeben, sich verabschiedet und aus dem Staub gemacht.

Als er das Three Horns erreichte, hatte Arabella ihn von Kopf bis Fuß mit einem Ausdruck gemustert, der zu sagen schien: »Du bist genau so, wie ich es mir vorgestellt habe«, ihm eine gute Mahlzeit aufgetischt, ein paar Münzen in die Hand gedrückt und trotz der späten Stunde mit dem nächsten Zug an Jude weitergeschickt, da sie vermeiden wollte, dass ihr gerade abwesender Mann das Kind zu Gesicht bekam.

Der Zug kam in Aldbrickham an, und der Junge wurde neben seiner Truhe am Bahnsteig abgesetzt. Der Schaffner nahm seine Fahrkarte und fragte ihn mit einem nachdenklichen Gespür für unmögliche Situationen, wo er so spät am Abend allein hinwolle.

»Zur Spring Street«, sagte der Kleine teilnahmslos.

»Das ist aber weit von hier; fast draußen am Land; und die Leute sind wohl schon zu Bett gegangen.«

»Ich muss dorthin.«

»Du brauchst einen Einspänner für deine Truhe.«

»Nein, ich muss gehen.«

»Na schön; lass deine Kiste lieber hier und lass sie später abholen. Da gibt's nen Bus, der fährt die halbe Strecke, aber den Rest musst du zu Fuß gehen.«

»Ich hab keine Angst.«

»Warum haben deine Freunde dich nicht abgeholt?«

»Die wissen wohl nicht, dass ich komme.«

»Wer sind deine Freunde?«

»Mutter will nicht, dass ich's sage.«

»Dann bleibt mir nur, mich um das hier zu kümmern. Geh jetzt, so schnell du kannst.«

Ohne ein weiteres Wort ging der Junge hinaus auf die Straße und sah sich um, ob jemand ihn verfolgte oder beobachtete. Nachdem er ein Stück weit gegangen war, erkundigte er sich nach der Spring Street. Man sagte ihm, er solle geradeaus gehen, bis in die Außenbezirke der Stadt.

Das Kind schleppte sich mechanisch dahin, kaum wie ein menschliches Wesen – eher wie eine Welle, Windbö oder Wolke. Es folgte strikt seinen Anweisungen, ohne jegliches Interesse an der Umgebung. Man konnte erkennen, dass die Vorstellungen des Jungen vom Leben sich von jenen der einheimischen Knaben unterschieden. Kinder beginnen mit Einzelheiten und arbeiten sich zum Gesamtbild hoch; sie beginnen mit dem Naheliegenden und begreifen allmählich das Universelle. Der Junge schien mit dem Leben im Allgemeinen begonnen und nie einen Gedanken an die Feinheiten verschwendet zu haben. Er betrachtete die Häuser, die Weiden, die dunklen Felder dahinter offensichtlich nicht als Backsteingebäude, gekappte Bäume, Wiesen, sondern als menschliche Behausungen im weitesten Sinne, Pflanzen und die weite dunkle Welt.

Er fand seinen Weg zu der kleinen Gasse und klopfte an Judes Haustür. Jude war gerade zu Bett gegangen und Sue hatte eben ihre Kammer nebenan betreten, da hörte sie das Klopfen und ging nach unten.

»Wohnt Vater hier?«, fragte das Kind.

»Wer?«

»Mr. Fawley, so heißt er.«

Sue lief hinauf in Judes Zimmer und erzählte ihm alles,

und er eilte so schnell er konnte treppab, auch wenn es ihr in ihrer Ungeduld wie eine Ewigkeit vorkam.

»Wie … ist er es … jetzt schon?«, fragte sie, als Jude erschien.

Sie warf einen prüfenden Blick auf die Züge des Kindes und verschwand plötzlich im kleinen Wohnzimmer nebenan. Jude hob den Jungen auf Augenhöhe, musterte ihn scharf mit düsterer Zärtlichkeit, sagte ihm, sie hätten ihn abgeholt, wenn sie von seiner frühen Ankunft gewusst hätten, und setzte ihn erst einmal auf einen Sessel, um nach Sue zu sehen, die wie zu erwarten überempfindlich reagiert hatte. Er fand sie im Dunkeln, über einen Lehnstuhl gebeugt. Er schloss sie in seine Arme, drückte seine Wange an ihre und flüsterte: »Was hast du?«

»Arabella sagt die Wahrheit … die Wahrheit! Ich sehe dich in ihm!«

»Na: jedenfalls gibt's da etwas in meinem Leben, das so ist, wie es sein sollte.«

»Aber seine andere Hälfte ist … *sie*! Und das kann ich nicht ertragen! Aber ich muss … Ich versuche, mich dran zu gewöhnen; ja, das sollte ich!«

»Eifersüchtige kleine Sue! Ich ziehe jede Bemerkung über deine Geschlechtslosigkeit zurück. Mach dir nichts draus! Die Zeit mag die Wunden heilen … Und Sue, mein Schatz, ich hab eine Idee! Wir erziehen ihn und bereiten ihn auf die Universität vor. Was ich selbst nicht erreichen konnte, könnte womöglich durch ihn gelingen? Heutzutage machen sie es armen Studenten leichter, nicht wahr?«

»Oh du Träumer!«, sagte sie, und sie kehrten Hand in Hand zu dem Kind zurück. Der Junge sah sie genauso an, wie sie ihn angeschaut hatte. »Bist du endlich meine *richtige* Mutter?«, fragte er.

»Warum? Seh ich aus wie die Frau deines Vaters?«

»Ja, schon; nur dass er dich anscheinend lieb hat und du ihn. Darf ich Mutter zu dir sagen?«

Dann erfüllte ein sehnsüchtiger Ausdruck die Miene des Knaben, und er begann zu weinen. Daraufhin konnte auch Sue ihre Tränen nicht zurückhalten, denn sie war ein Windspiel, das von den geringsten Gefühlsregungen eines anderen Herzens ebenso leicht zum Klingen gebracht werden konnte wie durch ihre eigenen heftigen Gefühlsbeben.

»Du darfst mich Mutter nennen, wenn du magst, mein armer Liebling!«, sagte sie und schmiegte ihre Wange an seine, um ihre Tränen zu verbergen.

»Was ist das um deinen Hals?«, fragte Jude, Gelassenheit vortäuschend.

»Der Schlüssel zu meiner Truhe am Bahnhof.«

Sie rannten geschäftig hin und her und richteten ihm etwas zum Abendbrot und machten ihm ein provisorisches Bett, in welchem er bald einschlief. Beide kamen und sahen ihn an, wie er dort lag.

»Er hat dich zwei- oder dreimal Mutter genannt, bevor er eindöste«, murmelte Jude. »Ist es nicht merkwürdig, wie wichtig ihm das war?«

»Nun … es ist bedeutsam«, sagte Sue. »Dieses kleine hungrige Herz gibt uns mehr zu denken als all die Sterne am Firmament … Liebster, jetzt *müssen* wir uns wohl oder übel zusammenreißen und die Trauung hinter uns bringen. Es hat keinen Zweck, gegen den Strom zu schwimmen, und ich spüre wie ich mich mit meinesgleichen verflechte. Oh Jude, du wirst mich doch nachher genauso lieb haben? Ich möchte wirklich gut zu diesem Kind sein und ihm die Mutter ersetzen; und wenn unsere Ehe auch noch amtlich verbrieft ist, fällt es mir vielleicht weniger schwer.«

V–4

Ihr nächster und zweiter Versuch fiel besonnener aus, auch wenn er am Morgen nach der Ankunft des eigenartigen Kindes in Angriff genommen wurde.

Sie stellten fest, dass er gern still dasaß, mit verschlossener Miene in seinem drolligen und unheimlichen Gesicht, während seine Blicke auf Dingen ruhten, die für sie in der materiellen Wirklichkeit unsichtbar blieben.

»Sein Gesicht gleicht der tragischen Maske der Melpomene«, sagte Sue. »Wie heißt du, Liebling? Hast du es uns schon gesagt?«

»Sie nannten mich immer Väterchen Zeit. Das ist ein Spitzname, weil ich so alt aussehe, sagen sie.«

»Und du redest auch so«, sagte Sue zärtlich. »Es ist merkwürdig, Jude, dass diese außergewöhnlich alten Knaben fast immer aus den Kolonien kommen. Aber auf welchen Namen wurdest du getauft?«

»Wurde ich nie.«

»Warum denn?«

»Wenn ich in Sünde sterbe, spart das die Kosten für ein christliches Begräbnis.«

»Oh … demnach heißt du also nicht Jude?«, sagte sein Vater, einigermaßen enttäuscht.

Der Junge schüttelte den Kopf. »Nie gehört.«

»Natürlich nicht«, sagte Sue rasch, »weil sie dich die ganze Zeit über gehasst hat!«

»Wir lassen ihn taufen«, sagte Jude und im Vertrauen zu Sue: »Am Tag unserer Hochzeit.« Doch die Ankunft des Kindes beunruhigte ihn.

Ihrer Lebensumstände wegen scheuten sie die Öffentlichkeit, und da ihnen eine Eheschließung am Standesamt privater vorkam als eine kirchliche Trauung, beschlossen sie, diesmal die Kirche zu meiden. Sue und Jude suchten gemeinsam das Bezirksamt auf, um sich anzumelden: Sie waren inzwischen ein so trautes Paar, dass sie ohneeinander kaum noch etwas Wichtiges erledigen konnten.

Jude Fawley unterzeichnete das Anmeldungsformular, während Sue ihm über die Schulter sah und seine Hand beim Schreiben der Worte im Auge behielt. Beim Lesen des groben, von ihr nie zuvor gesehenen Vertrags, in welchen man ihren und Judes Namen eintrug und durch den die äußerst flüchtige Essenz ihrer gegenseitigen Liebe angeblich auf ewig besiegelt wurde, schien sich auf ihrem Gesicht allmählich ein schmerzliches Begreifen abzuzeichnen. »Namen und Vornamen der Parteien« – (sie waren nun Parteien und kein Liebespaar mehr, dachte sie) – »Familienstand« – (eine schreckliche Vorstellung) – »Rang oder Beruf« – »Alter« – »Wohnhaft in« – »Dauer des Aufenthalts« – »Kirche oder Gebäude, in der oder dem die Trauung stattfinden soll« – »Bezirk und Grafschaft, in denen die Parteien ihren jeweiligen Wohnsitz haben«.

»Das treibt einem ja die Gefühle aus!«, sagte sie auf dem Heimweg. »Es scheint aus der Sache etwas noch Schäbigeres zu machen, als die Heiratsurkunde im Gemeindesaal zu unterschreiben. Eine Kirche hat kaum etwas Poetisches an sich. Aber wir versuchen das jetzt über die Bühne zu bringen, Liebster.«

»Jawohl. ›Und wer hat sich ein Weib verlobt, es aber noch nicht heimgeführt? Er trete ab und kehre heim, damit er nicht im Kriege umkomme und ein anderer es heimführe!‹ So spricht der jüdische Gesetzgeber.«

»Wie gut du die Heilige Schrift kennst, Jude! Du hättest wirklich Pfarrer werden sollen. Ich kann nur profane Autoren zitieren!«

In der Zeit, bevor die Urkunde ausgestellt wurde, kam Sue, wenn sie in Haushaltsangelegenheiten unterwegs war, manchmal an dem Büro vorbei und sah verstohlen hineinblickend die an die Wand geheftete Notiz zum anberaumten Vollzug ihrer Trauung. Der Anblick war ihr unerträglich. Nach ihren bisherigen Erfahrungen mit dem Ehestand schien all das Romantische an ihrer Liebe ausgetrieben zu werden, indem man sie in dieselbe Schublade steckte wie ihre vorherige Beziehung. Für gewöhnlich hielt sie Väterchen Zeit an der Hand, stellte sich vor, dass die Leute ihn für ihr Kind hielten, und betrachtete die geplante Zeremonie als Korrektur eines alten Fehlers.

Derweil beschloss Jude, seine Gegenwart ein klein wenig mit seiner Vergangenheit zu verknüpfen, indem er die einzige Person auf Erden zur Hochzeit einlud, die er noch von seinem früheren Leben in Marygreen kannte – die betagte Witwe Mrs. Edlin, die Freundin seiner Großtante, die sie während ihrer letzten Krankheit gepflegt hatte. Er rechnete kaum mit ihrem Erscheinen, doch sie kam und brachte einzigartige Geschenke mit: Äpfel, Marmelade, Kerzenlöscher aus Messing, einen uralten Zinnteller, eine Wärmpfanne und einen riesigen Beutel voll Gänsefedern für Bettzeug. Ihr wurde das leere Zimmer in Judes Haus zugeteilt, in das sie sich früh zurückzog und aus dem man sie durch die Decke mit lauter Stimme das Vaterunser beten hörte, wie es die liturgische Anweisung gebot.

Da sie jedoch nicht einschlafen konnte und merkte, dass Sue und Jude noch nicht zu Bett gegangen waren – tatsächlich war es erst zehn Uhr –, zog sie sich wieder an und kam herunter; und sie saßen alle bis spät in die Nacht vor dem Kamin – einschließlich Vater Zeit, auch wenn sie sich seiner Gegenwart kaum bewusst waren, da er nie ein Wort von sich gab.

»Also, ich hab nix gegens Heiraten wie Ihre Großtante«, sagte die Witwe. »Und ich hoff, es wird für euch alle diesmal ein fröhliches Fest. Niemand könnt's mehr hoffen, nach allem, was ich über eure Familien weiß, und das ist wohl mehr als jeder andre lebende Mensch. Denn sie hatten damit immer großes Pech g'habt, weiß Gott.«

Sue holte nervös Luft.

»Sie sind aber auch stets gutherzige Leut g'wesen … konnten keiner Fliege was zuleide tun«, fuhr der Hochzeitsgast fort. »Doch dann geschah was, das sie auseinander'bracht hat, und wenn nich alles glattging, gab's Streit. Zweifellos hat der, um den sich die G'schicht dreht, deswegen getan, was er getan hat – falls er *überhaupt* zu eurer Familie g'hört hat.«

»Wovon reden Sie?«

»Na … von der G'schicht, wissens; man hat ihn genau auf der Kuppe des Hügels am Brown House aufg'hängt … nich weit vom Meilenstein zwischen Marygreen und Alfredston, wo die andre Straße abzweigt. Aber Jessas, das war zu meines Großvaters Zeiten; und vielleicht war's ja gar keiner von den Ihrigen.«

»Ich weiß noch genau, wo der Galgen angeblich stand«, murmelte Jude. »Aber davon hab ich noch nie gehört. Was … hat dieser Mann … mein und Sues Vorfahr … seine Frau umgebracht?«

»So war's nich wirklich. Sie ist ihm fortg'laufen, mit ihrm Kind, zu ihren Freunden; und währends dort war, ist's Kind g'storben. Er wollt die Leiche dort bestatten, wo seine

Familie ruhte, aber sie wollt's nich hergeben. So kam ihr Mann nachts mit nem Karren, um den Sarg zu stehlen; doch man hat ihn g'schnappt, und da er ein Dickschädel war, wollt er nich sagen, weswegen er heimlich ins Haus ist. Sie ham ihn als Einbrecher angeklagt, und so hat man ihn oben am Brown House Hill aufg'hängt. Nach seinem Tod hat seine Frau den Verstand verlorn. Aber man kann nich mit Sicherheit sagen, ob er mit euch eher verwandt war als mit mir.«

Ein leises bedächtiges Stimmchen ertönte aus dem Schatten neben dem Kamin, als käme es aus den Tiefen der Erde: »Wenn ich du wär, Mutter, würd ich Vater nicht heiraten!« Es kam von Väterchen Zeit und erschreckte sie, denn sie hatten ihn ganz vergessen.

»Oh, das ist nur eine Geschichte«, sagte Sue fröhlich.

Nach dieser heiteren Mär aus dem Munde der Witwe am Vorabend der Trauung erhoben sie sich, wünschten ihrem Gast eine gute Nacht und gingen zu Bett.

Am nächsten Morgen bat Sue, deren Nervosität mit jeder Stunde zunahm, Jude ins Wohnzimmer, um ihn vor dem Aufbruch unter vier Augen zu sprechen. »Jude, küss mich als Liebhaber, nicht als dein Eigentum«, sagte sie und schmiegte sich zitternd mit tränenfeuchten Wimpern an ihn. »So wie jetzt wird es nie wieder sein! Ich wünschte, ich hätte die Sache nie angefangen. Aber jetzt müssen wir wohl weitermachen. Die Geschichte gestern Abend war so grässlich! Sie verdarb alles, was mir heute durch den Kopf geht. Sie gibt mir das Gefühl, als drohe unserer Familie ein tragisches Verhängnis, so wie dem Haus Atreus.«

»Oder dem Haus Jerobeam«, sagte der einstige Theologe.

»Ja. Und es kommt mir entsetzlich tollkühn vor, wenn

wir beide jetzt losgehen und heiraten! Ich werde dasselbe Gelübde ablegen, das ich schon vor meinem anderen Mann abgelegt habe, und du dasselbe, das du schon vor deiner anderen Frau abgelegt hast; ungeachtet der abschreckenden Lektion, die uns diese Experimente erteilten!«

»Wenn dir nicht wohl bei der Sache ist, macht mich das unglücklich«, sagte er. »Ich hatte gehofft, dass du dich wirklich freust. Aber wenn nicht, dann eben nicht. Es ist zwecklos, uns etwas vorzumachen. Für dich ist es bedrückend, also auch für mich!«

»Es ist nur unangenehm, so wie an jenem anderen Morgen … das ist alles«, murmelte sie. »Lass uns jetzt gehen.«

Sie machten sich Arm in Arm auf den Weg zu dem bereits erwähnten Amt, und außer der Witwe Edlin begleiteten sie keine anderen Trauzeugen. Es war ein eisiger, trüber Tag, und ein feuchtkalter Nebel wehte vom »Fluss der königlichen Türme« durch die Stadt. Auf den Stufen des Amts sah man die schlammigen Fußabdrücke der Leute, die es zuvor betreten hatten, und im Eingang standen nasse Regenschirme. Im Standesamt hatten sich einige Menschen versammelt, und unser Paar sah, dass gerade ein Soldat und ein junges Mädchen getraut wurden. Sue, Jude und die Witwe warteten während der Zeremonie im Hintergrund. Sue las die an der Wand hängenden Hochzeitsankündigungen. Für zwei ihres Temperaments war der Raum trostlos, obwohl er seinen täglichen Besuchern ganz normal erscheinen mochte. In verstaubtes Kalbsleder gebundene Gesetzestexte bedeckten eine Wand, und an anderer Stelle gab es Adressbücher und andere Nachschlagewerke. Mit rotem Zwirnband zusammengeschnürte Papierstapel lagen in Ablegefächern ringsum, und in einer Nische standen Eisentresore, während der nackte Holzboden ebenso von vorherigen Besuchern verschmutzt worden war wie die Stufen.

Der Soldat gab sich mürrisch und widerwillig: die Braut traurig und schüchtern; offensichtlich erwartete sie ein Kind, und sie hatte ein blaues Auge. Ihre kleine Abmachung war rasch getroffen, und die beiden hatschten mitsamt ihren Freunden nach draußen, wobei einer der Trauzeugen im Vorübergehen ungezwungen Jude und Sue ansprach, als wäre er ein alter Bekannter: »Sehen Sie das Paar, das gerade hereinkam? Haha! Dieser Bursche wurde erst heute Morgen aus dem Gefängnis entlassen. Sie hat ihn am Gefängnistor abgeholt und schnurstracks hierhergebracht. Sie bezahlt alles.«

Sue drehte sich um und sah einen hässlichen Mann mit Stoppelfrisur und an seinem Arm eine mondgesichtige, pockennarbige Frau, vom Schnaps gerötet und selbstzufrieden dreinblickend, als ginge gleich ein Wunschtraum in Erfüllung. Sie salutierten scherzhaft dem hinausgehenden Paar und traten vor Jude und Sue, deren Scheu weiter zunahm, nach vorn. Letztgenannte trat zurück und wandte sich mit dem Schmollmund eines Kindes, das gleich in Tränen ausbricht, an ihren Geliebten:

»Jude … hier gefällt's mir nicht! Wäre ich bloß nicht hergekommen! Mir graut vor diesem Ort: das kann doch unmöglich der Höhepunkt unserer Liebe sein! Ich wünschte, wir könnten in einer Kirche heiraten, wenn es denn überhaupt sein muss. Dort wär's nicht so vulgär wie hier!«

»Liebes kleines Mädchen!«, sagte Jude. »Du siehst so bekümmert und blass aus!«

»Es muss jetzt und hier geschehen, nicht wahr?«

»Nein … vielleicht nicht unbedingt.«

Er sprach mit dem Beamten und kehrte zurück. »Nein …

wir müssen weder hier noch sonst wo heiraten, wenn wir nicht wollen, nicht einmal jetzt«, sagte er. »Wir können in einer Kirche heiraten, wenn nicht mit derselben Urkunde, dann vermutlich mit einer anderen, die er uns ausstellt. Lass uns jedenfalls hinausgehen, bis du ruhiger bist, Liebes, und ich ebenso, und darüber reden.«

Sie machten sich klammheimlich und schuldbewusst aus dem Staub, als hätten sie sich ungehörig benommen, schlossen lautlos die Tür und sagten der im Vorzimmer zurückgebliebenen Witwe, sie solle nach Hause gehen und auf sie warten; falls nötig, würden sie zufällig vorbeikommende Passanten bitten, ihnen als Trauzeugen zu dienen. Auf der Straße bogen sie in eine menschenleere Seitengasse, wo sie auf und ab gingen, wie vor langer Zeit in der Markthalle in Melchester.

»Also, Schatz, was sollen wir tun? Mir scheint, wir vermasseln es. Trotzdem bin ich mit *allem* zufrieden, was dich zufriedenstellt.«

»Aber Jude, Liebster, ich mache dir Kummer! Du wolltest es dort tun, stimmt's?«

»Na ja, um ehrlich zu sein, als ich hineinging, hatte ich das Gefühl, dass es mir nicht so wichtig wäre. Das Amt hat mich fast ebenso sehr deprimiert wie dich … es war hässlich. Und dann musste ich daran denken, was du heute Morgen gesagt hast, von wegen, ob wir es wirklich tun sollten.«

Sie gingen ziellos weiter, bis sie stehen blieb, und ihr Stimmchen begann von neuem: »Sie kommt mir auch so schwächlich vor, diese ständige Unschlüssigkeit! Und dennoch um einiges besser, als zum zweiten Mal überstürzt zu handeln … Wie grässlich mir dieser Anblick vorkam! Der Ausdruck im Gesicht dieser aufgedunsenen Frau, die dabei war, sich dem Knastvogel hinzugeben, nicht für ein paar

Stunden, wie es ihr gefallen hätte, sondern für ein ganzes Leben, wozu sie gezwungen ist. Und die andere arme Seele … um einer angeblichen Schande zu entgehen, die eine Charakterschwäche ihr eingebrockt hat, erniedrigt sie sich zu einer echten Schande, indem sie sich mit einem Tyrannen vermählt, der sie verachtet … dabei bestand ihre einzige Hoffnung auf Erlösung darin, dem Mann für alle Zeit aus dem Weg zu gehen … Das ist unsere Pfarrkirche, oder? Hier hätte es sein sollen, wenn wir es wie üblich geregelt hätten? Da scheint eine Messe oder dergleichen stattzufinden.«

Jude ging zur Tür und schaute hinein. »Nanu … hier ist auch eine Hochzeit im Gange«, sagte er. »Heut scheint jeder denselben Kurs einzuschlagen wie wir.«

Sue meinte, dies sei vermutlich deshalb der Fall, weil der Lenz gerade vorbei war, denn dann gebe es immer jede Menge Hochzeiten. »Lass uns lauschen«, sagte sie, »und herausfinden, wie es sich für uns anfühlt, wenn es in einer Kirche gemacht wird.«

Sie traten ein, setzten sich in eine hintere Bank und beobachteten die Vorgänge am Altar. Das Brautpaar schien der wohlhabenden Mittelklasse anzugehören, und die Hochzeit war im Großen und Ganzen so schön und interessant wie jede andere. Sie konnten sogar aus der Ferne die Blumen in der Hand der Braut zittern sehen und sie mechanisch die Worte murmeln hören, deren Bedeutung ihr Gehirn unter dem Druck ihrer Befangenheit anscheinend nicht im Geringsten erfasste. Sue und Jude lauschten und sahen sich dabei immer wieder selbst, wie sie ehedem denselben Akt der Selbstaufgabe vollzogen hatten.

»Für die Ärmste ist es nicht dasselbe wie's für mich wäre, wenn ich es mit meinem gegenwärtigen Wissen nochmals tun würde«, flüsterte Sue. »Siehst du, für sie ist es neu, und sie nehmen die Trauung als selbstverständlich hin. Doch nachdem wir oder zumindest ich aus Erfahrung gelernt und den schrecklichen Ernst der Lage erkannt haben oder vielleicht auch nur, weil ich manchmal so zimperlich bin, kommt es mir wirklich unmoralisch vor, dieselbe Sache noch einmal offenen Auges zu tun. Hier hereinzukommen und das mitanzusehen hat mich von einer Kirchenhochzeit ebenso abgeschreckt wie das andere vom Standesamt … Wir sind ein schwaches, ängstliches Paar, Jude, und ich bezweifle genau das, in das andere ihr Vertrauen setzen – dass ich noch einmal gefeit bin gegen die schäbigen Bedingungen eines Geschäftsvertrags!«

Dann versuchten sie zu lachen und fuhren im Flüsterton fort, über das anschauliche Beispiel vor ihren Augen zu diskutieren. Und Jude sagte, er halte sie beide ebenfalls für zu dünnhäutig – es wäre besser, sie wären nie geboren worden – und noch weniger hätten sie zusammenfinden sollen, um sich auf die für sie *beide* widersinnigste Vertragsbindung einzulassen – die Ehe.

Seine Verlobte erschauderte; und sie fragte ihn ernsthaft, ob er denn tatsächlich das Gefühl habe, dass sie diese lebenslange Verpflichtung nicht einfach kaltblütig erneut unterschreiben sollten? »Es ist entsetzlich, wenn du glaubst, dass wir uns nicht für stark genug dafür halten, und in dem Wissen vorschlägst, einen Meineid zu leisten«, sagte sie.

»Das stimmt wohl … da du mich fragst«, sagte Jude. »Vergiss nicht, dass ich es tue, wenn du es willst, lieber Schatz.« Derweil sie zögerte, fuhr er fort und räumte ein, er glaube zwar, dass sie wohl in der Lage wären, es zu tun, er aber genau wie sie von der Furcht vor Unzulänglichkeit gebannt werde – vielleicht wegen ihrer Eigenheiten, weil sie anders waren als die anderen. »Wir sind schrecklich empfindsam; das ist unser eigentliches Problem, Sue!«, erklärte er.

»Vermutlich sind mehr so wie wir, als wir denken!«

»Na, ich weiß nicht. Die Absicht hinter dem Vertrag ist gut und zweifellos für viele richtig; doch in unserem Fall verfehlt er seinen Zweck, weil wir so merkwürdige Menschen sind – Leute, bei denen erzwungene Familienbande Herzlichkeit und Spontaneität auslöschen.«

Sue glaubte immer noch, dass sie nichts Sonderbares oder Außergewöhnliches an sich hätten: dass alle so seien. »Irgendwann empfindet jeder so wie wir. Wir sind ihnen nur ein wenig voraus, das ist alles. In fünfzig, in hundert Jahren werden die Nachkommen dieser beiden Schlimmeres tun und sich schlechter fühlen als wir. Sie werden noch deutlicher als wir die chaotische Menschheit als

›Gestalten unsresgleichen, nur grauenhaft vermehrt‹

betrachten und Angst haben, sich fortzupflanzen.«

»Welch eine schreckliche Gedichtzeile! … Auch wenn ich in morbider Stimmung ebensolche Gefühle über meine Mitgeschöpfe hegte.«

So unterhielten sie sich murmelnd weiter, bis Sue heiterer sagte:

»Nun … es ist nicht unsere Sache, grundsätzliche Fragen zu klären, und warum sollten wir uns darüber den Kopf zerbrechen? Trotz unterschiedlicher Gründe kamen wir zu demselben Schluss: dass ein unwiderruflicher Eid für uns beide riskant ist. Lass uns also nach Hause gehen, Jude, ohne unseren Traum abzutöten! Ja? Wie gütig du bist, mein Freund: Du gibst jeder meiner Launen nach!«

»Sie sind mit meinen weitgehend im Einklang.«

Er küsste sie rasch hinter einer Säule, während die Aufmerksamkeit aller Anwesenden auf eine in den Gemeindesaal eintretende Bestattungsprozession gerichtet war; und dann verließen sie das Gebäude. Vor der Tür warteten sie, bis zwei, drei kurz fortgefahrene Kutschen wieder zurückkehrten und der frischgebackene Bräutigam und seine Braut ins Tageslicht traten. Sue seufzte.

»Die Blumen in der Hand der Braut sind traurig wie die Kränze um die Flanken der Färse, dem Opfertier in alten Zeiten!«

»Dennoch ist es für die Frau nicht schlimmer als für den Mann, Sue. Manche Frauen können das einfach nicht verstehen, und anstatt gegen die Bedingungen zu protestieren, protestieren sie gegen das andere Opfer, den Mann; ebenso wie eine Frau in einer Menschenmenge den Mann ausschimpft, der sie anrempelt, obwohl er der hilflose Überträger des auf ihn ausgeübten Drucks der Menge ist.«

»Ja … manche sind so, anstatt sich mit dem Mann gegen den gemeinsamen Feind, den Zwang, zu verbünden.« Mittlerweile waren Braut und Bräutigam abgereist, und die zwei machten sich mit den anderen Flaneuren auf den Weg. »Nein … lassen wir's bleiben«, fuhr sie fort. »Zumindest für heute.«

Sie kamen nach Hause, und als sie Arm in Arm am Fenster vorbeigingen, sahen sie die Witwe zu ihnen hinausschauen. »Na«, rief ihr Gast beim Eintreten. »Wie ich euch so verliebt zur Tür heraufgehen g'sehn hab, da hab ich mir g'sagt, ›Sie ham sich also doch nochmal entschlossen!‹«

Sie deuteten kurz an, dass dies nicht der Fall sei.

»Was … und ihr habt's wirklich nich g'macht? Verflixt und zug'näht, dass ich noch erleben muss, wies gute alte

Sprichwort ›Rasch vermählt und lang bereut‹ von euch beiden verhunzt wird! S'wird Zeit, nach Marygreen heimzufahrn – weiß Gott – wenn's das ist, wozu die neuen Ideen uns führn! Zu meiner Zeit wär niemand drauf gekommen, sich vorm Heiraten zu fürchten, und auch vor sonst nix, außer ner Kanonenkugel oder nem leeren Küchenschrank! Als mein Mann und ich g'heirat ham, da hamma uns nich mehr Gedanken drüber g'macht als über ne Runde Zielstein!«

»Kein Wort zu dem Jungen, wenn er reinkommt«, flüsterte Sue nervös. »Er glaubt, dass alles geregelt ist, und es ist besser, wenn er nicht überrascht oder verwirrt wird. Freilich ist es nur aufgeschoben, um nochmals drüber nachzudenken. Wenn wir so wie jetzt glücklich sind, was geht es dann irgendjemand an?«

V–5

Ein Chronist von Stimmungen und Taten hat es nicht nötig, seine persönlichen Ansichten zu der obigen ernsten Kontroverse preiszugeben. Dass die beiden glücklich waren – zwischen ihren traurigen Tagen –, stand außer Zweifel. Und als klar wurde, dass das Erscheinen von Judes Kind im Haus viel weniger Sorgen bereitete als gedacht, sondern eine neue und zärtliche, edelmütige und selbstlose Anteilnahme in ihr Leben brachte, half dies ihrem Glück eher auf die Sprünge, als es zu schmälern.

Freilich zog die Ankunft des Knaben bei solch ängstlichen Geschöpfen wie ihnen auch zahlreiche Zukunftssorgen nach sich, zumal es ihm jetzt erstaunlicherweise an all den üblichen Hoffnungen eines Kindes mangelte. Doch das Paar versuchte zumindest eine Zeitlang voreilige Pläne zu meiden.

In Upper Wessex liegt eine alte Stadt mit neun- bis zehntausend Einwohnern; nennen wir sie Stoke-Barehills. Sie liegt mit ihrer hageren, hässlichen, uralten Kirche und ihrem neuen Vorort aus roten Backsteinhäusern inmitten der offenen, kalkhaltigen Kornfelder, nahe der Mitte eines imaginären Dreiecks, an dessen Ecken die Ortschaften Aldbrickham und Wintoncester sowie die bedeutende Garnisonsstadt Quartershot zu finden sind. Die große westliche Landstraße von London führt hindurch und gabelt sich dort, nur um zwanzig Meilen westwärts wieder zusammenzukommen. Diese Gabelung und Vereinigung war in den Tagen vor der Eisenbahn Anlass für manch endloses Streitgespräch unter Fuhrmännern, welchen Weg man nun einschlagen solle. Doch diese Frage ist heute ebenso bedeutungslos wie der steuerzahlende Grundbesitzer, der Frachtfuhrmann und der Postkutscher, die einst darüber disputierten; und heutzutage ist sich wahrscheinlich kein einziger Einwohner von Stoke-Barehills des Umstands bewusst, dass die beiden in dieser Stadt abzweigenden Straßen sich jemals wieder vereinen; denn die große westliche Landstraße wird von niemandem mehr täglich genutzt.

Der bekannteste Ort in Stoke-Barehills ist nunmehr der Friedhof, zwischen malerischen mittelalterlichen Ruinen neben den Bahngeleisen gelegen; die modernen Kapellen, modernen Gräber und modernen Büsche wirken wie Eindringlinge inmitten der zerfallenen und efeubewachsenen Fragmente uralter Mauern.

An einem bestimmten Tag des besonderen Jahres, welches diese Erzählung nunmehr erreicht hat – es ist Anfang Juni –, wecken die Sehenswürdigkeiten der Stadt jedoch kaum Interesse, obwohl zahlreiche Besucher mit dem Zug herbeiströmen; insbesondere mit einigen Zügen aus London, deren Fahrgäste samt und sonders an dieser Station aussteigen. Es ist die Woche der großen Wessex-Landwirtschaftsmesse, deren riesiges Feldlager sich über die unbebauten Außenbezirke der Stadt breitet wie die Zelte einer Invasionsarmee. Reihen von Baldachinen, Hütten, Buden, Pavillons, Arkaden, Säulengängen – Bauten aller Art, nur keine beständigen – bedecken die Wiese auf einer Fläche von einer halben Quadratmeile, und die Scharen von Neuankömmlingen durchqueren dichtgedrängt die Stadt und steuern direkt auf das Messegelände zu. Der Weg dorthin ist gesäumt von Schaubuden, Verkaufsständen, Straßenhändlern, welche die ganze Strecke bis zur eigentlichen

Messe in einen Markt verwandeln und einige der Leichtsinnigen dazu verführen, ihre Taschen merklich zu leeren, noch ehe sie die Tore der Ausstellung erreicht haben, wegen der sie eigens angereist sind.

Es ist der Tag des Volks, der Tag des Kleingelds, und von den rasch eintreffenden Ausflugszügen erreichen zwei aus unterschiedlichen Richtungen die nahen Bahnsteige fast in derselben Minute. Einer kommt wie etliche vor ihm aus London; der andere auf einer Querstrecke aus Aldbrickham; und aus dem London-Zug steigt ein Paar; ein untersetzter, ziemlich korpulenter Mann mit Kugelwanst und kurzen Beinen, gleich einem Kreisel auf zwei Stecken, begleitet von einer Frau mit ziemlich guter Figur und ziemlich rotem Gesicht, schwarz gekleidet und von der Haube bis zum Rock mit Perlen behängt, die sie glitzern lassen als trage sie ein Kettenhemd.

Sie verschafften sich einen Überblick. Der Mann wollte gerade dem Beispiel anderer folgen und einen Einspänner mieten, da sagte die Frau: »Immer mit der Ruh', Cartlett. Bis zur Messewiese ist's nich so weit. Lass uns zu Fuß hingehn. Vielleicht find ich ein günstiges Möbelstück oder altes Porzellan. Es ist Jahre her, seit ich hier war … Das letzte Mal war ich noch ein Mädchen aus Aldbrickham und bin manchmal mit meinem Verehrer rüberspaziert.«

»Man kann im Ausflugszug keine Möbel mitnehmen«, sagte mit belegter Stimme ihr Mann, der Wirt von The Three Horns, Lambeth; denn sie waren beide von der Kneipe in jener »vorzüglichen, dichtbesiedelten, Gin trinkenden Nachbarschaft« hergekommen, die sie bewirtschafteten, seit eine Anzeige mit diesem Wortlaut sie dorthin gelockt hatte. Der Körperbau des Wirts bewies, dass er ebenso wie seine Kunden unter dem zunehmenden Einfluss der Getränke stand, die er ausschenkte.

»Dann lass ich's mir schicken, wenn mich irgendwas anlacht«, sagte seine Frau.

Sie bummelten weiter, doch kaum hatten sie die Stadt betreten, da wurde sie auf ein junges Paar mit Kind aufmerksam, das vom zweiten Bahnsteig kam, wo die Dampflok aus Aldbrickham haltmachte. Sie gingen direkt vor den Wirtsleuten.

»Herr im Himmel!«, sagte Arabella.

»Was ist?«, sagte Cartlett.

»Weißt du, wer die sind? Erkennst du nich den Mann?«

»Nein.«

»Nich amal von den Fotos, die ich dir gezeigt hab?«

»Ist es Fawley?«

»Ja … aber sicher.«

»Oh, na gut. Er hatte wohl Lust, sich ein wenig umzuschaun, so wie wir alle.« Cartletts Interesse an Jude, wie groß auch immer es gewesen sein mochte, als er Arabella kennenlernte, hatte deutlich nachgelassen, seit ihre Reize und ihre Launen, ihre überzähligen Locken und ihre auf Wunsch herbeigezauberten Grübchen zu altbekannten Geschichten geworden waren.

Arabella passte ihre Schrittgeschwindigkeit und die ihres Mannes so an, dass sie genau hinter den anderen drei blieben, was im Strom der Fußgänger leicht zu bewerkstelligen war. Ihre Antworten auf Cartletts Bemerkungen fielen vage und knapp aus, denn das Trio vor ihnen interessierte sie mehr als das ganze Spektakel ringsum.

»Sie scheinen einander und ihr Kind ja recht lieb zu haben«, fuhr der Wirt fort.

»*Ihr* Kind! Das ist nich ihr Kind«, sagte Arabella mit

einer seltsamen, plötzlichen Habsucht. »Sie sind nich lang genug vermählt, als dass es ihrs sein könnt!«

Doch obwohl der schwelende Mutterinstinkt noch stark genug in ihr wirkte, um die Vermutung ihres Mannes im Keim zu ersticken, war ihr nach reiflicher Überlegung nicht danach zumute, aufrichtiger zu sein als nötig. Mr. Cartlett ging immer noch davon aus, dass das Kind von seiner Frau und ihrem ersten Mann bei seinen Großeltern am anderen Ende der Welt lebte.

»Oh, wahrscheinlich nicht. Sie sieht ganz mädchenhaft aus.«

»Sie sind nur ein Liebespaar oder frisch verheiratet und ham das Kind nur zur Obhut, wie jeder sehen kann.«

Sie gingen allesamt weiter. Die ahnungslosen Sue und Jude, das fragliche Paar, hatten beschlossen, einen Tagesausflug zur weniger als zwanzig Meilen von ihrem Wohnort entfernten Landwirtschaftsmesse zu unternehmen, um bei einem Spaziergang zu geringem Preis Vergnügliches mit Lehrreichem zu verbinden. Da sie dabei nicht nur an sich selbst dachten, hatten sie Wert darauf gelegt, Vater Zeit mitzunehmen, um mit allen Mitteln zu versuchen, seine Begeisterung zu wecken und ihn zum Lachen zu bringen wie andere Jungs, obwohl er bis zu einem gewissen Grad der herrlich unbefangenen Zweisamkeit, die ihnen so viel Freude bereitete, im Wege stand. Doch bald betrachteten sie ihn nicht mehr als Zuschauer und zogen mit jener zärtlichen Aufmerksamkeit füreinander weiter, welche auch die Schüchternsten kaum verbergen können, und die sie, sich unter vollkommen Fremden wähnend, kaum zu verbergen bemühten, so wie sie es wohl zu Hause getan hätten. Sue, in ihrem neuen Sommerkleid, geschmeidig und unbeschwert wie ein Vogel, ihren kleinen Daumen gegen den Stiel ihres weißen Baumwollsonnenschirms gedrückt, schien beim Gehen kaum den Boden zu berühren, sodass eine mäßig starke Windbö sie über eine Hecke auf das dahinterliegende Feld hätte wehen können. Jude, in seinem hellgrauen Sonntagsanzug, war wirklich stolz auf ihre Gesellschaft, weniger weil sie so hübsch aussah, als wegen ihrer liebenswürdigen Worte und Gesten. Jenes vollkommene gegenseitige Verstehen, zu dem jeder Blick und jede Bewegung ebenso beitrug wie Sprache, machte sie fast zu zwei Hälften eines einzigen Wesens.

Das Paar und ihr Schützling ließen die Drehkreuze hinter sich, Arabella und ihr Mann folgten dichtauf. Innerhalb der Einfriedung konnte die Frau des Wirts erkennen, dass die beiden vor ihnen sich jetzt um den Kleinen kümmerten, ihm allerlei interessante, lebendige und leblose Dinge zeigten und erklärten; und in ihren Gesichtern machte sich kurz eine Spur Traurigkeit bemerkbar, wann immer der Versuch, seine Gleichgültigkeit zu überwinden, scheiterte.

»Wie sie an ihm klebt!«, sagte Arabella. »Oh nein … sie sind wohl doch nich vermählt, sonst würdens nich so liebevoll miteinander umgehn … Seltsam!«

»Aber hattest du nicht gesagt, dass er sie geheiratet hat?«

»Ich hab g'hört, dass er die Absicht hat … sonst nix … dass er's nochmals probieren wollt, nachdem er's ein-, zweimal aufg'schoben hatte … Aus ihrer Sicht geht's niemanden sonst was an. Ich würd mich schämen, wenn ich mich so zum Narren machen würd wie er!«

»An ihrem Verhalten ist doch nichts Ungewöhnliches. Ich hätt nie bemerkt, dass sie ein Liebespaar sind, wenn du's nicht gesagt hättest.«

»Du siehst doch nie irgendwas«, erwiderte sie. Dennoch entsprach Cartletts Sicht auf das Verhalten des Liebes- oder Ehepaars zweifellos dem der anderen Messebesucher, deren Aufmerksamkeit keineswegs von dem gefesselt wurde, was Arabellas scharfer Blick enthüllt hatte.

»Er ist von ihr so bezaubert, als ob sie ne Märchenfee wär!«, fuhr Arabella fort. »Schau, wie er sie unverblümt anstarrt und wie sein Blick auf ihr ruht. Ich glaub fast, dass sie für ihn nich ganz so viel übrig hat wie er für sie. Ich halt sie für nich besonders warmherzig, auch wenns ihn wohl schon aweng lieb hat … so gut sie halt kann; und er könnt ihr aweng das Herz brechen, wenn er's drauf anlegen würd – aber dazu ist er zu dumm. Da … jetzt gehen sie rüber zu dem Stall mit den Zugpferden. Komm!«

»Ich mag mir die Zugpferde nicht anschaun. Wir sollten den beiden nicht nachlaufen. Wenn wir hergekommen sind, um die Ausstellung anzusehn, dann lass es uns auf unsere Weise tun, so wie sie auf ihre.«

»Also … vielleicht treffen wir uns einfach in einer Stunde irgendwo – sagen wir an dem Bierzelt dort drüben – und gehen getrennter Wege. Dann kannst dir anschaun, was du willst, und ich auch.«

Cartlett hatte nichts dagegen, und sie trennten sich – er steuerte auf eine Bude zu, in der Mälzprozesse vorgestellt wurden, und Arabella ging in die von Jude und Sue eingeschlagene Richtung. Ehe sie die beiden wieder eingeholt hatte, lachte ihr allerdings jemand ins Gesicht, und sie stand plötzlich Anny gegenüber, ihrer Freundin aus Mädchenjahren.

Anny hatte nur wegen des zufälligen Wiedersehens herzlich zu lachen begonnen. »Ich wohn immer noch dorten«, sagte sie, sobald sie sich beruhigt hatte. »Ich werd bald heiraten, aber mein Verlobter konnt heut nich mitkommen.

Allerdings ham viele von uns den Ausflug mitg'macht, ich hab sie nur grad aus den Augen verlorn.«

»Hast Jude und seine junge Frau oder Gattin oder was auch immer getroffen? Ich hab sie grad g'sehn.«

»Nein. Seit Jahren keine Spur!«

»Also, sie sind hier irgendwo in der Nähe. Ja … da drüben … bei dem Grauschimmel!«

»Oh, die ist also grad sein Schatz … seine Gattin, sagst du? Hat er wieder geheiratet?«

»Ich weiß nich.«

»Hübsch ist sie, oder?«

»Ja … ganz fesch, aber nich grad zum Anbeißen. Hat ja nich viel auf den Rippen, das dünne, zapplige Mädel.«

»Er schaut ja auch recht gut aus! Du hättest ihm treu bleiben solln, Arabella.«

»Wär vielleicht besser g'wesen«, murmelte sie.

Anny lachte. »Typisch Arabella! Willst immer nen andren Mann, nur nich den eigenen.«

»Na, welche Frau denn nich, würd ich gern wissen? Und was sein Fräulein angeht … die weiß nich, was Liebe ist … zumindest nich, was ich unter Liebe versteh! Das kann ich ihr an der Nasenspitze ablesen.«

»Und womöglich, liebe Abby, weißt du nich, was sie unter Liebe versteht.«

»Ich will's auch nich wissen! … Ah … sie gehen zur Kunstausstellung. Ich würd mir auch gern ein paar Bilder anschaun. Kommst mit? … Also ich glaub wirklich, dass ganz Wessex hier aufkreuzt! Da ist Dr. Vilbert. Hab ihn seit Jahren nich g'sehn, und er schaut keinen Tag älter aus wie damals, als ich ihn kenneng'lernt hab. Wie geht's, Doktor? Ich hab grad g'sagt, dass Sie keinen Tag älter ausschaun wie damals, als ich noch ein Mädel war.«

»Das liegt einfach daran, Ma'am, dass ich meine eigenen Pillen schlucke. Nur zwei Shilling drei Pence die Schachtel – mit amtlicher Wirkungsgarantie. Darf ich Ihnen raten, meinem Beispiel zu folgen und sich ebenso wie ich gegen den Zahn der Zeit zu wappnen? Nur zwei Shilling drei.«

Der Arzt hatte eine Schachtel aus seiner Westentasche gezogen, und Arabella wurde zum Kauf überredet.

»Allerdings«, fuhr er fort, nachdem die Pillen bezahlt waren, »ist mir leider Ihr Name entfallen, Mrs. … Doch nicht etwa Mrs. Fawley, gebürtige Miss Donn, aus der Umgebung von Marygreen?«

»Ja. Aber nunmehr Mrs. Cartlett.«

»Ah … Sie haben ihn demnach verloren? Vielversprechender junger Bursche! Er war mein Schüler, wissen Sie. Hab ihm die toten Sprachen beigebracht. Und glauben Sie mir, er wusste alsbald fast so viel wie ich!«

»Ich hab ihn verloren, aber nich so wie Sie denken«, sagte Arabella trocken. »Die Anwälte ham uns geschieden. Schaun Sie, da drüben ist er, springlebendig; mit dieser jungen Frau betritt er grad die Kunstausstellung.«

»Ah … du liebe Zeit! Er ist augenscheinlich verliebt in sie.«

»Man *sagt*, sie sind Cousin und Cousine.«

»Derart verwandt zu sein ist doch wohl überaus günstig, wenn sie sich lieben?«

»Ja. Ihr Mann dachte zweifellos dasselbe, als er sich scheiden ließ … Sollen wir uns auch die Bilder anschaun?«

Das Trio überquerte die Wiese und trat ein. Jude und Sue, die nicht ahnten, welches Interesse sie geweckt hatten, waren zu einem Modell am anderen Ende des Saals gegangen, das sie ausgiebig betrachteten, bevor sie weiterschlenderten. Arabella und ihre Freunde erreichten es auf direktem Wege, und auf der zugehörigen Tafel stand zu lesen: »Modell von Cardinal College, Christminster; von J. Fawley und S. F. M. Bridehead.«

»Die bewundern ihre eigene Arbeit«, sagte Arabella. »Typisch Jude … hat immer nur Colleges und Christminster im Kopf, anstatt sich um seinen Kram zu kümmern!«

Sie warfen einen flüchtigen Blick auf die Gemälde und gingen weiter zum Musikpavillon. Während sie eine Zeitlang dastanden und der Militärkapelle lauschten, erschienen Jude, Sue und das Kind auf der anderen Seite. Arabella scherte sich nicht darum, ob sie von ihnen wiedererkannt wurde, doch sie waren zu sehr mit sich selbst beschäftigt, und die Marschmusik wühlte ihre Gefühle zu sehr auf, als dass sie Mrs. Cartlett unter ihrem perlenbestickten Schleier erkannt hätten. Sie ging um die Schar der Zuhörer herum und kam hinter den Liebenden vorbei, deren Bewegungen heute eine überraschende Faszination auf sie ausübten. Als sie die beiden von hinten beäugte, sah sie, wie Judes Hand die von Sue suchte, derweil sie so eng beieinanderstanden, dass dieser stillschweigende Ausdruck gegenseitiger Zuwendung ihrer Meinung nach verborgen blieb.

»Dummköpfe … wie zwei Kinder!«, flüsterte Arabella griesgrämig vor sich hin, als sie zu ihren Gefährten zurückkehrte, bei denen sie in nachdenkliches Schweigen verfiel.

Unterdessen hatte Anny gegenüber Vilbert eine spöttische Bemerkung über Arabellas sehnsüchtiges Interesse an ihrem ersten Mann gemacht.

»Also«, sagte der Arzt an Arabella gewandt, »hätten Sie vielleicht auch gern etwas von dem hier, Mrs. Cartlett? Es ist nicht aus meinen gewöhnlichen Arzneien gemischt, aber gelegentlich wird nach derlei verlangt.« Er zückte eine kleine Phiole mit einer klaren Flüssigkeit. »Ein Liebestrank, wie ihn die Alten mit großem Erfolg zum Einsatz brachten. Ich habe das Rezept beim Studium ihrer Schriften entdeckt, und meines Wissens hat es noch nie versagt.«

»Aus was besteht er?«, fragte Arabella neugierig.

»Nun … ein Destillat aus den Säften gepresster Herzen von Täubchen – oder auch Tauben – ist eines der Ingredienzien. Man benötigt fast hundert Herzen, um dieses Fläschchen zu füllen.«

»Woher kriegt man denn so viele Tauben?«

»Ganz unter uns: Ich besorge mir ein Stück Steinsalz, das die Tauben über alles lieben, und lege es in einen Taubenschlag auf meinem Dach. Nach ein paar Stunden kommen die Vögel aus allen Himmelsrichtungen – Osten, Westen, Norden und Süden –, und ich kann so viele fangen, wie ich brauche. Man verwendet die Flüssigkeit, indem man zehn Tropfen in ein Getränk mischt und das Objekt der Begierde davon trinken lässt. Aber nicht vergessen: Ich erzähle Ihnen das nur, weil ich an Ihren Fragen erkenne, dass Sie an einem Kauf interessiert sind. Es muss ganz unter uns bleiben!«

»Na schön … ein Fläschchen kann nich schaden … um es vielleicht irgendeiner Freundin zu schenken, die es an ihrem Schatz ausprobieren möchte.« Nachdem sie sich nach dem Preis erkundigt hatte, kramte sie fünf Shilling hervor und ließ die Phiole in ihrem geräumigen Brustteil verschwinden. Gleich darauf sagte sie, sie müsse sich mit ihrem Mann treffen, und schlenderte in Richtung des Getränkestands, während Jude, seine Gefährtin und das Kind zum Gartenbauzelt gegangen waren, wo Arabella sie flüchtig vor einigen blühenden Rosenstöcken erblickte.

Sie blieb stehen, beobachtete sie einige Minuten und zog dann mit nicht sonderlich freundlichen Gefühlen weiter, ihren Gatten zu treffen. Sie entdeckte ihn auf einem Hocker an der Bar, mit einem der bunt gekleideten Mädchen plaudernd, das ihm einen Schnaps eingeschenkt hatte.

»Man möchte meinen, dass du zuhaus schon genug mit derlei zu tun hast!«, bemerkte Arabella mürrisch. »Du bist doch nich fünfzig Meilen von deiner eigenen Bar fortg'fahren, nur um in einer andren rumzuhängen? Komm, führ mich durch die Messe, so wie's andre Männer mit ihren Frauen tun! Jessas, man könnt dich glatt mit nem alleinstehenden Jungspund verwechseln, der sich um niemanden kümmern muss als sich selbst!«

»Aber wir haben verabredet, uns hier zu treffen; und was hätte ich denn sonst tun sollen, außer warten?«

»Na, jetzt wo wir uns getroffen ham, kannst auch mitkommen«, erwiderte Arabella und hätte auch mit der Sonne Streit angefangen, nur weil sie schien. So verließen sie gemeinsam das Zelt, dieser schmerbäuchige Mann und die rotgesichtige Frau, und hielten einander für unausstehlich und unvernünftig, wie so manches Durchschnittsehepaar der Christenheit.

Unterdessen verweilten das ungewöhnlichere Paar und der Knabe immer noch im Blumenpavillon – ein verzauberter Palast für ihren empfänglichen Geschmack –, Sues ansonsten bleiche Wangen spiegelten das Rosa der aufgehellten, von ihr betrachteten Rosen; denn die farbenfrohen Sehenswürdigkeiten, die Luft, die Musik und die Aufregung eines Tagesausflugs mit Jude hatten ihren Kreislauf in Schwung gebracht und ließen ihre Augen lebhaft funkeln. Sie vergötterte Rosen, und was Arabella beobachtet hatte, war, wie Sue den etwas ungeduldig wirkenden Jude am Weitergehen hinderte, während sie die Namen von dieser und jener Sorte erfuhr und ihr Gesicht ganz nah an die Blüten hielt, um ihren Duft zu schnuppern.

»Am liebsten würde ich mein Gesicht ganz in sie hineindrücken … diese Schätzchen!«, hatte sie gesagt. »Aber vermutlich darf man sie nicht anfassen … oder, Jude?«

»Ja, du Kindskopf«, sagte er, und dann stupste er sie neckisch, sodass ihre Nase zwischen die Blütenblätter eintauchte.

»Wenn der Wachmann uns ertappt, sage ich, mein Mann ist schuld!«

Dann blickte sie zu ihm auf und lächelte auf jene Weise, die Arabella so viel offenbart hatte.

»Glücklich?«, murmelte er.

Sie nickte.

»Warum? Weil du die große Wessex-Landwirtschaftsmesse besuchst … oder weil *wir* sie besuchen?«

»Du versuchst immer, mir alle möglichen absurden Geständnisse abzuringen. Natürlich weil ich mich weiterbilde, indem ich mir all die Dampfpflüge und Dreschmaschinen und Häckselbänke und Kühe und Schweine und Schafe anschaue.«

Jude war mit einem Rätsel seiner nie wirklich fassbaren Gefährtin vollauf zufrieden. Doch als er vergessen hatte, die Frage gestellt zu haben, und daher nicht mehr auf eine Antwort wartete, fuhr sie fort: »Ich hab das Gefühl, dass wir zu griechischem Frohsinn zurückgekehrt sind, unsere Augen vor Krankheit und Kummer verschließen und vergessen haben, was fünfundzwanzig Jahrhunderte das Menschengeschlecht seit damals gelehrt haben, wie eine unserer Leuchten aus Christminster meinte … Doch da gibt es einen Schatten in unserer Nähe … nur einen.« Und sie betrachtete den greisenhaften Knaben, bei dem sie nicht das geringste Interesse hatten wecken können, obwohl sie ihm alles vorgeführt hatten, was ein junger Geist anziehend finden mochte.

Er wusste, was sie meinten und dachten. »Es tut mir so leid, Vater und Mutter«, sagte er. »Aber bitte macht euch nichts draus! … Ich kann nicht anders. Die Blumen würden mir schon sehr gefallen, wenn ich nicht immerzu daran denken müsste, dass sie alle in ein paar Tagen verwelkt sein werden!«

V–6

Das unauffällige Leben, welches das Paar bislang geführt hatte, wurde vom Tag der aufgeschobenen Hochzeit an allmählich auch von anderen Leuten, nicht nur von Arabella, beobachtet und infrage gestellt. Die Gesellschaft der Spring Street konnte ganz und gar nicht begreifen, was in den Köpfen von Sue und Jude vorging, welche Gefühle, Haltungen und Ängste sie hatten, und man hätte es ihr wohl auch nicht erklären können. Die seltsamen Umstände eines überraschend bei ihnen aufgetauchten Kindes, das Jude Vater und Sue Mutter nannte, und der Krawall bei einer Trauung, die eigentlich still und leise im Standesamt hatte vollzogen werden sollen, mitsamt Gerüchten über unwidersprochene Scheidungsverfahren, konnten für schlichte Gemüter nur eine Bedeutung haben.

Väterchen Zeit – denn obwohl er formell »Jude« genannt wurde, blieb der Spitzname an ihm hängen – kam abends von der Schule nach Hause und wiederholte Fragen und Behauptungen, mit denen die anderen Jungs ihn bedrängt hatten, und Sue war ebenso wie Jude, als er davon hörte, äußerst bekümmert und traurig.

Daraus ergab sich, dass das Paar kurz nach dem Versuch auf dem Standesamt einige Tage verreiste – nach London, munkelte man – und jemanden bezahlte, solange auf den Jungen aufzupassen. Nach ihrer Heimkehr deuteten sie mit vollkommen gleichgültiger und gelangweilter Miene an, sie seien nun endlich rechtmäßig getraut. Sue, die man zuvor Mrs. Bridehead gerufen hatte, hörte nun ausdrücklich auf den Namen Mrs. Fawley. Ihre tagelange Teilnahmslosigkeit, Verschrecktheit und Trübsinnigkeit schien all dies glaubhaft zu machen.

Doch der Fehler (wie man es nannte), die Angelegenheit klammheimlich anderswo in Ordnung bringen zu lassen, ließ ihr Zusammenleben weiterhin ziemlich geheimnisvoll erscheinen, und sie stellten fest, dass sie auf diese Weise nicht so große Fortschritte bei ihren Nachbarn gemacht hatten, wie erhofft. Ein lebendiges Rätsel war nicht weniger interessant als ein toter Skandal.

Der Bäckersbursche und der Junge vom Lebensmittelladen, die früher galant ihre Mützen vor Sue gelüpft hatten, wenn sie erschienen, um ihre Aufträge zu erledigen, machten sich in jenen Tagen nicht länger die Mühe, ihr auf diese Weise zu huldigen, und die Handwerkerfrauen der Nachbarschaft sahen stur geradeaus, wenn sie ihr auf dem Bürgersteig begegneten.

Natürlich belästigte sie niemand; doch eine bedrückende Stimmung begann sich um ihre Seelen zu legen, besonders nach ihrem Ausflug zur Messe, als hätten sie von dort eine böse, auf ihnen lastende Macht mitgebracht. Und ihre Gemüter waren genau derart gestrickt, dass sie unter dieser Stimmung litten und dazu neigten, sie durch energische und freimütige Bemerkungen aufzulockern. Ihr überdeutlicher Versuch, die Dinge geradezurücken, kam zu spät, um Erfolg zu haben.

Die Aufträge für Grabsteine und Inschriften blieben aus, und zwei, drei Monate später, als der Herbst kam, wurde Jude klar, dass er sich wieder als Wanderarbeiter verdingen musste, was derzeit besonders ungünstig war, denn noch hatte er nicht die durch die Gerichtskosten des vergangenen Jahres unweigerlich angefallenen Schulden abgezahlt.

Eines Abends setzte er sich wie gewöhnlich mit Sue und dem Kind zum Essen an den Tisch. »Ich glaube«, sagte er zu ihr, »dass ich hier nicht länger durchhalte. Wir sind recht zufrieden, das schon; aber wenn wir uns anderswo niederlassen, wo wir nicht so bekannt sind, hätten wir weniger Sorgen und bessere Aussichten. Und so müssen wir wohl leider fortziehen, auch wenn es für dich lästig ist, lieber Schatz!«

Sue machte es immer sehr zu schaffen, wenn sie sich vorstellte, von anderen bemitleidet zu werden, und wurde traurig.

»Na ja … leid tut's mir nicht«, sagte sie rasch. »Wie man mich hier ansieht ist schon ziemlich schlimm. Und du hast das Haus und die Möbel nur für mich und den Jungen behalten! Du selbst brauchst es nicht, und die Ausgaben sind unnötig. Doch was immer wir tun, wo immer wir hingehen, du wirst ihn mir doch nicht wegnehmen, Jude, Liebster? Ich könnte ihn jetzt nicht aufgeben! Die Wolke, die seinen kindlichen Verstand verdüstert, wirkt auf mich so mitleiderregend; ich hoffe, sie eines Tages vertreiben zu können! Und er hat mich so lieb! Du wirst ihn mir doch nicht wegnehmen?«

»Natürlich nicht, liebes kleines Mädchen! Wir bekommen ein schönes Zuhause, wo immer wir hingehen. Wahrscheinlich werde ich viel unterwegs sein … mal hier und mal dort arbeiten.«

»Ich werde freilich ebenfalls arbeiten, bis … bis … Also, wenn ich dir nicht mehr bei den Inschriften helfen kann, dann ist es meine Pflicht, mich anderweitig nützlich zu machen.«

»Du musst dir nicht gleich eine Stelle suchen«, sagte er bedauernd. »Ich will das nicht. Ich wünschte, du würdest es lassen, Sue. Dass du dich um dich selbst und den Jungen kümmerst, genügt vollauf.«

Es klopfte an der Tür, und Jude öffnete sie. Sue konnte das Gespräch mithören.

»Ist Mr. Fawley zu Hause? … Die Bauunternehmer Biles und Willis schicken mich, um nachzufragen, ob Sie die Nachbesserung der Zehn Gebote in einer kleinen Kirche übernehmen könnten, die sie seit kurzem auf dem Land, hier in der Nähe, renovieren.«

Jude überlegte und sagte, er könne es übernehmen.

»Es ist keine sonderlich kunstvolle Arbeit«, fuhr der Bote fort. »Der Pfarrer ist ein altmodischer Bursche, und er will keinesfalls mehr an der Kirche machen lassen als Reinigen und Ausbessern.«

»Vorzüglicher Alter!«, sagte Sue zu sich, denn ihr graute aus sentimentalen Gründen vor übertriebener Renovierung.

»Die Zehn Gebote sind am Ostflügel«, ergänzte der Bote, »und sie müssen ebenso wie der Rest der Wand ausgebessert werden, denn er will sie nicht als Schutt fortkarren lassen, der ansonsten dem Unternehmer zustehen würde, so wie's allgemein üblich ist.«

Man einigte sich auf die Konditionen, und Jude kam herein. »Da sieht du's«, sagte er gutgelaunt. »Immerhin doch noch ein Auftrag, und du kannst mithelfen … du kannst es zumindest versuchen. Wir haben die ganze Kirche für uns, denn die anderen Arbeiten sind schon fertig.«

Tags darauf besuchte Jude die nur zwei Meilen entfernte Kirche. Er sah, dass der Angestellte des Unternehmers die Wahrheit gesagt hatte. Die jüdischen Gesetzestafeln ragten als wichtigstes Ornament des hinteren Altarraums im schönen, nüchternen Stil des letzten Jahrhunderts streng über den Utensilien der christlichen Gnade auf. Und da ihr Rahmen aus Stuck bestand, konnte man sie nicht zum Ausbessern herunternehmen. Ein wegen der Feuchtigkeit abgebröckeltes Stück musste ersetzt werden; und nachdem dies erledigt und das Ganze gesäubert war, begann er die Inschrift neu zu gravieren. Am zweiten Morgen kam Sue, um nachzusehen, ob sie helfen könnte, und auch weil sie gern zusammen waren.

Die Stille und Leere des Gebäudes gaben ihr Selbstvertrauen, und sicher auf einem niedrigen, von Jude errichteten Podest stehend, auf welches sie dennoch zaghaft geklettert war, begann sie die Buchstaben der ersten Tafel zu malen, während er ein Stück der zweiten ausbesserte. Sie war ganz zufrieden mit ihren Fähigkeiten; sie hatte sie in den Tagen erworben, als sie illuminierte Texte für den Devotionalienladen in Christminster gemalt hatte. Es sah nicht so aus, als ob sie irgendjemand stören würde; und das freundliche Vogelgezwitscher und Rascheln der Oktoberblätter drang durch ein offenes Fenster ein und mischte sich in ihre Gespräche.

Eine derart gemütliche und friedliche Stimmung durften sie allerdings nicht lange genießen. Um halb eins hörte man Schritte draußen auf dem Schotterweg. Der alte Vikar und sein Kirchenvorsteher traten ein, kamen näher, um sich die Arbeiten anzusehen, und schienen überrascht, als sie merkten, dass eine junge Frau mithalf. Sie gingen gerade weiter in ein Seitenschiff, da öffnete sich die Tür erneut und eine weitere Gestalt kam herein – eine kleine, die von Väterchen Zeit, der weinte. Sue hatte ihm gesagt, wo er sie in der Mittagspause finden würde, wenn er sie besuchen wollte. Sie stieg herab von ihrem Thron und sagte: »Was ist los, mein Schatz?«

»Ich konnte zum Mittagessen nicht in der Schule bleiben, weil sie sagten …« Er schilderte, wie einige Jungs ihn wegen seiner Ziehmutter gehänselt hatten, und die bekümmerte Sue rief zu Jude hinauf, wie empört sie sei. Das Kind ging hinaus auf den Kirchhof, und Sue machte sich wieder ans Werk. Unterdessen wurde die Tür erneut geöffnet, und die weiß geschürzte Kirchenputzfrau schlurfte mit geschäftiger Miene herein. Sue erkannte sie und wusste, dass sie Freunde in der Spring Street hatte, die sie besuchte. Die Putzfrau erblickte Sue, riss den Mund auf und hob die Hände; offensichtlich hatte sie ihrerseits Judes Gefährtin wiedererkannt.

Dann kamen zwei Damen herein, und nachdem sie mit der Putzfrau gesprochen hatten, traten sie vor, und als Sue sich nach oben streckte, um die Buchstaben nachzuzeichnen, folgten die Blicke der Zuschauerinnen ihrer Hand und musterten kritisch ihre sich gegen die weiße Wand deutlich abhebende Gestalt, bis sie so nervös wurde, dass sie merklich zitterte.

Sie gingen zurück zu den anderen, unterhielten sich im Flüsterton, und eine von ihnen – Sue konnte nicht hören welche – sagte: »Sie ist doch wohl seine Frau?«

»Einige sagen ja, andre nein«, erwiderte die Putzfrau.

»Nicht? Dann sollte sie's aber sein, oder die von irgendwem … Das ist mal sicher!«

»Sie ham erst vor ein paar Wochen geheiratet, wenn überhaupt.«

»Dass so ein seltsames Paar die Zehn Gebote malt! Ich frag mich, was Biles und Willies sich dabei gedacht ham, solche Leut einzustellen!«

Der Kirchenvorsteher vermutete, dass Biles und Willies sich keines Fehlers bewusst waren, und dann erklärte die andere, die zuvor mit der Alten gesprochen hatte, was sie mit der Bezeichnung »seltsames Paar« meinte.

Welche Richtung das leise geführte Gespräch bald einschlagen würde, wurde klar, als der Kirchenvorsteher in einem Ton, den jeder in der Kirche deutlich vernehmen konnte, eine Anekdote zum Besten gab, die ihm offensichtlich in Anbetracht der momentanen Situation eingefallen war:

»Ja, das ist schon eigenartig, aber mein Großvater hat mir ne merkwürdige Geschichte über einen äußerst unmoralischen Zwischenfall beim Malen der Gebote in einer Kirch' draußen bei Gaymead erzählt – die nur einen Spaziergang von dieser hier entfernt liegt. In jenen Tagen schrieb man die Zehn Gebote meist in goldenen Lettern auf schwarzem Grund, und genauso hat man's auch dorten gehalten, bevor die alte Kirch' renoviert wurde. Es muss schon so um die hundert Jahr' her sein, da mussten sie die Gebote ausbessern, so wie heut bei uns, und sie mussten dafür Leut' aus Aldbrickham anstellen. Nun wollte man, dass die Kirch' bis zu einem bestimmten Sonntag fertig würde, sodass die Männer samstags bis spät in die Nacht arbeiten mussten, und dies ging ihnen gegen den Strich, denn damals wurden Überstunden nicht so bezahlt wie heutzutag. Damals gab's auf dem Land keinen echten Glauben, nicht bei den Pfarrern, nicht bei den Geistlichen und erst recht nicht beim Volk, und damit die Männer weiterarbeiteten, gab ihnen der Vikar am Nachmittag reichlich zum Bechern. Als die Nacht anbrach, schickten sie selber nach mehr; Rum, sagt man. Es wurde immer später, und sie wurden immer besoffener, bis sie schließlich ihre Rumflaschen und Gläser auf den Altar stellten, ein, zwei Gestelle heranzogen und es sich rundherum bequem machten, indem sie ihre wonnigen Gläser nochmal bis zum Rand füllten. Kaum hatten sie sich ihren Rum hinter die Binde gegossen, da wurden sie, so erzählt man, allesamt bewusstlos. Wie lang sie so dagelegen waren, konnten sie nicht sagen, doch als sie erwachten, tobte ein fürchterliches Gewitter, und sie glaubten im Dämmerlicht eine dunkle Gestalt mit sehr dünnen Beinen und nem seltsamen Fuß zu erkennen, die auf der Leiter stand und ihre Arbeit vollendete. Nachdem es hell geworden war, konnten sie sehen, dass ihre Arbeit tatsächlich fertig war und dass sie sich nicht mehr selbst drum kümmern mussten. Sie gingen nach Haus, und bald darauf hörten sie von einem großen Skandal in der Kirch' am Sonntagmorgen, denn als die Leut' hereinkamen und die Messe begann, sahen alle, dass bei jedem der Zehn Gebote das ›nicht‹ fehlte. Anständige Leut' wollten dort lange Zeit nicht mehr die Mess' besuchen, und man musste den Bischof kommen lassen, um die Kirch' neu zu weihen. Soweit die Geschicht', die ich als Kind gehört hab. Es liegt ganz bei euch, ob ihr's für bare Münze nehmt, aber wie gesagt, der heutige Fall hat mich dran erinnert.«

Die Besucher sahen noch einmal hin, als wollten sie überprüfen, ob Jude und Sue nicht ebenfalls das jeweilige »nicht« weggelassen hatten, und dann verließen einige von ihnen, schließlich sogar die Alte, die Kirche. Sue und Jude, die weitergearbeitet hatten, schickten das Kind zurück in die Schule und sagten lange kein Wort, bis er sie eingehend musterte und merkte, dass sie still geweint hatte.

»Mach dir nichts draus, meine Beste!«, sagte er. »Ich weiß, was los ist!«

»Ich kann es nicht *ertragen*, dass sie und alle anderen ihre Mitmenschen für böse halten, nur weil sie beschlossen haben, so zu leben, wie es ihnen passt! Wegen ebensolcher Ansichten werden die wohlgesinntesten Leute rücksichtslos und wirklich unmoralisch!«

»Lass dich nie unterkriegen! Das war nur eine lustige Geschichte.«

»Ah, aber er hat sie wegen uns erzählt! Indem ich herkam, hab ich dir wohl leider geschadet, Jude, anstatt dir zu helfen!«

Eine solche Geschichte angeregt zu haben, war gewiss nicht besonders erfreulich, wenn man ihre Lage ernsthaft betrachtete. Einige Minuten später schien Sue jedoch einzusehen, dass ihre Situation an jenem Morgen eine absurde Seite hatte, wischte die Tränen fort und lachte.

»Letztendlich ist es doch ulkig«, sagte sie, »dass ausgerechnet wir beide mit unserer merkwürdigen Vorgeschichte hier die Zehn Gebote malen! Du als Verstoßener und ich … in meinem Zustand … du meine Güte!« … Und sie lachte, die Hand über den Augen, erneut stoßweise in sich hinein, bis sie ganz geschwächt war.

»Schon besser«, sagte Jude fröhlich. »Nun geht's uns wieder gut, nicht wahr, kleines Mädchen!«

»Oh, es ist aber trotzdem ernst!«, seufzte sie, während sie den Pinsel nahm und sich aufrichtete. »Merkst du denn nicht, dass sie nicht glauben, dass wir verheiratet sind? Sie *wollen* es nicht glauben! Das ist außergewöhnlich!«

»Es ist mir egal, ob sie's glauben oder nicht«, sagte Jude. »Ich bemühe mich nicht mehr, sie zu überzeugen.«

Sie setzten sich zum Mittagessen – das sie mitgebracht hatten, um Zeit zu sparen –, und sie waren gerade fertig und machten sich erneut ans Werk, als ein Mann die Kirche betrat, den Jude als den Unternehmer Willies erkannte. Er winkte Jude und sprach unter vier Augen mit ihm.

»Hier … eben hat sich jemand deswegen bei mir beschwert«, sagte er ziemlich kurzatmig und unbeholfen. »Ich möchte keine Einzelheiten nennen – da ich natürlich keine Ahnung hatte, was los war –, aber ich muss Sie beide leider bitten zu gehen und die Arbeit von anderen beenden lassen! Es ist besser, alles Unerfreuliche zu vermeiden. Den Lohn für die Woche bezahle ich Ihnen trotzdem.«

Da Jude keinerlei Fürsprecher hatte, protestierte er nicht; und der Unternehmer zahlte ihn aus und verschwand. Jude sammelte sein Werkzeug ein, und Sue reinigte ihren Pinsel. Dann trafen sich ihre Blicke.

»Wie konnten wir so einfältig sein, anzunehmen, dass wir damit durchkommen!«, sagte sie und schlug ihren tragischen Ton an. »Natürlich hätten wir nicht … hätte ich nicht … herkommen sollen!«

»Ich hab mir nicht vorstellen können, dass irgendjemand in einen so schönen Ort eindringt und uns sieht!«, erwiderte Jude. »Nun, da kann man nichts machen, Liebes; und natürlich will ich nicht Willies' Firmenbeziehungen schaden, indem ich bleibe.« Sie setzten sich ein paar Minuten untätig hin, verließen die Kirche, holten den Jungen ein und machten sich in Gedanken versunken auf den Weg nach Aldbrickham.

Fawley engagierte sich immer noch eifrig für die Bildung und unterstützte im Rahmen seiner bescheidenen Mittel tatkräftig die »Chancengleichheit«, was in Anbetracht seiner Erfahrungen nur natürlich war. Er hatte sich dem Handwerkerfortbildungsverein angeschlossen, der ungefähr zur Zeit in der Stadt gegründet worden war, als er sich dort niedergelassen hatte; seine Mitglieder waren junge Männer aller Glaubensrichtungen und Konfessionen, einschließlich Anglikaner, Freikirchler, Baptisten,

Unitarier, Positivisten und andere – Agnostiker waren damals so gut wie unbekannt –, die gemeinsam danach streben, ihren Horizont zu erweitern, indem sie eine hinreichend enge Gemeinschaft bildeten. Der Mitgliedsbeitrag war gering, der Versammlungsraum gemütlich, und Judes Engagement, seine bemerkenswerten Kenntnisse und vor allem seine einzigartige Intuition hinsichtlich der geeigneten Lektüre und wie man sie am besten in Angriff nahm – erworben in seinem jahrelangen Kampf gegen eine böswillige Vorsehung –, hatten ihm einen Platz im Komitee verschafft.

Einige Abende nach seiner Entlassung von der Kirchenrenovierung und bevor er sich eine neue Arbeit beschaffen konnte, besuchte er eine Sitzung des Komitees. Er kam spät, alle anderen waren bereits eingetroffen, und als er eintrat, warfen sie ihm unsichere Blicke zu und sagten kaum ein Wort zur Begrüßung. Er vermutete, dass sie etwas, was man ihm anlastete, diskutiert oder erörtert hatten. Irgendein gewöhnlicher Geschäftspunkt wurde abgewickelt, und es stellte sich heraus, dass die Zahl der Beitragszahler in jenem Quartal plötzlich gesunken war. Ein Mitglied – ein wahrlich wohlmeinender und rechtschaffener Mann – begann dunkel über gewisse mögliche Ursachen zu spekulieren: Es sei ihre Pflicht, einen genauen Blick in ihre Satzung zu werfen; denn wenn man das Komitee nicht respektierte und trotz all ihrer Unterschiede nicht ein Mindestmaß an *Anstand* aufrechterhielt, wäre der Verein dem Untergang geweiht. In Judes Gegenwart verlor man darüber kein weiteres Wort, aber er wusste, was es bedeutete; und er kehrte zurück zum Tisch und erklärte an Ort und Stelle schriftlich den Rücktritt von seinem Amt.

So wuchs der Druck auf das überempfindsame Paar, wegzuziehen. Und dann häuften sich die Rechnungen, und es stellte sich die Frage, was Jude mit den schweren Möbeln seiner Großtante anfangen sollte, wenn er die Stadt verließ, um irgendwohin zu reisen? Dies und der Bedarf an Bargeld zwang ihn, eine Auktion zu veranstalten, so gern er die altehrwürdigen Dinge auch behalten hätte.

Der Auktionstag brach an; und Sue machte zum letzten Mal für sich, das Kind und Jude Frühstück in dem von ihm eingerichteten Häuschen. Zufällig war es regnerisch; Sue fühlte sich zudem unpässlich, und da sie den armen Jude unter solch traurigen Umständen nicht im Stich lassen wollte, denn er musste noch eine Weile vor Ort bleiben, ging sie auf den Vorschlag des Auktionatorgehilfen ein und machte es sich in einem oberen Zimmer bequem, das man leer räumen und so den Bietern versperren konnte. Hier entdeckte Jude sie; und mit dem Kind und ihren wenigen Truhen, Körben und Bündeln, zwei Sesseln und einem Tisch, die nicht zum Verkauf standen, setzten die beiden sich hin und unterhielten sich nachdenklich.

Schritte begannen die leere Treppe hinauf- und hinunterzutrampeln, die Besucher begutachteten die Güter, von denen einige so eigentümliche und altertümliche Fabrikate waren, dass sie zusätzlich einen gewissen Kunstwert besaßen. Ein- oder zweimal rüttelte jemand an ihrer Tür, und um sie vor Eindringlingen zu schützen, schrieb Jude »Privat« auf ein Stück Papier und befestigte es an der Täfelung.

Bald kamen sie dahinter, dass die Kaufwilligen nicht über das Mobiliar, sondern in einem überraschenden und unerträglichen Ausmaß über die persönlichen Vorgeschichten und das frühere Verhalten der Besitzer sprachen. Nun erst wurde ihnen unmissverständlich klar, in welch einem

Wolkenkuckucksheim sie in letzter Zeit gelebt hatten, als sie glaubten, unbeobachtet zu sein. Sue ergriff schweigend die Hand ihres Gefährten, und sie sahen einander in die Augen, während sie den beiläufigen Bemerkungen lauschten – ein Großteil der Anspielungen und Unterstellungen drehten sich um das seltsame und geheimnisvolle Wesen von Vater Zeit. Schließlich begann die Auktion in dem unteren Zimmer, und sie konnten hören, wann immer ein vertrauter Gegenstand unter den Hammer kam, wobei die liebgewonnenen Dinge billig verramscht wurden und die unbeachteten ungeahnt hohe Preise erzielten.

»Die Leute verstehen uns nicht«, seufzte er schwermütig. »Ich bin froh, dass wir beschlossen haben, zu gehen.«

»Fragt sich nur wohin?«

»London wäre das Richtige. Dort kann jeder leben wie es ihm passt.«

»Nein … nicht London, Liebster! Ich kenn mich dort aus. Wir wären dort unglücklich.«

»Warum?«

»Kannst du es dir denn nicht denken?«

»Weil Arabella dort wohnt?«

»Das ist der Hauptgrund.«

»Aber auf dem Land hätte ich immer die Sorge, dass sich unsere jüngsten Erfahrungen wiederholen. Und ich will dem nicht zuvorkommen, indem ich erst einmal die ganze Geschichte des Jungen erkläre. Ich habe beschlossen, ihn von seiner Vergangenheit zu trennen, indem ich nicht über ihn spreche. Kirchenarbeit ist mir inzwischen zuwider; und ich würde sie nur ungern annehmen, wenn man sie mir anbietet!«

»Du hättest den klassischen Stil lernen sollen. Gotik ist letztendlich eine barbarische Kunstform. Pugin lag falsch und Wren richtig. Denk nur an den Innenraum der Kathedrale von Christminster … wo wir uns so gut wie zum ersten Mal von Angesicht zu Angesicht gegenüberstanden. Unter dem Malerischen jener normannischen Details kann man die groteske Kindlichkeit eines unbeholfenen Volkes erkennen, das die verschwundenen, nur aus vagen Überlieferungen bekannten römischen Formen nachzuäffen versucht.«

»Ja … du hast mich durch das, was du vorher gesagt hast, schon halb bekehrt. Doch kann man arbeiten und sein eigenes Werk verachten. Ich muss irgendetwas tun, ob Kirchengotik oder nicht.«

»Ich wünschte, wir könnten beide einen Beruf ergreifen, in dem die persönlichen Lebensumstände bedeutungslos sind«, sagte sie, wehmütig lächelnd. »Ich bin ebenso wenig fürs Unterrichten geeignet wie du für sakrale Kunst. Du musst dich mit Bahnhöfen, Brücken, Theatern, Varietés, Hotels begnügen … mit allem, was nichts mit Anstand zu tun hat.«

»Dafür bin ich nicht ausgebildet … Ich hätte Bäcker werden sollen. Ich bin ja in der Bäckerei meiner Tante aufgewachsen. Doch sogar ein Bäcker muss sich den Gebräuchen fügen, um Kunden zu gewinnen.«

»Es sei denn, er führt einen Kuchen- und Magenbrotstand auf Märkten und Messen, da sind die Leute herrlich gleichgültig gegenüber allem, außer der Qualität der Waren.«

Ihre Überlegungen wurden abgelenkt von der Stimme des Auktionators: »Nun zu dieser antiken Sitzbank aus Eiche – ein einzigartiges Beispiel altenglischen Mobiliars, ein Schmuckstück für jeden Sammler!«

»Die stammt von meinem Urgroßvater«, sagte Jude.

»Ich wünschte, wir hätten das arme alte Ding behalten können!«

Die Posten kamen nacheinander unter den Hammer, und der Nachmittag zog ins Land. Jude und die anderen zwei wurden allmählich müde und hungrig, doch nach den Gesprächen, denen sie gelauscht hatten, scheuten sie sich, hinauszugehen, während die Käufer den Rückzug antraten. Die Versteigerung der letzten Artikel zog sich jedoch hin, und bald würden sie hinausgehen müssen in den Regen, um Sues Siebensachen zu ihrer vorübergehenden Unterkunft zu bringen.

»Nun zum nächsten Posten: ein Taubenpaar, quicklebendig und gut im Futter – eine feine Pastete für das nächste Sonntagsessen!«

Der drohende Verkauf dieser Vögel hatte den ganzen Nachmittag für die größte Anspannung gesorgt. Sie waren Sues Haustiere, und als klar wurde, dass man sie unmöglich behalten konnte, bedeutete dies größeren Kummer als der Abschied von all den Möbeln. Sue versuchte ihre Tränen wegzudenken, während sie hörte, wie die mickrige Summe, die man ihren Lieblingen zumaß, in kleinen Schritten zu dem Gebot anstieg, das letztlich den Zuschlag erhielt. Der Käufer war ein Geflügelhändler aus der Nachbarschaft, und er würde ihnen zweifellos vor dem nächsten Markttag den Kragen umdrehen.

Jude küsste sie, als er ihren heimlichen Kummer bemerkte, und sagte, es sei Zeit, nachzusehen, ob ihre Unterkunft bereit war. Er wolle mit dem Jungen vorausgehen und sie bald abholen.

Nachdem man sie allein gelassen hatte, wartete sie geduldig, doch Jude kehrte nicht zurück. Schließlich brach sie auf, da die Luft rein war, und als sie am ganz in der Nähe liegenden Geschäft des Geflügelhändlers vorbeikam, erblickte sie neben der Tür ihre Tauben in einem Korb. Ein durch den Anblick gewecktes Gefühl, bestärkt durch die einsetzende Abenddämmerung, ließ sie spontan zur Tat schreiten, und nachdem sie sich rasch umgesehen hatte, öffnete sie den Verschluss des Deckels und ging weiter. Der Deckel wurde von innen hochgedrückt, und die Tauben flogen mit so lautem Geflatter davon, dass der wutentbrannte Geflügelhändler schimpfend und fluchend zur Tür eilte.

Sue erreichte zitternd die Unterkunft, wo Jude und der Junge es ihr bequem machten. »Bezahlen die Käufer, bevor sie die Sachen mitnehmen?«, fragte sie außer Atem.

»Ja, ich glaub schon. Wieso?«

»Weil ich dann etwas wirklich Schlimmes angestellt hab!« Und sie erzählte es, bitter bereuend.

»Ich muss dem Geflügelhändler den Kaufpreis erstatten, wenn er die Tauben nicht wieder einfängt«, sagte Jude. »Aber was soll's! Mach dir deswegen keine Sorgen, Schatz.«

»Es war so dumm von mir! Oh, warum macht die Natur gegenseitiges Abschlachten zum Gebot!«

»Ist das wahr, Mutter?«, fragte der Junge aufmerksam.

»Ja!«, sagte Sue mit Nachdruck.

»Na, die Ärmsten müssen jetzt ihre Chance nutzen«, sagte Jude. »Sobald der Verkauf abgeschlossen ist und die Rechnungen bezahlt sind, gehen wir.«

»Wohin denn?«, fragte Vater Zeit gespannt.

»Wir müssen in geheimer Mission segeln, damit uns niemand auf die Schliche kommt … Wir dürfen nicht nach Alfredston oder Melchester oder Shaston oder Christminster. Ansonsten können wir überallhin.«

»Warum dürfen wir nicht dorthin, Vater?«

»Weil sich ein Unwetter über uns zusammengebraut hat, obwohl ›wir niemandem Unrecht getan, niemand zugrunde gerichtet, niemand übervorteilt haben!‹ Auch wenn wir womöglich ›getan haben, was uns gefiel‹.«

V–7

Von dieser Woche an setzten Jude Fawley und Sue nie wieder einen Fuß auf die Straßen von Aldbrickham.

Wohin sie gezogen waren, wusste niemand, hauptsächlich weil niemand es wissen wollte. Jeder, der hinreichend neugierig gewesen wäre, die Schritte eines so unbekannten Paares zu verfolgen, hätte mühelos herausfinden können, dass sie den Vorteil von Judes anpassungsfähiger Kunstfertigkeit genutzt und ein unstetes, fast nomadisches Leben begonnen hatten, das eine Zeitlang durchaus seine angenehmen Seiten besaß.

Wann immer Jude von einem Auftrag für Sandsteinmetze erfuhr, zog er dorthin, bevorzugt an Orte, die von seinen und Sues alten Heimstätten weit entfernt lagen. Er arbeitete an einem Auftrag, groß oder klein, bis er ausgeführt war, und wanderte dann weiter.

So verstrichen zweieinhalb Jahre. Manchmal mochte man ihn dabei antreffen, wie er die Mittelpfosten eines Landhauses ausbesserte, manchmal richtete er die Brüstung eines Rathauses, manchmal verkleidete er eine Hotelfassade in Sandbourne mit Quadersteinen, manchmal ein Museum in Casterbridge, manchmal reiste er sogar bis Exonbury, manchmal nach Stoke-Barehills. Noch später erreichte er Kennetbridge, eine blühende Stadt, weniger als ein Dutzend Meilen südlich von Marygreen, und kam nie näher an das Dorf heran, wo man ihn kannte; denn er fürchtete sich merklich, von jenen über sein Leben und Schicksal ausgefragt zu werden, die ihn als eifrig studierenden und vielversprechenden jungen Mann gekannt hatten und über seine kurze und glücklose Ehe damals Bescheid wussten.

An einigen dieser Orte blieb er Monate, anderswo nur wenige Wochen. An seiner eigenartigen und plötzlichen Abneigung gegenüber Arbeiten an Kirchen, gleich ob Episkopal- oder Freikirchen, die in ihm gekeimt war, als er unter dem schmerzlichen Gefühl litt, missverstanden zu sein, hielt er fest, nachdem er sich wieder gefasst hatte; weniger aus Angst vor einem erneuten Verweis als wegen einer übertriebenen Gewissenhaftigkeit, die ihm nicht gestattete, vom Geld jener zu leben, die seine Lebensweise missbilligten; aber auch weil ihm seine früheren Dogmen mit seinen gegenwärtigen Taten unvereinbar schienen und er kaum noch ein Mindestmaß des Glaubens bewahrte, mit dem er damals nach Christminster gekommen war. Im Geiste näherte er sich dem Punkt, den Sue besetzt hatte, als sie sich kennenlernten.

An einem Samstagabend im Mai, fast drei Jahre nachdem Arabella ihn und Sue auf der Landwirtschaftsmesse wiedererkannt hatte, trafen sich einige, die sich dort begegnet waren, erneut.

Es war die Frühlingsmesse in Kennetbridge, und obwohl dieser uralte Markt viel seiner einstigen Größe eingebüßt hatte, zeigte die lange gerade Hauptstraße der Stadt gegen Mittag ein lebhaftes Bild. Zu dieser Stunde fuhr neben anderen Kutschen ein leichter Einspänner über die nördliche Landstraße in die Stadt und hielt vor der Tür eines Temperenzlerhotels.

Zwei Frauen stiegen aus, eine gewöhnliche vom Land, die die Kutsche gelenkt hatte, und eine gutaussehende im schwarzen Trauergewand einer Witwe. Ihr dunkles, vorzüglich passendes Kleid ließ sie im Durcheinander und

Wirbel einer Provinzmesse ein wenig fehl am Platz erscheinen.

»Ich frag nur mal nach, wo es ist, Anny«, sagte die verwitwete Dame zu ihrer Gefährtin, als das Pferd und der Wagen von einem herbeigeeilten Mann übernommen wurden. »Und dann komm ich zurück und treff dich hier; und dann gehn wir rein und besorgen uns was zum Essen und Trinken. Mir geht langsam die Puste aus.«

»Von Herzen gern«, sagte die andere. »Obwohl ich lieber ins Chequers oder The Jack gegangen wär. In diesen Temperenzlerhäusern ist Schmalhans Küchenmeister.«

»Jetzt lass dich bloß nich von deiner Fresslust verleiten, Kindchen«, sagte die Frau im Trauerkleid tadelnd. »Das ist das richtige Haus. Na schön: Wir treffen uns in ner halben Stunde, es sei denn, du willst mitkommen und schauen, wo die neue Kapelle gebaut wird.«

»Lieber nich. Erzähl's mir nachher.«

Die Gefährtinnen gingen getrennter Wege, wobei jene in Krepp entschlossen drauflosmarschierte und dabei ein Gesicht machte, als hätte sie mit ihrer buntgemischten Umgebung nichts zu schaffen. Erkundigungen führten sie zu einem Bretterzaun, hinter dem Ausgrabungen anzeigten, dass hier die Fundamente eines Gebäudes gelegt wurden; und außen an den Brettern hingen ein, zwei Plakate, die ankündigten, dass die Grundsteinlegung des Kapellenneubaus um drei Uhr Nachmittag von einem in seiner Gemeinde überaus beliebten Prediger vollzogen werde.

Nachdem sie dies in Erfahrung gebracht hatte, machte die bestgekleidete aller trauernden Witwen sich auf den Rückweg und gönnte sich einen Blick auf den Trubel der Messe. Bald erregte ein kleiner Stand mit Kuchen und Magenbrot zwischen den anspruchsvolleren Bauten aus

Zeltstangen und Leinwand ihre Aufmerksamkeit. Auf dem Verkaufstisch lag ein fleckenloses Tuch, und dahinter stand eine junge, offensichtlich nicht an diese Tätigkeit gewöhnte Frau in Begleitung ihres Helfers, ein Junge mit dem Gesicht eines Achtzigjährigen.

»Da hol mich doch … seh ich richtig?«, murmelte die Witwe bei sich. »Seine Frau Sue … falls sie wirklich seine Frau ist!« Sie trat näher an den Stand heran. »Wie geht's, Mrs. Fawley?«, sagte sie kühl.

Sue errötete und erkannte Arabella durch den Kreppschleier.

»Wie geht's, Mrs. Cartlett?«, sagte sie steif. Und als sie dann Arabellas Aufzug bemerkte, schlug sie unwillkürlich einen mitfühlenden Ton an. »Wie? … Haben Sie Ihren …«

»Meinen armen Mann verloren. Ja. Er starb plötzlich, vor sechs Wochen, hat mich unter nich wirklich günstigen Umständen z'rückgelassen, auch wenn er mir ein guter Ehemann g'wesen ist. Aber was immer das Führen eines Pubs einbringt geht an die Leut', die den Schnaps brennen, und nich an die, die ihn ausschenken … Und du, mein kleiner Alter! Erkennst du mich denn nich?«

»Doch, schon. Sie sind die Frau, die ich ne Weile für meine Mutter g'halten hab, bis ich rausfand, dass Sie's nich sind«, erwiderte Vater Zeit, der sich inzwischen den Dialekt von Wessex recht gut angeeignet hatte.

»Na schön. Meinetwegen. Ich bin eine Freundin.«

»Juey«, sagte Sue plötzlich, »geh mit diesem Tablett rüber zum Bahnsteig … Ich glaub, da fährt gerade wieder ein Zug ein.«

Nachdem er gegangen war, fuhr Arabella fort: »Armer Kerl, aus dem wird nie ne Schönheit, wie! Weiß er, dass ich seine richtige Mutter bin?«

»Nein. Er glaubt, dass es ein Rätsel um seine Herkunft gibt … sonst nichts. Jude sagt es ihm, wenn er etwas älter ist.«

»Aber wie kommen Sie denn zu dem hier? Das ist ne Überraschung.«

»Ich mach das nur vorübergehend … Es ist uns eingefallen, als wir Schwierigkeiten hatten.«

»Sie leben also immer noch mit ihm zusammen?«

»Ja.«

»Verheiratet?«

»Freilich.«

»Kinder?«

»Zwei.«

»Und noch eins unterwegs, wie ich seh.«

Sue wand sich unter dem strengen und gezielten Verhör, und ihr zarter kleiner Mund begann zu zittern.

»Jessas … ich meine Grundgütiger … was gibt's denn da zu weinen. So mancher wär ziemlich stolz drauf!«

»Ich schäme mich nicht deswegen … nicht so wie Sie denken! Aber es scheint so entsetzlich tragisch zu sein, Lebewesen auf die Welt zu bringen … so anmaßend … dass ich manchmal daran zweifle, ob ich das Recht dazu habe!«

»Nehmen Sie's leicht, meine Liebe … Aber Sie ham mir nich gesagt, warum sie so was wie das hier machen? Jude war früher ein stolzer Kerl … bei so gut wie jedem Geschäft, und erst recht, wenn's ums Führen von nem Marktstand geht.«

»Vielleicht hat mein Mann sich seither ein wenig verändert. Ich weiß, dass er heutzutage nicht mehr stolz ist!« Und Sues Lippen zitterten erneut. »Ich mache das, weil er sich Anfang des Jahres eine Erkältung geholt hat, während er eine Mauer für ein Varieté in Quartershot baute, und das im Regen, denn die Arbeit musste bis zu einem bestimmten Tag fertig sein. Jetzt geht es ihm besser; aber es hat sich lang und beschwerlich hingezogen! Wir hatten eine alte verwitwete Freundin bei uns, die uns währenddessen eine große Hilfe war; allerdings reist sie bald ab.«

»Na, Gott sei Dank, bin ich ebenfalls anständig, und seit meinem Verlust gehn mir allerlei ernste Gedanken durch den Kopf. Warum verkaufens denn ausgerechnet Magenbrot?«

»Reiner Zufall. Er ist in einer Bäckerei aufgewachsen und kam auf die Idee, es einmal damit zu versuchen, da er es zu Hause backen kann. Wir nennen es Christminsterkuchen. Es ist äußerst beliebt.«

»Hab so was noch nie g'sehn. Da sind ja Fenster und Türme und Zinnen! Und meiner Seel', die sind wirklich schön.« Sie griff zu und stopfte sich zwanglos ein Kuchenstück in den Mund.

»Ja. Es sind Andenken an die Colleges von Christminster. Gotische Fenster und Kreuzgänge. Er hatte den wunderlichen Einfall, sie aus Teig nachzubilden.«

»Immer noch die alte Christminsterleier … sogar bei seinen Kuchen!«, lachte Arabella. »Typisch Jude. Geradezu zwanghaft. Er ist schon ein komischer Kauz und wird's auch immer bleiben!«

Sue seufzte, und Arabella merkte, dass die Kritik an ihm sie bekümmerte.

»Denkens nich dasselbe? Kommens, geben Sie's zu, auch wenns ihn noch so lieb haben!«

»Freilich hat er diese unveränderliche Vorstellung von Christminster und wird sie wohl nie überwinden. Er hält es immer noch für ein bedeutendes Zentrum erhabenen und furchtlosen Denkens, obwohl es eigentlich nur ein gewöhnliches Nest von Schulmeistern ist, die sich im Wesentlichen furchtsam und unterwürfig ans Althergebrachte klammern.«

Arabella warf Sue einen spöttischen Blick zu, weniger wegen ihrer Worte als wegen der Art, wie sie gesprochen hatte. »Schon merkwürdig, eine Kuchenverkäuferin so reden zu hören!«, sagte sie. »Warum arbeitens denn nich wieder an der Schule?«

Sue schüttelte den Kopf. »Die würden mich nicht einstellen.«

»Wohl weil Sie geschieden sind?«

»Deshalb und aus anderen Gründen. Und es erscheint mir auch gar nicht mehr wünschenswert. Wir haben alle ehrgeizigen Ziele aufgegeben und waren noch nie im Leben so glücklich, bis er krank wurde.«

»Wo wohnen Sie?«

»Das geht Sie nichts an.«

»Hier in Kennetbridge?«

Sues Verhalten bewies Arabella, dass sie mit ihrer beiläufigen Vermutung richtiggelegen hatte.

»Da kommt der Junge z'rück«, fuhr Arabella fort. »Mein und Judes Junge!«

Sues Augen blitzten. »Das hätten Sie mir nicht unter die Nase reiben müssen!«, rief sie.

»Na schön … obwohl ich fast das Gefühl hab, dass ich ihn gern bei mir behalten würd! … Aber Jessas, ich will ihn Ihnen nich wegnehmen … Ich kann halt meine Lästerzunge nich im Zaum halten … andererseits hams ja genug eigene! Er ist in sehr guten Händen, das weiß ich; und ich bin nich die Frau, die bekrittelt, was der Herrgott verfügt hat. Ich hab mich inzwischen einigermaßen mit meinem Schicksal versöhnt.«

»Tatsächlich! Ich wünschte, ich könnte das auch von mir sagen.«

»Versuchen Sie's«, erwiderte die Witwe aus den heiteren Höhen einer Seele, die sich nicht nur ihrer spirituellen, sondern auch ihrer gesellschaftlichen Überlegenheit bewusst war. »Ich prahl nich mit meiner Erweckung, aber ich bin nich mehr dieselbe. Nach Cartletts Tod kam ich an der Kapelle in unserer Seitenstraße vorbei und ging hinein, um Schutz vor nem Regenschauer zu suchen. Ich spürte wegen meines Verlusts das Bedürfnis nach irgendeiner Stütze, und da's anständiger war als Gin, begann ich regelmäßig hinzugehen und fand's sehr tröstlich. Doch jetzt bin ich von London weggezogen und wohn derzeit mit meiner Freundin Anny in Alfredston, um in der Nähe meiner alten Heimat zu sein. Ich bin heut nich wegen der Messe hier. Am Nachmittag legt ein beliebter Londoner Prediger den Grundstein für ne neue Kapelle, und ich bin mit Anny herg'fahrn. Jetzt muss ich zurück zu ihr.«

Dann sagte Arabella Sue auf Wiedersehen und ging ihres Wegs.

V–8

Am Nachmittag konnten Sue und die anderen Leute, die sich auf der Kennetbridgemesse tummelten, von dem Platz hinter dem plakatierten Bretterzaun am Ende der Straße Gesänge vernehmen. Wer durch die Zaunlücke spähte, sah eine Versammlung von Personen in feinem Zwirn mit Liederbüchern in den Händen rund um die Baugrube für die neuen Kapellenmauern stehen. Unter ihnen befand sich auch Arabella Cartlett in Witwenmontur. Sie besaß eine klare, kräftige Stimme, die man aus dem Chor deutlich heraushörte, wenn sie mit der Melodie an- und abschwoll, wobei man dasselbe auch an ihrem prallen Busen beobachten konnte.

Zwei Stunden später am selben Tag brachen Anny und Mrs. Cartlett nach einer Tasse Tee im Temperenzlerhotel auf zu ihrer Rückfahrt über das hochgelegene und freie Land, das sich zwischen Kennetbridge und Alfredston erstreckt. Arabella war in Gedanken versunken, doch drehten sich diese nicht um die neue Kapelle, wie Anny vermutete.

»Nein … es ist was anderes«, sagte Arabella schließlich griesgrämig. »Als ich heut herkam, dachte ich nur an den armen Cartlett oder daran, wie das Evangelium mithilfe dieses neuen Bethauses verbreitet wird, das sie eben zu bauen begonnen ham. Aber dann kam was dazwischen, was mich an ganz andre Sachen hat denken lassen. Anny, ich hab wieder von ihm g'hört, und *sie* hab ich g'sehn!«

»Wen?«

»Ich hab von Jude g'hört und seine Frau g'sehn. Und

ganz gleich, was ich mach, und obwohl ich die Lieder mit all meiner Kraft g'sungen hab, gehns mir seitdem nich mehr aus dem Kopf; wozu ich als Freikirchlerin nich das Recht hab.«

»Kannst dich nich auf das besinnen, was der Londoner Prediger heut g'sagt hat, und so das Gedankenkarussell loswerden?«

»Das mach ich. Aber mein böses Herz schweift trotzdem vom Thema ab.«

»Na … ich weiß ja selber, wie's ist, wenn einem die eignen Gedanken nich mehr gehorchen wolln! Wenn du wüsstest, was ich nachts manchmal träum, obwohl ich's gar nich drauf angelegt hab, dann würdest mich für spinnert halten!« (Anny war letzthin auch ziemlich ernst geworden, denn ihr Liebhaber hatte sie sitzengelassen.)

»Was soll ich dagegen tun?«, drängte Arabella grantig.

»Du könntest ne Locke von deinem verstorbenen Mann nehmen, sie in ne Trauerbrosche einfassen lassen und sie zu jeder vollen Stund ansehen.«

»Ich hab kein einziges Haar! … und wenn ich's hätt, würd es auch nix nutzen … Trotz all dem, was man sich über den Trost des Glaubens erzählt, möcht ich am liebsten Jude wiederhaben!«

»Gegen das Gefühl musst eisern ankämpfen, weil er mit ner andren vermählt ist. Und ich hab noch von nem anderweitigen Mittel g'hört, das angeblich hilft, wenn Witwen von Wollust gepackt werden: Geh in der Abenddämmerung zum Grab deines Mannes und bleib dort ne Weile in gebückter Haltung stehn.«

»Pah! Ich weiß ebenso gut wie du, was ich tun sollte; nur werd ich's nich tun!«

Sie fuhren schweigend die gerade Straße entlang, bis sie

in Sichtweite von Marygreen kamen, das auf ihrer Strecke nicht weit entfernt zur Linken lag. Sie erreichten die Auffahrt zur Landstraße und den Querweg, der zum Dorf führte, dessen Kirchturm man jenseits der Mulde sehen konnte. Als sie ein Stück weiter am einsamen Haus vorbeifuhren, in dem Jude und Arabella in den ersten Monaten ihrer Ehe gewohnt hatten und wo das Schwein geschlachtet worden war, konnte sie sich nicht länger beherrschen.

»Er gehört eher mir als ihr!«, platzte sie heraus. »Welches Recht hat sie auf ihn, würd ich gern wissen! Ich würd ihn ihr wegnehmen, wenn ich's könnt!«

»Pfui, Abby! Dabei ist dein Mann erst sechs Wochen unter der Erd! Bete dagegen an!«

»Da soll mich doch lieber der Teufel holen! Man fühlt, was man fühlt! Ich will keine kriecherische Heuchlerin mehr sein … Weg damit!«

Arabella zog hastig ein Bündel Traktate aus ihrer Tasche, die sie zum Verteilen auf der Messe mitgenommen und von denen sie dort einige verschenkt hatte. Noch während sie sprach, schleuderte sie den Rest in die Hecke. »Ich hab's mit dieser Medizin versucht, und es hat nix gebracht. Ich muss so sein, wie ich von Geburt an bin!«

»Pst! Reg dich nich auf, meine Liebe! Fahr erstmal in aller Ruh nach Haus, gönn dir ne Tasse Tee und lass uns nich mehr von denen sprechen. Wir fahren nimmer diese Straße lang, weil sie zu ihm führt und weil's dich so krawutisch macht. Dir geht's bald wieder besser.«

Arabella beruhigte sich allmählich; und sie kreuzten den Gratweg. Als sie dann den langen geraden Hügel hinunterfuhren, sahen sie vor sich einen hageren älteren Mann gedankenverloren einhertrotten. Er trug einen Korb in der Hand; sein Gewand wirkte etwas schlampig und sein ganzes Erscheinungsbild hatte etwas Unbeschreibliches an sich, das an jemanden erinnerte, der sein eigener Haushälter, Lieferant, Vertrauter und Freund ist, da er niemand anderen auf der Welt hat, der diese Rollen für ihn spielen könnte. Auf der übrigen Strecke ging es bergab, und da sie vermuteten, dass er in Richtung Alfredston ging, boten sie an, ihn mitzunehmen, was er akzeptierte.

Arabella sah ihn an, dann noch einmal, bis sie schließlich sprach. »Sie sind doch Mr. Phillotson, wenn ich mich nich irre?«

Der Wanderer drehte sich zu ihr um und musterte sie seinerseits. »Ja, ich heiße Phillotson«, sagte er. »Aber Sie sind mir nicht bekannt, Ma'am.«

»Ich erinnere mich sehr gut an Sie, als Sie Schulmeister drüben in Marygreen warn und ich eine Ihrer Schülerinnen. Ich bin früher jeden Tag von Cresscombe rübermarschiert, weil wir bei uns nur ne Lehrerin hatten und Ihr Unterricht besser war. Aber Sie würden sich nich an mich erinnern, so wie ich mich an Sie? … Arabella Donn.«

Er schüttelte den Kopf. »Nein«, sagte er höflich, »an den Namen kann ich mich nicht erinnern. Und ich würde in Ihrer gegenwärtigen stattlichen Person kaum das schlanke Schulmädchen wiedererkennen, das Sie zweifellos damals gewesen sind.«

»Na ja, ich hatt schon immer reichlich Fleisch auf den Knochen. Heutzutag wohn ich hier allerdings mit ein paar Freunden zusammen. Sie wissen wohl, wen ich geheiratet hab?«

»Nein.«

»Jude Fawley … auch ein Schüler von Ihnen … zumindest an der Abendschule … für kurze Zeit, wie? Und Sie ham ihn später kenneng'lernt, wenn ich mich nich irre.«

»Du liebe Güte, du liebe Güte«, sagte Phillotson, vor Schreck seine Förmlichkeit vergessend. »Sie sind Fawleys Frau? Freilich … er hatte eine! Und er … ich dachte, er …«

»Hat sich scheiden lassen … so wie Ihre Frau … vielleicht aus besseren Gründen.«

»Tatsächlich?«

»Na … es war wohl richtig, dass er's g'macht hat … richtig für beide; denn ich hab bald darauf wieder geheiratet, und alles lief ganz gut, bis mein Mann vor kurzem starb. Aber Sie … Sie ham eindeutig das Falsche getan.«

»Nein«, sagte Phillotson, plötzlich gereizt. »Ich möchte lieber nicht darüber sprechen, aber … ich bin überzeugt, das einzig Richtige, Gerechte und Moralische getan zu haben. Ich habe wegen meiner Taten und Meinungen gelitten, aber ich stehe zu ihnen; obwohl ihr Verlust für mich ein Verlust in vielerlei Hinsicht gewesen ist.«

»Sie haben wegen ihr die Schule und Ihr gutes Einkommen verloren, oder?«

»Darüber will ich nicht sprechen. Ich bin kürzlich wieder hierhergezogen … das heißt, nach Marygreen.«

»Sie unterrichten wieder dort, so wie früher?«

Der Druck des Kummers, der sich ein Ventil suchte, machte ihn gesprächig. »Ich bin dort«, antwortete er. »Aber nicht so wie früher. Ich werde nur geduldet. Es war ein letzter Notanker … etwas Kleines, zu dem ich nach meiner Karriere und meinen lang gehegten Hoffnungen zurückkehre … zurück auf null, mit all den entsprechenden Demütigungen. Aber es ist eine Zuflucht. Mir gefällt die Abgeschiedenheit des Orts, und da der Vikar mich schon kannte, bevor mein angeblich exzentrisches Verhalten gegenüber meiner Frau meinen Ruf als Schulmeister ruiniert hat, nahm er meine Dienste an, als alle anderen Schulen mir verschlossen blieben. Ich bekomme zwar nur fünfzig jährlich, nachdem ich anderswo zweihundert Pfund verdient habe, doch ist mir das lieber, als zu riskieren, dass mir ständig meine alten Familienverhältnisse unter die Nase gerieben werden, und das wär der Fall, falls ich umziehen wollte.«

»Da ham Sie recht. Dem Zufriedenen ist das Leben ein Fest. Ihr ist's nich besser ergangen.«

»Sie meinen, es geht ihr nicht gut?«

»Ich hab sie heut zufällig in Kennetbridge getroffen, und sie ist alles andere als obenauf. Ihr Mann ist krank, und sie hat Kummer. Ich sag's Ihnen nochmal: Sie ham ihr gegenüber nen saudummen Fehler g'macht, und entschuldigen Sie, dass ich so offen spreche, aber es g'schieht Ihnen ganz recht, wenn Sie jetzt dafür büßen, dass Sie Ihr eignes Nest beschmutzt ham.«

»Wie?«

»Sie war unschuldig.«

»Unsinn! Sie haben die Klage nicht einmal bestritten!«

»Weil sie's nich wollten. Sie war völlig unschuldig an dem, was Ihnen die Freiheit beschert hat, damals, als Sie geschieden wurden. Ich hab sie kurz darauf getroffen, und nachdem ich mit ihr g'sprochen hatte, wusst ich Bescheid.«

Phillotson packte den Rahmen der gefederten Kutsche, und die Information schien ihn sehr zu bedrücken und zu bekümmern. »Dennoch … sie wollte gehen«, sagte er.

»Ja, aber Sie hättens nich gehen lassen sollen. Nur so wird man mit diesen launischen Weibsbildern fertig, die ihre Nasen hoch tragen – unschuldig oder schuldig. Sie hätt sich bald damit abgefunden. Machen wir alle! Man gewöhnt sich an alles! Letztlich kommt's doch auf dasselbe heraus! Allerdings glaub ich, dass sie ihren Mann immer noch liebt ... was immer er noch für sie übrig hat. Sie ham, was sie angeht, vorschnell gehandelt. Ich hätt sie nich gehen lassen! Ich hätt sie im Zaum g'halten – ihr wär schon bald die Lust am Ausschlagen vergangen! Es geht nix über ne kurze Leine und nen schwerhörigen Zuchtmeister, wenn man Frauen bändigen will. Außerdem ham Sie das Recht auf Ihrer Seite. Moses hat's g'wusst. Erinnern Sie sich nich mehr an seine Worte?«

»Leider fallen sie mir gerade nicht ein, Ma'am.«

»Sie sind mir ein schöner Schulmeister! Ich hab dran gedacht, als sie's in der Kirche g'lesen ham und ich grad aweng Theater g'macht hab. ›Der Mann bleibt dabei frei von Schuld, jenes Weib aber muss seine Schuld auf sich nehmen.‹ Verdammt hart für uns Frauen; aber wir müssen die Zähne zusammenbeißen und uns abfinden! ... Hähä! ... Na, jetzt hats ihren verdienten Lohn.«

»Ja«, sagte Phillotson bissig und traurig. »Grausamkeit ist das Gesetz, das die ganze Natur und Gesellschaft durchdringt; und wir können dem beim besten Willen nicht entkommen!«

»Na ... vergessens nich, es beim nächsten Mal zu probieren, alter Knabe.«

»Ich kann Ihnen keine Antwort geben, Madam. Ich habe nie viel von Frauen verstanden.«

Sie hatten nun die Ebenen um Alfredston erreicht, und als sie durch einen Vorort fuhren, näherten sie sich einer Mühle, wo Phillotson bat, abgesetzt zu werden, da er etwas zu erledigen habe; daraufhin blieben sie stehen, er stieg aus und wünschte ihnen gedankenverloren gute Nacht.

Unterdessen verlor Sue, deren Kuchenstand an der Kennetbridgemesse bemerkenswert erfolgreich gewesen war, die vorübergehende Heiterkeit, welche dank des Erfolges ihren Kummer in seine Schranken gewiesen hatte. Nachdem sie all ihre Christminsterkuchen verkauft hatte, nahm sie den leeren Korb und das Tuch, das den gemieteten Stand bedeckt hatte, reichte alles Übrige dem Jungen und verließ mit ihm die Straße. Nach einer halben Meile trafen sie auf ihrem Weg eine alte Frau, die ein leichtbekleidetes Kind trug und ein Kleinkind an der Hand führte.

Sue küsste die Kinder und sagte: »Wie geht's ihm jetzt?«

»Noch besser!«, erwiderte Mrs. Edlin frohgemut. »Ehe Sie wieder s'Bett hüten müssen, wird Ihr Mann wieder ganz wohlauf sein … keine Sorge.«

Sie bogen ab und erreichten ein paar alte, mit graubraunen Ziegeln bedeckte Häuschen samt Gärten und Obstbäumen. Sie betraten eines davon, nachdem sie ohne anzuklopfen die Tür geöffnet hatten, und befanden sich nun in dem meist als Wohnzimmer genutzten Raum. Hier grüßten sie den in einem Lehnstuhl sitzenden Jude, dessen noch zarter als früher wirkenden Züge und in kindlicher Erwartung dreinblickende Augen zur Genüge bewiesen, dass er schwer krank gewesen war.

»Wie … du hast alle verkauft?«, sagte er, und in seinem Gesicht leuchtete Interesse auf.

»Ja. Arkaden, Giebel, Ostfenster und den ganzen Kram.« Sie sagte ihm, wie viel sie eingenommen hatte, und zögerte dann. Endlich unter vier Augen, erzählte sie ihm von der unerwarteten Begegnung mit Arabella und von deren Witwenstand.

Jude reagierte beunruhigt. »Wie … sie wohnt hier?«, sagte er.

»Nein; in Alfredston«, sagte Sue.

Judes Miene blieb verfinstert. »Hätte ich dir lieber nicht davon erzählen sollen?«, fuhr sie fort und küsste ihn besorgt.

»Doch … liebe Güte! Arabella nicht im Bauch von London, sondern hier! Alfredston liegt kaum mehr als zwölf Meilen entfernt. Was macht sie dort?«

Sie erzählte ihm alles, was sie wusste. »Sie geht regelmäßig in die Kirche«, ergänzte Sue, »und redet entsprechend.«

»Gut«, sagte Jude, »so ist es vielleicht am besten, dass wir schon fast beschlossen haben, weiterzuziehen. Ich fühl mich heute schon viel besser, und in ein, zwei Wochen geht's mir gut genug, um aufzubrechen. Mrs. Edlin kann dann wieder nach Haus … die liebe, treue, alte Seele … unsere einzige Freundin auf Erden!«

»Wo möchtest du hin?«, fragte Sue gerührt.

Daraufhin gestand Jude, was ihm in den Sinn gekommen war. Er sagte, es würde sie vielleicht überraschen, nachdem er die altbekannten Orte so lang und entschlossen gemieden habe. Doch irgendwie habe er in letzter Zeit immer wieder an Christminster denken müssen, und wenn sie nichts dagegen hätte, würde er gern dorthin zurückkehren. Was scherte es sie, ob man sie dort kannte? Es sei überempfindlich von ihnen, sich deswegen so sehr den Kopf zu zerbrechen. Finde er keine Arbeit, könnten sie übrigens weiterhin Kuchen verkaufen. Er schäme sich nicht, bloß weil er arm sei; und womöglich werde er bald wieder zu Kräften kommen und könne sich dort als Steinmetz selbständig machen.

»Warum bedeutet dir Christminster so viel?«, sagte sie nachdenklich. »Du bedeutest Christminster nichts, armer Schatz!«

»Nun, so ist es eben, ich kann nicht anders. Ich liebe diese Stadt … obwohl ich weiß, dass sie meinesgleichen hasst … die sogenannten Autodidakten … wie sie unsere mühsam erworbene Bildung verachtet, wo sie doch die Erste sein müsste, die ihr Respekt zollt; wie sie die Nase rümpft über unser falsches Silbenmaß und unsre fehlerhafte Aussprache, wo sie doch sagen sollte, ›Ich sehe, dass du Hilfe brauchst, mein armer Freund!‹ … Trotzdem ist sie für mich wegen meiner Jugendträume der Mittelpunkt des Universums; und nichts kann das ändern. Vielleicht wird sie bald erwachen und großzügig sein. Ich bete darum! … Ich würde allzu gern wieder dort leben … vielleicht auch dort sterben! In zwei, drei Wochen kann ich's wohl schaffen. Es wäre dann Juni, und ich wäre gern bis zu einem bestimmten Tag dort.«

Seine Hoffnung auf baldige Genesung erwies sich als wohlbegründet, denn drei Wochen später hatten sie die Stadt der mannigfaltigen Erinnerungen erreicht; tatsächlich beschritten sie bereits ihr Pflaster, und von ihren bröckelnden Mauern fiel auf sie der Abglanz der Sonne.

SECHSTER TEIL
WIEDER IN CHRISTMINSTER

»Und sie verunzierte ihren Leib gar sehr und alle Stellen, die zu ihrer Freude Schmuck zierte, bedeckte sie mit ihren Haarflechten.«

ESTHER (APOKRYPHEN)

»Die vergehen sind zwei, ich und ein Weib,
Und erfreuen uns des Todes im Dunklen hier.«

R. BROWNING

VI–1

Bei ihrer Ankunft tummelten sich am Bahnhof junge Männer mit Strohhüten und begrüßten junge Mädchen, welche den Grüßenden erstaunlicherweise wie aus dem Gesicht geschnitten waren und die farbenfrohsten und leichtesten Kleider trugen.

»Die Stadt wirkt so fröhlich«, sagte Sue. »Nanu … es ist Stiftergedenkfest! … Jude … du Schlingel … du bist absichtlich heute hergekommen!«

»Ja«, sagte Jude leise, während er sich um das Kleinkind kümmerte und Arabellas Jungen befahl, in ihrer Nähe zu bleiben, indessen Sue ihr Ältestes an die Hand nahm. »Ich dachte, wir könnten ebenso gut heute wie an einem anderen Tag kommen.«

»Aber ich fürchte, dass es dir Kummer macht!«, sagte sie und musterte ihn besorgt von oben bis unten.

»Oh, ich lass nicht zu, dass es uns von unseren Plänen abhält; und wir müssen noch so viel erledigen, bevor wir uns hier niederlassen. Zunächst brauchen wir eine Bleibe.«

Nachdem sie ihr Gepäck und sein Werkzeug am Bahnhof abgestellt hatten, gingen sie zu Fuß die vertraute Straße entlang, wobei die Feiernden alle dieselbe Richtung einschlugen. Als sie Fourways erreichten und gerade abbiegen wollten, um zu dem Stadtteil zu gelangen, wo wahrscheinlich Zimmer frei sein würden, sagte Jude nach einem Blick auf die Uhr und die weitereilende Menschenmenge: »Wie wär's, wenn wir uns den Umzug anschauen und die Zimmersuche fürs Erste vergessen? Wir können uns nachher drum kümmern.«

»Sollten wir uns nicht zunächst ein Dach über dem Kopf besorgen?«, fragte sie.

Doch sein Herz schien an dem Festtag zu hängen, und sie gingen zusammen die Chief Street entlang, das kleinste Kind in Judes Armen, Sue führte ihr kleines Mädchen an der Hand, und Arabellas Junge ging nachdenklich und schweigend nebenher. Scharen hübscher Schwestern in luftigen Kleidern und demütiger, unwissender Eltern, die in jungen Jahren von Colleges nicht die leiseste Ahnung gehabt hatten, wurden auf demselben Weg von Brüdern und Söhnen eskortiert, denen die Auffassung auf die Stirn geschrieben stand, dass auf dieser Erde kein ordentlich ausgebildetes menschliches Wesen existiert habe, bevor sie selbst ihr hier und jetzt zur Zierde gereichten.

»In jedem dieser jungen Burschen sehe ich das Spiegelbild meines Scheiterns«, sagte Jude. »Auf mich wartet heute eine Lektion in Anmaßung! … Für mich ist Demütigungstag! … Wärst du, mein lieber Schatz, mir nicht zur Rettung geeilt, wäre ich aus Verzweiflung vor die Hunde gegangen!«

Sie konnte an seinem Gesichtsausdruck ablesen, dass er in eine seiner aufgewühlten, selbstgeißelnden Stimmungen verfiel. »Wir hätten uns lieber zunächst um unsere eigenen Angelegenheiten kümmern sollen, Liebster«, antwortete sie. »Ich weiß genau, dass dieser Anblick bei dir alte Wunden aufreißt und zu nichts Gutem führt!«

»Na ja … wir sind fast da; schauen wir es uns an«, sagte er.

Sie wandten sich an der Kirche mit dem italienischen Portal nach links, deren spiralenförmige Säulen dicht von Kletterpflanzen bedeckt waren, und folgten der Straße, bis Judes Blick auf das runde Theater mit der wohlbekannten Laterne auf dem Dach fiel, für ihn das traurige Symbol seiner aufgegebenen Hoffnungen; denn von diesem Aussichtsturm hatte er an dem Nachmittag, als er sich alles ein letztes Mal durch den Kopf gehen ließ, auf die Stadt der Colleges herabgeschaut und war am Ende zu dem Schluss gekommen, sein Versuch, ein Sohn der Universität zu werden, sei zum Scheitern verurteilt.

Heute besetzte den freien Platz zwischen diesem Gebäude und dem nächsten College eine gespannt wartende Menschenmenge. In ihrer Mitte hielten zwei Holzschranken einen Durchgang frei, der von der Tür des Colleges hinüberführte bis zur Tür des großen, zwischen College und Theater stehenden Gebäudes.

»Hier ist es … gleich kommen sie!«, rief Jude, den eine plötzliche Begeisterung erfasste. Und nachdem er sich nach vorne gedrängt hatte, blieb er kurz vor der Schranke stehen, das jüngste Kind immer noch in den Armen, während Sue und die anderen ihm dicht auf den Fersen blieben. Hinter ihnen schloss sich die Menge, aus der nun ein Plaudern, Scherzen und Lachen zu hören war, als eine Kutsche nach der anderen vor der unteren Tür des Colleges hielt und feierliche, würdevolle Gestalten in blutroten Roben nacheinander ausstiegen. Am Himmel hatten sich graublaue Wolken zusammengezogen und gelegentlich hörte man ein Donnergrollen.

Vater Zeit schauderte. »Das ist ja wie am Jüngsten Tag!«, flüsterte er.

»Das sind nur gelehrte Doktoren«, sagte Sue.

Während sie warteten, fielen große Regentropfen auf ihre Köpfe und Schultern, und die Sache zog sich langwierig hin. Sue sagte abermals, sie wolle nicht bleiben.

»Jetzt dauert es nicht mehr lang«, sagte Jude, ohne sich umzudrehen.

Doch der Umzug verzögerte sich weiter, und jemand aus der Menge betrachtete zum Zeitvertreib die Fassade des nächstgelegenen Colleges und wunderte sich, was die lateinische Inschrift in der Mitte bedeuten mochte. Jude, der unweit des Fragestellers stand, übersetzte sie, und als er merkte, dass die umstehenden Leute interessiert die Ohren spitzten, erläuterte er auch noch die Gravur des Frieses (die er vor vielen Jahren studiert hatte) und kritisierte einige Details am Mauerwerk der anderen Collegefassaden in der Stadt.

Die untätig wartende Menge, einschließlich der beiden Wachmänner an den Türen, starrte ihn an wie die Lykaonier Paulus, denn Jude ließ sich bei jedwedem Thema gern von seiner Begeisterung mitreißen, und sie schienen sich zu fragen, wie der Fremde mehr über die Gebäude ihrer Stadt wissen konnte als sie selbst; bis einer von ihnen sagte: »Also, den Mann kenn ich doch; er hat hier vor Jahren mal gearbeitet … Jude Fawley heißt er! Ihr habt wohl vergessen, dass er unter dem Spitznamen Tutor von St. Slums bekannt war, wie? … weil er ne Karriere als Gelehrter anpeilte? Er hat wohl dann geheiratet, und es ist sein Kind, das er im Arm trägt. Taylor würd ihn wiedererkennen, denn der kennt jeden.«

Der Wortführer war ein Mann namens Jack Stagg, der früher mit Jude an der Renovierung der Collegemauern gearbeitet hatte; Tinker Taylor wurde in der Nähe gesichtet. Nachdem dieser auf Jude aufmerksam geworden war, rief er ihm über die Schranken zu: »Du ehrst uns durch deine Rückkehr, mein Freund!«

Jude nickte.

»Und du scheinst ja keine großen Erfolge gefeiert zu haben, nachdem du weggezogen bist?«

»Er hat nur mehr hungrige Mäuler gefunden!« Dieser Ruf kam aus einem anderen Mund, und Jude erkannte die Stimme von Uncle Joe, einem weiteren Steinmetz, den er gekannt hatte.

Jude erwiderte gutgelaunt, er könne das nicht bestreiten; und mit jeder Bemerkung entwickelte sich so etwas wie ein allgemeines Gespräch zwischen ihm und der wartenden Menge, während Tinker Taylor Jude fragte, ob er sich noch an das Glaubensbekenntnis auf Latein erinnere und an die Nacht der Herausforderung im Pub.

»Doch dir ist das Glück auf diesem Gebiet anscheinend nicht hold gewesen?«, warf Joe ein. »Hattest wohl nicht die Kraft, ne Karriere draus zu machen?«

»Antworte ihnen nicht mehr!«, flehte Sue.

»Ich glaub nicht, dass Christminster mir gefällt!«, murmelte Väterchen Zeit im Klageton, in der Menge untergetaucht und unsichtbar.

Doch als Jude merkte, dass er im Mittelpunkt des Interesses stand, dass man sich über ihn wunderte und von ihm sprach, zeigte er sich keineswegs abgeneigt, öffentlich etwas preiszugeben, dessen er sich wirklich nicht schämen musste; und nach kurzer Zeit wandte er sich mit lauter Stimme an die Zuhörer im Allgemeinen:

»Es ist eine schwierige Frage, meine Freunde, für jeden jungen Mann – jene Frage, mit der ich mich herumschlagen musste, und die sich gegenwärtig in diesen erstaunlichen Zeiten Tausende stellen –, ob man widerspruchslos dem Weg folgt, auf dem man sich schon befindet, ohne zu überlegen, ob man dafür geeignet ist, oder ob man nachdenkt, was man für Fähigkeiten und Vorlieben hat, und seinen Kurs dementsprechend ändert. Ich habe Letzteres versucht und bin gescheitert. Doch mein Scheitern bedeutet keineswegs, dass meine Ansichten falsch waren oder dass sie durch meinen Erfolg bestätigt worden wären; obwohl wir solche Versuche heutzutage nach diesem Maßstab beurteilen … Ich meine, nicht danach, ob sie tatsächlich vernünftig sind, sondern danach, was am Ende zufällig herauskam. Wäre ich letztlich einer von diesen Herren in Rot und Schwarz geworden, die wir gerade haben eintrudeln sehen, hätte jeder gesagt: ›Schaut nur, wie klug dieser junge Mann war, seinen natürlichen Neigungen zu folgen!‹ Doch da ich heute nicht besser dastehe als am Anfang, sagen sie: ›Schaut nur, wie dumm dieser Kerl war, seinen verrückten Einfällen nachzulaufen!‹

Es fehlte mir jedoch keinesfalls am Willen, ich musste mich wegen meiner Armut geschlagen geben. Es braucht zwei, drei Generationen, um das zu erreichen, was ich in einer erreichen wollte; und meine Triebe … meine Gefühle … man sollte es vielleicht meine Laster nennen … waren zu stark, und sie mussten jemanden ohne Begünstigungen behindern; dieser Jemand müsste kaltblütig sein wie ein Fisch und selbstsüchtig wie ein Schwein, um die wirklich gute Chance zu bekommen, einer der bedeutenden Männer des Landes zu werden. Ihr könnt mich auslachen – das macht mir nichts – ich eigne mich zweifellos gut als Zielscheibe. Aber wenn ihr wüsstet, was ich in den letzten Jahren durchgemacht habe, würdet ihr mich wohl eher bedauern. Und wenn *die* es wüssten« – er nickte in Richtung College, wo gerade die Professoren ankamen –, »dann würden sie vielleicht sogar ebenso empfinden.«

»Er sieht wirklich krank und mitgenommen aus!«, sagte eine Frau.

Sue blickte etwas gerührter drein; doch obwohl sie nahe bei Jude stand, blieb sie im Hintergrund.

»Vielleicht kann ich noch etwas Gutes tun, bevor ich sterbe … Habe Erfolg als abschreckendes Beispiel dafür, was man lieber unterlassen sollte, und diene so einer Moralgeschichte als Illustration«, fuhr Jude mit wachsender Verbitterung fort, auch wenn er in einem eher heiteren Ton begonnen hatte. »Ich war wohl letztlich nur ein armseliges Opfer geistiger und gesellschaftlicher Rastlosigkeit, welche heutzutage so viele unglücklich macht!«

»Sprich nicht so!«, flüsterte Sue mit Tränen in den Augen, als sie Judes Geisteszustand erkannte. »So warst du nicht. Du hast ehrenhaft darum gekämpft, dir Wissen anzueignen, und nur die niederträchtigsten Seelen auf Erden würden dir das zum Vorwurf machen!«

Jude rückte das Kind auf seinem Arm in eine bequemere Position und kam zum Schluss: »Und mein Erscheinungsbild, das eines kranken und armen Mannes, ist noch nicht das Schlimmste. Meine Grundwerte sind durcheinandergeraten … ich taste mich im Dunkeln voran … handle instinktiv anstatt vorbildlich. Als ich vor acht oder neun Jahren erstmals hier ankam, hatte ich einen hübschen Vorrat fester Überzeugungen, doch sie kamen mir eine nach der anderen abhanden, und je weiter ich gehe, desto weniger Gewissheiten bleiben mir. Ich bezweifle, dass meine gegenwärtige Lebensregel darüber hinausgeht, Neigungen zu folgen, die weder mir noch irgendjemand sonst schaden, und jene, die ich am meisten liebe, glücklich zu machen. Also, Gentlemen, ihr wolltet ja wissen, wie es mir ergangen ist, und ich hab's euch gesagt. Hoffentlich zu eurem Besten! Ich kann es hier nicht ausführlicher erklären. Ich sehe, dass an unseren gesellschaftlichen Bedingungen etwas falsch ist: was genau, können nur einsichtigere Männer und Frauen als ich ergründen … falls man es je ergründen sollte … zumindest zu unseren Lebzeiten. ›Wer weiß denn, was für den Menschen gut ist im Leben? Und wer kündet dem Menschen, was nach ihm sein wird unter der Sonne?‹«

»Hört, hört«, sagte das Volk.

»Gut gepredigt!«, sagte Tinker Taylor. Und heimlich zu seinen Nebenmännern: »Na, hätte einer von den Gelegenheitspfaffen, die hier herumschwirren und die Messe lesen, wenn unsre Oberhirten mal Urlaub brauchen, für so nen Vortrag nicht mindestens ne Guinea bar auf die Hand verlangt? Wie? Ich schwör, das hätt keiner von denen fertiggebracht! Und man hätt's ihm erst schriftlich vorlegen müssen. Und der ist nur ein Arbeiter!«

Gleich einem missbilligenden Kommentar auf Judes Bemerkungen fuhr in diesem Moment ein verspäteter Doktor, in Robe und außer Atem, mit einer Kutsche vor, deren Pferd nicht an genau der Stelle hielt, wo der Fahrgast aussteigen sollte, welcher ausstieg und durch die Tür verschwand. Der Kutscher stieg vom Bock und begann das Tier in den Bauch zu treten.

»Wenn so etwas am Collegetor der frömmsten und gelehrtesten Stadt der Welt zugelassen wird«, sagte Jude, »wie tief sind wir dann wohl gesunken?«

»Ruhe!«, sagte einer der Wachmänner, der mit einem Kameraden dazu abgestellt war, die großen Türen gegenüber dem College zu öffnen. »Halten Sie während des Umzugs Ihre Zunge im Zaum, Mann.« Der Regen wurde stärker, und jeder, der einen Schirm dabeihatte, öffnete ihn. Jude gehörte nicht dazu, und Sue besaß nur einen kleinen, eigentlich ein Sonnenschirm. Sie war blass geworden, doch Jude hatte es noch nicht bemerkt.

»Gehen wir weiter, Liebster«, flüsterte sie und versuchte den Schirm über ihn zu halten. »Vergiss nicht, dass wir noch keine Unterkunft haben, und unsere Sachen sind noch am Bahnhof; und du bist keineswegs ganz gesund. Ich fürchte, dass die Feuchtigkeit dir nicht guttut!«

»Jetzt kommen sie. Nur einen Moment, dann geh ich!«, sagte er.

Die Glocken läuteten sechs Uhr, Gesichter drängten sich an den Fenstern der umliegenden Häuser und die Prozession der Dekane und frischgebackenen Doktoren marschierte los; ihre rot und schwarz gekleideten Gestalten zogen über Judes Sichtfeld wie unerreichbare Planeten über ein Objektiv.

Während sie vorbeigingen, riefen Kenner ihre Namen, und als sie das alte runde Theater Wrens erreichten, brach Jubel aus.

»Gehen wir dort hinüber!«, rief Jude, und obwohl es nun stetig regnete, schien er es nicht zu bemerken und führte sie um das Theater herum. Dort standen sie auf dem Stroh, das man ausgestreut hatte, um das misstönende Klappern der Kutschenräder zu dämpfen, wo die altertümlichen und frostzerfressenen Steinbüsten rund um das Gebäude die Vorgänge blass und grimmig beobachteten und besonders den durchnässten Jude, Sue und die Kinder im Auge behielten, als wären sie lächerliche Figuren, die hier nichts verloren hatten.

»Könnte ich nur hinein!«, sagte er inbrünstig zu ihr. »Hör doch … vielleicht kann ich ein paar Worte der lateinischen Rede aufschnappen, wenn ich hierbleibe; die Fenster sind offen.«

Doch außer den Orgelklängen und den Jubelschreien und Hurrarufen zwischen den einzelnen Ansprachen kam dem im Regen stehenden Jude nicht viel Latein zu Ohren, abgesehen von einem gelegentlich vernehmbaren klangvollen Wort, das auf *um* oder *ibus* endete.

»Nun … ich bleibe bis zum Ende meiner Tage ein Außenseiter!«, seufzte er nach einer Weile. »Jetzt gehe ich, meine geduldige Sue. Wie lieb von dir, dass du die ganze Zeit im Regen gewartet hast … damit ich meiner törichten Leidenschaft frönen kann! Dieser höllische, verfluchte Ort ist mir von nun an egal, bei meiner Seele! Aber weshalb hast du so gezittert, als wir an der Schranke standen? Und wie bleich du bist, Sue!«

»Ich habe Richard unter den Leuten auf der anderen Seite gesehen.«

»Ach … tatsächlich!«

»Offensichtlich ist er wie wir nach Jerusalem gekommen, um sich das Fest anzusehen: und deshalb wohnt er wahrscheinlich nicht weit entfernt. Er hatte dieselbe Sehnsucht nach der Universität wie du, nur nicht so ausgeprägt. Ich glaube nicht, dass er mich gesehen hat, auch wenn er deine Rede an die Menge gehört haben muss. Aber er schien nicht darauf zu achten.«

»Na, und wennschon. Du machst dir doch wegen ihm keine Sorgen mehr, liebe Sue?«

»Nein, ich glaube nicht. Aber ich bin schwach. Obwohl ich weiß, dass unsere Pläne richtig sind, spüre ich eine eigenartige Furcht vor ihm; Ehrfurcht oder Angst vor Konventionen, die mir nichts bedeuten. Es befällt mich zuweilen wie eine schleichende Lähmung und macht mich so traurig.«

»Du wirst müde, Sue. Oh … ich hab's vergessen, Schatz! Ja, wir gehen sofort weiter.«

Sie machten sich auf die Suche nach einer Unterkunft und fanden schließlich etwas anscheinend Vielversprechendes in Mildew Lane – ein Ort, der Jude unwiderstehlich anzog, auch wenn Sue nicht sonderlich begeistert war – eine schmale Gasse in der Nähe der Rückseite eines Colleges, aber ohne direkte Verbindung. Die Häuschen standen verdüstert im Schatten der Universitätsgebäude, in denen das Leben so weit von dem der Gassenbewohner entfernt war, als befänden sie sich auf entgegengesetzten Erdteilen; dennoch trennte sie nur die Dicke einer Mauer. An zwei, drei Häusern wurden Zimmer zum Vermieten angeboten, und die Neuankömmlinge klopften an einer Tür, woraufhin eine Frau öffnete.

»Ah … hören Sie!«, sagte Jude unvermittelt, anstatt sie anzusprechen.

»Was?«

»Na die Glocken … was mag es für eine Kirche sein? Es klingt so vertraut.«

Aus einiger Entfernung ertönte ein weiteres Glockengeläut.

»Ich weiß nicht!«, sagte die Vermieterin schroff. »Haben Sie angeklopft, um das zu fragen?«

»Nein, wegen der Zimmer«, sagte Jude, wieder zu sich kommend.

Die Hausbesitzerin warf kurz einen prüfenden Blick auf Sues Bauch. »Wir haben keine mehr frei«, sagte sie und schloss die Tür.

Jude wirkte verwirrt und der Junge bekümmert. »Also, Jude«, sagte Sue. »Lass mich es versuchen. Du weißt nicht, wie's geht.«

Sie fanden ein zweites Haus in der Nähe; doch hier sagte der Besitzer höflich, nachdem er nicht nur Sue, sondern auch den Jungen und die Kleinen angesehen hatte: »Entschuldigen Sie, aber wir vermieten nicht an Familien mit Kindern.« Und auch er schloss die Tür.

Das Kleinkind zog eine Schnute und begann, instinktiv drohenden Ärger erkennend, leise zu weinen. Der Junge seufzte. »Mir gefällt Christminster nicht!«, sagte er. »Sind die großen alten Häuser Gefängnisse?«

»Nein; Colleges«, sagte Jude, »in denen du vielleicht eines Tages studierst.«

»Lieber nich!«, erwiderte der Junge.

»Wir versuchen es jetzt nochmal«, sagte Sue. »Ich mache meinen Mantel besser zu ... Kennetbridge wegen diesem Ort zu verlassen, ist wie von Kajaphas an Pilatus übergeben zu werden! ... Wie seh ich aus, Liebster?«

»Jetzt merkt es niemand«, sagte Jude.

Da gab es noch ein weiteres Haus, und sie versuchten es zum dritten Mal. Die Frau dort war freundlicher, hatte aber nur wenig Platz und konnte nur einwilligen, Sue und die Kinder aufzunehmen, falls ihr Mann anderswo unterkäme. Sie nahmen das Angebot gezwungenermaßen an, denn sie hatten ihre Suche viel zu lange hinausgezögert. Sie einigten sich mit ihr über die Konditionen, auch wenn die Miete für ihre Verhältnisse ziemlich hoch war. Doch sie konnten es sich nicht leisten, wählerisch zu sein, bis Jude Zeit hatte, ihnen eine festere Bleibe zu sichern; und in diesem Haus bezog Sue ein Hinterzimmer im zweiten Stock mit einem anschließenden Kämmerchen für die Kinder. Jude blieb auf eine Tasse Tee und stellte erfreut fest, dass das Fenster einen Blick auf ein weiteres College gewährte. Dann küsste er alle vier und ging, um ein paar notwendige Dinge zu besorgen und eine Unterkunft für sich zu suchen.

Nachdem er gegangen war, kam die Vermieterin nach oben, um ein wenig mit Sue zu plaudern und etwas über die Umstände der von ihr aufgenommenen Familie zu erfahren. Sue verstand sich nicht auf raffinierte Winkelzüge, und nachdem sie verschiedene Tatsachen über ihre jüngsten Probleme und Wanderungen preisgegeben hatte, erschreckte sie ob der unvermittelten Frage der Hauswirtin:

»Sind Sie wirklich verheiratet?«

Sie zögerte; und dann erzählte sie der Frau spontan, ihr Mann und sie seien in ihren ersten Ehen unglücklich gewesen, wonach sie, da sie die Vorstellung einer zweiten unwiderruflichen Bindung und die Möglichkeit fürchteten, die Vertragsbedingungen könnten ihre Liebe abtöten, aber dennoch zusammen sein wollten, buchstäblich nicht den Mut aufgebracht hatten, erneut vor den Altar zu treten, obwohl sie es zwei-, dreimal versucht hätten. Deswegen sei sie gemäß ihrer eigenen Auffassung eine verheiratete Frau, auch wenn sie dies in den Augen der Vermieterin nicht sei.

Die Hausfrau wirkte verlegen und ging nach unten. Sue saß traumverloren am Fenster und sah hinaus in den Regen. Ihre Ruhe wurde von einem Getöse unterbrochen, als jemand das Haus betrat, und dann von den Stimmen eines Mannes und einer Frau im unteren Korridor. Der Gatte der Hauswirtin war eingetroffen, und sie erzählte ihm von der Ankunft der Mieter in seiner Abwesenheit.

Seine Stimme schwoll plötzlich vor Ärger an. »Wer will denn so eine Frau im Haus haben? … und womöglich eine Niederkunft! … Hab ich dir denn nicht außerdem gesagt, dass ich keine Kinder will? Die trampeln hier herum, wo doch das Vorzimmer und die Treppe frisch gestrichen sind! Du hättest wissen müssen, dass mit denen was nicht stimmt … so wie die hier aufgekreuzt sind. Da holst du ne Familie ins Haus, wo ich doch nur von nem alleinstehenden Mann gesprochen hab.«

Die Frau protestierte, doch der Mann beharrte anscheinend auf seinem Standpunkt; denn kurz darauf klopfte es an Sues Tür, und die Frau trat ein.

»Es tut mir leid, Ma'am«, sagte sie, »aber ich kann Ihnen die Zimmer doch nicht für eine Woche vermieten. Mein Mann ist dagegen, und deswegen muss ich Sie bitten, zu gehen. Es macht mir nichts aus, wenn Sie hier übernachten, denn es ist schon spät am Nachmittag; doch ich wäre Ihnen sehr verbunden, wenn Sie frühmorgens aufbrechen könnten.«

Obwohl Sue wusste, dass sie das Recht hatte, die Zimmer eine Woche lang zu nutzen, wollte sie keinen Streit zwischen der Frau und ihrem Mann verursachen, und sie sagte, sie werde gehen wie gewünscht. Nachdem die Hauswirtin verschwunden war, blickte Sue erneut aus dem Fenster. Als sie merkte, dass es aufgehört hatte zu regnen, schlug sie dem Jungen vor, zunächst die Kleinen ins Bett zu bringen, um dann nach einer anderen Bleibe zu suchen und eine Vereinbarung für morgen zu treffen, damit sie nicht wieder so unter Zeitdruck gerieten wie am heutigen Tag.

Sie verzichteten also darauf, ihre Kisten auszupacken, die Jude gerade vom Bahnhof herübergeschickt hatte, und traten stattdessen hinaus auf die feuchten, aber nicht unangenehmen Straßen, denn Sue hatte beschlossen, ihren Mann nicht mit der Nachricht von ihrer Kündigung zu beunruhigen, während er womöglich Schwierigkeiten hatte, eine Bleibe für sich selbst zu finden. In Begleitung des Jungen durchstreifte sie diese und jene Straße; doch obwohl sie bei einem Dutzend verschiedener Häuser nachfragte, erging es ihr noch viel schlechter als zusammen mit Jude, und sie konnte niemanden überreden, ihr ein Zimmer für den nächsten Tag zu versprechen. Eine im Dämmerlicht nach einer Unterkunft fragende Frau mit Kind wurde von jedem Hausbesitzer scheel angesehen.

»Ich wär besser nie auf die Welt gekommen, oder?«, sagte der Böses ahnende Junge.

Völlig erschöpft kehrte Sue schließlich zu dem Haus zurück, wo sie zwar nicht willkommen war, aber zumindest vorübergehend ein Dach über dem Kopf hatte. In ihrer Abwesenheit hatte Jude seine Adresse hinterlassen; doch da sie wusste, wie schwach er noch war, hielt sie an ihrem Entschluss fest, ihn erst am nächsten Tag zu behelligen.

VI–2

Sue saß da, blickte auf den kahlen Fußboden des Zimmers – das Haus war kaum mehr als ein altes Häuschen und Teil eines größeren Wohnblocks – und sah dann durch das vorhanglose Fenster hinaus. Nicht weit gegenüber warfen die Außenmauern des Sarcophagus College – schweigend, schwarz und fensterlos – ihre vier Jahrhunderte Düsternis, Heuchelei und Verfall in das kleine, von ihr gemietete Zimmer, hielten nachts das Mondlicht ab und tagsüber die Sonnenstrahlen. Dahinter sah man auch die Umrisse des Rubric College und noch weiter entfernt die Türme eines dritten. Sie dachte an die seltsamen Auswirkungen der alles beherrschenden Leidenschaft eines einfältigen Mannes, denn Jude, der sie und die Kinder so zärtlich liebte, hatte sie hierher, in dieses deprimierende Hintergässchen geführt, nur weil er immer noch besessen war von seinem Traum. Nicht einmal jetzt konnte er die eisige Absage deutlich vernehmen, mit der diese Mauern der Gelehrsamkeit auf seinen sehnlichsten Wunsch reagiert hatten.

Der vergebliche Versuch, eine andere Wohnung zu finden und dass in diesem Haus kein Platz für seinen Vater war, all das hatte bei dem Jungen einen tiefen Eindruck hinterlassen; – ein brütendes, zurückhaltendes Grauen schien sich seiner bemächtigt zu haben. Die Stille wurde von seiner Frage unterbrochen: »Mutter, *was* machen wir morgen?«

»Ich weiß nicht!«, sagte Sue verzagt. »Ich fürchte, das wird deinem Vater Kummer bereiten.«

»Wenn Vater doch nur wieder ganz gesund und hier genug Platz für ihn wär! Dann wär's nich so schlimm! Armer Vater!«

»Gewiss!«

»Kann ich irgendwas tun?«

»Nein! Die Welt besteht nur aus Sorgen, Feindseligkeit und Leid!«

»Vater ist fortgegangen, damit wir Kinder Platz haben, stimmt's?«

»Zum Teil.«

»Es wär besser, die Welt zu verlassen, als hier zu sein, nich?«

»So ziemlich, Liebling.«

»Es ist auch wegen uns Kindern, dass du keine gute Wohnung findest, oder?«

»Na ja ... manchmal haben Leute etwas gegen Kinder.«

»Wenn aber Kinder so viel Kummer machen, warum ham die Leute dann welche?«

»Oh ... so ist der Lauf der Natur.«

»Aber wir bitten nich darum, geboren zu werden?«

»Sicher nicht.«

»Und was es für mich noch schlimmer macht, ist, dass du nich meine richtige Mutter bist und mich nicht behalten müsstest, wenn du's nicht wolltest. Ich hätt nich zu dir kommen dürfen ... das ist die ganze Wahrheit! Ich hab ihnen in Australien Kummer gemacht, und ich mach den Leuten hier Kummer. Ich wünschte, ich wär nie auf die Welt gekommen!«

»Du konntest nicht anders, mein Liebling.«

»Ich glaube, dass man ungewollte Kinder sofort umbringen soll, wann immer sie geboren werden, bevor sie eine Seele bekommen, und man es ihnen nich erlauben soll, groß zu werden und herumzulaufen!«

Sue antwortete nicht. Sie grübelte unsicher, wie man umgehen sollte mit diesem allzu nachdenklichen Kind.

Letztendlich kam sie zu dem Schluss, sie müsse, soweit die Umstände es zuließen, offen und ehrlich zu jemandem sein, der sich über ihre Probleme Gedanken machte wie ein betagter Freund.

»Unsere Familie wird bald Zuwachs bekommen«, bemerkte sie zögernd.

»Wie?«

»Wir bekommen ein neues Baby.«

»Was!« Der Junge sprang ungestüm hoch. »Oh Gott, Mutter, du hast doch gar kein weiteres haben wolln; und dabei hast du schon jetzt solche Sorgen!«

»Ja, das stimmt, leider!«, murmelte Sue, während in ihren Augen zurückgehaltene Tränen glitzerten.

Der Junge begann plötzlich zu weinen. »Oh, es schert dich nich, es schert dich nich!«, rief er bitter und vorwurfsvoll. »Mutter, wie *konntest* du nur so böse und grausam sein, wo du es doch nich hättest tun müssen, bis wir besser dran sind und Vater gesund ist! – Uns allen noch mehr Kummer zu machen! Kein Platz für uns, und Vater musste fortgehn, und wir werden morgen rausgeworfen; und trotzdem wirst du bald noch einen von uns haben! … Das war Absicht! … das war's … das war's!« Er ging schluchzend auf und ab.

»D-du musst mir vergeben, Little Jude!«, flehte sie, und sie weinte nun ebenso heftig wie der Junge. »Ich kann es nicht erklären … Ich tu's, wenn du älter bist. Es scheint wirklich so … als hätte ich es mit Absicht gemacht, nun, da wir in diesen Schwierigkeiten stecken! Ich kann es nicht erklären, Liebling! Aber es … es geschah nicht absichtlich … ich kann nichts dafür!«

»Doch … bestimmt! Wenn's nich deine Absicht gewesen

wär, würd keiner so mit uns umspringen! Ich vergebe dir nie, niemals! Ich glaub dir nie wieder, dass du mich oder Vater und einen von uns lieb hast!«

Er stand auf und ging in das Kämmerchen nebenan, wo man ein Bett auf dem Fußboden ausgebreitet hatte. Dort hörte sie ihn sagen: »Wenn wir Kinder fort wärn, gäb's keinen Kummer mehr!«

»Denk das bloß nicht, Liebling«, rief sie ziemlich gebieterisch. »Geh lieber schlafen!«

Am nächsten Morgen erwachte sie kurz nach sechs und beschloss aufzustehen und vor dem Frühstück zu dem Gasthof hinüberzulaufen, wo Jude laut seiner Nachricht Quartier genommen hatte, um ihm von den gestrigen Ereignissen zu berichten, bevor er sich auf den Weg machte. Sie erhob sich leise, um die Kinder nicht zu stören, die sicherlich erschöpft waren von den Anstrengungen des Vortags.

Sie fand Jude beim Frühstück in der finsteren Spelunke, die er als Ausgleich zu ihrer teuren Unterkunft gewählt hatte; und sie erklärte ihm, sie seien obdachlos. Er sagte, er habe sich die ganze Nacht Sorgen um sie gemacht. Am Morgen dieses neuen Tages schien die Bitte, die Zimmer zu verlassen, irgendwie weniger bedrückend als am Abend zuvor, und ihr Versagen, eine andere Bleibe zu finden, schmerzte sie auch nicht mehr so wie anfangs. Jude stimmte ihr zu, dass es sich nicht lohnte, auf dem Recht zu beharren und eine Woche zu bleiben, und dass sie lieber sofort den Umzug in die Wege leiten sollten.

»Ihr müsst alle ein, zwei Tage in diesem Gasthof wohnen«, sagte er. »Es ist ein raues Pflaster und für die Kinder nicht sonderlich schön, aber wir haben mehr Zeit, uns umzusehen. In den Vororten gibt es jede Menge Wohnungen … in meinem alten Viertel Beersheba. Frühstücke mit mir, nun da du schon einmal hier bist, mein Vögelchen. Geht es dir auch bestimmt gut? Es ist noch reichlich Zeit, zurückzugehen und den Kindern etwas zu essen zu machen, bevor sie aufwachen. Eigentlich möchte ich dich begleiten.«

Sie nahm mit Jude eine hastige Mahlzeit zu sich, und nach einer Viertelstunde brachen sie gemeinsam auf, entschlossen, Sues allzu anständiger Unterkunft schnellstmöglich den Rücken zu kehren. Als sie ankamen und hinaufgingen, hörte sie keinen Laut aus dem Kinderzimmer und bat die Hauswirtin schüchtern um einen Teekessel und etwas zum Frühstück. Dem Anliegen wurde gleichgültig nachgekommen, und nachdem sie ein paar mitgebrachte Eier hervorgeholt hatte, legte sie diese in das kochende Wasser und rief Jude zu, er solle für die Kleinen darauf aufpassen, während sie sie weckte, denn es war bereits ungefähr halb neun.

Jude beugte sich über den Kessel, die Uhr in der Hand, um die Kochzeit der Eier zu bestimmen, sodass er mit dem Rücken zu dem Kämmerchen stand, in dem die Kinder schliefen. Ein Aufschrei von Sue ließ ihn erschrocken herumfahren. Er sah, dass die Tür des Zimmers oder eher der Kammer – die sich anscheinend schwer öffnen ließ, als sie dagegengedrückt hatte – offen stand, und dass Sue hinter der Schwelle zu Boden gesunken war. Als er hineilte, um ihr aufzuhelfen, richtete er seinen Blick auf das kleine, auf den Dielen ausgebreitete Bett; dort lagen keine Kinder. Er sah sich verwirrt im Zimmer um. An der Rückseite der Tür waren zwei Kleiderhaken befestigt, und an diesen hingen die Körper der beiden jüngsten Kinder, ein jedes an einem Stück Paketschnur um den Hals, während wenige Yards entfernt Little Judes Leib in ähnlicher Manier von einem Nagel baumelte. In der Nähe des älteren Jungen lag ein umgekippter Stuhl, und seine glasigen Augen starrten schräg ins Zimmer; jene des Mädchens und des kleinen Knaben waren jedoch geschlossen.

Halb gelähmt durch den Anblick des seltsamen und vollendeten Grauens, ließ er Sue liegen, durchtrennte die Schnüre mit seinem Taschenmesser und warf die drei Kinder auf das Bett; als er ihre Körper dabei kurz berührte, hatte er jedoch das Gefühl, sie waren tot. Er hob die ohnmächtige Sue hoch und legte sie auf das Bett im Nebenzimmer, wonach er um Atem ringend die Hauswirtin herbeirief und hinausrannte, einen Arzt zu holen.

Als er zurückkehrte, war Sue wieder zu sich gekommen, und die zwei hilflosen Frauen, die sich über die Kinder beugten und verzweifelt versuchten, sie wiederzubeleben, sowie die drei kleinen Leichen boten einen Anblick, der ihn die Selbstbeherrschung verlieren ließ. Der Arzt aus der Nachbarschaft trat ein, konnte aber, wie Jude bereits vermutet hatte, nichts ausrichten. Für die Kinder kam jede Hilfe zu spät, denn auch wenn ihre Körper sich noch kaum kalt anfühlten, mutmaßte man, sie seien bereits vor über einer Stunde erhängt worden. Später, als die Eltern über den Fall nachzudenken vermochten, gingen sie davon aus, dass der ältere Junge aufgewacht war und im Nebenzimmer nach Sue gesehen hatte, und als er sie nicht vorgefunden hatte, hätte dies – nach den Auswirkungen der Ereignisse und Erkenntnisse des Vorabends auf sein morbides Gemüt – bei ihm einen Anfall schlimmster Verzagtheit ausgelöst. Zudem fand man auf dem Fußboden ein Stück Papier, auf das der Junge mit seinem Bleistift folgende Worte geschrieben hatte:

»Getan weil wir zu vile sint.«

Beim Anblick dieser Zeile erlitt Sue einen Nervenzusammenbruch, und die entsetzliche Überzeugung, ihr Gespräch mit dem Jungen sei die Hauptursache der Tragödie gewesen, stürzte sie in eine krampfartige Pein, die keine Linderung kannte. Man trug sie gegen ihren Willen in ein Zimmer im Erdgeschoss; und dort lag sie, ihre schlanke Gestalt von Schluchzern gebeutelt und ihre Augen zur Decke starrend, während die Hausherrin vergeblich versuchte, sie zu beruhigen.

Sie konnten von diesem Raum aus die Leute im oberen Stockwerk umhergehen hören, und sie flehte, wieder zurückkehren zu dürfen, und man konnte sie nur davon abhalten, indem man ihr versicherte, ihre Anwesenheit könne schaden, falls es noch Hoffnung gebe, und sie ermahnte, sie müsse sich schonen, um das kommende Leben nicht zu gefährden. Unablässig fragte sie nach Neuigkeiten, und schließlich kam Jude herunter und sagte ihr, es gebe keine Hoffnung. Sobald sie wieder sprechen konnte, erzählte sie ihm, was sie dem Jungen gesagt hatte, und dass sie glaube, selbst daran schuld zu sein.

»Nein«, sagte Jude. »Es lag in seiner Natur, das zu tun. Der Doktor sagt, unter uns wachsen solche Knaben heran … Knaben, wie sie in der letzten Generation völlig unbekannt waren … das Resultat neuer Ansichten über das Leben. Sie scheinen all seine Schrecken zu sehen, bevor sie alt genug sind, um Widerstandskraft dagegen entwickeln zu können. Er meint, es sei der Beginn einer künftigen universellen Todessehnsucht. Er ist ein fortschrittlicher Mann, dieser Doktor: aber ist unfähig, jemanden zu trösten, der …«

Jude hatte seinen Schmerz aus Rücksicht ihr gegenüber zurückgehalten; doch nun brach er zusammen; und dies veranlasste Sue, sich voll Anteilnahme um ihn zu kümmern, was sie bis zu einem gewissen Grad ablenkte von ihren Selbstvorwürfen. Nachdem alle gegangen waren, wurde ihr gestattet, die Kinder zu sehen.

Im Gesicht des Jungen kam ihre ganze Leidensgeschichte zum Ausdruck. Auf dieser kleinen Fläche waren all die üblen Vorzeichen und Schatten zusammengelaufen, welche Judes erste Beziehung verfinstert hatten, sowie all die Unglücksfälle, Irrtümer, Ängste und Fehler der letzten. Er war ihr Knotenpunkt, ihr Fokus, die Summe ihrer Teile. Wegen der Unbesonnenheit jener Eltern hatte er gestöhnt, wegen ihrer Unvereinbarkeit hatte er gebebt und wegen ihrer Missgeschicke war er gestorben.

Als das Haus still war und sie nur noch auf die Untersuchung des Gerichtsarztes warten konnten, drang eine gedämpfte, großspurige, tiefe Stimme durch die dicken Hausmauern in das Hinterzimmer.

»Was ist das?«, sagte Sue, ihr krampfartiges Schluchzen unterbrechend.

»Die Orgel der Collegekapelle. Der Organist übt vermutlich. Es ist die Hymne aus dem dreiundsiebzigsten Psalm, ›Israel hat dennoch Gott zum Trost‹.«

Sie schluchzte erneut. »Oh, oh meine Babys! Sie haben niemandem etwas getan! Warum wurden sie fortgeholt und nicht ich!«

Erneut herrschte Stille – schließlich unterbrochen von zwei sich irgendwo draußen unterhaltenden Personen.

»Zweifellos reden sie über uns!«, stöhnte Sue. »Wir sind ja ein Schauspiel für die Welt geworden, für Engel und Menschen!«

Jude lauschte – »Nein … sie reden nicht über uns«, sagte er. »Es sind zwei Geistliche mit unterschiedlichen Ansichten über die Ausrichtung nach Osten. Grundgütiger … die diskutieren die Ausrichtung nach Osten, und die gesamte Schöpfung seufzt!«

Dann erneut Stille, bis sie von einem weiteren unbändigen Anfall von Gram gebeutelt wurde. »Da gibt es etwas jenseits von uns, das gebietet: ›Du darfst nicht!‹ Erst sagte es: ›Du darfst nicht lernen!‹ Dann sagte es: ›Du darfst nicht arbeiten!‹ Jetzt sagt es: ›Du darfst nicht lieben!‹«

Er versuchte sie zu beschwichtigen: »Das ist bitter von dir, Schatz.«

»Aber wahr!«

So warteten sie, und sie kehrte in ihr Zimmer zurück. Kittel, Socken und Schuhe des Kleinkinds, die zur Stunde seines Todes auf einem Stuhl gelegen hatten, wollte sie keinesfalls wegräumen, obwohl Jude sie lieber von dem Anblick verschont hätte. Doch immer, wenn er die Sachen anrührte, flehte sie ihn an, sie liegen zu lassen, und gegenüber der Hausherrin, die ebenfalls versuchte, sie verschwinden zu lassen, wurde sie beinah handgreiflich.

Jude fürchtete ihr stumpfes, teilnahmsloses Schweigen fast mehr als ihre Anfälle. »Warum sprichst du nicht mit mir, Jude?«, rief sie nach einem solchen. »Wende dich nicht ab von mir! Ich ertrage die Einsamkeit nicht, wenn du deinen Blick abwendest!«

»Schon gut, Liebste; ich bin hier«, sagte er und schmiegte seine Wange an ihre.

»Ja … Oh mein Gefährte, unsere vollkommene Vereinigung … unser zweisames Einssein … ist jetzt blutbesudelt!«

»Nur vom Tod überschattet.«

»Ah; aber ich war es, die ihn dazu angestiftet hat, obwohl ich nicht weiß wie! Ich sprach zu dem Kind, wie man nur mit Erwachsenen sprechen sollte. Ich sagte, dass alle Welt gegen uns ist, dass es besser wäre, nicht zu leben, als es zu diesem Preis zu tun; und er hat es wörtlich verstanden. Und ich sagte ihm, dass ich noch ein Kind bekäme. Das machte ihn wütend. Oh wie bitter er mich rügte!«

»Warum hast du das getan, Sue?«

»Ich weiß nicht. Im Grunde wollte ich aufrichtig sein. Es war mir unerträglich, ihn hinsichtlich der Tatsachen des Lebens zu belügen. Und doch bin ich nicht aufrichtig gewesen, denn aus falscher Empfindsamkeit drückte ich mich zu unklar aus … Warum war ich nur teilweise klüger als andere Frauen? und nicht gänzlich klüger! Warum habe ich ihm nicht freundliche Unwahrheiten gesagt anstatt Halbwahrheiten? Es lag an meinem Mangel an Selbstbeherrschung, sodass ich die Dinge weder enthüllen konnte noch verbergen!«

»Dein Plan wäre in den meisten Fällen aufgegangen; nur in unserem besonderen Fall hat er vielleicht zufällig schlecht funktioniert. Es wäre ihm früher oder später klar geworden.«

»Und ich hab meinem kleinen Schatz gerade einen neuen Kittel genäht; und nun werde ich ihn nie darin sehen und nie wieder mit ihm reden! … Meine Augen sind so geschwollen, dass ich kaum etwas erkenne; und dennoch habe ich mich vor weniger als einem Jahr für glücklich gehalten! Wir haben einander zu hemmungslos geliebt … haben uns allzu selbstsüchtig aneinander ergötzt! Wir sagten – erinnerst du dich? –, dass wir aus Freude eine Tugend machen wollen. Ich sagte, dass es der Natur entspricht, ihr Gebot und *raison d'être* ist, uns dessen zu erfreuen, was sie uns an Instinkten geschenkt hat – Instinkte, die von der Zivilisation absichtlich außer Kraft gesetzt werden. Was für furchtbare Dinge habe ich gesagt! Und nun hat uns das Schicksal den Dolch in den Rücken gestoßen, weil wir so töricht waren, die Natur beim Wort zu nehmen!«

Sie grübelte schweigend weiter und sagte dann: »Vielleicht ist es besser, dass sie fort sind … Ja … gewiss! Es ist besser, dass sie in ihrer Blüte gepflückt wurden, als zu bleiben und elendig zu verwelken!«

»Ja«, erwiderte Jude. »Manche behaupten, dass die Älteren sich freuen sollten, wenn ihre Kinder in jungen Jahren sterben.«

»Aber die haben keine Ahnung! Oh meine Babys, meine Babys, wärt ihr doch nur am Leben! Man möchte meinen, der Junge wollte seinem Leben ein Ende setzen, sonst hätte er es nicht getan. Es war nicht unvernünftig für ihn, zu sterben: es war Teil seines unheilbar traurigen Naturells, armer kleiner Kerl! Aber die anderen … meine *eigenen* Kinder und deine!«

Sue betrachtete abermals den aufgehängten kleinen Kittel und die Socken und die Schuhe; und ihr Körper zitterte wie eine Harfensaite. »Ich bin ein bedauernswertes Geschöpf«, sagte sie, »weder für die Erde noch für den Himmel tauge ich noch! Ich werde von alldem in den Wahnsinn getrieben! Was sollen wir tun?« Sie starrte Jude an und hielt fest seine Hand.

»Wir können nichts tun«, antwortete er. »›Mags immer denn sein wie es sei; es erfüllt das Verhängte sich doch.‹«

Sie hielt inne. »Ja! Wer hat das gesagt?«, fragte sie ernst.

»Es stammt aus dem Chor in *Agamemmnon*. Es geht mir ständig durch den Kopf, seit das geschehen ist.«

»Mein armer Jude … du hast so viel versäumt! … du

mehr als ich, denn ich hab dich bekommen! Da weißt du so etwas aus deiner selbständigen Lektüre und musst dennoch in Armut und Verzweiflung leben!«

Nach solchen kurzen Ablenkungen kehrte ihr Kummer gleich einer Woge zurück.

Die Geschworenen erschienen pflichtgemäß und begutachteten die Leichen, und es kam zur gerichtlichen Untersuchung; danach graute der traurige Morgen der Beerdigung. Zeitungsberichte hatten Gaffer angelockt, die vorgeblich die Fensterscheiben und die Steine im Gemäuer zählten. Zweifel an der tatsächlichen Beziehung des Paars fachten ihre Neugier zusätzlich an. Sue hatte verlauten lassen, sie wolle die zwei Kleinen zum Grab begleiten, doch im letzten Moment gab sie auf, und die Särge wurden still aus dem Haus getragen, sie aber blieb im Bett. Jude stieg in die Kutsche und fuhr fort, sehr zur Erleichterung des Hausherrn, der sich nur noch um Sue und ihr Gepäck sorgen musste, welche er etwas später am Tag loszuwerden hoffte, wonach sein Heim von dem ärgerlich schlechten Ruf erlöst wäre, mit dem es in der Woche, seit seine Frau unglückseligerweise diese Fremden aufgenommen hatte, behaftet war. Am Nachmittag besprach er die Lage unter vier Augen mit dem Hausbesitzer, und sie einigten sich darauf, wenn möglich die Hausnummer zu ändern, sollte es nach der Tragödie zu irgendwelchen Beschwerden kommen.

Nachdem Jude mitangesehen hatte, wie die zwei Kistchen – eine mit Little Jude, die andere mit den beiden Kleinen – beerdigt wurden, eilte er zurück zu Sue, die immer noch in ihrem Zimmer lag, weswegen er sie nicht stören wollte. Da er sich Sorgen machte, ging er jedoch gegen vier Uhr noch einmal hin. Die Frau dachte, sie liege noch immer im Bett, kehrte dann aber mit der Nachricht zurück, sie sei doch nicht in ihrem Schlafzimmer. Auch Hut und Jacke waren verschwunden: Sie war hinausgegangen. Jude lief zu dem Gasthaus, in dem er übernachtet hatte. Dort war sie nicht gewesen. Dann, nachdem er alle Möglichkeiten in Betracht gezogen hatte, machte er sich auf den Weg zum Friedhof, den er betrat und durchquerte, bis zu der Stelle, wo vor kurzem die Beisetzungen stattgefunden hatten. Die Gaffer, die bis hierher vorgedrungen waren, um die Tragödie zu verfolgen, hatten sich davongemacht. Ein Mann mit einem Spaten in den Händen wollte das schlichte Grab der drei Kinder mit Erde bedecken, doch eine im halb zugeschütteten Grab stehende Frau protestierte und hielt seinen Arm fest. Es war Sue, deren farbenfrohe Kleidung, die sie nie und nimmer gegen das von Jude erworbene Trauerkleid hatte tauschen wollen, ein Bild tieferen Kummers bot, als dies ein konventionelles Trauergewand vermocht hätte.

»Er schüttet sie zu, und das darf er nicht, ehe ich meine Kleinen noch einmal gesehen habe!«, rief sie wild, als sie Jude erblickte. »Ich will sie noch einmal sehen. Oh Jude … bitte, Jude … ich will sie sehen! Ich ahnte nicht, dass du sie fortbringen lässt, während ich schlafe! Du hast gesagt, dass ich sie vielleicht nochmals sehen kann, bevor die Särge geschlossen werden; und dann hast du's nicht zugelassen, sondern sie weggenommen! Oh Jude, du bist ebenfalls grausam zu mir!«

»Sie hat g'wollt, dass ichs Grab wieder ausschaufel, damit sie an die Särge rankommt«, sagte der Mann mit dem Spaten. »Man sollte sie nach Haus bringen, so wie sie ausschaut. Sie weiß anscheinend kaum, was sie tut, die Arme. Ich kann sie jetzt nimmer ausgraben, Ma'am. Gehen Sie mit Ihrem Mann nach Haus und nehmen Sie's hin, und danken Sie dem Herrgott, dass Sie bald ein neues haben, das Ihnen den Schmerz lindert.«

Doch Sue fragte immer wieder kläglich: »Darf ich sie nicht noch einmal sehen … einmal nur! Darf ich? Nur ganz kurz, Jude? Es dauert nicht lang! Und ich wäre so froh darüber, Jude! Wenn du mich lässt, werde ich ganz brav und nie wieder ungehorsam sein, Jude? Danach würde ich still nach Hause gehen und sie nicht mehr sehen wollen! Darf ich? Warum nicht?«

So fuhr sie fort. Jude wurde von einem so heftigen Kummer überwältigt, dass er den Mann schon fast umzustimmen versuchte. Doch es hätte zu nichts Gutem geführt und für sie alles wohl noch schlimmer gemacht; und er begriff, es war am wichtigsten, sie sofort nach Hause zu bringen. Also redete er ihr gut zu und flüsterte Zärtlichkeiten und legte seinen Arm um sie, um sie zu stützen; bis sie hilflos nachgab und bewegt wurde, den Friedhof zu verlassen.

Er wollte für den Rückweg eine Droschke besorgen, doch da sie so knapp bei Kasse waren, hielt Sue ihn davon ab, und sie gingen langsam zu Fuß, Jude in schwarzem Krepp, sie in Braun und Rot gekleidet. Sie sollten eigentlich nachmittags in eine neue Wohnung umziehen, doch Jude erkannte, dass dies jetzt unmöglich war, und nach einiger Zeit betraten sie das nunmehr verhasste Haus. Sue wurde erneut zu Bett geschickt, und man ließ den Arzt kommen.

Jude wartete unten den ganzen Abend. Sehr spät in der Nacht teilte man ihm mit, ein Kind sei vorzeitig geboren worden und sei, wie die anderen, tot.

VI–3

Sue erholte sich, obwohl sie gehofft hatte zu sterben, und Jude hatte in seinem alten Beruf Arbeit gefunden. Sie wohnten nun in einem anderen Haus in Richtung Beersheba, nicht weit von der Church of Ceremonies – St. Silas.

Sie verharrten schweigend, während ihnen die unmittelbare Gegensätzlichkeit der Verhältnisse als ein schlimmeres Vorzeichen erschien als deren stumpfe und gleichgültige Unüberwindlichkeit. In den Tagen, als Sues Geist funkelte wie ein Stern, hatten sie jene vagen und wunderlichen Vorstellungen heimgesucht, die dem halbwachen Verstand wundervoll, geradezu herrlich vorkommen, dem gänzlich erwachten aber hoffnungslos albern: dass die Welt einer im Traum komponierten Strophe oder Melodie gleicht; dass Gott automatisch wie ein Schlafwandler agiert und nicht wohlbedacht wie ein Weiser; dass man bei der Erschaffung der Lebensbedingungen auf Erden nicht bedacht zu haben scheint, dass die diesen Bedingungen unterworfenen Geschöpfe eine emotionale Auffassungsgabe erlangen könnten, wie es der denkenden und gebildeten Menschheit gelang. Doch Leid verleiht widerstreitenden Mächten eine bedrohlich menschliche Gestalt; und jene Ideen wurden nun gegen das Gefühl getauscht, dass Jude und sie selbst vor einem Peiniger flohen.

»Wir müssen uns fügen!«, sagte sie bekümmert. »Der gesamte uralte Zorn der über uns stehenden Macht wurde an uns ausgelassen. Wir, seine armen Geschöpfe, müssen uns unterwerfen. Wir haben keine Wahl. Wir müssen. Es hat keinen Sinn, gegen Gott zu kämpfen!«

»Es geht lediglich gegen Menschen und unsinnige Verhältnisse«, sagte Jude.

»Sicher!«, murmelte sie. »Wie konnte mir nur so etwas einfallen! Ich werde abergläubisch wie ein Wilder! … Doch wer oder was auch immer unser Widersacher sein mag, ich bin eingeschüchtert bis zur Unterwerfung. Ich habe keine Kraft zum Kämpfen übrig; keinen Wagemut. Ich bin geschlagen, geschlagen! ›Wir sind ja ein Schauspiel für die Welt geworden, für Engel und Menschen!‹ Das wiederhole ich jetzt immer wieder.«

»Ich fühle dasselbe!«

»Was sollen wir tun? Du hast nun Arbeit; doch vergiss nicht, vielleicht hängt das nur davon ab, dass unsere Geschichte und Beziehungen noch nicht überall bekannt sind … Sollten sie herausfinden, dass wir nicht standesamtlich verheiratet sind, werfen sie dich womöglich ebenso hinaus wie in Aldbrickham!«

»Wohl kaum. Vielleicht tun sie's auch nicht. Ich glaube jedoch, dass wir es jetzt amtlich machen sollten … sobald du in der Lage bist, hinauszugehen.«

»Das glaubst du wirklich?«

»Gewiss.«

Und Jude kam ins Grübeln. »In letzter Zeit war mir«, sagte er, »als gehörte ich zu der riesigen Gruppe von Menschen, die von den Tugendhaften gemieden werden – zu den Männern, die man Verführer nennt. Es verblüfft mich, wenn ich daran denke! Ich war mir dessen nicht bewusst oder dass ich dir, die ich mehr als mich selbst liebe, übel mitgespielt hätte. Trotzdem *bin* ich einer dieser Männer! Ich frage mich, ob die anderen ebenso kurzsichtige, einfältige Geschöpfe sind wie ich? … Ja, Sue … das bin ich. Ich habe dich verführt … Du warst etwas Besonderes … ein zartfühlendes Wesen, von Natur aus dazu bestimmt, jungfräulich zu bleiben. Doch ich konnte die Finger nicht von dir lassen!«

»Nein, nein, Jude!«, sagte sie hastig. »Mach dir keine Vorwürfe wegen etwas, was du nicht bist. Wenn jemand Schuld hat, dann ich.«

»Ich habe dich in deinem Entschluss bestärkt, Phillotson zu verlassen; und ohne mich hättest du ihn vielleicht nicht gedrängt, dich gehen zu lassen.«

»Ich hätte es trotzdem getan. Was uns angeht, so hat die Tatsache, dass wir ohne Trauschein lebten, unsere Beziehung gerettet. Wir haben dadurch sozusagen vermieden, die Würde unserer ersten Ehen zu verletzen.«

»Würde?« Jude sah sie erstaunt an, und ihm dämmerte allmählich, dass dies nicht dieselbe Sue war wie früher.

»Ja«, sagte sie mit leicht zitternder Stimme. »Ich hatte schreckliche Angst, ein furchtbares Gefühl, eine Schandtat zu begehen. Ich habe gedacht, … dass ich immer noch seine Frau bin!«

»Wessen?«

»Richards.«

»Grundgütiger, Liebste! … Warum?«

»Oh, ich kann es nicht erklären! Nur so ein Gedanke.«

»Es ist deine Schwäche … ein krankhafter Einfall, unvernünftig und bedeutungslos! Mach dir deswegen keine Sorgen.«

Sue seufzte nervös.

Als Ausgleich für solche Gespräche wie dieses hatte sich ihre finanzielle Lage gebessert, was sie früher aufgeheitert hätte. Jude hatte ziemlich unerwartet fast gleich nach der Ankunft eine gute Stelle in seinem alten Handwerk gefunden, während das Sommerwetter seiner angeschlagenen

Gesundheit wohltat; und äußerlich verstrichen seine Tage mit einer eintönigen Gleichförmigkeit, die eigentlich nach Schicksalsschlägen so begrüßenswert ist. Man schien vergessen zu haben, dass er sich je peinliche Fehltritte geleistet hatte; und täglich erklomm er die Brüstungen und Mauerkronen der Colleges, die er nie betreten durfte, und restaurierte den zerbröckelnden Sandstein der Mittelpfosten von Fenstern, aus denen er niemals hinausschauen würde, als hätte er sich nie das Gegenteil gewünscht.

In dieser Hinsicht hatte er sich geändert: Er besuchte nun nicht mehr so oft die Messe in den Kirchen. Das eine wurmte ihn mehr als alles andere; dass Sue und er sich seit der Tragödie geistig verschiedenen Richtungen zugewandt hatten: Ereignisse, die seine eigenen Ansichten über Leben, Gesetze, Sitten und Dogmen erweitert hatten, hatten bei Sue nicht dieselbe Wirkung gehabt. Sie war nicht mehr dieselbe wie in den unabhängigen Tagen, als ihr Intellekt wie ein züngelnder Blitz hinwegfegte über Konventionen und Formalitäten, die damals von ihm respektiert wurden, aber heute nicht mehr.

An einem bestimmten Sonntag kam er ziemlich spät nach Hause. Sie war nicht da, kehrte aber bald zurück und kam ihm still und nachdenklich vor.

»Woran denkst du, Kleines?«, fragte er neugierig.

»Oh, ich kann es nicht genau erklären! Ich hab mir überlegt, dass wir, du und ich, einen selbstsüchtigen, rücksichtslosen, sogar gottlosen Weg eingeschlagen haben. Unser Leben war ein vergeblicher Versuch in Eigenliebe. Doch Selbstverleugnung ist erhabener. Wir sollten das Fleisch kasteien … das entsetzliche Fleisch … der Fluch Adams!«

»Sue!«, murmelte er. »Was ist über dich gekommen?«

»Wir sollten uns unablässig auf dem Altar der Pflicht opfern! Ich aber habe stets danach gestrebt, das zu tun, was mir gefiel. Die mir auferlegte Züchtigung habe ich wohl verdient! Ich wünschte, etwas würde meine Verderbtheit und all meine ungeheuerlichen Fehler und all meine sündigen Eigenheiten einfach ausmerzen.«

»Sue … mein liebster, allzu sehr leidender Schatz! … In dir ist nichts Böses. Deine natürlichen Instinkte sind vollkommen gesund; vielleicht nicht mehr ganz so leidenschaftlich, wie ich es gern hätte, aber gut und lieb und rein. Und wie ich schon so oft gesagt habe, du bist die ätherischste, am wenigsten sinnliche Frau, wie ich sie mir nie ohne unmenschliche Geschlechtslosigkeit hätte vorstellen können. Warum redest du jetzt in einem dermaßen veränderten Ton? Wir sind nicht selbstsüchtig gewesen, nur weil niemand von unserer Selbstlosigkeit profitiert hat. Früher hast du gesagt, dass die menschliche Natur edel und langmütig sei, nicht gemein und verdorben, und letzten Endes teilte ich deine Ansicht. Und jetzt scheinst du eine viel schlechtere Meinung zu haben!«

»Ich brauche ein demütiges Herz und einen geläuterten Verstand; und dergleichen hatte ich nie!«

»Du warst furchtlos, im Denken wie im Fühlen, und du verdientest mehr Bewunderung, als ich dir entgegenbrachte. Damals wurde ich zu sehr von engstirnigen Dogmen beherrscht, um es zu verstehen.«

»Sag das nicht, Jude! Wenn doch jedes meiner furchtlosen Worte und jeder Gedanke aus meiner Geschichte getilgt werden könnte. Entsagung … das ist das einzig Wahre! Ich kann mich nicht genug in Demut üben. Am liebsten würde ich mich am ganzen Leib mit Nadeln stechen und das Böse in mir ausbluten lassen!«

»Still!«, sagte er und drückte ihr kleines Gesicht an seine Brust, als wäre sie ein Kind. »Der Schmerz über deinen Verlust hat dich dazu getrieben! Solch eine Reue ist nichts für dich, meine Sinnpflanze, sondern für die Übeltäter auf Erden … die dergleichen nie empfinden!«

»So darf ich nicht bleiben«, murmelte sie, nachdem sie lange in derselben Stellung ausgeharrt hatte.

»Warum nicht?«

»Es ist zu bequem.«

»Immer noch auf demselben Holzweg! Aber gibt's denn Besseres auf Erden, als dass wir einander lieben?«

»Ja. Das hängt von der Art der Liebe ab; und deine … unsere … ist die falsche.«

»Davon will ich nichts hören, Sue! Komm, wann sollen wir unsere Heiratsurkunde im Gemeindesaal unterschreiben?«

Sie hielt inne und blickte nervös auf. »Niemals«, flüsterte sie.

Da er nicht wusste, was sie eigentlich sagen wollte, nahm er die Zurückweisung auf die leichte Schulter und schwieg. Es vergingen einige Minuten, und er glaubte, sie wäre eingeschlafen; er sprach trotzdem leise und merkte, sie war die ganze Zeit hellwach gewesen. Sie setzte sich auf und seufzte.

»Du hast heute Abend einen seltsamen, unbeschreiblichen Duft oder Geruch an dir, Sue«, sagte er. »Ich meine nicht nur geistig, sondern auch an deinen Kleidern. Eine Art Pflanzengeruch, den ich zu kennen glaube, an den ich mich aber nicht erinnere.«

»Es ist Weihrauch.«

»Weihrauch?«

»Ich habe in St. Silas die Messe besucht, und dort wurde geräuchert.«

»Oh … St. Silas.«

»Ja. Ich gehe manchmal hin.«

»Tatsächlich. Du gehst hin!«

»Morgens an Werktagen, wenn du arbeitest, ist es hier einsam, Jude, und ich denke und denke an … an meine …« Sie verstummte, bis sie den Klumpen in ihrer Kehle überwunden hatte. »Und ich habe mir angewöhnt, dort hinzugehen, weil es so nah ist.«

»Na schön … natürlich habe ich nichts dagegen. Es ist nur so merkwürdig; ausgerechnet du. Die ahnen kaum, welch ein Gesell' sich unter sie mischt!«

»Was meinst du, Jude?«

»Na ja … eine Skeptikerin, ehrlich gesagt.«

»Wie kannst du mich so verletzen, lieber Jude, in meiner Pein! Ich weiß freilich, es war nicht deine Absicht. Aber du hättest es nicht sagen sollen!«

»Nie wieder. Aber es verblüfft mich sehr!«

»Nun … ich möchte dir noch etwas sagen, Jude. Du wirst doch nicht böse sein? Ich hab viel darüber nachgedacht, seit meine Babys starben. Ich glaube nicht, dass ich noch länger deine Frau sein sollte … oder wie deine Frau.«

»Was? … Aber das *bist* du!«

»Aus deiner Sicht; aber …«

»Natürlich haben wir uns vor der Hochzeitsfeier gefürchtet, und manch anderem wäre es an unserer Stelle, mit solch gut begründeten Ängsten, ebenso ergangen. Doch die Erfahrung hat uns gelehrt, wie sehr wir uns in uns selbst getäuscht und unsere Schwächen überschätzt haben; und wenn du nun anscheinend anfängst, Bräuche und Zeremonien zu respektieren, dann frage ich mich, warum du die Angelegenheit nicht sofort über die Bühne bringen willst? Du bist gewiss meine Frau, Sue, in jeder

Hinsicht, nur nicht gesetzmäßig. Was sollen deine Worte bedeuten?«

»Ich glaube nicht, dass ich deine Frau bin!«

»Nicht? Aber was, wenn wir geheiratet *hätten*? Würdest du dann glauben, dass du es bist?«

»Nein. Nicht einmal dann. Ich würde mich noch schlechter fühlen als jetzt.«

»Weshalb denn, Liebste … in Dreiteufelsnamen?«

»Weil ich Richards Frau bin.«

»Ah … diese absurde Idee hast du mir schon einmal aufgetischt!«

»Damals war es nur so ein Gefühl; jetzt bin ich davon überzeugt … Ich gehöre ihm oder niemandem.«

»Du liebe Güte … wir haben die Rollen vertauscht!«

»Ja. Vielleicht.«

Einige Tage später, in der Dämmerung eines Sommerabends, saßen sie in demselben kleinen Zimmer im Erdgeschoss beisammen, da klopfte es an der Eingangstür des Zimmermannshauses, in dem sie zur Untermiete wohnten, und wenig später an der Tür ihres Zimmers. Bevor sie öffnen konnten, tat dies der Besucher, und eine Frau kam zum Vorschein.

»Ist Mr. Fawley da?«

Jude und Sue zuckten zusammen, als er mechanisch ja sagte, denn die Stimme gehörte Arabella.

Er bat sie höflich herein, und sie setzte sich auf die Fensterbank, wo sie ihren Umriss deutlich im Gegenlicht sahen, ohne dass sie anhand von Einzelheiten ihre äußere Erscheinung und Haltung hätten einschätzen können. Dennoch schien etwas darauf hinzudeuten, dass sie nicht mehr ganz so gut situiert und prächtig ausstaffiert war wie zu Cartletts Lebzeiten.

Die drei versuchten unbeholfen über die Tragödie zu sprechen, nachdem Jude es für seine Pflicht gehalten hatte, sie unverzüglich darüber zu informieren, sie jedoch nie auf seinen Brief geantwortet hatte.

»Ich war grad am Friedhof«, sagte sie. »Ich erkundigte mich nach dem Grab des Kindes und hab's gefunden. Ich konnt nich zur Beerdigung kommen … Trotzdem vielen Dank für die Einladung. Ich hab in der Zeitung alles drüber g'lesen und hatte das G'fühl, nich willkommen zu sein … Nein, ich konnt nich zur Beerdigung«, wiederholte Arabella, die ins Stocken geriet, da sie augenscheinlich nicht in der Lage war, das Idealbild einer Schicksalgebeutelten zu verkörpern. »Aber ich bin froh, dass ich das Grab g'funden hab. Und weil du was davon verstehst, Jude, kannst du ihnen nen hübschen Stein hinstellen.«

»Ich stell einen Grabstein auf«, sagte Jude trübselig.

»Er war mein Kind, und natürlich hab ich Gefühle für ihn.«

»Das will ich hoffen. Wie wir alle.«

»Für die andren, die nich meine waren, hab ich nich so viel empfunden, was natürlich war.«

»Freilich.«

Aus der dunklen Ecke, wo Sue saß, hörte man ein Seufzen.

»Ich hab mir oft g'wünscht, meins bei mir zu haben«, fuhr Mrs. Cartlett fort. »Vielleicht wär es dann nich passiert! Aber ich wollt ihn natürlich nich deiner Frau wegnehmen.«

»Ich bin nicht seine Frau«, warf Sue ein.

Ihre Worte kamen so unerwartet, dass Jude verstummte.

»Oh, ich bitt Sie vielmals um Entschuldigung«, sagte Arabella. »Ich dachte, das wären Sie!«

Jude hatte aus Sues Tonfall herausgehört, dass ihre neuen und abstrusen Ansichten hinter ihren Worten lauerten; doch Arabella verstand natürlich nur ihre offensichtliche Bedeutung. Sie gab sich bass erstaunt von Sues Bekenntnis, fasste sich und sprach mit gelassener Gefühllosigkeit weiter über »ihren« Jungen, um den sie sich zu seinen Lebzeiten nicht im Geringsten gekümmert hatte, und setzte dabei eine feierliche Trauermiene auf, die augenscheinlich ihr Gewissen beruhigte. Sie spielte auf die Vergangenheit an und wandte sich mit einer Bemerkung erneut an Sue. Keine Antwort: Sue hatte unbemerkt das Zimmer verlassen.

»Sie sagte, dass sie nich deine Frau ist?«, fuhr Arabella in einem anderen Ton fort. »Warum das denn?«

»Das kann ich dir nicht erklären«, sagte Jude knapp.

»Sie ist's doch, oder? Sie hat's mir mal erzählt.«

»Ich stelle ihre Worte nicht infrage.«

»Ah … verstehe! Na, meine Zeit ist um. Ich übernachte hier und dachte, dass ich euch zumindest besuchen sollte, nach unserem Schicksalsschlag. Ich schlaf, wo ich früher als Barmädchen gearbeitet hab, und morgen fahr ich zurück nach Alfredston. Vater kommt nach Haus, und ich wohn bei ihm.«

»Er ist zurück aus Australien?«, sagte Jude, ohne großes Interesse.

»Ja. Hat's dort nich ausg'halten. Hat ne schwere Zeit durchg'macht. Mutter starb an Dys… wie nennt man das gleich … in der Hitze, und Vater und zwei von den Jungen sind eben erst zurück. Er hat ein Häuschen ganz nah bei unsrem alten Zuhause, und ich mach grad für ihn den Haushalt.«

Judes ehemalige Frau hatte ihr schablonenhaft gutes Benehmen sogar jetzt, da Sue gegangen war, streng aufrechterhalten und begrenzte ihren Besuch auf die Dauer, die wohl dem Höchstmaß an Anstand entsprach. Nach ihrem Aufbruch ging der äußerst erleichterte Jude zur Treppe und rief nach Sue – aus Sorge, was aus ihr geworden war.

Es kam keine Antwort, und der Zimmermann, ihr Vermieter, sagte, sie sei nicht hereingekommen. Jude wunderte sich und war wegen ihres Fortbleibens ziemlich beunruhigt, denn es wurde allmählich spät. Der Zimmermann rief seine Frau, die vermutete, Sue sei wie so oft zur Kirche St. Silas gegangen.

»Doch nicht so spät am Abend?«, sagte Jude. »Sie ist geschlossen.«

»Sie kennt jemanden, der den Schlüssel hat, und bekommt ihn, wann immer sie will.«

»Seit wann geht das schon so?«

»Oh, seit ein paar Wochen, glaub ich.«

Jude ging ungefähr in die Richtung der Kirche, er war ihr kein einziges Mal nahe gekommen, seit er vor Jahren in diesem Viertel gewohnt hatte und seine jugendlichen Ansichten noch mystischer gewesen waren. Der Platz war menschenleer, die Tür jedoch offensichtlich aufgeschlossen; er öffnete lautlos den Riegel, drückte die Tür hinter sich zu und befand sich drinnen in der vollkommenen Stille. Aus dem vorherrschenden Schweigen schien ein leises Geräusch zu kommen, möglicherweise ein Atmen oder Schluchzen vom anderen Ende des Gebäudes. Die Bodenmatte dämpfte seine Schritte, als er in jene Richtung durch die nur vom schwächsten, von außen einfallenden Nachtlicht geminderte Finsternis ging.

Hoch oben, über den Stufen der Kanzel, konnte Jude ein riesiges, massiv gearbeitetes romanisches Kreuz erkennen – wahrscheinlich ebenso groß wie das Original, an das es erinnern sollte. Es schien an unsichtbaren Drähten in der Luft zu hängen; es war besetzt mit großen Juwelen, die in einem schwachen, von außen eindringenden Lichtstrahl matt schimmerten, während das Kreuz geräuschlos und fast unmerklich hin und her schaukelte. Darunter, auf dem Fußboden, lag etwas, das aussah wie ein Haufen schwarzer Kleider, und von dort ertönte abermals das zuvor von ihm gehörte Schluchzen. Es war Sues Gestalt, hingestreckt auf den Steinplatten.

»Sue!«, flüsterte er.

Etwas Weißes enthüllte sich; sie hatte ihm ihr Gesicht zugewandt.

»Was … was willst du hier von mir, Jude?«, fragte sie fast schroff. »Du hättest nicht herkommen dürfen! Ich wollte allein sein! Weshalb dringst du hier ein?«

»Wie kannst du das fragen!«, erwiderte er rasch vorwurfsvoll, denn ihr Verhalten ihm gegenüber verletzte tief sein übervolles Herz. »Warum ich hier bin? Wer hätte das Recht, hier zu sein, würde ich gern wissen, wenn nicht ich! Ich, der ich dich mehr liebte als mein eigenes Leben … mehr … Oh, viel mehr … als du mich liebtest! Weswegen hast du mich verlassen, um allein hierherzukommen?«

»Tadle mich nicht, Jude … Ich ertrage es nicht! … Ich hab's dir so oft gesagt. Du musst mich akzeptieren, wie ich bin. Ich bin ein Unglücksrabe … gebrochen von meinen Irrungen! Als Arabella erschien, war es mir *unerträglich* … Ich fühlte mich so elend, dass ich fortlaufen musste. Es ist, als wäre sie immer noch deine Frau und Richard mein Mann!«

»Aber sie bedeuten uns nichts!«

»Doch, lieber Freund, das tun sie. Ich sehe die Ehe nun in einem anderen Licht. Meine Babys wurden mir genommen, um mir das zu zeigen! Dass Arabellas Kind meine getötet hat, war ein Gottesurteil … die Rechtmäßigen morden die Unrechtmäßigen. Was, *was* soll ich tun? Ich bin ein so übles Geschöpf … zu unwürdig, um mich unter normale Menschen zu mischen!«

»Das ist entsetzlich!«, sagte Jude, den Tränen nah. »Es ist ungeheuerlich und unnatürlich, dass du so reumütig bist, ohne etwas falsch gemacht zu haben!«

»Ah … du weißt nicht, wie schlecht ich bin!«

Er antwortete aufbrausend: »Doch! Ich weiß um jedes Atom und den Bodensatz! Du hast mich dazu gebracht, das Christentum, den Mystizismus oder das Pfaffentum oder wie man es sonst nennen will zu hassen, falls es das ist, was diesen Zusammenbruch bei dir verursacht hat. Dass eine Poetin, eine Seherin, eine Frau, deren Seele wie ein Diamant glitzerte – jemand, den kennenzulernen all die klugen Köpfe der Welt stolz gewesen wären –, sich dermaßen erniedrigt! Ich bin froh, dass ich nichts mit Theologie zu schaffen hatte … verdammt froh … wenn sie dich auf diese Weise zugrunde richtet!«

»Du bist mir böse, Jude, und unfreundlich zu mir und verstehst nicht, wie es wirklich ist.«

»Dann komm mit mir nach Haus, Liebste, vielleicht versteh ich es dann. Mir ist das alles zu viel … und du bist gerade auch aus dem Gleichgewicht.« Er legte den Arm um sie und half ihr hoch; doch obwohl sie ihm folgte, ging sie lieber ohne seine Hilfe.

»Ich mag dich durchaus, Jude«, sagte sie in einem lieblichen und flehenden Ton. »Ich liebe dich mehr denn je! Nur … ich darf dich nicht lieben … nie wieder. Oh, ich darf es nie wieder!«

»Das kann ich nicht hinnehmen.«

»Aber ich bin zu dem Schluss gekommen, dass ich nicht deine Frau bin! Ich gehöre ihm … Ich bin durch das heilige Sakrament ein Leben lang mit ihm verbunden. Nichts kann das ändern!«

»Wir sind doch sicherlich Mann und Frau, falls je zwei Menschen auf Erden dies waren? Dies ist im Sinne der Natur zweifellos die einzig wahre Ehe!«

»Aber nicht im Sinne des Himmels. Dort wurde eine andere gestiftet und in der Kirche von Melchester für alle Ewigkeit gültig erklärt.«

»Sue, Sue … dein Kummer hat dich so töricht werden lassen! Nachdem du mich in vielerlei Hinsicht zu deinen Ansichten bekehrt hast, stellst du jetzt plötzlich alles auf den Kopf … Völlig grundlos, nur wegen eines Gefühls, bringst du alles, was du früher gesagt hast, durcheinander! Du vernichtest das bisschen Zuneigung und Ehrfurcht, das ich mir noch für die Kirche wie für eine alte Bekanntschaft bewahrt habe … Es ist mir unbegreiflich, dass du nun deine alte Logik völlig außer Acht lässt. Bist nur du so, oder ist das bei Frauen normal? Ist der Verstand einer Frau überhaupt ein Ganzes oder vielmehr ein Bruch, der nie auf eine ganze Zahl kommt? Wie sehr hast du darauf beharrt, dass Ehe nur ein umständlicher Vertrag ist – womit du recht hattest – wie du all die Einwände dagegen aufgezählt hast … all die Absurditäten! Falls zwei plus zwei vier ergab, als wir zusammen glücklich waren, ergibt es jetzt doch gewiss immer noch vier? Noch einmal: Ich kann es nicht begreifen!«

»Ah, lieber Jude; das ist so, weil du wie ein vollkommen Gehörloser bist, der Musik hörende Leute betrachtet. Du sagst: ›Was sehen sie an? Da ist nichts.‹ Und doch ist da etwas.«

»Das sind harte Worte von dir, und es ist kein passender Vergleich! Du hast dich der alten Hülsen der Vorurteile entledigt und mich gelehrt, dasselbe zu tun; und jetzt verwirfst du deine früheren Überzeugungen. Ich gebe zu, ich weiß einfach nicht mehr, was ich von dir halten soll.«

»Lieber Freund, mein einziger Freund, sei nicht so streng mit mir! Ich kann nicht anders sein als ich bin, und ich bin überzeugt, dass ich recht habe … dass ich endlich das Licht sehe. Aber wie könnte mir das weiterhelfen?«

Sie gingen ein paar Schritte, bis sie vor dem Gebäude standen, und sie brachte den Schlüssel zurück. »Ist dies das Mädchen«, sagte Jude bei ihrer Rückkehr und fühlte sich ein wenig beschwingter, nun da er sich wieder auf offener Straße befand, »ist dies das Mädchen, das die heidnischen Götter in die christlichste aller Städte brachte? … das Miss Fontover nachäffte, als sie die Figuren zermalmte? … das Gibbon und Shelley und Mill zitierte? Wo sind dein lieber Apollo und deine liebe Venus jetzt?«

»Oh, bitte, bitte sei nicht so grausam zu mir, Jude, wo ich doch so unglücklich bin!«, schluchzte sie. »Ich ertrage es nicht! Ich habe mich geirrt … ich kann nicht mit dir diskutieren. Ich lag falsch … war stolz auf meinen Irrglauben! Arabellas Ankunft war der Schlussstrich. Mach dich nicht lustig über mich: das trifft mich tief!«

Er umarmte und küsste sie leidenschaftlich mitten auf der stillen Straße, ehe sie ihn abweisen konnte. Sie gingen weiter, bis sie ein kleines Kaffeehaus erreichten. »Jude«, sagte sie, ihre Tränen zurückhaltend, »hättest du etwas dagegen, hier zu übernachten?«

»Ich tu's … wenn du es wirklich willst? Ehrlich? Ich möchte dich zu unserer Tür begleiten und dich verstehen.«

Er ging mit ihr und führte sie hinein. Sie sagte, sie wolle kein Abendessen, stieg die dunkle Treppe hinauf und machte Licht. Sich umdrehend sah sie, dass Jude ihr gefolgt war und an der Zimmertür stand. Sie trat zu ihm, reichte ihm die Hand und sagte: »Gute Nacht.«

»Aber Sue! Wohnen wir denn nicht hier?«

»Du sagtest, dass du tust, was ich will!«

»Ja. Na schön! … Es war vielleicht nicht richtig von mir, dir so gemein zu widersprechen! Vielleicht hätten wir uns trennen sollen, nachdem wir nicht guten Gewissens auf altmodische Art heiraten konnten. Vielleicht ist die Welt nicht hinreichend aufgeklärt, um solche Experimente wie unseres zu dulden. Wie kamen wir dazu, zu glauben, wir könnten Vorreiter sein!«

»Ich bin froh, dass du zumindest das einsiehst. Ich hatte nie die Absicht, zu tun, was ich tat. Meine unrechtmäßige Stellung verdanke ich Eifersucht und Übermut!«

»Aber auch Liebe … du hast mich geliebt?«

»Ja. Aber ich wollte nicht, dass wir weitergehen, sondern immer ein Liebespaar bleiben; bis …«

»Aber Liebende können nicht ewig so weiterleben!«

»Frauen schon: Männer nicht, weil sie … es nicht tun. In dieser Hinsicht ist eine Durchschnittsfrau einem Durchschnittsmann überlegen … dass sie nie anstiftet, nur reagiert. Wir hätten lediglich als Seelenverwandte zusammenleben sollen.«

»Ich bin unglückseligerweise schuld daran, dass es anders kam, wie ich schon sagte! … Gut, wie du willst! … Doch die menschliche Natur kann nicht anders sein, als sie nun mal ist.«

»Doch … genau das muss sie lernen … Selbstbeherrschung.«

»Noch einmal … wenn jemand schuld ist, dann ich, nicht du.«

»Nein … ich. Deine Schlechtigkeit bestand lediglich in der natürlichen Sehnsucht eines Mannes, eine Frau zu besitzen. Meine bestand darin, deine Liebe nicht zu erwidern, bis Neid mich dazu brachte, Arabella zu verdrängen. Ich dachte, es wäre gütig von mir, mich dir hinzugeben … dass es verdammenswert selbstsüchtig wäre, dich so zu peinigen wie meinen anderen Freund. Doch ich hätte nie nachgegeben, wenn du meinen Widerstand nicht gebrochen hättest, indem du mich fürchten ließest, dass du zu ihr zurückkehrst … Aber reden wir nicht länger darüber! Jude, wirst du mich jetzt allein lassen?«

»Ja … Aber Sue … da du dennoch meine Frau bist«, platzte er heraus, »war mein alter Vorwurf an dich letztlich doch zutreffend. Du hast mich nie geliebt, wie ich dich liebe … niemals … niemals! Du hast kein leidenschaftliches Herz … dein Herz brennt nicht wie eine Flamme! Im Großen und Ganzen bist du eine Art Fee oder Elfe … keine Frau!«

»Anfangs habe ich dich nicht geliebt, Jude; das gebe ich zu. Als ich dich kennenlernte, wollte ich nur, dass du mich liebst. Ich habe dir nicht wirklich schöne Augen gemacht, doch jenes angeborene Sehnen, das die Moral so vieler Frauen fast noch mehr untergräbt als ungezügelte Leidenschaft – die Sehnsucht, anziehend und fesselnd zu wirken, ganz gleich ob es den Mann verletzen mag –, das hatte mich gepackt; und als ich merkte, dass ich dich umgarnt hatte, fürchtete ich mich. Und dann … ich weiß nicht, wie es dazu kam … konnte ich es nicht ertragen, dich gehen zu lassen … wahrscheinlich zu Arabella … und so begann ich dich zu lieben, Jude. Doch auch wenn es zu Liebe geführt hat, begann es mit dem selbstsüchtigen und grausamen Wunsch, dass du dich nach mir verzehren sollst, ohne dass ich mich nach dir verzehrte.«

»Und jetzt bist du noch grausamer, indem du mich verlässt!«

»Ah … ja! Je mehr ich mich abquäle, desto mehr Schaden richte ich an!«

»Oh Sue!«, sagte er, sich plötzlich selbst in Gefahr wähnend. »Handle nicht unmoralisch aus moralischen Gründen! Du warst meine gesellschaftliche Erlösung. Bleib bei mir, um der Menschlichkeit willen! Du weißt, was für ein Schwächling ich bin. Du kennst meine beiden Erzfeinde … meine Schwäche für Frauen und meinen Hang zum Alkohol. Überlasse mich ihnen nicht, Sue, nur um deine eigene Seele zu retten! Sie wurden gänzlich auf Abstand gehalten, seit du mein Schutzengel bist! Seit du bei mir bist, konnte ich mich ohne Risiko jeder Versuchung stellen. Ist mein Wohlergehen es nicht wert, etwas weniger dogmatisch zu sein? Ich fürchte, wenn du mich verlässt, ergeht es mir wie dem gewaschenen Schwein, das sich erneut im Dreck suhlt!«

Sue brach in Tränen aus. »Oh, das darfst du nicht, Jude! Das wirst du nicht! Ich bete Tag und Nacht für dich!«

»Schon gut … vergiss es; gräme dich nicht«, sagte Jude großzügig. »Ich habe damals deinetwegen gelitten, weiß Gott; und nun leide ich wieder. Aber vielleicht nicht so sehr wie du. Auf lange Sicht ist es die Frau, die das Schlimmste erduldet!«

»Das stimmt.«

»Wenn sie nicht vollkommen nichtswürdig und niederträchtig ist. Und auf diese hier trifft das keinesfalls zu!«

Sue schöpfte ein-, zweimal nervös Atem. »Ich fürchte doch! … Also, Jude … gute Nacht … bitte!«

»Ich darf nicht bleiben? … Nur einmal noch? Wie schon so oft … Oh Sue, meine Frau, warum nicht!«

»Nein … nein … nicht Frau! … Ich bin in deiner Hand, Jude … locke mich nicht zurück, nun da ich schon so weit gekommen bin!«

»Na schön. Ich folge deinem Wunsch. Ich schulde es dir, Schatz, als Strafe dafür, dass ich es das erste Mal zurückgewiesen habe. Mein Gott, was war ich selbstsüchtig! Womöglich … womöglich habe ich die erhabenste und reinste Liebe verdorben, die je zwischen Mann und Frau existierte! … Dann soll der Vorhang unseres Tempels von dieser Stunde an in zwei Teile zerrissen sein!«

Er trat zum Bett, nahm eines der beiden Kissen und schleuderte es zu Boden.

Sue sah ihn an und weinte leise, über den Bettrahmen gebeugt. »Du verstehst nicht, dass es für mich eine Frage des Gewissens ist und ich dich keineswegs verabscheue!«, murmelte sie gebrochen. »Dich verabscheuen! Doch ich kann nicht mehr darüber reden … es bricht mir das Herz … es würde alles zunichtemachen, was ich begonnen habe! Jude … gute Nacht!«

»Gute Nacht«, sagte er, sich abwendend.

»Oh, küss mich doch!«, sagte sie aufgeschreckt. »Ich kann es nicht … ertragen …!«

Er umklammerte sie und küsste fast leidenschaftlicher als je zuvor ihr tränenüberströmtes Gesicht, und sie schwiegen, bis sie sagte: »Leb wohl, Leb wohl!« Und dann schob sie ihn sanft fort, löste sich von ihm und versuchte den Kummer durch ihre Worte zu lindern: »Wir werden trotzdem gute Freunde bleiben, nicht wahr, Jude? Und wir werden einander manchmal wiedersehen … Ja! … und all das vergessen und versuchen so zu sein wie vor langer Zeit?«

Jude gestattete sich keine Antwort, drehte sich um und ging die Treppe hinab.

VI–4

Der Mann, den Sue nach ihrer geistigen Kehrtwende nun als ihren unzertrennlichen Gatten betrachtete, wohnte immer noch in Marygreen. Am Tag vor der Tragödie der Kinder hatte Phillotson sie und Jude gesehen, während sie in Christminster im Regen standen und die Prozession zum Theater beobachteten. Doch er hatte bislang nichts davon seinem Kameraden Gillingham erzählt, der ihn als alter Freund im Dorf besuchte und tatsächlich den Tagesausflug nach Christminster vorgeschlagen hatte.

»Woran denkst du?«, sagte Gillingham auf dem Heimweg. »An den Universitätsabschluss, den du nie gemacht hast?«

»Nein, nein«, sagte Phillotson barsch. »An jemanden, den ich heute gesehen habe.« Kurz darauf ergänzte er: »Susanna.«

»Ich habe sie auch gesehen.«

»Du hast es nicht erwähnt.«

»Ich wollte dich nicht auf sie aufmerksam machen. Aber da du sie nun einmal gesehen hast, hättest du sagen sollen: ›Wie geht's, meine Verflossene?‹«

»Ah, ja. Hätte ich vielleicht. Aber was hältst du davon: Ich habe guten Grund zu der Annahme, dass sie unschuldig war, als ich mich scheiden ließ … dass ich mich geirrt hatte. Ja, tatsächlich! Eigenartig, oder?«

»Offensichtlich hat sie im Nachhinein dafür gesorgt, dass du dennoch recht hattest.«

»Hm. Das ist schäbig von dir. Ich hätte warten sollen, zweifellos.«

Ende der Woche, Gillingham war an seine Schule in der Nähe von Shaston zurückgekehrt, besuchte Phillotson wie gewohnt den Markt in Alfredston; als er den langen Hügel hinabstieg, den er noch vor Jude kennengelernt hatte, auch wenn seine Geschichte nicht so eng mit dem Abhang verbunden war, grübelte er erneut über Arabellas Mitteilung. In der Stadt angekommen, kaufte er wie jede Woche das Lokalblatt; und als er sich in ein Gasthaus setzte, um sich für die fünf Meilen Rückweg zu stärken, zog er die Zeitung aus der Tasche und las eine Weile. Sein Blick fiel auf den Bericht über den »merkwürdigen Selbstmord der Steinmetzkinder«.

Obwohl er keineswegs zu Gefühlsausbrüchen neigte, hinterließ die Lektüre einen schmerzlichen Eindruck, und zugleich verblüffte sie ihn, denn er konnte nicht begreifen, dass das ältere Kind wirklich so alt gewesen war wie behauptet. Es stand jedoch außer Zweifel, dass der Artikel weitgehend der Wahrheit entsprach.

»Ihr Kelch an Kummer ist randvoll!«, sagte er; und dachte immerzu an Sue und was sie nun davon hatte, ihn verlassen zu haben.

Da Arabella in Alfredston wohnte und der Schulmeister dort jeden Samstag den Markt besuchte, mag es wenig verwunderlich erscheinen, dass sie sich wenige Wochen später erneut über den Weg liefen – gleich nach ihrer Rückkehr aus Christminster, wo sie viel länger geblieben war, als zunächst beabsichtigt, und den ahnungslosen Jude interessehalber im Auge behalten hatte. Phillotson befand sich auf seinem Heimweg, als er Arabella begegnete, während sie in die Stadt ging.

»Sie gehen gern hier spazieren, Mrs. Cartlett?«, sagte er.

»Ich hab eben erst wieder damit ang'fangen«, erwiderte

sie. »Hier hab ich als Mädel und Frau gelebt, und alles aus meiner Vergangenheit, was mir nahgeht, hat was mit dieser Straße zu tun. Und kürzlich hat's bei mir all die alten G'schichten aufg'wühlt; denn ich war auf Besuch in Christminster. Ja; ich hab Jude getroffen.«

»Ah! Wie ertragen die beiden den schrecklichen Verlust?«

»Auf seeehr merkwürdige Weise … seeehr merkwürdig! Sie lebt nicht mehr mit ihm zusammen. Man hat's mir erst kurz vor meiner Abreise bestätigt; obwohl ich schon geahnt hab, dasses drauf hinausläuft, als ich sie besuchte.«

»Sie lebt nicht bei ihrem Mann? Also, ich hätte gedacht, die Angelegenheit würde sie enger zusammenschweißen.«

»Er ist ja letztlich nich ihr Mann. Sie hat ihn nie richtig g'heiratet, auch wenn sie so lang als Mann und Frau durchgegangen sind. Und jetzt hat die traurige G'schicht sie nich auf die Idee gebracht, alles schleunigst gesetzmäßig in Ordnung zu bringen, sondern dazu g'führt, dass sie's auf versponnene Weise religiös betrachtet, so wie ich damals in meinem Kummer, als ich Cartlett verlor, nur ist's bei ihr hysterischer als bei mir. Und man hat mir erzählt, dass sie sagt, dass sie vor den Augen Gottes und der Kirche Ihre Frau ist – ganz allein Ihre; und kein Mensch könnt dran was ändern.«

»Ah … tatsächlich? … Getrennt haben sie sich!«

»Wissens, der älteste Junge ist meiner g'wesen …«

»Oh … Ihrer!«

»Ja, armer kleiner Kerl … Gott sei Dank ehelich geboren. Und vielleicht hat sie das G'fühl, dass ich letzten Endes an ihrer Stelle hätt sein sollen. Ich weiß nich. Was mich angeht, ich werd allerdings bald von hier verschwinden. Ich muss mich um meinen Vater kümmern, und an so nem faden Ort wie dem hier können wir nich leben. Ich hoff, dass ich bald wieder inner Bar in Christminster oder ner andren großen Stadt arbeite.«

Sie gingen auseinander. Nachdem Phillotson ein paar Schritte den Hügel hinaufgegangen war, blieb er stehen, eilte zurück und rief sie.

»Wie lautet oder lautete ihre Adresse?«

Arabella sagte es ihm.

»Danke. Einen schönen Nachmittag.«

Arabella lächelte schmierig, als sie weiterging und auf der Straße, vom Beginn der Allee mit den gestutzten Weiden bis hin zu den alten Armenhäusern am Stadtrand, das Grübchenmachen übte.

Unterdessen stieg Phillotson hinauf nach Marygreen, und erstmals seit langer Zeit schmiedete er Zukunftspläne. Als er unter den großen Bäumen die Wiese zum bescheidenen Schulhaus überquerte, wo er gezwungenermaßen unterrichtete, blieb er einen Moment stehen und stellte sich vor, wie Sue aus der Tür trat und ihn begrüßte. Niemand, weder Christ noch Heide, hatte wegen seiner eigenen Gutmütigkeit mehr Unbill erfahren als Phillotson, indem er Sue die Freiheit geschenkt hatte. Die Moralapostel hatten ihn bis an die Grenze des Erträglichen von Pontius zu Pilatus gejagt; beinah wäre er verhungert, und nun war er gänzlich vom winzigen Gehalt seiner Dorfschule abhängig (dort hatte man den Pfarrer beschimpft, weil er ihm einen Freundschaftsdienst leistete). Oft hatte er über Arabellas Bemerkung nachgedacht, er hätte strenger mit Sue umspringen sollen, um ihr die Widerspenstigkeit rasch auszutreiben. Doch seine hartnäckige und unlogische Missachtung von Meinungen und eingetrichterten Prinzipien führte dazu, dass er nach wie vor überzeugt war, er habe im Umgang mit seiner Frau richtig gehandelt.

Prinzipien, die durch Gefühle in einer Richtung untergraben werden können, neigen dazu, dasselbe Unheil anzurichten, wenn man sie in einer anderen Richtung untergräbt. Die Instinkte, die ihm erlaubt hatten, Sue ihre Freiheit zu schenken, ermöglichten es ihm nun, sie wegen ihres Zusammenlebens mit Jude keineswegs schlechter zu beurteilen. Er verlangte auf seine seltsame Art immer noch nach ihr, auch wenn er sie nicht liebte, und bald hatte er, unabhängig von taktischen Überlegungen, das Gefühl, er wäre glücklich, sie erneut als die Seine betrachten zu können, immer unter der Vorraussetzung, sie käme aus freien Stücken.

Doch ihm war klar geworden, dass man listig sein musste, um anzukämpfen gegen den kalten und unmenschlichen Sturm gesellschaftlicher Ächtung. Und hier hatte er alles, was er dazu brauchte. Indem er Sue zurückholte und sie unter dem ehrbaren Vorwand, sich in ihr getäuscht zu haben, erneut heiratete und damit seine Scheidung rückgängig machte, könnte er etwas Ruhe finden, seine alten Pläne wiederaufnehmen, vielleicht zurückkehren an die Schule in Shaston, wenn nicht sogar als Lizentiat der Kirche dienen.

Er überlegte, ob er Gillingham schreiben und um seine Meinung bitten sollte, ihn fragen, was er davon halte, wenn er, Phillotson, ihr einen Brief schicke. Gillingham antwortete natürlich, dass es besser wäre, sie in Frieden zu lassen, nun da sie fort sei; und er meinte, dass sie vor allen anderen die Frau des Mannes sei, dem sie drei Kinder geboren habe und solch tragische Abenteuer verdanke. Wahrscheinlich werde das unvergleichliche Paar, da Judes Zuneigung außergewöhnlich stark zu sein schien, ihre Beziehung irgendwann rechtlich regeln, und alles wäre gut, anständig und in Ordnung.

»Aber das werden sie nicht … Sue wird es nicht tun!«, rief Phillotson im Selbstgespräch. »Gillingham ist so sachlich. Sie steht unter dem Einfluss der Geisteshaltung und Lehren von Christminster. Ich verstehe ihre Ansichten über die Unauflösbarkeit der Ehe gut genug und weiß, wo sie sie aufgeschnappt hat. Ich teile sie nicht; aber ich werde sie nutzen, um meine Ziele zu erreichen.«

Er schrieb eine kurze Antwort an Gillingham. »Ich weiß, dass ich vollkommen falschliege, aber ich teile Deine Meinung nicht. Was ihr Zusammenleben mit ihm und die drei Kinder angeht, kommt es mir so vor (obwohl ich es im Sinne der alten Schriften nicht logisch oder moralisch rechtfertigen kann), dass dies wenig mehr bewirkt hat, als ihre Erziehung abzuschließen. Ich schreibe ihr, um zu erfahren, ob das, was diese Frau behauptet hat, wahr ist oder nicht.«

Da er sich dazu bereits entschlossen hatte, bevor er seinem Freund schrieb, hatte es eigentlich keinen Grund gegeben, diesen zu traktieren. Die Handlungsweise entsprach allerdings Phillotsons Naturell.

So schickte er einen sorgfältig formulierten Brief an Sue, und da er ihr Temperament kannte, streute er hie und da ein wenig rhadamantysische Strenge in seine Zeilen, wobei er sorgsam seine irrgläubigen Gefühle verbarg, um sie nicht zu verschrecken. Er bemerkte, ihm sei zu Ohren gekommen, dass sich ihre Ansichten beträchtlich geändert hätten, und deswegen fühle er sich genötigt, ihr mitzuteilen, dass auch die seinen durch das, was nach ihrer Trennung geschehen sei, in großem Maße verändert waren. Er wolle ihr keineswegs verheimlichen, dass sein Schreiben kaum etwas mit leidenschaftlicher Liebe zu tun habe. Es sei aus dem Wunsch heraus entstanden, ihr Leben nicht unbedingt zum Erfolg zu führen, es jedoch zumindest vor einem drohenden katastrophalen Scheitern zu bewahren, bewirkt durch seine frühere Haltung zu Gerechtigkeit, Güte und Vernunft sowie seinem entsprechenden Handeln.

Er habe herausgefunden, dass man in einer alten Zivilisation wie der unseren nicht ungestraft davonkomme, wenn man dem eigenen, instinktiven und unkontrollierten Verständnis von Gerechtigkeit und Rechtmäßigkeit nachgebe. Es sei notwendig, gemäß eines erlernten und weiterentwickelten Verständnisses desselben zu handeln, wollte man den durchschnittlichen Anteil an Behaglichkeit und Ehre genießen, während man an die einfältige Barmherzigkeit keinen Gedanken verschwenden solle.

Er schlug vor, sie solle zu ihm nach Marygreen kommen.

Nach reiflicher Überlegung strich er den letzten Abschnitt, bis auf einen Satz; und nachdem er den Brief noch einmal geschrieben hatte, schickte er ihn sofort ab und wartete einigermaßen gespannt auf das Ergebnis.

Ein paar Tage später schritt eine Gestalt durch den weißen Nebel, welcher Beersheba, den Vorort Christminsters, umhüllte, auf das Quartier zu, das Jude nach seiner Trennung von Sue bezogen hatte. Ein schüchternes Klopfen ertönte an der Tür seiner Wohnung.

Es war Abend – er war also zu Hause; und da er eine Art Vorahnung hatte, sprang er auf und eilte persönlich zur Tür.

»Kommst du heraus? Ich möchte lieber nicht hereinkommen. Ich will … mit dir reden … und mit dir den Friedhof besuchen.«

Diese Worte wurden in Sues zittrigem Tonfall gesprochen. Jude setzte seinen Hut auf. »Es ist zu trist für einen Spaziergang«, sagte er. »Doch wenn du lieber nicht hereinkommen möchtest, habe ich nichts dagegen.«

»Ja … gut. Ich halte dich nicht lange auf.«

Jude war anfangs zu aufgewühlt, um weiterzusprechen; auch sie war mittlerweile solch ein Nervenbündel, dass sie sich aus eigenem Antrieb offenbar zu nichts mehr aufraffen konnte, und sie gingen lange Zeit wie Acheron'sche Schatten durch den Nebel, geräuschlos und ohne zu gestikulieren.

»Ich möchte dir etwas mitteilen«, sagte sie bald darauf, mal schnell, mal langsam sprechend, »damit du es nicht zufällig erfährst. Ich kehre zurück zu Richard. Er hat so … großmütig angeboten … alles zu vergeben …«

»Zurück? Wie kannst du …«

»Er wird mich erneut heiraten. Der Form halber, damit die Welt zufrieden ist, die nicht unsere Ansichten teilt. Aber ich *bin* natürlich bereits seine Frau. Daran hat sich nichts geändert.«

Er wandte sich an sie, in einem gepeinigten, an Wut grenzenden Ton.

»Aber du bist *meine* Frau! Ja, das bist du. Du weißt es. Ich habe immer unsere Finte bedauert, fortzugehen und bei der Rückkehr so zu tun, als hätten wir rechtmäßig geheiratet, um den Schein zu wahren. Ich habe dich geliebt und du hast mich geliebt; und wir waren uns einig; und das war unsere Ehe. Wir – du ebenso wie ich – lieben uns immer noch … ich weiß es, Sue! Darum kann unsere Ehe nicht für ungültig erklärt werden.«

»Ja; ich weiß, wie du darüber denkst«, antwortete sie, ihre Gefühle verzweifelt unterdrückend. »Aber ich heirate ihn noch einmal, so wie du es nennen würdest. Um genau zu sein, solltest du – verzeih, dass ich das sage, Jude! – Arabella zurücknehmen.«

»Sollte ich? Grundgütiger … was kommt als Nächstes! Aber was wäre, wenn wir rechtmäßig geheiratet hätten, so wie wir es beinah getan hätten?«

»Ich hätte ebenso empfunden … dass unsere Vermählung nichtig ist. Und ich wäre zu Richard zurückgegangen, ohne die Trauung zu wiederholen, wenn er mich darum gebeten hätte. Doch ›die Welt und ihre Wege haben einen gewissen Wert‹ (nehme ich an); deshalb stimme ich zu, die Zeremonie zu erneuern … Lösche nicht meinen letzten Lebensfunken, indem du mich verhöhnst oder mir widersprichst, ich flehe dich an! Ich weiß, ich war einst die Stärkere und hab dich womöglich grausam behandelt. Aber du kannst das Böse gegen das Gute tauschen, Jude! Jetzt bin ich die Schwächere. Räche dich nicht an mir, sondern sei gütig. Oh, sei gütig zu mir … einer armen, sündigen Frau, die versucht, sich zu bessern!«

Er schüttelte hoffnungslos den Kopf, die Augen tränenfeucht. Ihr Schicksalsschlag hatte sie wohl ihres Verstandes beraubt. Der einst so scharfe Blick war getrübt. »Völlig falsch, völlig falsch!«, sagte er heiser. »Fehler … Irrsinn! Es macht mich ganz verrückt. Hast du ihn gern? Liebst du ihn? Du weißt, dass das nicht der Fall ist! Das wird eine fanatische Entwürdigung … Gott vergib mir, ja … bestimmt!«

»Ich liebe ihn nicht … ich muss, muss es zugeben, zu meinem tiefsten Bedauern! Aber ich werde versuchen, zu lernen ihn zu lieben, indem ich ihm gehorche.«

Jude widersprach, drängte, flehte; doch ihre Überzeugung war unerschütterlich. Es schien das Einzige auf Erden zu sein, auf dem sie beharrte, und ihre Entschlossenheit in diesem Punkt schien jeden anderen Trieb oder Wunsch ins Wanken zu bringen.

»Ich war rücksichtsvoll genug, dir die ganze Wahrheit zu sagen, und dies unter vier Augen«, sagte sie stockend, »damit du dich nicht übergangen fühlst, wenn du es auf Umwegen erfährst. Ich hab sogar die schmerzliche Tatsache gestanden, dass ich ihn nicht liebe. Ich glaube nicht, dass du deswegen so grob zu mir sein solltest. Ich wollte dich bitten …«

»Dich zum Altar zu führen?«

»Nein. Mir meine Koffer … zu schicken … bitte. Aber das willst du wohl nicht.«

»Natürlich mach ich das! Wie … kommt er nicht, um dich abzuholen … dich von hier zur Hochzeitsfeier zu bringen? Lässt er sich nicht dazu herab?«

»Nein … das lasse ich nicht zu. Ich gehe freiwillig zu ihm, genauso wie ich ihn verlassen habe. Wir heiraten in dieser kleinen Kirche in Marygreen.«

Sie war in dem, was er ihre Verdrehtheit nannte, so traurig und lieblich zugleich, dass Jude aus Mitleid mit ihr mehr als einmal in Tränen ausbrach. »Ich habe noch nie eine Frau wie dich erlebt, Sue, die sich spontan eine solche Buße auferlegt! Kaum glaubt man, dass du als einzig rationale Entscheidung den geraden Weg wählst, bist du auch schon um die nächste Ecke abgebogen!«

»Ah, gut; lass es dabei bewenden! … Jude, ich muss Lebewohl sagen! Aber ich wollte mit dir den Friedhof besuchen. Lass uns dort Abschied nehmen … an den Gräbern derer, die mir klarmachten, dass meine Ansichten falsch waren.«

Sie bogen in die entsprechende Richtung ab, und auf ihre Bitte hin öffnete man das Tor. Sue war oft dort gewesen und konnte den Weg zu der Stelle im Dunkeln finden. Sie erreichten sie und blieben reglos stehen.

»Hier ist es … hier wollen wir uns trennen«, sagte sie.

»So sei es!«

»Halte mich nicht für hartherzig, weil ich aus Überzeugung gehandelt habe. Deine großmütige Ergebenheit mir gegenüber ist unvergleichlich, Jude! Dein weltliches Scheitern, falls du gescheitert bist, spricht eher für als gegen dich. Denk daran, dass die Besten und Größten der Menschheit jene sind, die sich selbst keinen Vorteil auf Erden verschaffen. Jeder erfolgreiche Mensch ist mehr oder weniger selbstsüchtig. Die Hingebungsvollen scheitern … ›Liebe sucht nicht den eigenen Vorteil.‹«

»Auf diesen Vers können wir uns einigen, ewig geliebter Schatz, und mit diesen Worten können wir als Freunde auseinandergehen. Sie behalten ihre Gültigkeit, wenn der Rest von dem, was du Religion nennst, verschwunden ist!«

»Gut … stelle es nicht infrage. Leb wohl, Jude; mein Bruder in Sünde und liebster Freund!«

»Leb wohl, meine irregeleitete Frau. Leb wohl!«

VI–5

Am nächsten Nachmittag hing der vertraute Nebel von Christminster immer noch über allem. Sues schlanke Gestalt war auf dem Weg zum Bahnhof kaum zu erkennen.

Jude hatte an jenem Tag nicht das Herz, zur Arbeit zu gehen. Auch konnte er nicht die ungefähre Richtung nehmen, die sie wahrscheinlich einschlagen würde. Er ging in die Gegenrichtung in eine triste, seltsame, flache Gegend, wo es von den Zweigen tropfte, wo Keuchhusten und Schwindsucht lauerten, und wo er nie zuvor gewesen war.

»Sue hat mich verlassen … verlassen!«, murmelte er verzagt.

Ihr Zug war unterdessen abgefahren und hatte Alfredston Road erreicht, wo sie in die Dampfstraßenbahn umstieg und in die Stadt gelangte. Sie hatte Phillotson ersucht, sie nicht abzuholen. Sie wolle freiwillig zu ihm kommen, sagte sie, bis zu seinem Haus und Herd.

Sie hatten sich für Freitagabend verabredet, denn an diesem Tag hatte der Schulmeister ab vier Uhr bis zum nächsten Montagmorgen frei. Die kleine Droschke, die sie am Gasthof The Bear für die Fahrt nach Marygreen mietete, ließ sie wunschgemäß am Ende der Straße, eine halbe Meile vor dem Dorf, aussteigen und fuhr mit ihrem Gepäck voraus zum Schulhaus. Als sie ihr auf der Rückfahrt entgegenkam, fragte Sue den Kutscher, ob das Haus des Lehrers offen gewesen sei. Der Mann bestätigte dies und gab an, ihre Sachen seien vom Schulmeister persönlich hineingebracht worden.

Sie konnte nun Marygreen betreten, ohne viel Aufmerksamkeit zu erregen. Sie ging am Brunnen vorbei und unter den Bäumen zur hübschen neuen Schule auf der anderen Seite und öffnete die Haustür, ohne anzuklopfen. Phillotson stand in der Mitte des Zimmers und erwartete sie wie abgemacht.

»Ich bin hier, Richard«, sagte sie, blass und zerrüttet aussehend, und sank in einen Sessel. »Ich kann nicht glauben … dass du … deiner Frau vergibst!«

»Alles, liebste Susanna«, sagte Phillotson.

Sie zuckte bei den zärtlichen Worten zusammen, obwohl sie wohlweislich ohne Leidenschaft ausgesprochen wurden. Dann raffte sie sich wieder auf.

»Meine Kinder … sind tot … und das ist richtig so! Ich bin froh darüber … beinah. Sie wurden in Sünde empfangen. Sie wurden geopfert, um mich zu lehren, wie ich leben soll! … Ihr Tod war die erste Stufe meiner Läuterung. Deswegen sind sie nicht sinnlos gestorben! … Nimmst du mich zurück?«

Er war von ihren mitleiderregenden Worten und ihrem Tonfall dermaßen aufgewühlt, dass er mehr tat, als er beabsichtigt hatte. Er beugte sich herab und küsste sie auf die Wange.

Sue schreckte unmerklich zurück, ihr Leib zitterte unter der Berührung seiner Lippen.

Phillotson verzagte, denn seine Begierde war neu entflammt. »Du hegst immer noch eine Abneigung gegen mich!«

»Oh nein, Liebling … ich … bin durch die feuchte Luft gefahren und mich hat gefröstelt!«, sagte sie mit einem hastig vorgeschobenen, furchtsamen Lächeln. »Wann ist die Hochzeit? Bald?«

»Morgen früh, sehr früh, dachte ich … wenn du wirklich willst. Ich gebe dem Vikar Bescheid, dass du da bist. Ich habe ihm alles erzählt, und er ist ganz und gar dafür … meint, dass es unsere Leben zu einem triumphalen und befriedigenden Abschluss führt. Aber … bist du dir sicher? Es ist noch nicht zu spät für einen Rückzug, wenn … wenn du glaubst, dass du dich nicht dazu überwinden kannst, weißt du?«

»Ja, ja, ich kann! Ich will es schnell hinter mich bringen. Sag ihm das, sag's ihm sofort! Die Sache zehrt an meinen Kräften … ich kann nicht lange warten!«

»Iss und trink erst einmal etwas und geh dann hinüber in dein Zimmer bei Mrs. Edlin. Ich sage dem Vikar, morgen um halb neun, bevor irgendjemand auf den Beinen ist … falls dir das nicht zu früh ist? Mein Freund Gillingham ist hier, um uns bei der Feier zu helfen. Er war so nett und hat sich die große Mühe gemacht, eigens von Shaston anzureisen.«

Anders als andere Frauen, die für gewöhnlich ein gutes Auge für materielle Dinge haben, schien Sue nichts wahrzunehmen von dem Zimmer, in dem sie sich befanden, oder irgendein Detail ihrer Umgebung. Doch als sie den Salon durchquerte, um ihren Muff abzulegen, ließ sie ein leises »Oh!« vernehmen und wurde noch blasser als zuvor. Ihr Blick glich dem eines verurteilten Verbrechers, der seinem Sarg gegenübersteht.

»Was?«, sagte Phillotson.

Die Klappe des Sekretärs stand zufällig offen, und als sie ihren Muff ablegte, sah sie ein dort liegendes Dokument.

»Oh … nur ein … alberner Schreck!«, sagte sie und versuchte ihre Tränen wegzulachen, als sie zum Tisch zurückkehrte.

»Ah! Ja«, sagte Phillotson. »Die Urkunde … Sie ist eben erst eingetroffen.«

Gillingham kam nun aus seinem Zimmer im Oberstock zu ihnen herunter, und die nervöse Sue gab sich ihm gegenüber liebenswürdig, indem sie über alles sprach, was er ihrer Meinung nach hören wollte, nur nicht über sich selbst, obwohl ihn das am meisten interessierte. Gehorsam aß sie eine Kleinigkeit zu Abend und machte sich auf zu ihrer nahegelegenen Unterkunft. Phillotson überquerte die Wiese mit ihr und wünschte ihr vor Mrs. Edlins Haustür gute Nacht.

Die alte Frau begleitete Sue zu ihrem vorübergehenden Quartier und half ihr beim Auspacken. Unter anderem legte sie ein Nachthemd mit geschmackvoll gesticktem Saum heraus.

»Oh … ich hatte keine Ahnung, dass ich *das* eingepackt hab!«, sagte Sue rasch. »Ich wollte es gar nicht. Hier ist ein anderes.« Sie holte ein neues und überaus schlichtes Nachtgewand aus grobem, ungebleichtem Kaliko hervor.

»Aber das ists hübscheste«, sagte Mrs. Edlin. »Das hier ist nich besser alses Sackleinen aus der Heiligen Schrift!«

»Ja … so soll es sein. Geben Sie mir das andere.«

Sie nahm es und zerriss es mit aller Kraft, und jeder Riss hallte durchs Haus wie der Ruf einer schreienden Eule.

»Aber meine Liebe, meine Liebe! … was immer …«

»Es ist ehebrecherisch! Es deutet an, was ich nicht empfinde … ich hab's vor langer Zeit gekauft … um Jude eine Freude zu machen! Weg damit!«

Mrs. Edlin hob ihre Hände, und Sue riss wutentbrannt den Baumwollstoff ganz in Streifen und warf die Stücke ins Feuer.

»Sie hättens mir geben können!«, sagte die Witwe. »Es

tut mir in der Seele weh, zuschaun zu müssen, wie eine so schöne Stickerei verbrennt … auch wenn so'n schmuckes Nachtg'wand an ner alten Frau wie mir nich viel hermacht. Meine Zeit für derlei ist ja längst abg'laufen!«

»Es ist ein verfluchtes Stück … es erinnert mich an etwas, was ich vergessen möchte!«, wiederholte Sue. »Man kann es nur noch verbrennen!«

»Jessas, was sind Sie streng! Was redens denn so und verdammens Ihre armen unschuldigen Kinder, dies verlorn ham, zum Höllenfeuer! Bei meiner Seel', für mich ist das alles andre als fromm!«

Sue barg ihr Gesicht im Bettzeug und schluchzte. »Oh, nicht, nicht! Das bringt mich um!« Nach wie vor von Kummer zerrüttet, sank sie auf die Knie.

»Ich sag Ihnen was … Sie sollten diesen Mann nich nochamal heiraten!«, sagte Mrs. Edlin empört. »Sie lieben doch noch den andren!«

»Doch, ich muss … ich gehöre ihm bereits!«

»Pah! Sie gehören zu dem andren. Wenns nich nochamal den Eheschwur leisten wolln, genau wie beim ersten Mal, wird's um so mehr Ihrm G'wissen gerecht, Sie ham ja gute Gründe, und Sie könnten weiterleben und es letztendlich in Ordnung bringen. Schließlich geht's niemanden was an, außer Ihnen beiden.«

»Richard sagt, dass er mich zurücknimmt, und ich muss folgen! Hätte er abgelehnt, wäre es nicht meine Pflicht gewesen … Jude aufzugeben. Aber …« Sie drückte ihr Gesicht weiterhin in die Bettdecke, und Mrs. Edlin verließ das Zimmer.

Phillotson war mittlerweile zu seinem Freund Gillingham zurückgekehrt, der noch beim Abendbrot saß. Bald standen sie auf und gingen hinaus auf die Wiese, ein Weilchen zu rauchen. In Sues Zimmer brannte Licht, ab und an bewegte sich ein Schatten über den Vorhang.

Sues unbeschreiblicher Charme hatte Gillingham offensichtlich beeindruckt, und nach einem Moment des Schweigens sagte er: »Na, jetzt hast du sie endlich wieder. Sie wird wohl kaum ein zweites Mal weglaufen. Dir ist die reife Frucht in die Hand gefallen.«

»Ja … ich tue wohl gut daran, sie beim Wort zu nehmen. Ich gebe zu, dass da eine Spur Egoismus ins Spiel kommt. Abgesehen davon, dass sie nun einmal ist, was sie ist, ein Luxus für einen alten Zausel wie mich, wird es meinen Ruf in den Augen der Geistlichen und orthodoxen Laien wiederherstellen, die mir nie vergeben haben, dass ich sie gehen ließ. So kann ich vielleicht bis zu einem gewissen Grad meine alten Pläne weiterverfolgen.«

»Also … wenn du irgendeinen vernünftigen Grund hast, sie noch einmal zu heiraten, dann tu es in Gottes Namen jetzt! Ich bin seit jeher dagegen gewesen, die Käfigtür zu öffnen und das Vögelchen auf so offensichtlich selbstmörderische Art fortflattern zu lassen. Du wärst inzwischen vielleicht schon Schulinspektor oder Dekan, wenn du ihr gegenüber nicht so nachgiebig gewesen wärst.«

»Ich habe mir selbst einen nicht wiedergutzumachenden Schaden zugefügt … das weiß ich.«

»Hast du sie erst einmal im Haus, halt sie fest.«

Phillotson zeigte sich an jenem Abend eher ausweichend. Er wollte nicht unmissverständlich zugeben, dass die Wiederaufnahme Sues im Grunde nichts zu tun hatte mit der Reue, dass er sie hatte gehen lassen, sondern in erster Linie einem Sitten und Bekenntnissen trotzenden menschlichen Instinkt entsprang. Er sagte: »Ja … das mach ich. Ich kenne die Frau jetzt besser. Auch wenn es gerecht war, sie freizugeben, es war für jemanden mit meinen Ansichten kaum logisch.«

Gillingham sah ihn an und fragte sich, ob der vom Spott der Gesellschaft und Phillotsons leiblichen Begierden geweckte reaktionäre Geist dazu führte, dass sein Freund Sue nun eher konventionell grausam behandeln werde anstatt wie beim ersten Mal ungezwungen und seltsam freundlich.

»Ich weiß, dass man nicht einfach seinen Regungen folgen soll«, fuhr Phillotson fort, der es mit jeder Minute als notwendiger empfand, seinem Standpunkt entsprechend zu handeln. »Ich trotzte den Lehren der Kirche, tat es aber ohne böse Absicht. Frauen üben einen so seltsamen Einfluss aus, dass sie einen zu unpassender Freundlichkeit verführen. Ich kenne mich jetzt allerdings besser. Ein wenig wohlüberlegte Strenge, vielleicht …«

»Ja; aber du darfst die Zügel nur allmählich straffen: Sei anfangs nicht zu eifrig. Sie findet sich bald damit ab.«

Die Belehrung war unnötig, obwohl Phillotson das nicht aussprach. »Ich erinnere mich, was der Vikar in Shaston sagte, als ich damals fortging, nachdem ihr Durchbrennen und mein Einverständnis für solchen Wirbel gesorgt hat: ›Das Einzige, was Sie tun können, um Ihren Rang und den Ihrer Frau zurückzugewinnen, ist zuzugeben, dass es ein Fehler war, sie nicht mit kluger und starker Hand in die Schranken zu weisen, sie aufzunehmen, falls sie wiederkommt, und künftig hart zu sein.‹ Aber damals war ich so halsstarrig, dass ich dem keine Beachtung schenkte. Und ich dachte nicht einmal im Traum daran, dass sie nach der Scheidung so etwas tun könnte.«

Das Tor von Mrs. Edlins Häuschen klickte, und jemand ging in Richtung Schule. Phillotson sagte: »Guten Abend.«

»Oh, Sie sind's, Mr. Phillotson«, sagte Mrs. Edlin. »Ich bin rübergekommen, um Sie zu sprechen. Ich war mit ihr oben und hab ihr beim Auspacken g'holfen; und bei meiner Seel', Sir, ich glaub nich, dasses sein sollt!«

»Was … die Hochzeit?«

»Ja. Sie zwingt sich dazu, die arme Kleine; und Sie können sich nich vorstellen, wie sehr sie leidet. Ich bin nie sonderlich fromm g'wesen, hab aber auch nix gegen Frömmigkeit, doch es kann nich richtig sein, sie das tun zu lassen, und Sie sollten sie davon abbringen. Freilich wird jeder sagen, dasses so gütig und barmherzig von Ihnen ist, sie z'rückzunehmen. Ich meinerseits glaub's allerdings nich.«

»Es ist ihr Wunsch, und ich bin willens«, sagte Phillotson mit ernster Zurückhaltung, und der Einwand machte ihn unvernünftigerweise störrisch. »Hier wird eine enorme Nachlässigkeit zurechtgerückt.«

»Das glaub ich nich. Wenns überhaupt irgendwem seine Frau ist, dann seine. Sie hat drei Kinder von ihm g'habt, und er liebt sie sehr; und es ist ne üble Schand, das arme kleine zitternde Ding dazu anzustacheln! Sie hat niemanden auf ihrer Seite. Ihren einzigen Freund will das dickköpfige G'schöpf nich in ihrer Nähe ham. Ich frag mich, wer ihr das in den Kopf g'setzt hat!«

»Keine Ahnung. Ich gewiss nicht. Sie macht alles freiwillig. Mehr habe ich dazu nicht zu sagen.« Phillotson klang zugeknöpft. »Sie haben die Seite gewechselt, Mrs. Edlin. Das ziemt sich nicht!«

»Na. Ich hab g'wusst, dass Sie sich über meine Worte ärgern würden; aber das ist mir wurscht. Die Wahrheit bleibt die Wahrheit.«

»Ich bin nicht verärgert, Mrs. Edlin. Dazu waren Sie eine zu nette Nachbarin. Aber es sei mir gestattet, selbst zu wissen, was für mich und Susanna das Beste ist. Sie begleiten uns dann wohl nicht zur Kirche?«

»Nein. Da soll mich lieber der Teufel holen … Ich weiß nimmermehr, wie's heutzutag zugeht! Der Ehestand ist heut so was Ernstes g'worden, dass man Angst bekommt, sich überhaupt drauf einz'lassen. Zu meiner Zeit ham wir's eher auf die leichte Schulter g'nommen; und ich wüsst nich, dasses uns deswegen schlechter ergangen wär! Wie ich und mein armer Mann uns vermählt ham, da ham wir die ganze Woch g'feiert und das ganze Kirchspiel trocken g'soffen, und dann mussten wir uns ne halbe Krone borgen, um nen Haushalt zu gründen!«

Nachdem Mrs. Edlin zu ihrem Häuschen zurückgegangen war, sagte Phillotson trübsinnig: »Ich weiß nicht, ob ich es tun sollte … vor allem nicht so schnell.«

»Warum?«

»Falls sie sich wirklich dazu zwingt, innerlich aber dagegen sträubt … es nur wegen dieses neuen Pflichtgefühls oder der Frömmigkeit macht … sollte ich ihr womöglich einen kleinen Aufschub gewähren.«

»Jetzt, wo du schon so weit gekommen bist, solltest du keinen Rückzieher machen. Das ist meine Meinung.«

»Ich kann es jetzt unmöglich aufschieben; das stimmt. Aber ich hatte Bedenken, als sie beim Anblick der Urkunde diesen kleinen Schrei ausstieß.«

»Du solltest niemals Skrupel haben, alter Knabe. Ich führe morgen früh die Braut zum Altar, und du heiratest sie. Ich hatte immer Gewissenbisse, weil ich nicht mehr Einwände gegen eure Trennung geltend gemacht habe, und nun, da wir bis zu diesem Punkt gelangt sind, bin ich nicht zufrieden, ehe ich dir geholfen habe, die Sache in Ordnung zu bringen.«

Phillotson nickte, und als er merkte, wie unerschütterlich sein Freund blieb, zeigte er sich offener: »Wenn bekannt wird, was ich getan habe, halten mich zweifellos viele für einen schwächlichen Dummkopf. Aber sie kennen Sue nicht so gut wie ich. Sie ist zwar schwer zu fassen, besitzt aber ein so grundehrliches Wesen, dass sie meiner Meinung nach nie irgendetwas getan hat, was mit ihrem Gewissen unvereinbar wäre. Dass sie mit Fawley zusammengelebt hat, ist bedeutungslos. Damals, als sie mich wegen ihm verlassen hat, glaubte sie sich im Recht. Jetzt denkt sie anders darüber.«

Der nächste Morgen brach an, und die Selbstaufopferung der Frau auf dem Altar dessen, was sie als ihre Prinzipien bezeichnete, wurde von diesen beiden Freunden, die jeweils ihre eigenen Ansichten dazu hatten, hingenommen. Phillotson ging zur Witwe Edlin hinüber, um Sue ein paar Minuten nach acht Uhr abzuholen. Der während der letzten ein, zwei Tage im Flachland herrschende Nebel war inzwischen bis herauf gezogen, und die Bäume auf der Wiese empfingen ihn mit offenen Armen und verwandelten ihn in großtropfige Schauer. Die Braut wartete, war bereit; mit Häubchen und allem Drum und Dran. Noch nie im Leben hatte sie der Lilie, auf die ihr Name anspielte, so ähnlich gesehen wie in jenem fahlen Morgenlicht. Gezüchtigt, weltmüde, reuevoll; ihre Nervenanspannung hatte von ihrem Fleisch und ihren Knochen gezehrt, und ihre Silhouette wirkte schmaler als einst, obwohl Sue, selbst als sie vor Gesundheit strotzte, alles andere gewesen war als korpulent.

»Pünktlich«, sagte der Schulmeister und ergriff großmütig ihre Hand. Doch er widerstand der Versuchung, sie zu küssen, eingedenk ihres gestrigen Schrecks, den er als unangenehme Erinnerung verwahrte.

Gillingham schloss sich an, und sie verließen das Haus, während Witwe Edlin sich weiterhin beharrlich weigerte, an der Feier teilzunehmen.

»Wo ist die Kirche?«, sagte Sue. Sie hatte kaum hier gewohnt, seit die alte Kirche abgerissen worden war, und gedankenverloren die neue vergessen.

»Hier drüben«, sagte Phillotson, und bald ragte der Turm riesenhaft und feierlich aus dem Nebel. Der Vikar war bereits zu dem Gebäude hinübergegangen, und als sie eintraten, meinte er freundlich: »Wir haben wohl nicht genug Kerzen.«

»Du willst mich … doch wirklich, Richard?«, flüsterte Sue stockend.

»Gewiss, Liebling; vor allem anderen auf der Welt.«

Sue schwieg, und zum zweiten oder dritten Mal überkam ihn das Gefühl, nicht unbedingt derselben menschlichen Regung zu folgen, welche ihn dazu gebracht hatte, sie gehen zu lassen.

Da standen sie, insgesamt fünf: der Pfarrer, der Küster, das Paar und Gillingham, und die kirchliche Trauung wurde feierlich wiederholt. Im Kirchenschiff saßen zwei oder drei Dörfler, und als der Geistliche zu den Worten gelangte: ›Was Gott zusammengeführt hat‹, ertönte von dort eine deutlich vernehmbare Frauenstimme:

»Gott hat sie wahrhaftig z'ammg'führt!«

Es war wie eine Wiederaufführung der Szene, die sich Jahre zuvor in Melchester zugetragen hatte, gespielt von den Geistern ihrer damaligen Ichs. Nach der Unterzeichnung der Urkunden gratulierte der Vikar dem Ehemann und der Ehefrau dazu, einen edelmütigen und rechtschaffenen und gegenseitig vergebenden Schritt getan zu haben. »Ende gut, alles gut«, sagte er lächelnd. »Möget ihr lang und glücklich zusammenleben, nachdem ihr derart gerettet wurdet, ›so wie durch Feuer hindurch‹.«

Sie durchquerten das fast leere Gebäude und gingen hinüber zum Schulhaus. Gillingham wollte noch am selben Abend nach Hause und machte sich früh auf den Weg. Auch er gratulierte dem Paar. »Jetzt«, sagte er, als er sich von Phillotson verabschiedete, der ihn ein paar Schritte nach draußen begleitete, »kann ich den Leuten in deiner Geburtsstadt eine gute, runde Geschichte erzählen; und alle werden sagen ›Gut gemacht‹, verlass dich drauf.«

Bei der Rückkehr des Schulmeisters tat Sue so, als erledige sie ein paar kleine Hausfrauenarbeiten und hätte sich bereits eingelebt. Doch wirkte sie schüchtern, als er sich ihr näherte, und ihn befielen bei ihrem Anblick Gewissensbisse.

»Natürlich erwarte ich nicht, mehr in deine Privatsphäre eindringen zu dürfen als zuvor«, sagte er ernst. »Dieser Schritt war für unseren gesellschaftlichen Status wichtig, und das rechtfertigt ihn, auch wenn das für mich nicht der Anlass war.«

Sues Miene hellte sich ein klein wenig auf.

VI–6

Der Ort war die Tür von Judes Unterkunft in den Außenbezirken von Christminster – weit entfernt von der Gegend um St. Silas, wo er früher gewohnt hatte und die ihn ganz krank machte vor Trauer. Es regnete. Eine Frau in schäbigem schwarzem Gewand stand an der Schwelle und sprach mit Jude, dessen Hand am Türknauf lag.

»Ich bin einsam, verarmt und obdachlos … das bin ich! Vater hat mich rausg'schmissen, nachdem er mir den letzten Penny aus der Tasche gezogen hat, um ihn in seine Geschäfte zu stecken und mich dann zu beschuldigen, faul zu sein, obwohl ich nur auf ne neue Stelle gewartet hab. Ich bin dem Mitleid meiner Mitmenschen ausg'liefert! Wenn du mich nich aufnimmst und mir hilfst, muss ich ins Arbeitshaus oder in was noch Schlimmeres. Gerade eben, auf dem Weg hierher, haben mir zwei Studenten zugezwinkert. S'ist nich leicht für ne Frau, tugendhaft zu bleiben, wenn's ringsum so viele junge Männer gibt!«

Die diese Worte sprechende Frau im Regen war Arabella, und es war der Abend des Tages nach Sues erneuter Vermählung mit Phillotson.

»Es tut mir leid für dich, aber ich wohne nur zur Untermiete«, sagte Jude kühl.

»Du schickst mich also fort?«

»Ich gebe dir genug, damit du Essen kaufen und für ein paar Tage irgendwo unterkommen kannst.«

»Oh, aber willst du nich so nett sein, mich reinzulassen? In einem Gasthaus zu wohnen halt ich nich aus; und ich bin so einsam. Bitte, Jude, um der alten Zeiten willen!«

»Nein, nein«, sagte Jude hastig. »Ich will nicht mehr an diese Dinge erinnert werden, und wenn du davon anfängst, helf ich dir nicht.«

»Dann muss ich wohl gehen!«, sagte Arabella. Sie lehnte den Kopf gegen den Türpfosten und begann zu schluchzen.

»Das Haus ist voll«, sagte Jude. »Und ich hab nur ein kleines zusätzliches Zimmer – nicht größer als ein Wandschrank –, wo ich mein Werkzeug, meine Schablonen und die wenigen Bücher, die ich behalten habe, aufbewahre!«

»Für mich wär's ein Palast!«

»Es ist kein Bett darin.«

»Man könnte ein paar Decken auf den Boden legen. Das wär für mich gut genug.«

Da er nicht grob zu ihr sein konnte und nicht wusste, was tun, suchte Jude den Vermieter auf und stellte Arabella als Bekannte in großer Not vor, die vorübergehend ein Dach über dem Kopf brauche.

»Sie kennen mich vielleicht noch als Barmädchen im Lamb and Flag?«, erklärte Arabella. »Mein Vater hat mich heut Nachmittag beleidigt, und ich hab ihn verlassen, freilich ohne einen Penny!«

Der Hausverwalter sagte, er könne sich nicht an ihr Gesicht erinnern. »Aber nichtsdestotrotz, wenn Sie eine Freundin von Mr. Fawley sind, schaun wir mal, was wir ein, zwei Tage für Sie tun können … vorausgesetzt, er bürgt für Sie?«

»Ja, ja«, sagte Jude. »Ich habe eigentlich gar nicht mit ihr gerechnet; aber ich möchte ihr aus ihrer Not helfen.« Und man verabredete letztendlich, in Judes Abstellkammer ein Bett auf dem Boden herzurichten, damit Arabella es bequem hatte, bis sie ihrer Notlage – in die sie, so behauptete sie, nicht aus eigener Schuld geraten war – entrinnen und wieder zu ihrem Vater zurückkehren konnte.

Während sie warteten, dass alles erledigt wurde, sagte Arabella: »Du kennst wohl die Neuigkeiten?«

»Ich ahne, worauf du anspielst; aber ich weiß nichts.«

»Ich hab heut nen Brief von Anny aus Alfredston bekommen. Sie hatte grad g'hört, dass gestern die Hochzeit g'wesen sein soll: Sie wusste aber nicht, ob sie tatsächlich stattg'funden hat.«

»Ich will nicht drüber reden.«

»Nein, nein: natürlich nich. Es beweist ja nur, was für ne Frau …«

»Kein Wort über sie, sag ich! Sie ist ein Dummkopf! … und ein Engel dazu, armer Schatz!«

»Alle glauben, dass er seine alte Stelle z'rückbekommen kann, sobald die Sache geritzt ist, sagt Anny. All seine Gönner, einschließlich der Bischof, wern zufrieden sein.«

»Verschon mich damit, Arabella.«

Arabella wurde ordnungsgemäß in der kleinen Dachkammer untergebracht; und anfangs kam sie Jude nie in die Quere. Sie kümmerte sich aus und ein gehend um ihre eigenen Angelegenheiten, und wann immer sie sich kurz auf der Treppe oder im Korridor begegneten, erzählte sie ihm, sie suche sich eine neue Stelle in dem Geschäftsbereich, von dem sie am meisten verstehe. Als Jude London vorschlug, da im dortigen Spirituosenhandel am ehesten Stellen frei seien, schüttelte sie den Kopf. »Nein … dort gibt's zu viele Versuchungen«, sagte sie. »Da ist mir jede bescheidene Kneipe am Land lieber.«

Am folgenden Sonntagmorgen, als er später als an anderen Tagen frühstückte, fragte sie ihn lammfromm, ob sie ihm Gesellschaft leisten dürfe, da sie ihre Teekanne zerbrochen habe und sie nicht sofort ersetzen könne, denn die Läden hätten geschlossen.

»Ja, wenn du möchtest«, sagte er gleichgültig.

Während sie schweigend dasaßen, bemerkte sie unvermittelt: »Du scheinst ja nur noch zu grübeln, Alter. Du tust mir leid.«

»Ich grüble nur noch.«

»Wegen ihr, ich weiß. Es geht mich nix an, aber ich könnt alles über die Hochzeit herausfinden … ob sie wirklich stattg'funden hat … wenn's dich interessiert.«

»Wie denn?«

»Ich wollt nach Alfredston fahren und ein paar Sachen holen, die ich dort z'rückgelassen hab. Und ich könnt Anny treffen, die sicher alles drüber g'hört hat, weil sie mit Marygreenern befreundet ist.«

Jude konnte dem Vorschlag unmöglich zustimmen; doch seine Wissbegier rang mit seinem Taktgefühl und gewann die Oberhand. »Frag nach, wenn du möchtest«, sagte er. »Ich hab von dort keinen Mucks mehr gehört. Es muss sehr heimlich gewesen sein, falls … sie geheiratet haben.«

»Ich fürchte, ich hab nich genug Bargeld, um hin und z'rück zu kommen, sonst wär ich schon früher g'fahren. Ich muss warten, bis ich aweng verdient hab.«

»Oh … ich kann dir die Fahrt bezahlen«, sagte er ungeduldig. Und so verleitete ihn seine brennende Ungewissheit, ob es Sue gutging und ob sie geheiratet hatte, die Kundschafterin loszuschicken, die er sich wohl nie und nimmer freiwillig ausgesucht hätte.

Arabella brach auf, und Jude bat sie, nicht später als mit dem Sieben-Uhr-Zug zurückzukommen. Als sie fort war, sagte er: »Warum hab ich ihr bloß aufgetragen, zu einer bestimmten Zeit zurückzukommen! Sie bedeutet mir nichts … ebenso wenig die andere!«

Dennoch ließ er es sich nicht nehmen, nach der Arbeit Arabella vom Bahnhof abzuholen, getrieben von fieberhafter Eile, die von ihr mitgebrachten Neuigkeiten zu erfahren und sich des Schlimmsten zu vergewissern. Arabella hatte auf der Heimfahrt äußerst erfolgreich Grübchenmachen geübt, und sie lächelte, als sie aus dem Eisenbahnwagen stieg. Er sagte nur »Na?«, alles andere als lächelnd.

»Sie sind vermählt.«

»Ja … natürlich sind sie das!«, erwiderte er. Sie bemerkte jedoch die starke Anspannung seiner Lippen bei diesen Worten.

»Anny sagt, dass sie von Belinda, ihrer Verwandten in Marygreen, g'hört hat, dass es sehr traurig und seltsam zu'gangen ist!«

»Was meinst du mit traurig? Sie wollte ihn doch wieder heiraten, oder? … und er sie!«

»Ja … so war's. Sie wollte es in einer Hinsicht, aber nich in der andren. Mrs. Edlin war ganz außer sich deswegen und hat Phillotson g'sagt, was sie davon hält. Aber Sue hat sich drum so aufg'regt, dass sie ihr bestes, bei dir getragenes Spitzennachthemd verbrannt hat, um dich ganz zu vergessen. Na ja … wenn einer Frau danach ist, sollte sie's tun. Ich lob sie dafür, auch wenn's andre nich tun.« Arabella seufzte. »Sie glaubt, er wär ihr einziger Mann und dass sie vorm Angesicht des Allmächtigen niemand andrem gehört als ihm, solang er lebt. Womöglich empfindet ne andre Frau ebenso!« Arabella seufzte erneut.

»Schluss mit dem Gewäsch!«, rief Jude.

»Das ist kein Gewäsch«, sagte Arabella. »Ich empfinde dasselbe wie sie!«

Er zog einen Schlussstrich, indem er schroff bemerkte: »Nun … jetzt weiß ich alles, was ich wissen wollte. Vielen Dank für deine Erkundigungen. Ich geh jetzt noch nicht nach Hause.« Und er ließ sie einfach stehen.

In seinem Elend und Kummer besuchte Jude so gut wie jeden Ort in der Stadt, wo er mit Sue zusammen gewesen war; danach wusste er nicht wohin und überlegte, heimzugehen und wie gewohnt zu Abend zu essen. Doch da er zu jeder seiner Tugenden das passende Laster besaß und dazu noch ein paar überzählige, ging er zum ersten Mal seit vielen Monaten in ein Pub. Unter den möglichen Auswirkungen ihrer Hochzeit hatte Sue dies am wenigsten bedacht.

Arabella war unterdessen heimgegangen. Der Abend verstrich, und keine Spur von Jude. Um halb zehn brach Arabella auf und besuchte zunächst einen Außenbezirk in der Nähe des Flusses, wo ihr Vater wohnte und vor kurzem einen kleinen, wenig einträglichen Schweinefleischladen eröffnet hatte.

»Also«, sagte sie zu ihm, »ich besuch dich, obwohlst mich an dem Abend so ausg'schimpft hast, weil ich dir was zu sagen hab. Ich werd wohl wieder heiraten und ein Zuhause ham. Aber du musst mir helfen: und das ist wohl das Mindeste, nachdem ich für dich gebürgt hab.«

»Um dich losz'werden, tu ich alles!«

»Na schön. Ich such jetzt mal nach meinem Verehrer. Ich fürchte, er ist abgehaun, und ich muss ihn heimschaffen. Das Einzige, was du heut Abend tun musst, ist, die Tür nich zu verriegeln, falls ich hier schlafen will und es spät wird.«

»Hab mir schon gedacht, dasst bald genug davon hast, dich wichtig z'machen und fortzubleiben!«

»Also … nich die Tür verriegeln. Das ist alles.«

Dann zog sie wieder los, eilte zunächst zurück zu Judes Wohnung, um nachzusehen, ob er inzwischen heimgekehrt war, und machte sich dann auf die Suche. Eine scharfsinnige Vermutung hinsichtlich des wahrscheinlich von ihm eingeschlagenen Wegs führte sie direkt zu der Spelunke, die Jude früher häufig besucht und wo sie selbst kurze Zeit als Barmädchen gearbeitet hatte. Kaum hatte sie die Tür der »Private Bar« geöffnet, entdeckte sie ihn auch schon – er saß im hinteren Bereich und starrte geistesabwesend auf den Boden. Er trank gerade nichts Stärkeres als Ale. Er bemerkte sie nicht, und sie trat ein und setzte sich neben ihn.

Jude hob den Blick und sagte keineswegs überrascht: »Kommst du zum Bechern, Arabella? … Ich versuch, sie zu vergessen: sonst nichts! Aber ich kann's nicht; und ich geh nach Haus.« Sie merkte, dass er schon ein wenig über den Durst getrunken hatte, aber noch nicht zu viel.

»Ich bin eigens hergekommen, um nach dir zu sehen, mein Lieber. Dir geht's nich gut. Du brauchst jetzt was Besseres als das.« Arabella winkte dem Barmädchen. »Du brauchst nen Schnaps … das passt besser zu nem Mann mit Bildung als Bier. Du kriegst Maraschino oder Curaçao, trocken oder süß, oder Kirschlikör. Ich sorg für dich, armer Kerl!«

»Egal was! Also Kirschlikör … Sue hat mir übel mitgespielt, ganz übel. Das hätte ich von Sue nicht erwartet! Ich hab zu ihr gehalten, und sie hätte zu mir halten müssen. Für sie hätte ich meine Seele verkauft, aber sie wollte ihre nie und nimmer für mich riskieren. Um ihre Seele zu retten, lässt sie meine zur Hölle fahren! … Aber es ist nicht ihre Schuld, armes kleines Mädchen … gewiss nicht!«

Woher Arabella das Geld hatte, war nicht ganz klar, doch sie bestellte Likör für sie beide und zahlte. Nachdem sie ausgetrunken hatten, bot Arabella noch einen an; und Jude hatte das Vergnügen, von jemandem, der mit dem Gelände bestens vertraut war, sozusagen persönlich zu den verschiedenen Wahrzeichen des Alkoholgenusses geleitet zu werden. Arabella hielt sich im Vergleich zu Jude wohlweislich zurück; doch obwohl sie nur nippte, während er soff, trank sie so viel, wie sie sicher vertragen konnte, ohne den Kopf zu verlieren – und das war nicht wenig, wie ihre dunkelroten Wangen bezeugten.

Sie schlug ihm gegenüber den ganzen Abend einen gleichförmig beschwichtigenden und schmeichelnden Ton an; und wann immer er sagte: »Mir ist egal, was mit mir passiert«, was er fortwährend tat, antwortete sie: »Aber mir ist's keineswegs egal!« Die Sperrstunde kam, und sie mussten gehen; wobei Arabella ihren Arm um seine Taille legte und seine taumelnden Schritte lenkte.

Auf der Straße angelangt, sagte sie: »Ich weiß nich, was dein Vermieter dazu sagt, wenn ich dich in diesem Zustand nach Haus bring. Ich schätz mal, wir sind ausgesperrt, und er muss runterkommen und uns reinlassen.«

»Ich weiß nicht … ich weiß nicht.«

»Das ist das Schlimmste, wenn man kein eignes Zuhause hat. Ich sag dir, Jude, was wir am besten machen. Komm mit zu meinem Vater … ich hab mich heut aweng mit ihm ausg'söhnt. Ich kann dich reinlassen, und niemand wird dich sehn; und bis morgen früh geht's dir wieder gut.«

»Gleichwie … gleichwo«, erwiderte Jude. »Was zum Teufel geht mich das an?«

Sie gingen zusammen weiter wie jedes beliebige Säuferpaar, ihr Arm immer noch um seine Taille gelegt und seiner letztlich auch um ihre; wenn auch nicht aus Liebe, sondern nur weil er müde und wackelig auf den Beinen war und eine Stütze brauchte.

»Das … ist die Stelle … wo die Märtyrer verbrannt wurden«, stammelte er, als sie sich eine Hauptstraße entlangschleppten. »Ich erinnere mich … dass in *Holy State* vom alten Fuller … und ich erinnere mich dran … weil wir hier vorbeigehn … dass der alte Fuller in *Holy State* schreibt, dass Doktor Smith beim Verbrennen von Ridley gepredigt hat, und als Bibelstelle nutzte er: ›*Und wenn ich meinen Leib hingebe zum Verbrennen, habe aber die Liebe nicht, so nutzt es mir nicht.*‹ … Denk oft dran, wenn ich hier vorbeikomm. Ridley war ein …«

»Ja. Genau. Sehr aufmerksam von dir, Schätzchen, auch wenn's mit unsrem momentanen Vorhaben nix zu tun hat.«

»Doch, schon! Ich gebe *meinen* Leib hin, um verbrannt zu werden! Aber … ah … das verstehst du nicht! … um dergleichen zu verstehen, braucht es Sue! Und ich hab sie verführt … armes kleines Mädchen! Und sie ist fort … und was mit mir passiert, schert mich nicht! Mach mit mir, was du willst! … Und dennoch hat sie es aus Gewissensgründen getan, arme kleine Sue!«

»Zum Teufel mit ihr! … Ich meine, ich glaub, dass sie recht hatte«, hickste Arabella. »Ich hab auch Gefühle, genau wie sie; und ich hab das G'fühl, dass ich vor Gottes Angesicht zu dir gehör und zu niemandem sonst, bis dass der Tod uns scheidet. Es ist … *hicks* … nie zu spät … *hicks* … es wiedergutz'machen!«

Sie hatten das Haus ihres Vaters erreicht, sie öffnete sachte die Tür und tastete drinnen nach einem Licht.

Die Umstände waren denen bei ihrem Einzug in das Häuschen bei Cresscombe vor so langer Zeit nicht unähnlich. Das galt vielleicht auch für Arabellas Motive. Jude kam dies allerdings nicht in den Sinn, Arabella schon.

»Ich find die Streichhölzer nich, Schatz«, sagte sie, nachdem sie die Tür verriegelt hatte. »Aber was soll's … hier entlang. So leise wie möglich, bitte.«

»Es ist stockdunkel«, sagte Jude.

»Gib mir die Hand, und ich führ dich. Geschafft. Setz dich hierher, und ich zieh dir die Stiefel aus. Ich will ihn nich aufwecken.«

»Wen?«

»Vater. Sonst macht er vielleicht Krawall.«

Sie zog ihm die Stiefel aus. »Jetzt«, flüsterte sie, »halt dich an mir fest … du bist nich zu schwer. Jetzt … erste Stufe, zweite Stufe …«

»Aber … sind wir draußen in unsrem alten Haus in Marygreen?«, fragte der verdutzte Jude. »Ich war seit Jahren nicht mehr drinnen! He? Und wo sind meine Bücher? Das würd ich gern wissen!«

»Wir sind bei mir zu Haus, Schatz, wo niemand rausfinden kann, wie schlecht es dir geht. Jetzt … dritte Stufe, vierte Stufe … geschafft. Jetzt kommen wir zurecht.«

VI–7

Arabella machte unten im Hinterzimmer dieser kleinen, kürzlich von ihrem Vater gemieteten Wohnung das Frühstück. Sie steckte den Kopf in den kleinen Schweinefleischladen vorn und teilte Mr. Donn mit, es sei fertig. Donn, der in seinem fettigen blauen Hemd und mit einem Gürtel, an dem ein Wetzstahl baumelte, gern wie ein vollendeter Metzgermeister ausgesehen hätte, kam sofort herein.

»Du musst dich heute Morgen um den Laden kümmern«, sagte er beiläufig. »Ich muss los und Innereien und ne Schweinehälfte aus Lumsdon holen und noch anderswo vorbeischauen. Wennst hier wohnst, musst du den Buckel krumm machen, zumindest bis der Laden in Schwung kommt!«

»Na ja, ich weiß nich, ob's heut klappt.« Sie sah ihm geschäftstüchtig in die Augen. »Ich hab oben nen Hauptgewinn.«

»Oh … was denn?«

»Nen Ehemann … so gut wie.«

»Nee!«

»Doch. Jude. Er ist zu mir z'rück.«

»Dein alter Erster? Na, da hol mich doch der Teufel!«

»Na ja, ich hab ihn seit jeher gemocht, das geb ich zu.«

»Aber wie kommt's, dass er da oben gelandet ist?«, sagte Donn aufgekratzt und nickte in Richtung Decke.

»Stell keine lästigen Fragen, Vater. Wir müssen ihn jetzt vor allem hier festhalten, bis er und ich … so wie früher sind.«

»Wie denn?«

»Verheiratet.«

»Ah … Wenn das nich das Spinnertste ist, was ich je g'hört hab … den alten Ehemann nochmal heiraten, wo's doch so viel junges Blut gibt auf der Welt! Ich halt ihn nich für nen großen Fang. Wenn schon, dann hätt ich mir lieber nen Neuen geangelt.«

»Ne Frau, die ihren Ehemaligen ihres guten Rufes wegen zurückhaben will, ist doch nich spinnert, wenngleich ein Mann, der seine Alte wiederhaben möchte … na ja, das ist schon ziemlich witzig!« Und Arabella wurde plötzlich von einem lauten Lachanfall gebeutelt, in welchen ihr Vater etwas zurückhaltender einstimmte.

»Sei höflich zu ihm, und ich erledige alles Übrige«, sagte sie, nachdem sie zur Ernsthaftigkeit zurückgekehrt war. »Heut Morgen hat er g'sagt, dass sein Schädel schmerzt, als würd er gleich platzen, und er schien kaum zu wissen, wo er war. Wen wundert's, wenn man bedenkt, was er gestern Abend so alles durcheinanderg'soffen hat. Wir müssen ein, zwei Tage dafür sorgen, dass er hier lustig und fidel bleibt, und nich zulassen, dass er wieder zu seiner Unterkunft geht. Ich zahl dir jeden Vorschuss z'rück. Aber jetzt muss ich rauf und nachsehen, wie's ihm geht, dem armen Schätzchen.«

Arabella stieg die Treppe hinauf, öffnete leise die Tür des ersten Schlafzimmers und lugte hinein. Da ihr geschorener Samson offensichtlich schlief, trat sie neben das Bett und blickte auf ihn herab. Seine vom Saufgelage der vergangenen Nacht fiebrig geröteten Wangen ließen sein gewohntes Äußeres weniger zart erscheinen, und seine langen Wimpern, dunklen Brauen, seine schwarzen Locken und sein Bart auf dem weißen Kissen vervollständigten die Physiognomie eines Mannes, den die lüstern veranlagte

Arabella immer noch liebend gern zurückerobert hätte, was ihr wegen ihrer begrenzten Mittel und ihres beschädigten Rufs noch umso wichtiger vorkam. Er spürte wohl ihren feurigen Blick; sein rasches Atmen setzte aus, und er öffnete die Augen.

»Wie geht's dir, Schatz?«, sagte sie. »Ich bin's … Arabella.«

»Ah! … wo … Oh ja, ich erinnere mich! Du hast mir Unterschlupf gewährt … Ich bin gestrandet … krank … verdorben … verdammt schlecht! Genau das bin ich!«

»Dann bleib. Hier ist niemand im Haus, außer Vater und ich, und du kannst ausruhn, bis es dir wieder richtig gutgeht. Ich sag denen an der Baustelle Bescheid, dass dir speiübel ist.«

»Was halten meine Vermieter wohl davon?«

»Ich geh hin und erklär ihnen alles. Vielleicht gibst du mir besser etwas mit für die Miete, sonst denken die, wir sind durchgebrannt?«

»Ja. Hier in meiner Tasche findest du genug Geld.«

Völlig teilnahmslos und erneut die Augen schließend, da das Tageslicht in seinen pochenden Sehnerven schmerzte, schien Jude wieder zu dösen. Arabella nahm seine Geldbörse, verließ leise das Zimmer, zog sich etwas über und machte sich auf den Weg zu der Wohnung, die sie beide am Vorabend verlassen hatten.

Kaum war eine halbe Stunde verstrichen, da kam sie auch schon wieder um die Ecke, neben einem Burschen mit einem Leiterwagen, auf dem Judes Besitztümer aufgetürmt waren sowie ein paar Sachen von Arabella selbst, die sie während ihres kurzen Aufenthalts in die Wohnung mitgebracht hatte. Jude litt wegen seines unglückseligen Zusammenbruchs am Abend zuvor unter so heftigen Schmerzen und unter so großem Kummer, weil er Sue verloren und im Halbschlaf Arabella nachgegeben hatte, dass er beim Anblick seiner wenigen ausgepackten Habseligkeiten und den dazwischenliegenden Frauenkleidern in diesem fremden Zimmer kaum nachvollziehen konnte, wie das alles hierhergekommen war oder was dieser Umzug bedeuten sollte.

»Jetzt«, sagte Arabella unten zu ihrem Vater, »müssen wir über die nächsten Tage reichlich guten Schnaps im Haus haben. Ich weiß, wie er denkt, und wenn er erstmal in diesem furchtbaren Trübsinn versackt, wie er's manchmal tut, wird er nie im Leben aus mir ne ehrbare Frau machen und mich im Stich lassen. Man muss ihn bei Laune halten. Er hat aweng Geld angespart und mir seine Börse für alles Notwendige gegeben. Also, das wär mal die Urkunde; denn ich muss sie bereithalten, um ihn zu erwischen, wenn er in der richtigen Stimmung ist. Du musst den Schnaps bezahlen. Ein paar Freunde und ne ruhige Feier wären das Beste, wenn wir's zustande bringen. Es wär Werbung für den Laden, und mir würd's auch helfen.«

»Das kann jeder leicht bewerkstelligen, wenn für Speis und Trank gesorgt ist … Schon richtig … es wär Werbung für den Laden … das stimmt.«

Drei Tage später, als Jude sich einigermaßen von dem entsetzlichen Pochen in seinen Augen und seinem Schädel erholt hatte, aber durch das, was Arabella ihm in der Zwischenzeit eingeflößt hatte – um ihn, wie sie es nannte, bei Laune zu halten –, immer noch reichlich verwirrt war, fand die ruhige, von Arabella vorgeschlagene Feier statt, um Jude bis zum Äußersten aufzustacheln.

Donn hatte seinen elenden kleinen Schweinefleisch- und Wurstladen, der noch kaum Kunden anzog, eben erst eröffnet; nichtsdestotrotz steigerte die Feier seinen Bekanntheitsgrad, und die Donns wurden regelrecht berüchtigt in gewissen Gesellschaftskreisen, die nichts von Colleges, deren Zweck und Traditionen wussten. Man fragte Jude, ob er zu den von Arabella und ihrem Vater eingeladenen Gästen noch weitere vorschlagen wolle, und er erwähnte in einem Anflug von schwarzem, vollkommen rücksichtslosem Humor Uncle Joe und Stagg und den heruntergekommenen Auktionator und andere, an die er sich als Besucher jener wohlbekannten Kneipe in den Jahren seiner dortigen Saufgelage erinnerte. Er empfahl auch Freckles und Bower o'Bliss. Arabella entsprach seinen Wünschen, was die Männer betraf, strich die Damen jedoch von der Liste.

Ein weiterer Bekannter von ihm, Tinker Taylor, wohnte zwar in derselben Straße, war aber nicht eingeladen; doch auf dem Heimweg nach einer späten Arbeit am Abend der Feier nutzte er die Gelegenheit, im Laden nach Schweinshaxen zu fragen. Es gab grad keine, doch man versprach ihm welche für morgen früh. Während er sich erkundigte, warf Taylor einen Blick ins Hinterzimmer und sah die Gäste dort herumsitzen, Karten spielen und trinken und sich anderweitig auf Donns Kosten belustigen. Er ging nach Hause und zu Bett, und als er am nächsten Morgen aufbrach, überlegte er, wie die Feier verlaufen sein mochte. Er glaubte nicht, dass es zu dieser Stunde schon lohnte, sich im Laden nach seiner Bestellung zu erkundigen. Donn und seine Tochter waren wahrscheinlich noch nicht aus den Federn, falls sie am Vorabend bis spät in die Nacht gezecht hatten. Beim Vorübergehen sah er jedoch die Tür offen stehen und konnte von innen Stimmen hören, obwohl die Jalousien der Metzgerbude noch heruntergelassen waren. Er klopfte an die Tür zum Wohnzimmer und öffnete.

»Na … gibt's denn so was!«

Gastgeber und Gäste saßen Karten spielend, rauchend und plaudernd genauso beisammen, wie er sie elf Stunden zuvor angetroffen hatte; die Gaslampen brannten und die Vorhänge waren zugezogen, obwohl es draußen seit zwei Stunden helllichter Tag war.

»Ja!«, rief Arabella lachend. »Hier sind wir, genau wie zuvor. Wir sollten uns was schämen, wie! Aber es ist so ne Art Einzugsfeier, verstehens; und unsre Freunde haben's nich eilig. Kommens rein, Mr. Taylor, und nehmen Sie Platz.«

Der Kesselflicker oder eher heruntergekommene Eisenwarenhändler ließ sich nicht lumpen, trat ein und setzte sich. »Ich verlier ne Viertelstunde, aber was soll's«, sagte er. »Also wirklich, ich hab kaum meinen Augen getraut, als ich reinschaute! Mir schien, als wär ich plötzlich zum Vorabend zurückexpediert worden.«

»Wurden Sie auch. Gebt Mr. Taylor was zum Trinken.«

Nun sah er, dass sie neben Jude saß, ihren Arm um seine Taille gelegt. Jude war, ebenso wie dem Rest der Gesellschaft, deutlich anzumerken, wie tief er ins Glas geschaut hatte.

»Tja, um die Wahrheit zu sagen, wir warten auf gewisse amtliche Öffnungszeiten«, fuhr sie schüchtern fort und gab ihren vom Schnaps dunkelrot angelaufenen Wangen so gut wie möglich den Anschein jungfräulichen Errötens. »Jude und ich haben beschlossen, die Sache zwischen uns beiden zu regeln, indem wir den Knoten noch einmal knüpfen, denn wir ham eing'sehn, dass wir letztlich doch nich ohneeinander auskommen können. So kamen wir auf die glänzende Idee, so lange sitzen zu bleiben, bis es spät genug ist, und dann loszuziehen und es ohne weiteres abzuhaken.«

Jude schien sich nicht groß um ihre Ankündigung oder auch um irgendetwas anderes zu kümmern. Taylors Erscheinen hatte die Runde wieder in Schwung gebracht, und sie blieben sitzen, bis Arabella ihrem Vater zuflüsterte: »Jetzt wär's Zeit zu gehen.«

»Weiß denn der Pfarrer Bescheid?«

»Ja, ich hab ihm gestern Abend g'sagt, dass wir so zwischen acht und neun kommen, weil man's aus Anstandsgründen so früh und so ruhig wie möglich tun soll; es ist ja unsre zweite Vermählung, was Neugierige anlocken könnt, wenn sie davon wüssten. Er war ganz meiner Meinung.«

»Na schön: Ich bin bereit«, sagte ihr Vater, stand auf und schüttelte sich.

»Jetzt, alter Schatz«, sagte sie zu Jude. »Komm, wie du's versprochen hast.«

»Wann hab ich irgendwas versprochen?«, fragte Jude, den sie mithilfe ihrer Spezialkenntnisse in puncto Spirituosen dermaßen abgefüllt hatte, dass er schon fast wieder nüchtern war – oder bei denen, die ihn nicht kannten, diesen Eindruck erweckte.

»Wie!«, sagte Arabella, die Gekränkte spielend. »Du hast mir mehrmals versprochen, mich zu heiraten, während wir heut Nacht zusammensaßen. Diese Gentlemen haben es g'hört.«

»Ich kann mich nicht erinnern«, sagte Jude verbissen. »Es gibt nur eine Frau … aber sie werd ich in diesem Karfanaum nicht erwähnen!«

Arabella warf einen Blick in Richtung ihres Vaters. »Also, Mr. Fawley, seien Sie anständig«, sagte Donn. »Sie und meine Tochter haben die letzten drei, vier Tage unter der Bedingung hier g'wohnt, dass Sie sie heiraten. Ich hätt freilich nie so einen Trubel in meinem Haus geduldet, wenn das nicht abg'macht g'wesen wär. Da's ne Ehrensache ist, müssen Sie jetzt Wort halten.«

»Stellen Sie nicht meine Ehre infrage!«, erwiderte Jude wutentbrannt und stand auf. »Ich würd eher die Hure von Babylon heiraten, als etwas Unehrenhaftes tun! Ich hab damit nicht dich gemeint, meine Liebe. Das ist nur eine rhetorische Metapher … in den Büchern wird es Hyperbel genannt.«

»Behalten Sie Ihre Metapher für sich, wenn Sie bei Freunden, die Ihnen ein Dach überm Kopf gegeben ham, in der Schuld stehn«, sagte Donn.

»Wenn mich meine Ehre dazu verpflichtet – was wohl der Fall ist, obwohl ich nicht die leiseste Ahnung hab, wie ich hier bei ihr gelandet bin –, dann heirate ich sie, so wahr mir Gott helfe! Ich habe mich nie ehrlos gegenüber einer Frau oder irgendeinem Lebewesen verhalten. Ich bin keiner von denen, die sich auf Kosten der Schwächeren unter uns aus der Affäre ziehen!«

»Schon gut … schenk ihm keine Beachtung, Schätzchen«, sagte sie, ihre Wange an Judes schmiegend. »Komm hoch, wasch dir das G'sicht. Mach dich frisch und auf geht's. Versöhn dich mit Vater.«

Sie gaben sich die Hand. Jude ging mit ihr nach oben und kam bald ordentlich und gefasst aussehend herunter. Auch Arabella hatte sich hastig herausgeputzt, und sie machten sich zusammen mit Donn auf den Weg.

»Bleibt doch«, sagte sie vor dem Aufbruch zu den Gästen. »Ich hab das Hausmädchen losg'schickt, Frühstück besorgen, während wir fort sind; und wenn wir z'rückkommen, frühstücken wir alle zusammen. Eine gute starke Tasse Tee wird euch gut tun, bevor ihr nach Haus geht.«

Nachdem Arabella, Jude und Donn verschwunden waren, um ihre ehelichen Angelegenheiten zu regeln, gähnten sich die versammelten Gäste aus dem Halbschlaf und diskutierten die Lage mit größerem Interesse. Tinker Taylor, der nüchternste unter ihnen, erwies sich dabei als überaus heller Kopf.

»Ich möchte Freunden nichts Schlechtes nachsagen«, meinte er. »Aber für mich ist's schon recht eigenartig, wenn ein Paar nochmals heiratet! Falls sie beim ersten Mal, als sie noch nachsichtiger waren, nicht miteinander ausgekommen sind, werden sie's meiner Meinung nach auch nicht beim zweiten Mal.«

»Glaubst du, dass er's durchzieht?«

»Die Frau hat ihn bei seiner Ehre gepackt, also wird er's wohl.«

»Er kann's doch wohl kaum einfach so auf die Schnelle tun. Er braucht doch ne Urkunde oder dergleichen.«

»Sie hat eine, mein Guter. Hast du nicht gehört, dass sie's ihrem Vater gesagt hat?«

»Nun«, sagte Tinker Taylor, der seine Pfeife an der Gasflamme neu anzündete. »Im Großen und Ganzen, in Anbetracht all ihrer Vorzüge, sieht sie gar nicht so schlecht aus … besonders bei Kerzenlicht. Freilich kann man von nem halben Penny, der schon ne Zeitlang in Umlauf war, nicht erwarten, dass er aussieht wie frisch aus der Münzerei. Aber für ne Frau, die sich ne Weile in allen vier Himmelsrichtungen rumgetrieben hat, ist sie noch ganz passabel. Ein bisschen zu viel Speck an den Hüften vielleicht: aber mir gefällt ne Frau, die nicht beim ersten Windstoß umfällt.«

Ihre Blicke folgten den Bewegungen des kleinen Mädchens, das die Frühstücksdecke über den Tisch, an dem sie gezecht hatten, breitete, ohne den verschütteten Schnaps abzuwischen. Man zog die Vorhänge auf und verlieh dem Haus ein morgendliches Aussehen. Einige der Gäste waren jedoch auf ihren Stühlen eingeschlafen. Ein oder zwei gingen zur Tür und warfen mehr als einmal einen Blick auf die Straße. Unter diesen war Tinker Taylor der Eifrigste, und nach einer Weile kam er anzüglich grinsend herein.

»Jessas, sie kommen! Ich glaub, sie ham's getan!«

»Nein«, sagte Uncle Joe, der ihm ins Haus folgte. »Ich schwör, er hat in letzter Minute den Schwanz eingezogen. Sie ham nen ganz merkwürdigen Gang; und das ist der Grund dafür!«

Sie warteten schweigend, bis man die Hochzeitsgesellschaft das Haus betreten hörte. Arabella stürmte als Erste ins Zimmer; und man konnte ihr von der Nasenspitze ablesen, dass ihre Strategie erfolgreich gewesen war.

»Mrs. Fawley, wie ich vermute?«, sagte Tinker Taylor mit scherzhaft übertriebener Höflichkeit.

»Gewiss. Mrs. Fawley zum Zweiten«, erwiderte Arabella ironisch, zog ihren Handschuh aus und streckte ihre linke Hand aus. »Schau'n Sie, hier ist das Vorhängeschloss … Tja, er war schon ein sehr netter, feiner Herr. Ich mein den Geistlichen. Als alles erledigt war, sagt er zu mir, so sanft als würd er mit nem Kleinkind sprechen: ›Mrs. Fawley, ich gratuliere Ihnen von Herzen‹, sagt er. ›Soweit ich Ihre Vorgeschichte und die Ihres Mannes kenne, haben Sie wohl beide das einzig Richtige und Anständige getan. Und was Ihre früheren Verfehlungen als Ehefrau und seine als Ehemann angeht, sollte Ihnen meiner Ansicht nach nun von der Welt vergeben werden, so wie Sie einander vergeben haben‹, sagte er. Ja, er war ein sehr netter, feiner Herr. ›Wenn man's genau nimmt, wird Scheidung im Dogma der

Kirche nicht anerkannt‹, sagt er, ›und vergessen Sie bei all dem Hin und Her nicht die Worte der Messe: Was Gott zusammengeführt hat, soll der Mensch nicht trennen.‹ Ja, er war ein sehr netter, feiner Herr … Aber, Jude, mein Lieber, bei dir lachen ja die Hühner! Du bist so steif und aufrecht losmarschiert, dass man dich glatt für nen Anwärter aufs Richteramt hätt halten können, obwohl ich g'wusst hab, dasst die ganze Zeit über doppelt siehst, weilst so umständlich an meinem Finger rumg'fummelt hast.«

»Ich habe gesagt, dass ich alles tue, um … die Ehre einer Frau zu retten«, murrte Jude. »Und ich hab's getan!«

»Na schön, altes Schätzchen, komm mit zum Frühstücken.«

»Ich will … etwas … mehr Whiskey!«, sagte Jude stur.

»Unsinn, Schatz. Jetzt nich! Er ist alle. Der Tee spült dir die Grütze aus dem Schädel, dann sind wir bald wieder putzmunter.«

»Also gut. Ich hab … dich geheiratet. Sie meinte, ich sollte dich wieder heiraten, und ich hab's schnurstracks getan. Das nennt man wahre Frömmigkeit! Ha-ha-ha!«

VI–8

Michaelis kam und ging, und Jude und seine Frau, die nach ihrer Wiederverheiratung nur noch kurze Zeit im Haus ihres Vaters geblieben waren, wohnten im obersten Stock eines näher an der Innenstadt gelegenen Gebäudes.

In den zwei, drei Monaten nach dem Ereignis hatte er nur wenige Tage gearbeitet, doch seine Gesundheit war nicht besonders gut gewesen, und nun war er ernstlich krank. Er saß in einem Lehnstuhl vor dem Kamin und hustete ziemlich oft.

»Da hab ich mir was Schönes eingebrockt, als ich mir die Mühe g'macht hab, dich nochmals zu heiraten!«, sagte Arabella zu ihm. »Ich werd mich ständig um dich kümmern müssen … darauf läuft's hinaus! Dann muss ich Blutwurst und Würstchen machen und damit hausieren gehn, und das alles, um nen kranken Mann zu unterstützen, den ich mir gar nich erst hätt aufhalsen sollen. Warum bist nich g'sund geblieben und hast mich derart reing'legt? Bei der Trauung ging's dir noch recht gut!«

»Ah, ja!«, sagte er, böse lachend. »Ich musste grad an meine albernen Gefühle denken, als wir in unserer ersten Ehe das Schwein geschlachtet haben. Jetzt hab ich das Gefühl, die größte Gnade, die man mir gewähren könnte, wäre, ungefähr so mit mir umzuspringen wie ich mit dem Tier.«

Derlei Gespräche führten sie inzwischen tagtäglich. Der Vermieter der Wohnung, der gehört hatte, dass sie ein seltsames Paar waren, hatte bezweifelt, ob sie überhaupt einen Trauschein besaßen, besonders seit er eines Abends beobachtet hatte, wie Arabella Jude küsste, als ihr etwas warm ums Herz geworden war, und er wollte sie schon kündigen, bis er nachts einmal zufällig mitbekam, dass sie Jude mit üblen Schimpfwörtern überhäufte und ihm zu guter Letzt noch einen Schuh an den Kopf warf, worin er den Ton wahrhaftigen Ehelebens erkannte; und da er daraus den Schluss zog, dass sie anständig sein mussten, sagte er nichts mehr.

Jude erholte sich nicht, und eines Tages bat er Arabella, nach langem Zögern, etwas für ihn zu tun. Sie fragte ihn gleichgültig, was er wolle.

»Sue schreiben.«

»Warum zum … willst du, dass ich ihr schreibe?«

»Um sie zu fragen, wie's ihr geht, und ob sie mich besuchen möchte, weil ich krank bin und sie gern sehen würde … ein letztes Mal.«

»Das ist wieder mal typisch von dir, ne rechtmäßige Frau mit so ner Bitte zu kränken!«

»Gerade um dich nicht zu kränken, bitte ich dich darum. Du weißt, dass ich Sue liebe. Ich will das nicht unter den Teppich kehren … so ist das: Ich liebe sie. Ich könnte mir ein Dutzend Möglichkeiten ausdenken, ihr ohne dein Wissen einen Brief zu schicken. Aber ich will mit dir und ihrem Mann ganz ehrlich umspringen. Wenn du sie in meinem Namen darum bittest, zu kommen, hat das zumindest nicht den Beigeschmack von Heimlichtuerei. Falls sie noch ein klein wenig wie früher ist, kommt sie gewiss.«

»Du hast nich den g'ringsten Respekt vor der Ehe oder ihren Rechten und Pflichten!«

»Was machen denn meine Ansichten für einen Unterschied … ein Unglücksrabe wie ich! Was schert es irgendwen auf der Welt, wer mich eine halbe Stunde besucht …

wo ich doch mit einem Fuß schon im Grab steh! … Komm, bitte schreib, Arabella!«, flehte er. »Sei zum Dank für meine Aufrichtigkeit etwas großzügig!«

»Ich tu's *nicht*!«

»Nicht ein einziges Mal? … Bitte, tu es!« Er spürte, dass seine Schwäche ihm jegliche Würde geraubt hatte.

»Weshalb soll *sie* denn erfahren, wie's dir geht? Sie will dich nich sehn. Sie ist die Ratte, die das sinkende Schiff verlassen hat!«

»Hör auf, hör auf!«

»Und dem bin ich treu geblieben … so dumm bin ich g'wesen! Und mir dann noch diese Nutte ins Haus holen!«

Kaum hatte sie zu Ende gesprochen, da sprang Jude von seinem Stuhl, und ehe Arabella wusste, wie ihr geschah, hatte er sie rücklings auf die kleine, danebenstehende Couch geworfen und kniete über ihr.

»Noch so ein Wort«, flüsterte er, »und ich bring dich um … auf der Stelle! Ich kann dabei nur gewinnen … mein eigener Tod spielt dabei noch die geringste Rolle. Glaub also nicht, dass ich es nicht ernst meine!«

»Was willst von mir?«, keuchte Arabella.

»Versprich, dass du sie nie wieder erwähnst.«

»Schon gut. Ich versprech's.«

»Ich nehm dich beim Wort«, sagte er verächtlich, »weiß aber nicht, wie viel das wert ist.«

»Du konntest das Schwein nich umbringen, mich aber schon!«

»Ah … du hast mich ertappt! … Nein, ich könnte dich nicht umbringen … nicht einmal im Zorn. Lach mich ruhig aus!«

Dann begann er heftig zu husten, und als er totenbleich zurücksank, schätzte sie mit einem prüfenden Blick, wie lang er wohl noch zu leben hatte. »Ich schick nach ihr«, murmelte Arabella, »wenn ich während ihres ganzen Besuchs bei dir im Zimmer bleiben darf.«

Obwohl sie ihn dermaßen erzürnt hatte, ließ ihm die sanftere Seite seiner Wesensart, sein Wunsch, Sue zu sehen, keine andere Wahl als einzuwilligen; und er antwortete außer Atem: »Ja, einverstanden. Aber lass sie herkommen!«

Am Abend fragte er, ob sie geschrieben habe.

»Ja«, sagte sie, »ich hab ihr geschrieben, dasst krank bist, und sie gebeten, uns morgen oder übermorgen zu besuchen. Ich hab's noch nich abg'schickt.«

Tags darauf fragte sich Jude, ob sie den Brief wirklich abgeschickt hatte, wollte sie aber nicht darauf ansprechen; und die törichte Hoffnung, die sich von Tröpfchen und Krümeln ernährt, machte ihn vor Vorfreude nervös. Er kannte die Ankunftszeiten der möglichen Züge und lauschte bei jeder Gelegenheit nach ihren Schritten.

Sie kam nicht; aber Jude wollte Arabella nicht noch einmal fragen. Er hoffte und wartete den ganzen nächsten Tag; doch keine Sue zeigte sich; es gab auch keinerlei Antwortschreiben. Dann kam Jude insgeheim zu dem Schluss, dass Arabella den Brief zwar geschrieben, aber nie abgeschickt hatte. Etwas an ihrem Verhalten verriet es ihm. Er war so schwach, dass er enttäuscht in Tränen ausbrach, als Sue sich nicht blicken ließ. Für seine Verdächtigungen gab es tatsächlich gute Gründe. Arabella dachte wie manch andere Pflegerin, es sei ihre Pflicht gegenüber ihrem Patienten, ihn mit allen Mitteln ruhigzustellen, ohne dabei wirklich einzugehen auf seine Launen.

Er sprach nie wieder mit ihr über seinen Wunsch oder seine Vermutung. In ihm wuchs ein stiller, unbemerkter

Entschluss, der ihm zwar keine Kraft verlieh, wohl aber Standhaftigkeit und Gemütsruhe. Eines Mittags, als sie nach zwei Stunden Abwesenheit das Zimmer betrat, sah sie, dass sein Stuhl leer war.

Sie plumpste aufs Bett, setzte sich und grübelte. »Wo zum Teufel ist mein Mann hingegangen!«, sagte sie.

Den ganzen Vormittag war ein gelegentlich abflauender, dann wieder stärker werdender Regenschauer niedergegangen, und als sie aus dem Fenster auf die tropfenden Speirohre schaute, schien es unvorstellbar, dass ein Kranker hinausgegangen sein konnte in den fast sicheren Tod. Dennoch kam Arabella zu der festen Überzeugung, dass er nach draußen gelaufen war, und sie wurde zur Gewissheit, nachdem sie das Haus durchsucht hatte. »Wenn er so dumm ist, dann lass ihn doch!«, sagte sie. »Mehr kann ich nicht tun.«

In diesem Moment befand Jude sich in einem Zug kurz vor Alfredston, merkwürdig vermummt, weiß wie eines Denkmals Alabaster und von den anderen Passagieren ausgiebig angestarrt. Eine Stunde später konnte man seine hagere Gestalt in dem langen Mantel und mit einer übergeworfenen Decke, aber ohne Regenschirm, die fünf Meilen nach Marygreen marschieren sehen. Auf seinem Gesicht lag die entschlossene Zielstrebigkeit, ohne die er zusammengebrochen wäre, aber sie bot seiner Schwäche nur ein kümmerliches Fundament. Nachdem er den Hügel erklommen hatte, war er ganz außer Atem, doch er eilte weiter, und um halb vier Uhr stand er am vertrauten Brunnen in Marygreen. Der Regen hatte die Einwohner in die Häuser gescheucht; Jude überquerte blindlings die Wiese zur Kirche und fand das Gebäude offen. Hier stand er und sah nach vorn zur Schule, von wo er den üblichen, eintönigen

Klang der Kinderstimmen vernahm, die noch nichts wussten vom Seufzen der Schöpfung.

Er wartete, bis ein kleiner Junge die Schule verließ – einer, dem man offensichtlich aus irgendeinem Grund gestattet hatte, vor Schulschluss zu gehen. Jude hob die Hand, und das Kind eilte herbei.

»Geh doch bitte ins Schulhaus und frag Mrs. Phillotson, ob sie bitte ein paar Minuten zur Kirche kommen könnte.«

Das Kind zog los, und Jude hörte es an der Tür des Gebäudes klopfen. Er selbst ging weiter, in die Kirche. Alles war neu, bis auf ein paar Friese des abgerissenen alten Mauerwerks, die man bewahrt und nun an den neuen Wänden befestigt hatte. Er stand neben diesen: Sie schienen den verstorbenen Bewohnern der Ortschaft, seinen und Sues Vorfahren, ähnlich zu sein.

Leise Schritte, die man ebenso gut mit zusätzlich fallenden Regentropfen hätte verwechseln können, erklangen in der Vorhalle, und er drehte sich um.

»Oh … Ich hab nicht geahnt, dass du es bist! Ich hab's nicht geahnt … Oh Jude!« Ein hysterisches Luftholen endete in einer Reihe von Schluchzern. Er trat vor, doch sie fasste sich rasch und wich zurück.

»Geh nicht … geh nicht!«, flehte er. »Das ist mein letzter Besuch! Ich hielt es für weniger aufdringlich, hier zu warten, als dein Haus zu betreten. Und ich komme nie wieder. Sei also nicht unbarmherzig. Sue, Sue! Wir halten uns buchstäblich an das Wort; und ›der Buchstabe tötet‹!«

»Ich bleibe … Ich will nicht unfreundlich sein!«, sagte sie mit zitterndem Mund und unter Tränen, als sie ihm erlaubte, sich zu nähern. »Aber warum bist du gekommen und tust etwas so Falsches, nachdem du zuvor etwas so Richtiges getan hast?«

»Was war denn so richtig?«

»Dass du Arabella noch einmal geheiratet hast. Es stand in der Zeitung von Alfredston. Sie hat nie zu jemand anderem als zu dir gehört, Jude – streng genommen. Und deshalb war es so gut … Oh, so gut … das anzuerkennen … und sie wieder aufzunehmen.«

»Herr im Himmel … bin ich nur gekommen, um mir so etwas anzuhören? Falls es irgendetwas in meinem Leben gibt, das man als das Entwürdigendste, Unmoralischste, Unnatürlichste bezeichnen kann, dann wäre es der verhurte Ehevertrag mit Arabella, den man das Richtige nennt! Und auch du … du nennst dich Phillotsons Frau! Seine Frau! Du bist meine.«

»Verjag mich nicht … ich kann nicht viel ertragen! Doch in diesem Punkt bin ich fest.«

»Ich kann nicht begreifen, wie du das tun konntest … was du dir dabei denkst … ich kann's nicht!«

»Das ist unwichtig. Er ist mir ein freundlicher Ehemann … Und ich … Ich habe gerungen und gekämpft und gefastet und gebetet. Ich habe meinen Leib fast vollständig meinem Willen unterworfen. Und du darfst nicht … wirst du … wach auf …«

»Oh du lieber kleiner Dummkopf; wo bleibt dein Verstand? Du scheinst all deine Fähigkeiten verloren zu haben! Ich würde mit dir diskutieren, wenn ich nicht wüsste, dass eine Frau in deinem Gemütszustand für keinen Appell an die Vernunft mehr zugänglich ist. Oder betrügst du dich selbst, wie so viele Frauen es in diesen Dingen tun, und glaubst gar nicht an das, was du vorgibst zu glauben, und schwelgst nur im Luxus eines von einem vorgeblichen Glauben geweckten Gefühls?«

»Luxus! Wie kannst du so grausam sein!«

»Du liebstes, traurigstes, allerschwermütigstes Wrack eines vielversprechenden menschlichen Verstandes, das mir je im Leben unter die Augen gekommen ist! Was ist mit deiner Verachtung für Konventionen passiert? Ich *wäre* mutig gestorben!«

»Du bedrängst mich, beleidigst mich fast, Jude! Geh jetzt!« Sie wandte sich rasch ab.

»Ich geh schon. Ich werde dich nie wieder besuchen, nicht einmal, wenn ich die Kraft dazu hätte, und die hab ich nicht mehr. Sue, Sue, du bist es nicht wert, dass ein Mann dich liebt!«

Ihre Brust hob und senkte sich. »Was du da sagst, ist mir unerträglich!«, platzte sie heraus, und ihr Blick ruhte einen Moment lang auf ihm, als sie sich impulsiv zu ihm umdrehte. »Verachte mich nicht, niemals! Küss mich, o küss mich immer wieder, und ich sage, dass ich kein Feigling und nichtswürdiger Schwindler bin … ich ertrage es nicht!« Sie eilte zu ihm und fuhr fort, ihren Mund auf seinem: »Ich muss es dir sagen … Oh, das muss ich … mein liebster Schatz! Es war … nur eine kirchliche Trauung … eine Scheinhochzeit, meine ich! Er hat es von Anfang an vorgeschlagen!«

»Wie?«

»Ich meine, es ist nur eine Ehe auf dem Papier. Seit ich zu ihm zurückgekehrt bin, ist es nie mehr gewesen als das!«

»Sue!«, sagte er. Er drückte sie an sich und küsste ihre Lippen wund. »Falls es im Kummer Glückseligkeit geben kann, bin ich jetzt einen Augenblick glücklich! Also, im Namen von allem, was dir heilig ist, sag mir die Wahrheit und lüg mich nicht an. Liebst du mich noch?«

»Ja! Das weißt du nur zu gut! … Aber ich darf das nicht! … Ich darf dich nicht so küssen, wie ich will!«

»Tu's einfach!«

»Und trotzdem bist du mir lieb! … und du siehst so krank aus …«

»Und du bist mir auch lieb! Hier ist noch einer, zum Andenken an unsere toten kleinen Kinder … deine und meine!«

Die Worte trafen sie wie ein Fausthieb, und sie ließ den Kopf hängen. »Ich *darf* nicht … ich *kann* nicht so weitermachen!«, keuchte sie kurz darauf. »Aber gut, Schatz, gut; ich erwidere deine Küsse; ich tu's, ich tu's! … Und jetzt werde ich mich auf ewig wegen meiner Sünde *hassen*!«

»Nein … ich möchte dich noch ein letztes Mal auffordern. Hör zu! Wir beide haben gegen jede Vernunft wieder geheiratet. Man hat mich betrunken gemacht, damit ich es tue. Bei dir war's dasselbe. Ich war betrunken vom Gin, du vom Glauben. Beide Formen von Trunkenheit rauben einem den Blick für das Erhabenere … Lass uns unsere Irrtümer vergessen und zusammen fortgehen!«

»Nein; nochmals nein! … Warum führst du mich dermaßen in Versuchung, Jude! Das ist unbarmherzig! … Aber ich habe mich jetzt im Griff. Folge mir nicht … schau mich nicht an. Geh jetzt, um Himmels willen!«

Sie lief durch die Kirche zum Ostflügel, und Jude entsprach ihrer Bitte. Er drehte sich nicht um, sondern nahm seine Decke, die sie nicht gesehen hatte, und ging auf direktem Wege hinaus. Als er sich dem Ausgang der Kirche näherte, hörte sie, wie sein Husten sich mit dem Prasseln des Regens gegen die Fenster vermengte, und mit einem letzten Aufflackern menschlicher Zuneigung, die auch jetzt nicht von ihren Ketten gebändigt wurde, sprang sie auf, als wollte sie ihm nachlaufen. Doch dann sank sie erneut auf die Knie und hielt sich die Ohren zu, bis jedwedes von ihm verursachte Geräusch verklungen war.

Unterdessen erreichte er die Ecke der Wiese, von wo aus der Pfad über die Felder führte, auf denen er als Knabe Krähen verscheucht hatte. Er drehte sich um und blickte noch einmal zurück auf das Gebäude, in dem Sue sich immer noch aufhielt; und dann ging er weiter, wissend, er würde diesen Ort nie wieder zu Gesicht bekommen.

Im Norden und Süden von Wessex gibt es im Herbst und Winter kalte Flecken; doch wenn ein Nord- oder Ostwind weht, ist der Hügelkamm beim Brown House, wo die Straße nach Alfredston den alten Gratweg kreuzt, der kälteste von allen. Hier fallen die ersten Hagel- und Schneeschauer des Winters und bleiben liegen, und hier verharrt der Frost bis in den Frühling, ohne zu tauen. Hier in den Fängen des Nordostwinds und Regens folgte Jude nun völlig durchnässt seinem Pfad, wobei seine Schritte aufgrund des Verlusts seiner früheren Kraft zwangsläufig zu langsam waren, um ihn warm zu halten. Er erreichte den Meilenstein, breitete trotz des Regens dort seine Decke aus und ließ sich zum Ausruhen nieder. Bevor er sich wieder auf den Weg machte, tastete er auf der Rückseite des Steins nach seiner eigenen Inschrift. Sie war noch vorhanden; doch fast gänzlich überwuchert von Moos. Er ging vorbei an der Stelle, wo man seinen und Sues Vorfahren erhängt hatte, und stieg dann den Hügel hinunter.

Es war dunkel, als er Alfredston erreichte, wo er eine Tasse Tee trank, denn die Eiseskälte, die ihm allmählich bis ins Mark kroch, machte es ihm unmöglich, mit leerem Magen durchzuhalten. Um nach Hause zu gelangen, musste er mit einer Dampfstraßenbahn und dann zwei Strecken mit dem Zug fahren, mit langen Wartezeiten beim Umsteigen. Christminster erreichte er nicht vor zehn Uhr.

VI–9

Auf dem Bahnsteig stand Arabella. Sie musterte ihn von Kopf bis Fuß.

»Du hast sie besucht?«, fragte sie.

»Hab ich«, sagte Jude, buchstäblich schlotternd vor Kälte und Müdigkeit.

»Also jetzt kommst am besten mit nach Haus.«

Er war patschnass und musste sich gegen die Mauer lehnen, um sich beim Husten zu stützen.

»Du hast dir damit dein eigenes Grab g'schaufelt, Schätzchen«, sagte sie. »Ich weiß nich, ob dir das klar ist.«

»Natürlich. Ich hab's absichtlich getan.«

»Wie … um dich umzubringen?«

»Gewiss.«

»Na, so was! Bringt sich um wegen ner Frau.«

»Hör zu, Arabella. Du hältst dich für die Stärkere, und das bist du jetzt auch, zumindest körperlich. Du könntest mich umwerfen wie beim Kegelspiel. Du hast damals den Brief nicht abgeschickt, und ich konnte es dir nicht verübeln. Doch in einer anderen Hinsicht bin ich nicht so schwach, wie du glaubst. Mir ist klar geworden, dass ein Mann, der wegen einer Lungenentzündung sein Zimmer nicht verlassen kann, ein Kerl, der nur noch zwei Wünsche auf der Welt hat, eine bestimmte Frau zu treffen und dann zu sterben, sich leicht beide Wünsche auf einmal erfüllen kann, indem er diese Reise im Regen unternimmt. Ich hab's getan. Ich hab sie ein letztes Mal getroffen und mir selbst ein Ende bereitet – ein fiebriges Leben beendet, das besser nie begonnen hätte!«

»Jessas … du redest vielleicht hochtrabend! Willst nich was Warmes zum Trinken?«

»Nein danke. Gehen wir nach Haus.«

Sie gingen an den stillen Colleges entlang, und Jude blieb immer wieder stehen.

»Was schaust dir da an?«

»Alberne Trugbilder. Irgendwie seh ich auf diesem, meinem letzten Spaziergang jene Geister der Toten wieder, die ich gesehen habe, als ich zum ersten Mal hier entlangging.«

»Du bist schon ein komischer Kauz!«

»Ich scheine sie zu sehen und meine fast, sie rascheln zu hören. Aber ich verehre sie nicht alle so wie damals. Ich glaube nicht einmal an die Hälfte von ihnen. Die Theologen, die Apologisten und ihre Brüder, die Metaphysiker, die selbstherrlichen Staatsmänner und andere interessieren mich nicht mehr. All das hat mir die Schinderei der harten Wirklichkeit verdorben!«

Der Ausdruck auf Judes leichenhaftem Gesicht im wässrigen Licht der Straßenlaternen schien tatsächlich darauf hinzudeuten, dass er Menschen sah, wo keine waren. Manchmal verharrte er bei einem Bogengang, als beobachte er eine heraustretende Gestalt; dann wieder blickte er zu einem Fenster, als ob er dahinter ein vertrautes Antlitz ausmachte. Er schien Stimmen zu hören, deren Worte er wiederholte, als wollte er ihre Bedeutung erfassen.

»Sie scheinen mich auszulachen!«

»Wer?«

»Oh … ich führe Selbstgespräche! All diese Gespenster hier, in den Bogengängen und Fenstern der Colleges. In den alten Tagen haben sie noch freundlich dreingeschaut, besonders Addison und Gibbon und Johnson und Dr. Brown und Bischof Ken …«

»Jetzt komm endlich! Gespenster! Hier gibt's weder lebendige noch tote, bis auf nen verdammten Wachmann! Ich hab die Straßen noch nie so leer g'sehn.«

»Stell dir vor! Der Dichter der Freiheit ging einst hier spazieren und der große Sezierer der Melancholie dort!«

»Ich will nix von denen hören! Die langweilen mich.«

»Walter Raleigh winkt mir von der Gasse zu … Wycliffe … Harvey … Hooker … Arnold … und die ganze Schattenbande der Traktarianer …«

»Ich will ihre Namen nich hörn, sag ich! Was scheren mich die Toten und Verschwundenen? Bei meiner Seel', du bist nüchterner, wennst was getrunken hast!«

»Ich muss mich kurz ausruhen«, sagte er; und als er stehen blieb und sich am Geländer festhielt, schätzte er mit einem Blick die Höhe einer Collegefassade. »Dies ist das alte Rubic. Und das Sarcophagus; und am Ende der Gasse Crozier und Tudor; und hier unten ist das Cardinal mit seiner langen Fassade und seinen Fenstern mit gehobenen Augenbrauen als Symbol für die höfliche Überraschung der Universität angesichts der Bemühungen von meinesgleichen.«

»Komm weiter, und ich geb einen aus!«

»Na schön. Das wird mir nach Haus helfen, denn ich spür den eiskalten Nebel von den Wiesen des Cardinal, als ob Todesklauen mich zerfetzten mit Leib und Seele. Wie Antigone sagt, ich weile nicht bei den Menschen noch bei den Leichen. Aber, Arabella, wenn ich tot bin, siehst du meinen Geist hier unter diesen auf und nieder flattern!«

»Pah! Vielleicht kommst doch noch davon. Bist noch zäh genug, Alter.«

In Marygreen war es Nacht, und der Nachmittagsregen machte keine Anstalten nachzulassen. Ungefähr zu der Zeit, da Jude und Arabella durch die Straßen von Christminster heimwärts gingen, überquerte die Witwe Edlin die Wiese und öffnete die Hintertür des Lehrerwohnhauses, was sie nun oft vor dem Schlafengehen tat, um Sue beim Aufräumen zu helfen.

Sue wurstelte hilflos in der Küche herum, denn sie war keine gute Hausfrau, auch wenn sie sich Mühe gab, und verlor die Geduld über den zu erledigenden Kleinigkeiten.

»Du liebe Güte, was machens denn da, wo ich doch eigens deswegen hergekommen bin! Sie ham doch g'wusst, dass ich komm.«

»Oh … ich weiß nicht … ich hab's vergessen! Nein, nicht vergessen. Ich hab's getan, um mich zu bestrafen. Ich hab bis acht Uhr die Treppe geschrubbt. Ich muss mich in Haushaltspflichten üben. Ich habe sie schändlich vernachlässigt!«

»Weshalb denn? Er bekommt ne bessere Schule, wird vielleicht sogar irgendwann Pfarrer, und Sie ham dann zwei Diener. Ist doch schad um die hübschen Hände.«

»Reden Sie nicht von meinen hübschen Händen, Mrs. Edlin. Dieser hübsche Körper hat mich ins Unglück gestürzt!«

»Pah … sie ham doch eh kaum was auf den Knochen! Für mich sehn Sie eher aus wie ein G'spenst. Aber heute Abend scheint was nich in Ordnung zu sein, meine Liebe. Der Gatte ist verärgert?«

»Nein. Ist er nie. Er ging früh zu Bett.«

»Was ist's denn dann?«

»Ich kann es Ihnen nicht sagen. Ich hab heute einen

Fehler gemacht. Und ich will ihn ausmerzen … Gut … so viel kann ich erzählen … Jude ist heute Nachmittag hier gewesen, und mir ist klar, dass ich ihn immer noch liebe … Oh, so sehr! Mehr kann ich nicht sagen.«

»Ah!«, sagte die Witwe. »Ich hab's Ihnen gleich g'sagt!«

»Aber es darf nicht sein! Ich habe meinem Mann nichts erzählt von seinem Besuch; es ist nicht nötig, ihn damit zu plagen, da ich Jude nie wiedersehen wollte. Aber ich möchte mein Gewissen hinsichtlich meiner Pflichten gegenüber Richard beruhigen … indem ich mir eine Buße auferlege … zumindest das! Ich muss!«

»Ich würd's lassen … weil er einverstanden ist, dass es anders läuft, und es läuft seit drei Monaten doch ganz gut so.«

»Ja … er lässt mich mein eigenes Leben leben; ich empfinde dies aber als einen Luxus, den ich ihm nicht abverlangen darf. Ich hätte es nicht akzeptieren dürfen. Es umzukehren wird grässlich sein … aber ich muss ihn gerechter behandeln. Oh, warum bin ich so feige gewesen?«

»Was g'fällt Ihnen denn nich an ihm?«, fragte Mrs. Edlin neugierig.

»Ich kann es nicht erklären. Es ist etwas … ich weiß nicht. Das Traurige daran ist, dass es niemand als Grund für meine Gefühle anerkennen würde; ich habe also nicht die geringste Entschuldigung.«

»Haben Sie je Jude davon erzählt?«

»Nie.«

»Zu meiner Zeit hab ich seltsame G'schichten über Ehemänner g'hört«, bemerkte die Witwe im Flüsterton. »Man erzählt sich, dass damals, als die Heiligen auf Erden wandelten, Teufel nachts die Gestalt von Ehemännern annahmen und den armen Frauen allerlei Ärger machten. Aber ich weiß nich, warum ich grad jetzt drauf komm, weil's ja nur eine G'schicht ist … Wie's heut Abend stürmt und regnet! Also … versuchens nich, die Dinge voreilig zu ändern, meine Liebe. Lassen Sie's sich nochmals durch den Kopf gehn.«

»Nein, nein! Ich hab meiner schwachen Seele abgerungen, ihn liebenswürdiger zu behandeln … und es muss jetzt sein … sofort … bevor ich zusammenbreche!«

»Ich glaub nich, dass Sie sich gegen Ihre Natur zu was zwingen sollten. Das sollte man von keiner Frau erwarten.«

»Es ist meine Pflicht. Ich leere meinen Kelch bis zur Neige!«

Eine halbe Stunde später, als Mrs. Edlin ihre Haube aufsetzte und ihr Schultertuch überwarf, schien Sue von einem unbeschreiblichen Schrecken erfasst zu werden.

»Nein, nein … gehen Sie nicht, Mrs. Edlin«, flehte sie mit weit aufgerissenen Augen und einem kurzen, nervösen Blick über die Schulter.

»Aber es ist Zeit zum Schlafengehn, Kind.«

»Ja, aber … hier ist noch ein kleines leerstehendes Zimmer … mein früheres. Es ist alles vorbereitet. Bitte bleiben Sie, Mrs. Edlin! … Ich brauche Sie in der Früh.«

»Na schön … ich hab nix dagegen, wenn Sie es wünschen. Meinen vier alten Wänden wird nix passieren, ob ich nun da bin oder nich.«

Sie verriegelte dann die Türen, und sie stiegen zusammen die Treppe hinauf.

»Warten Sie hier, Mrs. Edlin«, sagte Sue. »Ich geh kurz in mein altes Zimmer.«

Sue ließ die Witwe auf dem Treppenabsatz stehen und betrat das Zimmer, das seit ihrer Ankunft in Marygreen ihr eigenes gewesen war, schloss die Tür, kniete ein, zwei

Minuten neben dem Bett, nahm ihr Nachthemd vom Kissen, zog sich um und kam heraus zu Mrs. Edlin. Im Zimmer gegenüber konnte man einen Mann schnarchen hören. Sie wünschte Mrs. Edlin gute Nacht, und die Witwe betrat die eben von Sue verlassene Kammer.

Sue entriegelte die andere Zimmertür, und sank davor zu Boden, als hätte sie einen Schwächeanfall. Nachdem sie wieder aufgestanden war, öffnete sie die Tür und sagte »Richard«. Als ihr das Wort über die Lippen kam, erschauderte sie merklich.

Das Schnarchen hatte eine Zeitlang ganz ausgesetzt, doch er antwortete nicht. Sue wirkte erleichtert und eilte zurück zu Mrs. Edlins Zimmer. »Sind Sie im Bett, Mrs. Edlin?«, fragte sie.

»Nein, meine Liebe«, sagte die Witwe und öffnete die Tür. »Ich bin alt und lahm und brauch lang zum Abtakeln. Ich hab mein Korsett noch nich aufg'schnürt.«

»Ich … hör ihn nicht! Und womöglich … womöglich …«

»Was, Kind?«

»Womöglich ist er tot!«, keuchte sie. »Und dann … wäre ich frei und könnte zu Jude gehen! … Ah … nein … Ich hab *sie* vergessen … und Gott!«

»Kommens, wir lauschen. Nein … er schnarcht schon wieder. Aber Wind und Regen sind so laut, dass man nur hin und wieder was hört.«

Sue hatte sich gezwungen, umzukehren. »Mrs. Edlin, nochmals gute Nacht! Entschuldigen Sie, dass ich Sie herausgebeten habe.« Die Witwe zog sich zum zweiten Mal zurück.

Als Sue wieder allein war, zeichneten sich in ihren Zügen abermals Anspannung und Verzweiflung ab. »Ich muss es tun … ich muss! Ich muss den Kelch bis zur Neige leeren!«, flüsterte sie. »Richard!«, wiederholte sie.

»He … was? Bist du das, Susanna?«

»Ja.«

»Was willst du? Gibt's ein Problem? Warte kurz.« Er zog sich etwas an und kam zur Tür. »Ja?«

»Als wir in Shaston wohnten, bin ich lieber aus dem Fenster gesprungen als dir zu erlauben, mir nahe zu kommen. Ich hab dich nie anders behandelt, bis jetzt … da ich dich um Vergebung bitte und darum, mich hereinzulassen.«

»Vielleicht hältst du es nur für deine Pflicht? Wie ich schon sagte, ich will nicht, dass du etwas tust, was dir zuwider ist.«

»Aber ich bitte dich, mich hereinzulassen.« Sie wartete einen Moment und wiederholte: »Ich bitte dich, mich hereinzulassen! Ich habe etwas Unrechtes getan … sogar heute! Ich habe meine Rechte überschritten. Ich wollte es dir nicht sagen, aber sollte es wohl. Ich habe mich heute Nachmittag an dir versündigt.«

»Wie?«

»Ich hab Jude getroffen! Ich hatte keine Ahnung, dass er kommt. Und …«

»Nun?«

»Ich habe ihn geküsst und zugelassen, dass er mich küsst.«

»Oh … die alte Leier!«

»Richard, ich ahnte nicht, dass wir uns küssen würden, bis wir es taten!«

»Wie oft?«

»Ziemlich oft. Ich weiß nicht. Ich fürchte mich, es mir ins Gedächtnis zu rufen, und das Mindeste, was ich danach tun kann, ist, so wie jetzt zu dir zu kommen.«

»Na … das ist ziemlich übel, nach allem, was ich getan habe! Sonst noch was zu beichten?«

»Nein.« Sie war drauf und dran zu sagen: »Ich hab ihn ›mein liebster Schatz‹ genannt.« Doch da eine reumütige Frau immer ein klein wenig für sich behält, blieb dieser Teil der Szene unerwähnt. Sie fuhr fort: »Ich werde ihn nie wiedersehen. Er sprach von Vergangenem; und es hat mich überwältigt. Er sprach von … den Kindern … Aber wie ich schon sagte, bin ich froh … fast froh, meine ich, … dass sie tot sind, Richard. Es überschattet mein ganzes Leben!«

»Also … du sagst, dass du ihn nie wiedersehen willst. Na … das meinst du doch nicht ernst?« In Phillotsons Tonfall klang die Andeutung mit, dass seine drei Monate seit der erneuten Vermählung mit Sue irgendwie nicht ganz so zufriedenstellend verlaufen waren, wie er es in seiner Großmut und Geduld in Liebesdingen erwartet hatte.

»Ja, ja!«

»Würdest du es vielleicht auf das Neue Testament schwören?«

»Freilich.«

Er ging zurück ins Zimmer und holte eine kleine, braune Ausgabe des Neuen Testaments. »Na schön: So wahr dir Gott helfe!«

Sie schwor.

»Sehr gut!«

»Nun bitte ich dich demütig, Richard, zu dem ich gehöre und den ich ehren und dem ich gehorchen will, so wie ich es geschworen habe, mich hereinzulassen.«

»Überleg's dir gut. Du weißt, was es bedeutet. Dich wieder im Haus aufzunehmen war eine Sache … dies ist etwas anderes. Denk nochmals darüber nach.«

»Ich habe darüber nachgedacht … ich will es!«

»Du kommst mir sehr entgegen … und vielleicht hast du recht. Wenn ein Liebhaber herumstrolcht, sollte man eine halbe Ehe zu einer ganzen machen. Aber ich wiederhole meine Mahnung trotzdem ein drittes und letztes Mal.«

»Ich will es so … Oh Gott!«

»Warum sagst du oh Gott?«

»Ich weiß nicht!«

»Du weißt es! Aber …« Trübsinnig musterte er noch etwas länger ihre dünne und zarte Gestalt, die im Nachthemd vor ihm kauerte. »Na, ich hab mir gedacht, dass es so endet«, sagte er kurz darauf. »Ich schulde dir nichts, nach diesen Beteuerungen; aber ich nehme dich beim Wort und vergebe dir.«

Er legte den Arm um sie, um sie hochzuheben. Sue schreckte zurück.

»Was ist?«, fragte er, erstmals in strengem Ton. »Du scheust dich wieder vor mir? … genauso wie früher!«

»Nein, Richard … ich … ich … wollte gar nicht …«

»Du möchtest hier herein?«

»Ja.«

»Dir ist immer noch klar, was das bedeutet?«

»Ja. Es ist meine Pflicht!«

Er stellte die Kerze auf einer Kommode ab, führte sie durch die Tür, hob sie hoch und küsste sie. Ein Ausdruck von Ekel huschte über ihr Gesicht, doch sie biss die Zähne zusammen, um nicht aufzuschreien.

Mrs. Edlin hatte sich unterdessen entkleidet und wollte gerade zu Bett gehen, da sagte sie bei sich: »Ah … vielleicht sollt ich lieber nachschaun, ob's der Kleinen gutgeht. Wie's stürmt und regnet!«

Die Witwe ging hinaus zum Treppenabsatz und sah, dass Sue nicht mehr da war. »Ah! Arme Seel'! Man möcht fast meinen, Hochzeiten sind heutzutag Begräbnisse. Im Herbst sind's fünfzig Jahr, seit mein Mann und ich uns vermählt ham! Seither hat sich manches verändert!«

VI–10

Trotz seiner gegenteiligen Bemühungen erholte Jude sich ein wenig und arbeitete einige Wochen in seinem Beruf. Nach Weihnachten brach er jedoch abermals zusammen.

Von seinem verdienten Geld leistete er sich den Umzug in eine noch näher an der Innenstadt gelegene Wohnung. Doch Arabella erkannte, dass er wahrscheinlich lange Zeit nicht mehr würde arbeiten können, und ärgerte sich sehr, wie die Dinge sich seit ihrer Wiedervermählung entwickelt hatten. »Der Teufel soll mich holen, wenn dein letzter Streich nich ein ganz schlauer g'wesen ist!«, pflegte sie zu sagen. »Ne Pflegerin umsonst zu bekommen, indemst mich heiratest!«

Jude waren ihre Worte vollkommen gleichgültig, und tatsächlich betrachtete er ihre Schimpftiraden oft in einem ironischen Licht. Manchmal war er auch ernster gestimmt und salbaderte im Bett liegend über das Scheitern seiner frühen Pläne.

»Ein jeder hat in irgendeinem Bereich ein wenig Talent«, sagte er. »Ich war für das Maurern nie wirklich kräftig genug, besonders wenn's ums Befestigen ging. Steinblöcke bewegen, hat mich immer überanstrengt, und vor dem Einbau der Fenster in Gebäuden im schwer erträglichen Luftzug stehen, hat mir immer Erkältungen beschert, und ich glaube, so hat das Unheil in meiner Brust seinen Lauf genommen. Aber ich hatte das Gefühl, ich könnte etwas tun, wenn ich die Möglichkeit dazu hätte. Ich hätte Ideen sammeln und sie anderen vermitteln können. Ich frag mich, ob die Stifter an jemanden wie mich gedacht haben – einen Burschen, der zu nichts taugt, außer zu dem einen? … Ich hab gehört, dass es bald bessere Bedingungen geben soll für so hilflose Studenten, wie ich einer war. Es gibt Pläne, die Universität weniger exklusiv zu gestalten und ihren Einfluss zu erweitern. Ich weiß nicht viel darüber. Und es ist zu spät, zu spät für mich! Ah … und für so viele vor mir, die würdiger waren als ich!«

»Was du da ständig vor dich hin murmelst!«, sagte Arabella. »Ich hab gedacht, dass du die ganze Narretei mit den Büchern längst überwunden hast. Und das hättest du auch, wennst von Anfang an vernünftig g'wesen wärst. Du bist jetzt genauso schlimm wie bei unsrer ersten Ehe.«

Während einer seiner Selbstgespräche nannte er sie unbewusst »Sue«.

»Ich wünschte, du würdest nich vergessen, mit wemst sprichst!«, sagte Arabella gekränkt. »Da ruft er ne ehrbare, verheiratete Frau beim Namen von dieser …« Sie hielt sich im Zaum, und er hatte das Wort nicht gehört.

Doch als sie im Lauf der Zeit begriff, wie die Dinge standen, und wie wenig sie von ihrer Rivalin Sue zu befürchten hatte, hatte sie einen Anfall von Großmut. »Du würdest wohl gern deine … Sue sehen?«, sagte sie. »Nun, ich hab nix dagegen, wenn sie herkommt. Du kannst sie haben, wennst magst.«

»Ich möchte sie nicht wiedersehen.«

»Oh … das ist neu!«

»Und erzähl ihr nichts von mir … dass ich krank bin oder sonst was. Sie hat ihren Weg gewählt. Lass sie gehen!«

Eines Tages wurde er überrascht. Mrs. Edlin besuchte ihn, ganz auf eigene Rechnung. Judes Frau, der es inzwischen völlig gleichgültig war, wem er seine Zuneigung schenkte, ging hinaus und ließ die alte Frau mit Jude allein.

Rasch fragte er, wie es Sue gehe, und sagte dann, an Sues Worte denkend, frei heraus: »Sie sind wohl immer noch nur auf dem Papier Mann und Frau?«

Mrs. Edlin zögerte. »Also, nein … jetzt ist es anders. Sie hat erst vor kurzem damit ang'fangen … ganz freiwillig.«

»Wann hat sie damit angefangen?«, fragte er rasch.

»Am Abend nach Ihrem Besuch. Aber die Arme wollte sich damit selbst bestrafen. Er war dagegen, aber sie hat drauf bestanden.«

»Sue, meine Sue … du liebe Närrin … das ist fast mehr, als ich ertragen kann! … Mrs. Edlin … fürchten Sie sich nicht vor meinem Gerede … Seit ich hier so viele Stunden allein liege, führe ich Selbstgespräche … Früher war sie eine Frau, deren Verstand im Vergleich zu meinem einem Stern neben einer Spirituslampe glich: die jeden Aberglauben von mir als Spinnweben betrachtete, die sie mit einem Wort fortfegen konnte. Dann erlitten wir bittere Verluste, und ihr Verstand brach, und sie schwenkte um in die Dunkelheit. Es ist ein merkwürdiger Geschlechtsunterschied, dass Zeit und Umstände, welche die Ansichten der meisten Männer erweitern, die der Frauen fast ausnahmslos schmälern. Und nun ist das allerletzte Grauen erreicht … indem sie sich zur Sklavin von Formalitäten macht und dem hingibt, was sie verabscheut! … Sie, so empfindsam, so schreckhaft, dass sogar die Winde nicht zu rau ihr Antlitz zu berühren schienen … Was Sue und mich angeht, in unseren besten Tagen, vor vielen Jahren … als unser Verstand klar und unsere Wahrheitsliebe furchtlos war … für uns war die Zeit noch nicht reif! Unsere Ideen kamen fünfzig Jahre zu früh, um uns von Nutzen zu sein. Und so führte der Widerstand, auf den sie stießen, bei ihr zur Umkehr und bei mir zu Rücksichtslosigkeit und Niedergang! … Nun … dies, Mrs. Edlin, ist es, was ich mir unablässig selbst vortrage, während ich hier liege. Sie finden es sicher furchtbar langweilig.«

»Keineswegs, mein lieber Junge. Ich könnt Ihnen den ganzen Tag zuhörn.«

Als Jude immer weiter über ihre Neuigkeiten nachdachte und immer rastloser wurde, begann er in seiner Seelenpein gesellschaftliche Konventionen mit grässlichen Schimpfworten zu schmähen, was zu einem Hustenanfall führte. Kurz darauf klopfte es unten an der Haustür. Da sich niemand darum kümmerte, ging Mrs. Edlin selbst hinunter.

Der Besucher sagte höflich: »Der Doktor.« Die hagere Gestalt gehörte dem von Arabella herbeigerufenen Arzt Vilbert.

»Wie geht's meinem Patienten denn heut?«, fragte der Arzt.

»Oh, schlecht … sehr schlecht! Armer Kerl, er hat sich aufg'regt und furchtbar g'flucht, weil ich aus Versehen aweng getratscht hab … ist vor allem meine Schuld. Aber gut … man muss nem leidenden Menschen seine Worte verzeihn, und ich hoff, dass Gott ihm vergibt.«

»Ah. Ich geh hinauf und schau nach ihm. Ist Mrs. Fawley zu Haus?«

»Sie ist grad nich da, kommt aber gleich wieder.«

Vilbert ging hinauf; doch obwohl Jude bislang die Arzneien jenes sachkundigen Mediziners überaus gleichgültig geschluckt hatte, wann immer Arabella ihm eine Portion in den Mund kippte, fühlte er sich nun von den Ereignissen dermaßen in die Enge getrieben, dass er Vilbert seine Meinung über dessen berufliche Fähigkeiten geradewegs ins Gesicht sagte, und dies so heftig und mit solch treffenden

Beiwörtern, dass Vilbert bald wieder treppab hastete. An der Tür stieß er auf Arabella, Mrs. Edlin war bereits gegangen. Arabella erkundigte sich, wie es seiner Meinung nach um ihren Mann stehe, und als sie merkte, dass der Doktor verärgert war, lud sie ihn ein auf ein Gläschen. Er stimmte zu.

»Ich bring's Ihnen hierher in den Korridor«, sagte sie. »Heut ist niemand außer mir im Haus.«

Sie brachte ihm eine Flasche und ein Glas, und er trank. Arabella begann sich vor unterdrücktem Lachen zu schütteln. »Was gibt's, meine Liebe?«, fragte er schmatzend.

»Oh … ein Tropfen Wein … und ne Zutat.« Erneut lachend sagte sie: »Ich hab Ihren eignen Liebestrank reing'mischt, den Sie mir auf der Landwirtschaftsmesse verkauft ham, erinnern Sie sich nich?«

»Doch, doch! Schlau von Ihnen! Aber Sie müssen mit Konsequenzen rechnen.« Er legte ihr den Arm um die Schultern und küsste sie an Ort und Stelle.

»Nich, nich«, flüsterte sie, gutgelaunt lachend. »Mein Mann wird's hören.«

Sie begleitete ihn aus dem Haus, und als sie zurückkehrte, sagte sie bei sich: »Na! Schwache Frauen müssen für nen Regentag vorsorgen. Und wenn mein armer Kerl da oben den Löffel abgibt – was er wohl bald tun wird –, sollte man sich ein paar Chancen offenhalten. Ich kann nich mehr so wählerisch sein wie in jüngeren Jahren. Und man muss sich mit den Alten begnügen, wenn man an die Jüngeren nich rankommt.«

VI–11

Die letzten Seiten, die der Chronist dieser Lebensläufe dem Leser ans Herz legen möchte, handeln in und außerhalb von Judes Schlafzimmer, zu Beginn eines neuen grünblättrigen Sommers.

Sein Gesicht war so schmal, dass seine alten Freunde ihn kaum wiedererkannt hätten. Es war Nachmittag, und Arabella drehte vor dem Spiegel ihre Locken, was sie mithilfe eines über der Kerzenflamme erhitzten Regenschirmgriffs bewerkstelligte, um den sie ihr wallendes Haar wickelte. Nachdem dies erledigt war, übte sie Grübchenmachen, zog sich an und sah nach Jude. Er schien zu schlafen, obwohl er erhöht dalag, da er sich seines Leidens wegen nicht flach niederlegen konnte.

Arabella, behäubt, behandschuht und bereit, setzte sich und wartete, als erwarte sie jemanden, der an ihrer Stelle die Pflege übernahm.

Gewisse Geräusche von draußen offenbarten, dass in der Stadt gefeiert wurde, auch wenn man von hier aus kaum etwas von dem Fest – welches auch immer – sehen konnte. Glocken begannen zu läuten, und die Klänge drangen durch das offene Fenster ins Zimmer und summten um Judes Kopf. Sie wurde darüber nervös und sagte sich schließlich: »Wo Vater nur bleibt!«

Sie warf noch einen Blick auf Jude, schätzte sorgfältig sein verebbendes Leben, wie sie es so oft getan hatte während der letzten Monate, schaute auf seine als Chronometer aufgehängte Uhr und stand ungeduldig auf. Er schlief immer noch, und sie huschte kurzentschlossen aus dem

Zimmer, schloss geräuschlos die Tür und ging die Treppe hinunter. Das Haus war leer. Die Attraktion, welche Arabella zum Ausgehen bewegte, hatte die anderen Bewohner offensichtlich längst angelockt.

Es war ein warmer, wolkenloser, verführerischer Tag. Sie schloss die Haustür und eilte um die Ecke zur Chief Street, und als sie sich dem Theater näherte, konnte sie anlässlich einer Probe für das kommende Konzert Orgelmusik hören. Sie betrat den Bogengang des Oldgate College, wo Männer rund um den Hof Sonnensegel für einen Ball aufstellten, der abends im Saal stattfinden sollte. Menschen, die zur Feier des Tages vom Land angereist waren, picknickten auf der Wiese, und Arabella spazierte über die Schotterwege und unter den gealterten Linden. Doch da ihr der Ort ziemlich langweilig vorkam, kehrte sie zurück zu den Straßen und beobachtete die wegen des Konzerts vorfahrenden Kutschen, zahlreiche Universitätsprofessoren und ihre Frauen sowie Studenten, begleitet von fröhlichen Mädchen, die sich ebenfalls in Scharen einfanden. Als die Türen geschlossen wurden und das Konzert begann, zog sie weiter.

Die kraftvollen Töne jenes Konzerts donnerten durch die schwankenden gelben Markisen der offenen Fenster, über die Dächer und in die windstille Luft der Gassen. Sie gelangten sogar bis in das Zimmer, in dem Jude lag; und ungefähr zur selben Zeit musste er wieder husten und erwachte.

Sobald er wieder sprechen konnte, murmelte er mit nach wie vor geschlossenen Augen: »Wasser, bitte.«

Seine Bitte verhallte im leeren Zimmer, und er hustete erneut bis zur Erschöpfung – die Stimme noch matter, als er sagte: »Wasser … ein Schluck … Sue … Arabella!«

Im Zimmer blieb es so still wie zuvor. Bald keuchte er abermals: »Hals … Wasser … Sue … Schatz … Tropfen Wasser … bitte … Oh bitte!«

Kein Wasser kam, und die Orgelklänge, leise wie Bienengesumm, brausten wie zuvor durch das Fenster.

Während er mit sich verändernder Miene liegen blieb, hörte man Rufe und Hurraschreie von irgendwo in Richtung Fluss.

»Ah … ja! Wettkämpfe zum Stiftergedenkfest«, murmelte er. »Und ich hier, und Sue geschändet!«

Die Hurraschreie wiederholten sich, übertönten die leisen Orgelklänge. Judes Miene veränderte sich noch mehr: Er flüsterte langsam und bewegte dabei kaum die aufgesprungenen Lippen:

»Vergehen soll der Tag, der mich geboren, die Nacht, die sprach: ›Ein Knabe ist empfangen.‹«

(»Hurra!«)

»Ja, dieser Tag, er werde Finsternis! Nicht sorge sich um ihn die Gottheit droben, nicht leuchte über ihn des Tages Licht. Ja, diese Nacht – sie bleibe unfruchtbar! Nicht steige in ihr auf ein Jubellaut.«

(»Hurra!«)

»Was starb ich nicht vom Mutterschoße weg, trat aus dem Mutterleib und starb dahin? … Dann läge ich jetzt still und hätte Ruhe, entschlafen wär ich und hätte Frieden!«

(»Hurra!«)

»Dort rasten die Gefangenen beisammen und hören nicht mehr auf des Fronvogts Stimme … Der Arme und der Reiche sind dort gleich, der Sklave ist dort frei von seinem Herrn. Warum gab er den Leidbeladenen Licht, verlieh das Leben den zu Tod betrübten?«

Unterdessen nahm Arabella auf ihrer Erkundungstour eine Abkürzung durch eine schmale Straße und über eine finstere Ecke in den Hof des Cardinal College. Auch hier ging es hoch her, und alles, Blumen und Vorbereitungen für den Ball, glänzte im Sonnenlicht. Ein Zimmermann, der früher mit Jude zusammengearbeitet hatte, nickte ihr zu. Man errichtete einen Korridor aus fröhlich rotem und lederfarbenem Flaggentuch vom Eingang bis zur Treppe des Saals. Wagenladungen voll Kisten mit bunten Pflanzen in voller Blüte wurden überall aufgestellt, und die große Treppe war bedeckt mit rotem Stoff. Sie nickte dem einen oder anderen Arbeiter zu und durfte, als ihre Bekannte, die Treppe zum Saal hinaufgehen, wo man einen neuen Parkettboden verlegte und alles für den Tanzabend schmückte. Die Glocke der nahen Kathedrale läutete zur Fünf-Uhr-Messe.

»Ich hätt nix dagegen, mich am Arm eines Burschen herumwirbeln zu lassen«, sagte sie zu einem der Männer. »Aber Jessas, ich muss wieder nach Haus … muss noch so viel erledigen. Kein Tanz für mich!«

Als sie zu Hause ankam, traf sie an der Tür Stagg und ein, zwei andere von Judes Maurerkollegen. »Wir gehen grad runter zum Fluss«, sagte der Erste, »um das Bootsrennen anzuschaun. Aber wir sind auf dem Weg hier vorbeigekommen, um zu fragen, wie's Ihrem Mann geht.«

»Er schläft tief und fest, danke«, sagte Arabella.

»Das ist gut. Na schön, vielleicht wolln Sie sich ne halbe Stunde Pause gönnen, Mrs. Fawley, und uns begleiten? S'würd Ihnen guttun.«

»Würd ich gern«, sagte sie. »Ich hab das Bootsrennen noch nie g'sehn und hab gehört, dass es recht lustig zugeht.«

»Kommen Sie mit!«

»Ich würd *so* gern mitkommen!« Sie sah sehnsüchtig zum Ende der Straße. »Wartens nur eine Minute. Ich lauf g'schwind hinauf und schau, wie's ihm geht. Ich glaub, Vater ist bei ihm; also kann ich euch wahrscheinlich begleiten.«

Sie warteten und Arabella trat ein. Unten waren die Bewohner nach wie vor außer Haus, tatsächlich waren sie alle zusammen zum Fluss gegangen, wo die Bootsprozession vorbeiziehen sollte. Als sie das Schlafzimmer erreichte, stellte sie fest, dass ihr Vater immer noch nicht eingetroffen war.

»Warum ist er nich hier!«, sagte sie ungeduldig. »Er will selber die Boote sehn ... das steckt dahinter!«

Als sie sich jedoch zum Bett wandte, heiterte sich ihre Miene auf, denn sie sah, dass Jude offensichtlich schlief, obwohl er nicht erhöht lag, wie es sein Husten erforderlich machte. Er war hinuntergerutscht und lag flach da. Ein zweiter Blick ließ sie erschrecken, und sie trat ans Bett. Sein Gesicht war ganz weiß und erstarrte allmählich. Sie berührte seine Finger; sie waren kalt, sein Körper allerdings noch warm. Sie horchte an seiner Brust. Darin herrschte Stille. Das Klopfen von fast dreißig Jahren war verstummt.

Nach ihrem ersten Entsetzen über das Geschehene drangen die leisen Klänge einer Militär- oder anderen Blaskapelle an ihre Ohren, und sie rief aufgebracht: »Ausgerechnet jetzt muss er sterben! Warum stirbt er grad jetzt!« Dann überlegte sie ein, zwei Augenblicke, ging zur Tür, schloss sie leise wie zuvor und stieg erneut die Treppe hinab.

»Da ist sie!«, sagte einer der Arbeiter. »Wir ham uns schon gefragt, ob Sie überhaupt kommen. Los jetzt; wir müssen uns beeilen, um nen guten Platz zu ergattern … Na, wie geht's ihm? Schläft er noch gut? Wir wolln Sie freilich nicht fortschleppen, wenn …«

»Oh ja … schläft tief und fest. Er wacht nich so bald auf«, sagte sie hastig.

Sie gingen mit der Menge die Cardinal Street entlang, wo sie bald die Brücke erreichten und die bunt geschmückten Barken ihnen ins Auge sprangen. Dann schlüpften sie durch einen schmalen Durchgang zum Uferweg – nunmehr staubig, heiß und überlaufen. Kaum waren sie angekommen, da begann auch schon die große Bootsprozession; die Ruder klatschten mit lautem Schmatzen aufs Wasser, als sie von der Senkrechte herabgelassen wurden.

»Oh, sapperlot … wie lustig! Ich freu mich, dass ich mitgekommen bin«, sagte Arabella. »Und … meinem Mann tut's nich weh … wenn ich mal weg bin.«

Am gegenüberliegenden Flussufer sah man prächtige Exemplare weiblicher Schönheit, elegant gekleidet in Grün, Rosa, Blau und Weiß. Den Mittelpunkt des Interesses bildete die blaue Flagge des Bootsclubs, unter der eine Kapelle in roter Uniform die Klänge zum Besten gab, die Arabella schon in dem Totenzimmer vernommen hatte. Collegestudenten aller Fakultäten sausten mit Damenbegleitung in Kanus auf und ab und hielten eifrig Ausschau nach »unserem« Boot. Während sie das hübsche Schauspiel betrachtete, berührte jemand Arabella an der Seite, und wie sie sich umdrehte, erblickte sie Vilbert.

»Dieser Liebestrank wirkt ja tatsächlich!«, sagte er mit anzüglichem Grinsen. »Sie sollten sich was schämen, Sie Herzensbrecherin!«

»Ich red heut nich über Liebe.«

»Warum nicht! Es ist doch für alle ein Feiertag.«

Sie antwortete nicht. Vilberts Arm glitt um ihre Taille, was ihm gelang, ohne dass die Menge etwas mitbekam. Ein schalkhafter Ausdruck breitete sich aus in Arabellas Gesicht, als sie den Arm spürte, doch ihr Blick blieb auf den Fluss gerichtet, während sie vorgab, die Umarmung nicht zu bemerken.

Die Menge wogte, stieß Arabella und ihre Freunde manchmal fast in den Fluss, und sie hätte beinah über die darauf folgenden groben Scherze gelacht, hätte das kürzlich betrachtete Bild eines bleichen, statuenhaften Gesichts vor ihrem geistigen Auge sie nicht ein wenig ernüchtert.

Die Gaudi auf dem Wasser erreichte den spannenden Höhepunkt; einige wurden nass; andere jubelten: Das Rennen wurde verloren und gewonnen, die Damen in Rosa, Blau und Gelb entstiegen den Barken, und in die Zuschauer kam Bewegung.

»Na … das war ja herrlich!«, rief Arabella. »Aber jetzt muss ich wohl zurück zu meinem armen Mann. Vater ist dort, soviel ich weiß; aber ich sollt lieber mal nachschaun.«

»Warum so eilig?«

»Na, ich muss gehen … Ach herrje, das ist lästig!«

An dem schmalen Durchgang, wo die Leute vom Uferweg zur Brücke hinaufstiegen, hatte sich die Menge buchstäblich zu einer einzigen heißen Masse zusammengedrängt – Arabella und Vilbert mit den anderen; und hier blieben sie reglos stehen, derweil Arabella immer ungeduldiger »Ach herrje!« rief; denn ihr war eben erst klar geworden, dass man eine gerichtliche Untersuchung für nötig erachten könnte, falls man herausfand, dass Jude einsam gestorben war.

»Was sind Sie denn so zappelig, meine Liebe?«, sagte der Arzt, der von der Menge derart an sie gedrückt wurde, dass er sich nicht persönlich um die Annäherung kümmern musste. »Sie können sich ebenso gut in Geduld üben: Hier geht's erstmal nicht weiter!«

Es dauerte gut zehn Minuten, ehe die zusammengedrängte Menschenmenge sich hinreichend bewegte, um sie durchzulassen. Sobald sie zur Straße hinauf gelangt war, lief Arabella weiter, nachdem sie dem Arzt verboten hatte, sie an diesem Tag weiter zu begleiten. Sie ging nicht auf direktem Weg nach Hause, sondern suchte zunächst das Quartier einer Frau auf, die sich um den letzten Dienst an den ärmeren Verstorbenen kümmerte; dort klopfte sie.

»Mein Mann ist eben verstorben, die arme Seel'«, sagte sie. »Können Sie mitkommen und ihn aufbahren?«

Arabella wartete ein paar Minuten; und die beiden Frauen begleiteten sie, drängten sich durch die Scharen eleganter Menschen, die von der Wiese des Cardinal College herbeiströmten, und fast wären sie von den Kutschen überfahren worden.

»Ich muss auch dem Küster wegen dem Totengeläut Bescheid sagen«, sagte Arabella. »Es ist gleich hier um die Ecke, oder? Ich treff Sie vor meiner Tür.«

Um zehn Uhr an jenem Abend lag Jude auf dem Bett seiner Wohnung, mit einem Leintuch bedeckt und pfeilgerade. Durch das halbgeöffnete Fenster tönte der fröhliche Rhythmus eines Walzers vom Ballsaal im Cardinal.

Zwei Tage später, der Himmel ebenso wolkenlos und die Luft ebenso windstill, standen zwei Personen neben Judes offenem Sarg in demselben Schlafzimmer. An einer Seite stand Arabella, an der anderen die Witwe Edlin. Beide betrachteten Judes Gesicht, Mrs. Edlins welke alte Lider waren gerötet.

»Wie hübsch er ausschaut!«, sagte sie.

»Ja. Er ist ne schöne Leich'«, sagte Arabella.

Das Fenster war nach wie vor geöffnet, um das Zimmer zu lüften, und da es auf Mittag zuging, regte sich nichts in der klaren Luft, und draußen blieb es still. Aus der Ferne hörte man Stimmen und ein Geräusch, das offenbar von stampfenden Schritten herrührte.

»Was ist das?«, murmelte die Alte.

»Oh, das sind die Doktoren im Theater, die dem Herzog von Hamptonshire und noch ein paar andren Berühmtheiten vom selben Schlag Ehrentitel verleihen. Es ist ja Stiftergedenkwoche. Der Jubel kommt von den jungen Männern.«

»Aye; jung mit kräftiger Lunge! Nich wie unser armer Junge hier.«

Ein gelegentliches Wort, wie von einem Redner, wehte von den offenen Fenstern des Theaters herüber zu dieser stillen Ecke, wo sich auf Judes marmornen Zügen eine Art Lächeln abzuzeichnen schien; und die alten, vernachlässigten Delphin-Ausgaben von Vergil und Horaz und das eselsohrige Griechische Testament auf dem Regal daneben sowie die wenigen anderen ähnlichen Bände, von denen er sich nicht getrennt hatte, abgewetzt vom Steinstaub, weil er sie aus Gewohnheit in den wenigen Minuten seiner Arbeitspausen hervorgeholt hatte, schienen derweil bei den Klängen zu einem jämmerlichen Sammelsurium zu verblassen. Die Glocken läuteten frohgemut; und ihre Echos streiften im Zimmer umher.

Arabellas Blick wanderte von Jude zu Mrs. Edlin. »Glauben Sie, dass sie kommt?«, fragte sie.

»Ich weiß nich. Sie hat g'schworen, ihn nie wiederzusehn.«

»Wie schaut sie aus?«

»Müd und bekümmert, armes Herz. Viele Jahre älter als wie Sie sie zuletzt g'sehn ham. Sie ist jetzt ne ganz g'setzte, ausg'mergelte Frau. S'liegt an ihrem Mann; – nich amal jetzt kanns ihn vertragen!«

»Wenn Jude noch leben würd und sie treffen könnt, hätt er sie vielleicht gar nich mehr lieb.«

»Das kann man nich wissen … Hat er Sie je gebeten, nach ihr zu schicken, seit er auf so seltsame Weise bei ihr auf'kreuzt ist?«

»Nein. Ganz im Gegenteil. Ich hab ihm angeboten, nach ihr zu schicken, und er sagte, dass sie nich mitkriegen soll, wie krank er ist.«

»Hat er ihr vergeben?«

»Glaub ich kaum.«

»Na … armes kleines Ding, man möcht meinen, dass sie irgendwo Vergebung findet! Sie sagte, dass sie ihren Frieden g'funden hat!«

»Das kanns auf Knien beim heiligen Kreuz an ihrer Halskette schwörn, bis sie heiser ist, und trotzdem stimmt's nich!«, sagte Arabella. »Sie hat keinen Frieden g'funden, seit sie aus seiner Umarmung g'flohen ist, und sie wird keinen finden, ehe sie nich so ist wie er jetzt!«

ANHANG

THOMAS HARDY
VORWORT ZUR ERSTAUSGABE

Die Geschichte dieses Romans (dessen Erscheinen in der jetzigen Form durch die Notwendigkeiten der Veröffentlichung in Fortsetzungen stark verzögert wurde) ist kurz gefasst folgende. Das Konzept wurde 1890 notiert, anhand von 1887 und später entstandenen Aufzeichnungen, wobei einige Handlungselemente vom Tod einer Frau im erstgenannten Jahr inspiriert waren. Im Oktober 1892 wurden die Schauplätze nochmals besucht; die Erzählung wurde 1892 und im Frühjahr 1893 skizzenhaft niedergeschrieben und in der jetzigen Fassung von August 1893 bis ins darauffolgende Jahr ausgearbeitet; der Gesamttext, ausgenommen einige wenige Kapitel, erreichte den Verlag bis Ende 1894. Zunächst erschien er ab November 1894 und in den folgenden Monaten als Fortsetzungsgeschichte in *Harper's Magazine*.

Doch ebenso wie bei *Tess of the d'Urbervilles* kam die Zeitschriftenfassung aus unterschiedlichen Gründen gekürzt und bearbeitet heraus, und vorliegende Ausgabe ist die erste mit dem vollständigen Originaltext. Und da es sich als schwierig erwies, sich für einen Titel zu entscheiden, wurde die Erzählung zunächst unter einem provisorischen veröffentlicht, wobei tatsächlich zwei solche Titel nacheinander Verwendung fanden. Der nunmehr endgültige Titel schien im Großen und Ganzen der Beste zu sein und zählte zu den ersten Einfällen.

Ein Roman, von einem Mann für erwachsene Männer und Frauen geschrieben, der aufrichtig versucht, Furor und Fieber, Spöttelei und Schicksalsschläge zu schildern, die im Kielwasser der stärksten dem Menschen bekannten Leidenschaften anbranden können, von einem zwischen Fleisch und Geist tobenden Krieg zu erzählen, ohne zu beschönigen, und die Tragödie unerreichter Ziele aufzuzeigen, erlaubt meiner Ansicht nach keinerlei Ausnahmen bei der Umsetzung.

Wie frühere Werke aus dieser Feder, ist *Jude Fawley, der Unbekannte* lediglich der Versuch, einer Reihe von subjektiven Wahrnehmungen oder persönlichen Eindrücken Form und Zusammenhang zu verleihen, während die Frage, ob sie stimmig oder unstimmig, beständig oder vergänglich sind, keine wichtige Rolle spielte.

August 1895

NACHTRAG

Der Veröffentlichung dieses Buches mit der oben abgedruckten erläuternden Einleitung folgten unerwartete Ereignisse, und heute kann man kurz auf damals Geschehenes zurückblicken. Ein, zwei Tage nach der Veröffentlichung äußerten sich die Rezensenten darüber in einem Ton, der mit der Rezeption von *Tess of the d'Ubervilles* nicht zu vergleichen war, und es gab nur zwei oder drei Abweichler von dem Chor. Diese Aufnahme der Geschichte in England wurde sofort nach Amerika telegrafiert, und dasselbe Lied ertönte auf der anderen Seite des Atlantiks in einem schrillen Crescendo.

Meiner Ansicht nach ging der Angriff von der traurigen

Tatsache aus, dass der Hauptteil der Geschichte – jener, der die zertrümmerten Ideale der zwei Hauptfiguren darstellt und für mich eher, eigentlich fast ausschließlich, der interessante Teil ist – von der feindseligen Presse der beiden Länder praktisch ignoriert wurde; gleichzeitig waren rund zwanzig bis dreißig Seiten mit bedauerlichen Aspekten, die ich als notwendig erachtete, um die Erzählung zum Abschluss zu bringen, und welche die Widersprüche in Judes Leben zeigen, beinahe die einzigen Abschnitte, die man gelesen und kommentiert hatte. Und eine im Jahr darauf gedruckte Neuausgabe einer ursprünglich in einer Familienzeitung erschienenen phantastischen Geschichte ließ seltsamerweise eine Fortsetzung derselben Schimpftiraden aus mehreren Richtungen auf mich niederprasseln.

So viel zum unglücklichen Beginn von *Jude Fawleys* Karriere in Buchform. Nach diesen Urteilen seitens der Presse musste der Roman als Nächstes erdulden, dass ein Bischof ihn verbrannte – wahrscheinlich aus Verzweiflung, da er mich nicht in persona auf den Scheiterhaufen zerren konnte.

Dann entdeckte irgendjemand, dass *Jude* ein moralisches Werk ist – dass es ein schwieriges Thema nüchtern behandelt –, als hätte der Autor nicht von Anfang an ebendies im Vorwort als seine Absicht bezeichnet. Daraufhin hoben viele ihren Bannfluch gegen mich auf und die Sache war erledigt, während ihre einzige Auswirkung auf menschliches Verhalten in meiner Entdeckung bestand, dass sie sich auf mich selbst auswirkte – die Erfahrung trieb mir jegliches Interesse am Schreiben weiterer Romane aus.

Eine von vielen Folgen des Wortgewitters war die Mitteilung eines amerikanischen Schriftstellers, der mit seiner eigenen Moral nicht hinterm Berg hielt, er habe wegen der schockierten Kritiken ein Exemplar des Buches gekauft, gelesen und gelesen, sich gefragt, wann denn die verruchten Passagen endlich kämen, und es letztlich fluchend in die Ecke gepfeffert, weil die schurkischen Rezensenten ihn dazu verleitet hätten, eineinhalb Dollar für etwas zu vergeuden, was er »eine religiöse und ethische Abhandlung« zu nennen beliebte.

Ich hatte Mitleid mit ihm und versicherte ihm aufrichtig, die Falschdarstellungen seien kein heimtückischer Trick von mir gewesen, um meinen Bekanntheitsgrad unter den Abonnenten fraglicher Zeitungen zu steigern.

Dann war da noch die Dame, der es vor dem Buch grauste und die in einem einflussreichen Artikel in einer weltweit gelesenen Zeitschrift ihr Entsetzen in fett gedruckten Schlagzeilen zum Ausdruck brachte, wonach sie mir sogleich schrieb, sie würde mich gern persönlich kennenlernen.

Nun aber zurück zu dem Buch. Da die Ehegesetze größtenteils als tragischer Motor der Geschichte genutzt werden und ihr allgemeiner Einfluss auf das Familienleben darauf hinausläuft, zu zeigen, dass, wie Diderot meinte, das Zivilrecht nichts anderes sein sollte als die Erklärung des Naturrechts (eine Behauptung, die übrigens noch überprüft werden muss), werde ich in diesem Land seit 1895 umfänglich für die gegenwärtige »Abnutzung« des Ehemotivs (wie es jüngst ein gelehrter Autor umschrieb) verantwortlich gemacht. Nun ja. Wenn ich mich richtig erinnere, war meine damalige Meinung nicht anders als meine heutige, dass eine Scheidung zulässig sein sollte, sobald die Ehe einem Partner zur Qual wird – denn dann ist sie im

Wesentlichen und aus moralischer Sicht keine Ehe mehr –, und dies schien mir eine gute Grundlage für die Fabel einer Tragödie zu sein, die man um ihrer selbst willen als Darstellung von Einzelfällen erzählt, welche jede Menge Allgemeingültiges enthält, und dabei durchaus hofft, dass darin eine gewisse Katharsis, eine aristotelische Qualität, entdeckt wird.

Die Schwierigkeiten, die man vor zwanzig, dreißig Jahren hatte, wenn man sich Bildung aneignen wollte, aber keine finanziellen Mittel besaß, wurden auf dieselbe Weise eingebracht; auch wenn man mir sagte, dass einige Leser die entsprechenden Episoden als Angriff auf altehrwürdige Institutionen werteten und meinten, man hätte das später gegründete Ruskin College eigentlich College of Jude the Obscure taufen sollen.

Das künstlerische Bemühen zahlt stets einen hohen Preis, wenn es seine Tragödien in der erzwungenen Anpassung menschlicher Instinkte an schäbige und lästige Schablonen findet, die jenen Instinkten zuwider sind. Um Bludyer und dem Brandgerichtsbischof Gerechtigkeit widerfahren zu lassen, könnte man ihre Worte vielleicht folgendermaßen übersetzen: »Wir Briten hassen Ideen, und wir wollen diesem Privileg unseres Heimatlandes gerecht werden. Das von Ihnen gezeichnete Bild mag nicht die Unwahrheit oder das Ungewöhnliche zeigen oder steht vielleicht nicht einmal im Gegensatz zum Kanon der Kunstwelt; es zeigt jedoch nicht die Sicht auf das Leben, die mit der Erlaubnis von uns Sittenwächtern gemalt werden darf.«

Aber das ist im Grunde bedeutungslos. Was die Eheszenen anbelangt, so ist der berühmte Vertrag – ich meine das Sakrament – immer noch nicht aus der Mode gekommen, obwohl das Buch einen »wunden Punkt« berührte und eine bedauernswerte Dame im *Blackwood's Magazine* aufschrie, es sei eine gottlose Anti-Ehe-Kampagne im Gang, und die Leute heiraten und gehen so leichtsinnig wie eh und je einen echten oder auch falschen Bund fürs Leben ein. Der Autor wurde sogar von einigen ernsten Korrespondenten dafür getadelt, dass er keine Lösung für das Problem gefunden und nicht den Weg zu einer überfälligen Reform gewiesen hat.

Nach der Veröffentlichung von *Jude Fawley* als Fortsetzungsroman in Deutschland teilte ein erfahrener Kritiker jenes Landes dem Autor mit, Sue Bridehead, die Heldin, sei die erste fiktionale Darstellung einer jedes Jahr zu Tausenden hervortretenden Frauenfigur – der Frauenrechtlerin – der schmächtigen, blassen »Junggesellin« – des verkopften, emanzipierten Nervenbündels, welches von den modernen Lebensbedingungen bislang hauptsächlich in den Großstädten hervorgebracht wird; die nicht die Notwendigkeit akzeptiert, dass die meisten ihres Geschlechts für ein Leben als Hausfrau bestimmt sind und sich für überlegen halten, weil sie dank ihres Ehevertrags das amtlich verbriefte Recht haben, geliebt zu werden. Jener Kritiker bedauerte allerdings, dass das Porträt der neuartigen Figur aus der Feder eines Mannes stammte und nicht aus derjenigen einer Geschlechtsgenossin, die es Sue niemals gestattet hätte, am Ende klein beizugeben.

Ob diese Gewissheit von den Zeitläuften bekräftigt wird, kann ich nicht sagen. Auch kann ich nach all den Jahren seit der Niederschrift des Romans nicht selbstkritischer damit umgehen, als ihn mittels einiger sprachlicher Korrekturen allgemein zu verbessern, welche Vorzüge oder Fehler er sonst auch haben mag. Und zweifellos enthält ein

Buch mehr, als der Autor bewusst hineingepackt hat, was dem Werk sowohl zum Vorteil als auch zum Nachteil gereichen kann.

T. H.
April 1912

NACHWORT DES HERAUSGEBERS

In seinen letzten Lebensjahren durchforstete Thomas Hardy seine alten Notizbücher und Briefe nach Material für seine Memoiren. Diese blieben jedoch unvollendet und sollten erst nach seinem Tod von der Witwe Florence Emily Hardy bearbeitet und in zwei Bänden, 1928 und 1930, veröffentlicht werden. Man findet darin einige Episoden, die mehr oder weniger deutlich an die jugendlichen Erfahrungen, Überlegungen und Vorlieben der Romanfigur Jude Fawley erinnern – etwa der Wunsch, nie erwachsen zu werden, die Lektüre bestimmter Verse der *Ilias*, die enge Beziehung zu einer Lehrerin, der gescheiterte Plan, an einer Universität zu studieren, und das Ablehnungsschreiben eines Oxforder Professors. In den Memoiren wird auch ein denkwürdiger Anblick auf dem Weg zur drei Meilen entfernten Schule erwähnt: Ein junger Bursche, der mit dem Pferdewagen von Dorf zu Dorf fuhr, um die Backwaren seiner Tante zu verkaufen, saß auf dem Kutschbock und brütete über seinen Büchern, während der altersschwache Gaul seinen gewohnten Pfad entlangtrottete.

Hardy wehrte sich allerdings stets gegen die weitverbreitete Vorstellung, sein letzter großer Roman sei in erster Linie autobiographisch zu deuten. Unter all seinen literarischen Werken, so schrieb er an einen interessierten Leser, enthalte *Jude Fawley, der Unbekannte* (*Jude the Obscure*) die wenigsten durch eigene Lebenserfahrung inspirierten Passagen.

Tatsächlich ist *Jude Fawley* der wohl Ungewöhnlichste unter Hardys Romanen und unterscheidet sich von diesen in vielerlei Hinsicht: Die Handlung spielt nicht im Süden, sondern im Norden von Wessex; die sonst so ausschweifenden Naturschilderungen, wie man sie zum Beispiel in *The Return of the Native* findet, nehmen hier vergleichsweise geringen Raum ein; der provinzielle Dialekt wird nicht so stark betont und der damit verknüpfte Humor weicht einer leisen, manchmal bitteren Ironie und einem abgründigen Pessimismus. Auch die Entstehungszeit – von der ersten Tagebuchnotiz im April 1888 bis zur Veröffentlichung der Buchversion 1895 – war sehr viel länger als die der anderen Romane, und verschiedene Manuskriptfassungen zeigen, dass Handlungsverlauf und Figurenkonstellationen mehrfach geändert wurden: So erschien Sue ursprünglich bereits im ersten Kapitel, während Phillotson erst in einem späteren auftauchte. Mehr oder weniger stark überarbeitete Fassungen erschienen 1903 und 1912, und Hardy hat sich auch danach noch, eigentlich bis zu seinem Tod, Notizen für weitere Nachbesserungen gemacht. *Jude Fawley* besaß für den Autor also unverkennbar eine besondere, persönliche Bedeutung, die über eine Handvoll autobiographisch angehauchter Episoden weit hinausgeht.

In seinem Vorwort zur ersten Buchausgabe schreibt Hardy, der Tod einer Frau habe einige Handlungselemente inspiriert. Die fragliche Person wird meist als seine mit einem Gastwirt verheiratete Cousine Tryphena Sparks identifiziert. Sie war nicht einmal vierzig Jahre alt, als sie im Frühjahr 1890 starb, und Hardy, der sich tief erschüttert zeigte, schrieb ein Gedicht zum Gedenken an sie, ging aber wegen eines banalen Streits mit ihrem Bruder nicht zur Beerdigung. Tryphenas Lebenslauf hat allerdings kaum etwas mit den Schicksalen der Romanfiguren gemeinsam, und ihr Tod war auch nur einer von mehreren Todesfällen, die Hardys Familie im Abstand von wenigen Monaten trafen. Vater und Mutter seiner Frau Emma starben 1890 und 1891, und im November 1891 starb Hardys Tante Mary Antell, Witwe des Schusters John Antell, ein Eigenbrötler und Autodidakt, der sich selbst Griechisch, Hebräisch und Latein beigebracht hatte und darüber verzagte, dass ihm jegliche Anerkennung seiner intellektuellen Leistungen verwehrt wurde. Sein trauriges Los mag wiederum Anlass für einen früheren Tagebucheintrag Hardys gewesen sein, in dem er die Idee einer Kurzgeschichte skizziert, »über einen jungen Mann, der nicht nach Oxford gehen konnte – sein Ringen und sein letztendliches Scheitern – Selbstmord«.

Ebenfalls 1891 starb der zehnjährige Sohn von Hardys Freund Henry Rider Haggard, Autor zahlreicher populärer Abenteuerromane um den stoischen Großwildjäger Allan Quatermain. Ob die Worte, die Thomas Hardy an Haggard schickte, als tröstlich empfunden wurden, wissen wir nicht, da der trauernde Vater nie darauf geantwortet hat, sie tauchen etwas anders formuliert aber auch in *Jude Fawley* auf, wo sie der Hauptfigur in den Mund gelegt werden. Hardy drückte zunächst sein Mitgefühl aus und schrieb dann: »Um ehrlich zu sein, glaube ich allerdings nicht, dass der Tod eines Kindes je wirklich zu bedauern ist, bedenkt man, was ihm alles erspart bleibt.«

Der den Roman durchdringende Pessimismus entspringt einer Haltung des Autors, die sich in den Jahren zwischen der ursprünglichen Idee und der Niederschrift verfestigte. »Daran zu denken, dass das Leben vergänglich ist, macht traurig«, notierte Hardy bereits 1888, »es als vergangen zu betrachten, ist zumindest erträglich.« Dabei leugnete er, Pessimist zu sein, und befürwortete die auf

Darwins Evolutionstheorie aufbauenden Fortschrittsideologien.

Auch in *Jude Fawley* findet man vereinzelt Begriffe aus den sozialdarwinistischen Theorien, allerdings ohne dass mit ihnen ein Fortschrittsgedanke verknüpft würde. Die Hauptfiguren scheitern in ihrem »Daseinskampf«, und die Hoffnung, dass künftige Generationen Judes idealistische Ziele erreichen werden, bleibt vage. Sie wird im Grunde sogar im Keim erstickt, als Judes eigenartiger Sohn »Väterchen Zeit«, der die Colleges von Judes Sehnsuchtsort Christminster für Gefängnisse hält, seine fatale Tat begeht. (Die schockierende Szene wurde möglicherweise durch eine ähnliche in dem 1893 erschienenen, heute vergessenen Roman *A Superfluous Woman* von E. F. Brooke inspiriert.)

Die Theorien von Charles Darwin, T. H. Huxley und Herbert Spencer hatten großen Einfluss auf Hardy und viele seiner Zeitgenossen, die noch eine streng religiöse Erziehung genossen hatten. Die neuen naturwissenschaftlichen Erkenntnisse und anknüpfenden sozialwissenschaftlichen Spekulationen untergruben die Bedeutung der traditionellen theologischen Weltauslegung und damit nicht nur die Deutungshoheit der Kirche, sie minderten auch deren Fähigkeit, Erklärungen zu bieten, Sinn zu stiften oder auch nur Trost zu spenden angesichts weltlichen Elends und menschlichen Leids. Wie weit die Kirche sich von den Bedürfnissen der sinnsuchenden Menschen entfernt hat, zeigt Hardy eindrücklich in einer Episode, in der Jude zwei Theologen belauscht, die darüber diskutieren, in welche Himmelsrichtung man die Hostie während der Messe halten soll, derweil sich im Nebenzimmer Entsetzliches zugetragen hat und »die Schöpfung seufzt«.

Thomas Hardys persönliche Sinnsuche führte von der

Theologie, die in seiner Jugend noch eine wichtige Rolle gespielt hatte, zur Philosophie und unter anderem zu den Schriften Arthur Schopenhauers, die er zwischen 1883 und 1912 immer wieder gründlich studierte. Seine Beschäftigung mit Schopenhauers *Die Welt als Wille und Vorstellung* hatte merklichen Einfluss auf seine späten Romane, und in *Jude Fawley*, seinem letzten, tritt dieser Einfluss am deutlichsten hervor.

Hardy kannte Schopenhauers Thesen zu Liebe und Ehe, nach denen »alle Verliebtheit im Geschlechtstrieb wurzelt« und Heiraten bedeutet, »das Mögliche zu tun, einander zum Ekel zu werden«. Die im Roman geschilderten Beziehungen zwischen Jude, Arabella, Phillotson und Sue wirken wie detaillierte Illustrationen zu diesen Auffassungen, der Autor beschränkt sich jedoch keineswegs darauf, die Gedanken des Philosophen zu illustrieren, er scheint sie vielmehr geschickt zu hinterfragen und auf die Probe zu stellen.

Auf Hardys Sympathie für die Philosophie Schopenhauers wurde bereits 1911 von der Literaturwissenschaftlerin Helen Garwood hingewiesen. Die Welt, die der Autor von *Jude Fawley* skizziert, ist das »Jammertal« Schopenhauers: Glück ist eine Illusion, Leben heißt leiden, daher erscheint es besser, nicht zu leben, gar nicht erst geboren zu werden. »Denn alles Streben entspringt aus Mangel«, heißt es in *Die Welt als Wille und Vorstellung*, »aus Unzufriedenheit mit seinem Zustande, ist also Leiden.« Auf diese Erkenntnis folgt jedoch nicht Resignation oder die Idee, es sei besser, sich aus der Welt zu schaffen; es folgt vielmehr die Frage, ob es für den leidenden Menschen Erlösung geben mag und wie das Leid zu überwinden wäre. Eine Möglichkeit bietet die Askese: »Erkenntnis der Einheit aller Wesen und Askese, Verneinung des Willens zum Leben allein kann uns erlösen.« Eine weitere bietet die Moral im Sinne uneigennützigen Handelns. Schopenhauers Prinzip aller Moral lautet: »Verletze niemanden, vielmehr hilf allen, soweit du kannst.« Darüber hinaus können Kunst und Musik dazu beitragen, das erlebte Leid zu verringern.

Thomas Hardy unterzieht Schopenhauers Überlegungen gewissermaßen einem Laborversuch und prüft sie auf Tauglichkeit. Er lässt seine Romanfiguren leiden, lässt ihre Hoffnungen zerbrechen, ihr Streben nach idealistischen Zielen scheitern. Gleichzeitig öffnet er ihnen immer wieder die von Schopenhauer angedeuteten Auswege, wie um zu prüfen, ob diese tatsächlich die versprochene Erlösung bieten oder zumindest das allgegenwärtige Leid zu lindern vermögen.

In einer Episode des Romans begeistert sich Jude, nachdem er seine Hoffnung auf ein Universitätsstudium aufgegeben und seine geliebte Sue an Phillotson verloren hat, immer stärker für Musik, spielt Harmonium und singt in einem Chor. Ein neues Kirchenlied wirkt auf ihn wie eine Offenbarung, und er glaubt, der Komponist jenes Liedes müsse eine unvergleichliche Seelentiefe besitzen und Antworten auf all seine brennenden Fragen haben. Der Mann entpuppt sich jedoch schließlich als engstirniger Kleinkrämer, der sich über die schlechte Bezahlung seiner künstlerischen Tätigkeit beklagt, seinen Beruf aufgibt und Weinhändler wird.

In einer anderen Episode besuchen Jude und Sue eine Kunstausstellung. Während sie die Gemälde betrachten, werden ihre gegensätzlichen Interessen und Vorlieben deutlich – Jude verharrt vor den frommen Motiven, Sue bevorzugt die Darstellungen aristokratischer Pracht, und beide sehen im Grunde Abbilder dessen, was ihnen ein Leben lang verwehrt bleibt: spirituelle Erleuchtung und weltlicher Erfolg.

Weder Kunst noch Musik zeigen die von Schopenhauer postulierte Wirkung, die schlichte Freude an Kunst und Musik wird durch eine schmerzliche Desillusionierung und Enttäuschung negiert. Hardy betrachtet die Vorstellung des Philosophen hierbei nicht nur aus einer skeptischen, sondern sogar aus einer zutiefst ironischen Perspektive. Gleiches gilt für Askese und Moral.

Moral ist bei Schopenhauer selbstloses Handeln und ein Mitgefühl, das Tiere ausdrücklich mit einschließt. Hardy zeigt jedoch schon in den ersten Kapiteln des Romans, wie das moralische Handeln des jungen Jude gegenüber den Saatkrähen mit einer Tracht Prügel belohnt wird. Phillotsons Selbstlosigkeit, als er Sue freigibt, führt zu seiner gesellschaftlichen Ächtung und zerstört seine berufliche Karriere. Sues uneigennützige Aufnahme von Judes und Arabellas Sohn bereitet den Weg in die Katastrophe. Gleichzeitig erreicht ausgerechnet jene Romanfigur, die konsequent egoistisch und unmoralisch agiert, Arabella, immer wieder ihre wenn auch bescheidenen Ziele und setzt ihre Interessen erfolgreich durch.

Der bei Schopenhauer wichtige Aspekt der Askese, die Verneinung des Willens zum Leben, wird im Roman an zwei Stellen aufgegriffen. Zunächst versucht Jude seine Sehnsucht nach Sue »mit allen nur denkbaren Mitteln abzuwürgen und hungerte sich in seinem Bestreben, seine leidenschaftliche Liebe zu ihr durch Fasten auszumerzen, fast zu Tode«. Er liest Predigten über Disziplin und Abhandlungen über die Asketen unter den frühen Christen, kommt aber letztlich in Anlehnung an den Historiker Gibbon zu dem lakonischen Schluss, dass man Entsagung, Verzicht und Selbstdisziplin nicht durchhalten kann, wenn »die gekränkte Natur ihre Rechte einfordert«, und am Ende des Romans ist es Sue, die zur Asketin wird und dem trügerischen Heilsversprechen der Selbstverleugnung folgt.

Thomas Hardy vertrat offenbar die Ansicht, dass weder Philosophie noch Theologie hilfreiche oder zumindest tröstende Antworten auf die brennenden Fragen des Lebens gefunden haben. Er beobachtet das ausweglose Scheitern seiner Romanfiguren und lässt die Frage offen, ob sie in einem anderen Zeitalter, hundert Jahre in der Zukunft oder in der von Mrs. Edlin angedeuteten »guten alten Zeit«, irgendeine Art von Glück gefunden hätten. Der Autor weigert sich, seine Leser bei der Hand zu nehmen und zu sagen: »Schaut her, trotz all den Tragödien, all dem Leid, gibt es Lebensfreude – trotz all des Verfalls und der Vergänglichkeit gibt es die Schönheit des Augenblicks!« Stattdessen scheint er mit der traurigen Stimme von Väterchen Zeit zu flüstern: »Ich kann nicht anders. Die Blumen würden mir schon sehr gefallen, wenn ich nicht immerzu daran denken müsste, dass sie alle in ein paar Tagen verwelkt sein werden.«

Dies ist das dunkle Herz des Romans, in dem all das, was sonst in der viktorianischen Literatur als letzte Zuflucht vor der menschlichen Tragödie angeboten wird – Liebe, Familie, Freundschaft, Gesellschaft und gesellschaftliche Institutionen –, sich als vergänglich, brüchig, illusorisch, ungerecht und unzuverlässig herausstellt. Die böse Ironie basiert auf der Umkehrung einer moralischen Fabel, wie man sie etwa in Charles Dickens' Gesellschaftsromanen findet: der Beobachtung, dass trotz all der in Kirche und Schule verbreiteten Lehren von christlicher Tugend und Nächstenliebe Mitgefühl und Güte im »Daseinskampf«

des alltäglichen Lebens bestraft, Egoismus, Heuchelei und Selbstsucht aber belohnt werden.

In den ersten Rezensionen des Buches fand dieser Aspekt kaum Beachtung. Man beschäftigte sich lieber mit ein, zwei skandalträchtigen Szenen. Wohlwollende Kritiker wie Edmund Gosse und William Dean Howells, die sich ausführlicher mit dem pessimistischen Tenor des Romans beschäftigten, hielten ihn für vollkommen unrealistisch. Howells meinte, Hardys Zeichnung der Figuren Jude und Sue sei zwar äußerst lebendig und kunstvoll, ihre geschilderten Schicksale seien aber in höchstem Maße phantastisch und wirklichkeitsfremd. Er fügte hinzu, dass ehrgeizige junge Männer wie Jude in der Regel ihre hochgesteckten Ziele erreichten und überspannte junge Frauen wie Sue sich schließlich mit ihrem angestammten Platz in Ehe und Familie abfänden. Demgemäß wäre also Erfolg geradezu zwangsläufig, solange man sich entsprechend darum bemüht, und die Möglichkeit des Scheiterns wäre lediglich die boshafte Erfindung eines Schriftstellers! Dennoch behandelten wenige Literaturkritiker Hardy so fair wie der amerikanische Autor Howells, der insbesondere die genaue, geradezu geometrische Konstruktion des Romans bewunderte. Die meisten hielten *Jude Fawley* für einen gezielten, geschmacklosen Angriff Hardys auf die Autorität der Kirche sowie die heilige Institution der Ehe.

Thomas Hardy störte sich daran, dass in der öffentlichen Diskussion seines Werks das Ehemotiv in den Mittelpunkt gerückt wurde. Die kritischen Anmerkungen seiner ersten Frau Emma zielten jedoch in dieselbe Richtung. Sie hasste das Buch, wenn auch eher aus persönlichen Gründen, denn Hardy hatte sich zum ersten Mal nach rund zwanzig Jahren Ehe geweigert, sie ein Manuskript vor der Veröffentlichung lesen zu lassen. Hätte sie es vorab gelesen, beteuerte sie, wäre es nie veröffentlicht worden, zumindest nicht ohne wesentliche Verbesserungen. Die kinderlos gebliebene Beziehung zwischen Emma und Thomas Hardy litt freilich schon länger unter seinem unverhohlenen Interesse an anderen Frauen wie der überaus attraktiven Florence Henniker und Emmas Eifersucht. Er hatte die Tochter des angesehenen Politikers und Dichters Richard Monckton Milnes, Lord Houghton, 1893 kennengelernt, während er ernsthaft an *Jude Fawley* zu arbeiten begann. Sie übersetzte Gedichte, schrieb Erzählungen, war elegant und geistreich und hatte viel von jenem funkelnden, originellen Geist, den Hardy später seiner Romanfigur Sue zuschrieb. Er verliebte sich in Florence Henniker, die seine Avancen zurückwies, ihm aber freundschaftlich verbunden blieb. Die immer mehr als bedrückend empfundene Ehe und die hoffnungslose Liebe zu einer anderen Frau mögen den Autor in seiner pessimistischen Weltsicht bestärkt haben. Hardy litt unter seinen Enttäuschungen, sie machten ihn jedoch keineswegs zu dem Frauenhasser, als den ihn die schottische Schriftstellerin und Rezensentin Margaret Oliphant bloßstellen wollte.

In *Jude Fawley* spricht Hardy, als er die Schülerinnen des Lehrerseminars beschreibt, vom »schwächeren Geschlecht«, das auch unter äußerster Anstrengung seiner Willenskraft und Talente nicht in ein starkes verwandelt werden könne. Er verwendet aber auch mehrfach das biblische Motiv von Samson und Delila als Symbol für Judes Beziehung zu Arabella, die dem Klischee des »schwachen Geschlechts« nicht entspricht und wie ihr alttestamentarisches Alter Ego List und Verführungskunst einsetzt, um einen Mann gefügig zu machen. Im Gegensatz zu Arabella scheint Sue unbewusst oder ungewollt zu verführen, gleichzeitig aber den Wunsch zu hegen, von Männern keinesfalls als »Objekt der Begierde«, sondern als intellektuell ebenbürtig wahrgenommen zu werden. Margaret Oliphant unterstellte dem Autor, Frauen jeden Alters und jeder Klasse als zerstörerische Wesen zu zeichnen, und übersah die eigentlich unübersehbare Komplexität seiner Frauenfiguren. Sie vergaß zudem, dass in dem Roman gerade eine Frau, Mrs. Edlin, die einzige Figur ist, die inmitten des Chaos aus Missverständnissen und falschen Entscheidungen für selbstlose Güte und gesunden Menschenverstand spricht – allerdings ohne Gehör zu finden.

Hardy selbst und etliche seiner Leser hielten die Vorwürfe, die ihm in den frühen zeitgenössischen Rezensionen gemacht wurden, für völlig überzogen, hysterisch, beinahe lächerlich – so wie die Empörung des Bischofs von Wakefield, der das Buch angeekelt in den Kamin warf. Die Reaktionen zeigen aber auch, dass *Jude Fawley* einen empfindlichen Nerv getroffen hatte. Der Roman führte der damaligen Gesellschaft kompromisslos ihre Schwächen vor Augen, indem er ihr zeigte, dass allein Herkunft und Geld und nicht Bildung oder Begabung über sozialen Erfolg entscheidet. Er verdeutlicht, dass ebenjene Institutionen, die dem Wohl der Menschen und dem Fortschritt verpflichtet sein sollten, Wohlergehen und Fortschritt verhindern, indem sie auf erstarrten Konventionen und einer dogmatischen Moral beharren und alles Neue und Ungewöhnliche ausgrenzen. Er zeigt, dass ein Unbekannter wie Jude, ein Mann aus der anonymen Masse der einfachen Arbeiter und Handwerker, der sich nicht mit den Bedingungen seines Milieus abfindet, keine Chance hat, aus der Masse hervorzutreten, sich einen Namen zu machen. Dies nicht nur, weil Kirche, Staat und Universität ihm diese Chancen verwehren, sondern auch, weil in dem Milieu, aus dem er stammt, dieselben Vorurteile, dieselben engstirnigen Moralvorstellungen herrschen wie im Bürgertum und dazu noch eine gewisse Bildungsfeindlichkeit, die aus Judes Talenten bestenfalls eine Zirkusattraktion macht. Jude und Sue sind in beiden Welten Außenseiter, und da sie unfähig sind, sich der gängigen Heuchelei anzupassen, müssen sie scheitern. Dieses Scheitern ist nicht nur ein persönliches, sondern auch ein gesellschaftliches, da die sozialen Bedingungen und Klassenschranken den Erfolg eines Mannes wie Jude unmöglich machen.

Jude Fawley legt gesellschaftliche Verhältnisse offen, die bis heute brisant geblieben sind. Oxford und vergleichbare Universitätsstandorte erscheinen den Arbeitern und Arbeitslosen umliegender Industriestädte immer noch wie fremde, unzugängliche Welten, deren Bildungschancen ihnen verschlossen bleiben, deren Intellektuelle sie verachten und deren liberale politische Haltung sie ablehnen. Man muss den Roman nicht unbedingt als sozialkritisches Manifest lesen, doch Hardy scheint eine klare Vorstellung gehabt zu haben, welche Überlegungen er anstoßen und welche Leser er erreichen wollte. Er sorgte dafür, dass das Buch, anders als seine früheren, in einer vergleichsweise günstigen einbändigen Ausgabe erschien und nicht in der damals üblichen, für Arbeiter meist unerschwinglichen dreibändigen. Wahrscheinlich hoffte er, von jenen Menschen gelesen zu werden, die sich tagtäglich mit den Problemen herumschlagen mussten, die er so lebensnah geschildert hatte, wie auch von jenen, die die Macht hatten, Reformen anzumahnen. Doch wichtiger noch als der Anstoß konkreter sozialer Reformen waren dem Autor universelle Fragen. Indem er zeigt, wie eine auf Dogmen basierende Moralvorstellung dazu führt, Leben zu vernichten, Karrieren zu zerstören und Talent zu vergeuden, plädiert er für eine andere, undogmatische Moral, für Mitgefühl und Selbstlosigkeit. Indem er Jude unbekannt und unerkannt sterben lässt, ohne dass er seine Gaben und seine Bildung zum eigenen Nutzen wie auch zum Allgemeinwohl hätte anwenden können, zeigt er, welch ein Potential der Menschheit verlorengeht, nur weil Geld, Beziehungen und eine amtlich verbriefte »Anständigkeit« als wichtiger angesehen werden als gegenseitige, uneigennützige Hilfe. Hardys Jude ist, wie zahlreiche Anspielungen auf Bibeltexte nahelegen, eine Jesusfigur, deren Leidensgeschichte und Tod niemandem Erlösung verheißt und die am Ende wie Hiob bedauert, je geboren worden zu sein. Ein Menschenleben wird vergeudet, weil »der Buchstabe tötet«, weil die dogmatische Auslegung dieser und jener heiligen Schrift, dieses und jenes Paragraphen der Gesellschaft wichtiger ist als »der Geist, der lebendig macht«.

Nachdem der Skandal abgeklungen war, der sich an eine Handvoll »unschicklicher« Passagen geklammert hatte, setzte sich zumindest unter Literaturkennern allmählich die Meinung durch, Hardy habe mit *Jude Fawley* sein Meisterwerk geschrieben. Die nächste Schriftstellergeneration erkannte in seinen späten Romanen Versuche, die Zwänge und Konventionen der viktorianischen Literatur abzustreifen, traditionelle Geschlechterrollen aufzubrechen und heikle Themen wie Sexualität zumindest anzudeuten. D. H. Lawrence, Virginia Woolf, T. S. Eliot und W. H. Auden haben sich intensiv mit Hardys Romanen auseinandergesetzt. Thomas Hardy hatte sich jedoch die Schmähungen, denen er unmittelbar nach der Veröffentlichung von *Jude Fawley* ausgesetzt war, zu Herzen genommen und öffentlich verkündet, keine weiteren Prosawerke schreiben zu wollen. Er begann eine zweite Karriere als Lyriker, und seine bis zu seinem Tod publizierten Gedichtbände wurden von seinen Zeitgenossen gut aufgenommen. Dies gilt auch für sein dreibändiges Versepos über die Napoleonischen Kriege, *The Dynasts*, das allerdings bald in Vergessenheit geriet. Interessanter sind einige kleine Gedichte, die während und nach der Arbeit an *Jude Fawley* entstanden und die Szenen und Themen des Romans aufgreifen. »Midnight on the Great Western« erinnert an Little Judes einsame Zugfahrt; in »The Son's Portrait« findet jemand die Fotografie seines verstorbenen Sohnes, die dieser einst seiner Braut schenkte, beim Trödler; »The Recalcitrants« (»Die Widerspenstigen«) beschäftigt sich mit der Idee einer gesellschaftlichen Konventionen trotzenden Liebe. Die Texte belegen ebenso wie die zahlreichen in *Jude Fawley* eingewobenen Gedichtzitate, dass der Übergang vom Romanautor zum Lyriker kein abrupter, sondern ein fließender war, der nicht ausschließlich als Reaktion auf feindselige Kritiken zu werten ist. Thomas Hardy war an einem Punkt in seiner Karriere angelangt, an dem er nicht mehr schreiben musste, um Geld zu verdienen, und nicht mehr von den Meinungen anderer abhängig war. Obwohl *Jude Fawley* nicht ganz frei von Kompromissen ist, weist er wie kein anderes Werk dieses Autors den Weg zu einer kompromisslosen Literatur. Diese begnügt sich nicht damit, gegenwärtige Ansichten zu bestätigen und Wunschbilder zu spiegeln, sondern bringt etwas ans Licht, dessen Anblick ebenso schmerzt wie das Wissen, dass auch die schönsten Blumen verwelken.

Alexander Pechmann

EDITORISCHE NOTIZ

Thomas Hardys *Jude the Obscure* wurde in verschiedenen Versionen veröffentlicht. Zunächst als Fortsetzungsroman in *Harper's New Monthly Magazine*, von Dezember 1894 bis Dezember 1895 unter dem Titel *The Simpletons*, der ab der zweiten Folge in *Hearts Insurgent* umgewandelt wurde. Die gleichzeitig in England und den USA herausgebrachte Zeitschriftenfassung war auf Wunsch von J. Henry Harper stark gekürzt, inhaltlich und sprachlich überarbeitet. So wurde aus einem Bett eine Couch, aus einem Kuss ein Händedruck, und die Beziehungen Judes zu Arabella und Sue von jeder auch nur andeutungsweisen Unschicklichkeit befreit. Im November 1895 erschienen englische und amerikanische Buchversionen bei Osgood and McIlvaine, London, und Harpers, New York, nun unter dem Titel *Jude the Obscure*. Zwischen diesen beiden Ausgaben gibt es einige unbedeutende Unterschiede, die vor allem Zeichensetzung und Orthographie betreffen. 1903 kam bei Hardys neuem Verleger Macmillian and Company eine »New Edition« mit rund dreißig Revisionen des Autors heraus. So wurde die Szene, in der Arabella einen Schweinepenis nach Jude wirft, in vielen Details verändert und weniger drastisch dargestellt. 1912 folgte eine gründlich überarbeitete Fassung des Romans innerhalb der »Wessex Edition« der Gesammelten Werke von Thomas Hardy, mit mehr als zweihundert Revisionen der Buchausgabe von 1895. Eine Vielzahl kleiner Änderungen am Text betrafen vor allem die Beziehung zwischen Jude und Sue, die in der älteren Fassung einseitig wirkt, während in der Überarbeitung auch Sues Liebe zu Jude stärker betont wird.

Die erste deutschsprachige Übersetzung von A. Berger erschien 1897 unter dem Titel *Juda der Unberühmte* und basierte auf der englischen Buchausgabe von 1895. Eva Schumanns Übersetzung *Herzen in Aufruhr* von 1956 beruhte auf der »Wessex Edition« von 1912, und 1988 kam eine Lizenzausgabe derselben Übersetzung unter dem neuen Titel *Im Dunkeln* heraus.

Jude Fawley, der Unbekannte ist die dritte deutschsprachige Übersetzung des Romans. Vorlage war die von Ralph Pite herausgegebene Ausgabe der »Wessex Edition« (W. W. Norton & Company, New York und London, 2016). Zum Vergleich wurde die von Patricia Ingham edierte Ausgabe der Oxford University Press (2008) herangezogen. Für Anmerkungen und Nachwort war Claire Tomalins hervorragende Biographie *Thomas Hardy. The Time-Torn Man* (London 2006) äußerst hilfreich. Falls in den Anmerkungen nicht anders gekennzeichnet, sind die in den Text eingeflochtenen literarischen Zitate vom Herausgeber übersetzt. Nicht alle Zitate wurden von Hardy als solche gekennzeichnet und sind oft nur durch auffällige Begriffe und Redewendungen zu erkennen. Die vorliegende Übersetzung legt besonderen Wert darauf, dies zu berücksichtigen und im Anmerkungsteil zu erklären.

A. P.

ZEITTAFEL ZUM LEBEN VON THOMAS HARDY

1840

Thomas Hardy wird am 2. Juni im Haus seines Großvaters in Higher Bockhampton, Dorset, als erstes Kind von Thomas, einem Baumeister, und Jemima Hardy geboren. Jemima bringt in den folgenden Jahren noch einen Sohn, Henry, und zwei Töchter, Mary und Kate, zur Welt, die unverheiratet bleiben.

1848–1856

Er besucht die Schule in Lower Bockhampton, wo er eine starke Zuneigung zu der achtunddreißig Jahre alten Lehrerin Julia Martin entwickelt. 1849 wechselt er an eine Schule im drei Meilen entfernten Dorchester. Dort wird er 1856 von dem Architekten John Hicks als Lehrling eingestellt.

1862–1867

Zieht nach London, wo er für Arthur Blomfield als Architekt arbeitet. Gleichzeitig versucht er, erste Gedichte zu veröffentlichen. 1863 erhält er für einen Essay über die Verwendung farbiger Ziegelsteine in der modernen Architektur einen Preis des Royal Institute of British Architects und einen weiteren für den Entwurf eines Landhauses. 1865 erscheint seine Humoreske »How I built Myself a House« in *Chamber's Journal.*

1867–1870

Vom Großstadtleben enttäuscht, kehrt er zurück nach Dorset, arbeitet erneut für John Hicks und spezialisiert sich auf Kirchenrestauration. Schreibt an seinem ersten Roman *The Poor Man and the Lady*, der von allen großen Londoner Verlagshäusern abgelehnt und später vernichtet wird. Ab 1869 arbeitet er für George Crickmay in Weymouth, Dorset. Während einer Dienstreise nach Cornwall trifft er 1870 Emma Lavinia Gifford und verliebt sich in sie.

1871–1874

Sein Roman *Desperate Remedies* erscheint 1871 zunächst anonym, gefolgt von *Under the Greenwood Tree* 1872 und *A Pair of Blue Eyes* 1873. Letztgenannter wird, wie alle folgenden Romane, zunächst in Fortsetzungen, danach als Buch gedruckt. Der Erfolg ermöglicht ihm, die Architektur aufzugeben und professioneller Schriftsteller zu werden. Nach der Veröffentlichung von *Far from the Madding Crowd* heiratet er 1874 Emma Gifford und verbringt die Flitterwochen mit ihr in Frankreich.

1876–1884

In kurzen Abständen erscheinen seine Romane *The Hand of Ethelberta* (1876), *The Return of the Native* (1878), *The Trumpet-Major* (1880), *A Laodicean* (1881) und *Two on a Tower* (1882). Letztgenannter wird seitens der Kirche als unmoralisch angegriffen, da im Lauf der Handlung einem Bischof ein uneheliches Kind untergeschoben wird. 1878 ziehen die Hardys nach London, doch nur zwei Jahre später zurück nach Dorchester, Dorset, wo er zum Friedensrichter ernannt wird.

1885–1895

Die Hardys ziehen in das von ihm entworfene Haus Max Gate am Rand von Dorchester, verbringen aber bis 1911 einen Teil des Jahres in London. Er veröffentlicht die Romane *The Mayor of Casterbridge* (1886) und *The Woodlanders* (1887) sowie *The Well-Beloved* (1892 in Fortsetzungen, 1897 als Buch) und drei Sammelbände mit Erzählungen, *Wessex Tales* (1888), *A Group of Noble Dames* (1891) und *Life's Little Ironies* (1894). 1891 erscheint sein Roman *Tess of the d'Urbervilles*, wird zum Skandal und großem Publikumserfolg. Nach einer Irlandreise lernt er die Schriftstellerin und Übersetzerin Florence Henniker kennen. Sie schreiben gemeinsam an der Erzählung »The Spectre of the Real«. Hardy verliebt sich in sie, doch seine Gefühle werden nicht erwidert. *Jude the Obscure* erscheint 1895.

1896–1912

Nach den teils vernichtenden Reaktionen auf *Jude the Obscure* beschließt Hardy, keine Romane mehr zu schreiben. Die Buchfassung von *The Well-Beloved* erscheint 1897, eine erste vollständige Ausgabe der Romane wird unter dem Titel *The Wessex Novels* gedruckt. Veröffentlicht mehrere Gedichtbände: *Wessex Poems* (1898), *Poems of the Past and the Present* (1901) und *Time's Laughingstock* (1909). Sein Versepos über die Napoleonischen Kriege, *The Dynasts*, erscheint in drei Teilen 1904, 1906 und 1908. 1910 wird er von König George V. mit dem Verdienstorden ausgezeichnet. 1912 beginnt die Veröffentlichung der »Wessex Edition«, eine Gesamtausgabe von Hardys Romanen in überarbeiteten Fassungen. Im selben Jahr stirbt seine Frau Emma an Herzversagen.

1913–1927

Er veröffentlicht einen letzten Band mit Kurzgeschichten, *A Changed Man* (1913), und mehrere Gedichtbände: *Satires of Circumstances* (1914), *Moments of Vision* (1917), *Late Lyrics and Earlier* (1922) und *Human Shows* (1925). Sein einziges Theaterstück, *The Famous Tragedy of the Queen of Cornwall*, wird 1923 aufgeführt. Einige seiner Romane werden für die Bühne bearbeitet und in Dorchester von Laienschauspielern aufgeführt. 1914 heiratet er Florence Emily Dugdale, die er bereits 1905 als Bewunderin seiner Romane kennengelernt hatte. 1915 fällt Hardys Cousin und Erbe Frank George in der Schlacht von Gallipoli. Der Prince of Wales und spätere König Edward VIII. besucht Hardy 1923 in Max Gate.

1928

Thomas Hardy stirbt am 11. Januar nach mehrwöchiger Krankheit in Max Gate. Ein letzter Gedichtband, *Winter Words*, erscheint postum.

ANMERKUNGEN

5 *Der Buchstabe tötet:* »Denn der Buchstabe tötet, aber der Geist macht lebendig.« Zweiter Korintherbrief 3,6. (Bibelzitate folgen dem Wortlaut der Herder-Bibel von 1937.)

7 *Marygreen:* Vorbild für dieses Dorf war Fawley in Berkshire, wo Hardys Großmutter Mary Head in ihrer Kindheit lebte.

8 *Esra:* Hardy zitiert aus den Apokryphen der King-James-Bibel: 1 Esdras 4.26,27,32 (im Englischen »Esdras«, dt. »Esra«). In der ersten deutschen Übersetzung der Apokryphen und Pseudepigraphen zum Alten Testament von Emil Kautzsch findet sich die entsprechende Textstelle im dritten Buch Esra.

9 *Christminster:* Oxford.

10 *Bekannte:* vgl. Lukas 23,49: »Es standen aber alle seine Bekannten von ferne«.

21 *Jetzt aber lachen Leute über mich:* vgl. Hiob 30,1.

25 *Icknield Street:* alte Straße, die quer durch England, von Norfolk nach Cornwall führt.

28 *Jäger Herne:* ursprünglich eine Lokalgottheit, ein Gott des Wildes und der Jagd, später eine Spukgestalt, die im Windsor Great Park umgeht und u. a. in Shakespeares Komödie *Die lustigen Weiber von Windsor* erwähnt wird.

28 *Apollyon, der Christian auflauert:* Apollyon ist der »Engel des Abgrunds« aus der Johannes-Offenbarung und ein Monster in John Bunyans allegorischem Roman *Pilgrims Progress* (1678, 1684), dessen erster Teil von Christians Reise zur Himmlischen Stadt erzählt.

28 *Kapitän mit dem blutenden Loch in der Stirn:* wie der Kapitän in Wilhelm Hauffs »Die Geschichte von dem Gespensterschiff«, im *Märchen-Almanach auf das Jahr 1826*. Eine englische Übersetzung von G. P. Quackenbos erschien 1855 in *The Oriental Story Book*.

29 *Offenbarung:* Der Begriff »das neue Jerusalem« findet sich in der Offenbarung des Johannes 3,12.

30 *Nebukadnezars Feuerofen:* vgl. Daniel 3,24: »Sie wandelten in den Flammen umher; sie sangen Gottes Lob und priesen den Herrn.«

32 *Turm von Babel:* vgl. Genesis 11.

38 *vom Himmel umgeben:* nach William Wordsworths *Ode: Intimation of Immortality from Recollections of Early Childhood*, V (1807). »Der Himmel uns umgibt in Kindertagen!« (Übersetzung von Dietrich H. Fischer.)

40 *Geburtstag:* Judes elfter laut Hardys Manuskript.

41 *Grimm'sches Gesetz:* nach dem deutschen Philologen Jakob Grimm (1785–1863), formuliert in *Deutsche Grammatik* (1819–1837). Grimm zeigte anhand von Konsonantenverschiebungen wichtige Korrelationen zwischen dem Deutschen und anderen indoeuropäischen Sprachen auf.

41 *harte Fron der Israeliten:* vgl. Exodus 1,13–14.

44 *Delphin-Editionen:* französische Klassikerausgaben, die um 1670 veröffentlicht wurden. Eine darauf zurückgreifende englische Buchreihe erschien ab 1819 und brachte es auf 143 Bände.

45 *Wehklage Didos:* vgl. Vergils *Aeneis*, vierter Gesang. Dido, Königin von Karthago, begeht Selbstmord, nachdem sie von Aeneas verlassen wurde.

46 *Carmen Saeculare:* ein Gebet um Glück und Wohlstand von Horaz, verfasst 17 v. Chr.

46 *Phoebe silvarumque potens Diana:* »Phoebus und Diana, Beherrscherin der Wälder!« – eine Anrufung des Mondes aus Horazens *Carmen Saeculare.*

47 *Clarkes Homer:* Samuel Clarkes Übersetzung von 1818, die auch Hardy studiert hatte.

47 *Johann Jakob Griesbach* (1745–1812): deutscher Theologe aus Jena. Seine Edition der griechischen Ausgabe des Neuen Testaments erschien 1775.

51 *Ich hab zwei Bücher der* Ilias *gelesen:* Judes Liste entspricht derjenigen, die Hardy 1858 von seinen liebsten Passagen machte (Dorset County Museum).

52 *Beda* (672/73–735): angelsächsischer Theologe und Chronist.

52 *ihr geliebter Sohn:* vgl. Matthäus 3,17: »Und siehe, eine Stimme aus den Himmeln sprach: ›Dieser ist mein geliebter Sohn, an dem ich Wohlgefallen habe.‹«

53 *Borg:* als Ferkel kastriertes Mastschwein.

58 *Vestalin:* jungfräuliche Priesterin der römischen Göttin Vesta.

61 H KAINH ΔΙΑΘΗΚΗ: griechisch, »Das Neue Testament«.

64 *Samson und Delila:* vgl. Richter 16. Delila verrät Samson an seine Feinde, nachdem sie ihn betrunken gemacht hat.

69 *die Stickerei der Phantasie auf dem Stoff der Natur:* Voltaires Definition von Liebe aus seinem *Philsosophischen Wörterbuch* (1764): »Liebe ist der Stoff, den die Natur gewebt und die Phantasie bestickt hat.«

77 *britischen Erdwall:* Überreste einer ursprünglich mit Holzkonstruktionen und Palisaden verstärkten Verteidigungsanlage, in Wessex als »Burh« bekannt. Die meisten dieser Anlagen sind angelsächsisch und stammen aus der Zeit zwischen 800 und 1080.

89 *Heimat:* gemeint ist der Süden von Wessex im Unterschied zum Norden.

105 *Baruch de Spinoza* (1632–1677): holländischer Philosoph, wichtigster Vertreter des Rationalismus im 17. Jahrhundert. Die Maxime stammt aus dem vierten Teil der *Ethik*.

108 *Seine Seele war sein einziger Stern:* Zitat aus »Prelude« in *Songs before Sunrise* (1871) von Charles Algernon Swinburne (1837–1909).

108 *Notitiam primosque gradus vicinia fecit; Tempore crevit amor:* aus Ovids *Metamorphosen*, Viertes Buch: »Umgang brachte zuweg' und vertrautes Gewöhnen die Nähe; Liebe erwuchs mit der Zeit.« (Übersetzung von Reinhart Suchier.)

111 *Dick Whittington* (?–1423): zog angeblich als armer Waisenjunge nach London, kam zu Reichtum und wurde schließlich Bürgermeister bzw. Lord Mayor der Stadt.

111 *Beersheba:* Stadt in Galiläa, entspricht dem Stadtteil Jericho in Oxford.

112 *Glocke:* Die »Great Tom« im Christ Church College läutete jeden Abend um zehn nach neun hunderteinmal, um die Schließung des Collegetors anzukündigen.

113 *Lobredner Shakespeares:* der Dramatiker Ben Jonson (1572–1637). Diese und die folgenden, in den Anspielungen gemeinten Personen wurden von Hardy selbst in einem Brief an Florence Henniker entschlüsselt.

113 *dem kürzlich Verstummten:* der Dichter Robert Browning (1812–1889).

113 *dem Wohlklingenden:* Hardys Lieblingsdichter Algernon Charles Swinburne (1837–1909)

114 *Traktarianer:* Anhänger des sogenannten »Oxford movement«, einer Gruppe von Theologen, die eine Wiedereinführung römisch-katholischer Prinzipien und Rituale in der Anglikanischen Kirche forderten. Mitbegründer dieser Bewegung waren Hardys »wohlbekannte Drei«, der spätere Kardinal John Henry Newman (1801–1890), der Dichter und Geistliche John Keble (1792–1866) sowie der Oxford-Professor und Autor zahlreicher theologischer Abhandlungen Edward Pusey (1800–1882).

114 *Skeptiker:* Lord Bolingbroke (1678–1751), Politiker und Historiker.

114 *Historiker:* Edward Gibbon (1737–1794), Autor des großen Geschichtswerks *The Decline and Fall of the Roman Empire.*

114 *Evening Hymn:* Bischof Thomas Ken (1637–1711) komponierte das anglikanische Kirchenlied »Glory to Thee, My Lord, This Night«.

115 *Zelot:* »Glaubenseiferer«, gemeint ist John Wesley (1703–1791), Gründer der Methodistenbewegung, der nach Amerika auswanderte und nach Enttäuschungen aufgrund einer nicht erwiderten Liebe zurückkehrte nach England.

115 *Wunderbare Stadt ...:* Zitat aus dem Vorwort von Matthew Arnolds *Essays in Criticism. First Series* (1865).

116 *Corn-Law-Konvertiten:* Premierminister Sir Robert Peel (1788–1850) wurde vom Anführer der britischen Anti-Corn-Law-League überredet, das Gesetz zur Beschränkung von Getreideimporten aufzuheben. Das nachfolgende Zitat stammt aus Peels Rede vom 15. Mai 1846.

116 *der durchtriebene Autor:* Edward Gibbon im 15. Kapitel von *The Decline and Fall of the Roman Empire.*

116 *der Schatten des Dichters:* Robert Browning. Das Zitat stammt aus »By the Fire-side«.

117 *Autor der* Apologia: John Henry Newman. Das Zitat stammt aus seiner Autobiographie *Apologia pro vita sua* (1864).

117 *kein Polemiker:* John Keble, *The Christian Year* (1827).

117 *Mr. Spectator:* der Essayist, Dichter und Dramatiker Joseph Addison (1672–1719), aus *Spectator*, Nr. 26. *The Spectator* erschien zwischen März 1711 und Dezember 1712 täglich; die darin abgedruckten Essays wurden vorgeblich von einem »Mr. Spectator« verfasst, der das Leben in London beobachtet und kommentiert.

117 *ein Prälat:* Bischof Thomas Ken singt aus seiner *Evening Hymn.*

125 *Denn die Weisheit beschirmt:* vgl. Prediger 7,12.

131 *Wie hält der Jüngling rein seinen Pfad:* Psalm 119,9. *In quo corriget* sind die ersten Worte des Psalms auf Latein.

131 *Tau auf dem Hermon:* vgl. Psalm 133,3. Hermon gilt als der Berg, auf dem sich die Verklärung Christi vollzog (Markus 9,2–9).

132 *aus Zypern wie aus Galiläa:* Zypern steht hier für das Erscheinen der griechischen Liebesgöttin Aphrodite, also für körperliche Liebe; Galiläa steht hier für spirituelle Liebe.

132 *Lettner:* Schranke zwischen Chor und Langhaus in mittelalterlichen Kirchen.

135 *The Christian Year:* 1827 veröffentlichter Gedichtband von John Keble.

136 *Julianus:* Sue liest das 23. Kapitel in *The Decline and Fall of the Roman Empire.* Der römische Kaiser Julian bekannte sich 361 zur alten Religion und hatte die Absicht, das Christentum zurückzudrängen.

137 *Du hast obsiegt:* aus Swinburnes Gedicht »Hymn to Proserpine«. »Du hast obsiegt, o Galiläer« waren angeblich die letzten Worte des Kaisers Julianus.

137 *All hemin …:* »So haben wir doch nur einen Gott, den Vater, aus dem alles ist und für den wir da sind, und wir haben nur einen Herrn, Jesus Christus, durch den alles ist, durch den auch wir sind.« (Erster Korintherbrief 8,6.)

141 *Erotolepsie:* ein von Hardy erfundenes Wort, das »Liebesanfall« bedeutet.

142 *Märtyrerkreuz:* Ein Kreuz aus Pflastersteinen auf der Broad Street, Oxford, markiert die historische Stelle, wo am 16. Oktober 1555 die protestantischen Bischöfe Nicholas Ridley und Hugh Latimer sowie am 21. März 1556 Thomas Cramner, Erzbischof von Canterbury, verbrannt wurden.

144 *Lumsdon:* Cumnor, ein Dorf in der Nähe von Oxford.

146 *Lizentiat:* ein Kirchendiener, der predigen darf, aber nicht ordiniert ist.

147 *William George Ward* (1812–1882): Theologe, der wie andere Vertreter des Oxford Movement für die Reform der Anglikanischen Kirche eintrat.

160 *Excelsior:* Gedicht von Henry Wadsworth Longfellow (1842).

160 *Es scholl ein Klang des Jubels durch die Nacht:* aus *Childe Harolds Pilgerfahrt*, Dritter Gesang (1816), Strophe 21, von Lord Byron (»There was a sound of revelry by night«, übersetzt von Otto Gildemeister).

160 *Der Rabe:* Gedicht von Edgar Allan Poe (»The Raven«, 1845), übersetzt von Theodor Etzel.

161 *Schlaf des Kreisels:* aus Thomas Carlyles Roman *Sartor Resartus* (1833–1834), 3. Kapitel.

165 *Crusoe:* vgl. Daniel Defoes Roman *Robinson Crusoe* (1719). Der Held baut ein großes Boot, muss jedoch feststellen, dass es zu schwer und nicht seetauglich ist.

166 *Auf dem begeistert stolzen Jünglingshaupt …:* Hardy zitiert in eigener Übersetzung aus Heinrich Heines (1797–1856) Gedicht »Götterdämmerung«.

166 *Theater:* gemeint ist das Sheldonian Theatre in Oxford, in dem das jährliche Stiftergedenkfest stattfindet.

168 *Tetuphenay:* Vermutlich basiert der Brief auf einem echten Schreiben, das der junge Hardy von dem Oxforder Professor Benjamin Jowett (1817–1893) erhielt. »Tetuphenay« bedeutet im Griechischen »geschlagen haben«.

168 *The Fourways:* die Kreuzung Carfax in der Mitte von Oxford.

172 *robenlose Studenten:* Studenten waren verpflichtet, nach Einbruch der Dunkelheit Roben zu tragen.

174 *Nizäisches Glaubensbekenntnis:* wurde 325 eingeführt, das Apostolische später.

175 *The Ratcatcher's Daughter:* populäres Volkslied aus dem 19. Jahrhundert. Abgedruckt u. a. in dem von W. H. Auden herausgegebenen Band *The Oxford Book of Light Verse* (1938).

178 *armseligen Christus:* vgl. Johannes 4,6: »Jesus nun, müde von der Wanderung, setzte sich so (wie er war) am Brunnen nieder.«

179 *Laokoon:* berühmte Statue des Neptunpriesters, der, seine Söhne verteidigend, mit zwei Schlangen ringt (vgl. Vergils *Aeneis*, Zweiter Gesang).

184 *Sappho:* Hardy zitiert aus den Hochzeitsliedern der griechischen Dichterin aus dem 6. Jahrhundert v. Chr. in der Übersetzung von H. T. Wharton. Die deutschsprachige Fassung stammt von Michael Schroeder.

185 *seines nichtigen Lebens:* vgl. Prediger 9,9: »Genieße das Leben mit der Frau, die du liebst, all die Tage deines nichtigen Lebens, die Gott dir gegeben unter der Sonne.«

186 *coup de grâce:* Todesstoß, wörtlich Gnadenstoß.

186 *Queen's Scholarship:* Stipendium, das für den Besuch des Lehrerseminars notwendig war.

187 *Lehrerseminar in Melchester:* »Melchester« steht für Salisbury, und das 1841 gegründete Seminar befand sich ab 1860 im King's House innerhalb des Kathedralenbezirks. Beide Schwestern Hardys hatten dort studiert.

188 *des würdevollsten Bauwerks von England:* die Kathedrale von Salisbury, erbaut zwischen 1220 und 1479.

189 *Spanische Schule:* Malstil des 17. Jahrhunderts mit Diego Velázquez (1599–1660) und Bartolomé Murillo (1617–1682) als berühmten Vertretern.

191 *entweiht:* im Original »subdued«, eine Anspielung auf Shakespeares Sonett 111. In der Übertragung von Karl Lachmann lautet die Zeile: »So wird mein ganzes Wesen schier entweiht / Von seinem Handwerk, wie des Färbers Hand.«

195 *Paley und Butler: Evidences of Christianity* (1794) von William Paley und *Analogy of Religion* (1736) von Joseph Butler.

196 *Wardour Castle:* Schloss in Wiltshire.

196 *Fonthill:* Fonthill Abbey in Wiltshire, errichtet im Auftrag von William Beckford, Autor des berühmten Schauerromans *The History of Caliph Vathek* (1787).

197 *Del Sarto, Guido Reni, Spagnoletto, Sassoferato, Carlo Dolci:* italienische Maler des 16. und 17. Jahrhunderts.

197 *Lely oder Reynolds:* Sir Peter Lely (1618–1680) und Sir Joshua Reynolds (1723–1792) waren berühmt für ihre Porträts einflussreicher Persönlichkeiten und Aristokraten.

200 *Ismaelitin:* gemeint ist eine Ausgestoßene, Außenseiterin oder »wilde Frau«, in Anlehnung an die biblische Figur Ismael. »Er wird ein Wildeselmensch sein. Seine Hand wird gegen alle sein, und die Hand aller gegen ihn.« (Genesis 16,12)

206 *Puseys Geschichte der Kirchenväter: A Library of the Fathers of the Holy Catholic Church* (1838–1881) in 48 Bänden von Edward B. Pusey. Band 29 erschien 1849.

207 *Parthenonfries:* die berühmten Statuen aus dem Tempel der Athene, die im British Museum in London ausgestellt wurden.

212 *Klassiker in Übersetzung:* Einige Werke der von Sue aufgezählten Autoren galten damals als unschicklich, wie die Liebesgedichte Catulls, Paul Scarrons *Le Roman comique* (1651-59), Pierre de Brantômes Memoiren (1665/66), Boccaccios Novellen, die Schelmenromane von Laurence Sterne, Tobias Smollett und Henry Fielding sowie Daniel Defoes *Moll Flanders* (1722).

214 *Gliederpuppe:* aus Robert Brownings Gedicht »Too Late«, über eine ehemalige Geliebte, die einen anderen Mann heiratet (*Dramatis Personae*, 1864).

216 *neuer Wein in alten Schläuchen:* vgl. Matthäus 9,17.

216 *O gräulicher Glanz:* aus Algernon Swinburnes »Hymn to Proserpine« (*Poems and Ballads, First Series*, 1866).

218 *Traktarianer:* vgl. Anmerkung 114.

219 *Thessalonicherbrief:* erster und zweiter Brief des Paulus an die Thessalonicher.

219 *Voltaire:* Der Name des auch in England einflussreichen französischen Philosophen (1694–1778) steht hier sprichwörtlich für Respektlosigkeit gegenüber Kirche und Staat.

220 *Wohin ist dein Geliebter gegangen:* vgl. Hohelied 6,1.

222 *Ganymed:* ein schöner Jüngling, der den Göttern der griechischen Mythologie als Mundschenk diente.

232 *National Society:* 1811 gegründete Organisation zur Förderung der Bildung in Dörfern und Elendsvierteln.

243 *Venus Urania:* Muse der Sternkunde, Beiname der Aphrodite, ein Symbol geistiger und platonischer Liebe.

248 *den vorgeschriebenen fünfzehn Tagen:* Nach damals geltendem Recht mussten Braut und Bräutigam fünfzehn Tage in der Stadt

gewohnt haben, in der sie sich trauen ließen. Ein kürzerer Aufenthalt wurde aber meist umstandslos akzeptiert.

251 *Ich weiß nicht ob:* aus Robert Brownings Gedicht »The Worst of It«.

257 *Johannisnacht:* möglicherweise eine Anspielung auf eine Ballade von Sir Walter Scott, »The Eve of St. John«. Darin wird die Nachtwache einer Frau geschildert, die auf die Rückkehr des in den Krieg gezogenen Geliebten wartet. Er ist jedoch gefallen und kehrt schließlich als Geist heim.

276 *Die gute Hausfrau:* im Original »The Wife's Guide to Conduct«, ein erfundener Titel, der auf eine ganze Reihe von populären Beratungsbüchern zurückgeht, wie z. B. *Preachings for Women's Practice* (1861) von Augusta Johnstone.

278 *Lazarus:* Gemälde von Sebastiano Del Piombo (1517/18), das Hardy in der National Gallery, London, gesehen hatte.

282 *die gekränkte Natur:* Hardy zitiert Edward Gibbons *The Decline and Fall of the Roman Empire* I, 15.

286 *Urheber:* Hardys Vorbild für den hier porträtierten Musiker war möglicherweise der deutsche Komponist Louis Spohr (1784–1859).

290 *Milton:* Zitat aus John Miltons Pamphlet *Doctrine and Discipline of Divorce* (1643), eines von vier Traktaten, in denen der Autor nach dem Scheitern seiner eigenen Ehe für ein großzügiges Scheidungsrecht eintritt.

291 *Shaston:* Shaftesbury.

291 *Drayton:* Hardy zitiert aus Michael Draytons *Polyolbion* (1622), einem Reiseführer in Versen.

291 *König Edward:* regierte von 975 bis 978, wurde in Corfe Castle ermordet und später in Shaftesbury bestattet.

291 *Auflösung der Klöster:* unter Heinrich VIII.

297 *Apocryphal Gospels:* Die Sammlung von biblischen Apokryphen von B. Harris Cowper erschien 1874.

298 *Apologetica:* theologisches Lehrbuch.

300 *Joseph, der Träumer von Träumen:* vgl. Genesis 37,5–11. Joseph hat zwei Träume, in denen sich die Garben auf dem Feld und dann Sonne, Mond und Sterne vor ihm verneigen.

300 *Don Quijote:* nach dem Roman von Cervantes.

300 *Stephanus, der die Himmel offen sah:* vgl. Apostelgeschichte 7,55–60. Allerdings sah Stephanus dies vorher, und nicht als man ihn steinigte.

321 *Jeremy Taylor, Butler, Doddridge, Paley, Pusey, Newman:* Theologen des 17. bis 19. Jahrhunderts; Jeremy Taylor (1513–1567), Joseph Butler (1692–1752), Phillip Doddridge (1702–1751), William Paley (1743–1805), Edward Pusey (1800–1882), John Henry Newman (1801–1890).

321 *getünchtes Grab:* vgl Matthäus 23,27. »Wehe euch, Schriftgelehrte und Pharisäer, ihr Heuchler! Ihr gleicht getünchten Gräbern, die von außen schön aussehen, innen aber voll sind von Totengebeinen und aller Unreinheit.«

329 *Mill:* Sue zitiert *On Liberty* (1859) von John Stuart Mill (1806–1873), Kapitel 3 (in der Übersetzung von David Haek).

330 *argumentum ad verecundiam:* Argument, das eine These durch Berufung auf eine Autorität zu beweisen sucht.

331 *Humboldt:* Das Zitat von Wilhelm von Humboldt (1767–1835) erscheint als Motto in John Stewart Mills *On Liberty* und stammt ursprünglich aus dem Essay *Idee zu einem Versuch, die Grenzen der Wirksamkeit des Staats zu bestimmen* (1792).

337 *Wo Duncliff …:* Dieses und das folgende Zitat stammt aus »Shaftesbury Feäir« von William Barnes (1801–1886).

337 *Wo die Stour …:* aus Michael Draytons *Polyolbion* (1622).

342 *Laon und Cythna:* Figuren aus Percy Bysshe Shelleys Verserzählung *The Revolt of Islam* (1818).

342 *Paul und Virginie:* unschuldiges Liebespaar aus dem Roman *Paul et Virginie* (1787) von Jacques-Henri Bernardin de St. Pierre.

352 *Soldatenchristen …:* aus Robert Brownings Gedicht »The Statue and the Bust«

355 *der schattenhafte Dritte:* Anspielung auf Robert Brownings Gedicht »By the Fire-side«.

358 *weder Höhe noch Tiefe …:* vgl. Römerbrief 8,38–39.

363 *Ein Wesen gab's …:* aus Percy B. Shelleys Versdichtung *Epipsychidion* (1821), übertragen von Adolph Strodtmann.

375 *mein Tagwerk:* Anspielung auf Shakespeares *Othello*, 3. Akt, 3. Szene.

378 *Alles Luftige und Feurige …:* aus den *Selbstbetrachtungen* des

römischen Kaisers und Philosophen Marcus Aurelius Antoninus (121–180), XI, 20 (übersetzt von F. C. Schneider).

379 *Scheidungsurteil:* Nach englischem Recht wird die Scheidung rechtsgültig, wenn binnen sechs Monaten kein Widerspruch eingelegt wird.

384 *Nemesis:* griechische Göttin der ausgleichenden Gerechtigkeit und Bestrafung.

399 *Eigenbrötler:* im Original »oneyer«, ein seltener Begriff, der in der englischsprachigen Literatur ansonsten nur in Shakespeares *Henry IV* auftaucht, wo er gemeinhin als Variation von »moneyer« (dt. »Münzer«) interpretiert wird. An dieser Stelle handelt es sich aber wohl um Hardys Versuch, den Dialekt von North Wessex nachzubilden. Ralph Pite und Patricia Ingham erklären den Begriff mit »loner« und »individualist«, dt. »Einzelgänger« oder »Eigenbrötler«.

402 *Octavia:* Schwester des römischen Kaisers Augustus.

402 *Livia:* Frau des Kaisers Augustus.

402 *Aspasia:* die Geliebte des griechischen Staatsmannes Perikles.

402 *Praxiteles:* berühmter griechischer Bildhauer.

402 *Phryne:* Praxiteles' Modell für die Statue Aphrodite von Cnidus.

403 *Kann man die Bien …:* aus »Song« von Thomas Campbell (1777–1844). Die vollständige Strophe lautet: »Nein! Auch erzwungne Liebe nicht bewahren. / Knoten, die unlösbar waren.«

407 *Vergehen soll der Tag …:* Hiob 3,3.

414 *Melpomene:* griechische Muse der Tragödie.

415 *Und wer hat sich ein Weib verlobt …:* Deuteronomium 20,7.

418 *Haus Atreus:* vgl. Aischylos' Tragödientrilogie *Die Orestie*.

418 *Haus Jerobeam:* vgl. Erstes Buch der Könige 14,10.

419 *Fluss der königlichen Türme:* gemeint ist die Themse. »Royal-tower'd Thame« aus John Miltons Gedicht »At a Vacation Exercise« (1628).

424 *Gestalten unsresgleichen …:* aus Percy B. Shelleys *Revolt of Islam*, III, 23 (1818). In der Übertragung von Julius Seybt (*Die Empörung des Islam*) heißt es etwas freier: »Und tausendfach umstreift mich eine Spukgestalt«.

425 *Kränze um die Flanken der Färse:* Anspielung auf John Keats' Gedicht »Ode on a Grecian Urn«.

426 *Zielstein:* engl. »dibs« oder »dibstone«, ein Kinderspiel mit Kieselsteinen oder Schafsknochen, die möglichst nah an den Zielstein geworfen werden, ähnlich Boccia.

427 *Stoke-Barehills:* Basingstoke.

439 *eine unserer Leuchten aus Christminster:* gemeint ist der einflussreiche Sozialkritiker Matthew Arnold (1822–1888), der in seinem Essay »Pagan and Mediaeval Religious Sentiment« (1865) schreibt: »Das ideale, fröhliche, sinnliche Leben der Heiden kennt weder Krankheit noch Kummer«.

451 *Positivisten:* Im Unterschied zu den anderen hier genannten christlichen Sekten handelt es sich nicht um eine »Glaubensrichtung und Konfession«, sondern um eine philosophische Schule, die jegliche metaphysische Spekulation ablehnt. Hardy verwendet den Begriff offenbar als Synonym für Agnostiker, eine Bezeichnung, die um 1870 von dem Biologen und Darwinisten T. H. Huxley eingeführt wurde.

453 *Augustus Pugin* (1812–1852): Architekt und Vertreter des neugotischen Baustils.

454 *Sir Christopher Wren* (1631–1723): berühmter Vertreter des klassischen Baustils.

457 *niemandem Unrecht getan …:* vgl. Zweiter Korintherbrief 7,2.

457 *getan haben, was uns gefiel:* vgl. Richter 17,6.

472 *Der Mann bleibt dabei frei von Schuld …:* vgl. Numeri 5,31.

478 *Und sie verunzierte ihren Leib …:* aus den Apokryphen des Alten Testaments, Esther, IV, 13 (in der Übertragung von Emil Kautzsch).

478 *Die vergehen sind zwei …:* aus Robert Brownings Gedicht »Too Late«.

479 *Stiftergedenkfest:* im Original »Remembrance Day« (auch »Volkstrauertag«), gemeint ist jedoch der Commemoration Day in Oxford, der das Ende des akademischen Jahrs markiert.

482 *Lykaonier:* vgl. Apostelgeschichte 14. Die Lykaonier staunen, als Paulus einen Gelähmten heilt.

486 *Wer weiß denn, was für den Menschen gut ist …:* vgl. Prediger 6,12; von Hardy leicht gekürzt und geändert.

488 *nach Jerusalem gekommen, um sich das Fest anzusehen:* vgl. Lukas 2,41. Als Jesus zwölf Jahre alt ist, begleitet er seine Eltern nach Jerusalem.

490 *von Kajaphas an Pilatus:* vgl. Matthäus 26–27. Jesus wird vom Hohenpriester Kajaphas an den römischen Statthalter Pontius Pilatus übergeben, der ihn letztlich kreuzigen lässt.

501 *Wir sind ja ein Schauspiel für die Welt geworden …:* vgl. Erster Korintherbrief 4,9.

502 *Ausrichtung nach Osten:* Es geht um die Frage, ob man bei der heiligen Kommunion die Hostie in Richtung Osten, mit dem Rücken zur Gemeinde, oder Westen halten soll.

502 *die gesamte Schöpfung seufzt:* vgl. Römerbrief 8,22.

504 *Mags immer denn sein wie es sei; es erfüllt das Verhängte sich doch:* aus Aischylos' Tragödie *Agamemmnon*, Zeile 67–68 (übersetzt von Johann G. Droysen).

513 *Sinnpflanze:* nach Percy B. Shelleys Gedicht »The Sensitive Plant« (1820).

514 *welch ein Gesell':* Anspielung auf die Zeile »A chile's amang you taking notes« aus Robert Burns Gedicht »On the Late Captain Grose's Peregrinations Through Scotland, Collecting the Antiquities of that Kingdom« (1793).

526 *der Vorhang unseres Tempels:* vgl. Markus 15,38.

533 *rhadamantysische Strenge:* nach Rhadamantys, einem der Richter der Unterwelt in der griechischen Mythologie.

535 *Acheron'sche Schatten:* Acheron ist der Fluss der Unterwelt in der griechischen Mythologie.

536 *die Welt und ihre Wege …:* aus Robert Brownings Gedicht »The Statue and the Bust«.

538 *Liebe sucht nicht den eigenen Vorteil:* vgl. Erster Korintherbrief 13,4–5.

548 *Lilie:* Susanna stammt ursprünglich von dem hebräischen Wort für Lilie.

550 *so wie durch Feuer hindurch:* vgl. Erster Korintherbrief 3,15.

559 *Holy State:* Thomas Fuller, *The Holy State and the Profane State* (1642).

559 *Und wenn ich meinen Leib hingebe …:* vgl. Erster Korintherbrief 13,3.

562 *geschorener Samson:* vgl. Richter 16,19.

567 *Karfanaum:* auch Kapernaum, ein in den Evangelien mehrmals erwähnter Ort, vgl. Matthäus 11,23, wo der Untergang der Stadt prophezeit wird.

568 *Hure von Babylon:* vgl. Offenbarung 17.

572 *Michaelis:* 29. September.

576 *weiß wie eines Denkmals Alabaster:* »Weiß wie Schnee und eines Denkmals Alabaster«, aus Shakespeares *Othello* 5,2.

577 *Seufzen der Schöpfung:* vgl. Römer 8,22.

584 *Joseph Addison* (1672–1719)*:* Essayist und Politiker, veröffentlichte in den Zeitschriften *The Tatler* und *The Spectator*, an denen er auch als Herausgeber beteiligt war.

584 *Edward Gibbon* (1734–1794)*:* der von Hardy häufig zitierte Historiker.

584 *Samuel Johnson* (1709–1784)*:* Der einflussreiche Gelehrte und Autor besuchte das Pembroke College in Oxford.

584 *Dr. Brown:* der Arzt und Autor Sir Thomas Browne (1605–1682), berühmt für sein essayistisches Werk *Religio Medici* (1643).

584 *Bischof Ken:* Thomas Ken (1637–1711), zuvor bereits als Komponist von Kirchenliedern erwähnt.

584 *Dichter der Freiheit:* Percy Bysshe Shelley (1792–1822), ursprünglich von Hardy »Dichter des Westwinds« genannt, wegen seines berühmten Gedichts »Ode to the West Wind«.

584 *Sezierer der Melancholie:* Robert Burton (1577–1640), schrieb mit *The Anatomy of Melancholy* (1621) eine wichtige Bestandsaufnahme der philosophischen und psychologischen Überlegungen seiner Zeit.

584 *Walter Raleigh* (ca. 1552–1618)*:* Forschungsreisender, Soldat und Dichter.

584 *John Wycliffe* (ca. 1330–1384)*:* Bibelübersetzer und Kirchenreformer.

584 *William Harvey* (1578–1657)*:* Entdecker des Blutkreislaufs.

584 *Richard Hooker* (ca. 1554–1600)*:* Theologe und Rechtsphilosoph.

584 *Thomas Arnold* (1795–1842)*:* einflussreicher Pädagoge, Historiker und Geistlicher.

584 *Antigone:* aus Sophokles' Tragödie *Antigone*: »Nicht bei den

Toten, nicht Lebendgen, / Noch unter Menschen noch unter Leichen.«

595 *dass sogar die Winde nicht zu rau ihr Antlitz berührten:* Hardy variiert eine Zeile aus Shakespeares *Hamlet* (Erster Akt, Zweite Szene): »daß er des Himmels Winde nicht zu rauh ihr Antlitz ließ berühren«.

600 *Vergehen soll der Tag, der mich geboren …:* vgl. Hiob 3,3–4; 7; 11; 13; 18–20 (Hiob verflucht den Tag seiner Geburt).

611 *Tod einer Frau:* möglicherweise Hardys Cousine Tryphena Sparks.

611 *zwei solche Titel: The Simpletons* wurde nach dem Erscheinen der ersten Folge durch *Hearts Insurgent* ersetzt.

613 *phantastische Geschichte: The Well-Beloved* erschien 1892 als Serie und 1897 in Buchform.

613 *von einem Bischof verbrannt:* Der Bischof von Wakefield, W. W. How, schreibt dies in einem Leserbrief an die *Yorkshire Post*, 9. Juni 1896.

614 *die Dame, der es vor dem Buch grauste:* Jeannette Gilder schrieb einen Verriss für *The New York World.*

614 *Denis Diderot* (1713–1784)*:* Die Bemerkung über das Zivilrecht stammt aus einem Artikel des französischen Autors in seiner *Encyclopédie* (1751/52).

615 *Ruskin College:* 1899 in Oxford gegründet, um Männern der Arbeiterklasse eine akademische Ausbildung zu ermöglichen.

615 *Bludyer:* ein bösartiger Rezensent in W. M. Thackerays Roman *Pendennis* (1848).

616 *bedauernswerte Dame:* Margaret Oliphants Rezension im *Blackwood's Magazine*, Januar 1896.

616 *Fortsetzungsroman in Deutschland:* Die Erstübersetzung von A. Berger erschien 1897 unter dem Titel *Juda der Unberühmte* in der Zeitschrift *Aus fremden Zungen* (Stuttgart, Deutsche Verlagsanstalt).

INHALT

ANHANG